SIMONA AHRNSTEDT

Ein ungezähmtes Mädchen

SIMONA AHRNSTEDT

Ein ungezähmtes Mädchen

Roman

Aus dem Schwedischen von
Wibke Kuhn

Wunderlich

Die Originalausgabe erschien 2010
unter dem Titel «Överenskommelser»
bei Damm Förlag, Forma Books AB, Schweden

Das vorangestellte Motto stammt aus:
Jane Austen, Stolz und Vorurteil,
München 1993, dtv, übersetzt von Ilse Krämer.

1. Auflage Juli 2012
Copyright © 2012 by Rowohlt Verlag GmbH,
Reinbek bei Hamburg
«Överenskommelser» Copyright © 2010 Damm Förlag,
Forma Books AB
Redaktion Annika Ernst
Alle deutschen Rechte vorbehalten
Satz ITC New Baskerville PostScript (InDesign)
bei Pinkuin Satz und Datentechnik, Berlin
Druck und Bindung CPI – Clausen & Bosse, Leck
Printed in Germany
ISBN 978 3 8052 5028 3

Für meine Freundinnen.
Ich weiß nicht, womit ich euch verdient habe.
Danke, dass es euch gibt.

Es ist eine weltweit anerkannte Wahrheit,
dass ein alleinstehender Mann, der im Besitze eines
ordentlichen Vermögens ist, nach nichts so sehr
Verlangen haben muss wie nach einem Weibe.
Jane Austen, 1813

Prolog

Gamla Stan, Stockholm
November 1880

Der Plan war so wunderbar einfach.
Jetzt bedurfte es nur noch ein paar wohlgesetzter Worte an die richtigen Personen, und dann würde seine gesellschaftliche Isolierung endgültig der Vergangenheit angehören. Er lächelte in sich hinein und stieg aus der Kutsche auf das Kopfsteinpflaster. Kälte und Nieselregen empfingen ihn. Er schlug den Kragen hoch und schob die Hände in die Taschen, um sich gegen den empfindlich kalten Wind zu schützen, der von Saltsjö herüberwehte.

Natürlich würde sie leiden, aber am Ende würde sie sich doch fügen müssen. Er sog die Luft tief ein und atmete wieder aus. Was sie wollte, fühlte oder dachte, würde ja ohnehin keinen interessieren.

Mit langen Schritten ließ er die schmutzige, enge Gasse hinter sich und ging hinunter Richtung Skeppsbron. Abgesehen von der einen oder anderen Verkäuferin und einem älteren Mann mit Pelzmantel und Hut standen dort unten am Kai nur ein paar vereinzelte, abgearbeitete Menschen, arme Teufel, die sich im kalten Wind duckten. Unten auf Blasieholmen lockte der Neubau des Grand Hotels mit all seinem Luxus. Er beschleunigte seine Schritte auf den letzten Metern, überquerte Schienen, wich einer Pferdebahn aus und näherte sich schließlich dem Hoteleingang. Mit einer tiefen Verbeugung öffnete der Portier ihm die Tür, und er trat ein. Im Foyer legte er Mantel und

Handschuhe ab und ließ sich von der Wärme, dem Luxus und den gedämpften Geräuschen umhüllen.

Er hatte eine äußerst wichtige Unterredung vor sich, eine entscheidende Verhandlung.

Er hatte eine Unschuld zu verkaufen.

1

Die Oper, Stockholm
Dezember 1880

Beatrice Löwenström stieg aus der Droschke. Es lag Frost in der Luft, und die Kälte des Pflasters drang durch die Sohlen ihrer neuen Abendschuhe. Während der Kutscher ihrer Cousine und ihrem Onkel beim Aussteigen behilflich war, sah sie sich um. Rundherum rollten Kutschen, Droschken und der eine oder andere vierrädrige Landauer mit hochgeklapptem Verdeck heran. Die Hufe und Hufeisen erzeugten ohrenbetäubendes Geklapper auf dem Kopfsteinpflaster. Eine Gruppe Kinder stand am Sockel des Gustav-Adolf-Denkmals und gaffte staunend auf die eintreffenden Besucher. Es versetzte ihr einen Stich ins Herz, als sie die dünne Kleidung der Kinder sah. Unter ihrem eigenen Mantel, durch all die Schichten aus Baumwolle, Leinen und Seide, durch meterweise Taft, Volants, Spitzen und Stickerei, konnte Beatrice dennoch den eisigen Wind auf der Haut spüren. Diese Kinder mussten völlig durchgefroren sein.

Ihre Begleitung ging bereits auf den Eingang zu, während Beatrice immer noch wie angewurzelt dastand. Sie legte den Kopf in den Nacken und blickte an der erleuchteten Fassade empor. Manche fanden, die Oper – die demnächst ihr hundertjähriges Jubiläum feiern sollte – sei unmodern und heruntergekommen, doch ihr hatten die weißen Säulen und die gewölbten Portale immer gefallen. Als sie gerade den anderen hinterherlaufen wollte, donnerte noch ein Landauer heran und schnitt ihr den Weg ab. Mit dem lackierten Aufbau, den roten Speichen und den vergoldeten Ornamenten war er luxuriöser als die meisten anderen Equipagen auf dem Opernvorplatz, und sie fragte sich unwillkürlich, wem das Gefährt wohl gehören mochte. Der Kutscher zog die Zügel an, und die mit Federbüschen geschmückten Pferde schnaubten.

«Bea! Komm, dir wird doch kalt!», rief Sofia, und Beatrice nickte widerstrebend. Es nieselte leicht, und sie tastete kurz mit der Hand nach ihrer Kapuze, um sich zu vergewissern, dass sie gegen den Regen geschützt war. Durch die Feuchtigkeit bekam ihr Haar widerspenstige Locken, sie konnte nur hoffen, dass ihre hübsche Hochsteckfrisur nicht zu sehr litt. Sie eilte der kleinen Gesellschaft nach, die schon auf dem Weg nach drinnen war. Wie gerne hätte sie einen Blick auf den Insassen der protzigen Equipage geworfen.

In ebendiesem Landauer erhob sich Charlotta Wallin gerade von ihrem Sitz. Die Diamanten, die sie um den Hals trug, blitzten.

«Freust du dich nicht auch, dass du ihn gekauft hast?», fragte sie, während sie sich das Kleid glattstrich.

«Dass *ich* ihn gekauft habe?», echote Seth Hammerstaal ironisch. Der Wagen – der diese Woche von Stockholms teuerstem Polsterer geliefert worden war – war mit einer absurden Menge goldener Quasten verziert und mit dickem Samt ausgeschlagen. Amüsiert blickte Hammerstaal seine Geliebte an. «Wenn ich das richtig in Erinnerung habe, wolltest du ihn unbedingt haben», sagte er und streckte die Hand nach dem Türgriff aus. «Ich bin zufrieden, wenn du glücklich bist.»

«Keiner meiner Freunde hat so einen Wagen», sagte

Charlotta und zog sich den Nerz um die Schultern. «Nur ich.»

«Wir könnten auch einfach nach Hause fahren», schlug er vor, als ihm wieder in den Sinn kam, wie sie den Nachmittag verbracht hatten. «Dann kannst du mir zeigen, wie glücklich du bist.»

Doch Charlotta schüttelte nur den Kopf. «Mach jetzt keine Schwierigkeiten, Liebling, wir haben doch immer solchen Spaß, wenn wir zusammen ausgehen.»

«Nicht so viel Spaß, wie wir bei dir zu Hause haben.» Er öffnete den Wagenschlag, stieg aus und hielt ihr die Hand hin.

«Versuch es gar nicht erst. Ich weiß, dass du froh bist, doch mitgekommen zu sein», lachte sie und legte ihre Finger in seine.

«Überglücklich», versicherte er, und Charlotta lachte erneut. Vom Eingang strahlte ihnen das Licht entgegen, und je näher sie kamen, umso lauter wurde das Stimmengewirr. Seth unterdrückte ein Stöhnen, als ihm einfiel, dass sie *Aida* sehen würden. *Aida* war lang. Unerträglich lang.

Im Foyer wimmelte es nur so von Besuchern. Herausgeputzte Frauen mit ihren Familien, ältere Herren mit graumeliertem Backenbart und Gruppen junger Männer mischten sich mit jungen Damen der besseren Gesellschaft und Männern in Fräcken oder dunklen Anzügen.

Beatrice öffnete ihren Fächer, während sie auf die anderen wartete. Der Duft von Parfum und Puder mischte sich mit dem Geruch von Zigarrenrauch. Sie hatte sich schon Sorgen gemacht, ihr neues Kleid – das an der Taille so eng saß, dass sie kaum atmen konnte – könnte zu tief ausgeschnitten sein, aber sie sah mehrere Frauen mit wesentlich großzügigerem Dekolleté. Als sie in ihrem Rücken ein Rascheln vernahm, drehte sie sich um. Sie lächelte ihrer Cousine Sofia zu, die sich mit großen Augen im Foyer umsah.

«Die anderen kommen auch gleich», sagte Sofia. «Papa hat einen Bekannten getroffen.» Sie legte Beatrice eine Hand auf den Unterarm. «Ich hatte ja keine Ahnung, dass so viele Leute hier sein würden», flüsterte sie und öffnete ebenfalls ihren Fächer. Ihr Brustkorb hob und senkte sich in ihrem engen Kleid. Ein Mann blieb vor ihnen stehen und musterte Sofia ungeniert. Das Mädchen rückte näher an Beatrice. «Ich bin froh, dass du diesmal mitgegangen bist», murmelte sie hinter ihrem Fächer. Der Mann schritt über die Steinfliesen davon, doch die Erleichterung währte nicht lang, denn schon blieb der nächste vor Sofia stehen und riss bei ihrem Anblick die Augen auf. Mit der ein Jahr jüngeren Cousine auszugehen war nur selten besonders erhebend für das Selbstwertgefühl, das wusste Beatrice, aber dieses Schauspiel war ja fast schon absurd. Sofias neues puderrosa Kleid tat natürlich seinen Teil dazu. Mit den Rosen und den schmalen Samtbändern – eine Spezialanfertigung von Augusta Lundin, Stockholms gefragtester Schneiderin – und der unglaublich schmalen Taille unterstrich es die zarte Schönheit des Mädchens. Morgen musste ihr Pförtner sicher Scharen von Männern verscheuchen, Männer, die in der vagen Hoffnung, noch einen Blick auf die blonde, braunäugige Siebzehnjährige zu erhaschen, vor ihrem Haus herumstrichen.

«Ich nehme an, es besteht keine Möglichkeit, dass du weniger bedauernd dreinblickst, liebste Cousine?», fragte Beatrice.

Sofia machte eine abwehrende Geste. «Da kommt Edvard», sagte sie rasch und zeigte diskret auf ihren Bruder, der gerade auf sie zuging.

Nonchalant kam Edvard Löwenström durch die Menschenmenge geschlendert. Er trug einen dunklen Frack, eine elegante graue Hose und eine bunte Krawatte. Man musste wohl zugeben, dass Gott wirklich einen guten Tag gehabt hatte, als er die Geschwister schuf, dachte Beatrice, während sie beobachtete, welches Aufsehen Edvard bei den weiblichen Opernbesuchern erregte. Die Schönheit der Geschwister war geradezu überwältigend. Unsicher strich Beatrice mit der Hand über die hellgrüne Seide ihres eigenen Kleides. Vorn war es ganz glatt und lag eng an, doch auf der Rückseite war der Stoff kunstvoll drapiert und mit Volants, Bändern und kleinen Rosen verziert und endete in einer kurzen Schleppe. Ein schönes Kleid, doch neben Sofia und Edvard hätte sie genauso gut unsichtbar sein können. Trotzdem richtete sie sich kerzengerade auf, als Edvard zu ihnen trat.

«Was ist denn?», fragte sie, als Edvard sie nach einer kurzen Verbeugung eingehend musterte.

«Nichts», erwiderte er. «Ich seh dich bloß zum ersten Mal in einem Abendkleid. Es steht dir gut.» Er zwinkerte ihr zu. «Papa hat mich gebeten, schon mal vorzugehen», fuhr er fort, bevor Beatrice auf sein Kompliment reagieren konnte. Er reichte den beiden Mädchen den Arm. Seine Schwester hakte ihn auf der einen Seite unter, Beatrice auf der anderen, und zusammen bahnten sie sich auf dem schwarz-weißen Marmorboden einen Weg durch die Menge.

Da die *Aida* ein großer Erfolg war, war die Oper gut besucht, und es war nicht einfach, zu dritt nebeneinanderzugehen. Beatrice blieb etwas zurück und stieß prompt mit einem anderen Besucher zusammen. Der Zusammenprall war heftig, und sie verzog schmerzlich das Gesicht, während sie eine Entschuldigung murmelte.

«Keine Ursache», erwiderte der Mann. Sie blickte auf und sah in ein Paar intelligente graue Augen. Der Mann neigte höflich den Kopf und wandte sich dann wieder seiner Begleiterin zu, einer lachenden Frau in einem derart tief ausgeschnittenen Kleid, dass Beatrice den Blick kaum abwenden konnte. Ihre bloßen Schultern waren gepudert, und die eng anliegenden hautfarbenen Handschuhe verstärkten die Illusion von Nacktheit noch. Die goldene Abendtoilette war wahrhaft großartig. Und das Dekolleté … Beatrice hatte noch nie so ausladende Brüste gesehen, einen solchen Überfluss an … nun ja, an allem eben. Die Frau lachte und gestikulierte, und fasziniert betrachtete Beatrice das üppige Fleisch. Es hätte sie nicht gewundert, wenn … Aus irgendeinem Grund warf der Mann Beatrice noch einen Blick zu, und sie kam wieder zu sich. Zu spät, sich noch rechtzeitig abwenden zu können. So ertappte er Beatrice, wie sie mit offenem Mund dastand und das Paar angaffte. Der Mann verzog den Mund, hob eine Augenbraue, und Beatrice schämte sich, weil ihr klar war, dass er sehr wohl wusste, wohin sie gestarrt hatte. Verlegen machte sie den Mund zu, doch der Mann hatte sich schon wieder abgewandt. Er sagte etwas zu der Frau in dem ausgeschnittenen Kleid, und sie lachte laut auf. Beatrice merkte, dass sie den Atem angehalten hatte, und atmete aus. Gleichzeitig versuchte sie sich einzureden, dass das elegante Paar bestimmt nicht über sie gelacht hatte. Verlegen hastete sie Sofia und Edvard nach.

Die Familie Löwenström hatte Plätze in der ersten Reihe, rechts von der königlichen Loge. Rundherum wurde laut geplaudert und gelacht. Die meisten gingen nur in die Oper, um zu sehen und gesehen zu werden, doch Beatrice wartete ungeduldig auf den Beginn der Aufführung.

Als der Vorhang sich hob, biss sie sich aufgeregt auf die Lippen. Mit dem Einsetzen der Musik verschwand sie in einer anderen Welt, einer Welt unter ägyptischer Sonne, die von Sklavinnen und Pharaonen bevölkert war. Ab und zu warf sie einen verstohlenen Seitenblick auf Sofia, die ebenso mit glänzenden Augen das Geschehen auf der Bühne verfolgte. Als die letzten Töne vor der Pause verklungen waren, brandete der Applaus auf, und der Vorhang wurde wieder vorgezogen. Für Beatrice war es magisch gewesen.

Da sah sie, wie unten auf dem Parkett ein großer, breitschultriger Mann aufstand. Der Mann, mit dem sie im Foyer zusammengestoßen war. Seine Begleiterin – die Frau in dem tiefausgeschnittenen Kleid – raffte Fächer, Schleppe und Abendtäschchen zusammen, während sie gleichzeitig mit ihren Nachbarn sprach. Unterdessen ließ der Mann seinen Blick über die Sitzreihen schweifen. Er trug einen schwarzen Anzug und hatte kurzes Haar, doch er war schlecht rasiert, was seinem ernsten Gesicht etwas beinahe Verletzliches verlieh. Seine Begleiterin wandte sich mit einer koketten Geste zu ihm um, und er ergriff sofort ihre Hand und schenkte ihr ein langsames, verwegenes Lächeln, bei dem Beatrice unversehens Schmetterlinge im Bauch bekam. Doch die Frau versetzte ihm nur einen neckischen Klaps mit dem Fächer und führte ihre Unterhaltung fort. Also ließ der Mann seine Blicke wieder über den Saal wandern. Als er zu den Logen hinaufschaute, zog sich Beatrice hastig ins Dunkel zurück.

Das hätte noch gefehlt, dass er sie erneut dabei erwischte, wie sie die Leute anstarrte wie eine plumpe Landpomeranze.

In der Pause verschwanden die meisten Männer in die Cafés rund um die Oper, doch Edvard und Onkel Wilhelm gingen lieber ins Foyer, das den besseren Gesellschaftsklassen vorbehalten war. Beatrice und Sofia schlossen sich ihnen an, statt während der Pause im Salon zu sitzen. Ihre Füße versanken im dicken Teppich, ein offener Kamin verbreitete Wärme, und die Gläser klirrten leise. Beatrice erhaschte einen kurzen Blick auf sich in einem der zahllosen goldgerahmten Spiegel. Edvard hatte recht, Grün stand ihr wirklich gut, dachte sie. Die glamouröse Robe war so gänzlich anders als ihre sonst schlichten Kleider, dass sie ihrem Spiegelbild einfach zulächeln musste. Unter den Kristalllüstern plauderten elegante Frauen mit Männern im Frack. Ja, es machte tatsächlich Spaß, diese feinen Herrschaften zu beobachten, doch ein Teil von Beatrice wäre lieber auf Entdeckungsreise durch die Oper gegangen.

Edvard und Onkel Wilhelm hatten sich zurückgezogen und eine gedämpfte Unterhaltung begonnen. Irgendjemand hatte ein Fenster zum Strömmen hin geöffnet, und in der brackigen Abendluft lag schon ein Hauch von Winter. Beatrice musterte ihren Onkel, der den ganzen Abend über noch kein Wort mit ihr gesprochen hatte. Dann spähte sie sehnsüchtig zur offenstehenden Tür. Sie musste sich wirklich beherrschen, um nicht ungeduldig mit dem Fuß zu wippen. Sofia hatte eine ältere Frau begrüßt, eine Bekannte ihrer Mutter, und Beatrice gab sich Mühe, ein wenig Interesse für ihre Konversation aufzubringen. Aber wenn sie schon mal in der Oper war, hatte sie keine Lust, sich darüber zu unterhalten, wo man die besten Seidenbänder kaufen konnte oder wie schwer es doch war, die Stockholmer Mädchen zu brauchbaren Dienstmädchen zu erziehen. Wie konnte man hier stehen und keine Lust verspüren, sich gründlich umzusehen? Sie warf einen Seitenblick auf Onkel Wilhelm. Wie sie gelesen hatte, sollte irgendwo im Haus ein einzigartiges Porträt von

Jenny Lind in der Rolle der Norma hängen. Auch sonst sollte es jede Menge Gemälde und Skulpturen geben, die sie zu sehen gehofft hatte. Sie wippte mit dem Fuß. Sie öffnete ihren Fächer. Sie klappte ihn wieder zusammen. Es war ganz klar, dass ihr strenger Vormund es nicht zu schätzen wissen würde, wenn sie sich davonschlich und die Oper auf eigene Faust erkundete. Sie seufzte.

Da lehnte sich Sofia zu ihr. «Wer ist denn das da?», flüsterte sie und blickte auf einen Mann, der sich gerade zu Edvard und Onkel Wilhelm gesellt hatte.

«Keine Ahnung», antwortete Beatrice.

Der Mann schien etwas über sechzig zu sein. Er war groß und konservativ gekleidet mit seinem Frack und dem weißen Halstuch. Edvard nickte ihnen zu, und der Mann zuckte leicht zusammen, als er Sofia sah, aber das war ja nichts Besonderes, daraus konnte Beatrice ihm keinen Vorwurf machen. Dann blickte er Beatrice an. Seine Augen waren hell und kalt wie die Wintersonne, und als die drei Männer auf sie zugingen, war nicht die Spur eines Lächelns auf seinem Gesicht.

«Graf Rosenschöld, darf ich Ihnen meine Schwester Sofia vorstellen?», sagte Edvard. «Und das hier ist meine Cousine Beatrice.»

Beatrice knickste, und der Graf verneigte sich. Irgendetwas schien kurz in den blassen Winteraugen aufzuglimmen, doch Beatrice wusste es nicht zu deuten.

«Sehr erfreut», sagte der Graf, und wenn in seinen Augen ein wenig Wärme gelegen hätte, hätte sie ihm vielleicht sogar glauben können.

Ein Stückchen von ihnen entfernt stand Seth Hammerstaal und betrachtete die Gesellschaft.

«Jemand da, den du kennst?», erkundigte sich Charlotta

und folgte seinem Blick. Sie nahm ein Stück Konfekt aus der Schachtel, die Seth ihr hinhielt, und steckte es sich in den Mund.

Er legte den Kopf schief. Den Grafen kannte er freilich, die anderen jedoch nicht.

«Warum fragst du?», wollte er wissen.

«Er sah böse aus, als er dich vorhin angesehen hat», erklärte Charlotta und nahm sich noch eine Näscherei. «Was hast du ihm getan?»

«Wie kommst du darauf, dass ich ihm etwas getan haben könnte?», fragte er ungerührt.

Doch Charlotta ließ sich von seinem nonchalanten Ton nicht täuschen. Dass die Presse ihn als rücksichtslosen Geschäftsmann darstellte, kam sicher nicht von ungefähr. Skeptisch zog sie die Augenbrauen hoch und sah ihn an.

«Kann sein, dass ich ihm vor ein paar Jahren ein, zwei wirtschaftliche Tiefschläge verpasst habe», antwortete Seth Hammerstaal schließlich. Charlotta lachte.

«Wie heißt er denn? Ich hab ihn noch nie gesehen.»

«Nein, Graf Rosenschöld geht nur selten in die Oper, nehme ich an», antwortete Seth. «Wenn ich mich nicht täusche, zieht er die etwas weniger respektablen Etablissements vor.»

Charlottas Augen glänzten auf. «Ein Graf, sagst du?»

Seth musterte seine schöne Geliebte. Charlotta hatte eine Vorliebe für Aristokraten und ihr Kapital. Oft hatte sie einen Grafen oder Prinzen als Gönner. Er selbst war eine der wenigen Ausnahmen. Andererseits war er natürlich auch unanständig reich.

«Ein Graf», bestätigte er.

«Hm.»

«Du bist ein großes Mädchen, Charlotta», sagte Seth. «Wenn du unbedingt einem Grafen nachstellen willst, werde ich dich nicht davon abhalten. Aber Rosenschöld ist ein echter Teufel. Du solltest wissen, worauf du dich einlässt, bevor du ihn umgarnst.»

«Bist du denn kein bisschen eifersüchtig?», wunderte sich Charlotta und zog einen Schmollmund.

Doch Seth schüttelte nur den Kopf. Seine Aufmerksamkeit wanderte zu der großen, rothaarigen Frau, die neben dem Grafen stand und von einem Fuß auf den anderen trat, während sie die Blicke durchs Foyer schweifen ließ. Es war dieselbe, mit der er vorhin zusammengestoßen war, fiel ihm auf. Er verzog amüsiert den Mund, während er ihre Ungeduld beobachtete. Charlotta redete weiter mit ihm, aber das Gespräch begann ihn langsam zu ermüden, und wie es aussah, wollte die Rothaarige gleich gehen. Sie sollten sie lieber nicht allein lassen, dachte er und drückte Charlotta die Konfektschachtel in die Hand. «Ich muss mal ein bisschen frische Luft schnappen», entschuldigte er sich. «Du hast sicher ein Dutzend Freunde hier.» Er blickte auf Rosenschöld. «Und den guten Grafen natürlich. Ich lass dich kurz allein. Tu, was du willst, aber ich erwarte, dass wir die Nacht zusammen verbringen.»

Charlotta zuckte mit den Schultern, während Seth auf den Ausgang zusteuerte. Die rothaarige Frau war dabei, sich davonzustehlen. Er sah sie zur Treppe gehen und folgte ihr.

2

*B*eatrice lief rasch durch einen schmalen Korridor. Sie blickte geradeaus, bog um eine Ecke, um eine weitere Ecke, und als sie eine Tür entdeckte, die nur angelehnt war, trat sie leise ein und sah sich um. Der Raum war leer bis auf wenige Bilder. Sie überlegte, ob sie …

«Sie sollten nicht alleine hier herumlaufen», sagte eine Stimme hinter ihr. Beatrice zuckte zusammen und drehte sich um. Unsicher sah sie rasch nach allen Seiten. Vom Flur her hörte man zwar Stimmen, doch hier war niemand. Bis auf sie und den Mann, mit dem sie vorhin zusammengestoßen war und der jetzt am Türrahmen lehnte. Beatrice öffnete den Mund, um etwas zu erwidern, überlegte es sich dann aber anders. Es gab nichts zu sagen – er hatte recht, sie sollte hier nicht alleine sein. Schließlich war sie eine junge Frau, und ihr Ruf hing von ihrem Benehmen ab. Es war ihr schon immer wahnsinnig ungerecht vorgekommen, dass Edvard stundenlang fortbleiben konnte, manchmal nächtelang, ohne dass sich jemand um seinen Ruf sorgte, während Sofia und sie nirgends ohne Begleitung hingehen konnten, ohne eine Anstandsdame oder einen Verwandten.

«Es gibt einen Raum mit noch mehr Bildern», sagte er und sah sie mit glänzenden Augen an. «Würden Sie den gerne sehen?»

Beatrices Instinkt schlug sofort Alarm. Sie wusste, dass sie so ein Anerbieten ablehnen musste, dass sie zu ihrer Familie zurückkehren musste und nicht mit fremden Männern sprechen durfte. Dennoch konnte sie sich die Frage nicht verkneifen: «Wo denn?»

Er stieß sich vom Türrahmen ab. «Kommen Sie.»

Sie folgte ihm schweigend und mit gesenktem Kopf. Ihr Herz klopfte wie wild. Was sie hier tat, war etwas ganz anderes, als heimlich einen verbotenen Roman zu lesen oder sich bei Sonnenschein nach draußen zu schleichen, statt schön brav im Haus zu sitzen und zu sticken. Was sie hier tat, war einfach töricht.

Sie gelangten zu einem der Korridore, die zu den Künstlerlogen führten. Die ganze Zeit wagte sie nicht, ihn anzusehen. Er drückte die Klinke und öffnete eine Tür. Stimmengewirr und gedämpftes Gelächter schlug ihnen entgegen.

«Wo sind wir hier?», flüsterte sie. Das Blut rauschte ihr derart in den Ohren, dass sie die eigene Stimme kaum hörte.

«Im Künstlerfoyer. Seien Sie still, sonst werden wir gleich wieder rausgeworfen.»

Es handelte sich um einen verhältnismäßig schlichten Raum, groß, mit Fenstern, die auf den Strömmen hinausgingen, Holzboden und hellgrauen Wänden – und er war voller Menschen. Der Sänger, der die Hauptrolle in der Oper spielte, unterhielt sich gerade mit dem Dirigenten und trank ein Bier. Ein Schauspieler – einer der äthiopischen Sklaven – lümmelte rauchend auf einem roten Sofa. Und unter dem Kristallüster kabbelten sich zwei Orchestermusiker. Um die beiden Eindringlinge kümmerte sich keiner.

«Haben Sie Angst?», flüsterte der Mann. Beatrice schüttelte den Kopf. Sie hatte keine Angst, sie war vor Schreck wie gelähmt. «Folgen Sie mir», forderte er sie auf und trat ein. Beatrice zögerte kurz, doch dann sah sie die Bilder. Dort – in einem mächtigen Goldrahmen – hing Jenny Lind, die weltberühmte Sopranistin. Und dort, ein Kupferstich von Gustav III. Und dahinter, die Wand entlang, hingen noch mehr Porträts und waren Skulpturen aufgereiht.

Während Beatrice den Blick über die Gemälde wandern ließ, war sie sich der Gegenwart ihres Begleiters überaus bewusst. Sie studierte ein Porträt, blinzelte zum Deckengemälde empor, bis ihr Blick an einem weiteren Bild im Goldrahmen hängen blieb. Unterdessen spürte sie seine Augen im Rücken. Er stand hinter ihr und sah sie an. Sie drehte sich um. «Was ist?», fragte sie.

Doch er schüttelte nur den Kopf und verzog den Mund. «Nichts.» Dann zeigte er auf ein farbenfrohes Bild. «Gefällt Ihnen das?»

Beatrice rümpfte die Nase. «Finden Sie das nicht ein wenig zu prätentiös?», meinte sie.

Einer seiner Mundwinkel zuckte amüsiert. «Wie sollte ich das wissen?», gab er zurück. «Ich weiß ja nicht mal, was das bedeutet.»

Sie lachte auf. «Verzeihen Sie, aber …» Da signalisierte eine Glocke das Ende der Pause, und Beatrice schlug sich die Hand vor den Mund. Sie war viel zu lange weggeblieben.

«Wir müssen gehen», sagte er. «Kommen Sie, ich führe Sie zurück.»

Schweigend liefen sie durch den Korridor. Vor der Tür zum großen Foyer blieben sie stehen. Sie sah den Mann fragend an und überlegte, was sie jetzt sagen sollte. Sie war ein großes Risiko eingegangen, als sie ihm gefolgt war. Jetzt fühlte sie sich verletzlich, als ob er etwas über sie wüsste, was sie einem Fremden lieber nicht verraten hätte.

Doch der Mann lächelte nur wieder sein schwer zu deutendes Lächeln. *«Adieu»*, sagte er.

Einen Moment schien es, als wollte er noch etwas hinzufügen, aber schließlich verbeugte er sich einfach nur und verließ den Raum.

Seth überredete Charlotta, die Oper vor Beginn des letzten Aktes zu verlassen. Wie *Aida* ausging, wusste er bereits, und er hatte keine Lust auf Tragödien, zumindest nicht heute. Also verließen sie ihre Plätze und fuhren zu ihr.

Mit nichts anderem am Leib als ihrem schweren Parfum empfing Charlotta ihn in ihrem Bett. Und hinterher schlief sie so rasch ein wie immer, doch Seth lag noch wach. Nicht einmal ihr Schäferstündchen hatte seine Rastlosigkeit mildern können. Zerstreut streichelte er ihr das glänzende blonde Haar und ertappte sich bei dem Gedanken, wie es aussehen würde, wenn es feuerrot wäre.

Charlotta murmelte irgendetwas im Schlaf.

Schließlich stand er auf und ging durch die Wohnung. Charlotta hatte sie möbliert gemietet, und am anderen Ende des Hauses gab es eine kleine vernachlässigte Bibliothek. Mit einer Petroleumlampe in der Hand suchte er die Regale ab, bis er ein Wörterbuch fand und darin das Wort nachschlug.

Dann klappte er das Lexikon wieder zu, ging zurück ins Schlafzimmer und zog sich an. Pfeifend bummelte er das kurze Stück zum Blasieholmstorg und zu seinem eigenen Zuhause.

3

Im Haus der Familie Löwenström, Stockholm

Gemessen daran, dass ihre Cousine und sie sonst eigentlich ein eher beschauliches gesellschaftliches Leben führten – und selbst das war noch großzügig ausgedrückt –, schien der Dezember geradezu ein hektischer Monat werden zu wollen, dachte Beatrice. Sie machte sich gerade für einen Besuch beim Landeshauptmann fertig, zu dem die ganze Familie fahren wollte – außer Tante Harriet, die wie immer unpässlich war. Beatrice legte ein Paar Ohrringe an und freute sich über die Abwechslung in ihrem Alltag. Tante Harriet war kränklich, und Onkel Wilhelm arbeitete von frühmorgens bis spätabends, wobei er sowieso keinen Wert auf Geselligkeit legte. In der Wintersaison, in der die meisten ihrer Altersgenossinnen diverse gesellschaftliche Ereignisse besuchten, mussten Sofia und Beatrice miteinander und mit ihrer englischen Gesellschafterin vorliebnehmen. Sie lasen, machten kleine Erledigungen und besuchten ab und zu ein paar Freunde. Am Wochenende ging die ganze Familie in die Kirche, und ein paar wenige Male im Monat lud der Onkel abends Geschäftsfreunde ein, für die die Cousinen anstelle von Tante Harriet die Gastgeberinnen spielten. Beatrice hatte einige Jahre gebraucht, um sich an dieses langweilige Dasein zu gewöhnen, das nur durch ein paar Monate Sommerfrische auf dem Land unterbrochen wurde. Als sie noch jünger waren, hatten die Mädchen wenigstens Gouvernanten gehabt und waren von Edvards Hauslehrer mit unterrichtet worden, aber nach ihrer Konfirmation war man der Meinung, dass weitere Bildung für sie überflüssig sei.

Immerhin komme ich viel zum Sticken, dachte sie und zog die langen Abendhandschuhe an, die zu ihrem neuen elfenbeinfarbenen Kleid gehörten. An der Vorderseite war es glatt, fast keusch, doch hinten breitete es sich zu einer eleganten, goldbestickten Schleppe aus. Sie griff den dazugehörigen Schal und ging zur Treppe.

«Bist du fertig?», erkundigte sich Sofia, die schon auf sie wartete. Beatrice nickte. Sie war froh, dem Haus in der Drottninggatan eine Weile zu entkommen.

Die Familie verabschiedete sich vom Portier und trat hinaus in die Abendkühle. Das Wetter war umgeschlagen, schon die ganze letzte Woche war es sehr kalt gewesen. Auf dem Mälaren und Saltsjön hatte sich eine erste dünne Eisschicht ausgebreitet, und in der Luft lag das Versprechen von Schnee.

Im Salon der großen Residenz des Landeshauptmanns stand die Gastgeberin, Karin Hielm, und begrüßte die nach und nach eintreffenden Gäste. Sie gab ihnen die Hand, verbeugte sich vor den Aristokraten und umarmte die Frauen, die sie gut kannte. In einer großen Kristallschale wartete schon die Bowle. Die schweren Vorhänge waren vorgezogen, um die Kälte draußen zu halten, und in mehreren Kaminen brannte ein Feuer, das den Raum gut erwärmte. Beatrice nippte an der roten Bowle.

Karin und ihr Mann, der Landeshauptmann von Stockholm, Hjalmar Hielm, luden jeden Herbst zu einem großen, wenn auch eher formlosen Abendessen ein, zu dem um die dreißig Gäste kamen. Sofia und Beatrice hatten sich schon wochenlang auf diesen Abend gefreut. Beatrice wurde einem Mann namens Johan Stjerneskanz vorgestellt, einem jungen Juristen, der nach Karins Worten außerordentlich geschickt und begabt sei. Sofia knickste vor einem älteren Grafen und seiner Frau und lobte das Kleid ihrer Tochter. Der Landeshauptmann gab Wilhelm Löwenström die Hand, machte einen kleinen Scherz und kassierte dafür nur eine gequält amüsierte Miene. Der allzu ernsthafte Wilhelm hatte die unglückliche Neigung, Scherze misszuverstehen.

«Wie schön, euch zu sehen», sagte Karin. Sie drückte den Mädchen die Hand und lächelte sie liebevoll an. «Ich muss mich ein wenig unter meine Gäste mischen, aber ich habe hier jemand, mit dem ihr bereits bekannt seid, wie ich gehört habe.»

Sie trat einen Schritt beiseite, und Beatrice erblickte einen Mann, den sie sofort wiedererkannte.

Graf Rosenschöld kam ihnen über den weichen Teppich entgegen. Unangenehm berührt überlegte Beatrice, was der Mann hier wohl machte. Natürlich wusste sie, dass Karin und Hjalmar jeden kannten, der in Stockholm etwas darstellte, aber mit Rosenschöld hätte sie nun wirklich nicht gerechnet in dieser hübschen und gemütlichen Wohnung.

«Fräulein Beatrice. Fräulein Sofia.»

Beatrice knickste und musterte sein Gesicht. Eigentlich sieht er gar nicht so übel aus, trotz seines Alters, und wenn er nicht so arrogant wäre, könnte ich ihn vielleicht sogar mögen, dachte sie. Doch als der Graf seinen Blick ganz ungeniert auf Sofias Ausschnitt ruhen ließ, kam Beatrice zu dem Schluss, dass sie ihn doch niemals würde respektieren können.

Nach einigen Minuten Plauderei verbeugte sich der Graf endlich und ging weiter. Beatrice und Sofia tauschten einen erleichterten Blick, da kam auch schon der nächste Freund der Familie auf sie zu und forderte Sofias Aufmerksamkeit.

Beatrice hatte diese Wohnung schon immer gemocht. An den Wänden hingen so viele Gemälde und Fotografien, dass die rote Brokattapete kaum mehr zu sehen war. Es gab kein Sofa und keinen Stuhl, der nicht mit einem gehäkelten Überwurf oder einem Seidenschal dekoriert war. Die zahlreichen Leuchter sorgten für ein weiches, gemütliches Licht. Am anderen Ende des Salons sah Beatrice, wie Karin ihre Freunde begrüßte, sie zum Lachen brachte und allen das Gefühl gab, willkommen zu sein. Beatrice mochte Karin und Hjalmar sehr. Karin war klug und hatte immer ein freundliches Wort für sie übrig, während der Landeshauptmann überhaupt nichts dabei fand, mit einer jungen Frau zu diskutieren und sich ihre Ansichten anzuhören, ohne ärgerlich zu werden. Das Paar war für sein gastfreundliches Heim und seine großzügigen Soupers bekannt und … Da sah Beatrice, wie Karin einen weiteren Gast begrüßte, und beinahe wäre ihr das Herz stehen geblieben. Das war er – der dunkelhaarige Mann aus der Oper. Die Dame des Hauses hakte sich bei ihm unter und steuerte direkt auf Beatrice zu.

Als läge ein eigenes Kraftfeld um ihn, dachte sie, eine beherrschte Energie, die seine ganze Umgebung dumpf und beschränkt wirken ließe – so kam es ihr vor. Der Salon hallte immer noch vom Gelächter der Gäste und dem Klirren der Gläser wider, doch als dieser Mann den Raum durchquerte, schienen alle Geräusche zu verstummen.

Und dann standen die beiden auch schon vor ihr.

«Das ist Seth Hammerstaal», stellte Karin ihn vor und lächelte strahlend. «Er ist erst vor kurzem aus New York zurückgekommen. Ich glaube, wir haben uns zum letzten

Mal vor einem Jahr gesehen.» Sie drückte seinen Arm. «Auf jeden Fall hat er mir schrecklich gefehlt.»

Beatrice sah den Mann namens Seth an. Sie fragte sich, ob er wohl erwähnen würde, dass sie sich bereits begegnet waren, doch er verriet mit keiner Miene, ob er sie überhaupt wiedererkannte. «Seth, darf ich dir Beatrice Löwenström vorstellen? Sie ist die Nichte von Wilhelm Löwenström, den du schon begrüßt hast.» Karin blickte sie beide an. «Seltsam, dass ihr zwei euch noch nicht begegnet seid.»

Beatrice. Der Name passt zu ihr, dachte Seth und musterte das ausdrucksvolle Gesicht. In Karins Salon glänzte sie in ihrem hellen Kleid wie ein Sonnenstrahl.

«Entschuldigt mich», sagte Karin, die gerade einen neu eingetroffenen Gast entdeckt hatte. «Seth, bist du so gut und unterhältst Beatrice ein wenig?» Sie lächelte und verschwand.

Beatrice sah aus, als hätte sie die Gastgeberin am liebsten am Arm festgehalten – aber die war schon wieder weg.

«So, Fräulein Beatrice. Wie möchten Sie denn unterhalten werden?», fragte er.

Sie runzelte die Stirn, und ihm dämmerte, dass sie die Zweideutigkeit seiner Worte wahrscheinlich gar nicht erfasst hatte. «Haben Sie denn noch weitere Gemälde ansehen können?», fuhr er deshalb rasch fort. Sie warf ihm einen verunsicherten Blick zu, und Seth begriff, dass sie nervös war. Der Ruf einer Frau konnte allzu leicht Schaden nehmen, und dass sie ihm in der Oper gefolgt war, konnte ihrem Ansehen durchaus großen Schaden zufügen, wenn es bekannt wurde. «Ich habe niemand davon erzählt», raunte er ihr zu.

Auf ihrem Gesicht machte sich Erleichterung breit, und sie lächelte ihn an. «Danke», sagte sie. «Ich war nicht einmal sicher, ob Sie sich überhaupt an mich erinnern.»

Seth ließ den Blick über den zarten Hals schweifen, wo rote Haarlocken schneeweiße Haut umspielten. Das war keine Frau, die er so schnell vergessen konnte.

«Sagen Sie, wie hat Ihnen denn überhaupt die *Aida* gefallen?», erkundigte er sich und fragte sich insgeheim, ob sie wohl gemerkt hatte, dass er die Oper vor Ende der Vorstellung verlassen hatte.

«Ich fand sie ganz wunderbar», antwortete sie. «Ich liebe solche Geschichten.»

«Sie meinen Wirklichkeitsflucht und tragische Liebe?», fragte er skeptisch.

Sie nickte. Weitere Strähnen ihres roten Haares lösten sich aus ihrer Hochsteckfrisur. Eine Strähne hier, eine Locke da. «Sie fanden die Oper also nicht prätentiös?», fragte er weiter.

«Wie bitte?»

«Sie wissen schon, anspruchsvoll, anmaßend», erwiderte er ernst.

Beatrice brach in Gelächter aus, und es versetzte ihm einen Stich. Sie hatte Grübchen. Und einen ziemlich breiten Mund. «Wissen Sie, ich musste das Wort zu Hause nachschlagen.»

«O Gott.» Sie biss sich auf die Lippen. «Ich muss auf Sie ja ganz schön …»

«Gebildet wirken?», schlug er vor, und sie errötete leicht. Die nächste Strähne löste sich aus dem Knoten und kringelte sich um ihren Hals.

«Ich bitte um Entschuldigung», sagte sie. «Ich weiß, dass das eigentlich kein Kompliment ist – wir Frauen sollten ja nicht zu belesen sein, nicht wahr?»

Seth fragte sich, was für ein Dummkopf ihr das eingeredet haben mochte. Bestimmt dieser düstere Onkel.

«Ich habe nichts gegen gebildete Frauen», beteuerte er und bot ihr den Arm. Nach kurzem Zögern legte sie die Hand auf seinen Unterarm und ließ sich langsam von ihm durch den Raum führen. «Sie mögen die Oper also», setzte er die Unterhaltung fort.

«Ich habe noch nicht viele Aufführungen erlebt, aber als ich ein kleines Mädchen war, durfte ich einmal ins Ballett gehen, zu *Giselle*», erzählte sie. «Ich war völlig verzaubert.» Sie wandte ihm das Gesicht zu. Ihre Augen waren dunkelblau und standen leicht schräg, was ihr ein exotisches Aussehen verlieh.

«Ist Giselle nicht an gebrochenem Herzen gestorben?», fragte er misstrauisch.

Sie verzog den Mund. «Ich war damals elf und habe hinterher eine Woche lang geweint wie ein Schlosshund.»

«Aber gefallen hat es Ihnen?», lachte Seth.

«Ja, sehr. Aber danach durfte ich nie wieder ins Ballett. Und Papa verbot mir auch für mehrere Monate, Romane zu lesen. Er hatte Angst, dass es mich zu sehr aufwühlen könnte.»

«Und Sie haben ihm natürlich gehorcht?», hakte Seth nach, obwohl er die Antwort bereits erahnte. Beatrice Löwenström, die sich heimlich durch Opernkorridore schlich, um sich Gemälde anzusehen, wirkte nicht gerade wie ein durch und durch gehorsames Mädchen.

«Nicht im Geringsten. Dann hab ich sie eben heimlich gelesen», erklärte sie mit schuldbewusster Miene.

«Und das hat er nicht bemerkt?»

Sie lächelte immer noch, aber irgendetwas glomm in ihren dunklen Augen auf. «Nein», erwiderte sie. «Und dann kam es eben so, wie es kam.»

Seth musterte sie gründlich von oben bis unten. Sie hat wirklich überall Sommersprossen, stellte er fest, auf der Nasenspitze, an den Ohren, sogar auf den Lippen. Seth – der nie zuvor über Sommersprossen nachgedacht hatte – fand sie nun faszinierend.

«Ja, ich sehe schon, das Resultat war katastrophal», murmelte er und beobachtete vergnügt, wie sich ihre Augen weiteten. Dieses Mädchen war ja leicht aus dem Gleichgewicht zu bringen. Außerdem war sie viel zu unschuldig für einen Mann wie ihn. Trotzdem, er amüsierte sich.

Seth hätte sein Gespräch mit Beatrice Löwenström nur zu gern fortgesetzt, aber ihm wurde eine andere Tischdame zugewiesen, nämlich Leonite von Wöhler. Schon während er den Stuhl für die attraktive junge Frau vom Tisch zog, damit sie Platz nehmen konnte, erzählte sie ihm, dass ihr Vater eine Position bei Hofe hatte. Er musste einen Seufzer unterdrücken. Hofklatsch war nun wirklich das Grässlichste, was er sich vorstellen konnte.

Auf der anderen Seite des Tisches war Beatrice in eine lebhafte Unterhaltung mit ihrem Tischherrn vertieft. Sie lachten und kicherten, und worüber auch immer sie und der ältere Mann, ein Universitätsprofessor, sich unterhielten, es musste um Längen interessanter sein als Leonites Sermon über Bälle, Gesellschaften und die Bekannten ihrer Eltern. Er stocherte in seinem Essen. Schon immer hatte er eine Schwäche für intelligente Frauen gehabt und wünschte sich nun, Beatrice würde neben ihm sitzen.

«Das wäre doch mal was – Monets Gemälde im Original zu sehen», hörte er sie gerade sagen.

«Gefallen sie Ihnen?», gelang es Seth rasch über den Tisch hinweg einzuwerfen. Beatrice lächelte ihr strahlendes Lächeln. «Das Wenige, was ich gesehen habe, hat mir sehr gut gefallen.»

Zu seiner Linken stieß Leonite ein gekünsteltes Lachen aus. «Ich persönlich verstehe nur etwas von Bildern, auf denen man erkennen kann, was eigentlich dargestellt ist.» Sie warf Beatrice einen höhnischen Blick zu. «Ist das denn wirklich Kunst?»

«Monets Kunst ist in Paris eine große Sensation», entgegnete Beatrice. «Der Impressionismus scheint eine ganz neue Art des Ausdrucks zu sein.»

«Ich finde das hässlich», sagte Leonite abfällig. «Und ganz sicher ist es nichts, worüber sich eine Frau den Kopf zerbrechen sollte.»

Als Beatrice die elegante Deutsche ansah, blitzte etwas in ihren Augen auf. «Frauen sollten also nicht allzu viel eigene Ansichten haben, oder? Haben Sie das so gemeint? Wir sollten lieber die Männer entscheiden lassen, was wir uns ansehen und gut finden?»

Leonites sinnliche Lippen kräuselten sich amüsiert. «Und was ist daran so verkehrt?»

Seth merkte, wie Beatrice mit sich kämpfen musste, um Leonite nicht weiter zu provozieren, und er konnte sich seine Bemerkung nicht verkneifen: «Ja, das ist auch meine persönliche Erfahrung. Frauen lassen gern die Männer entscheiden», behauptete er im überheblichsten Ton, den er zustande brachte.

Beatrices dunkle Augenbrauen schnellten hoch, während Leonite zustimmend den Kopf senkte. Doch Beatrice ignorierte die Deutsche und wandte sich direkt an Seth. Ihre langen, schmalen Finger strichen über ihr Weinglas. «Ihre Erfahrung?», wiederholte sie. «Hm.»

«Klingt ja ganz so, als würden Sie das bezweifeln.» Er lehnte sich zurück. Beatrice musterte ihn.

«Meine Erfahrung sagt mir, dass die Leute die Dinge gern so betrachten, wie es ihren eigenen Interessen am dienlichsten ist. Sie sind nur empfänglich für Wahrnehmungen, die ihre bereits bestehenden Meinungen bestätigen. Was dem widerspricht, lassen solche Leute links liegen.»

Leonite schwieg, und alle anderen Unterhaltungen am Tisch waren verstummt, doch Beatrice schien diese Aufmerksamkeit nicht verlegen zu machen. Seth sah, wie sie tief Luft holte, wahrscheinlich um eine weitere treffsichere Bemerkung hinzuzufügen. Sie hatte sein Argument elegant abgeschmettert. Er konnte sich gar nicht erinnern, wann er sich zum letzten Mal so gut amüsiert hatte. «Manche Leute würden jetzt sagen, dass Sie nicht so mit einem Mann sprechen sollten», erklärte er.

«Manche Leute würden sicher noch mehr sagen als das», erwiderte sie trocken. «Aber Sie haben natürlich recht, ich bitte um Entschuldigung, wenn ich unhöflich war. Ich werde ab jetzt versuchen, ein besserer Mensch zu werden.»

Seth sah, wie es in einem ihrer Mundwinkel zuckte, und er wusste, er *wusste*, dass da noch mehr nachkommen würde. Unter dem Lachen, den Grübchen und dem leichten Ton verbarg sich ein stählerner Kern. Seth warf einen verstohlenen Blick zu Beatrices Onkel – er war ein Mann, der höchstwahrscheinlich der Meinung war, dass Frauen still und gehorsam zu sein hatten. Ungefähr wie Kinder. Oder Hunde. Sie hatte es sicher nicht leicht bei ihm.

«Sie versprechen aber das Gleiche, ja?», sagte Beatrice nun zu ihm. Seth wusste im ersten Moment nicht, wovon sie redete, und sie musste es sofort gemerkt haben. «Dass Sie ein besserer Mensch werden, meinte ich», erklärte sie.

Seth lachte laut auf. Leonites olivgrüne Augen glühten hingegen empört. Sie war eine Frau, die nur Schwarz und Weiß, Richtig und Falsch kennt, dachte er. Doch er wusste, dass die Welt weder das eine noch das andere war. Und Beatrice wusste es ebenfalls.

«Eine Frau muss akzeptieren, dass der Mann gewisse Dinge eben besser weiß», bemerkte Leonite scharf. Kopfschüttelnd sah sie Beatrice an, und das Licht spiegelte in ihren dunklen Korkenzieherlocken. «Das ist nichts, worüber man Witze machen müsste, das ist einfach eine Tatsache. Der Mann muss das Haupt der Frau sein.»

«Sie teilen diese Meinung natürlich, nicht wahr?» Seth hatte sich wieder an Beatrice gewandt. «Ich meine, dass der Mann das Haupt der Frau sein muss.»

Beatrice legte den Kopf zur Seite, und Seth hätte schwören können, dass sie ihm kurz zuzwinkerte. «Eine schwere Frage», sagte sie dann. «Ich für meinen Teil bin sehr wählerisch, wenn es um das Haupt geht, das über mich herrschen soll.» Sie hob ihr Glas, und ihre ganze Haltung schien ihn herauszufordern. «Meinen Sie nicht, dass ich mir meinen eigenen Kopf erlauben sollte, auch wenn ich nur eine Frau bin?»

Seth hob sein Glas, um ihr zuzuprosten. «O doch», erwiderte er. Zwischen ihnen sprühten die Funken förmlich. Ihre Augen blitzten, und plötzlich verspürte er eine unbändige Lust, sich einfach über den Tisch zu beugen, Beatrice Löwenström an sich zu ziehen und sie zu küssen.

Graf Rosenschöld nutzte diese Gelegenheit, um sich über den Tisch zu lehnen und den Zauber zu brechen. «Das Fräulein Beatrice scheint die eigene Stimme ja gar zu gern zu hören», bemerkte er. «Dabei ist es doch eine sehr wertvolle Eigenschaft, wenn eine Frau weiß, wann sie den Mund halten sollte, nicht wahr?»

Seth sah, dass Leonite und mehrere der männlichen Anwesenden diese Meinung zu teilen schienen.

«Zu oft die eigene Stimme zu Gehör zu bringen steht einem jungen Fräulein nicht besonders gut zu Gesichte», fuhr der Graf fort und erntete beifälliges Gemurmel.

Obwohl Seth den Grafen ohnehin für einen der unsympathischsten Menschen überhaupt hielt, hätte er nie gedacht, dass der Mann noch weiter in seiner Achtung sinken könnte, doch offenbar war nichts unmöglich. Seth erwog, ob Karin es ihm verzeihen würde, wenn er aufstünde und dem Grafen einen wohlverdienten Schlag ins Gesicht verpasste.

«Halten Sie es für falsch, wenn man Frauen erlaubt, zu lernen und sich zu bilden?», erkundigte sich nun Beatrice. Ihr Ton war ruhig, doch Seth bemerkte die roten Flecken, die sich auf ihrem Hals gebildet hatten.

«Die Aufgabe jeder anständigen Frau besteht darin, sich zu verheiraten», verkündete Rosenschöld. «Studien wären doch nur Verschwendung.» Er hob sein Weinglas. «Frauen ist es nicht zuträglich, wenn sie ihr Gehirn anstrengen, davon werden sie nur krank und schwach. Es gibt viele, die diese Ansicht vertreten.»

«Eine Ansicht ist nicht unbedingt wahr, nur weil sie von vielen Menschen vertreten wird», erwiderte Beatrice sanft. Der Graf ignorierte sie und warf einen galligen Blick zu Wilhelm Löwenström hinüber, der die Unterhaltung mit zornrotem Gesicht verfolgt hatte.

«Ihre Nichte hört sich gar zu gern reden», bemerkte der Graf kühl. «Dabei nimmt sie keine Rücksichten auf Rang oder Alter. Vielleicht müssten Sie ihr einmal sagen, dass sie auch andere am Tisch zu Worte kommen lassen sollte?» Er legte den Kopf schief. «Oder ist sie so schwer zu lenken?»

Beatrice setzte an, erneut etwas zu sagen, doch ihr Onkel fiel ihr ins Wort.

«Schluss jetzt», rief er, und unter den Gästen machte sich betretenes Schweigen breit. Beatrice senkte den Blick.

«Nicht alle teilen Ihre Ansicht, Rosenschöld», mischte sich Seth mit kalter Stimme ein. Beatrice sah ihn verunsichert an. Seine Unterstützung schien sie zu überraschen. Was hatte sie erwartet? Dass er sie wie Rosenschöld und ihr Onkel angreifen würde?

«Aber es ist nun mal eine Tatsache, dass die Frau dem Manne physisch unterlegen ist», erklärte der Graf. Unverhohlen ließ er den Blick über Beatrice wandern. «Der Körper einer Frau ist empfindlich und gerät leicht aus dem Gleichgewicht, sie sollte weder Körper noch Gehirn unnötigen Anstrengungen aussetzen.» Rosenschölds helle Augen blieben an Beatrices Brust hängen, und Seth spürte geradezu, wie sich etwas in ihm zusammenballte. Er begriff, dass er nahe dran war, aufzuspringen und einem von Karins prominentesten Gästen den Hals umzudrehen. «Das ist ganz einfach eine Frage des gesunden Menschenverstandes und der Wissenschaft», schloss der Graf.

Graf Carl-Jan Rosenschöld freute sich, diese aufmüpfige Frau endlich auf ihren Platz verwiesen zu haben. Sie war ganz grau im Gesicht. Und vorbildlich still.

Eigentlich hatte er heute Abend gar nicht kommen wollen. Fräulein Beatrice hatte bereits in der Oper keinen guten Eindruck auf ihn gemacht, und er wollte sich eigentlich nach einer anderen umsehen. Doch jetzt hatte sich die Lage geändert, befand er. Dieser Hammerstaal hat den ganzen Abend die Augen nicht von ihr abwenden können, und jetzt hat er sie verteidigt, als würde ihm etwas an ihr liegen. Der Graf schauderte. Gott, wie er diesen Seth Hammerstaal hasste. Dass dieser Emporkömmling von Beatrice begeistert war, war ein unerwarteter Umstand. Er lehnte sich zurück und ließ den Blick über die Tafel schweifen. Vielleicht sollte er die Sache doch noch einmal überdenken? Natürlich würde er die blonde Cousine vorziehen, die still und schüchtern neben dem jungen Stjerneskanz saß. Doch Wilhelm Löwenström war offenbar nicht so versessen auf seinen gesellschaftlichen Aufstieg, dass er seine siebzehnjährige Tochter für eine Eintrittskarte in die feinsten Salons getauscht hätte.

Doch mit seiner Nichte verhielt es sich offenbar anders. Der Graf betrachtete Beatrices weiße Brust und ihre bedrückte Haltung. Sie hatte einen gesunden Körper, alles saß, wo es sitzen sollte, und er brauchte wirklich eine junge Frau. Auf der anderen Seite des Tisches murmelte Hammerstaal eine Frage, und die Rothaarige antwortete ihm mit einem Lächeln. Der Graf hatte seine Entscheidung getroffen. Er warf einen Blick zu Wilhelm Löwenström. Sie würden so bald wie möglich über die Einzelheiten ihrer Absprache reden.

Nach dem Abendessen versammelten sich die Frauen in einem der Salons, wo Kaffee, Tee und Süßigkeiten serviert wurden, während die Männer sich zu Zigarren und Cognac in den Rauchsalon des Landeshauptmanns zurückzogen.

«Herr Hammerstaal scheint ja ein interessanter Mann zu sein», sagte Leonite von Wöhler eifrig zu Karin, die neben ihr auf dem roten Sofa saß. Beatrice setzte sich in einen Rokokostuhl zu den beiden. Leonite nahm sich ein Stück Konfekt aus der großen Silberschale und ignorierte Beatrice völlig. Karin goss Tee in die dünnen chinesischen Tassen.

«Er ist sehr beschäftigt. Ein äußerst gefragter Mann», antwortete sie und reichte Beatrice eine Tasse.

Leonite beugte sich interessiert vor. «Wirklich?»

«Ja», Karin nickte. Sie reichte die Silberschale mit den Süßigkeiten herum, und Beatrice nahm sich eine Praline mit kandierten Rosenblättern.

«Ist er bei Hofe? Papa hat noch nie von ihm gesprochen», sagte Leonite.

Karin schüttelte den Kopf. «Seth fühlt sich am Hof nicht wohl», erklärte sie. «Er geht seine eigenen Wege. Doch es heißt, dass Seine Majestät von seinen Kenntnissen und Erfahrungen sehr beeindruckt ist.»

Beatrice musste über Karins stolzen Ton lächeln, doch Leonite runzelte die Stirn. Offenbar wollte ihr nicht in den Kopf, wie jemand sich nicht für das höfische Leben interessieren konnte. Beatrice unterdrückte ein Lachen und nahm einen Schluck von ihrem heißen Tee. Karin wandte sich an Sofia, die sich ebenfalls zu ihnen gesetzt hatte. Sie saß sehr aufrecht, und ihre Augen strahlten.

«Würdest du wohl etwas für uns singen?», bat Karin.

«Sehr gern», antwortete Sofia.

Als sich die Männer wieder den Frauen anschlossen, hielt Seth als Erstes nach Beatrice Ausschau. Sie stand auf der anderen Seite des Raumes, und er wollte gerade zu ihr gehen, als Leonite ihm zurief, dass sie ihm einen Platz auf dem Sofa freigehalten habe. Einladend klopfte die Deutsche mit dem Fächer auf das Polster neben sich, und er musste sich wohl oder übel zu ihr setzen, während man Stühle für die Gesangseinlage zusammenstellte. Doch Seths Blicke wanderten die ganze Zeit zu Beatrice hinüber. Ihr rotes Haar war zu einer komplizierten Frisur aufgetürmt und zog das Licht geradezu auf sich. Sie saß auf einem Stuhl in der hinteren Reihe und schien ganz in Gedanken versunken. Als ihre Cousine begann, ein romantisches Lied zum Besten zu geben, lächelte sie leise. Seth dachte nicht weiter über seine Motive nach, als er sich bei seiner Nachbarin entschuldigte und aufstand. Leonite hatte er inzwischen gründlich satt, und mit Beatrice hatte er zum letzten Mal zwischen Obst und Käse ein Wort gewechselt.

Während er langsam das Zimmer durchquerte, redete er sich ein, dass er überhaupt kein Interesse daran hatte, etwas mit einer so jungen Frau anzufangen. Aber er hatte ja auch gar nicht vor, sie zu verführen, dachte er, während er sich ihr näherte. Er wollte nur ein wenig mit ihr plaudern und sehen, ob sie aus der Nähe betrachtet noch genauso schimmerte oder ob die flackernden Kerzen seinen Augen einen Streich spielten. Er stellte sich hinter sie, so nah, dass er sie riechen konnte. Er hatte einen jungen, blumigen Duft erwartet, stattdessen roch er etwas Würziges, Warmes. Sie drehte sich nicht um, doch sie spürte seine Nähe: Er sah, dass sich die feinen Flaumhärchen an ihrem Nacken aufstellten, als er sich zu ihr hinunterbeugte.

«Sie mögen Musik», flüsterte er.

«Sehr», antwortete sie.

Ihre zarte Haut hatte die Farbe von Sahne. Er sah die Sommersprossen, die unter ihrem schweren Haarknoten verschwanden. Wie es sich wohl anfühlen würde, sie mit der Zunge zu verfolgen, dachte er, diese kleinen rotgoldenen Flecken zu kosten … «Ihre Cousine singt wunderbar», murmelte er ihrem Nacken zu.

Beatrice bebte, bevor sie antwortete. «Wenn sie Musik spielt oder singt, vergisst sie ihre Schüchternheit.»

«Spielen Sie auch ein Instrument?», fragte er, immer noch im Flüsterton, um den Gesang nicht zu stören.

«Sagen wir es so: Niemand, der mich jemals gebeten hat, ihm etwas vorzuspielen, hat diesen Wunsch ein zweites Mal vorgebracht», erwiderte sie.

Seth unterdrückte ein Lachen. «Sie sollten Ihre Fehler vor fremden Leuten besser verbergen.»

Sie wandte den Kopf ein wenig. «Sie haben vollkommen recht. Anscheinend trete ich heute dauernd ins Fettnäpfchen. Aber jetzt seien Sie still, Sie stören die Musik.»

Seth verzog den Mund. Er wusste sehr gut, dass er viel zu dicht hinter ihr stand. Anstand und guter Ton geboten, dass er ein Stück von ihr abrückte. Doch Anstand war noch nie seine starke Seite gewesen. Stattdessen rückte er noch ein Stückchen näher heran und sah, wie sie leicht zitterte. Ihr Rücken war nur noch einen Hauch von seiner Hemdbrust entfernt. Nonchalant lehnte er sich mit der Schulter an die Wand. Er konnte nicht anders, und er wusste auch nicht, ob er überhaupt anders wollte. Und nur weil es ihm so natürlich vorkam, diese duftende Frau zu berühren, ließ er langsam einen Finger über ihren Arm nach oben gleiten, an der Seite, die den Blicken der anderen Gäste entzogen war. Er streichelte sie, über das seidenumhüllte schmale Handgelenk bis hinauf zum Rand ihres Handschuhs. Sie gab einen erstickten Laut von sich, doch er konnte sich nicht bremsen. Behutsam glitt sein Finger über die nackte Haut, und auf einmal war er es, der erschauerte. Sie war so unglaublich weich, und seine eigene Reaktion überraschte ihn mehr als alles andere. Er hatte gehandelt, ohne nachzudenken, und jetzt konnte er sie nicht mehr loslassen, daher blieb er so stehen, während sie beide dem Lied lauschten.

Schließlich verklang die Musik, und Beatrices blonde Cousine nahm den verdienten Applaus entgegen. Obwohl Beatrice den Arm nicht weggezogen hatte, nahm Seth seine Hand nun fort, bevor sie doch noch irgendjemand sah. Beatrice senkte den Kopf und schwieg.

In dieser Nacht lag Beatrice noch lange wach, Sofia war schon längst eingeschlafen. Sie fragte sich, ob sie sich das alles vielleicht nur eingebildet hatte. Seth Hammerstaal war weltgewandt, erfahren und wahrscheinlich sehr vermögend. Und er sah gut aus, trotz der zynischen Fältchen um die Augen. Gegenüber Sofia hatte sie natürlich kein Wort über die Geschehnisse verloren. Sie teilten all ihre Gedanken miteinander, aber irgendetwas bewog sie, diese neuen Gefühle für sich zu behalten. Sie gestand sich ein, dass sie auch Angst hatte, sich lächerlich zu machen und zu erzählen, was sie fühlte, diesen unwahrscheinlichen Gedanken in Worte zu fassen – dass ein Mann wie dieser sich für eine Frau wie sie interessieren könnte. Doch ihr Gespräch schien ihn amüsiert zu haben. Sie blinzelte ins Dunkel. Von der Straße drangen die Geräusche der Stadt herauf, späte Kneipenbesucher auf dem Heimweg, Handwerksgesellen, die sich nach ihrer Nachtschicht heimschleppten, vereinzelte Rufe in den Gassen. Doch ihre Gedanken wanderten immer wieder zu der Szene im Musikzimmer. Die Liebkosung war ebenso überraschend wie unschicklich gewesen, und hinterher hatte sie sich doch erwartet, dass er noch mehr tun oder sagen würde. Doch abgesehen von einigen oberflächlichen Bemerkungen unterhielten sie sich nicht weiter, und irgendwann verabschiedete sich die Familie Löwenström und fuhr nach Hause. Ich verstehe überhaupt nichts mehr, dachte sie, während der Schlaf sich hartnäckig weigerte, zu ihr zu kommen. Sie wusste nur, dass dieser Abend irgendetwas in ihr für immer verändert hatte.

4

Nybroviken, Stockholm

Sofia vergrub die Hände in ihrem Pelzmuff. Es hatte geschneit, ganz Stockholm lag unter einer knirschenden Schneedecke, und die Kinder fuhren Schlitten in den Gassen. Dazu schien die Sonne, es war ein perfekter Wintertag. Der Schnee lag wie ein Schleier auf dem Nybroviken, auf dem man eine Eisbahn freigefegt hatte, die wie schwarzer Kristall glänzte. Draußen auf dem Eis bewegten sich Erwachsene und Kinder in dicker Winterkleidung, die einen mit Schlittschuhen, die anderen mit Tretschlitten, manche auch zu Fuß. Am Ufer stand eine Frau, die heiße Mandeln verkaufte, und rundherum tollten Kinder und Hunde im Schnee. Ein Blasorchester spielte, und wenn Sofia nicht so nervös gewesen wäre, hätte sie das alles ganz wunderbar gefunden.

Doch kaum konnte sie einmal durchatmen, stand er auch schon vor ihr: Johan Stjerneskanz, der Mann, den sie auf Karins Abendgesellschaft kennengelernt hatte und der die blauesten und nettesten Augen hatte, die sie je gesehen hatte. Johan begrüßte erst Beatrice und Edvard, bevor er sich an Sofia wandte.

«Ich habe mich schon darauf gefreut, Sie hier zu sehen», sagte er und ergriff ihre Hand. Er trug dicke Handschuhe und einen bunten Schal, und Sofia spürte, wie sie unter seinem freundlichen Blick errötete. Sie wusste, dass sie in ihrer kurzen, figurbetonten Jacke hübsch aussah. Die Jacke hatte enganliegende Ärmel und war an den Kanten mit demselben hellgrauen Pelz gesäumt, aus dem auch der Muff gefertigt war. Andererseits hatte ihr gutes Aussehen Sofia schon oft in Verlegenheit gebracht. Sie hasste die aufdringlichen Blicke und das Starren der Männer, doch jetzt wünschte sie sich zum ersten Mal, dass ein Mann sie hübsch finden würde. Vor allem dieser Mann hier. Johan, an den sie die ganze Woche gedacht hatte. Sie hatte so viel von ihm geredet, dass Bea sie irgendwann anflehte, endlich aufzuhören. Als dann eine Einladung von Johans Mutter zum Schlittschuhlaufen auf dem Nybroviken eintraf, war Sofia überglücklich gewesen. Doch im nächsten Moment hatte sie fast geweint vor Enttäuschung, weil ihr einfiel, dass sie ja gar nicht Schlittschuh laufen konnte. Prompt wollte sie die Einladung ablehnen, doch Beatrice hatte die Einwände ihrer Cousine ignoriert und in ihrer beider Namen angenommen.

«Dieses Winterpicknick ist wirklich eine großartige Idee», sagte Beatrice laut und sah Sofia aufmunternd an.

«Mama veranstaltet jedes Jahr eines», erklärte Johan. «Aber wie Sie sehen, neigen ihre Gesellschaften immer dazu auszuarten.» Er zeigte mit einer ausholenden Handbewegung auf das Gewimmel von Gästen. «Ich weiß nicht, ob wir hier gemeinsame Bekannte haben», fuhr er fort. «Obwohl, doch – Fräulein Leonite haben Sie ja schon bei Hielms kennengelernt, nicht wahr? Die muss hier irgendwo sein.»

Edvard und Beatrice bejahten, aber Sofia konnte sich nicht an Leonite erinnern. An jenem Abend hatte sie weiß Gott anderes im Kopf gehabt.

«Kommen Sie, ich zeige Ihnen, wo Sie Ihre Schlittschuhe anziehen können», sagte Johan.

Sofia hatte versprochen, das Schlittschuhfahren doch

einmal auszuprobieren, um nicht nur als Zuschauerin am Rand zu sitzen. Also setzte sie sich auf eine Bank am Ufer, als wäre es das Natürlichste der Welt. Bea, die schon als Kind Schlittschuh gelaufen war, schnürte sich die Stiefel selbst, während Johan vor Sofia kniete. Er war blond, und wenn sie die Hand ausgestreckt hätte, hätte sie eine der Locken berühren können, die unter seinem Hut hervorlugten.

«Ich freue mich, dass Sie kommen konnten», sagte er so leise, dass nur sie ihn hörte.

Ich mich auch, dachte Sofia.

Der blonde Jurist hatte etwas in ihr geweckt, und von einem Abend auf den anderen hatte sich ihr ganzes Leben verändert. Johan war bei Karins Souper so freundlich gewesen, so behutsam und geduldig. Als sie aufblickte, sah sie, dass Bea gerade die ersten Schritte aufs Eis machte, und sie wurde selbst von kühnem Mut gepackt. Sie würde auch Schlittschuh laufen, sie würde ihnen allen beweisen, dass sie nicht feige war.

«Vorsichtig, Fräulein Löwenström», warnte Johan, nachdem er ihr die Stiefel geschnürt hatte. «Wenn Sie mir ein paar Minuten geben, bin ich gleich bei Ihnen.»

Er eilte davon, und Sofia stand entschlossen auf. Hochkonzentriert ging sie zum Eis hinab, wie sie es vorhin bei Bea beobachtet hatte, und es klappte ganz ausgezeichnet. Hunderte von Tanzstunden mussten sich doch wohl auszahlen. In ihrem neuen Korsett steckten außerdem acht Zentimeter breite und fünfundvierzig Zentimeter lange Metallplatten. Dieses monströse Ding gab immerhin einen gewissen Halt, dachte sie und streckte den Rücken. Einen Fuß nach dem anderen setzte sie aufs Eis und machte dann ein paar wacklige Schritte auf ihre Cousine zu, die weiter draußen auf sie wartete.

«Warte, Sofia, ich helfe dir», rief Beatrice und fuhr ihr entgegen.

«Ich brauche keine Hilfe», erwiderte Sofia stolz. Noch ein kleines Schrittchen – ha! –, das ging ja ganz hervorragend. Doch dann bekam sie zu spüren, dass ihre Bewegungen ungeübt und ungeschickt waren, sie geriet ins Schwanken und ruderte mit den Armen. Hinter sich hörte sie einen Ruf vom Ufer, vor sich sah sie Beas ungläubigen Blick. Erschrocken riss sie die Augen auf, schrie auf – und stieß dann mit ihrer Cousine zusammen, die nicht mehr rechtzeitig hatte ausweichen können. Mit einem kräftigen Rums stürzten beide aufs Eis. Bea hat den schlimmsten Stoß abgefangen, dachte Sofia schuldbewusst, doch dann brach sie in Gelächter aus. So etwas Tollkühnes hatte sie in ihrem ganzen Leben noch nicht gemacht.

Johan war sofort bei ihnen, beugte sich besorgt zu Sofia hinunter und reichte ihr die Hand. «Sind Sie verletzt?»

Zum ersten Mal sah Sofia Johan direkt in die Augen, und ein euphorisches Gefühl durchzuckte sie. Sie ergriff seine Hand und wandte sich ihrer Cousine zu, die immer noch unter ihr auf dem Eis lag. «Ich bin dir wirklich dankbar, liebe Bea», sagte sie. «Dass du mich zum Schlittschuhlaufen mitgenommen hast, war eine gute Idee. Aber erinnere mich nächstes Mal daran, dass ich zuerst das Anhalten üben muss.»

Beatrice quietschte vor Lachen, und Sofia musste selbst so lachen, dass sich ihr Griff um Johans Hand lockerte und sie erneut auf ihrer Cousine landete. Es dauerte eine ganze Weile, bis Johan ihr auf die Füße geholfen hatte. Sie ordnete ihre Kleidung und versuchte, sich die Haare aus dem Gesicht zu streichen, während sie sich gleichzeitig an Johans Rockärmel festklammerte. «Lassen Sie mich bloß nicht los», kicherte sie. Das kleine Abenteuer erheiterte sie so sehr, dass sie darüber ihre Schüchternheit ganz vergaß.

Johan fing ihren Blick auf und legte seine Hand auf die ihre. «Niemals», erwiderte er feierlich.

Beatrice wollte das verliebte Pärchen ungern stören, vor allem nicht jetzt, wo Sofia sich endlich einmal überwinden konnte, den Mund aufzumachen. Doch mit den frischgeschliffenen Kufen, den langen Röcken und dem festgeschnürten Korsett war es so gut wie unmöglich, sich aus eigener Kraft wieder hochzurappeln. Als daher neuerlich Schlittschuhe neben ihr bremsten und sie eine Hand sah, die ihr entgegengestreckt wurde, griff sie dankbar danach. Die Sonne blendete sie so stark, dass sie fast nichts erkennen konnte, aber sie spürte, wie sich starke Finger um ihre Hand schlossen. Der Mann zog sie mit spielerischer Leichtigkeit hoch und schwankte dabei nicht einmal. Beatrice beschattete ihre Augen mit einer Hand.

«Guten Tag, Fräulein Beatrice», begrüßte sie Seth Hammerstaal. Trotz der Kälte trug er keinen Hut, und die satte dunkle Farbe seines kurzen Haares erinnerte sie an Kastanien. Rasch zog sie ihre Hand zurück, klopfte sich den Schnee vom Mantel und versuchte, ihren Atem, ihr Herzklopfen und ihre Gesichtszüge wieder zu beruhigen.

Wie schön, sie wiederzusehen, dachte Seth. Beim Zusammenstoß mit der Cousine – den er aus der Ferne beobachtet hatte – und dem nachfolgenden Tumult war ihr die Kapuze vom Kopf geglitten. Ihre Wangen waren hellrot von der Winterkälte, und die Sonne ließ ihr Haar leuchten wie Ahornlaub im Herbst. «Was für ein Glück, dass ich gerade vorbeigekommen bin, um Sie zu retten, nicht wahr?», sagte er lachend.

«Ich hoffe wirklich, dass ich bei Ihnen nicht den Eindruck einer Frau hinterlassen habe, die gerettet werden muss», erwiderte Beatrice und trat einen Schritt zurück, wobei sie jedoch prompt wieder ins Straucheln geriet. Blitzschnell streckte Seth die Hand aus, und sie griff hastig danach.

«Danke», sagte sie widerstrebend.

Seth lächelte. «Und ob Sie jemand brauchen, der Sie rettet.»

«Nicht im Geringsten. Ich falle selten. Was tun Sie überhaupt hier?»

«Ich bin tatsächlich Gast dieser chaotischen Feier», erklärte Seth. «Ich bin gut befreundet mit Johan und seinen Eltern.»

Beatrice blickte auf ihre Hand, die immer noch in seiner ruhte. «Sie sollten wirklich nicht meine Hand halten, hier kann uns doch jeder sehen», sagte sie und versuchte, ihm ihre Hand zu entziehen. «Außerdem haben Sie nicht mal Handschuhe an. Seien Sie doch so liebenswürdig und lassen Sie mich los.»

«Ich bin aber nicht liebenswürdig», gab Seth leise zurück. Im gleichen Moment kam Johan auf sie zu, und Seth ließ Beatrice los.

Johan winkte. «Ich freue mich zu sehen, dass Sie den Sturz überlebt haben», rief er Beatrice im Näherkommen zu. «Verzeihen Sie mir, dass ich Sie zurückgelassen hatte.» Er wandte sich an Seth, und sie begrüßten sich mit einem Händedruck. «Schön, dass du kommen konntest, Hammerstaal. Wie ich sehe, bereitet dir das Eislaufen keine nennenswerten Schwierigkeiten.»

«Ich schlag mich so durch», antwortete Seth.

Johan wandte sich an Beatrice. «Hammerstaal ist in Norwegen geboren und aufgewachsen», erklärte er. «Wahrscheinlich hat er Schlittschuhlaufen und Skifahren gelernt, bevor er gehen konnte. Die Norweger sind geradezu fanatische Wintersportler. Ich würde ihn nicht herausfordern wollen.»

«Danke für die Warnung, ich werde daran denken», antwortete sie, und noch bevor Seth reagieren konnte, glitt sie über das Eis davon. Nach ein paar perfekten Pirouetten drehte sie sich noch einmal um. Anmutig fuhr sie rückwärts weiter und behielt die beiden die ganze Zeit im Auge.

«Jesus Christus!», rief Johan bewundernd. «Ich schätze, Hammerstaal, du hast tatsächlich mal jemand gefunden, der dir das Wasser reichen kann.»

«Sieht ganz so aus», antwortete Seth und beobachtete Beatrice. Sie lachte und winkte, während Johan bekümmert Richtung Ufer blickte.

«Fräulein Sofia scheint langsam nervös zu werden», rief er Beatrice zu. «Leider keine ganz ungewöhnliche Reaktion, wenn man sich mit meiner Mutter unterhalten muss. Ich glaube, ich muss ihr beistehen. Da ich kein großartiger Partner beim Eislaufen bin – ich kann mich ja selbst kaum auf den Beinen halten in diesen verdammten Schuhen –, meinst du, du könntest Beatrice ein bisschen Gesellschaft leisten, Hammerstaal?»

«Selbstverständlich.» Seth rief zu Beatrice hinüber. «Was meinen Sie dazu? Soll ich Ihnen Gesellschaft leisten?»

«Danke», sagte Johan und kehrte zum Ufer zurück, wo Sofia stand und sehnsüchtige Blicke aufs Eis warf.

Seth fuhr auf Beatrice zu.

Seine Bewegungen waren ruhig und entspannt, und doch verrieten sie seine enorme Kraft, dachte Beatrice. Er war zweifellos der überwältigendste Mann, dem sie je begegnet war. Und jetzt waren sie schon wieder allein miteinander.

Sie sah sich um. Das Eis war voller Menschen, und doch fühlte sie sich schutzlos. Und vielleicht ein kleines bisschen erwartungsvoll.

Selbstsicher bremste er neben ihr. «Zu Ihren Diensten», sagte Hammerstaal. «Wohin würden Sie gern fahren?»

Beatrice sah sich um. «Wie wäre es mit dem Schilfdickicht dort hinten?», schlug sie vor und deutete auf einen Schilfgürtel, der ein paar hundert Meter entfernt lag.

Er blickte in die angegebene Richtung. «Ich bin nicht sicher, ob das Eis dort drüben wirklich trägt ...», wandte er zögernd ein.

Doch sie ließ ihn den Satz gar nicht zu Ende bringen, sondern glitt an ihm vorbei und hielt auf das entfernte Ufer zu.

«Beatrice!», schrie er ihr nach.

«Kommen Sie nicht mit?», rief sie ihm über die Schulter zu.

Er nahm Fahrt auf, und Beatrice raste mit einem begeisterten Ausruf weiter. Natürlich hatte er keinerlei Schwierigkeiten, sie trotz ihres Vorsprungs einzuholen, und es dauerte nicht lange, da zog er an ihr vorbei, beschrieb einen Halbkreis vor ihr und nahm dann mit aufreizender Leichtigkeit ihr Tempo auf.

«Hm», machte Beatrice. «Ihnen ist sicher klar, dass Sie mich nicht besiegt hätten, wenn ich ein Mann wäre. Ich bin sehr schnell.»

Lächelnd drosselte er das Tempo und war auf einmal ganz dicht neben ihr. «Wenn Sie ein Mann wären, wäre vieles anders», antwortete er leise, und ihr fiel auf, wie weit sie sich schon vom Ufer und den anderen Gästen entfernt hatten. Obwohl es erst zwei Uhr war, kündigte sich schon wieder der Sonnenuntergang an, und am Ufer entzündete man bereits Fackeln. Nicht mehr lange, dann würde es stockdunkel sein. Beatrice dämmerte, dass es nicht besonders klug gewesen war, in Begleitung dieses Mannes so weit hinauszufahren.

«Vielleicht sollten wir besser umkehren», meinte sie.

«Sie werden doch nicht etwa Angst haben?», fragte er. «Bis zum Schilfdickicht, das hatten wir abgemacht.»

Sie straffte die Schultern und reckte trotzig das Kinn vor. «Na gut, dann bringen wir es eben zu Ende, wenn es denn so wichtig ist», erwiderte sie und versuchte an ihm vorbeizufahren. «Aber seien Sie so gut und fahren Sie nicht immer so dicht neben mir. Sie haben doch das ganze Eis für sich.» Gereizt legte sie ihm die Hand auf die Brust, um ihn wegzustoßen, doch er ergriff sie rasch und bremste ab.

«Haben Sie keine Angst vor mir», bat er leise.

«Sie machen mir nicht im Geringsten Angst», log sie.

Wenn er nur nicht seine starken, warmen Finger um ihre gelegt hätte. Doch er ließ sie nicht los, vielmehr zog er sie jetzt ganz zu sich heran und schloss die Arme um sie. Ihr Herz begann wie wild zu pochen.

«Beatrice», flüsterte er. Sie blickte auf seine Brust und blinzelte, wagte aber nicht hochzuschauen. «Sehen Sie mich doch an», bat er. Sanft legte er ihr einen Finger unters Kinn und hob ihr Gesicht zu seinem empor. Unsicher sah sie ihm in die Augen, während er ihr langsam über das Kinn strich. Sie begann zu zittern. «So weich», flüsterte er, und seine Lippen streiften ganz zart ihren Mund. Die Berührung ging ihr durch und durch wie eine Schockwelle.

«Was tun Sie da?», flüsterte sie.

«Wonach sieht es wohl aus? Ich küsse Sie.» Er sprach die Worte halb in ihren Mund. Dann legte er ihr eine Hand in den Nacken und zog sie noch näher an sich. «Legen Sie die Arme um mich», forderte er sie auf, doch ihr Gehirn war mit den Geschehnissen so überfordert, dass er schließlich selbst ihre Hände ergriff und sich um den Nacken legte. «So ist es gut, mein Herz, genau so ...», flüsterte er, und sie stöhnte auf, als sein Mund wieder ihre Lippen berührte.

Seth hämmerte das Herz im Brustkorb, in seinen Ohren rauschte das Blut. Dieser Kuss wurde langsam unerwartet kompliziert, aber er wollte nicht aufhören, zumindest noch nicht. Er ließ den Daumen über Beatrices Kinn gleiten. Vorsichtig zog er es nach unten und zwang sie so, den Mund leicht zu öffnen. Sie schauderte, als er sie erneut küsste. Er nahm ihren Atem auf, schnappte zärtlich nach ihrer Unterlippe und fuhr ihr mit der Zungenspitze über die Lippen, bevor er die Zunge wieder in die einladende Wärme wandern ließ. Er hörte, wie sie schockiert nach Luft schnappte. Im nächsten Moment versuchte sie ihn von sich wegzuschieben, und natürlich hatte sie recht, das ging alles eindeutig zu weit.

Dies war vielleicht der unschuldigste Kuss, den er jemals einer Frau gegeben hatte, und dennoch wallte plötzlich heftige Leidenschaft in ihm auf. Er rieb seine Wange an ihrem roten Haar. Dann ließ er sie los. Ihre Brust hob und senkte sich erregt, und Seth wusste nicht, ob er sich entschuldigen oder sie noch einmal küssen sollte. Er wusste überhaupt nichts über sie. Außer, dass ihr Mund wie für den seinen gemacht war. Doch sie war eine Freundin der Familie Stjerneskanz, und es sah vielleicht nicht so gut aus, wenn er einen ihrer weiblichen Gäste verführte. Er betrachtete sie, wie sie mit gesenktem Kopf vor ihm stand und sich auf die Lippe biss. Ihre Antwort auf seinen Kuss war leidenschaftlich gewesen, aber auch ungeschickt und zögerlich.

«Beatrice?»

«Ja?» Sie musterte mit größter Konzentration einen ihrer Schlittschuhe.

«Sie sind doch wohl schon einmal geküsst worden, oder?»

Sie blickte zu Boden und murmelte verlegen: «Nein, nicht allzu oft.»

Da konnte er sich nicht mehr beherrschen und zog sie erneut an sich. Sie schnappte nach Luft, entzog sich diesmal aber nicht, sondern kam ihm mit einem Seufzen entgegen.

«Ich will, dass Sie mich zurückküssen», sagte er und stöhnte, als sie vorsichtig seinen Bewegungen mit der Zunge folgte. Abermals glitten ihre Hände an seiner Brust empor, und Seth antwortete, indem er ihr mit den Händen ins Haar griff und ihren Kopf nach hinten zog. Dann ließ er einen Schauer von Küssen auf ihren Hals, ihre Sommersprossen und die Wangenknochen niedergehen, bevor er sich wieder ihrem willigen Mund zuwandte. Erneut schob er ihr die Zunge in den Mund, und diesmal begriff Beatrice, was er von ihr wollte. Als er sich zurückzog, folgte sie ihm vorsichtig und begann mit ihrer eigenen Zungenspitze die Innenseite seines Mundes zu erforschen. Zum ersten Mal seit zwanzig Jahren rutschte Seth auf dem Eis aus. Doch er fing sich. «Um Gottes willen», sagte er heiser, während sich tief in seinem Inneren die unerwünschte Stimme seines Gewissens rührte. Sie war noch so jung, ein unerfahrenes Mädchen. Und da er diese Sache angefangen hatte, lag es auch in seiner Verantwortung, sie zu beenden. «Wir können nicht weitermachen», sagte er, wobei seine Stimme vor Begehren bebte. Wenn jemand sie so sähe, würde ein handfester Skandal über Beatrice hereinbrechen, und sosehr er sich auch von ihr angezogen fühlte, er würde niemals den Ruf einer jungen Frau zerstören, nur um sich ein bisschen zu vergnügen.

Beatrices Lider flatterten. «Keine Sorge», sagte sie.

«Keiner hat uns gesehen.» Doch sie wich seinem Blick aus, und Seth erkannte, wie sie mit ihren Gefühlen kämpfte. Schließlich strich sie sich die Haare und den Mantel glatt, ohne ihn noch einmal anzusehen.

«Kommen Sie, wir fahren zurück», schlug er vor. «Johan hatte da etwas von Essen erwähnt, und Sie möchten vielleicht auch ein wenig die Füße ausruhen.» Wortlos wandte sie sich um und nahm Kurs aufs Ufer. Er folgte ihr und hatte sie gleich wieder eingeholt.

Schweigend kamen sie am Ufer an.

«Ich helfe Ihnen mit den Schlittschuhen», erbot er sich.

«Nein, danke», antwortete sie kurz angebunden und ging an ihm vorbei, ohne ihn eines weiteren Blickes zu würdigen. Seth musste ein Lächeln unterdrücken.

Wie hatte sie ihm das nur erlauben können? Beatrice trat mit den Schlittschuhen in den Schnee und wäre beinahe gestürzt. Sie war wohl noch keine unmoralische Frau, nur weil sie seine Küsse genossen hatte, aber das schlechte Gewissen setzte ihr nun doch zu. Hätte sie wirklich solche Freude daran haben dürfen? Und hatte er gemerkt, dass sie noch mehr wollte? Seth Hammerstaal – der jetzt pfeifend hinter ihr herging – musste sie ja für das leichtfertigste Frauenzimmer der Welt halten.

«Hallo, ihr zwei», rief Johan ihnen entgegen. Wenn er dachte, dass sie zu lange fort gewesen waren oder dass sie sich unpassend benommen hatte, dann zeigte er es zumindest nicht. Doch Beatrice war trotzdem ganz elend zumute. «Ich hoffe, ihr habt Hunger, Mama hat nämlich Riesenmengen von Essen auftragen lassen, wie immer», verkündete Johan fröhlich. «Wenn ihr die Schlittschuhe ausgezogen habt, erwartet euch auch schon Fräulein Sofia dort oben.»

Seth ging mit einem letzten Pfiff an ihr vorbei, und Beatrice ließ sich auf eine Bank am Ufer sinken, ohne ihm nachzusehen. Sie begann, sich die Schlittschuhe aufzuschnüren, doch ihre Finger waren so steif, dass sie die kalten Lederschnüre nicht richtig fassen konnte. Zögernd sah sie sich nach Hilfe um, aber da Johan wieder zu Sofia gegangen war, war nur noch Seth in der Nähe, und den wollte sie ganz sicher nicht bitten. Entschlossen ließ sie die Schlittschuhe an.

«Kommen Sie, lassen Sie mich helfen, Ihre Hände sind doch eiskalt.» Seth war wieder neben ihr aufgetaucht, und sie fragte sich, ob es normal sein konnte, dass ein so großer Mann sich so bewegte, so schnell und lautlos. Ohne ihre Antwort abzuwarten, kniete er vor ihr nieder und begann, die Lederriemen aufzuknoten. Selbstverständlich. Er war kein Mann, der auf Erlaubnis wartete, er *tat* einfach, was er wollte.

«Das ist wirklich nicht notwendig», murmelte sie, doch im Grunde fand sie es schön, dass ihr jemand half. Es war lange her, dass sie Schlittschuh gelaufen war, und ihre Füße schmerzten tatsächlich.

«Sie sind ja ganz durchgefroren», stellte er bekümmert fest und massierte ihr den Fuß.

«Danke, das reicht jetzt», flüsterte sie.

«Ach nein, sieh mal an, wen wir hier haben!»

Bei dieser zwitschernden Begrüßung sahen Seth und Beatrice auf und erblickten Leonite von Wöhler, die ihnen über den Schnee entgegengetrippelt kam. Beatrice zog blitzartig ihren Fuß aus Seths Händen, während Seth selbst aufstand und sich verbeugte.

«Ich hatte schon gehört, dass Sie auch hier sind, aber ich konnte Sie nirgends entdecken», sagte Leonite, ohne Beatrices Anwesenheit zur Kenntnis zu nehmen. Mit ihrer schwarzen Pelzjacke und dem kleinen federbesetzten Hut auf den glänzenden Locken sah sie aus, als wäre sie gerade einem Modemagazin entstiegen.

«Komm schon, Hammerstaal, nimm deine Damen mit und hol dir ein paar Erfrischungen», rief Johan ihnen zu. Leonite ergriff rasch Seths rechten Arm, doch der zwinkerte Beatrice zu und streckte ihr den linken hin.

Es war natürlich kleinlich von ihr, doch Beatrice brachte es nicht über sich, Seths Arm zu nehmen, während auf seiner anderen Seite die pelzgekleidete, übereifrige Deutsche hing. Sie hatte das Bild geradezu vor Augen: der Norweger, der es aus eigener Kraft bis ganz nach oben geschafft hatte, und rechts und links sein kleiner Harem. Mit säuerlicher Miene stapfte sie hinter ihnen her, richtete es so ein, dass sie ein wenig zurückfiel, und ließ sich dann neben Sofia auf eine Bank sinken. Sie lehnte sich zurück und streckte leise seufzend die Beine aus.

Sofia ergriff ihre Hand. «Ich hatte dich schon vermisst», sagte sie. «Ist alles in Ordnung?»

«Ja, natürlich», antwortete Beatrice. Alles in Ordnung, abgesehen davon, dass sie der undurchschaubarste Mann der Welt geküsst hatte, der jetzt mit der wunderschönen Leonite von Wöhler plauderte. Beatrice schloss die Augen und unterdrückte einen weiteren Seufzer. Jemand legte ihr eine dicke Decke über Beine und Füße, und sie spürte, wie langsam die Wärme in ihren Körper zurückkehrte. Man hatte in großen Kupferkesseln Feuer angezündet, das Orchester spielte immer noch, und der Duft der Speisen ließ ihr das Wasser im Mund zusammenlaufen. Und es hätte ja weiß Gott viel schlimmer kommen können – wenn sie nämlich jemand gesehen hätte.

«Na, wie gefällt dir das Schlittschuhlaufen?», erkundigte sie sich bei Sofia.

Deren Lächeln war Antwort genug, und sie drückten sich verstohlen die Hände. Johan war die ganze Zeit in der Nähe geblieben, und Beatrice bat ihn schließlich, sich doch zu ihnen zu setzen. Er winkte einem Diener, und wie von Zauberhand stand plötzlich ein großer Tisch vor ihnen, der mit Gläsern und rustikalem Geschirr gedeckt wurde. Weitere Sitzbänke wurden aufgestellt, und man zündete auch ein Feuer an, das angenehme Wärme verbreitete.

«Hammerstaal, hier hinten!», rief Johan und nahm dann den beiden Cousinen gegenüber Platz. Seth kam mit Leonite herbeigeschlendert, die immer noch an seinem Arm hing.

Sie bedachte Beatrice mit einem langen Blick.

«Auch schon da?», fragte sie zuckersüß.

Die Plätze rund um den großen Holztisch füllten sich mit weiteren Gästen, und auch Edvard schloss sich mit ein paar jungen Frauen an. Sofia und Beatrice rückten zusammen. Seth löste behutsam Leonites Hand von seinem Arm. «Setzen Sie sich nur, dann hole ich noch ein paar Getränke», bat er und schob sie auf den Stuhl neben Johan. Kühl begrüßte die Deutsche die anderen Gäste.

Dann kam Seth mit drei dampfenden Zinnbechern zurück. Den einen reichte er Leonite, die sich bedankte und ihm mit einer Handbewegung bedeutete, er möge sich neben sie setzen. Doch zu Beatrices Erstaunen umrundete Seth den Tisch und kam stattdessen zu ihr.

Das war ein Mann, der Befehle erteilte, dem man gehorchte, keiner, der sich von irgendjemand etwas sagen ließ, dachte sie. Er hatte Leonite buchstäblich gezeigt, wo ihr Platz war.

«Sie sahen so aus, als könnten Sie eine Stärkung vertragen, fand ich», sagte Seth freundlich.

«Danke.» Beatrice nahm den Becher entgegen, und Seth setzte sich neben sie. Inzwischen wurde es recht eng am Tisch, und sie mussten ziemlich nahe zusammenrücken. Beatrice steckte die Nase in den kleinen Becher. Der Wein war heiß und würzig. Sie nahm einen kleinen Schluck und versuchte, ihr heftig klopfendes Herz zu beruhigen.

«Wie ich sehe, belegen Sie Herrn Hammerstaal mit Beschlag», kam es von Leonite quer über den Tisch. Dann sah sie Seth an und fuhr mit bedeutend freundlicherem Ton fort: «Karin Hielm hat mir erzählt, dass Sie gern jagen. Wenn Sie einmal am Gut meiner Eltern vorbeikommen, bin ich sicher, dass Papa Ihnen gestatten wird, bei uns Ihr Jagdglück zu versuchen. Meine Familie besitzt weitläufige Waldungen.» Sie wandte sich wieder an Beatrice. «Woher kommt Ihre Familie eigentlich, Fräulein Löwenström? Das muss völlig an mir vorübergegangen sein.»

«Ich habe hier in Stockholm nur meinen Onkel.»

«Ja, natürlich. Der Fabrikbesitzer, nicht wahr?» Leonite brach in Gelächter aus. «Ach Gott, so was Exotisches aber auch.» Sie wandte sich an Johan. «Ich muss wirklich bewundern, was für Leute Ihre Mutter so einlädt.»

«Tatsächlich sind heute viele bewundernswerte Frauen hier», bemerkte Seth kühl.

Leonite sah ihn verunsichert an. «Sie haben sicher recht», stimmte sie lahm zu. «Ich beuge mich da ganz Ihrer überlegenen Erfahrung.»

«Und Sie, Fräulein Beatrice? Beugen Sie sich mir auch?», fragte er.

«Ich glaube, für heute habe ich mich genug gebeugt», erwiderte sie trocken.

Seth prustete los. Seine Augen lachten, und als sich ihre Blicke trafen, war die Welt rundherum völlig vergessen.

Als es dunkel wurde und man fertig gegessen hatte, brachen die Gäste langsam auf. Schlitten sammelten in der ganzen Bucht ihre Passagiere auf, Kutscher riefen, Hunde bellten.

«Du scheinst dich heute ja bestens amüsiert zu haben», sagte Johan zu Seth. «Ich muss sogar sagen, ich kann mich nicht erinnern, wann ich dich zum letzten Mal so gut gelaunt gesehen habe. Du hast sogar ein-, zweimal gelacht. Das sieht deinem sonst so grimmigen Ich gar nicht ähnlich.»

Seth zog eine Grimasse. Aber Johan hatte recht. Er war tatsächlich ungewöhnlich guter Laune.

«Die Gesellschaften, die deine Mutter gibt, sind wirklich immer sehr amüsant», antwortete er in neutralem Ton.

Johan wandte sich zu den Löwenströms, die ebenfalls am Aufbrechen waren.

«Wir gehen mit euch, wenn wir dürfen», sagte er zu Edvard, der zur Antwort kurz nickte. Johan streckte Sofia seinen Arm hin. Seth und Beatrice gingen langsam hinter den anderen her und fielen immer weiter zurück. An einer kahlen Weide blieb Seth stehen, nahm ihren Arm und zog sie an sich. In der Dämmerung waren sie praktisch unsichtbar.

«Danke für diesen schönen Nachmittag, Beatrice», sagte er und fuhr ihr mit einem Finger über das nackte Handgelenk, bevor er es behutsam an den Mund hob und küsste. Sie begann zu zittern.

«Bea?» Sofia rief aus dem Schlitten nach ihr. Seth ließ sie los.

«*Adieu*, Fräulein Beatrice. Gehen Sie, bevor ich Ihren Ruf noch endgültig ruiniere», sagte er und verschwand.

5

Königliches Schloss, Stockholm

Seth und Johan ließen die Blicke über die Menschenmenge schweifen, die sich im Stockholmer Schloss in der Galerie von Karl XI. versammelt hatte. Der Saal war im 17. Jahrhundert erbaut und eingerichtet worden, wobei man sich den Spiegelsaal von Versailles zum Vorbild genommen hatte. Unter den Kristalllüstern glänzten Uniformen und Orden mit den Juwelen um die Wette. Traditionellerweise lud König Oskar II. an seinem Geburtstag, dem 21. Januar, zum Ball, und in diesem Jahr waren in der Woche vor Weihnachten über dreitausend Einladungen versandt worden. Nun mischten sich in den prächtigen Sälen Adlige mit schwedischen und norwegischen Ministern. Ausländische Gesandte, Professoren und Staatsbeamte unterhielten sich mit Großhändlern und Fabrikbesitzern. Bischöfe und Diplomaten standen neben schwarzen Fräcken und ausländischen Galauniformen.

«Du kommst mir so ungeduldig vor», sagte Seth zu Johan, der unablässig mit den Augen die Menge absuchte.

«Ach weißt du, die ganze Familie ist eingeladen», erklärte Johan in einem Ton, der verriet, dass seine Nerven schon den ganzen Tag über bis zum Zerreißen gespannt waren. «Und sie hat bestimmt auch wieder ihre Cousine dabei.» Bei dieser Bemerkung zuckte Seth nur mit den Schultern. Er hatte die Weihnachtszeit in Norwegen verbracht, und nach dieser Reise hatte er in den letzten Wochen die Stapel abarbeiten müssen, die sich in der Zwischenzeit auf seinem Schreibtisch angesammelt hatten. An Beatrice Löwenström hatte er dabei kaum gedacht, obwohl er sich jetzt bei der Hoffnung ertappte, sie würde hier auftauchen. Er ließ die Blicke über die Ballbesucher schweifen.

Leonite von Wöhler kam mit ihren Eltern in den Saal gerauscht, und als sie Seth und Johan erspähte, steuerte sie sofort auf die beiden Männer zu. «Sie erinnern sich vielleicht an meinen Vater, Graf von Wöhler», sagte sie, und der ältere Herr verbeugte sich. Höflich erwiderten Seth und Johan seinen Gruß. «Meine Tanzkarte ist schon fast voll», fuhr Leonite bedeutungsvoll fort, doch Graf von Wöhler, der jemand entdeckt hatte, den er kannte, zog seine Frau und seine Tochter mit sich, bevor Seth und Johan um einen Tanz hätten bitten können.

«Sie sieht sehr gut aus», bemerkte Johan und sah der Familie nach.

«Ja, wahrscheinlich schon.»

«Und ihr Vater hat ausgezeichnete Verbindungen.»

«Versuchst du mir irgendetwas mitzuteilen?»

Johan grinste. «Sie ist genau die Sorte Frau, die du dir wünschst.»

«Vielleicht.»

Johan musterte ihn, sagte aber weiter nichts. Leonite war gerade in den angrenzenden Raum verschwunden, als Seth eine weitere Bekannte erblickte. Er nickte ihr zur Begrüßung zu, und Charlotta Wallin senkte zur Antwort diskret den Kopf. Seth sah auch ihren Kavalier, einen Mann, den er vom Hof kannte. Das war zweifellos ihr neuester Liebhaber. Die Brillantsterne, die Seth ihr bei Stockholms angesagtestem Juwelier, Emil Zackelius, gekauft hatte, glitzerten in Charlottas Haar, und ihr weinrotes Kleid schmeichelte ihrer vollendeten Figur perfekt. Sie war in vielerlei

Hinsicht eine großartige Frau, dachte er, aber er war nicht im Geringsten enttäuscht gewesen, als sie kurz vor Weihnachten ihre Beziehung beendete. Seltsamerweise war er vor allem erleichtert gewesen.

Die Familie Wilhelm Löwenström war zum ersten Mal zum königlichen Ball eingeladen worden, und sogar Harriet hatte sich von ihrem Krankenbett erhoben, um mit ins Schloss zu kommen.

«Wie sehe ich aus?», flüsterte Sofia.

«Du siehst wundervoll aus, meine Liebe», antwortete Beatrice automatisch, bestimmt zum zwanzigsten Mal. Beide trugen Ballkleider aus Augusta Lundins Atelier – Sofia einen Traum in violetten Schattierungen, von zartem Flieder an der Taille bis zu kräftigerem Lavendel in der langen Schleppe. Ihre langen Locken waren mit lila Samtbändern geschmückt, und dazu trug sie lange weiße Handschuhe, die ihr fast bis zu den Achseln reichten. Es grenzte an ein Wunder, dass sie überhaupt atmen konnte, so eng war ihr Korsett geschnürt – doch der Effekt war freilich umwerfend.

«Und wenn er jetzt nicht kommt?», fragte Sofia, und Beatrice musste sich beherrschen, um nicht die Augen zu verdrehen. Keinen Menschen auf der Welt liebte sie mehr als Sofia, aber im Moment hätte sie sie erwürgen mögen. Seit dem Ausflug zum Nybroviken vor über einem Monat hatte sich Sofias Verliebtheit Tag für Tag gesteigert und grenzte inzwischen ans Unerträgliche. Johan hatte sie vor Weihnachten einmal besucht, aber danach war er beruflich unterwegs gewesen, was bedeutete, dass Beatrice die Tage zwischen den Jahren, Neujahr und den Dreikönigstag damit verbringen musste, das Thema Johan Stjerneskanz bis zu Beatrices Überdruss immer wieder durchzukauen.

In vielerlei Hinsicht hatte sich Weihnachten lang hingezogen, dachte Beatrice, während sie eine riesige grüngesprenkelte Marmortreppe hinaufgingen. Hätten sie sich nicht die ganze Zeit auf den königlichen Ball freuen können, wäre sie verrückt geworden. Aus irgendeinem Grund war der Onkel strenger denn je zu ihr gewesen. Er hatte ihr fast alle Bücher weggenommen, ihr befohlen, Klavier zu üben, sie zur Bibellektüre gezwungen und sie für jede Bagatelle gescholten. Es kam ihr vor, als wollte er ihr jede kleine Eigenheit austreiben. Jetzt schritt er mit Tante Harriet neben ihnen, und sie warf ihm einen verstohlenen Blick zu.

Inzwischen waren sie die letzte Treppe hochgegangen und folgten dem Strom der Gäste. Sie durchquerten die verschiedenen Säle, in denen das Fest stattfand, und langten schließlich in der Galerie an, einem riesigen Raum mit Spiegeln, Kandelabern und Kronleuchtern.

Seth spürte einen Ellenbogen in der Seite.

«Da kommen sie», flüsterte Johan aufgeregt, aber da sah Seth schon selbst Beatrice und ihre Familie. Schweigend ließ er den Blick über die Frau gleiten, die er auf dem Eis des Nybroviken geküsst hatte. Ihr hellblaues Kleid war mit Silberfäden und glitzernden Steinen übersät, die bei jedem Schritt funkelten. Sie glühte vor Leben, und im Vergleich zu ihr wirkte jede andere Frau im Ballsaal gewöhnlich und seelenlos.

Seth stieß seinen Freund an. «Du beeilst dich wohl besser, Stjerneskanz», sagte er und deutete mit einer Kopfbewegung auf die beiden Frauen. Sofia mit ihrer zerbrechlichen Schönheit würde höchstwahrscheinlich die Sensation des Balles abgeben, sie rief jetzt schon einiges Aufsehen und Gemurmel hervor. Doch Johan brauchte die

Aufforderung nicht, und Seth folgte in seinem Kielwasser, wobei nicht zu übersehen war, dass er Anspruch auf die faszinierende Rothaarige zu erheben gedachte, die sich lächelnd umsah und den Blick ihrer intelligenten Augen durch den Saal schweifen ließ.

Als Beatrice ihn entdeckte, versetzte es ihr einen Stich. Seine Augen glitten mit unverhohlener Bewunderung über sie. Sie lächelte und hoffte, dass ihr nicht anzusehen war, dass ihr das Herz plötzlich dreimal so schnell in der Brust schlug.

«Fräulein Löwenström», begrüßte er sie förmlich, als er vor ihr stand.

«Herr Hammerstaal», sagte sie, ebenso höflich, und knickste tief. In seinen Augen glomm ein gefährlicher Funke auf. «Sie müssen damit aufhören», flüsterte sie, als sie sich vorbeugte.

Sein Lächeln wurde noch herausfordernder.

«Womit?»

«Damit, mich auf diese Art und Weise anzusehen.» Beatrice wedelte mit ihrem Fächer. «Sie machen mich nervös.»

«Ist Ihr erster Tanz schon vergeben?» Als sie den Kopf schüttelte, streckte er die Hand aus, und sie gab ihm ihre Tanzkarte. Seth trug seinen Namen in zwei der Zeilen ein und gab sie ihr zurück. Dann nahm er ein Glas Champagner von einem Tablett, das ein Bediensteter gerade durch den Saal trug, und reichte es ihr. Atemlos trank sie es unter seinem Blick aus.

«Noch eines?», fragte er amüsiert.

«Ja, bitte», antwortete sie. Das prickelnde Getränk schmeckte herrlich und harmlos süß.

Während sie am zweiten Glas Champagner ihres Lebens nur nippte, stellte Beatrice fest, dass sie sich ganz großartig fühlte. Sie winkte Sofia zu, als plötzlich alle Gespräche ringsum verstummten. Die Leute zischten, bis endlich alle schwiegen, und erwartungsvolle Stille machte sich im Saal breit. Die Menge teilte sich in zwei Hälften, und Seth kam schräg hinter Beatrice zu stehen. Dann betrat der königliche Zug den Saal, der König in seiner Generalsuniform, die jungen Prinzen in Uniformen eines niedrigeren Ranges. Der König begrüßte die Menschen, die sich vor ihm verbeugten und ein Spalier bildeten. Die Königin war krank und nahm deswegen nicht teil an der Feierlichkeit, doch der Prunk war trotzdem überwältigend. Als die königliche Familie vorübergeschritten war, strömten die Gäste hinter ihnen in das «Weiße Meer», den Ballsaal des Schlosses.

Der Dirigent hob den Taktstock, das Orchester spielte zu einem Walzer auf, und Seth führte Beatrice auf die Tanzfläche. Sie legte ihre Hand in seine und dankte im Stillen den unzähligen strengen Tanzlehrern, die in den letzten vier Jahren darum gerungen hatten, ihr Walzer, Menuett und Quadrille beizubringen. Die andere Hand legte sie ihm auf die Schulter und spürte, wie die Freude in ihr aufwallte.

«Mögen Sie Bälle?», erkundigte sich Seth. Sein Arm lag sicher und fest um ihren Rücken, und trotz der dicken Schicht aus Seide, steifem Korsett und dünner Baumwolle fühlte sie die Wärme seiner Handfläche, die ihr Stütze und Geborgenheit vermittelte. Sie blickte zur Decke, wo die Malereien in Blassrosa und Gold den Hintergrund für die riesigen Kristallleuchter bildeten. Die Kerzenflammen warfen ein flackerndes Licht auf die vergoldete Stuckatur und die riesigen Spiegel.

«Ich liebe Bälle geradezu», antwortete sie, während er sie herumwirbelte. Große Blumentöpfe mit Palmen und anderen Bäumen flogen an ihrem Blickfeld vorbei, und sie hätte am liebsten laut gelacht.

«Und Schlittschuhfahren?», fragte er.

Sie überlegte, ob er sich überhaupt an ihren Kuss erinnerte. Für ihn war das Ganze vielleicht so wenig bemerkenswert, dass er es schon vergessen hatte. Vielleicht hatte er seitdem auch zahllose andere Frauen geküsst.

«Mein Vater war der Meinung, dass frische Luft sehr gesund ist», sagte sie und verdrängte das Bild von Seth Hammerstaal und Hunderten von kusswütigen Frauen aus ihrem Kopf. «Außerdem war ich als Kind sehr lebhaft, deshalb habe ich den Verdacht, dass man mich auf diese Art ein bisschen müde machen wollte.» Sie stolperte, doch Seth hielt sie mit sicherem Griff fest. «Ich bin auch oft gestürzt, ich war sehr impulsiv.»

«Daran habe ich nicht den mindesten Zweifel», lachte er. «Sie sind eine außergewöhnlich gute Schlittschuhläuferin.» Er zog sie fester an sich, und Beatrice schnappte nach Luft.

Seth fragte sich, ob Beatrice die geringste Ahnung davon hatte, wie wundervoll sie aussah, mit ihrem rotgoldenen Haar und dem breiten, fröhlichen Mund. Und diese verdammten Sommersprossen waren einfach unwiderstehlich.

«Sie starren mich an», bemerkte sie, und ihm wurde klar, dass sie ganz recht hatte. Er lächelte sie an. Sie war keine Schönheit im herkömmlichen Sinn: Ihre Nase war ein wenig zu lang, der Mund war ständig in Bewegung, und die Sommersprossen waren im Grunde fast zu üppig, doch jedes Mal, wenn sie ihm ihr breites Lächeln zeigte, war ihm, als würde sie goldenen Sonnenschein über ihn ausgießen. Und sie hatte so eine Art, die Augen zu verdrehen, wenn er etwas Ungehöriges sagte, dass er jedes Mal am liebsten laut loslachen wollte. Er drückte ihre Finger.

«Ja», sagte er. «Das tue ich.» Und dann konnte er es sich einfach nicht verkneifen – nicht, wenn sie gleichzeitig so verblüfft, verlegen und erregt aussah. Er zog sie fest an sich, bis seine Lippen über ihr Haar strichen, so leicht wie die Berührung eines Schmetterlingsflügels. Zögernd streichelte er ihr den Rücken und sog ihren würzigen Duft ein – Moschus, Kardamom und Vanille. Weiter konnte er schlecht gehen, da sie von zweitausend Gästen umgeben waren. Die Musik verstummte, und sie blieben stehen. «Der Tanz ist vorbei», flüsterte er. «Ich bringe Sie zurück zu Ihrer Familie.»

Graf Rosenschöld schlich sich zur Familie Löwenström, ohne dass Beatrice ihn bemerkte. Als er sie kühl um einen Tanz bat, warf Onkel Wilhelm sie geradezu in seine Arme, und sie hatte keine andere Wahl, als zu gehorchen und ihre Hand in seine zu legen. Es entging ihr nicht, dass die Hände des Grafen Rosenschöld beim Tanz über ihren Rücken wanderten, was sie allerdings nicht im Geringsten erregend fand. Der Mann roch zudem stark nach Alkohol, und seine hellen Augen glänzten auffällig.

Nach einer halben Ewigkeit verstummte das Orchester endlich, und erleichtert versuchte sich Beatrice aus dem Griff des Grafen zu befreien. Sie war fest entschlossen, nicht noch einmal mit ihm zu tanzen, egal, was ihr Onkel sagte. Doch der Graf ließ sie nicht los.

«Seien Sie so freundlich und lassen Sie mich zu meiner Familie zurückgehen», bat sie, zog ihren Arm weg und setzte eine Miene auf, von der sie hoffte, dass sie als artig durchging.

«Ich hatte gehofft, dass wir zwei noch ein wenig Zeit miteinander verbringen», protestierte er, ohne sie loszulassen. Obwohl er betrunken war, war sein Griff erbarmungslos fest.

«Ich weiß nicht, wie Sie auf diese Idee kommen», entgegnete sie. «Seien Sie so gut und lassen Sie mich los, Sie tun mir weh.» Der Graf sah sie kalt an und wirkte auf einmal gar nicht mehr betrunken, sondern einfach nur grausam. Sein Griff wurde noch fester, und Beatrice versuchte schockiert, sich von ihm loszureißen.

«Du hast gehört, was sie gesagt hat, Rosenschöld», ertönte da eine schneidende Stimme hinter ihr. «Lass sie los.» Beatrice wandte den Kopf und begegnete Seths Augen, die schwarz vor Zorn waren.

«Misch dich hier nicht ein», zischte der Graf, doch immerhin ließ er ihren Arm los.

«Ist alles in Ordnung, Fräulein Löwenström?», erkundigte sich Seth förmlich.

«Ja», erwiderte sie und sah ihn verunsichert an. Sein Gesicht war so ausdruckslos, dass man nicht einmal ahnen konnte, was er fühlte. Nur sein Zorn war schwer zu übersehen.

Seth hielt ihr den Arm hin, und sie hakte sich hastig unter. Schweigend begleitete er sie zurück zu Harriet und Wilhelm.

Beatrice wagte nicht, sich umzudrehen, um zu sehen, wohin der Graf verschwand, und sie mied tunlichst Onkel Wilhelms Blick, als sie bei ihm ankam. Wieder hatte sie einen Fauxpas begangen, den er ihr nie verzeihen würde. Einem Grafen den Rücken zuzudrehen war sicher schlimmer, als heimlich Skandalromane und linkspolitische Tageszeitungen zu lesen. Ohne ein weiteres Wort ließ Seth sie stehen und verschwand.

«Was hast du getan?», fauchte Onkel Wilhelm sie an.

«Nichts», antwortete sie und ließ sich auf einen Stuhl sinken, bevor ihre Beine versagten. Für ein Getränk hätte sie in diesem Moment einen Mord begehen können. «Mir tun nur die Füße weh.» Niedergeschlagen starrte sie auf den Boden.

«Fräulein Beatrice?» Sie hörte die Stimme, und gleichzeitig wurde ihr ein eisgekühltes Getränk hingehalten. Verwundert blickte sie auf und sah Seth direkt in die Augen. Dabei war sie ganz sicher gewesen, dass er ihr den Rest des Abends aus dem Weg gehen würde.

«Danke, Sie können wirklich Gedanken lesen», sagte sie und hoffte, dass er bei ihr bleiben würde. Doch er nickte ihr nur kurz zu und verschwand wieder. Nachdenklich sah sie seinem breiten Rücken nach, während sie an dem leicht sprudelnden Getränk nippte. Sie hatte noch nie einen Menschen getroffen, aus dem sie so wenig schlau wurde.

Ein Weilchen später stand Beatrice auf, drückte den Rücken durch und nahm die Schultern zurück, sie wollte um jeden Preis den Anschein erwecken, es sei ihr völlig gleichgültig, dass sich Seth am anderen Ende des Saales mit einer Frau in weinrotem Kleid mit funkelnden Sternen im Haar unterhielt. Sie lachten über irgendetwas, und Beatrice erkannte mit einem schmerzhaften Stich in der Brust, dass es sich um die vollbusige Frau aus der Oper handelte. Man konnte ihr Gelächter nicht hören, aber es war auch auf die Entfernung nicht zu übersehen. Schließlich gab Beatrice den Versuch auf, so zu tun, als wäre Seth ihr egal. In der Tat war es wenig sinnvoll, jemand zu ignorieren, dem es überhaupt nicht auffiel, dass er ignoriert wurde. Als die Frau zwischen den Gästen verschwand, begann

Seth ein Gespräch mit Leonite. Die Deutsche hatte zwar keine Diamanten im Haar, sah aber trotzdem dunkel, exklusiv und selbstsicher aus. Sie waren ein äußerst hübsches Paar, stellte Beatrice fest, und plötzlich sah sie, wie Seth Leonite genauso frech zulächelte, wie er sie selbst schon so oft angelächelt hatte, und das tat weh. Wie dumm von ihr, sie hatte ja wohl kaum ein Recht, eifersüchtig zu sein, dachte sie und zupfte an einem Silberfaden ihres Kleides. Überhaupt kein Recht. Seth Hammerstaal durfte selbstverständlich mit jeder Frau reden, tanzen und lachen. Es war albern von ihr, sich verschmäht zu fühlen, dachte sie und zog weiter an dem Faden. Dumm und naiv. Sie hob den Kopf. Gleich begann der nächste Tanz, und glücklicherweise war ihre Tanzkarte voll.

Als das späte Souper abgetragen wurde, zog sich Beatrice mit Sofia in einen der hinteren Räume zurück, um sich ein paar Minuten auszuruhen, bevor die letzten Tänze begannen. Man hatte Hummer, Schinken, Lammbrust und zahllose andere Gerichte serviert, außerdem Desserts sowie ein halbes Dutzend verschiedene Weine. Die beiden Mädchen setzten sich an einen kleinen Tisch, um ungestört reden zu können.

«Worüber habt ihr euch unterhalten? Hat er was gesagt?», fragte Beatrice.

«Johan ist ja so schrecklich nett», beteuerte die verliebte Sofia. Sie beugte sich vor. «Und du, Bea? Wie war dein Abend?»

«Der Kronprinz hat mich nicht aufgefordert, aber sonst war es sehr schön», antwortete Beatrice.

«Herr Hammerstaal war ja auffällig aufmerksam», bemerkte Sofia. «Er sieht dich ganz schön oft an.»

«Ach, der gibt sich doch nur mit Leonite von Wöhler

ab», wehrte Beatrice leichthin ab. «Da hat er ja wohl kaum Zeit, mir seine Aufmerksamkeit zu schenken.»

Doch Sofia schüttelte langsam den Kopf. «Ich glaube, da täuschst du dich», meinte sie. «Er ...»

In diesem Moment stand plötzlich Tante Harriet an ihrem Tisch, und Sofia ließ das Thema rasch fallen. Die Tante bedachte Beatrice mit einem langen forschenden Blick, und ihre Nichte schrumpfte geradezu in sich zusammen. Gleichzeitig machte sie sich auf das gefasst, was nun kommen musste. Es bedeutete selten Gutes, wenn die Tante ihr etwas sagen wollte.

«Ich habe gerade gehört, dass sich dieser Norweger für Leonite von Wöhler interessiert», begann Harriet. Sie blickte zu Seth hinüber, der von mehreren vergnügten Männern verschiedenen Alters umgeben war. Als würde er spüren, dass über ihn geredet wurde, drehte er sich um. Beatrice schlug die Augen nieder. «Ich sage das nur zu deinem eigenen Besten», fuhr die Tante fort. «Damit du dir nicht am Ende irgendetwas einbildest.»

Harriet redet nur mit mir, wenn es um mein eigenes Bestes geht, dachte Beatrice düster, doch sie sagte nichts. Dann ging die Tante wieder ihrer Wege, und Sofia blickte Beatrice bekümmert an.

«Bea?»

«Ich hab dir doch gesagt, da ist nichts zwischen uns.» Beatrice zuckte mit den Schultern und hoffte, dass sie ungerührter klang, als sie sich fühlte.

Sofia schien noch etwas einwenden zu wollen, doch dann schwieg sie.

Nach Harriets zurechtweisenden Worten sorgte Beatrice dafür, dass zwischen Seth Hammerstaal und ihr immer gebührender Abstand lag. Viele der älteren Gäste hatten sich bereits zurückgezogen, doch die Tanzfläche war immer noch brechend voll, und ihre Tanzkarte war es ebenfalls. Sie lachte, tanzte und schäkerte mit den Männern und redete sich dabei ein, dass sie sich noch nie im Leben so gut amüsiert hatte. Seth sollte bloß nicht glauben, dass sie auf seine leeren Schmeicheleien hereingefallen war, mit denen er offenbar so großzügig um sich warf.

Die Musik verstummte, und Beatrice blieb auf der Tanzfläche stehen. Sie unterhielt sich noch mit ihrem Partner, einem jungen Mann, der sie unheimlich zum Lachen gebracht hatte. Doch plötzlich drängte sich Seth zwischen sie und nahm Beatrice am Arm. Verblüfft sah sie ihn an. «Ja bitte?»

Seth wandte sich dem jungen Mann zu, der offenbar nicht recht wusste, was er tun sollte. «Das hier ist mein Tanz», erklärte Seth bestimmt. «Die Dame ist vergeben.» Während der verdatterte arme Kerl immer noch mit offenem Mund dastand, wirbelte Seth auch schon mit Beatrice über die Tanzfläche.

Sie kam gar nicht dazu, gegen diese Behandlung zu protestieren, aber sie fragte sich langsam doch, ob sie irgendetwas an sich hatte, was die Männer dazu brachte, sich heute so seltsam zu verhalten. Erst Graf Rosenschöld und jetzt Seth.

Doch Seth war nicht grob zu ihr gewesen, nur bestimmt, und insgeheim war sie ja zutiefst erfreut, dass er sein Recht auf den letzten Tanz beansprucht hatte. Obwohl er noch kein Wort mit ihr gesprochen hatte, seitdem die Musik wieder eingesetzt hatte.

«Herr Hammerstaal?», fragte sie schließlich, als das Schweigen unerträglich wurde.

«Ja?»

«Ich glaube, im Allgemeinen gilt es als höflich, dass ein

Mann zumindest so tut, als würde er es angenehm finden, wenn er mit einer Frau tanzt.» Sie lächelte, um zu zeigen, dass sie scherzte.

Ein Blick aus seinen unergründlichen grauen Augen glitt über ihr Gesicht. «Ich bitte um Entschuldigung, wenn ich nicht ganz so enthusiastisch wirke wie all die anderen Männer, von denen Sie sich heute Abend haben angaffen lassen», erwiderte er kühl.

Beatrice war verblüfft. «Kritisieren Sie mich etwa?», fragte sie verdattert.

«Wenn es berechtigt ist», erwiderte er und zog die Augenbrauen hoch.

Sie schnaubte. Ausgerechnet dieser selbstgerechte Kerl ... «Wenn ich Sie daran erinnern darf, so bin bestimmt nicht ich diejenige, die hier herumläuft und mal die eine, mal die andere hofiert», gab sie frostig zurück. «Und ich bin nicht diejenige, die mit unaufrichtigen Komplimenten um sich wirft. Ich bin auch nicht diejenige, die im Foyer mit der einen tuschelt, während ich eigentlich einer ganz anderen den Hof mache, nicht wahr?»

Natürlich hatte Seth keine Ahnung, was Beatrice damit meinte – abgesehen davon, dass sie ihn wohl im Gespräch mit Charlotta gesehen haben musste. Die beiden hatten nur ein paar durch und durch harmlose Worte gewechselt, das war nun wirklich nichts, worüber sich irgendjemand aufregen müsste. Doch Beatrice regte sich auf, und diese Erkenntnis bewirkte Wunder bei ihm, denn ihr Verhalten verriet, dass sie eifersüchtig war. Seine Wut und seine Gereiztheit verflogen, und er zog die widerstrebende Beatrice näher zu sich heran. Er spürte, wie sich ihr Körper unbewusst an ihn schmiegte, obwohl aus ihren Augen immer noch der Zorn blitzte. Das musste er sich merken, dachte er, dass ihr Gesicht und ihr Körper nicht immer dieselbe Sprache sprachen.

«Sagen Sie mir», flüsterte er in ihr Haar, «welches von meinen unaufrichtigen Komplimenten hat Sie am meisten aufgewühlt?» Er ließ seine Finger über ihren schmalen Rücken wandern. «Welches war es, Beatrice?»

Sie stieß ein leises Keuchen aus, und eine Welle schierer Lust durchflutete ihn. «Seien Sie so freundlich und lassen Sie mich los», bat sie mit dünner Stimme.

«Nicht bevor wir zwei ein paar Dinge geklärt haben», antwortete er. Mit einer Hand an ihrer Taille manövrierte er sie beide durch eine weiße Tür in einen kleinen Raum, der an den Ballsaal grenzte.

Es ging so schnell, dass Beatrice gar nicht reagieren konnte. «Was erlauben Sie sich?» Sie hatte sehr bestimmt wirken wollen, doch sie hörte selbst, wie schwach und atemlos ihr Flüstern klang. Sein heißer Blick glitt über sie, und sie wich zurück, bis sie gegen eine Mauer stieß. Der enge Raum diente offenbar als Lager. Durch ein kleines, dunkles Fenster war der Innenhof des Schlosses zu sehen. Die Spannung, die zwischen ihnen herrschte, lag so deutlich in der Luft, dass man sie mit Händen hätte greifen können, und Beatrice konnte kaum noch normal atmen. Seth lächelte. Nonchalant stützte er eine Hand neben ihrem Kopf an die Wand. Er sah ihr direkt ins Gesicht, und Beatrice unterdrückte ihr Zittern.

«Ich weiß nicht genau, womit ich Sie so erzürnt habe», flüsterte er, «aber ich würde gern ein paar Missverständnisse ausräumen.» Er beugte sich vor. «So habe ich heute Abend zum Beispiel keiner Frau den Hof gemacht. Daran würde ich mich nämlich erinnern, da bin ich ganz sicher.» Behutsam strich er ihr eine Locke aus dem Gesicht. «Ich werfe auch nicht mit Komplimenten um mich. Und ich kann gar nicht genug betonen, dass die einzige Frau, mit der ich heute in irgendeiner Form getuschelt habe, Sie waren, Beatrice.» Er strich ihr über die Wange. «Keine andere.»

Beatrice versuchte, einen klaren Gedanken zu fassen. Eigentlich hatte er sich ja tadellos benommen, dachte sie. Mit ihren Anschuldigungen hatte sie nur verraten, dass sie glaubte, er hofierte andere Frauen, und dass sie das ganz gewaltig störte.

«Ich bitte um Entschuldigung», murmelte sie mit klopfendem Herzen. «Ich habe ohne nachzudenken geredet.» Sie hoffte, dass er sie jetzt vielleicht gehen lassen würde, nachdem das Missverständnis ausgeräumt war. Sie hoffte, dass … Seth lächelte, und sein Lächeln ließ sie erbeben. «Das war schon viel besser», sagte er langsam und wickelte sich eine ihrer Haarsträhnen um den Finger. «So ein bescheidenes Auftreten steht Ihnen gut.» Beatrice funkelte ihn wütend an, und Seth verzog den Mund. «Es macht einfach solchen Spaß, Sie zu provozieren, ich kann es nicht lassen», gab er zu. «Vielleicht sollte ich auch noch etwas von meinem überlegenen Intellekt erzählen und dass der Mann immer über der Frau steht.»

Beatrice verdrehte die Augen, und Seth lachte laut.

Gleich würde sie gehen, redete sie sich ein, doch jetzt wurden seine Gesichtszüge auf einmal ganz weich, und bei dem Blick, mit dem er sie betrachtete, ging es ihr durch und durch. Seth stützte jetzt auch seine zweite Hand neben ihrem Kopf an die Wand, und Beatrice, die nun zwischen ihm und der Wand gefangen war, schnappte nach Luft. Dann beugte er sich vor, und jede Gereiztheit war aus seinem Blick verschwunden. Ihre Brust hob und senkte sich heftig, und sie wusste, jetzt würde er sie küssen. Ein schmerzliches Ziehen bis in die Zehenspitzen durchfuhr sie, und sie schloss die Augen und ließ sich mitreißen.

Zum zweiten Mal durfte Seth erleben, wie sich ein spontaner Kuss von Beatrice Löwenström innerhalb kürzester Zeit von einem amüsanten Spiel zu einem gewaltigen, unkontrollierten Feuer auswuchs. Sie antwortete auf seinen Kuss mit derselben hungrigen, unerfahrenen Leidenschaft wie auf dem Eis des Nybroviken, und Seth erging es auch prompt wieder wie an jenem Tag – er verlor die Kontrolle. Sie fühlte sich so richtig an, sie schmeckte so verführerisch zart und warm. Sein Körper pochte und spannte sich an. Was ihn aber auch daran erinnerte, weshalb er damals, vor ein paar Wochen, sich selbst hatte bremsen müssen. Er zwang sich, sich von dem weichen Mund, der ihn so bereitwillig küsste, loszureißen, während sein Körper protestierte und etwas ganz anderes wollte.

«Es ist besser, wenn Sie jetzt gehen», sagte er schroff.

«Ja, das ist sicher besser.» Ihre Stimme war dünn und atemlos.

«Ich meine jetzt sofort, Beatrice.»

Sie tat, was er verlangte, und glitt an ihm vorbei zur Tür. Seth sah ihr nach, verfolgte den zarten Rücken und den hellen Nacken mit den Blicken und sah, wie sich die Tür mit einem leisen Klicken hinter ihr schloss.

Er holte tief Luft. Einmal. Zweimal.

Als der Ball gegen ein Uhr vorüber war, waren Johan und Seth bereits im Café Kung Karl auf dem Brunkebergstorg, wo sie ein letztes Gläschen tranken und noch eine Zigarre genossen. Sie saßen auf ihren bequemen Sesseln und streckten die Beine aus. Das Restaurant war noch immer gut besucht, und im großen Gastraum hatten die Leute angefangen zu singen. Betrunken lächelte Johan seinen Freund an.

«Was hältst du eigentlich von Fräulein Löwenström?», fragte er.

«Ich nehme an, die Rede ist von Fräulein Sofia», antwortete Seth und schlug die Beine übereinander. «Sie ist unglaublich schön.»

«Die schönste Frau, die ich jemals gesehen habe», schwärmte Johan verliebt. «Ich werde Mama bitten, sie nächstes Wochenende zu einer Landpartie einzuladen. Ich hoffe, du nimmst mir das nicht übel.»

«Selbstverständlich nicht», beteuerte Seth. Gedankenverloren drehte er sein Glas in der Hand und betrachtete das Getränk. Er fragte sich, was eigentlich mit ihm los war. Dass eine Frau sich so in seine Gedanken drängte, war ihm noch nie passiert. Ratlos schüttelte er den Kopf. Als er mit angesehen hatte, wie Graf Rosenschöld Beatrice auf der Tanzfläche angefasst hatte, war es ganz schwarz in ihm geworden. Und als sie mit anderen Männern getanzt hatte, wäre er am liebsten hingegangen, um sie aus deren Armen zu reißen. Das war ganz schön albern. Rasch leerte er sein Glas.

Es wurde langsam Zeit, nach Hause zu gehen.

6

Im Haus der Familie Löwenström, Stockholm

«Ich verstehe nicht, warum sie sie auch nach Gröndal eingeladen haben. Es gibt überhaupt keinen Grund, weshalb sie so oft ausgehen sollte. Sie benimmt sich immer unmöglicher», sagte Wilhelm Löwenström. Er stand vom Schreibtisch auf und musterte ergrimmt seinen Sohn.

«Da kann ich dir nur zustimmen», erwiderte Edvard und hob die Arme in einer ratlosen Geste. «Aber es würde seltsam aussehen, wenn sie nicht mitkäme, nachdem sie eingeladen worden ist. Die Familie Stjerneskanz ist sehr einflussreich.» Er lächelte beschwichtigend. «Außerdem kannst du sie wohl kaum bis zur Hochzeit im Haus einsperren.»

«Ich will, dass du mit nach Gröndal fährst», beschloss der Vater. «Sorg dafür, dass sie sich zusammenreißt und keine Dummheiten macht.»

Er trat ans Fenster, und Edvard betrachtete den untersetzten Körper und die kräftigen Schultern – ein Aussehen, das er glücklicherweise nicht geerbt hatte. Wir hatten diese Diskussion doch schon, dachte er gereizt. Er wollte sie abschließen und endlich gehen, bevor es Papa am Ende noch einfiel, ihn zu einer Inspektion in eine seiner gottverdammten Fabriken mitzuschleifen oder etwas ähnlich Lästiges. «Aber ich bin doch gar nicht nach Gröndal eingeladen, oder?», wandte Edvard ein, wobei er sich bemühte, so entgegenkommend wie möglich zu klingen. «Wie gesagt, das ist eine gute Familie, es gibt überhaupt keinen Grund, überzogen zu reagieren. Außerdem begleitet Mary die Mädchen, sie ist doch eine zuverlässige Anstandsdame.»

Der Vater wandte sich um und bedachte ihn mit einem zornigen Blick. «Wenn Beatrice mich blamiert, peitsche ich sie aus», erklärte er. «Ich lasse es mir nicht bieten, dass man mir trotzt.»

Edvard unterdrückte ein Lächeln. Wenn er eines an seinem Vater mochte, dann die feste Hand, mit der er die Frauen behandelte. «Die Geschichte ist so gut wie unter Dach und Fach», sagte er. «Hat Rosenschöld den Vertrag denn schon unterzeichnet?»

«*Graf* Rosenschöld», fauchte der Vater.

«Natürlich. Entschuldige, Vater», beschwichtigte Edvard.

«Vergiss nicht, dass wir das alles für dich tun, damit der Graf dir wohlgesinnt ist.» Sein Vater drohte ihm mit der Hand. «Vergiss das bloß nicht! Erweise ihm also den schuldigen Respekt.»

Wilhelm Löwenström wandte sich wieder zum Fenster, und Edvard überlegte kurz, was sein hochmoralischer Vater mit seinen Ansichten über die Überlegenheit der Oberschicht wohl sagen würde, wenn er wüsste, dass *Graf* Rosenschöld sich erst gestern Abend eine Hure mit seinem Sohn geteilt hatte.

«Wie sie uns beim Landeshauptmann blamiert hat», fuhr Wilhelm hasserfüllt fort, ohne den Blick vom Fenster zu nehmen. «In dem Moment war ich sicher, dass der Graf sich sofort aus der Sache zurückziehen würde.»

«Alles wird ganz glatt laufen, Papa», sagte Edvard und erhob sich aus seinem Sessel. «Und bald bist du sie los.»

Während Edvard das Arbeitszimmer verließ und sich aufmachte, Sofia und Beatrice darüber zu unterrichten, dass sie nach Gröndal zu Familie Stjerneskanz fahren durften, überlegte er, ob es die Dinge wohl wesentlich verkomplizierte, dass er seine vorher so hässliche und magere Cousine auf einmal so – interessant fand. Vorher habe ich das nie gesehen, dachte er und legte die Hand auf die Klinke. Doch aus Beatrice ist eine Frau geworden.

Edvard öffnete die Tür zum Salon seiner Mutter, in dem die Frauen auf ihn warteten.

*

Ein geradezu ländliches Idyll erwartete Beatrice, Sofia und ihre englische Gesellschafterin, Miss Mary Highman, als sie eine Woche nach dem königlichen Ball in Gröndal eintrafen. Das Gut bestand aus einem Hauptgebäude mit zwei Flügeln. Außerdem standen gelbe Schuppen und Ställe über das Grundstück verstreut. Auf den Bäumen und Büschen lag der Schnee, und Hunde tollten übermütig durch die Schneehaufen. Mägde eilten hin und her, und aus dem Schornstein quoll der Rauch.

«Willkommen in Irislund», rief eine junge Frau, die aus dem Haupteingang getreten war und ihnen über den Hof entgegeneilte. Sie war ungefähr Mitte zwanzig und trug ein blondgelocktes Kind auf der Hüfte. «Sie müssen Beatrice sein», sagte sie lächelnd und reichte das Kind an eine der Mägde weiter. «Und Sie müssen Sofia sein, Johan hat erzählt, dass Sie blond sind.» Rasch strich sie sich die weizenblonden Haarsträhnen aus dem Gesicht, die sich aus ihrem dicken Knoten gelöst hatten. «Ich bin Camilla Silverstolpe», fuhr sie fort, «Johans kleine Schwester. Aber alle nennen mich Milla.» Sie gestikulierte beim Sprechen und sah die drei Frauen abwechselnd mit ihren großen blauen Augen an. «Schön, dass Sie gekommen sind, wir freuen uns schon. Im Haus steht alles Kopf, wie immer, Herr Hammerstaals Bruder Christian und ihr Pflegevater, Olav Erlingsen, sind vor kurzem aus Norwegen eingetroffen. Seth holt sie ab, aber der Zug hatte mehrere Stunden Verspätung, und Mutter treibt die Köchin mit ihren ständigen Änderungswünschen in den Wahnsinn.» Milla musste kurz Luft holen. «Da kommen auch schon Mama und Papa.» Sie winkte ihren Eltern zu. «Mein Mann ist nicht hier.» Sie lachte. «Er arbeitet ständig. Und Sie müssen die Gesellschafterin sein», sagte sie, an Miss Mary gewandt.

«Herzlich willkommen!» Iris Stjerneskanz war inzwischen bei ihnen und musterte sie mit derselben unverhohlenen Neugier wie zuvor ihre Tochter. «Sofia, liebes Kind, Sie sind ja wirklich ganz bezaubernd.» Sie begrüßte alle drei. «Wie schön, dass Sie hier sind. Kommen Sie herein, es ist so unglaublich kalt. Dieser Winter hat es wirklich in sich, das muss ich schon sagen.» In diesem Moment wurde das Hundegebell noch etwas lauter.

«Lass die armen Damen doch erst mal zur Ruhe kommen», rief der Mann, der ihr gefolgt war und nun die kläffenden Hunde zurückscheuchte. «Was sollen sie denn von uns denken, wenn wir sie gleich so überfallen?» Der Mann war etwas über fünfzig und recht groß, hatte blaue Augen und ein wettergegerbtes Gesicht. Milla drückte seine Hand und gab ihm einen Kuss auf die Wange.

«Willkommen, ich bin Ludvig Stjerneskanz», sagte er. «Ich bin der Hausherr.»

Milla wandte sich den Neuankömmlingen zu. «Kommen Sie, dann zeige ich Ihnen Ihre Zimmer, bevor wir uns hier draußen noch zu Tode frieren.»

Beatrice bewunderte das Himmelbett, den blauweißen Kachelofen und die luftigen Stoffe in dem Zimmer, das ihr zugeteilt worden war. Der Kachelofen verbreitete knisternd Wärme, und vom Fenster konnte sie auf schneebedeckte Fichten und unberührte Natur sehen. Wenn sie ganz nah an die Scheibe trat, konnte sie zwischen den Bäumen einen kleinen Zipfel eines zugefrorenen Wasserlaufes erkennen, der in den Mälaren mündete.

Und schließlich gestattete sie sich auch, an das zu denken, was Milla vorhin gesagt hatte.

Seth war hier.

Die ganze letzte Woche hatten Beatrice und Sofia in Vorfreude über das bevorstehende Wochenende spekuliert, doch diese Gespräche hatten sich ausschließlich um Johan gedreht. Jedes Mal, wenn Sofia versucht hatte, sich dem Thema Seth Hammerstaal zu nähern, war Beatrice ausgewichen. Nachts wach zu liegen und einsam vor sich hin zu phantasieren war eine Sache – doch es war etwas ganz anderes, das schmerzhafte Ziehen in der Brust zu beschreiben, welches sie jedes Mal befiel, wenn sie an Seth dachte.

Das Geräusch dumpfen Hufgetrappels riss sie aus ihren Tagträumen, und sie entdeckte zwischen den Bäumen drei Pferde, die sich dem Gut im Galopp näherten. Einer der Reiter blickte zu dem Fenster auf, an dem sie stand, und als sie bemerkte, dass es Seth war, hob sie automatisch die Hand zum Gruß. Er grüßte mit einem Nicken zurück, grub seinem Pferd die Fersen in die Flanken und ritt weiter.

Es klopfte. «Herein», rief Beatrice, während sie den Pferden hinterherblickte.

«Wollen wir rausgehen?», fragte Sofia durch die halbgeöffnete Tür.

Auf dem Vorplatz tobten die Hunde des Gutshofes im Schnee. Die drei Reiter waren in Begleitung bellender Jagdhunde, und ihre Pferde stampften in all dem Tumult nervös mit den Hufen.

Der prachtvolle Hengst, auf dem Seth Hammerstaal saß, scheute erst vor den Hunden, schnappte dann aber nach ihnen und bockte unwillig unter seinem Reiter. Doch mit fester Zügelhand brachte Seth den Hengst langsam zur Ruhe. Selbst jemand, der nichts von Pferden verstand, hätte sofort erkannt, dass dieser Mann ein geschickter Reiter war.

«Fräulein Beatrice. Wie ich sehe, haben Sie keine Angst vor Pferden», stellte Seth fest, als er aus dem Sattel glitt. Sein Haar war nach dem Ritt zerzaust, er trug robuste Reitkleidung und blanke Stiefel, und wie er so dastand, die Reithandschuhe in einer Hand, strahlte er eine derart rohe Männlichkeit aus, dass Beatrice ganz weiche Knie bekam.

«Nein», antwortete sie. «Aber ich habe Sympathien für alle Wesen, die ihren eigenen Willen auszudrücken versuchen. Es ist nicht leicht, sich der Zügelführung eines anderen zu beugen.»

Seth lächelte und hielt ihren Blick fest.

Die Erinnerung, wie sie sich in dem kleinen Raum auf dem Schloss geküsst hatten, kam ihr sofort in den Sinn, und Beatrice unterdrückte den Drang, nach Luft zu schnappen. Der dritte Reiter, ein Junge um die fünfzehn, war gerade abgesessen und kam nun zu ihnen.

«Das ist mein Bruder Christian», stellte Seth ihn vor.

«Freut mich, Sie kennenzulernen», sagte Beatrice zu dem jungen Mann.

«Das Vergnügen ist ganz meinerseits», erwiderte der und bedachte sie mit einem Lächeln, das dem seines älteren Bruders so sehr ähnelte, dass Beatrices Herz einen

Sprung machte. «Mein Bruder hat mir schon von Ihnen erzählt, Fräulein Beatrice.»

«Wirklich?», fragte sie. «Was hat er denn so gesagt?»

«Dass Sie ein Talent haben, ins Fettnäpfchen zu treten.»

Von Seth kam ein erstickter Laut, und Beatrice sah ihn fragend an.

Da wurden sie von Sofias Stimme unterbrochen: «Bea, komm, Johan will uns die Strandpromenade zeigen», rief sie.

Beatrice winkte zurück und wandte sich dann an Seth. «Ich nehme an, ich muss Sie wohl mitnehmen», sagte sie. «Falls ich schon wieder in ein Fettnäpfchen trete, aus dem ich gerettet werden muss, meine ich. Kommen Sie auch mit, Christian?»

Christian warf Seth einen Blick zu, und sein Bruder schüttelte warnend den Kopf. «Ich glaube, ich suche erst mal Olav», verkündete Christian und unterdrückte ein Lachen. «Unseren Pflegevater», fügte er für Beatrice hinzu.

«Gute Idee, kleiner Bruder», lobte Seth und bot Beatrice den Arm.

Die beiden stapften über den winterlichen Strand. Vor ihnen zeigte Johan Sofia die Landmarken und Sehenswürdigkeiten.

«Vorsicht», sagte Seth, wies auf eine Eisplatte und reichte Beatrice die Hand, damit sie nicht ausglitt.

«Danke», sagte sie, um ihn gleich danach aber hastig wieder loszulassen.

Seth freute sich, Beatrice eine Weile für sich allein zu haben. Sie hatte ein bisschen Farbe bekommen. Ihre Nasenspitze war deutlich gerötet, und wegen der Kälte schniefte sie leicht. Trotz des dunklen Schals, des schwarzen Mantels und der robusten Stiefel fand er sie sehr attraktiv.

«Wie kommt es eigentlich, dass Sie bei Ihrem Onkel leben?», wollte er wissen.

«Ich bin bei meinem Vater aufgewachsen, aber er starb, als ich vierzehn war. Er ist ertrunken.»

«Wie ist das denn passiert?»

«Papa war Professor und Dozent an der Universität von Uppsala. Er reiste viel, und zuletzt investierte er seinen ganzen Besitz in eine Südamerika-Expedition. Dort wollten sie nach neuen Orchideenarten suchen, glaube ich.» Beatrice zuckte mit den Schultern. «Sie waren ein halbes Jahr fort, und dann sank das Schiff auf dem Heimweg. Und alle sind ertrunken.»

Im Stillen wunderte sich Seth, wie ein Familienvater den Seinen so etwas Wahnwitziges antun konnte. «Und Ihre Mutter?», fragte er stattdessen.

«Mama starb im Kindbett, als ich sechs Jahre alt war.»

Er sah sie an. Sie trocknete sich die Nasenspitze gerade mit einem Handschuh und lächelte entschuldigend.

«Das kommt von der Kälte», erklärte sie.

«Und wer hat sich um Sie gekümmert, wenn Ihr Vater verreiste?», erkundigte er sich.

«Papas Studenten. Sie haben ihn alle vergöttert, und sie haben abwechselnd für mich gesorgt. Ich glaube, es war so eine Art Ehrensache für sie, sich in den Monaten seiner Abwesenheit um Professor Löwenströms Tochter zu kümmern. Auf diese Weise habe ich alle möglichen passenden und unpassenden Dinge gelernt. Debattieren, Schlittschuhlaufen, deutsche Verben konjugieren.»

Seth sah sie an. Daher kam also diese Verletzlichkeit, die hie und da aufblitzte, dachte er. Sie war viel allein gewesen. «Das klingt ja ganz schön einsam», sagte er.

Sie lächelte. «Ich hatte keine Not zu leiden, und Papa liebte eben Abenteuerreisen und neue Entdeckungen.»

Mehr als mich. Diese Worte hingen unausgesprochen in der Luft.

«Und was geschah dann?»

«Ein paar Wochen nach Papas Tod kam Onkel Wilhelm nach Uppsala und setzte mich davon in Kenntnis, dass es seine Pflicht sei, mich bei sich aufzunehmen.» Beatrice schüttelte den Kopf. «Wir hatten uns vorher kaum jemals gesehen, aber ich hatte keine Wahl, denn ich hatte ja keine anderen Verwandten. Also bin ich nach Stockholm gezogen, und dort wohne ich seither.»

Seth fragte sich, was sie in den Wochen davor gemacht hatte, ohne Verwandte und ohne Geld. Außerdem war sie noch ein ganz junges Mädchen gewesen. Er selbst hatte zumindest immer Olav gehabt – wenn es zu Hause auch oft armselig gewesen war, der Pfarrer, sein Pflegevater, war immer für ihn da gewesen. Beatrice hingegen hatte wochenlang keinen Menschen gehabt. Sie hätte genauso gut auf einer dieser abscheulichen Menschenauktionen landen können, auf der arme Leute gegen Mindestgebot versteigert wurden. Gesetzlich geduldete Sklaverei. Seth schauderte bei dem Gedanken. «Das muss eine große Umstellung für Sie gewesen sein», sagte er kurz.

«Nicht so groß wie für meinen Onkel, befürchte ich», erwiderte sie trocken. «Papa und Onkel Wilhelm hatten sehr unterschiedliche Ansichten über die meisten Dinge, nicht zuletzt über Frauen und Kindererziehung. Ich glaube, er hat seine Entscheidung vom ersten Tag an bereut.» Sie trat mit der Fußspitze gegen ein Schilfbüschel. «Mehrere Gouvernanten haben in den letzten Jahren versucht, das Schlimmste abzuschleifen, aber – wie Sie sicher schon bemerkt haben – ich habe immer noch so gewisse Seiten an mir.»

Seth versuchte sich vorzustellen, wie eine elternlose,

trauernde Vierzehnjährige sich bemühte, sich der rigiden Welt des Wilhelm Löwenström anzupassen, dem Onkel, der es bereute, sich ihrer angenommen zu haben. Und der ihr – die doch sonst keinen Menschen hatte – das Gefühl gab, unwillkommen zu sein. «Standen Ihr Vater und Sie sich sehr nahe?», fragte er.

«In gewisser Weise schon», antwortete sie zögernd. Sie sah zu ihm auf und beschattete die Augen mit der Hand. «Sie müssen verstehen, dass Papa nach Mamas Tod die ganze Verantwortung für mich übernommen hat. Ich habe eine Ausbildung genossen, wie sie nur wenigen Frauen vergönnt ist. Papa hat mich viel über Kunst, Literatur und Sprache gelehrt.»

«Können Sie sich an Ihre Mutter noch erinnern?», wollte er wissen.

«Mama war sehr besonders. Sie war eine französische Schönheit, und die Liebesgeschichte zwischen ihr und Papa war damals ein großer Skandal in Uppsala. Sie war viel jünger als er, obendrein Katholikin, und sie heirateten ohne das Einverständnis ihrer Eltern. Sie war schön, elegant und still. Ich glaube, es hat sie traurig gemacht, dass ich ihr so gar nicht ähnlich war.» Sie zeigte auf ihr Haar und zog eine Grimasse. «Das soll ich angeblich von meiner Großmutter väterlicherseits geerbt haben.»

Sie blieben stehen und blickten übers Wasser. Es war zugefroren und wie tot – keine Vögel, kein Geräusch außer dem Wind. «Entschuldigen Sie, ich rede viel zu viel», sagte sie.

«Aber nein, bitte erzählen Sie weiter.»

«Ich war überzeugt davon, dass ich an Mamas Tod schuld war», berichtete sie leise. «Ich bekam ein kleines Schwesterchen. Die ganze Zeit über hatte ich mir Sorgen gemacht, dass meine Mutter eine Tochter bekommen würde, die still und süß war, und so eine Schwester wollte ich auf keinen Fall haben.» Sie senkte den Blick, doch ihre Verzweiflung war ihm nicht entgangen. «Ich hatte Angst, dass ich heraufbeschworen haben könnte, was dann geschah. Ich war damals ja erst sechs», fügte sie entschuldigend hinzu.

Sie war also eine phantasievolle Sechsjährige gewesen, die glaubte, am Tod ihrer Mutter und ihrer neugeborenen Schwester schuld zu sein. Keiner hatte sich die Mühe gemacht, ihr zu erklären, dass sie nichts damit zu tun hatte. Keiner hatte sie getröstet. Seth hätte große Lust gehabt, jemand zu erwürgen.

Sie hatten mittlerweile den vom Sturm umgestürzten Baumstamm erreicht, der die Strandpromenade blockierte, und blieben stehen. Die Sonne schien immer noch, aber im beißenden Wind fühlten sich die Minusgrade noch viel kälter an.

Sie standen dicht nebeneinander. Ihr Haar hatte sich unter dem Schal gelöst und flatterte im Wind. Seth fing eine der roten Strähnen mit der Hand und rieb sie zärtlich zwischen den Fingern. «Und dann sind Sie also bei der Familie Löwenström gelandet. Gab es denn sonst niemand?»

Sie atmete so schwer, dass sich ihre Brust deutlich hob und senkte, doch sie schüttelte nur den Kopf, und er begriff, dass sie nicht weiter darüber sprechen wollte. Genauso schnell, wie er sie ergriffen hatte, ließ Seth die Locke wieder los. Er beschattete das Gesicht mit der Hand und hielt Ausschau nach Johan und Sofia. «Wir sind schon ziemlich zurückgefallen», meinte er. «Kommen Sie, ich helfe Ihnen.» Er hielt ihr die Hand hin und stützte sie, als sie den schmalen Baumstamm überkletterte.

«Danke», murmelte sie.

Er ließ ihre Hand wieder los. Wenn er es nicht getan hätte, hätte er sie geküsst, davon war er überzeugt. Er konnte kaum etwas anderes denken, als wie diese roten Lippen in der Kälte wohl schmeckten. Er zog eine Grimasse. Wäre es nicht so lächerlich gewesen, hätte er über sich selbst gelacht. Aber war er nicht voller Vorfreude gewesen, als er erfahren hatte, dass Beatrice nach Irislund kommen würde? Vorfreude? Seth schüttelte den Kopf. Er konnte sich nicht erinnern, wann er zum letzten Mal so etwas empfunden hatte.

Aus dem Augenwinkel sah er ihre rote Nasenspitze und die geröteten Wangen. Beatrice war nicht eine der perfekten, selbstbewussten Schönheiten, die reiche Männer wie ihn normalerweise umgaben. Frauen, die genau wussten, wie man sich benahm und wie die Regeln lauteten. Seth hatte immer vorgehabt, so eine Frau zu heiraten, eine Adelige mit einer Ahnentafel, die bis ins 13. Jahrhundert zurückging, und mit Verwandten in wichtigen Stellungen im Land. Das war einfach die logische Folge seines erfolgreichen Aufstiegs, und damit hätte er seine Stellung in der Elite auch für die Zukunft gesichert. Immer vorausgesetzt natürlich, dass ihn eine solche Frau ausreichend interessieren würde. Diejenigen, die er bis jetzt kennengelernt hatte, wären bestimmt gute Ehefrauen, dachte er und seufzte im Stillen. Sie waren gebildet und schön, und manche waren sogar überraschend feurig im Bett. Doch sie waren wie sorgfältig hochgezüchtete Tiere. Alle unerwünschten Eigenschaften waren abgeschliffen worden, bis nur noch eine perfekte Oberfläche und ein tadelloses Inneres übrig waren. Bislang war es ihm nie aufgefallen, wie gereizt es ihn machte, dass diese Frauen immer derart zufrieden und kühl waren, so gemäßigt in allen Dingen.

Verstohlen musterte er Beatrice. Nicht einmal er würde

es über sich bringen, sie zu zerstören. Außerdem war sie von den Eltern eines seiner besten Freunde und Geschäftspartner eingeladen worden. Sie hatte ja sogar eine Anstandsdame dabei, du liebe Güte. Er seufzte noch einmal.

Wenn Seth noch einmal seufzt, schreie ich, dachte Beatrice. Sie war so sicher gewesen, dass er sie wieder küssen würde. Doch sie setzten einfach nur ihren Spaziergang fort, am Wasser und am Eis entlang, immer hinter Johan und Sofia, Seite an Seite, ohne sich auch nur zu streifen. Heimlich musterte sie sein Gesicht und fragte sich, was er wohl dachte. Er sah schrecklich grimmig aus. Sie bereute es schon, so offenherzig gewesen zu sein. Seth hatte nichts mehr gesagt, seit die Geschichte ihres haarsträubenden Hintergrunds aus ihr herausgesprudelt war. Dabei war er ja kaum zu Wort gekommen, sie hatte fast ununterbrochen geredet. Gequält dachte sie daran, wie sie von ihren Eltern gesprochen hatte. Eltern. Sie war doch keine dreizehn mehr, oder? Mit seiner warmen Stimme und seinen ermunternden Worten hatte er sie zum Weiterreden aufgefordert, als wäre sie die interessanteste Frau der Welt. Sie schloss die Augen und versuchte, ein Schaudern zu unterdrücken, doch Seth entging es nicht. Ihm schien überhaupt gar nichts zu entgehen.

«Frieren Sie? Sollen wir zurückgehen?»

Beatrice schüttelte den Kopf. Sie wusste, dass sie noch Ewigkeiten mit ihm hier würde herumspazieren können. Sollte sie es denn nicht besser wissen?, dachte sie und trat mit dem Stiefel in einen kleinen Schneehaufen. Sie konnte doch nicht allen Ernstes dem ersten Mann verfallen, der sie jemals geküsst hatte? Das war doch wohl gar zu unreif.

«Karin Hielm hat erwähnt, dass Sie am Deutsch-Französsischen Krieg teilgenommen haben», sagte sie schließlich, um irgendwie das Schweigen zu brechen.

Seth musste sich beherrschen, um bei dieser Frage nicht das Gesicht zu verziehen. Von allen Gesprächsthemen musste sie sich ausgerechnet dieses aussuchen. «Ja?», sagte er kühl. Die Faszination, die manche Frauen Krieg und Gewalt entgegenbrachten, hatte ihn schon immer abgestoßen.

Sie zuckte verunsichert mit den Schultern. «Ich hatte mich nur gefragt, wie Sie dazu gekommen sind.»

«Ich war achtzehn, hatte in Karlberg gerade mein Offizierspatent erworben und bin mit meinem besten Freund nach Frankreich an die Front gefahren», erklärte er kurz.

«Aber warum wollten Sie denn an einem Krieg teilnehmen?»

«Wir waren jung, wir dachten, das würde ein Abenteuer.»

«Und, wurde es das nicht?», bohrte sie weiter.

Sag es nicht, sag es bloß nicht, dachte er verzweifelt.

«Hm?» Sie ließ nicht locker. Als hätte sie seine Gedanken gehört.

Seth fuhr sich mit der Hand durchs Haar. Er wollte nicht mehr erzählen und bereute plötzlich, dass er nach Gröndal gekommen war, dass er hier mit Beatrice spazieren ging, dass er ihr erlaubt hatte, in Ecken und Winkel seines Innersten vorzustoßen, die er eigentlich streng verschlossen hielt. Vierzehn Jahre war er alt gewesen, als er allein nach Stockholm fuhr, um dort zur Schule zu gehen. Er hatte einfach das Dorf verlassen wollen, und sein Pflegevater versuchte gar nicht erst, ihn davon abzubringen. Doch als armer norwegischer Junge in die Kriegsschule einzutreten, in der die Knaben aus der schwedischen Oberschicht ausgebildet wurden, war alles andere als leicht gewesen.

Dennoch waren die Schikanen, denen er in der Schule ausgesetzt war, eine harmlose Frühlingsbrise im Vergleich zu den blutigen Schlachtfeldern in Frankreich.

«Die Leute fragen mich immer, wie es sich anfühlt, einen Menschen zu töten», erzählte er. «Jedes Mal, wenn vom Krieg die Rede ist. Ich hasse diese Frage.»

«Das kann ich gut verstehen», sagte sie. Dann schwieg sie.

«Kennen Sie Karlberg mit seiner Kriegsschule?», begann Seth nach kurzem Schweigen, denn offenbar hatte sie nicht vor, noch etwas zu sagen. Beatrice bejahte. «Ausgebildete schwedische Offiziere standen im Ausland hoch im Kurs», berichtete Seth. «Wir wurden der schweren Kavallerie zugeteilt, *Les Cuirassiers*.» Er lächelte freudlos. «Wissen Sie, wie die Leute sie nannten?» Sie schüttelte den Kopf. «Große Männer auf großen Pferden», fuhr er fort. «Wir ritten gern, und wir waren jung. Das Problem war nur, dass die Preußen damals eine neue Waffe entwickelt hatten, das sogenannte Repetiergewehr.» Er holte tief Luft. «Wir wurden geradezu niedergemetzelt, abgeschlachtet wie Vieh.»

Er verstummte. Obwohl das alles inzwischen über zehn Jahre her war, wurde ihm immer noch übel, wenn er daran dachte, wie er Zeuge von Verstümmelungen seiner Kameraden geworden war, wie er sinnlose Gewalt gegen Frauen und Kinder hatte mit ansehen müssen. All die unmenschlichen Befehle, die er hatte geben müssen, der Hunger und die Kälte und die Demütigung, die sie in den Wintermonaten im Gefangenenlager durchlitten hatten. Nein, das war weit entfernt von dem Abenteuer, das sein bester Freund Jacques Denville und er sich vom Krieg erhofft hatten.

«Ich habe mir immer schon gedacht, dass diese heroischen Kriegserzählungen nicht ganz der Wahrheit entsprechen können», sagte sie langsam. «Ihre Eltern müssen doch außer sich gewesen sein vor Sorge, oder nicht? Entschuldigen Sie, möchten Sie vielleicht lieber das Thema wechseln?»

Seth schüttelte lächelnd den Kopf. Mit ihr konnte er darüber reden. «Nein, als der Krieg begann, waren meine Eltern schon lange tot.»

«Dann sind Sie also auch elternlos?», fragte sie und verzog den Mund.

«Ja», er nickte und dachte, dass er wahrscheinlich nicht besonders lange bei seinen Eltern überlebt hätte. Zwischen dem galoppierenden Wahnsinn seiner Mutter und der Abwesenheit seines Vaters stehend, wäre er um Haaresbreite untergegangen.

«Und Ihr Pflegevater?»

Seth bemerkte, dass sie das Thema Krieg nun auf sich beruhen ließen und jetzt über ihn sprachen.

«Mein Pflegevater Olav ist Pfarrer in dem Dorf, aus dem ich komme», erzählte er. «Ich durfte auf den Pfarrhof ziehen, als ich neun war. Meine Mutter war … krank und mein Vater meistens fort. Papa war Kapitän in der norwegischen Handelsflotte. Olav war sowohl Pfarrer als auch Dorflehrer, und er hat sich bemüht, etwas aus mir zu machen.»

«Und dann haben Sie noch einen Bruder, nicht wahr?», fragte sie weiter.

Seth erstarrte. Mit Außenstehenden sprach er nicht über seinen Bruder. Er blickte die Frau an, die ihn mit ihren mitternachtsblauen Augen betrachtete, und sah Intelligenz, Mitgefühl und Neugier. Schließlich gab er seufzend nach. «Meinen kleinen Bruder habe ich erst nach dem Krieg kennengelernt, als ich schon erwachsen war», sagte er. «Er war ein uneheliches Kind meines Vaters und eines Straßenmädchens, und als Christians Mutter starb, durfte er bei Olav einziehen. Wir begegneten uns zum ersten Mal nach dem Krieg, als unsere Eltern schon beide tot waren. Damals war ich zwanzig und er sieben.» Seth wartete gespannt auf ihre Reaktion. Mit unehelichen Kindern war wenig Staat zu machen. Weder in norwegischen Dörfern noch in der schwedischen Oberschicht. Christian hatte viele Schläge einstecken müssen, sowohl bildlich als auch buchstäblich.

«Christian ist ein feiner Junge», meinte sie sanft. «Sie sind sich sehr ähnlich.»

«Abgesehen von meinem Mangel an Bescheidenheit und meinem aufbrausenden Wesen?», sagte er. Es war albern, aber irgendwie freute ihn ihre Antwort.

«Abgesehen davon natürlich.»

Seth blieb an der gefrorenen Küste stehen und sah Beatrice an. Sie hatte sich zu ihm gewandt und betrachtete sein Gesicht. An diesen Blick könnte ich mich gewöhnen, dachte er, fest und ernsthaft, aber gleichzeitig so lebensfroh.

«Haben Sie diese Narbe im Krieg davongetragen?», erkundigte sie sich.

Überrascht fuhr Seth mit der Hand über die Narbe unter der Augenbraue, die er schon ganz vergessen hatte. «Nein, ich habe mich als Kind oft geprügelt, und das ist eine Erinnerung an so einen Zusammenstoß. Als meine Mutter erfuhr, dass ich mich in der Schule geschlagen hatte, wurde sie wütend und jagte mich mit dem Gürtel, und ich hatte solche Angst, dass ich direkt in einen Baum rannte und mir eine Platzwunde an der Augenbraue holte.» Die anderen Kinder hatten ihm hinterhergerufen, dass seine Mutter verrückt sei, und obwohl Seth wusste, dass es stimmte, hatte er sich immer wieder mit ihnen geprügelt. «Das hat mich jedoch nicht vor einer ordentlichen Abreibung bewahrt», erzählte er. «Wenn ich mich recht erinnere, konnte ich hinterher eine Woche lang nicht sitzen.» Im Grunde war es ein Wunder, dass sie ihn damals nicht totgeschlagen hatte, dachte er. Er lächelte Beatrice an, doch sie sah fast peinlich berührt aus, obwohl er bewusst einen leichten Ton angeschlagen hatte.

Sie zog einen Handschuh aus und strich ihm über die Narbe. «Ich hasse körperliche Züchtigungen», sagte sie leise. «Es sollte verboten sein, Kinder zu schlagen.»

Die leichte Berührung lähmte ihn geradezu. Die Glut, die in ihm geschwelt hatte, seit er sie am Vortag im Fenster hatte stehen sehen, loderte jetzt zu einem jähen Feuer auf. Er ergriff ihre Hand. «Was tun Sie da?», fragte er heiser, und sein Blick blieb an ihrem Mund hängen. Sogar ihre Lippen waren sommersprossig, und ein goldener Fleck an ihrem Mundwinkel bettelte geradezu um Aufmerksamkeit. Ein kleiner Kuss, mehr nicht, dann würde er sie in Ruhe lassen. Er hielt immer noch ihre Hand, und jetzt drückte er sie gegen seine Brust. Automatisch spreizte sie die Finger auf seinem Rock, als sich ihre Lippen trafen, und er gestattete sich, in die zarte Wärme ihres Mundes einzudringen. Obwohl er frisch rasiert war, kratzte er ihre Haut, sodass ihre Lippen anschwollen und sich röteten. Sie war unerfahren gewesen, als er sie auf dem Eis küsste, und es spornte ihn an, dass er ihr erster Mann war.

Beatrice legte ihm die andere Hand in den Nacken und zog ihn an sich.

«Hammerstaal.»

Johans Stimme schnitt durch die Luft, und Seth riss sich von Beatrice los. Er atmete tief ein und musste erst einmal seine Gesichtszüge ordnen, bevor er sich Johan zuwenden konnte. Mit dem Körper schirmte er Beatrice ab und gab ihr so Gelegenheit, sich zu sammeln

«Wir wollten jetzt umkehren», verkündete Johan. «Fräulein Sofia friert, und die Damen brauchen sicher ein wenig Zeit, um sich auszuruhen und sich fürs Abendessen umzuziehen.»

«Ich glaube, Fräulein Beatrice hat auch genug frische Luft bekommen», erwiderte Seth mit munterem Ton und wiedergewonnener Selbstbeherrschung. Doch hinter seinem Rücken hörte er Beatrice etwas murmeln, und er musste ein Lachen unterdrücken.

«Hier auf dem Land achten wir für gewöhnlich nicht so sehr aufs Formelle», sagte Iris Stjerneskanz, während sie die Bediensteten geschickt durch das große Esszimmer dirigierte. «Unsere zwei Jüngsten, Gabriella und Christian, sitzen mit uns am Tisch, das ist doch viel amüsanter so, finden Sie nicht auch?»

«Natürlich», bestätigte Beatrice und blickte sich im Esszimmer um, das mit Gardenien und Orangenblüten aus dem Wintergarten geschmückt war. Im Kamin aus schwarz geädertem Marmor knisterte ein Feuer, der ovale Birkentisch war mit elegantem Silberbesteck und einem Gustavsbergs-Service gedeckt, dessen blau-silbernes Porzellan die Flammen des Kronleuchters und des Kaminfeuers reflektierte. Beatrice war als Erste heruntergekommen, aber jetzt trafen nach und nach auch die anderen Gäste ein.

«Miss Mary, Ihr Tischherr ist Herr Erlingsen», erklärte Iris, als die Gesellschafterin und der Pfarrer auf der Schwelle erschienen. Sie behandelte Mary wie einen richtigen Gast, nicht wie eine Dienstbotin, und Beatrice beschloss, dass sie Johans offenherzige Mutter außerordentlich mochte.

«Herr Olav Erlingsen interessiert sich nämlich für englische Literatur und Poesie. Ich wage zu wetten, dass Sie viele Gemeinsamkeiten entdecken werden», fuhr Iris fröhlich fort.

Miss Mary sah in ihrem nougatfarbenen Kleid ungewöhnlich hübsch aus, und Beatrice fiel auf, dass die Engländerin überhaupt nicht so alt war, wie es manchmal den Anschein hatte. Die Gesellschafterin bedachte den Pfarrer mit einem Lächeln, und in den Augen des Norwegers glomm etwas auf, was Beatrice verriet, dass er – trotz seines Berufs und seiner Berufung – nicht gegen den Zauber weiblicher Aufmerksamkeiten gefeit war.

Die restlichen Gäste trafen ein, und der Geräuschpegel stieg. Als Seth eintrat, gab er Iris rasch einen Kuss auf die Wange und ging dann zu Beatrice. Er verbeugte sich, sie knickste. Sie wünschte, sie hätte eines ihrer neuen Abendkleider dabeigehabt. Aber die waren viel zu fein für ein Wochenende auf dem Land, daher hatte sie stattdessen nur das einzige einfachere Kleid aus ihrer Garderobe eingepackt, das nicht braun oder schwarz war – ein dunkelgrünes Samtkleid. Sie setzte sich auf den Stuhl, den Seth ihr zurechtgerückt hatte.

«Danke», sagte sie leise.

«Bitte sehr», flüsterte er zurück, und seine Stimme war weich wie eine Liebkosung.

Als er sich neben sie setzte, war es, als würde er alle Luft und Energie, die um sie herum war, an sich reißen. Das Esszimmer war groß und luftig, doch er ließ den Raum schrumpfen und dominierte ihn mit seiner Größe, sodass es ihr fast den Atem verschlug. Glücklicherweise nahm Milla an seiner anderen Seite Platz und begann von Pferden, Schnee und Kindern zu reden, was Beatrice die Möglichkeit gab, sich zu sammeln, bevor sie sich völlig lächerlich machte.

Die anderen Gäste hatten sich nach Iris' Anweisungen am Tisch verteilt. Die Gastgeberin unterhielt sich mit Sofia, während Johan seiner Mutter den Stuhl zurechtrückte. Seths kleiner Bruder stand neben Gabriella Stjerneskanz, und neugierig beobachtete Beatrice das jüngste der drei Stjerneskanz-Geschwister. Die Vierzehnjährige trug ein weißes Kleid und sah mit ihren blonden Korkenzieherlocken und den himmelblauen Augen sehr niedlich aus. Doch irgendwann konnte Beatrice sich nicht mehr ablenken. Was passierte hier eigentlich? Sie wusste, dass es jede Menge Männer gab, die junge Frauen verführten, nur um sie anschließend sitzenzulassen. Und Seth stand in dem Ruf, rücksichtslos zu sein, jedenfalls wenn sie den Zeitungen glauben sollte, die sie sich aus dem Arbeitszimmer ihres Onkels heimlich genommen hatte. Ein langer Artikel hatte sich mit der neuen Elite beschäftigt, den immer reicheren Bürgern, die eine ernsthafte Herausforderung für die Aristokratie und die alten Machtstrukturen darstellten. Darin war Seth als ein Risikokapitalist beschrieben worden, der seine Erfolge auf dem Misserfolg anderer aufbaute. Und es hieß auch, dass sich sein Vermögen auf fast eine Viertelmillion schwedische Kronen belief. Sie senkte den Kopf. Das war so viel Geld, dass es außerhalb ihres Vorstellungsvermögens lag. Ihr Vater hatte achttausend Kronen im Jahr verdient, und das war schon ein gutes Einkommen gewesen. Nicht, dass davon viel übrig geblieben wäre, aber trotzdem. Als sie aufblickte, hörte sie Seth gerade mit Milla lachen. Iris sorgte dafür, dass der erste Gang serviert wurde, und Ludvig tätschelte Sofia die Hand. Johan neckte seine jüngste Schwester, die daraufhin so sehr lachen musste, dass ihr die Luft wegblieb. In Beatrices Augen war die Familie Stjerneskanz eine durch und durch rechtschaffene Familie – sie würde doch sicher keinen Umgang mit Seth pflegen, wenn er tatsächlich ein schlechter Mensch wäre? Karin schien so eine hohe Meinung von ihm zu haben. Und ein Mann, der sich ganz offen um seinen unehelichen Bruder kümmerte, kam ihr nicht gerade vor wie eine rücksichtslose Person. Er ...

«Eine junge Dame hat mich einmal darauf hingewiesen, dass es zum guten Ton gehört, zumindest so zu tun, als fände man die Gesellschaft seines Gegenübers angenehm», riss Seth sie aus ihren Überlegungen, und Beatrice blinzelte, als seine tiefe Stimme, das Gelächter der Gäste und das Knistern des Feuers sie wieder in die Gegenwart zurückholten. Sie sah zu ihm hin, und er hielt ihren Blick fest. In seinen grauen Augen tanzten silberne Fünkchen. «Sie sehen so ernst aus», sagte er. «Woran denken Sie?»

«Verzeihung, ich war in Gedanken», sagte sie leichthin und gewann etwas Zeit, indem sie die Serviette auf den Schoß legte und abwartete, dass das Dienstmädchen ihr Suppe auf den Teller schöpfte. Auf dem Löffel prangte das Monogramm der Familie Stjerneskanz, genauso wie auf den Leinenservietten und den Gläsern. «Karin hat gesagt, dass Sie in New York waren.» Sie schlug einen unverbindlichen Plauderton an. «Sind Sie viel gereist?»

Er nickte.

«Ich war noch nie verreist», verriet sie. Sie war froh, dass sie ein neutrales Gesprächsthema gefunden hatten. «Können Sie nicht ein wenig von den Orten erzählen, die Sie besucht haben?» Sie kostete die Suppe, die warm und cremig war und in der kleine rote Hummerstückchen schwammen.

«Ich bin gerade aus Norwegen zurückgekommen», erklärte er. «Davor war ich in New York und davor in London.»

«Wie ist New York?»

Er lächelte. «Groß.»

«Ich beneide Sie darum, dass Sie schon so viel erlebt haben. Sind Sie aus beruflichen Gründen wieder nach Stockholm zurückgekommen?»

Er legte den Löffel aus der Hand, lehnte sich zurück und schenkte ihr ein zweideutiges Lächeln. «Mich hat bis jetzt noch keine Frau nach meiner Arbeit gefragt.»

«Nein, wahrscheinlich sollte ich mit Ihnen über gemeinsame Bekannte, Sonntagsspaziergänge und das Wetter reden.» Sie zog eine Grimasse. «Aber ich würde viel lieber etwas von Ihrer Arbeit hören.»

«Ich bin in Schweden, um ein paar neue Investitionen zu diskutieren. Dabei verfolge ich eine bestimmte Taktik», erklärte er. Sie sah ihn aufmunternd an. «Ich investiere in kleine Unternehmen und verhelfe ihnen zu Entwicklungsmöglichkeiten und passenden Abnehmern. Dabei geht es um alle möglichen Produkte, von Elektrizität über Eisenbahnen bis zur Telekommunikation.»

«Sie haben also Geld und versuchen es zu vermehren, indem Sie sich Personen mit Ideen suchen, an die Sie glauben?»

«Das ist eine der präzisesten Zusammenfassungen, die ich je gehört habe.»

«Ich habe in der Zeitung etwas darüber gelesen.»

«Sie lesen Zeitungen?»

Sie sah, dass er sein Erstaunen nicht verbergen konnte. *Männer*. «Ja, es kommt vor, dass ich mein kleines, kleines Hirn anstrenge und mich durch den einen oder anderen Artikel buchstabiere», erwiderte sie trocken, und er musste laut lachen.

«Verzeihen Sie, ich habe Sie beleidigt. Wir leben in ganz neuen Zeiten», sagte er. «Die Möglichkeiten sind geradezu unbegrenzt.»

Inzwischen war die Suppe abgetragen worden, und es wurden dünne Roastbeefscheiben mit zartem Gemüse serviert. Iris' Köchin kochte himmlische Gerichte, und wenn nicht dies der beste Abend ihres Lebens war, so war er immerhin einer der besten, dachte Beatrice. «Sind Sie gut in Ihrem Beruf?», fragte sie.

Seth lächelte sein dämonisches Lächeln, nahm sein Glas, beugte sich vor und flüsterte ihr ins Ohr: «Ich bin sehr, sehr gut in meinem Beruf.»

Die Worte gingen ihr durch und durch. «Sie klingen ja sehr engagiert», sagte sie leise. «Macht Ihnen Ihre Tätigkeit Spaß?»

«Ich habe immer in erster Linie für meinen Lebensunterhalt gearbeitet, aber doch, meine Arbeit befriedigt mich sehr.»

Sie hob ihr Glas und sah ihn an. «Also, zum Wohl. Auf das, was Sie befriedigt.»

Er prustete los, doch Beatrice lächelte nur unschuldig und trank von ihrem Bordeaux.

Erfreut stellte Seth fest, dass Milla immer noch mit ihrem Tischherrn beschäftigt war, was ihm die Möglichkeit gab, sich voll und ganz Beatrice zu widmen. Sich mit ihr zu unterhalten war fast so amüsant, wie sie zu küssen. Und ihr Gesicht zu studieren war unerwartet faszinierend, besonders wenn sie ihn mit dieser Mischung aus Verlegenheit und Selbstsicherheit ansah, die er so über die Maßen attraktiv fand.

Er grinste. «Sprechen Sie ruhig», forderte er sie auf. «Was möchten Sie noch von mir wissen?»

«Warum glauben Sie, dass ich noch etwas wissen will?», fragte sie misstrauisch.

«Sie haben schon wieder diesen Gesichtsausdruck», antwortete er. «Sie wollen mich etwas fragen, wissen aber nicht, ob es sich schickt.» Er lehnte sich zurück. «Fragen Sie ruhig.»

«Ich wusste nicht, dass ich so leicht zu durchschauen bin.» Sie biss sich auf die Lippe. «Sie haben gesagt, dass Sie sich Ihr Vermögen selbst erarbeitet haben. Ich habe mich gefragt, wie Sie so unglaublich ...» Sie errötete und blickte auf ihren Teller.

Er hob die Augenbrauen. «So unglaublich reich?»

Ihre Wangen wurden noch röter. «Verzeihen Sie bitte, das war wirklich sehr unhöflich», entschuldigte sie sich leise.

Doch genau in diesem Moment hätte er sie am liebsten zu sich auf den Schoß gezogen. Ihr mit dem Daumen die rote Unterlippe gestreichelt und sie geküsst, bis sie nach Luft schnappte.

«Nach dem Krieg habe ich beim schwedischen Militär gearbeitet», erklärte er. «Aber als mir mein bester Freund, Jacques Denville, vorschlug, nach Amerika zu gehen und reich zu werden, habe ich den Dienst quittiert und bin mitgefahren.» Der Entschluss war ihm damals nicht schwergefallen, erinnerte er sich, nach dem Krieg hatte er das Dasein als Offizier nur noch gehasst. Beatrice wusste ja gar nicht, wie recht sie hatte, als sie das heroische Bild des Krieges infrage stellte.

«Und, was haben Sie in Amerika gemacht?»

Seth lächelte über ihren Eifer. Sie war keine berechnende Frau, die genau wissen wollte, wie reich er war, sondern hörte ihm aus reinem Interesse zu. Und das machte einen deutlichen Unterschied. «Wir haben gearbeitet. Wir haben mit bloßen Händen Eisenbahnlinien gebaut.»

Das war eine gefährliche Arbeit gewesen, er wusste nicht, wie viele Männer er hatte sterben sehen, während sie die Schienen quer über den amerikanischen Kontinent verlegten. Aber für die Überlebenden hatte sich die unmenschliche Arbeit ausgezahlt. Amerika war ein Land, in dem der gesellschaftliche Hintergrund keine Rolle spielte, dort wurde ein Mann an seiner Leistung gemessen. «Wir haben unseren gesamten Verdienst in verschiedene Unternehmen investiert. Vorher haben wir das Risiko genau kalkuliert, und dann hatten wir eben Glück.»

«Es lag sicher auch an Ihrer Tüchtigkeit», meinte sie.

«Ja, man sollte den Nutzen einer militärischen Ausbildung nicht unterschätzen, wenn es um den Umgang mit Risikokapital geht», sagte er lächelnd.

Sie lächelte zurück, und Seth erkannte plötzlich, dass aus ihrem eifrigen Blick die Sehnsucht nach Abenteuern leuchtete. Und zum ersten Mal fragte er sich, was eine Frau wie Beatrice Löwenström mit ihrem Wissensdurst und ihrem offensichtlichen Bildungsstand den ganzen Tag über trieb. Diese Frau, die sich heimlich auf die Suche nach Gemälden gemacht hatte, war von Gouvernanten erzogen worden, die ihre Ecken und Kanten abzuschleifen versuchten, und man erwartete von ihr, sich auf Spaziergängen unverfänglich zu unterhalten. Sie konnte nicht einfach beschließen, zu studieren, zu reisen und zu arbeiten, wie er es getan hatte. Die Konventionen fesselten sie an ein Leben, das sie sich so nicht ausgesucht hatte.

«Danke, dass Sie mir davon erzählt haben», sagte sie leise.

Er spürte, wie sich ein warmes Gefühl in seiner Brust ausbreitete.

Von der anderen Seite des Tisches beobachtete Olav Erlingsen verblüfft seinen ältesten Ziehsohn. Er kannte ihn von Kindesbeinen an, und er hatte ihn noch nie so … so heiter gesehen wie heute Abend. Als er bemerkte, wie sehr sich der grobe, arrogante Seth Hammerstaal bemühte, eine Frau bei Laune zu halten, fühlte er ein Brennen im Hals, und er musste sich kurz räuspern, bevor er auf eine Frage von Miss Mary Highman antworten konnte. Er warf noch einen verstohlenen Blick auf seinen Ziehsohn und erkannte die Zielstrebigkeit wieder, die er schon so oft an Seth beobachtet hatte. Als der Junge bei ihm auf dem Pfarrhof eingezogen war, einen Tag nachdem seine Mutter, die schöne, aber verrückte Torunn, ihn um ein Haar totgeschlagen hätte, war er völlig ausgehungert gewesen und verbrachte viel Zeit bei der Köchin, die seinen Hunger nur zu gerne stillte. Doch obwohl der Junge irgendwann gelernt hatte, dass er sich auf regelmäßige Fürsorge verlassen konnte, wurde der junge Mann immer noch von einer inneren Begierde getrieben. Statt Nahrung begehrte er jetzt Erfolg, Kontrolle und Macht. Wahrscheinlich tat jemand, der so lange machtlos gewesen war, alles, um selbst die Kontrolle zu erlangen, dachte Olav. Oft wurde Seth als kalter, fast schon rücksichtsloser Geschäftsmann beschrieben, doch Olav war einer der wenigen, der von seinen anderen Aktivitäten wusste, von seiner umfangreichen Wohltätigkeitsarbeit in Schweden und in Amerika und nicht zuletzt von seiner unermüdlichen Sorge für die Menschen, die ihm nahestanden, von der Loyalität, die er seinen Freunden entgegenbrachte, und dem starken Beschützerinstinkt gegenüber Christian. Doch obwohl er anderen so viel gab, nicht zuletzt in materieller Hinsicht, fand sich da immer noch allzu viel, was Seth für sich behielt und mit keinem teilte. Das hatte ihn unnötig einsam gemacht, und deshalb lächelte Olav, als er nun die altbekannte Zielstrebigkeit in den Augen seines Pflegesohnes entdeckte. Und seine Stimmung hellte sich noch weiter auf, als er Seths schallendes Gelächter hörte. Die rothaarige Frau, die dieses neue Verhalten bei Seth bewirkte, sah auf jeden

Fall interessant aus mit ihren dramatischen Farben und der lebhaften Körpersprache, dachte Olav. Er hatte freilich schon bedeutend schönere Frauen gesehen, die sich überschlagen hatten, um einem gelangweilten Seth mehr als ein ironisches Ja oder Nein zu entlocken. Doch jetzt sah er Seth so heftig lachen, dass er sich beinahe an seinem Wein verschluckte. Beatrice lächelte, und das freute ihn. Offenbar gab es noch Hoffnung auf dieser Welt.

«Aber Sie denken doch bestimmt, dass Männer intelligenter als Frauen sind?», erkundigte sich Beatrice.

Seth schnaubte beleidigt. «Muss ich Sie daran erinnern, dass ich Sie beim Souper des Landeshauptmanns verteidigt habe, als Rosenschöld seine dümmliche Rede über die geringen intellektuellen Fähigkeiten der Frauen hielt?»

«Nein, daran müssen Sie mich nicht erinnern», erwiderte sie lächelnd. «Ich entsinne mich noch sehr gut. Es ist mir vorher noch nie passiert, dass mich jemand so verteidigt hat. Damals muss ich wohl auch ...» Beatrice verstummte, als sie merkte, dass sie sich beinahe verplappert hätte.

«Was?»

«Damals muss ich begriffen haben, dass Sie gar nicht so schrecklich sind», sagte sie leichthin.

«Ich fühle mich geehrt, Beatrice.» Sein Blick blieb an ihrem Mund hängen, und ärgerlicherweise wurde sie wieder rot.

«Dann glauben Sie also, dass Frauen und Männer im Grunde gleich sind?», fuhr sie schnell fort.

Er lehnte sich zurück und musterte sie herausfordernd. «Das habe ich nun wirklich nicht gesagt», widersprach er. «Abgesehen von den ganz augenscheinlichen Unterschieden gibt es auch noch andere Eigenschaften, die die Geschlechter unterscheiden.»

«Und zwar?»

«Frauen sind zum Beispiel selbstsüchtig und ihrer Natur nicht treu.»

In ihr stieg ein Lachen hoch. «Versuchen Sie mich absichtlich zu reizen oder sind Sie wirklich der Meinung, dass eine Frau nicht loyal und selbstlos sein kann?»

«Ich habe diese Eigenschaften noch bei keiner Frau finden können», erwiderte er im Brustton der Überzeugung.

Wenn er meinte, sie provozieren zu können, dann täuschte er sich aber, dachte sie. Nicht umsonst war sie in ihrer Kindheit von der intellektuellen Elite Uppsalas unterrichtet worden.

«Es ist vielleicht ein wenig einfältig, wenn man sich nur auf seine eigenen Erlebnisse verlässt», gab sie sanft zurück. «Und woher wollen Sie wissen, dass nicht Ihre vorgefassten Meinungen beeinflussen, was Sie zu sehen glauben – und nicht umgekehrt?»

«Meinen Sie damit, ich hätte Schwierigkeiten, Phantasie und Wirklichkeit zu unterscheiden?», fragte er.

«Ich glaube, dass es ganz klug ist, wenn man seine Beobachtungen nicht gleich als allgemeingültige Wahrheiten betrachtet. Wir werden oft mehr von unseren Gedanken und Gefühlen gelenkt als von den objektiven Tatsachen. Und da das für alle Menschen gilt, lautet die Schlussfolgerung, dass es auch für Sie gilt.»

«Hmm.» Seth drehte sein Weinglas in der Hand. «Das darf ich auf keinen Fall vergessen, Jacques zu erzählen, dass ich mehr von Gefühlen gelenkt werde als von objektiven Fakten. Der wird sich totlachen.»

Sie lächelte über seinen entwaffnenden Humor und fühlte, wie sie sich unaufhaltsam immer mehr in ihn verliebte.

7

Nachdem es am Abend zuvor reichlich spät geworden war, schliefen die meisten der Gäste auf Irislund bis weit in den Vormittag hinein. Nur Beatrice war früh wach. Sie beschloss hinauszugehen, bis das Haus zum Leben erwachte.

Auf dem Hof herrschte schon munteres Treiben: Tiere wurden gefüttert, die Dienstmädchen fegten, die Kinder spielten. Millas Kinder stiefelten im Schnee umher, und ein paar ältere Jungs zettelten eine Schneeballschlacht an. Beatrice beobachtete sie, während sie nachdenklich selbst einen Schneeball formte. Als kleines Mädchen hatte sie selten spielen dürfen, und sie erinnerte sich noch gut daran, wie sie sich gewünscht hatte, mitmachen zu dürfen, wenn die anderen Kinder vor ihrem Fenster herumtollten. Ihre Eltern hatte es sicher gut gemeint, aber es war falsch gewesen, dachte sie wehmütig. Sie war unnötig einsam gewesen und hatte immer ein wenig im Abseits gestanden, und daran hatte sich erst etwas geändert, als sie Sofia kennenlernte.

Plötzlich hörte sie hinter sich das gedämpfte Geräusch von Pferdehufen auf Schnee, und sie drehte sich gerade noch rechtzeitig um, um Seth mit dem temperamentvollen Jupiter auf den Hof galoppieren zu sehen.

Nach einer unruhigen Nacht hatte Seth beschlossen, sich abzureagieren, indem er einen Ausritt auf dem nervösen Pferd unternahm. Bei ihrer Rückkehr rollte der Hengst die Augen und schnaubte, als er den Tumult auf dem Hof erblickte. Beatrice stand mittendrin und beobachtete ihn interessiert, während Seth das Pferd zu beruhigen versuchte. Seth hingegen merkte, dass er lächerlich froh war, auf einem Pferd zu sitzen, auf dem er mit seiner Geschicklichkeit glänzen und ihr imponieren konnte. Sie blickte ihn mit einem frechen, unbekümmerten Lächeln an. Sie sah so jung und vergnügt aus, dass er selbst zu grinsen begann wie ein verliebter Jüngling.

Beatrice seufzte leise. Nein, sie hatte es sich nicht eingebildet, Seth sah auch zu Pferd großartig aus.

Da flog auf einmal ein Schneeball dicht an dem Hengst vorbei, und das Tier scheute gereizt und versuchte zu steigen. Mit einem Blick auf die Jungen hob Seth tadelnd die Augenbrauen, während er gleichzeitig geschickt das nervöse Pferd bändigte. «Passt lieber ein bisschen auf, wo ihr hinzielt», rief er. «Wenn ihr nicht besser treffen lernt, sind hier Frauen und Tiere in Gefahr.» Er saß ab und führte das Pferd eine Runde im Schnee herum.

Er war elegant, aber auch unerträglich arrogant. Man fragte sich wirklich, was es wohl brauchte, um eine so selbstgerechte Haltung ins Wanken zu bringen. Nachdenklich wog Beatrice ihren Schneeball in der Hand, bevor sie ihn warf und zufrieden seinen Weg durch die Luft verfolgte.

Die Jahre auf der Militärschule und dann im Krieg hatten Seths Reflexe perfektioniert. Er war von Natur aus schon wachsam, sah Gefahren schnell voraus und war ziemlich überzeugt, dass ihn nichts überrumpeln oder schockieren konnte. Als er sich jedoch umdrehte, konnte er nur noch sagen: «Was zum Teuf...», ehe er von einem großen nassen Schneeball im Gesicht getroffen wurde.

Beatrice strahlte ihn an, während er sich den Schnee abwischte. «Die anwesenden Frauen können sehr gut selbst auf sich aufpassen, danke schön», lachte sie.

Hie und da hörte man Gekicher von den Jungen, die die beiden beobachtet hatten. Seth sah sie überrascht an. Er konnte kaum glauben, dass sie ihn aus dem Gleichgewicht gebracht hatte. «Sie können nur zufällig so gut getroffen haben», behauptete er überlegen, während er sich die letzten Schneereste abbürstete.

«Zum einen gibt Ihr Ego eine große Zielscheibe ab, aber ich bin auch einen ganzen Winter lang in dieser edlen Kunst unterwiesen worden und zufällig eine sehr gute Schneeballwerferin», antwortete sie selbstsicher, während sie schon den nächsten Schneeball formte.

«Für eine Frau vielleicht», sagte er und machte einen Schritt auf sie zu.

Als ihn jedoch der nächste Schneeball direkt in den Magen traf, brachte er nur noch ein Stöhnen hervor. Der Schnee stob ihm bis ins Gesicht.

Beatrice hob die Augenbrauen fast bis zum Haaransatz. «Ha! Ich bin eben gut, ganz egal, welchem Geschlecht ich angehöre. Ich kann ganz ausgezeichnet zielen.»

Seths Augen verengten sich. Beatrice bekam fast keine Luft mehr vor Lachen, und die Jungs rundherum lachten ebenfalls.

Da bückte er sich, nahm eine Handvoll Schnee und begann einen Ball zu formen. «Haben Sie wirklich noch nicht begriffen, dass man mich nicht herausfordern sollte?», sagte er warnend.

Sie schnaubte und formte in Windeseile einen neuen Schneeball, doch diesmal war er bereit und konnte leicht ausweichen, als das Geschoss mit derselben Präzision auf ihn zuflog wie die beiden zuvor. Er tat ein paar Schritte auf sie zu.

«Sie wollen doch nicht etwa ...?» Sie machte große Augen, als er drohend seinen eigenen Schneeball hob.

Er holte aus, und sie drehte sich um und rannte schreiend davon.

Beatrice hatte gerade eine große Fichte umrundet, als Seth sie einholte. Er fasste sie um die Taille und drehte sie herum. Ihre Brust hob sich und berührte ihn, und das sicher nicht nur, weil sie so tief Luft holte.

«Fräulein Beatrice, Ihnen muss doch wohl klar sein, dass ein so großes Ego wie das meine Sie nicht ungestraft davonkommen lassen kann, oder?» In seiner Stimme hörte man das unterdrückte Lachen.

«Ich habe den größten Respekt vor Ihrem Ego», beteuerte sie.

Er musterte sie misstrauisch. «Sie wirken nicht sonderlich respektvoll auf mich», meinte er schließlich, und Beatrice riss die Augen auf.

«Sie haben sich schon mehrfach auf meine Kosten amüsiert», fuhr er fort und ließ den Blick über ihr Gesicht und ihren Mund schweifen. «Jetzt ist die Reihe auch einmal an mir.»

Beatrice schnappte nach Luft, als sie eine Welle der Erregung überlief. «Wagen Sie es …», murmelte sie.

Doch er ignorierte ihre Proteste, nahm ein wenig Schnee und drückte ihn gegen ihre Lippen. Es war nicht viel, aber er war sehr kalt, und Beatrice zuckte zurück. Dann küsste Seth ihr die Kälte vom Mund. Langsam bewegten sich seine Lippen über die ihrigen, hin und her, bis sie warm und verlangend waren. Und so küssten sie sich weiter zärtlich, gut versteckt hinter dem Baumstamm.

Seth redete sich ein, dass er ihr nur den Kuss gab, nach dem sie sich beide gesehnt hatten, als sie gestern unterbrochen worden waren. Dann würde er natürlich gleich wieder aufhören. Doch während er Beatrice weiterküsste, ging er alle Argumente durch, die dafür sprachen, dass das eine ziemlich schlechte Idee war.

Sie war jung. Sie war unerfahren. Und sie war eine Freundin von Johan und seiner Familie.

Doch er hatte die Dinge ja immer noch unter Kontrolle, dachte er. Es handelte sich ja nur um ein unschuldiges Spiel, und er wusste genau, was er tat.

Als Beatrice ihm die Arme um den Nacken legte und seinen Kuss hitzig erwiderte, hörte er sich selbst aufstöhnen. Seine Kontrolle war dahin, und er drückte sie gegen den Baumstamm. Sie wimmerte, und er ließ die Hände über ihren Rücken wandern, bis er durch die dicken Kleider ihren Po fühlen konnte. Doch bei dieser Berührung erstarrte sie, und diese Reaktion einer unerfahrenen Frau war genau das Zeichen, das er brauchte, um im Handumdrehen wieder zur Vernunft zu kommen. «Es ist wohl besser, wir hören auf damit», murmelte er an ihrem Mund, während er sich bemühte, seine Atmung und seinen ganzen Körper wieder in den Griff zu bekommen. Er küsste ihr die kalte Nasenspitze. «Kommen Sie, ich bringe Sie zurück, bevor Sie sich noch erkälten», sagte er und zwang sich, sie loszulassen.

Das wurde ja langsam zur schlechten Gewohnheit.

Nach dem Mittagessen ging Beatrice in ihr Zimmer, um sich eine Weile auszuruhen. Sie hatte es sich gerade in der Sofaecke gemütlich gemacht, als es klopfte. Sie hoffte auf Seth, doch stattdessen kam Sofia hereingestolpert. Ihre Cousine schluchzte so sehr, dass Beatrice sie kaum verstehen konnte. Mit klopfendem Herzen stand sie auf. Vor ihrem inneren Auge zogen Hunderte schrecklicher Szenarien vorbei.

«Meine Liebe, ich verstehe ja gar nicht, was du sagst», versuchte sie die Cousine zu beruhigen.

Sofia schluchzte etwas, was sich anhörte wie: «Er hat um meine Hand angehalten.»

Beatrice betrachtete ihre verweinte Cousine und musste sich zusammennehmen, um sie nicht zu schütteln. «Du hast mir einen Todesschrecken eingejagt», schimpfte sie. «Freust du dich denn etwa nicht?»

«Doch, ich bin bloß so überwältigt», antwortete Sofia und schniefte. «Entschuldige. Er wird so bald wie möglich mit Papa sprechen und um meine Hand anhalten.»

Sogar mit verquollener Nase und rotgeweinten Augen ist Sofia schön, dachte Beatrice. Eigentlich war es nicht gerecht. Trotzdem freute sie sich für ihre Cousine.

Sehr sogar. Benommen setzte sie sich. Ein bisschen eifersüchtig war sie doch. Aber in erster Linie freute sie sich.

Gegen Abend wanderte Beatrice ganz in Gedanken versunken im Wintergarten hin und her. Sie strich hier mit den Fingern über ein dickes Orchideenblatt und schnupperte dort an einer Gardenie. Das Abendessen sollte später hier im exotischen Grün serviert werden, und die Dienstboten deckten bereits einen großen Tisch mit Leintüchern, Porzellan und Gläsern. Langsam wanderte sie umher und ließ die Blicke über die Eisenpfeiler schweifen, die das Glasdach trugen.

«Guten Abend», sagte hinter ihr jemand auf Norwegisch.

Wie immer fuhr sie zusammen, als sie seine tiefe Stimme hörte. Sie wandte sich um. Seth sah umwerfend elegant aus in seiner dunkelgrünen Abendjacke, der grauen Hose und dem dicken, dunklen, streng zurückgekämmten Haar.

«Wie ich sehe, bewundern Sie gerade Iris' größten Stolz», bemerkte er.

«Der Wintergarten ist wirklich sehr beeindruckend. Papa hätte er auch gefallen», erwiderte sie zögernd.

Sie standen dicht beieinander in einer schattigen Ecke. Er blickte sie intensiv an.

«Sagen Sie meinen Namen», forderte er leise.

Sie sollte wirklich nicht ... «Seth», sagte sie. Sie liebte den Klang seines Namens. Sanft legte sie ihm die Hand auf die Wange. Sie trug keine Handschuhe, und seine Wange war warm und ein bisschen rau. Er drehte den Kopf leicht und küsste ihre Handfläche. Beatrice atmete zitternd ein.

«Ich weiß nicht, wie viel Zeit wir heute Abend für uns haben, ich wollte nur sagen, dass ich morgen früh sehr zeitig von hier losreiten muss», sagte er leise.

Sie stand ganz still, zog die Hand langsam zurück und versuchte zu begreifen, was er ihr sagen wollte. «Es tut mir sehr leid, aber ich habe dringende Geschäfte, die nicht bis nach dem Wochenende warten könnten.»

Beatrice bemühte sich, das Gefühl niederzukämpfen, das sich in ihrer Brust breitmachte. Er hatte ihr nichts versprochen, er hatte sie nur geküsst. Erbarmungslos sank ihre Stimmung. Morgen würde er also wieder verschwinden. Johan hatte Sofia einen Antrag gemacht. Seth hatte ihr nur ein paar Küsse geraubt. Und bald würde er fort sein.

Aber was hatte sie sich eigentlich erwartet? Im Unterschied zu Sofia war sie keine Schönheit, in die sich die Männer auf den ersten Blick verliebten. Zum Glück schien Seth ihre verdüsterte Stimmung nicht zu bemerken, und dafür war sie sehr dankbar.

Von der Tür her hörte sie Stimmen, die ihr verrieten, dass die anderen Gäste eintrafen. Er zwinkerte ihr zu, und aus den Tiefen ihres verletzten Herzens gelang es Beatrice, ihm zuzulächeln. Ein jämmerliches kleines Lächeln.

8

Früh am nächsten Morgen ließ Seth sein Pferd satteln. Es war ein kalter Januartag, die Sonne ging gerade erst auf, und er ließ den Hengst am losen Zügel über die weite Eisfläche laufen. Er wollte nach Stockholm und seine dringlichen Geschäfte so schnell wie möglich erledigen. Für danach plante er einen Abstecher zu Zackelius. Das war sicher unpassend und dumm, aber er konnte nicht anders. Er wollte etwas bei dem Juwelier bestellen. Sie schien so gut wie keinen Schmuck zu besitzen. Saphire – sie war wie dafür geschaffen, Saphire zu tragen. Und Diamanten natürlich. Und wenn alles erledigt wäre, würde er so rasch wie möglich bei ihrem Vormund vorsprechen.

Ich möchte heiraten. Ich will Beatrice, dachte er, mehr als ich je zuvor eine Frau gewollt habe. Auf Irislund hatte er in seinem Zimmer im anderen Flügel gelegen und von ihr phantasiert. Sich vorgestellt, wie sie sich unter ihm wand und sich ihm entgegendrängte. Im Grunde fragte er sich, warum er so lächerlich lang gebraucht hatte, bis ihm klar war, was er zu tun hatte. Nicht einmal als Johan ihm erzählte, dass er Sofia einen Antrag machen wollte, war ihm der Gedanke gekommen.

Erst in der letzten Nacht – als er zum zweiten Mal in Folge wach lag und von frustrierter Lust gequält wurde – begriff er, was die Lösung seines Problems war. Seltsamerweise kam ihm diese Idee völlig selbstverständlich vor, als sie sich erst einmal in ihm festgesetzt hatte. Und kein bisschen erschreckend.

Er würde mit Wilhelm Löwenström sprechen und ihn um seine Einwilligung bitten. So machte man es eben. Eigentlich hätte er vielleicht erst mit Beatrice reden müssen, fiel ihm ein, aber er war ziemlich sicher, dass sie seine Gefühle erwiderte.

Er würde sie verwöhnen, ihr alles schenken, worauf sie zeigte, ihr Kleider kaufen, lauter schrecklich teure Roben, die ihre phänomenalen Farben und Kurven zur Geltung brachten. Und Unterwäsche. Ganz dünne, französische ... Die Hochzeit musste bald stattfinden. Das würde sie sicher verstehen. Und dann würde er sie nach Paris mitnehmen und ihr alles zeigen. Und dann nach London. Im Herbst vielleicht nach Italien. Es war so gut wie beschlossen. Ungeduldig trieb er sein Pferd an, das schnaubend seine Sprünge beschleunigte und mit seinem Reiter übers Eis flog.

Gleich am selben Nachmittag – nachdem er ein kleines Vermögen beim Juwelier ausgegeben hatte – ließ Seth seinen Besuch bei Wilhelm Löwenström anmelden. Er sah den Mann an, der das Recht hatte, über Beatrice zu bestimmen. Ihm war der Onkel nicht besonders sympathisch, nachdem er so wenig Verständnis für sein Mündel zeigte. Und wenn er sich nicht täuschte, hegte Wilhelm auch für ihn keine wärmeren Gefühle. Doch das störte Seth nicht. Schließlich wollte er Beatrice heiraten, nicht ihren engstirnigen Vormund. Am besten klärten sie die Angelegenheit so schnell wie möglich. Beatrice und die anderen würden Irislund ja heute schon wieder verlassen, und er wollte alles unter Dach und Fach wissen, wenn sie nach Hause kam.

«Herr Löwenström», begann er höflich, trat auf ihn zu und streckte ihm die Hand hin.

Wilhelm schüttelte sie kurz. «Hammerstaal. Womit kann ich Ihnen dienen?»

«Es geht um Fräulein Beatrice.»

«Tatsächlich?», sagte Wilhelm mit grimmiger Miene. «Was hat sie denn jetzt schon wieder angestellt?»

Seth fuhr mit reserviertem Ton fort. «Ich habe vor, Beatrice um ihre Hand zu bitten», erklärte er. «Ich bin gekommen, um Ihre Zustimmung einzuholen.»

«Sie sollten Ihre Frauengeschichten wohl ein bisschen klüger verwalten», schnaubte Wilhelm. «Nach allem, was ich in letzter Zeit gehört habe, haben Sie dasselbe schon bei Fräulein Leonite von Wöhler getan.»

«Das ist doch absurd, an dieser Frau habe ich überhaupt kein Interesse. Ich will Fräulein Beatrice.»

«Ich weiß nicht, was Sie sich da einbilden, aber meine Nichte ist bereits anderweitig verlobt und wird bald heiraten.»

Der Gedanke, dass dieser ärgerliche Mensch sich querstellen könnte, war Seth vorher überhaupt nicht gekommen. Immerhin war er reich, und trotz seines einfachen Hintergrundes gehörte er zu den begehrtesten Junggesellen Schwedens. Seinen Besuch bei Beatrices Vormund hatte er als reine Formalität erachtet. «Das muss ein Missverständnis sein», sagte er steif. «Ich habe sie erst gestern Abend auf Gröndal gesprochen, und sie hat mit keiner Silbe eine Verlobung erwähnt.»

Wilhelm antwortete mit einem freudlosen Lachen. «Beatrice wird den Grafen Rosenschöld von Rosenholm heiraten. Das ist schon vor Weihnachten besprochen worden.» Er musterte seinen Besucher von oben bis unten. «Sie glauben doch wohl nicht im Ernst, dass sie Sie einem schwedischen Adligen vorziehen würde? Wenn ich richtig informiert bin, kennen Sie sich mit Frauen weiß Gott gut genug aus, um das zu verstehen.» Der Onkel gab sich nun gar keine Mühe mehr, seine Verachtung zu verbergen. «Und Sie kennen ja wohl eine Menge Frauen.»

Zunächst spürte Seth gar nichts, denn er war überzeugt davon, dass es sich um einen geschmacklosen Scherz handeln musste. Wenn Beatrices Vormund sich einen derartigen Spaß auf seine Kosten machen wollte, war er nicht sonderlich amüsiert. Doch dann sah er Löwenströms schadenfrohen Blick und begriff: Hier war etwas ganz schrecklich schiefgegangen.

Der gewaltige Zorn, der in diesem Moment in Seth explodierte, war eines der stärksten Gefühle, die er je empfunden hatte. Ihm wurde ganz schwarz vor Augen. Er schwankte und spürte, wie die Wut von ihm Besitz ergriff, als ihm die volle Tragweite von Löwenströms Worten bewusst wurde.

Wilhelms Adamsapfel hüpfte erschrocken auf und ab, und Seth holte tief Luft. Er ballte die Fäuste und ließ ausatmend einen Teil des fauligen Gifts aus den Lungen. Durch die Nebel seiner weißglühenden Wut begriff er, was der Mann ihm gerade mitgeteilt hatte. Die unfassbaren Worte fielen an ihren Platz und füllten sich mit Sinn. Die ganze schreckliche Wahrheit dämmerte ihm.

Beatrice hatte es also die ganze Zeit gewusst. Schon vor Weihnachten. Auf dem königlichen Ball. In Gröndal.

Sie hatte ihn hinters Licht geführt. Er konnte es kaum glauben. Wenn das wirklich stimmte, dann hatte sie in Gröndal nur mit ihm gespielt. Sie war eine verlobte Frau, heuchelte aber gleichzeitig die Unschuld vom Lande und spielte mit seinen Gefühlen. Unglaublich, dass er so dumm gewesen war, sich anschmieren zu lassen. Er warf einen Blick auf den zitternden Wilhelm und beschloss, ihn nicht länger zu quälen. Dieser jämmerliche Mann war schließlich nur der Überbringer der Botschaft. Beatrice hatte sich einen Spaß mit ihm erlaubt. Mit einem letzten wütenden Blick auf ihren Onkel machte er auf dem Absatz kehrt, verließ das Zimmer und das Haus und trat auf die Drottninggatan hinaus.

Es war unfassbar. Und das Schlimmste an der Sache war, dass ihm so ein Fehler nicht zum ersten Mal passierte. Er hatte schon einmal um eine Frau geworben, von der er annahm, dass sie ihn genauso wollte wie er sie – und hatte die Bestätigung bekommen, dass Frauen es nur auf Titel und Oberflächlichkeiten abgesehen hatten. Doch dies hier war noch schlimmer. Er hatte Beatrice geglaubt, dass sie so echt und unverdorben war, wie sie sich darstellte, dabei stand ihr die Ehe mit einem Adligen bevor. Eine innere Stimme hatte Seth darauf aufmerksam gemacht, dass Rosenschöld auffallend oft in Beatrices Nähe auftauchte. Dabei war der Mann eigentlich dafür bekannt, dass er sich kaum in Gesellschaft Nichtadliger bewegte. Und dann ihre Kleider. Er hatte gewusst, dass da etwas nicht stimmte, doch er hätte nie recht sagen können, was es war. Jetzt war es ihm klar: Jedes Mal, wenn der Graf auftauchte, war sie prächtig aufgeputzt. In der Oper und auf Karins Souper hatte sie kostbare Kleider getragen. Doch beim Schlittschuhlaufen und in Gröndal hatte sie ganz nach der armen Cousine ausgesehen, die sie eben war. Auf dem königlichen Ball hingegen war sie eine Augenweide gewesen, natürlich um den Grafen zu bezirzen, doch bei der Gelegenheit war ihr eben auch Seth an die Angel gegangen. Was mussten sie über ihn gelacht haben. Er hatte sie auf dem Ball gerettet – wie ungeheuer komisch. Gerettet vor ihrem zukünftigen Ehemann. Angewidert schüttelte er den Kopf. Er hätte nach dem gehen sollen, was er sah, nicht nach dem, was er fühlte. In einer Hinsicht hatte sie auf jeden Fall recht gehabt: Er war offensichtlich ein Mann, der sehr auf seine Gefühle hörte.

9

Im Haus der Familie Löwenström, Stockholm

«Und sie hat auch eine Lieferung Fächer bekommen. Wir sollten vielleicht einmal vorbeischauen», schlug Harriet vor und rührte zerstreut in ihrer Teetasse.

«Ja, Mama», antwortete Sofia.

Harriet legte den Silberlöffel beiseite und nahm einen Schluck Tee, bevor sie aus dem Fenster blickte.

«Ach, das Wetter ist so schrecklich grau. Ich sollte wohl lieber eines der Dienstmädchen schicken.»

«Ja, Mama», antwortete Sofia abermals, ohne von ihrer Stickarbeit aufzublicken. Sie war so glücklich eingesponnen in ihrem Kokon der Verliebtheit, dass Beatrice nicht sicher war, ob ihre Cousine überhaupt wusste, worauf sie da antwortete. Andererseits fiel es Harriet auch nicht schwer, Monologe zu halten.

Die Tante strich sich mit der Hand übers Kleid, und der dunkle Stoff raschelte. Ausdruckslos musterte sie ihre Fingernägel. «Aber die Dienstmädchen sind ja so unzuverlässig», klagte sie. «Ich weiß nicht, was mit ihnen los ist, die sind alle so faul und schnippisch.» Sie nahm einen Keks von einer Silberschale, betrachtete ihn eingehend und legte ihn dann wieder aus der Hand. «Hast du gehört, dass Papa den Kutscher entlassen musste?»

«Ja, Mama.»

Harriet wandte sich an Miss Mary, die den Nähkorb auf dem Schoß hatte und ein Garn für die Hemdenmanschette aussuchte, die sie ausbessern wollte. «Du könntest doch gehen, Mary. Ein Spaziergang würde dir sicher guttun. Aber sei achtsam, als wir dich letztes Mal nach Handschuhen geschickt haben, hast du die falschen mitgebracht.»

«Ja, gnädige Frau.»

«Und wir müssten eigentlich auch neue Spitze kaufen.» Sie seufzte tief. «Ich glaube, ich gehe doch lieber selbst, sonst wird das nichts.»

Beatrice versuchte sich auf ihr Buch zu konzentrieren. Sie hatte schon vier Seiten gelesen, hatte aber keine Ahnung, wovon es handelte. Sie musste es kurz zuklappen und einen Blick auf den Umschlag werfen. *Robin Jouets Fahrten und Erlebnisse in den Urwäldern von Guyana und Brasilien.* Sie blickte auf den roten Halblederband, der aufgeschlagen auf ihrem Schoß lag. Was auch immer Robin Jouet im südamerikanischen Dschungel mitmachen musste, es konnte nicht quälender sein als diese Monotonie. Und so wird der ganze Rest meines Lebens verlaufen, dachte sie, nur noch schlimmer. Sofia würde zu Johan ziehen und eine Familie gründen, und dann blieb Beatrice allein in diesem dunklen Haus. Jeden Vormittag würde sie sich in den überladenen Salon mit den protzigen Möbeln und den naiven Gemälden setzen und Harriets niemals abreißenden Klagen lauschen. Gleichzeitig schämte sie sich für ihre Undankbarkeit. Für viele Frauen war Armut eine bittere Wirklichkeit, und sie konnte sich nur zu gut an die grauenvollen Wochen erinnern, bevor ihr Onkel sie zu sich holte. Er hatte seine Verantwortung übernommen, und sie war völlig von ihm abhängig. Also sollte sie ihm dankbar sein. Und das war sie ja auch. Aber ... Seth war tatsächlich am Morgen nach ihrem Gespräch verschwunden gewesen. Anscheinend war er schon bei Sonnenaufgang davongeritten. Nach den heimlichen Minuten im Wintergarten hatten sie nicht mehr viel miteinander gesprochen. Doch beim Abendessen hatte sie zwischen Olav und Christian gesessen, und die beiden Norweger hatten sie so gut mit ihren Geschichten unterhalten, dass sie sich vor Lachen gebogen hatte.

Wie gern würde ich auch zu so einer Familie gehören, dachte sie. Jemand haben, der sich meine Gedanken anhören mag. Und wie wunderschön wäre es, mit Sofia umgehen zu können wie mit einer Gleichgestellten, nicht wie die arme Verwandte. Eine eigene Familie zu gründen. Nicht immer in der Schuld anderer Menschen zu stehen. Sie schloss die Augen, und eine Welle der Sehnsucht durchflutete sie. Sie wollte Seth. Diese Sehnsucht tat so weh, dass es ihr fast den Atem nahm, und sie wusste, dass sie ihre Zeit nicht damit verschwenden sollte, zu träumen und zu phantasieren. Dennoch tat sie es. Miss Mary warf ihr einen Blick zu, und Beatrice merkte, dass sie wohl laut geseufzt haben musste. Sie schlug die Augen nieder und unternahm einen erneuten Versuch, sich auf die südamerikanischen Urwälder zu konzentrieren.

Da ging die Tür auf, und ein Dienstmädchen trat ein. «Sie haben Besuch. Gräfin von Wöhler mit ihren Töchtern», verkündete sie.

Harriet richtete sich auf, und Beatrice und Sofia erhoben sich, um zu knicksen, als die drei deutschen Damen hereingeführt wurden. «Hol doch noch etwas Tee», befahl Harriet dem Dienstmädchen, das ebenfalls knickste und verschwand.

Nach der Begrüßung verteilten sich die deutsche Gräfin und ihre zwei Töchter auf die seidenbezogenen Sessel. Leonite trug einen Gesichtsausdruck zur Schau, der verriet, dass sie es gar nicht schätzte, Besuche in einfachen Bürgershäusern zu machen. Verächtlich musterte sie die Teller, Gemälde und Spiegel an den roten Brokattapeten.

Ganz steif und gerade saß sie auf ihrem Stuhl, als wollte sie so wenig wie möglich mit den Möbeln in diesem Zimmer in Berührung kommen. Ihre kleine Schwester Emelie, ein Mädchen um die vierzehn, sah sich jedoch interessiert um, während die Mütter Höflichkeiten austauschten.

Inzwischen war das Dienstmädchen zurück und stellte ein Tablett mit Tee auf den Sofatisch, zwischen Porzellanfiguren und das Blumenarrangement, und Sofia schenkte ein. Leonite nahm auch eine Tasse, rührte den Tee jedoch nicht an. Die älteren Frauen vertieften sich in eine Diskussion darüber, wo man am besten Bänder und Spitzen einkaufen konnte. Sofia unterhielt sich freundlich mit Emelie, während Leonite stumm lauschte.

Beatrice warf einen sehnsüchtigen Blick auf Jouet, dessen Schicksal sicherlich interessanter war als das Gespräch, das hier geführt wurde.

Harriet und die deutsche Gräfin hatten sich auf dem königlichen Ball kennengelernt. Onkel Wilhelm und Graf von Wöhler saßen gemeinsam in irgendeiner Handelskammer, und Beatrice nahm an, dass die Gräfin sich einzig und allein aus diesem Grunde dazu herabließ, Umgang mit Harriet zu pflegen. Sie betrachtete die beiden Frauen. Sie schienen sich ja gut zu verstehen, und sie wollte Harriet eine Freundin nicht missgönnen.

«... und dann hat er ihr noch diese vulgären Sterne geschenkt, die sie auch auf dem königlichen Ball getragen hat.»

Beatrice horchte auf.

«Sie ist nun wirklich keine achtbare Frau», meinte Harriet verächtlich.

«Charlotta Wallin? Nein, wahrhaftig nicht.» Die Gräfin senkte die Stimme. «Er war gestern bei Zackelius, wie mein Mann gehört hat. Hat Saphire für eine unvorstellbare Summe gekauft. Der hat so viele Frauen, die er bei Laune halten muss. Er ist ja bekannt für seine skandalösen Affären.»

Sie sprachen über Seth, da war sich Beatrice ganz sicher.

«Besonders diskret ist er auch nicht gerade», fuhr die Gräfin mit einem Blick auf ihre älteste Tochter fort. «Ich habe mich in ihm getäuscht. Und Sie ahnen ja nicht, was ich heute gehört habe.»

Harriet beugte sich vor. «Erzählen Sie.»

Die älteren Frauen senkten die Stimmen, und obwohl Beatrice angestrengt lauschte, konnte sie das Geflüster nicht verstehen. Ihre Augen brannten. Zackelius war einer der exklusivsten Juweliere Stockholms, so viel wusste sie. Und sie hatte auch die Sterne im Haar der vollbusigen Frau gesehen, und der Schmuck war ihr gar nicht vulgär vorgekommen, ganz im Gegenteil. Doch sie hatte nicht gewusst, dass die Trägerin ihn von Seth bekommen hatte ... Sie versuchte ihre Verzweiflung niederzukämpfen. Es war noch keine achtundvierzig Stunden her, da hatte sie mit ihm in Iris' Wintergarten zusammengestanden. Gerade zwei Tage waren vergangen, seit sie ihre Hand auf Seths raue Wange gelegt und er ihre Handfläche geküsst hatte. Bitterkeit stieg in ihr auf. Waren das also seine wichtigen geschäftlichen Angelegenheiten? So verschwenderisch beim Juwelier einzukaufen, dass die feine Gesellschaft sich die Mäuler darüber zerriss? Offenbar gaben sich Seths Geliebte nicht mit leeren Phrasen zufrieden. Bestimmt waren das alles erfahrene Frauen, die sich Substanzielleres zu sichern wussten als schöne Worte, die weiter nichts zu bedeuten hatten.

Vor der Tür hörte man tiefe Männerstimmen, und Beatrice warf einen Blick zu Sofia. Ihre Cousine blinzelte nervös, denn sie hatte schon darunter gelitten, dass sie so lange nichts mehr von Johan gehört hatte. Dann wurde es ganz still – offenbar war der Besucher in Wilhelms Arbeitszimmer gegangen. Sofia senkte den Blick.

Plötzlich wurde draußen eine Tür geöffnet, und aufgeregte Stimmen näherten sich. Dann flog die Salontür auf. Wilhelm Löwenström trat mit zufriedenem Gesicht ein, gefolgt von Johan Stjerneskanz, der von einem Ohr zum anderen grinste. Beatrice hörte Sofias erleichterten Seufzer.

Sie reckte sich ein wenig, um zu sehen, ob dahinter noch jemand kam, sie sah auch kurz eine Bewegung, doch es war nur ein Dienstmädchen. Johan war allein gekommen.

Die Enttäuschung schnürte ihr die Kehle zu, und ihr wurde klar, dass sie wider alle Vernunft gehofft hatte, auch Seth würde kommen. Während ihr die Tränen in die Augen stiegen, musste sie sich zwingen, ihre Aufmerksamkeit wieder auf die Geschehnisse im Salon zu lenken, Sofias Freude zu teilen, sich Harriets Geschnatter anzuhören und Wilhelms polterndes Gelächter. Johan strahlte Sofia an, streckte ihr die Hand hin, und Beatrice konnte nur eines denken: Komm, bitte, komm.

«Ausgezeichnet!», rief Wilhelm und sah sich im Salon um. Er nickte der Gräfin und ihren Töchtern zu. «Dann haben wir also gleich zwei Hochzeiten in der Familie.»

Alle Augen waren auf Wilhelm gerichtet, und es wurde ganz still. Miss Mary runzelte die Stirn und warf Beatrice einen fragenden Blick zu. Der Onkel jedoch sah Beatrice an, und ihr Herz begann so heftig zu hämmern, dass ihr fast schlecht wurde.

«Komm mit, ich muss mit dir sprechen», befahl er.

Sie wagte ihm nicht in die Augen zu sehen, als sie ihm in sein Arbeitszimmer folgte.

«Bitte, liebe Beatrice, setz dich doch», forderte Onkel Wilhelm sie auf.

Sie konnte sich nicht entsinnen, ihn jemals so gut gelaunt erlebt zu haben. Langsam setzte sie sich ihm gegenüber auf einen Stuhl. Sie legte die Hände in den Schoß, ließ die Schultern sinken und hielt den Atem an.

«Als du vor vier Jahren zu mir gekommen bist, habe ich mir geschworen, mich nach bestem Wissen und Gewissen um dich zu kümmern. Und das habe ich getan, als wärst du meine eigene Tochter.»

Sie antwortete nicht, denn nun war es ja sowieso egal. Er hatte sie gezüchtigt, er hatte ihr ihre Bücher weggenommen und sie gezwungen, sich ihm unterzuordnen. Das war jetzt vorbei. Sie würde ihm alles Mögliche verzeihen.

«Eine meiner wichtigsten Aufgaben bestand natürlich darin, einen passenden Ehemann für dich zu finden, was nicht ganz leicht gewesen ist. Heute habe ich die große Freude, dir mitzuteilen, dass ein Mann bei mir um deine Hand angehalten hat und ich seinen Antrag bereits in deinem Namen angenommen habe.»

Beatrice hob den Kopf. Seth, ich werde Seth doch bekommen, dachte sie und flüsterte: «Danke.»

«Wunderbar. Der Graf kommt nächste Woche vorbei, dann könnt ihr euch über alles Weitere unterhalten.»

«Der Graf?»

«Graf Rosenschöld», sagte Wilhelm gereizt. «Dummes Ding, hörst du denn gar nicht zu. Ich habe seinen Antrag angenommen.»

Beatrice sprang so hastig auf, dass ihr Stuhl umfiel. «Aber ich kann ihn nicht heiraten!»

«Er ist eine hervorragende Partie.»

«Aber ...»

«Aber was? Es ist ja nun nicht gerade so, dass sich die Verehrer um dich reißen würden, nicht wahr?»

Gedemütigt sah Beatrice ihn an. Unter ihren Lidern

brannte der Zorn. «Es tut mir leid. Ich weiß, dass Sie nur mein Bestes wollen, Onkel, aber ich kann ihn nicht heiraten.»

In Wilhelms Augen trat ein tückisches Funkeln. «Wie kannst du es wagen, dich mir zu widersetzen? Weißt du, was es kostet, dich zu nähren und zu kleiden? Ich dachte, dich würde niemals jemand haben wollen. Diese Gelegenheit ist fast schon zu schön, um wahr zu sein.» Der Onkel stützte die Knöchel auf den Schreibtisch und stemmte sich hoch. Er bebte vor Zorn. «Was meinst du, warum ich in den letzten Monaten ein Vermögen für deine Kleider ausgegeben habe?», brüllte er. «Für die Opernkarten? Was meinst du, warum du auf den königlichen Ball mitgehen durftest? Das war eine Investition. Der Graf will dich, das Ganze ist beschlossene Sache. Du wirst mein Haus verlassen.»

Beatrice schnappte nach Luft. Diese Tirade war schlimmer als eine Tracht Prügel. Niemals hatte sie geahnt, dass sie ihm so zuwider war, sie hatte immer geglaubt und gehofft, er habe langsam, aber sicher doch Zuneigung zu ihr gefasst – wenngleich sie sich über die neuen Kleider durchaus gewundert hatte.

Bisher hatte er immer nur geschnaubt und leise in sich hineingeschimpft, wenn sie aus ihren Kleidern und Schuhen herauswuchs. Und nun besaß sie plötzlich mehrere Ballkleider. Doch das alles war nur geschehen, um sie Interessenten schmackhaft zu machen wie ein Stück Vieh. Ihr wurde schlecht. «Ich ... es tut mir leid, das wusste ich nicht.» Eigentlich hätte es sie aber nicht überraschen sollen. Die einzige Art, wie er Nutzen aus ihr ziehen konnte, bestand darin, sie zu verheiraten. Endlich begriff sie, warum ihr Onkel in letzter Zeit so streng zu ihr gewesen war. Er hatte Angst gehabt, der Graf könnte sie nicht mehr haben wollen, wenn sie ganz sie selbst war.

Die Schande würde entsetzlich sein, aber diesen widerwärtigen Mann konnte sie auf keinen Fall heiraten. Auch nicht, wenn Seth andere Frauen mit Juwelen überschüttete. Die Kleider mussten schrecklich teuer gewesen sein, aber sie konnte ja eine Arbeit finden und sie abbezahlen. Und sie würde ausziehen, irgendwie würde sich das Ganze schon lösen lassen ...

«Wenn du dich weigerst, bekommt er stattdessen eben Sofia.»

Beatrice schlug die Hand vor den Mund. Jetzt packte sie in dieser Unterredung zum ersten Mal die Angst. Konnte er wirklich so grausam sein? Konnte er seine eigene Tochter so bestrafen, nur um seine Macht zu demonstrieren?

«Aber Johan ...», wandte sie schwach ein.

Ihr Onkel straffte den Rücken und bedachte sie mit einem finsteren Blick, und Beatrice wusste, sie würde es nicht wagen, ihm zu trotzen, wenn das auf dem Spiel stand. Rosenschöld war einer der einflussreichsten Adligen in Stockholm, ihn zum Schwiegersohn zu haben zählte natürlich wesentlich mehr, als es der junge arbeitende Sohn einer Familie des niederen Adels tat. Rosenschöld konnte ihm viele Türen öffnen, die einem Wilhelm Löwenström bisher verschlossen geblieben waren. Und seinem Sohn Edvard.

«Meine Tochter weiß, was das Beste für die Familie ist», erwiderte Wilhelm.

In Beatrices Ohren dröhnte es, und seine Stimme schien wie aus weiter Ferne zu kommen. Eines stand ohne Zweifel fest: Sofia würde sich niemals ihrem Vater widersetzen. Sein Wort war für sie Gesetz, und sie würde seinen Willen immer über den ihren stellen, egal, was sie fühlte.

Aber in diesem Fall würde sie zugrunde gehen. Sofia war nicht stark, solch eine Ehe würde sie niemals überleben.

Andererseits – was hatte Beatrice selbst schon für Möglichkeiten? Seth Hammerstaal war vollauf mit seinen anderen Frauen beschäftigt, dachte sie bitter. Warum sollte sie sich erniedrigen, indem sie sich noch Hoffnung auf ihn machte?

«Ich bin so überwältigt», sagte sie hilflos. «Ich bin sicher, dass Sie recht haben, aber vielleicht könnte ich trotzdem ein paar Tage Bedenkzeit haben. Das überfordert meinen armen Kopf.» Vielleicht würde er sich ja darauf einlassen, und sie konnte ein wenig Zeit herausschinden?

«Da gibt es überhaupt nichts zu bedenken», fauchte er. «Ich will deine Antwort hören, und zwar jetzt sofort, sonst gehe ich nach nebenan und löse Sofias Verlobung mit Johan Stjerneskanz.»

Beatrice begriff, dass sie geschlagen war. Sie verließ das Arbeitszimmer, öffnete die Tür zum Salon und blieb mit klopfendem Herzen auf der Schwelle stehen. Nun war der Raum voll lachender, plaudernder Menschen. Die Gräfin von Wöhler und ihre Töchter. Johan, Sofia, Miss Mary. Ein paar Bekannte von Harriet und ein paar Nachbarn.

Und Seth.

10

Von allen verlogenen Frauen, die er in seinem Leben getroffen hatte – und es waren überraschend viele gewesen –, war Beatrice Löwenström wohl die schlimmste, dachte Seth. Er sah sie an, während sie auf der Schwelle stand und sich nervös die Hände knetete. Offenbar hatte die hinterlistige Frau nicht erwartet, dass er hier auftauchte. Kühl ließ er den Blick über sie hinweggehen.

Nach seiner gestrigen katastrophalen Unterredung mit Wilhelm Löwenström war Seth nach Hause gegangen und hatte gegrübelt. Er hatte eine schlaflose Nacht lang an Beatrice gedacht, und irgendwann hatte sich die erste gewaltige Wut gelegt. In den späten Nachtstunden begann er sich schließlich zu fragen, ob es sich vielleicht um ein dummes Missverständnis handelte. Und gegen Morgengrauen wusste er, was er tun wollte. Er würde mit Beatrice selbst sprechen. Nach allem, was auf Irislund zwischen ihnen geschehen war, verdiente er eine Erklärung. Und wenn hier ein Missverständnis vorlag, würde er es ausräumen, dachte er. Probleme waren immerhin dazu da, dass man sie löste.

Vor einer Weile war er wieder bei den Löwenströms in der Drottninggatan eingetroffen, voller Energie und neuer Hoffnung. Doch statt Beatrice auf der Stelle treffen zu können, führte man ihn in einen vollgestellten Salon, in dem es von schnatternden Menschen nur so wimmelte. Aus irgendeinem Grund waren auch Leonite und ihre Familie anwesend, und die junge Frau freute sich sichtlich, als sie ihn entdeckte. Ungeduldig sah er sich um und beobachtete, wie immer mehr Leute eintrafen. Seine gute Laune geriet ins Wanken, er war kein besonders geduldiger Mensch. Obwohl er nicht allzu viel Lust hatte, mit Leonite, ihrer Mutter oder sonst wem zu plaudern, riss er sich zusammen. Er war schließlich gekommen, um die Dinge zu klären. Er konnte warten. Und dann streckte ihm Johan Stjerneskanz die Hand entgegen: «Meinen herzlichsten Glückwunsch. Gerade habe ich die guten Neuigkeiten zu hören bekommen.»

«Soviel ich weiß, habe ich nichts getan, womit ich deine Glückwünsche verdient hätte», gab er so frostig zurück, dass Johan erstarrte.

«Aber ich dachte, dass Fräulein Beatrice und du ... Ich meine, Herr Löwenström hat gesagt, dass sie heiraten wird ... und ich dachte, du ...?»

Johan verstummte und verhinderte damit, eine rechte Gerade ins Gesicht zu bekommen. Wieder explodierte der weißglühende Zorn in Seth. Er wusste, dass Johans verfehlte Glückwünsche nur bekräftigten, was er gestern erfahren hatte. Das konnte nur bedeuten, dass Beatrice wirklich mit Rosenschöld verlobt war und es nun bald öffentlich gemacht werden sollte. Irgendetwas in ihm zerbrach – und dann stand sie auf einmal auf der Schwelle und schien hin und her gerissen, als sie ihn erblickte. Forschend musterte er ihren kurvigen Körper in dem schlechtsitzenden braunen Kleid. Bei dem Gedanken, dass der Graf sie begrapscht hatte, vielleicht sogar schon mit ihr geschlafen hatte, wurde ihm schlecht. Doch sie wusste augenscheinlich, wie man die Dinge richtig anpackte. Sie hatte so unerfahren und unschuldig gewirkt, dabei hatte sie sich die ganze Zeit über ihn amüsiert, ihn lächerlich gemacht, ihn um den kleinen Finger gewickelt und ausgelacht.

Beatrice bemerkte Seths schwer zu deutenden Gesichtsausdruck. Unsicher machte sie einen Schritt auf ihn zu. Doch

Seth wandte nur gelangweilt den Blick von ihr ab. Leonite saß neben ihm auf dem Sofa und wickelte sich buchstäblich um ihn herum. Sie flüsterte ihm etwas zu, und er antwortete mit einem schleppenden Lachen.

Beatrice blieb wie zur Salzsäule erstarrt stehen, als es ihr mit voller Wucht klar wurde: *Er weiß es.*

Seth sah sie an, als hätte sie die Worte laut ausgesprochen. Verzweifelt suchte sie in seinem ernsten Gesicht nach einem Anzeichen dafür, dass sie ihm etwas bedeutete, doch sein Blick war leer. Leonite legte ihm die Hand auf den Arm, und er ließ sie gewähren. Müde sah er zu Beatrice auf. Langsam ließ sie die Blicke zwischen ihm und Leonite hin und her wandern. Das Atmen schmerzte sie. Sie hatte immer geglaubt, dass es schnell ginge, wenn ein Herz zerbrach, als würde man die Eisschicht auf einer über Nacht gefrorenen Pfütze zerschlagen. Doch ihr eigenes Herz ging so langsam in Stücke, dass es mit jedem Augenblick mehr wehtat. Sie sah ihm direkt in die abgrundtiefen Augen. «Haben Sie mir nichts zu sagen?», fragte sie tonlos.

Er kräuselte die Lippen. «Herzlichen Glückwunsch?», schlug er vor.

Sie verkrampfte die Finger ineinander, um nicht zurückzufahren. Wie war es nur möglich, dass es immer noch mehr wehtat?

«Sie müssen sehr zufrieden sein, Fräulein Beatrice», fuhr er mit einem arroganten Lächeln fort. «Immerhin haben Sie einen Grafen eingefangen. So etwas wünschen die Frauen sich doch mehr als alles andere, nicht wahr?»

Ein Teil von Beatrice nahm zur Kenntnis, dass er nicht besonders enttäuscht wirkte, er sah sogar fast amüsiert aus, als er die grausamen Worte aussprach. Leonite musterte sie unterdessen mit einem höhnischen Lächeln.

Da schüttelte Seth ruckartig Leonites Hand ab und stand vom Sofa auf.

«Darf ich Sie um ein paar Worte unter vier Augen bitten, Fräulein Beatrice?», sagte er leise.

Unsicher trat sie einen Schritt zurück. Irgendetwas in seinem Blick machte ihr schreckliche Angst. Sie sah sich um. Alle waren so damit beschäftigt, Johan und Sofia zu gratulieren, dass man Seth und sie gar nicht zu bemerken schien. Seine Augen waren so dunkel, dass sie fast schwarz zu sein schienen.

«Oder hast du Angst, mit mir allein zu sein?» Obwohl er so leise sprach, zuckte sie zusammen, als sie seine Stimme hörte. Sie klang so hart, wie Beatrice es noch nie gehört hatte. «Hast du Angst, ich könnte die Beherrschung verlieren?», fuhr er in diesem kalten Ton fort. «Da kannst du ganz beruhigt sein. Ich versichere dir, ich würde dich nicht mal anfassen, wenn mein Leben davon abhinge.» Er beugte sich vor und flüsterte ihr ins Ohr: «Oder machst du dir Sorgen um deine eigene Reaktion?» Mit einer Kopfbewegung deutete er auf die Tür.

Beatrice drehte sich um und ging ihm mit zitternden Knien voraus in den Flur. Seth folgte ihr und ließ die Tür hinter ihnen halboffen stehen. Durch den Türspalt sah man die ausgelassene Gesellschaft. Fröhliches Gelächter drang zu ihnen wie aus einer anderen Welt. In dem ganzen Trubel bemerkte niemand ihr Verschwinden.

«Was zum Teufel geht hier eigentlich vor, Beatrice?»

«Ich verstehe das alles nicht», flüsterte sie.

«Spiel nicht mit mir», sagte er. «Ich bin gestern hierhergekommen, um bei deinem Onkel um deine Hand anzuhalten. Willst du raten, was passiert ist?» Er zog die Augenbrauen hoch. «Nein? Ich bekam zu hören, dass du bereits verlobt bist. Würdest du vielleicht die Freundlichkeit besitzen und mir erklären, wie es kommt, dass du das alles auf Irislund mit keiner Silbe erwähnt hast?»

«Du wolltest um meine Hand bitten?», wiederholte sie kraftlos.

Seth sah ihr ins Gesicht. «Warum hast du mir nichts davon erzählt?», fragte er. «Das hätte mir einiges an Ungelegenheiten erspart. Aber ich schätze, du scherst dich nicht allzu viel um die Gefühle anderer Menschen.» Sie schwieg und schüttelte nur den Kopf. Seth beugte sich über sie und sagte mit unverhohlenem Zorn: «War es vielleicht sogar eilig, Beatrice?» Er sprach die Worte ganz langsam aus. Er beobachtete, wie ihr die Farbe aus dem Gesicht wich, als ihr klar wurde, was er da andeutete. Die Tränen stiegen ihr in die Augen, doch er ignorierte es, denn er wollte sie genauso verletzen, wie sie ihn verletzt hatte.

«Sag so etwas nicht», flüsterte sie.

«Ich gehe davon aus, dass du nicht ganz so unschuldig bist, wie ich dachte», fuhr er fort. «Aber ich muss dir meinen Beifall zollen, du hast es schon sehr geschickt angestellt. Ich habe deiner grandiosen Vorstellung von Anfang bis Ende geglaubt.»

«Bitte», flehte sie und schluchzte.

Sie war so grau im Gesicht, dass Seth plötzlich ein anderer Gedanke kam. «Sie zwingen dich doch nicht etwa?», fragte er nun. «Hat der Graf dir etwas angetan? Erwartest du ein Kind? Ist es deswegen?» Es wäre nicht das erste Mal gewesen, dass Rosenschöld eine Frau geschändet hatte, und Seth verachtete sich selbst für den Hoffnungsschimmer, der sich bei dem Gedanken regte, Beatrice könnte vergewaltigt worden sein. Denn wenn das der Fall war, gab es immer noch einen Ausweg. Er nahm sie bei den Schultern, zwang sie, ihm in die Augen zu sehen, und spürte, wie die Hoffnung in ihm aufwallte. «Hat er sich an dir vergangen? Ich kann dir helfen. Ich kann dich heiraten, ich kann dich mitnehmen, weg von hier. Dich trifft keine Schuld.» Lass es so sein, dachte er erregt. Es muss so sein. Für Beatrice würde er alles tun, er würde sich sogar um das uneheliche Kind des Grafen kümmern.

«Es geht nicht um mich. Ich muss es tun», stieß sie mit erstickter Stimme hervor. «Du darfst nicht glauben, dass …»

Er war so frustriert, dass er sie packte und schüttelte. «Was glauben?», fragte er. «Worum geht es hier? Sag es mir.»

Doch sie schüttelte nur den Kopf und wich seinem Blick aus. «Nein, entschuldige, es ist nichts in der Richtung. Eine Frau darf nicht nur an sich selbst denken. Es geht um die Familie, um Dinge, die auch für andere wichtig sind. Das musst du verstehen. Bitte.»

Er ließ sie los. «Dann muss ich annehmen, dass du das aus freien Stücken tust?» Er spuckte die Worte beinahe aus, als ihm klar wurde, dass Beatrice ihn wirklich hinters Licht geführt hatte. Nie im Leben hatte er die Hand gegen eine Frau erhoben, doch er spürte, dass er jetzt eine Ausnahme machen könnte. Im Grunde sollte er froh sein, dachte er zornig. Froh darüber, dass er gerade noch rechtzeitig gemerkt hatte, was hier vor sich ging, wie unzuverlässig sie war – bevor er sich für sie völlig zum Narren gemacht hatte. Im Grunde sollte er froh sein.

Beatrice schluckte, und es schmerzte in ihrer Kehle. Seth hatte sie also haben wollen. Er war gekommen, um ihre Hand anzuhalten. Er hätte sie sogar auch dann haben wollen, wenn ein anderer Mann sie geschändet hätte. Ihre Augen brannten. Er hatte ihren Onkel um Erlaubnis gebeten, sie zu heiraten. Es war unfassbar. Und dann hatte er erfahren müssen, dass sie Rosenschöld versprochen war, einem widerlichen alten Mann, den er, wie sie wusste, hasste. Konnte sie das alles überleben? Sie begriff, wie das Ganze in seinen Augen aussehen musste, und nun war wenigstens die Gelegenheit, ihm das grässliche Missverständnis zu erklären. Ihr ganzes Wesen schrie danach, ihm die Wahrheit zu erzählen. Sie hätte alles Mögliche geopfert, um nicht diesen Ausdruck in seinen Augen sehen zu müssen.

Alles Mögliche – nur Sofia nicht.

Um Haaresbreite hatte sie ihn also verloren, ganz knapp. Sie liebte ihn, hatte dem ernsten Norweger Herz und Seele geschenkt, und wie sehnlich wollte sie ihm erzählen, wie sich die Dinge wirklich verhielten. Doch Seth war kein Mann, der ihr erlauben würde, sich zu opfern. Wenn er erführe, dass diese Ehe gegen ihren Willen arrangiert war, würde er Himmel und Erde in Bewegung setzen, um sie davon abzubringen, das wusste Beatrice genau. Und dann würde sie nicht stark genug sein, dem zu widerstehen.

Ihre Gedanken überschlugen sich. Konnte sie Seth und Johan vielleicht doch die Wahrheit erzählen? Aber Sofia würde ihren Verlobten wohl kaum ohne den Segen ihres Vaters heiraten, sosehr sie Johan auch liebte. Beatrice wusste, dass sie sich durchaus weigern konnte, den Grafen zu heiraten – sie lebten schließlich nicht mehr im Mittelalter, keiner konnte sie zwingen. Doch dann würde Wilhelm dem Grafen eben Sofia geben. Und die würde es niemals wagen, sich gegen ihren Vater aufzulehnen. Wie Beatrice die Dinge auch drehte und wendete, sie kam immer wieder zu demselben Schluss.

Sie sah Seth an und versuchte verzweifelt, sich die geliebten Gesichtszüge einzuprägen, die Stirn, die Augen, die kleine Narbe. Vielleicht sahen sie sich zum letzten Mal.

Dann nahm sie ihren ganzen Mut zusammen und sagte mit tonloser Stimme die schlimmsten Worte, die ihr je über die Lippen gekommen waren. Aber es war nicht schwer, sie war innerlich wie tot. Sie belog Seth und riss sich das eigene Herz in Stücke. «Ich habe meine Wahl völlig freiwillig getroffen», erklärte sie. «Es tut mir leid, wenn du mich auf Irislund so missverstanden hast. Ich bin eine Frau und muss mich dem wirklichen Leben anpassen. Warum sollte ich die Möglichkeit ausschlagen, Gräfin zu werden? Ich hatte nicht vor, dich zu täuschen. Ich dachte, dass du das verstehst.» Bei jedem Wort, das sie aussprach, bei jeder Silbe hätte sie am liebsten laut herausgeschrien, dass sie log, dass sie viel lieber mit ihm leben wollte. Doch sie riss sich zusammen. Seth wich einen Schritt von ihr zurück. Es sah aus, als würde sich sein Gesicht vor ihrem Blick verschließen.

«Ich verstehe», sagte er.

«Seth?»

Er sah sie ausdruckslos an.

«Ich wusste nicht, dass du solche Gefühle für mich hegst», flüsterte sie. Ganz kurz sah sie den Hass in seinen Augen aufblitzen, bevor sein Blick wieder leer wurde.

«An deiner Stelle würde ich mir nicht zu viel darauf einbilden», sagte er. «Ich werde es schon überleben. In erster Linie habe ich mich von meiner Lust leiten lassen. Vielleicht sollte ich Rosenschöld sogar dafür danken, dass er mich vor einer Ehe gerettet hat, die mit Sicherheit unglücklich geworden wäre. Ich habe eine unselige Neigung, die Frauen immer so schnell sattzubekommen.»

Mit diesen Worten drehte er sich um und verschwand über die Treppe. Er machte sich nicht einmal die Mühe, die Haustür hinter sich zu schließen. Sie schwang quietschend in den Angeln, bis einer der Dienstboten sie endlich zumachte. Beatrice hörte Sofia im Salon etwas sagen und die Gäste daraufhin laut lachen. Da gaben ihre Beine unter ihr nach, und mit einem Schluchzen sank sie zu Boden.

11

Schloss Wadenstierna
Februar 1881

Die offizielle Bekanntmachung der Verlobung von Sofia Löwenström und Johan Stjerneskanz erfolgte Ende Februar auf Schloss Wadenstierna, eine knappe Tagesreise nördlich von Stockholm.

Seth hatte das heruntergekommene Schloss vor ein paar Jahren gekauft und es gründlich und kostspielig renovieren lassen. Wadenstierna war ursprünglich weit draußen auf einer Halbinsel im Mälaren als Ritterburg gebaut worden, und im 14. Jahrhundert, dieser gewaltsamen Epoche, hatten seine Zinnen und Türme eine wichtige Rolle bei der Landesverteidigung gespielt. Im 17. Jahrhundert hatte einer der reichsten Männer Schwedens die Burg restaurieren und umbauen lassen, bis sie eines der prächtigsten Privatschlösser des Landes war. Und als Seth es schließlich kaufte, stand es schon lange leer. Er hatte Unsummen dafür ausgegeben, die Einrichtung, die Säle und Gärten in ihrer alten Pracht wiederherstellen zu lassen. Jetzt flatterten farbenfrohe Fahnen im kühlen Wind, und die Februarsonne ließ das weiße Schloss am zugefrorenen See glänzen wie ein Juwel.

Seth hatte darauf bestanden, Wadenstierna für das Fest zur Verfügung zu stellen. Er hatte sich sogar erboten, den Gastgeber zu spielen, und Johan hatte die Einladung angenommen.

Die Stimmung zwischen den beiden Freunden war ein

paar Tage nach den Ereignissen im Heim der Löwenströms ein wenig angespannt gewesen. Doch dann beschloss Seth energisch, diesen bedauerlichen Vorfall mit Beatrice zu vergessen. Inzwischen hatte er sie aus seinem Bewusstsein so gut wie ausradiert, redete er sich ein. Das Ganze war ein Missverständnis gewesen, das ihm schon lange kein Kopfzerbrechen mehr bereitete. Er hatte nicht einmal etwas dagegen, dass Beatrice bei der Feier auf Wadenstierna anwesend sein würde.

Sofia war über Beatrices Verlobung mit dem Grafen überrascht gewesen. Vorsichtig hatte sie versucht nachzufragen, was eigentlich passiert sei, doch sie hatte nur ausweichende, vage formulierte Antworten bekommen. Schließlich musste sie ihre Bemühungen aufgeben und sich damit abfinden, dass sie niemals erfahren würde, was an jenem Tag geschehen war, als Johan und Seth beide in der Drottninggatan auftauchten und Beatrice sich auf einen Schlag zu einem traurigen Schatten ihrer selbst verwandelte. Und sie hatte akzeptieren müssen, dass es zwei Themen gab, über die ihre Cousine mit niemand sprach: Seth Hammerstaal und die Verlobung mit dem Grafen Rosenschöld.

Außerdem hatten Sofia und Miss Mary zusehen müssen, wie Beatrice in den Wochen nach ihrer Verlobung immer stiller, bleicher und magerer wurde. Bis zuletzt hatte sie sich auch geweigert, auf das Fest auf Wadenstierna mitzukommen, doch da hatte Sofia sich dann doch einmal durchgesetzt. Mittels Tränen, Bitten und Drohungen hatte sie Bea den Schwur abgerungen, sie zu begleiten. Vielleicht war es selbstsüchtig von ihr, dachte Sofia schuldbewusst, doch sie konnte den Gedanken nicht ertragen, dass ihre mutige Cousine zu Hause sitzen und sich vor diesem Seth Hammerstaal verstecken sollte, während Sofia selbst den glücklichsten Abend ihres Lebens erlebte. In den letzten Tagen hatte Beatrice immerhin ein Stück ihrer alten Lebhaftigkeit zurückgewonnen, dachte Sofia erleichtert. Ab und zu lächelte sie sogar.

Als Beatrice aus dem Schlitten stieg, der sie und die anderen zu Schloss Wadenstierna gebracht hatte, war ihr Haar zerzaust, und sie war müde nach der langen Fahrt. Auf der Schlosstreppe erblickte sie als Erstes Seth, der neben zwei Frauen stand, offenbar Mutter und Tochter, und sie hätte am liebsten auf dem Absatz kehrtgemacht.

Die jüngere Frau, die mit ihrem schwarzen Haar und den dramatisch grünen Augen aufsehenerregend schön war, drückte sich diskret an Seth, während sie die eintreffenden Gäste begrüßte. Beatrice konnte sich in ihren verknitterten Reisekleidern kaum jemand vorstellen, dem sie nun weniger gern begegnet wäre als Seths neuester Eroberung. Sie tat ihr Bestes, um sich zwischen den übrigen Familienmitgliedern unsichtbar zu machen, doch als Seth die anderen alle begrüßt hatte und schließlich sie anblickte, straffte sie den Rücken. Eines ist sicher, dachte sie, ich habe nicht vor, mir den Schneid abkaufen zu lassen. Und ich kann Seth Hammerstaal wohl kaum bis in alle Ewigkeit aus dem Weg gehen, wenn Sofia einen seiner besten Freunde heiratet. Genauso gut konnte sie den Stier gleich bei den Hörnern packen. «Was für ein schönes Heim Sie haben», sagte sie höflich.

Das Schloss lag auf einer Halbinsel, und die Aussicht war spektakulär, karg und funkelnd zugleich. Der Schnee bedeckte die Landschaft, und die Dienstboten steckten gerade Fackeln in den Boden, die im Laufe des Abends angesteckt werden sollten.

Seth verbeugte sich, erwiderte aber nichts.

«Das wird ein großartiges Wochenende», gurrte die jüngere Frau, die ihr als Juliana Sparre vorgestellt worden war. Ihre Mutter, die Gräfin Sibylla Sparre, hatte während der Begrüßung der Löwenströms schon erzählt, dass die Güter ihrer Familie an Wadenstierna grenzten. «Ich freue mich so, dass Mama und ich ein wenig mithelfen konnten», setzte Juliana Sparre hinzu.

«Ja, wir sind so froh, Herrn Hammerstaal als neuen Nachbarn zu haben», warf die Mutter ein. «Seth hat auf Wadenstierna so phantastische Arbeit geleistet, und wir hoffen, dass er mehr Zeit hier verbringen wird, nachdem nun alles fertig ist. Und wir finden es wunderbar, zu diesem Fest etwas beitragen zu können.» Die beiden Frauen sahen unglaublich zufrieden aus.

«Sie wollen sich sicher frisch machen», bemerkte Juliana Sparre mit einem katzenhaften Lächeln. Sie ließ einen beredten Blick über Beatrices zerknitterte Erscheinung gleiten, ehe sie sich wieder an Seth schmiegte.

Man fragt sich wirklich, was Seth an diesen dünkelhaften aristokratischen Hexen findet, dachte Beatrice ärgerlich, während sie dem Dienstmädchen folgte, das sie in ihr Zimmer bringen sollte.

Als all ihr Gepäck hochgebracht und die Tür geschlossen war, warf sie sich aufs Bett. Die Reise war lang und unbequem gewesen, und ihr hatte tagelang davor gegraut, überhaupt hierherzukommen. Sie warf einen Blick auf die hellen Möbel und die Bilder, die die Wände schmückten. Die Farben im Raum waren gedeckt, die Stoffe und Materialien von ausgesuchter Qualität. Außerdem hatte sich jemand die Mühe gemacht, einen großen Strauß Treibhauslilien auf den Tisch zu stellen, und Beatrice fand beim besten Willen nichts, worüber sie sich hätte beschweren können – ihr Zimmer war ganz einfach wundervoll. Ein

Bild fesselte ihr Interesse, und sie stand auf. Sie war sicher, es schon einmal irgendwo gesehen zu haben. Sie konnte sich einer Unterhaltung über Impressionisten entsinnen, die sie vor langer Zeit, in einem anderen Leben geführt hatte. Gegen ihren Willen musste sie lächeln. Seth Hammerstaal besaß also ein Monet-Gemälde. Typisch für ihn, dass er damit nicht prahlte, dachte sie, und es versetzte ihr einen Stich ins Herz. Lange blieb sie vor dem kleinen Bild stehen und bewunderte die exquisite Technik des französischen Malers.

«Ich hoffe, Sie sind zufrieden.» Juliana drückte Seths Arm.
Seth sah sich in dem Ballsaal um, in dem langsam die ersten Gäste eintrafen. Importierte Tulpen in jeder denkbaren Farbe ließen den Raum festlich und farbenfroh leuchten, die Kristalllüster waren poliert, und die Kerzenflammen warfen ihr flackerndes Licht auf den blitzblanken Boden des Ballsaals. Draußen hatte man Fackeln aufgestellt, Tausende von Laternen leuchteten in den Baumkronen, und die Schlossdiener sorgten dafür, dass es den Gästen an nichts fehlte.

Und Juliana sah in ihrem feuerroten Kleid einfach grandios aus. «Ich bin Ihrer Mutter und Ihnen zu großem Dank verpflichtet», antwortete er.

«Sagen Sie es nur, wenn ich noch etwas tun kann.» Sie lachte leise, und er gab sich alle Mühe, sich von ihrer Begeisterung anstecken zu lassen. Ihr Angebot war ernst gemeint, und ihr Körper war sicherlich der Traum eines jeden Mannes, und dennoch ... Er wusste, dass er Beatrice bei ihrer Ankunft kalt behandelt hatte, aber seine Reaktion, als er sie wiedersah, war einfach zu überraschend für ihn selbst gewesen. Bei ihrem Anblick setzte sein Gehirn aus, und er hatte nicht gewusst, was er sagen sollte. Wann wirst du heiraten? Vermisst du mich? Wie konntest du nur? All diese Fragen schossen ihm durch den Kopf. Er wollte nicht an Beatrice denken, sich nicht an ihren Blick auf der Schlosstreppe erinnern. Sie hatte ihre Wahl getroffen und musste jetzt die Folgen tragen. Von ihm brauchte sie sich kein Mitleid zu erhoffen.

«Sie sind eine sehr schöne Frau, Fräulein Sparre», sagte er und küsste ihr die Hand. Ein reichlich zahmes Kompliment, aber wie gesagt, sein Gehirn funktionierte nicht ganz so, wie es sollte.

Beatrice kam die Treppe herunter. Das Erste, was ihr beim Betreten des Ballsaals ins Auge fiel, war Seth, wie er Juliana gerade die Hand küsste. Er hat sich wahrhaft schnell von seiner Enttäuschung erholt, dachte sie, während sie sich von dem Pärchen entfernte. Die Frage war, ob er es überhaupt je ernst gemeint hatte. Der Unterschied zwischen Liebe und Lust war bei einem Mann sicherlich größer. Was sie hier sah, zeigte in aller Deutlichkeit, dass zwischen ihnen wirklich alles vorbei war. Für immer. Ihr sollte es recht sein. Mit einem aufgesetzten strahlenden Lächeln glitt sie durch den Saal. Sie nickte und lächelte. Sie grüßte und lächelte. Ah, es gab Champagner, sah sie und nahm sich eines der Gläser, die herumgereicht wurden. Rasch kippte sie das sprudelnde Getränk und griff sich gleich noch ein Glas, bevor das Silbertablett weitergetragen wurde. Solange sie das Lächeln nicht vergaß, würde alles gutgehen.

Da sie den ganzen Tag kaum etwas gegessen hatte, noch weniger als in den letzten drei Wochen, spürte Beatrice rasch die Wirkung des Alkohols und stellte fest, dass es ihr schon lange nicht mehr so gut gegangen war. Champagner war ein Universalheilmittel, beschloss sie, während sie unruhig nach bekannten Gesichtern Ausschau hielt.

Juliana Sparre rauschte in ihrem gewagten Kleid vorbei und verteilte Wangenküsschen und heiseres Gelächter. Der Schnitt steht ihr überhaupt nicht und ist obendrein schrecklich vulgär, dachte Beatrice und nahm sich das nächste Glas.

In ihrem Kopf drehte es sich schon ganz leicht, aber noch nicht zu sehr.

Ich muss zugeben, so viel hab ich in meinem ganzen Leben noch nicht gelacht, dachte Beatrice eine gute Stunde später. Ein paarmal hatte sie Seth vorbeigleiten sehen – er war wirklich der perfekte Gastgeber –, aber sie vermisste ihn nicht, obwohl er umwerfend elegant aussah in seinem dunklen Abendanzug. Zwischendurch sah sie, wie er dem einen oder anderen Gast zulächelte, und dann machte ihr Herz kurz einen kleinen Sprung, aber im Übrigen nahm sie kaum Notiz von ihm.

Gut, dass sie nach Wadenstierna mitgekommen war. Sie war so dankbar dafür, dass sich ihr nun die Möglichkeit eröffnete, Seth Hammerstaal und seine allzu rasch verglühenden Leidenschaften ein für alle Mal zu vergessen.

«Fräulein Beatrice?»

Sie blinzelte. Beim besten Willen konnte sie sich nicht erinnern, was der Mann, mit dem sie sich anscheinend gerade unterhielt, zu ihr gesagt hatte. «Wie bitte?»

«Ich habe gefragt, ob ich Ihnen nachschenken soll», erklärte er mit einem vielsagenden Lächeln und deutete auf ihr leeres Champagnerglas.

Sie wollte gerade antworten, als sie bemerkte, wie Seth sich zu Juliana Sparre vorbeugte. Das Paar stand nur wenige Meter entfernt, und sie sah, wie Juliana über etwas lachte, was er zu ihr gesagt hatte. Er wiederum lächelte hintergründig, und in diesem Moment war ihr, als hätte man ihr ein Messer mitten in die Brust gestoßen. Der Saal drehte sich vor ihren Augen. Sie schluckte, schloss die Augen und stützte sich dankbar auf den Arm, den ihr der aufmerksame Kavalier hinhielt.

«Fräulein Beatrice?»

«Ich glaube, ich brauche ein wenig frische Luft», murmelte sie, während der Raum sich immer schneller um sie drehte.

Seth blickte in dem Moment auf, als Beatrice aus dem Saal verschwand. Das sah ihr ähnlich. Sollten ihre Verwandten nicht ein wachsameres Auge auf sie haben? Warum hielten sie Beatrice nicht besser unter Aufsicht? Seth sah sich um. Von der Familie Löwenström war niemand zu entdecken, offenbar hatte nur er Beatrices unpassenden Abgang bemerkt. Er wandte sich wieder der Konversation mit seinen Gästen zu, konnte sich aber nicht auf die Gespräche konzentrieren. «Entschuldigen Sie mich», sagte er schließlich und ließ mitten im Satz eine verblüffte Runde stehen.

Er trat auf den Flur. Weit und breit keine Spur von ihr. Da begann er sie zu suchen, und bei jedem Schritt wurde er wütender. Seine schlechte Laune kam in erster Linie von seinen Pflichten als Gastgeber. Er hatte alles Recht der Welt, sich aufzuregen, wenn einer seiner Gäste solche wahnwitzigen Risiken einging. Da würde er bei jedem so reagieren. Und wenn er sie gefunden haben würde, würde er sie wissen lassen, was er von ihrem Benehmen hielt. Das Problem war nur, dass sie nirgends zu sehen war.

Seth fluchte. Diese Frau wusste, wie man Probleme machte. Eigentlich sollte er sie einfach ihrem Schicksal überlassen, damit sie ihren guten Ruf ganz nach Gutdünken ruinieren konnte. Aber er war verantwortlich für dieses Fest, und er wollte keine Skandale, erinnerte er sich.

Gleichzeitig brachten die Bilder der rothaarigen Verführerin in den Armen eines weniger vertrauenerweckenden männlichen Gastes sein Blut zum Kochen. Er riss eine Terrassentür so heftig auf, dass er sie fast aus den Angeln hob. Der Abend war kalt und sternenklar, und er trat hinaus, um die Winterluft tief einzuatmen und sich abzukühlen. Er ging um die Hausecke.

Und da stand sie. Ihr weißes Kleid schimmerte im Mondschein wie Silber. Ein männlicher Gast drückte ihr die Hand. Als Seth die kompromittierende Szene sah, entwich ihm unwillkürlich ein Laut. Der Händedrücker warf ihm einen Blick zu und zog seine Hand rasch zurück.

«Ich ...», begann er nervös, während er unschlüssig von seinem zornigen Gastgeber zu Beatrice und zurück blickte. Seth knurrte nur ungehalten, und den Mann verließ der letzte Mut.

«Fräulein Beatrice ... äh ... gute Nacht, ich meine ... leben Sie wohl ... Das wollte ich nicht, ich wusste nicht ...», stammelte er, bevor er sich mit einer entschuldigenden Verbeugung umdrehte und flüchtete.

Beatrice hob eine Augenbraue. «Herr Hammerstaal», zwitscherte sie. «Welche Ehre. Wie nett, dass sie sich eine Sekunde von Ihrer Gesellschaft losreißen konnten.» Mit bedauernder Miene hob sie ihr leeres Glas hoch. «Leider habe ich keinen Champagner mehr.»

Seth spürte, wie ihm die Kiefermuskeln zuckten. Er hätte sie erwürgen können.

Dass sie den Nerv hatte, ihn mit diesem treuherzigen Blick anzusehen, nachdem er sie wie verrückt gesucht hatte, um sie zu guter Letzt dabei zu ertappen, wie sie mit jemand herumschmuste, der definitiv nicht ihr Verlobter war.

«Was machst du hier?», fragte er grimmig.

«Ich?» Mit Unschuldsmiene zuckte sie mit den Schultern. «Ich weiß wirklich nicht, wovon du redest. Wenn du mich jetzt entschuldigst, ich möchte zurück zu deinem wunderbaren Fest und den Gastgeberinnen. Großartige Frauen. Ganz zu schweigen davon, wie adelig sie sind.» Sie machte Anstalten zu gehen, doch Seth trat ihr in den Weg.

«Verstehst du nicht, was alles passieren kann, wenn du einfach so mit einem unbekannten Mann mitgehst?» Während er das sagte, war ihm bewusst, dass Beatrice jetzt mit ihm allein auf der Terrasse stand. Das Risiko, dass etwas passieren könnte, war so keinesfalls geringer, nicht im Geringsten.

«Ach, ich verstehe. Du hast dir Sorgen um mich gemacht. Wie aufmerksam. Aber was ich tue, muss ja wohl dich nicht bekümmern, oder? Du hast doch so viele andere Frauen, die du im Auge behalten musst. Außerdem kann ich ganz wunderbar allein auf mich achtgeben, danke sehr. Und jetzt geh mir bitte aus dem Weg, damit ich vorbeikann.» Sie versuchte sich an ihm vorbeizudrängen, doch er verstellte ihr aus reinem Trotz die Terrassentür. Beatrice funkelte ihn an. «Geh beiseite.»

Er schnaubte. «Ich dachte, du kommst allein zurecht. Dann zeig doch mal, wie du mit so etwas umgehst.»

«Wenn du ein Gentleman wärst, würdest du mich sofort vorbeilassen», zischte sie.

«Das haben wir doch schon geklärt. Ich bin kein Gentleman und bin es noch nie gewesen. War de Geer ein Gentleman?»

Sie rümpfte die Nase. «Wer?»

Seth grinste. «Der Geck, der dich gerade hat stehenlassen.»

«Das war kein Geck, und er hat mich nicht stehenlassen. Lass mich vorbei.»

Seth rührte sich nicht. Ein Teil von ihm war immer noch wütend, dass sie nicht verstand, wie leichtsinnig sie gehandelt hatte, dass sie nicht einsehen wollte, wie gefährlich es sein konnte, mit einem Mann mitzugehen, den sie nicht kannte. Doch ein anderer Teil von ihm ... «Beatrice», sagte er heiser. Er konnte sich nicht mehr zurückhalten.

Sie erwiderte seinen Blick, und die beiden starrten sich an.

«Seth», flüsterte sie und hob eine Hand an sein Gesicht. Ihre dunkelblauen Augen begannen zu funkeln, und er spürte, wie er in ihren Blick hineingesogen wurde, wie er sich nach ihrer Berührung sehnte. Brüsk schob er ihre Hand weg.

«Ich schlage vor, du sparst dir deine betrunkenen Verführungskünste für jemand, der daran interessiert ist», sagte er kühl, doch das Blut pochte heftig in seinen Adern. «Und ich will hier keine Skandale, also bleib für den Rest des Abends bitte im Haus.» Steif trat er beiseite und ließ sie vorbei. Ihr weißes Kleid streifte ihn, als sie vorbeistolperte, und er wollte schon die Hand ausstrecken, sie an sich ziehen und die Tränen trocknen, die sich in ihren Augen gesammelt hatten. Doch er ließ sie gehen – alles andere wäre reiner Wahnsinn gewesen.

Er hätte mich genauso gut ohrfeigen können, dachte Beatrice, als sie gedemütigt und brutal ernüchtert zu den anderen Gästen zurückkehrte. Anscheinend war ihm jede andere Frau lieber als sie. Charlotta. Leonite. Juliana. Die eine eleganter und raffinierter als die andere. Wie dumm von ihr, ihrer Sehnsucht nachzugeben und ihn zu berühren. Aber sie hatte ihn so schrecklich vermisst, und als er sie mit seinem intensiven Blick ansah, bildete sie sich plötzlich ein, dass es ihm vielleicht genauso gegangen war. Nur um sich dann abweisen lassen zu müssen wie eine peinliche Betrunkene. Sie stöhnte. Sie wäre so gern wütend auf ihn gewesen, aber ihr schlechtes Gewissen versetzte ihr doch einen Stich. Sie hatte sich gedankenlos benommen, Seth hatte recht. Er hatte sie in einer Situation vorgefunden, die leicht böse hätte ausgehen können. Dann hatte er sie durch seine brüske Abweisung zwar gedemütigt, aber sie konnte ihm kaum böse dafür sein, dass er sich neu orientiert hatte, sosehr es sie auch schmerzte. Beatrice glitt durch die Tür zurück in den Ballsaal und setzte sofort wieder ein strahlendes Lächeln auf. Sie wollte weder Seth noch irgendjemand anders zeigen, wie elend ihr zumute war. Innerlich mochte sie sich fühlen, als wäre sie tot, doch sie wollte zumindest so aussehen, als würde sie sich prächtig amüsieren.

Seth tat sein Bestes, sich nicht mehr um Beatrice zu scheren, aber das war völlig unmöglich, solange sie in seinem Ballsaal Hof hielt und offen mit jedem Mann schäkerte, der zufällig vorbeikam. Sie saß inmitten einer ganzen Schar junger Männer, die allem Anschein nach um ihre Aufmerksamkeit wetteiferten. Jedes Mal, wenn ihr perlendes Lachen wieder zur Decke stieg, war er gezwungen, sein Glas abzustellen, weil er es sonst in der Hand zerquetscht hätte. Warum machte keiner diesem unglaublichen Verhalten ein Ende? Waren sie alle blind? Er schnaubte. Wenn es niemand anders tat, würde er das wohl übernehmen müssen. Es war seine verdammte Pflicht. Er fuhr sich mit der Hand durchs Haar. Man konnte meinen, er sei der einzige verantwortungsbewusste Mann im ganzen Schloss. Das hier war definitiv das erste und letzte Mal, dass er eine Verlobungsfeier ausrichtete.

Ist doch seltsam, dachte Beatrice, einmal kümmere ich mich nicht um diese ganzen Ermahnungen und Verbote, was eine Frau alles sagen, tun oder denken darf, und schon amüsiere ich mich ganz köstlich.

Sie warf einen Blick in ihren Ausschnitt. In den letzten Wochen hatte sie abgenommen, sodass ihre Zofe ihr das Korsett enger denn je geschnürt hatte. Und nun wurden ihre Brüste derart nach oben gepresst, dass sie geradezu aus dem tiefen Ausschnitt hervorquollen, und sie war Frau genug, um zu wissen, dass sie die Männer nicht nur mit ihrer intelligenten Konversation anzog. Und auch das hatte seinen Reiz. Jahrelang hatte es nicht so ausgesehen, als hätte ihr das Schicksal weibliche Formen zugedacht, und große, flache Frauen in hässlichen Kleidern hatten selten Erfolg im gesellschaftlichen Leben, besonders nicht, wenn sie in Begleitung einer Sylphide namens Sofia unterwegs waren. Daher genoss sie es. Und hob die Brust noch ein wenig mehr. Sie war eben auch bloß ein Mensch.

«Fräulein Beatrice, Herr Hammerstaal hat für morgen ein Pferderennen angesetzt. Ich dachte … ob Sie mir vielleicht die Ehre erweisen würden, mich zu unterstützen?» Der Mann hatte lange Wimpern und hohe Wangenknochen.

Beatrice verdrehte die Augen. «Wettrennen durch den Wald, das ist wieder so typisch Mann.»

«Aber wir tun das doch alles bloß, um euch Frauen zu imponieren», sagte er, und die anderen Männer nickten zustimmend.

Beatrice wedelte mit der Hand. «Aber uns Frauen kann man nicht imponieren, indem man im Kreis reitet. Das bringt doch nichts. Wenn Sie schon irgendwohin reiten müssen, sollten Sie uns zumindest etwas mitbringen.»

Einer von ihnen protestierte, aber die meisten Männer

lachten laut, und da lächelte sie auch. Zerstreut blickte sie zur Seite. Er steht immer noch da, stellte sie fest. Für einen Mann, dem ihre Verführungskünste unerwünscht waren, schien Seth ja äußerst interessiert an ihrem Tun und Lassen. Wohin sie auch blickte, er stand da und funkelte sie unheilverkündend an.

«Wie kann man Ihnen denn dann imponieren, Fräulein Beatrice? Abgesehen davon, dass man Ihnen etwas mitbringt?»

Ein dunkelhaariger Mann mit klugen Augen hatte die Frage gestellt, und sie war völlig unvorbereitet, als sie sich selbst antworten hörte. Es gab ihrem Herzen einen Stich.

«Das ist nicht schwer», sagte sie leichthin. «Uns Frauen kann man so einfach imponieren, wir verlieben uns wegen der geringsten Kleinigkeit.» Sie zwang sich zu einem Lächeln. «Und ich werde Ihnen morgen natürlich allen die Daumen halten.» Sie blickte gerade rechtzeitig auf, um zu sehen, wie Seth direkt auf sie zusteuerte. Er sah wütend aus, und sie fragte sich, was dieser anstrengende Mensch ihr wohl diesmal vorzuwerfen hatte. «Wenn Sie entschuldigen wollen, meine Herren, aber Fräulein Beatrice und ich haben etwas zu besprechen», sagte er kühl, nachdem er sich einen Weg durch die Männer gebahnt hatte. Er sah sie auffordernd an.

Beatrice stand auf, schob das Kinn vor und wandte sich an die Runde. «Jetzt wird er mir bestimmt die Leviten lesen, weil ich so respektlos von seinem Rennen geredet habe», sagte sie augenzwinkernd. Ein paar Männer brachen wieder in Gelächter aus.

Seths Hand schloss sich um ihren Arm wie ein Eisenring. «Komm mit», sagte er.

12

Das Letzte, was Beatrice wollte, war eine Szene, daher folgte sie Seth ohne Protest, als er sie hinter sich herzog.

Sie hatte gedacht, dass er sie loslassen würde, sobald sie auf dem Flur waren, doch er hielt sie weiter fest, durchquerte mit langen Schritten eine Halle, bog um eine Ecke und noch eine weitere Ecke, bis sie schließlich völlig die Orientierung verloren hatte. Sie musste laufen, um mit ihm mithalten zu können, und dabei verfluchte sie das enggeschnürte Korsett und die unpraktischen Seidenschühchen, die für diese Art von Eilmärschen nicht gemacht waren. Und zwischendrin verfluchte sie ihn und seine unbegreiflichen Launen.

«Wohin gehen wir?», fragte sie, ganz atemlos, vielleicht nicht nur von dem raschen Tempo. Sie warf einen verstohlenen Seitenblick auf sein Gesicht und stellte fest, dass es hart und verbissen aussah. «Wohin gehen wir bitte?», wiederholte sie in schärferem Ton. Sie sah nirgendwo mehr andere Gäste und fragte sich, ob sie sich nicht doch hätte weigern sollen, ihm zu folgen.

Doch offenbar hatte Seth sein Ziel nun erreicht. Er öffnete eine massive Eichenholztür, schob sie hindurch und zog die Tür hinter ihnen zu. Sie standen in einem entschieden maskulinen Zimmer. Die Regale waren vollgestellt mit Büchern und Mappen, überall lagen Stapel mit irgendwelchen Papieren und Dokumenten, und mehrere Tintenfässer zeugten davon, dass hier oft jemand saß und schrieb. Die dunklen Ledermöbel glänzten, und sie nahm schwachen Zigarrenduft wahr. Ein paar Bilder mit kargen

Naturmotiven und ein einziges Foto von einem ernsten jungen Christian verrieten ihr, dass es sich um Seths Arbeitszimmer handeln musste. Es fühlte sich so intim an, in seinem privaten Teil des Schlosses zu stehen, dass es ihr innerlich wehtat. Nichts sonst in dem prachtvollen Schloss Wadenstierna hatte sie bisher so berührt wie dieser zutiefst persönliche Raum.

«Warum hast du mich hierhergeschleppt?»

Sein Blick sah gefährlich aus, und sie fragte sich, ob sie wohl Angst haben sollte. Sie waren allein, keiner wusste, dass sie hier war, und er benahm sich sehr seltsam. Doch je länger er dastand und sie anstarrte, desto weniger Angst hatte sie, und umso gereizter wurde sie. Hätte sie es nicht besser gewusst, sie hätte ihn für eifersüchtig gehalten.

Seth bemühte sich, seinen Atem unter Kontrolle zu bekommen. Je weiter er Beatrice vom Ballsaal weggeführt hatte, je weiter sie sich von den affigen Gecken entfernt hatten, die Anspruch auf sie erhoben, desto mehr drohte sein wahnsinniges, unvernünftiges, dummes Begehren ihn zu überwältigen. Sie in seinem Arbeitszimmer, in seiner ganz privaten Sphäre zu sehen war unerwartet schmerzlich. Das weiße Kleid, das sie schon zu Karins Abendgesellschaft getragen hatte, ließ sie im Dunkeln leuchten. Das Licht des kleinen Kaminfeuers wurde von ihrem Haar aufgenommen und verlieh ihm einen Glanz, der Seth direkt ins Herz traf. Sie war dünn, dünner als beim letzten Mal, aber ihre Brust war genauso rund wie früher. Er holte zitternd Luft und betrachtete sie. Und ihre verräterisch funkelnden Augen betrachteten ihn. So leicht konnte man sich in ihnen verlieren. Obwohl er genau wusste, wer sie war, hatte sie ihn doch wieder behext. Und egal, welche Entscheidungen Beatrice für ihre Zukunft getroffen hatte, bestand zwischen ihnen doch immer noch eine gewaltige Anziehungskraft. Er begriff nicht, wie sie das, was zwischen ihnen war, für einen Gräfinnentitel eintauschen konnte. Erkannte sie nicht, wie selten man das erlebte, was zwischen ihnen gewesen war? Oder war es ihr gleichgültig?

Er machte einen Schritt auf sie zu, er konnte nicht anders. Langsam wich sie rückwärts aus, bis sie gegen den Schreibtisch stieß. Sein Griff war wie ein Schraubstock, seine Finger bohrten sich in ihre nackten Arme und spürten, wie sie zitterte. Ihre weiche, warme Haut ließ ihn das letzte Restchen Vernunft verlieren.

«Was tust du?», flüsterte sie.

Er nagelte sie mit dem Blick fest, durchbohrte sie damit, sah, wie sie aufkeuchte, und beugte sich zu ihr herab. In seinem harten Kuss lag all die erstickte Sehnsucht, die ihn langsam, aber sicher zerstörte. Im ersten Moment erstarrte Beatrice, doch dann wurde sie ganz weich in seiner Umarmung. Sie sank ihm entgegen, drückte sich an seinen Körper und nährte seinen primitiven Hunger. Er vergaß völlig, wie sehr er sie hasste und verachtete, er scherte sich nicht mehr darum, dass er wegen ihr nicht mehr schlafen, fühlen, denken konnte. Das hier war der schiere Wahnwitz, zweifellos, der Weg in Untergang und Ehrverlust. Und dennoch vergrub er seine Hand in der roten Haarpracht, zog ihren Kopf nach hinten und küsste den warmen Hals. Sie stöhnte, und der Laut sagte ihm, dass sie jetzt, in diesem Augenblick, weit weg von den anständigen Gästen, die Seine war, nur die Seine.

«Beatrice», flüsterte er auf ihre Lippen. Es war sein erstes Wort, seitdem sie den Ballsaal verlassen hatten. «Küss mich», verlangte er mit heiserer Stimme.

Beatrice hätte gleichzeitig weinen und lachen mögen. Endlich war alles, wie es sein sollte. Seth zog sie an sich, die eine Hand in ihrem Haar, die andere um ihre Taille. Sie liebte seine Kraft – die Kraft, mit der er jetzt verhinderte, dass sie rückwärts über den Schreibtisch fiel. Nichts hatte sie auf diese Leidenschaft vorbereitet, sie hatte geglaubt, dass er wütend wäre und sie hasste, doch der Hunger in seinen Küssen war so unerwartet, dass sie aufschluchzte. Sie tastete nach seinem Rockaufschlag, klammerte sich fest und erwiderte den Kuss mit der ganzen Sehnsucht, die sie in den letzten Wochen in sich auszumerzen versucht hatte. Sie bebte, schluchzte und stöhnte. Ein Lodern breitete sich in ihr aus, sie presste ihre Hüften an seine und versuchte seinen Mund genauso kühn zu erforschen, wie er es bei ihr tat.

Sein Mund wanderte über ihre vom Korsett hochgeschnürte Brust nach unten und drückte sie hintüber, bis sie mit dem Rücken auf dem Tisch lag. Gierig legte er seine Hände um ihre Brüste und rieb mit den Daumen ihre Brustwarzen durch den Stoff. Beatrice stöhnte dumpf, wand sie unter seinen Händen und drückte den Rücken durch, um ihm entgegenzukommen. Er fuhr mit dem Mund über das bestickte Oberteil ihres Kleides.

«Halt mich fest, Beatrice, bitte halt mich fest», flüsterte er ihr zu, und sie tat, worum er sie bat. Sie umarmte ihn und hielt ihn, und es fühlte sich so richtig an. Es war leichtsinnig und gefährlich, ganz bestimmt würde sie hinterher umso mehr zu leiden haben, dachte sie benebelt. Doch ihr Verlangen nach Seth wischte alle Proteste ihrer Vernunft beiseite – die eigentlich schon in dem Moment versagt hatte, als sie auf Wadenstierna angekommen war. Als seine Hände über ihre Hüften glitten, war sie endgültig zu keinem zusammenhängenden Gedanken mehr fähig.

Ihre Finger glitten über seine kräftigen Arme nach oben, bis sie seinen Nacken umfasste, dann zog sie seinen Kopf zu sich herunter. Wenn das alles war, was sie bekommen konnte, gut, dann war es eben das, was sie haben wollte. «Ja», murmelte sie, während er nach ihren Röcken tastete und sie hochschob.

Seth wollte weitermachen und an nichts anderes denken als an diesen Körper, den er so oft betrachtet hatte. Er hob ihre Knie an, sodass sie sich mit den Füßen an der Tischkante abstützen konnte, und glitt zwischen ihre Beine. Dann liebkoste er ihre Waden durch die Seidenstrümpfe, ließ die Hände weiterwandern über ihre Kniekehlen, über die gekräuselten Strumpfhalter, bis zu ihrer nackten Haut über der Seide. Sie lag fast ganz still, aber ihre keuchenden Atemzüge verrieten, wie erregt sie war. Die sorgfältig aufgesteckten Locken hatten sich unter seinen Händen gelöst, ihr Oberteil war herabgerutscht. Mit aufgelöstem Haar und Augen, die vor Leidenschaft ganz schwarz waren, lag sie vor ihm und war willig bis in die letzte Faser.

«Sag, dass du mich willst», befahl er.

«Ja.» Ihre Stimme zitterte vor Begehren, und er wusste, wenn er wollte, könnte er sie jetzt und hier nehmen.

Sie war mehr als bereit, und es kostete ihn eine fast unmenschliche Anstrengung, sich von ihr loszureißen, von ihrem warmen, einladenden, seidenweichen Körper, doch er tat es. Beatrice gehörte nicht ihm, sie würde ihm nie gehören, und er hatte auch nicht vor, in einer schmutzigen kleinen Affäre ihren Liebhaber abzugeben. Beim bloßen Gedanken daran, sie mit Rosenschöld zu teilen, wurde ihm übel. Von sich selbst angeekelt, zog er sich von ihr zurück, fuhr sich über die Augen und versuchte, die Kontrolle über sich zurückzugewinnen. Er fühlte sich plötzlich alt und desillusioniert.

Verwirrt schlug Beatrice die Augen auf. «Seth?»

Die Kälte und Verachtung, die sie in seinem Gesicht las, trafen sie wie ein Schlag.

«Bedeck dich», sagte er, während er sich eine aufgegangene Manschette zuknöpfte. «Ehrlich gesagt fängt die Sache an, mich zu langweilen. Vermutlich hätte Rosenschöld nichts dagegen, dich zu teilen. Aber ich ziehe es vor, meine Bettgenossinnen für mich allein zu haben.» Er zog seine Hose zurecht und schnipste ein unsichtbares Staubkörnchen weg. «Ich muss zurück zu meinen Gästen. Sieh zu, dass deine Bedürfnisse anderweitig befriedigt werden.» Er strich sich das Haar glatt.

Beatrice starrte ihn an, und er erwiderte ihren Blick mit verächtlich gekräuselter Oberlippe.

Der Zorn verlieh Beatrice eine Kraft, die sie nicht in sich vermutet hätte. Mit einem Ruck stand sie auf und sah ihm direkt in die Augen. Dann gab sie dem harten, schönen Gesicht eine Ohrfeige, die so heftig ausfiel, dass Seths Kopf zur Seite geschleudert wurde. «Du widerliches Ekel, ich hoffe, ich muss dich nie wiedersehen.» Sie hob die Hand zu einem weiteren Schlag, doch er packte sie am Handgelenk.

Beatrice funkelte ihn zornig an. Zu gern hätte sie noch ein zweites Mal zugeschlagen, doch dann ließ sie die Hand fallen. Es war ja ohnehin alles zwecklos.

Seth warf ihr einen letzten Blick zu, bevor er sich umdrehte, ging aus dem Raum und knallte die Tür hinter sich zu.

Beatrice blieb allein zurück und starrte auf den immer noch bebenden Türrahmen.

Sie brauchte fast eine halbe Stunde, um sich so weit zu beruhigen, dass sie Seths Arbeitszimmer verlassen konnte. Benommen richtete sie ihr Haar, steckte die Locken wieder hoch, wusch sich mit ein wenig Wasser aus einer Karaffe und glättete ihr Kleid. Als sie zitternd versuchte, ihre Handschuhe hochzuziehen, entdeckte sie, dass mehrere Knöpfe abgerissen waren, und ihre Augen füllten sich mit Tränen.

Seth hatte sie angesehen, als wäre sie der widerlichste Mensch auf Erden. Sie langweile ihn, hatte er gesagt. Sie wollte nur noch davonlaufen und ihn niemals wiedersehen.

Nachdem sie sich noch einmal über Frisur und Kleid gestrichen hatte, machte sie sich auf den Weg zurück zum Ballsaal, wenn auch in wesentlich schlechterer Verfassung, als ihr lieb war. In ihrem Kopf hämmerte es immer stärker, und hinter ihrem Zorn drohte wieder die altbekannte Verzweiflung aufzusteigen und sie zu übermannen. Doch sie versuchte sich ihre Wut zu bewahren. Etwas anderes blieb ihr auch kaum übrig.

*

Um zehn Uhr war es so weit. Erwartungsvoll versammelten sich alle Gäste im Ballsaal. Beatrice sah sich um. Niemand schien ihre Abwesenheit bemerkt zu haben. Juliana stand neben Seth, dem sie die Hand auf den Arm gelegt hatte, und er sah ganz so aus wie immer.

Beatrice hielt sich am Rand. Als sie einem der Männer zulächelte, der vorhin mit ihr geschäkert hatte, lächelte er zurück. Ein anderer winkte ihr, und sie bemühte sich, gute Miene zum bösen Spiel zu machen, obwohl sie sich so schmutzig und geschändet fühlte. Auf der anderen Seite des Raumes sah sie Olav Erlingsen, der ihr fröhlich zuwinkte. Ein Stückchen weiter weg stand Edvard, der sich gerade mit Johans Schwestern unterhielt.

In all ihrem Elend musste Beatrice doch lächeln, als sie Sofia hereinkommen sah. In ihrem hellblauen Kleid, das mit weißen und gelben Blüten verziert war, sah ihre Cousine einfach bezaubernd aus. Johan nahm ihre Hand und sah aus, als wäre er der glücklichste Mann der Welt.

Ludvig Stjerneskanz räusperte sich, und das Stimmengewirr im Saal verstummte. «Liebe Freunde», begann er und lächelte breit. «Mein Sohn hatte Verstand genug, diese bezaubernde Frau um ihre Hand zu bitten, und wir alle sind froh und stolz, dass sie Ja gesagt hat. Liebe Sofia, willkommen in unserer Familie.»

Die Gäste applaudierten und hoben ihre Gläser auf das Wohl des Paares. Johan strahlte über das ganze Gesicht. Seine Schwestern und ein paar andere Damen mussten sich die Tränen aus den Augenwinkeln tupfen.

Ludvig sah Wilhelm an. «Möchten Sie vielleicht auch noch ein paar Worte sagen?»

«Ja, danke.» Wilhelm trat ein paar Schritte vor, und die Blicke der Gäste wandten sich ihm zu.

«Unsere Familie ist sehr stolz und glücklich über die Verbindung unserer Tochter mit der Familie Stjerneskanz», verkündete er. «Und ich habe das große Vergnügen, Ihnen mitteilen zu dürfen, dass auch meine Nichte, das ältere Fräulein Löwenström, einen Antrag bekommen hat, der uns zutiefst ehrt.»

Beatrice spürte, wie ihr das Blut buchstäblich in den Adern gefror. Wollte er tatsächlich …? Panisch sah sie sich um, als könnte sie in letzter Sekunde einen Weg finden, den tödlichen Schlag zu verhindern, doch es war zu spät.

«Es ist mir eine Ehre zu verkünden, dass eine angesehene Persönlichkeit, der hochverehrte Graf von Rosenholm, Graf Rosenschöld, den Sie sicher alle kennen, Beatrice die Ehre erwiesen hat, um ihre Hand anzuhalten. Leider kann der Graf heute Abend nicht selbst anwesend sein, aber ich bin sicher, er hätte nichts dagegen, dass ich in diesem Rahmen die tiefe Dankbarkeit meiner Familie bekunde. Wir könnten nicht glücklicher sein, das war mehr, als man hätte hoffen dürfen.»

Schweigen im Saal.

Beatrice wagte nicht aufzublicken. Als der Schock der Anwesenden in kaum verhohlene Schadenfreude überging, hörte man vereinzeltes Gekicher.

Niemals hatte sie sich heißer gewünscht, der Boden möge sich unter ihr auftun oder eine Falltür zu ihren Füßen sich öffnen und sie schlucken, damit sie sich den Blicken entziehen könnte, die jetzt auf sie gerichtet waren.

Bei all den Menschen wurde es immer wärmer im Saal. Man sollte wirklich etwas frische Luft hereinlassen, dachte sie matt. Sie griff sich an den Bauch, während sie verzweifelt ihre Lungen mit Sauerstoff zu füllen versuchte und gleichzeitig gegen eine Übelkeit ankämpfte. Das Korsett saß ihr um den Brustkorb wie ein Stahlkäfig, und sie bekam kaum noch Luft. Die Stimmen rundum klangen immer verzerrter. Langsam schrumpfte ihr Blickfeld zusammen, jetzt sah sie alles nur noch verschwommen und mit einem schwarzen Rand.

Dann verlor sie den Boden unter den Füßen.

Seth sah Beatrice wanken und reagierte, ohne nachzudenken. Kurz bevor sie auf dem Boden aufschlug, fing er sie auf. Olav war fast gleichzeitig zur Stelle. Der Priester sah Seth, der die ohnmächtige Beatrice im Arm hielt, fragend an. Seth zeigte nur auf eine Tür, und Olav bahnte ihnen einen Weg aus dem stickigen Saal durch eine Seitentür in einen angrenzenden Ruheraum.

«Wir sollten jemand holen», meinte Seth. Behutsam legte er Beatrice auf eine Chaiselongue. Sie war bleich, atmete aber regelmäßig.

«Wusstest du es?», fragte Olav. Seth nickte. «Aber ... ich dachte, ihr zwei ...?», begann Olav zögernd.

«Wie du gerade gehört hast, hat sie andere Pläne», schnitt Seth ihm das Wort ab.

Die Geräusche aus dem Ballsaal waren noch durch die geschlossene Tür zu hören, doch Mary fand es schön, ein bisschen herauszukommen, als der norwegische Priester sie holte und ihr erzählte, was geschehen war. Sie war nicht sonderlich überrascht. Beatrice hatte schon den ganzen Abend über so einen gehetzten Blick gehabt, und Wilhelms Rede war einfach grässlich gewesen.

Als sie nun an die Chaiselongue trat, begannen Beatrices Augenlider zu flattern.

«Ich bin hier», sagte Mary sanft und nahm ihre Hand.

Eine Sekunde lang wirkte Beatrice desorientiert, doch dann stöhnte sie nur leise. «Ich kann es nicht glauben. Was ist denn passiert?»

«Du bist ohnmächtig geworden», antwortete Mary.

Beatrice schloss die Augen und legte den Handrücken auf die Stirn. «Ich hab mich noch nie so geschämt. Ich kann da nicht wieder rausgehen. Was soll ich tun?»

Mit schmerzendem Herzen blickte Mary auf ihren ältesten Schützling. Sie hatte gesehen, wie Beatrice sich auf Gröndal in Seth verliebt hatte. Selbst ein Blinder hätte es mitbekommen müssen, und eine Weile hatte es ja auch ganz danach ausgesehen, als wäre ihr endlich ein bisschen

Glück vergönnt. Doch offenbar wollte es das Schicksal anders.

«Du gehst jetzt da raus und nimmst eventuelle Glückwünsche mit einem höflichen Lächeln entgegen», bestimmte sie. «Du hast noch nie gekniffen.»

Beatrice stöhnte.

«Und wenn das Abendessen aufgetragen wird, dann wirst du etwas essen, junge Dame», fuhr Mary fort. «Ich sehe dir schon seit drei Wochen beim Hungern zu. Es reicht jetzt.»

Beatrice lächelte über die Ermahnungen. «Was würde ich ohne dich nur tun?»

Mary schüttelte den Kopf, doch sie musste ihre Besorgnis verbergen. Sie fragte sich, ob Beatrice klar war, dass sie bald ganz auf sich gestellt sein würde.

Spätabends stand Seth an einer Balustrade und blickte über die letzten Gäste im Ballsaal. Die meisten fanden wohl, dass es ein erfolgreicher Abend gewesen war, doch er selbst musste sich sehr bemühen, um die Erinnerung an den Vorfall im Arbeitszimmer abzuschütteln. Dieser Kuss war ein riesiger Fehler gewesen. Eine Fehleinschätzung von Anfang bis Ende. Nachdem er das Zimmer verlassen hatte, war er zitternd vor der Tür gestanden und hatte sich gewaltsam davon abhalten müssen, um nicht wieder hineinzurennen, sie um Verzeihung zu bitten und sie anzuflehen, dass sie doch lieber ihn nehmen solle. Inzwischen war er froh, dass er diesem dummen Impuls widerstanden hatte. Dieser Wahnsinn musste endlich ein Ende haben. Beatrice war nichts. Sie war eine Frau, die nur ein einziges banales Ziel im Leben kannte, und er hatte nicht vor, noch mehr Energie auf sie zu verschwenden. Aber er hatte etwas Wichtiges erreicht: Er hatte ihr gezeigt, wogegen sie sich entschieden hatte. Dabei war er bereit gewesen, ihr alles zu geben, er hatte davon geträumt, ihr seine Welt zu zeigen, sie mit ihr zu teilen. Und sie hatte ihm sein Angebot vor die Füße geworfen.

Dass er aus seinen Fehlern nichts gelernt hatte!

Und bald würde Rosenschöld seine junge Gräfin aufs heruntergekommene Gut Rosenholm bringen, mitten im Nirgendwo. Sie zu seiner Mutterstute machen, während er sich wie gehabt in den Freudenhäusern vergnügte. Wusste sie überhaupt von seinem niederen Treiben? Fand sie, diesen Preis sei ein Adelstitel schon wert?

Juliana glitt neben ihn, und er betrachtete ihr perfektes, gepudertes Gesicht. Sie nahm den Arm, den er ihr hinhielt, drückte sich an ihn und lächelte.

«Was halten Sie von der Ansicht, dass der Mann das Haupt der Frau ist und Männer grundsätzlich alles besser wissen als Frauen?»

«Diese Meinung teile ich natürlich», sagte Juliana. «Wir Frauen brauchen eine feste Führung. Das sagt nicht nur die Natur, sondern auch Gott. Von Frauen, die diese Ordnung infrage stellen wollen, bekomme ich wirklich Kopfweh.»

Vielleicht war er ungerecht, doch in diesem Moment wusste Seth ganz sicher, dass Juliana keine Frau für ihn war.

13

Gut Rosenholm
April 1881

Graf Carl-Jan Rosenschöld erwachte in seinem Eisenbett auf Rosenholm. Es war schon spät. Irgendjemand hatte vergessen, die Gardinen vorzuziehen, und die Sonne schien direkt ins Schlafzimmer.

Er hatte eine Erektion, deswegen wälzte er sich auf das junge Dienstmädchen, das neben ihm schlief. Unsanft drückte er sie in die Kissen, und während sie langsam wach wurde, nahm er sie von hinten. Unterwürfig ließ sie ihn gewähren, bis er sich mit einem letzten Stöhnen entleerte und sich von ihr herunterrollte.

«Du kannst jetzt gehen. Sag Bescheid, dass ich das Frühstück hier oben serviert haben will. Und hör auf zu heulen.»

«Ja, Herr.» Das Mädchen sammelte seine Kleider zusammen und huschte in dem Moment aus dem Zimmer, als sein Diener eintrat.

«Ich werde mich heute nach Stockholm begeben», verkündete Rosenschöld. «Und einige Tage dort bleiben», fügte er hinzu.

Nach dem Treffen mit Löwenström würde er noch bequem Zeit haben, einen Abstecher ins Bordell zu machen. Nicht zuletzt, weil er seine Vorräte von der Tinktur auffüllen musste, die ihm die Bordellwirtin immer mitgab. Doch zuerst zur Familie Löwenström. Es war schon wieder eine Weile her, dass er seine zukünftige Gattin gesehen hatte, fiel ihm ein, während sein Diener ihn rasierte. Er hatte sich mit dem Gedanken abgefunden, die rothaarige Bürgerstochter zu heiraten, und inzwischen freute er sich sogar schon richtig auf die Hochzeitsnacht. Beatrice, die jünger war als die meisten Dienstmädchen auf seinem Gut, sah so jugendlich frisch aus, und je länger er daran dachte, umso zufriedener war er.

Ursprünglich hatte er ein adliges Mädchen haben wollen, doch obwohl in seiner Gesellschaftsschicht ein Frauenüberschuss herrschte, war es ihm nicht gelungen, eine willige Braut zu finden. Hätte er letzten Herbst nicht Edvard getroffen, der ihn überredete, sich seine junge Cousine einmal anzusehen, wäre er wahrscheinlich bis heute nicht fündig geworden. Jetzt hatten sie zwei Fliegen mit einer Klappe geschlagen. Edvard besorgte ihm ein garantiert unschuldiges Mädchen, und der Graf wiederum öffnete der Familie Löwenström und ihrem Sohn neue Türen. Rosenschöld streckte die Arme aus, damit sein Diener ihn anziehen konnte. Während ihm der Mann die Krawatte band, warf der Graf einen letzten Blick in den Spiegel. Edvard ist ganz schön unvorsichtig, dachte er. Vielleicht ist er manches Mal sogar noch schlimmer als ich. Doch obwohl der junge Mann zu unbesonnenen Handlungen neigte, war er doch eine unterhaltsame Gesellschaft. Der Graf beschloss, Edvard eine Botschaft zu schicken und ihm ein Treffen im Stockholmer Bordell vorzuschlagen. Da gab es doch sicher eine neue Hure, die sie zusammen probereiten konnten.

«Ich muss heute Stoffe aussuchen», sagte Sofia und zog den Bauch ein, als ihre Zofe ihr Korsett zu schnüren begann. Beatrice verfolgte die umständliche Prozedur, bei der Sofia vorne die Metallösen zuknöpfte, während das

Dienstmädchen von hinten schnürte. Beatrice selbst hatte erst ernsthaft angefangen, Korsetts zu tragen, als ihr Vater gestorben war, und sie war nach wie vor fasziniert von Sofias Wespentaille.

«Du kommst doch mit, oder?», fragte Sofia.

Beatrice schüttelte den Kopf. Sie war schon fertig angezogen und saß auf dem Bett des Zimmers, das sich die Cousinen teilten. Sie zupfte an ihrem grauen Vormittagskleid herum. Es hat bereits begonnen, dachte sie bekümmert. Sofia und sie beschäftigten sich jetzt mit verschiedenen Dingen. Früher hatten sie alles zusammen gemacht, doch seit der Verlobung wurde Sofias Zeit immer mehr von neuen Menschen und Erfahrungen beansprucht, während Beatrices Leben nur noch aus passivem Warten bestand. «Der Graf triff sich heute mit Onkel Wilhelm», erklärte sie. «Ich muss auch dabei sein. Aber danach komme ich.»

«Danke, Lise, den Rest schaffe ich selbst», sagte Sofia zu ihrem Dienstmädchen. Sie wartete, bis sich die Tür hinter dem Mädchen geschlossen hatte, dann wandte sie sich an Beatrice. «Ich muss dich einfach fragen. Es ist auch das letzte Mal, versprochen.»

Beatrice hatte gehofft, dass sie die Fragen zu ihrer Verlobung endlich hinter sich hätte, doch sie verstand, dass Sofia sich sorgte. Sie wusste ja selbst, dass sie sich verändert hatte. Sie konnte nur noch selten lächeln oder lachen und war alles andere als eine erwartungsvolle junge Braut.

«Ich weiß, es geht mich nichts an», begann Sofia zögerlich. Sie setzte sich aufs Bett und ergriff Beatrices Hände. «Aber ehrlich gesagt verstehe ich nicht, warum du Graf Rosenschöld gewählt hast. Magst du ihn denn wirklich? Er ist so ... so ...»

Alt? Kalt? Gemein?

«Ich dachte einfach, dass ich die Chance nutzen muss, meine Liebe.» Beatrice lächelte schwach.

«Aber Bea, du bist doch gerade mal achtzehn! Du hast noch das ganze Leben vor dir», rief Sofia.

In Beatrices Kopf begann es dumpf zu pochen. Sie wollte nicht über diese Sache sprechen. Sie wollte wirklich nicht daran denken, dass sie gleich in den Salon gehen und gezwungenermaßen dem Mann entgegentreten musste, dem in Bälde ihr Körper und ihre Seele gehören würden.

«Mama war siebzehn, als sie Papa heiratete», erwiderte sie. «Du bist siebzehn und wirst Johan heiraten. Ich bin nicht so schön wie du, und ich habe kein Geld. Ich will keine alte Jungfer werden und auf Kosten deines Vaters leben. Er war mehr als großzügig zu mir, aber ich kann nicht verlangen, dass er mich ein Leben lang versorgt. Ich will ihm wirklich nicht zur Last werden, das musst du verstehen.» Sanft sah sie Sofia ins Gesicht. Zumindest dieser Teil entspricht der Wahrheit, dachte sie. Sie hatte eingesehen, dass sie von Wilhelm fortmusste. Sobald Sofia ausgegangen wäre, würde die Situation endgültig unerträglich werden. Sie wollte nicht unter dem Dach mit einem Mann leben müssen, der sie hasste. Viele Frauen leben in lieblosen Ehen, dachte sie, sie nehmen eben, was sie bekommen. Und sie hatte eigentlich auch nichts dagegen. Bestimmt konnten Sofia und sie sich auch noch treffen, wenn sie verheiratet waren. Vielleicht würde das Leben ja gar nicht so furchtbar grässlich werden. «Und ich will Kinder», schloss sie.

Sofia zog ihre Hände zurück und legte sie in den Schoß. In ihrem blauen Kleid und mit dem glücklichen Schimmer, der sie in letzter Zeit umgab, sah sie aus wie eine blonde Madonna. Aus ihrer Hochsteckfrisur hatten sich kurze flaumige Haare gelöst. Die Liebe stand ihr, und Beatrice liebte ihre Cousine so verzweifelt.

Sofia sah sie ernst an. «Entschuldige, Bea, aber ich muss es dich fragen. Was ist mit Herrn Hammerstaal?»

Beatrice schnappte nach Luft. Seltsam, dass es immer noch so wehtat, seinen Namen zu hören. «Herr Hammerstaal liebt mich nicht, Sofia. Im Gegenteil, er findet mich langweilig, das hat er mir sogar ausdrücklich so gesagt.»

Und das war noch untertrieben, dachte sie, und spürte einen Stich in der Brust. Seth hielt sie für eine Schlampe und Goldgräberin.

«Wenn du sicher bist ...»

«Ich bin ganz sicher», erklärte Beatrice entschieden. Sie versuchte zu lächeln, doch nach Sofias skeptischem Gesichtsausdruck zu urteilen, gelang ihr das nicht besonders gut.

Beatrice hatte ihren zukünftigen Mann in den letzten Monaten ein paarmal gesehen. Sie hasste es, wenn ihr Onkel sie zwang, sich mit dem Grafen zu treffen. Und der besitzergreifende Blick, mit dem er sie musterte, als sie wenig später den Salon betrat, ließ sie erschaudern. Sie hatte noch nie jemand gesehen, der so aufdringlich und so penetrant war, dabei aber gleichzeitig so uninteressiert an ihrer Person.

«Schön wie immer, Fräulein Beatrice», sagte er und beugte sich über ihre Hand. Wilhelm warf ihr einen ermunternden Blick zu, und widerwillig setzte sie sich auf den Stuhl neben Rosenschöld.

«Es ist leider etwas dazwischengekommen, daher müssen wir die Trauung bis nach dem Sommer verschieben», erklärte der Graf. «Ich hoffe, Sie sind nicht allzu enttäuscht.»

Sie rührte schweigend in ihrer Teetasse, konnte ihre Erleichterung aber kaum verbergen. «Ich muss über den

Sommer nach Schonen fahren», fuhr er fort. «Deshalb schlage ich vor, wir legen stattdessen einen Tag Ende September fest.»

Zehn Minuten später entschuldigte sich Beatrice leise und verließ das Zimmer. Ihre Meinung interessierte hier ohnehin keinen.

Die Wohnung der Familie Stjerneskanz lag in der Herkulesgatan im Klara-Viertel, nicht weit von Wilhelms Haus in der Drottninggatan. Dorthin eilte Beatrice jetzt, mit einem Quäntchen Hoffnung im Herzen. Vielleicht war ihre grausige Zukunft ja gerade etwas weniger grausig geworden? Die Hochzeit war verschoben. Wenn sie Glück hatte, würde vielleicht noch einmal etwas dazwischenkommen.

«Willkommen, Fräulein Beatrice, ich sage gleich Bescheid, dass Sie hier sind.» Der alte Hausdiener ließ sie durch die schwere Eichentür eintreten und nahm ihr Handschuhe, Hut und Mantel ab.

«Danke, Charles, das ist nicht nötig.»

Rasch durchquerte sie die Halle mit dem schwarz-weiß gefliesten Marmorboden und ging die geschwungene Mahagonitreppe hinauf. Überall an den Wänden hingen Familienporträts in goldenen Rahmen. Oben angekommen, klopfte sie an und trat ein.

«Bea!», rief Sofia ihr entgegen, und Beatrices Stimmung stieg, als sie das Chaos aus Stoffen, Bändern und Mustern sah, das jede Fläche im Zimmer bedeckte. Die Seidenballen für das Hochzeitskleid in allen möglichen Farbnuancen, vom weißesten Schneeweiß bis zum blassesten Puderrosa, stapelten sich überall. Dazwischen lagen Bänder und Spitzen, garniert mit zahllosen Schächtelchen und Tütchen mit Perlen, Knöpfen, Blüten und Steinen in allen möglichen Farben und Formen.

Milla und Gabriella waren bereits erschöpft auf ihren Stühlen zusammengesunken. Die zukünftige Braut stand mit mehreren verschiedenen Stoffen mitten im Zimmer, und vor ihr kniete eine verschwitzte Schneiderin aus Augusta Lundins Atelier.

Beatrice suchte sich einen Weg zwischen den gestapelten Modemagazinen hindurch. «Wie geht's?», fragte sie.

«Ich muss mich heute entscheiden, sonst bringt mich die Schneiderin um, glaube ich. Aber die sind alle so wunderschön – welchen soll ich nehmen?», sprudelte Sofia los. Rasch wandte sie sich zu Milla und Gabriella. «Warum sitzt ihr da so faul herum? Wo ist die elfenbeinfarbene Seide schon wieder hingekommen? Ich will sie mir noch mal anschauen.»

Milla, Gabriella und Mary sahen Beatrice an. In ihren Blicken lag ein stummes Flehen.

«Wie wär's mit ein bisschen Limonade?», schlug Beatrice vor.

Milla klingelte prompt nach dem Dienstmädchen.

«Welches sind denn ihre Lieblingsstoffe bis jetzt?» Bea musste sich das Lachen verbeißen. Ihre stille, schüchterne Cousine hatte sich in eine hysterische Hexe verwandelt, und wenn sie sich nicht täuschte, hatte Johan zwei Schwestern, die seine Brautwahl inzwischen infrage stellten.

Beatrice musterte die drei Stoffballen, die die Schneiderin ihr hinlegte. Sie waren so gut wie identisch, und wenn Sofia nicht in hohem Bogen aus dem Haus fliegen sollte, wurde es höchste Zeit, dass jetzt jemand anders das Kommando übernahm. «Diesen hier.» Sie zeigte auf einen Stoff. «Weiße belgische Seide, und dazu französische Spitze und Perlen.»

«Aber …», versuchte Sofia zu protestieren.

«Das ist doch fraglos der schönste Stoff, oder nicht?»,

meinte Beatrice, und die anderen Frauen stimmten ihr eilig zu. Erst sah es so aus, als wollte Sofia noch einmal Protest einlegen, doch ein Blick ihrer zukünftigen Schwägerinnen brachte sie zum Schweigen.

Als die Limonade gebracht wurde, nahm sich Beatrice ein Glas und setzte sich auf einen Stuhl. «Habt ihr schon entschieden, wo ihr wohnen wollt?», erkundigte sie sich, während sie sehnsüchtig mit der Hand über einen Ballen feinster Spitze strich.

«Im Sommer in Värmland. Dann müssen wir weitersehen. Es ist noch nicht ganz sicher, aber ich glaube, aus Rücksicht auf Johans Arbeit werden wir wohl in Stockholm wohnen.»

Es klopfte, und Johan streckte den Kopf zur Tür herein.

«Darf ich reinkommen?»

Milla winkte ihn ins Zimmer, und Johan bahnte sich einen Weg durch die Stoffballen, um seiner Verlobten einen Kuss zu geben. Sofia errötete, und die Frauen lächelten.

Aus dem Augenwinkel sah Beatrice, wie ein Schatten auf der Schwelle erschien. Sie warf einen Blick zur Tür, und vom einen Moment auf den anderen setzte ihr Herzschlag aus.

Seth.

Der Schock war so groß, dass es ihr buchstäblich den Atem verschlug. Seit dem Abend auf Wadenstierna vor sechs Wochen hatten sie sich nicht mehr gesehen, und jetzt stand er hier. Sie war froh, dass sie schon saß, ihre Beine hätten sie sicher nicht mehr getragen. Höflich verbeugte sich Seth, und als sein Blick über sie hinwegglitt, fragte sie sich, was er dachte und ob er wohl gewusst hatte, dass er sie hier antreffen würde. Doch seine Augen waren so leer, dass sie am liebsten geweint hätte. Er wandte sich an Johan: «Es tut mir leid, dass ich dich schon wieder loseisen muss, aber wir haben noch eine Verabredung.»

Johan zuckte entschuldigend mit den Schultern und riss sich widerwillig von Sofia los. Seth war schon gegangen, ohne ein weiteres Wort. Die Tür schloss sich hinter den Männern, und Beatrice ließ sich gegen die Lehne sinken.

«Tut mir leid, ich wusste nicht, dass du …»

Seth zuckte zusammen, er war mit den Gedanken weit weg gewesen. «Ich weiß nicht, wovon du sprichst», antwortete er kühl.

Johan schien noch etwas sagen zu wollen, aber dann schüttelte er bloß den Kopf. «Dann könntest du vielleicht endlich die Frage beantworten, die ich dir schon dreimal gestellt habe.»

«Entschuldige. Was wolltest du wissen?»

Johan breitete eine komplizierte juristische Frage aus, und Seth tat sein Bestes, sich zu konzentrieren. Der Schreck beim Anblick von Beatrice war größer gewesen, als er es für möglich gehalten hätte. Es war schon so lange her, wie konnte es sein, dass er immer noch so stark reagierte? Der Schmerz in der Brust war wie eine offene Wunde. Ich muss die Einladungen von Johans Mutter in nächster Zeit einfach ablehnen, dachte er verzweifelt. Iris Stjerneskanz lud ihn regelmäßig ein, doch er konnte es nicht riskieren, wieder mit Beatrice zusammenzutreffen, noch nicht. Und er würde dafür sorgen, dass Johans und seine geschäftlichen Besprechungen zukünftig ausschließlich in seinem eigenen Büro oder irgendwo auswärts abgehalten wurden – überall, bloß nicht mehr im Haus der Familie Stjerneskanz.

Zeit. Er brauchte Zeit.

«Seth?»
«Was?»
Johan schüttelte den Kopf. «Komm, wir gehen etwas trinken, ich lade dich ein. Du siehst aus, als könntest du es gebrauchen.»

14

Gut Svaneberg
Mai 1881

Mitte Mai reisten Sofia und Beatrice mit dem Zug nach Värmland, zum Hof der Familie Stjerneskanz. Keine der beiden war zuvor Zug gefahren, und auf der Reise verliebte sich Beatrice in die Landschaft von Värmland. Nicht in ihrer wildesten Phantasie hätte sie sich etwas so Schönes ausmalen können wie diese riesigen Wälder, die Ströme und die tiefen Schluchten, an denen der Zug vorbeifuhr.

Am Bahnhof wurden sie mit Pferd und Wagen abgeholt und dann durch einen märchenhaften Wald gefahren. Wohin man den Blick auch wandte, überall sah man durch die Bäume Seen und Bäche, die wie verzaubert schimmerten. Tausende von weißen Blumen leuchteten im grünen Moos.

Die Trauung sollte am letzten Maitag in der Dorfkirche stattfinden, das Fest selbst anschließend auf Svaneberg, einem Gutshof aus dem 18. Jahrhundert, den Johan mit der Zeit von seinen Eltern übernehmen sollte. Als sie ankamen, liefen die Vorbereitungen schon seit mehreren Wochen.

«Ich freue mich schon, so lange auf dem Land sein zu dürfen», sagte Beatrice, als sie aus dem Wagen stieg und die frische Luft einatmete.

Eine Woche später wäre sie bereit gewesen, einen Mord zu begehen.

Das Ganze erinnert stark an eine Schlacht, dachte Beatrice. Und Iris Stjerneskanz ist wie der kompromisslose General an der Truppenspitze. Tag für Tag schickte Sofias zukünftige Schwiegermutter ihre Bediensteten aus, um überall Schlafplätze für Hunderte von Gästen herzurichten. Die Knechte und Mägde schlachteten, buken, kochten und butterten von morgens bis abends. Wenn man nach der Menge an Speisen und Getränken gehen wollte, die da vorbereitet wurden, würde im nächsten Jahr in Svaneberg und Umgebung kein Mensch hungern müssen. Mit jedem Tag stieg der Geräuschpegel weiter, und Sofia war bald so nervös, dass man überhaupt kein vernünftiges Wort mehr aus ihr herausbekommen konnte.

Eine Lichtung an einem See, einen halbstündigen Ritt vom Herrenhof entfernt, wurde Beatrices Zuflucht in all dem Chaos. Manchmal zog sie sich mit einem Buch dorthin zurück, doch genauso oft setzte sie sich bloß ins Gras und hing ihren Gedanken nach. Sie war dankbar für den Frieden, den der Wald ihr bot.

Am Tag vor der Trauung ging sie schon frühmorgens aus dem Haus – bevor Iris sie erspähen und fragen konnte, ob sie etwa nichts zu tun habe, denn dann könne sie doch ein Huhn rupfen oder eine ähnlich widerliche Tätigkeit übernehmen. Sie wollte gern noch ein bisschen für sich sein. Obwohl es schon Ende Mai war, war die Morgenluft immer noch kühl, und sie hatte sich einen groben Mantel umgehängt.

Die kleine weiße Stute, auf der sie ritt, schlug den Weg zur Waldlichtung ein, und wenig später waren sie an dem kleinen See angekommen. Ihr Pferd blieb stehen und trank ein wenig Wasser. Es wartete darauf, dass seine Reiterin abstieg, doch Beatrice war völlig in Gedanken versunken und blieb sitzen.

Mon Dieu. Jacques Denville traute seinen Augen kaum. Die Sonne schien durch die Bäume auf die Waldlichtung, und die Sonnenstrahlen fielen auf eine Frau, deren Mantel sich wie ein Fächer über den weißen Pferderücken breitete. Das Gesicht der Frau war ihm abgewandt, und er fragte sich kurz, ob sie tatsächlich aus Fleisch und Blut war. Als sein Hengst ihrer Stute eine Begrüßung zuschnaubte, drehte die Frau sich um.

Jacques lächelte, als er ihr Gesicht sah. Exotische, schrägstehende Augen. Hohe Wangenknochen und ein sinnlicher Mund. Nicht schön im traditionellen Sinne, aber spannend und anders. Und ihr Haar – welch eine Farbe! Weder kastanienrot noch rotblond, sondern flammend feuerrot.

Durch den Mantel konnte man ihren Körper nur schwer einschätzen, doch Jacques hatte den Großteil seines Erwachsenenlebens mit dem Verführen von Frauen verbracht, und er war ziemlich sicher, eine wohlgeformte Figur unter dem groben Stoff auszumachen. Er verzog den Mund. Definitiv aus Fleisch und Blut.

Beatrice hatte sich mit Müh und Not von der Überraschung erholt, dass plötzlich ein Mann aufgetaucht war und sie so ungeniert anstarrte, da verschlug es ihr vollends den Atem. Denn ohne Vorwarnung ritt auf einmal Seth auf die Lichtung, auf ihre Lichtung.

Wie immer sah er zu Pferd umwerfend elegant aus. Dann ist er zu guter Letzt also doch gekommen, dachte sie. Und zwar in Begleitung eines Freundes, der wohl der schönste Mann war, den Beatrice je gesehen hatte. Aber nur der Anblick von Seth, ihrem ernsten Seth, verursachte ihr Herzklopfen. Sie nickte zum Gruß und fasste die Zügel ihrer Stute fester.

Der Schwarzhaarige ritt auf sie zu, doch Seth blieb,

wo er war, und beobachtete die beiden von seinem Pferd aus.

Der Mann ergriff ihre Hand. Ein Blick seiner heißen bernsteinfarbenen Augen bohrte sich in ihre. «Mademoiselle, enchanté.»

Sie lächelte, als ihr dämmerte, wer er war. «Sie müssen Monsieur Denville sein», erwiderte sie in fehlerfreiem Französisch.

Der Franzose führte ihre Hand an seine Lippen und drückte auf jeden ihrer Finger einen enthusiastischen Kuss. «Zu Ihren Diensten», murmelte er. «Quälen Sie mich nicht weiter, verraten Sie mir Ihren Namen.»

«Beatrice Löwenström», sagte sie und zog die Hand zurück. Dieser Mann mit den lachenden Augen und dem arroganten Zug um den Mund konnte einer Frau bestimmt im Handumdrehen den Kopf verdrehen.

Seth fiel auf, dass Beatrice sich mit ihrem Mädchennamen vorgestellt hatte. Sie war also noch nicht verheiratet. Er ritt heran und sah ihr in die verräterischen Augen. Sie waren so schön wie eh und je.

«Johan wird sich freuen, Sie zu sehen», sagte sie sanft. «Er hat sich schon Sorgen gemacht, dass Sie es nicht mehr rechtzeitig zur Trauung schaffen. Und Sie, Monsieur Denville?» Ohne jede Schwierigkeit wechselte Beatrice zurück ins Französische, und Seth fiel wieder ein, dass es ja ihre Muttersprache war. «Sind Sie auch ein Bekannter von Johan?»

«Oui, Mademoiselle Löwenström.» Jacques drehte sich im Sattel zu Seth um. «Darf ich vorstellen ...»

«Das ist nicht nötig», fiel ihm Seth ins Wort. «Wir kennen uns bereits.»

Jacques bedachte ihn mit einem fragenden Blick, bevor

er sich wieder Beatrice zuwandte. «Ah, très bien. Dann wissen Sie natürlich, dass Monsieur Hammerstaal nur ein unkultivierter Norweger ist, um den man sich nicht weiter kümmern sollte. Pardon, aber wie kommt es, dass Sie so ausgezeichnet Französisch sprechen? Ich dachte immer, die Schwedinnen sprechen heutzutage bloß noch Deutsch.»

Beatrice lächelte und wandte sich von Seth ab. «Wissen Sie, Monsieur Denville …»

«Ah, Mademoiselle Beatrice, nennen Sie mich doch Jacques, ich bestehe darauf!»

«Sie müssen wissen, Monsieur Jacques, dass meine Mutter Französin war …»

Seth hatte das zweifelhafte Vergnügen, hinter dem fröhlich plaudernden Paar herzureiten. Jacques schien jede Gelegenheit zu nutzen, ihr ein Kompliment zu machen oder etwas zu erzählen, was sie so laut zum Lachen brachte, dass man es durch den ganzen Wald hörte.

Seth hatte gewusst, dass sie sich auf der Hochzeit begegnen würden, das war unvermeidlich. Doch davor hatte er sich an seinen Plan gehalten, ihr aus dem Weg zu gehen, und er war sicher gewesen, mittlerweile resistent gegen ihren Anblick zu sein. Doch als er sie jetzt so wiedersah …

Er schluckte den Kloß im Hals. Beatrice war eine der unberechenbarsten Frauen, die ihm je begegnet waren, dachte er finster. Es sollte ihn nicht wundern, wenn sie im Wald auf einen Liebhaber gewartet hatte, als sie sie zufällig dort ertappten.

«Was haben Sie eigentlich im Wald gemacht?», fragte er ihren Rücken.

Jacques reagierte mit scharfem Protest auf den unhöflichen Ton, doch Beatrice zuckte nur mit den Schultern.

«Ich befürchte, er denkt furchtbar schlecht von mir», sagte sie zu Jacques.

«Das kann ich überhaupt nicht verstehen.»

«Wenn ich mich recht entsinne, hat er mir bei unserer letzten Begegnung gesagt, dass ich ihn langweile.»

Jacques fasste sich mit der Hand ans Herz. «Unmöglich!»

«O doch.»

«So eine Unhöflichkeit.»

«Nicht wahr?»

«Komisch, dass er Sie nie erwähnt hat», sagte Jacques und drehte sich im Sattel um.

Seth starrte sie immer noch an. Mit einer unbekümmerten Handbewegung wandte sich Jacques wieder Beatrice zu. «*Alors*, ich nehme an, ich muss mich ins Zeug legen, um die Unannehmlichkeiten wiedergutzumachen, die mein idiotischer Freund Ihnen bereitet hat.» Er beugte sich zu ihr hinüber, legte eine Hand auf ihre Zügel, und Seth spürte, wie der Zorn in ihm hochkochte. Jacques hatte absolut keinen Anlass, so nah neben ihr zu reiten. «Aber ich frage mich doch, wieso mein Freund sich Ihnen gegenüber so unhöflich betragen hat», fuhr Jacques nachdenklich fort.

«Ich bin nicht wie die Frauen, mit denen er sonst Umgang hat, schätze ich», antwortete Beatrice mit ihrer melodischen Stimme. Sie streckte den Rücken durch. «Sie wissen schon – weltgewandt, raffiniert und unglaublich herablassend.»

Jacques brüllte vor Lachen. «So langsam wird mir klar, warum er Sie vor mir verheimlicht hat.»

Seth trieb sein Pferd an, bis er neben ihnen ritt. «Hör endlich auf mit deinem Geschwätz, Jacques, wir sind da.»

Sein Freund sah ihn forschend an, sagte aber nichts.

Es gelang Seth, Beatrice bis zur Trauung aus dem Weg zu gehen. Der Hof war völlig überfüllt mit Hochzeitsgästen, so war es nicht schwer, auf Abstand zu bleiben. Er war überzeugt, dass er es aushalten würde, sich ein paar Tage lang am selben Ort aufzuhalten wie sie. Immerhin war er schon im Krieg und in Gefangenenlagern gewesen – was war eine einzige Frau verglichen mit solchen Schrecken?

Doch jetzt saßen sie in der Kirche. Nur wenige Bankreihen trennten sie, und ihre Gegenwart brannte ihm auf der Haut. Er zwang sich, sich auf die Zeremonie zu konzentrieren, und fragte sich zornig, wie lange es wohl dauern würde, bis sein Körper akzeptierte, dass Beatrice, die mit ihrem schmalen Rücken schräg vor ihm saß, nicht die Seine war – und es auch nie werden würde.

Als Sofia in die Kirche kam, um mit Johan getraut zu werden, sah sie aus wie eine Märchenprinzessin. Ihr Brautkleid war aus dicker, weißer belgischer Seide, mit feiner französischer Spitze an den Handgelenken und Hunderten von aufgenähten Süßwasserperlen. Dazu war es mit kleinen Blüten geschmückt und endete in einer langen knisternden Schleppe. Der dünne Schleier war fast ganz durchsichtig und reichte bis auf die Füße in den weißen Seidenschuhen. Sofia hatte ihre Bibel in der Hand und umklammerte sie fest. Im Haar trug sie die reichverzierte Svaneberg-Brautkrone, und in ihren Augen leuchtete die Liebe zu Johan. Der Bräutigam wiederum war ernst und elegant in seinem grauen Frack, doch Beatrice glaubte eine Träne in seinem Augenwinkel zu entdecken.

Seth saß ein paar Reihen hinter ihr auf der anderen Seite, doch ihn konnte Beatrice nicht ansehen. Jedes Mal, wenn sie daran erinnert wurde, was sie sich erträumt hatte, schmerzte es sie körperlich, und sie vermied seinen Blick, als sie nach der Trauung und dem Segen die Kirche verließen.

Das Abendessen dezimierte die Vorräte nur unwesentlich, danach verteilten sich die Gäste überall auf die Zimmer, und man war sich einig, dass es das großartigste Fest war, zu dem man auf Svaneberg je geladen hatte.

In dieser Nacht weinte Beatrice sich in den Schlaf in dem Zimmer, das jetzt leer war, nachdem Sofia zu Johan gezogen war.

15

Am Tag nach der Trauung versammelten sich einige der Gäste für ein Picknick auf einer Wiese. Decken wurden ausgebreitet, Körbe und Porzellan ausgepackt. Essen war im Überfluss vorhanden.

«Ich glaube, ich bringe keinen Bissen mehr herunter», schnaufte Sofia und lehnte sich an einen Apfelbaum. Sie saß auf einer karierten Decke, und Johan hatte ihr den Kopf auf den Schoß gelegt. Ihre Blondschöpfe glänzten in der Sonne, und Beatrice lächelte den beiden zu. Johan schloss die Augen, als Sofia ihm über die Stirn strich.

Jacques Denville drehte sein Weinglas zwischen den Fingern. Er lag nachlässig auf einer Decke und betrachtete den Rotwein. «Ein guter Tropfen», sagte er, ohne jemand Bestimmten in der Runde anzusprechen. «Natürlich nicht so gut wie meine eigenen, aber die Auswahl in Schweden hat sich definitiv zum Besseren gewandelt.» Während er sich nach der Flasche reckte, sah er zu Beatrice hinüber. Seine bernsteinfarbenen Augen streiften sie mit einem anerkennenden Blick, doch sie hatte sich schon an seine Kühnheit gewöhnt und lächelte nur. Sie war begeistert von Jacques, weil er, obwohl er ihr ständig schöne Augen machte, niemals die Grenze überschritt und sie immer korrekt behandelte.

«Wie haben Herr Hammerstaal und Sie sich eigentlich kennengelernt?», fragte Sofia, während sie ihrem frisch angetrauten Gatten sacht übers Haar strich. Alle sprachen abwechselnd Französisch und Schwedisch, und die beiden Sprachen mischten sich elegant.

«Wir haben uns auf Karlberg angefreundet», antwortete

Jacques. «Und nach dem Krieg haben wir beschlossen, gemeinsam Geschäfte zu machen.»

«Können Sie uns etwas von Ihrem Weingut erzählen?», bat Beatrice. Sie warf einen verstohlenen Blick zu Seth, der mit geschlossenen Augen an einem Baumstamm lehnte und ganz in seine eigene Welt versunken schien. Seit ihrer Begegnung im Wald hatten sie kein Wort mehr miteinander gewechselt, und jetzt ignorierte er sie ganz. Sie musste sich zwingen, sich auf Jacques' Antwort zu konzentrieren.

«Ich habe es von meinem Vater geerbt», erklärte Jacques. «Dann habe ich mehrere Höfe in der Umgebung dazugekauft. Meine Familie produziert schon seit Generationen Wein, mir liegt es also im Blut. Die diesjährige Ernte verspricht eine sehr gute zu werden.»

Seth lauschte Jacques' Ausführungen über den Weinanbau nur mit halbem Ohr. Ab und zu hörte er, wie Beatrice eine Frage stellte oder etwas erzählte, und jedes Mal, wenn ihre Stimme erklang, pochte ihm das Blut in den Adern. Obwohl er die Augen geschlossen hatte, sah er sie vor sich: in ihrem dünnen Sommerkleid, mitten im frühsommerlichen Grün, wie sie sich an ein Kissen lehnte und sich mit einem Schirm vor der Sonne schützte.

Er war ihr aus dem Weg gegangen, so gut er konnte, aber aus der Ferne hatte er dann doch jeden ihrer Schritte verfolgt.

«Haben Sie noch andere Interessen neben dem Weinanbau?», hörte er sie fragen.

Er schlug die Augen auf. Sie sah so unschuldig und jung aus, dass er sie am liebsten gewürgt hätte. Sie war doch verlobt, sollte sie nicht lieber zu Hause sitzen und ihre Aussteuer besticken? Stattdessen saß sie hier und brachte sein Blut zum Kochen, als hätte ihn jemand vergiftet.

Jacques lächelte gutmütig. «Früher vielleicht, ja, aber langsam frage ich mich, ob es nicht an der Zeit wäre, ruhiger zu werden.» Er warf einen Blick auf Johan und Sofia. «Stjerneskanz hat uns gezeigt, wie's geht. Ich habe beschlossen, mir eine Frau anzuschaffen.»

Beatrice drehte an ihrem Sonnenschirm. «Eine Frau anschaffen? Macht man das so in Frankreich?», fragte sie.

«Ich muss mir eben etwas überlegen», lächelte Jacques. «Haben Sie einen Rat für mich?»

«Folgen Sie Ihrem Herzen», antwortete sie sanft.

Als ob Beatrice Löwenström wüsste, was ein Herz ist, dachte Seth bitter. «Ja, weißt du, Fräulein Beatrice ist unsere große Expertin in Sachen Ehe», bemerkte er giftig.

Jacques sah ihn verwundert an.

«Wusstest du das denn nicht?» Seth konnte sich nicht bremsen, es machte ihn einfach wahnsinnig. «Fräulein Beatrice ist verlobt.» Er wandte sich ihr zu. «Ich habe es ganz vergessen – wann soll die Hochzeit sein?»

Aus ihren Augen war jedes Lachen verschwunden, und der Sonnenschirm drehte sich nicht mehr. «Im September», antwortete sie mit tonloser Stimme.

«Ja, genau. Im Herbst wird unsere kleine Beatrice die Gräfin von Rosenholm. Nicht schlecht, was?»

«Das stimmt», bestätigte Beatrice. «Ich habe ja auch nie etwas anderes behauptet. Es will mir scheinen, Sie hätten etwas gegen meine Wahl einzuwenden?»

«Ich kann Ihnen versichern, nichts könnte mir gleichgültiger sein als die Frage, wen Sie sich zum Gatten wählen», antwortete Seth, und ein Unbehagen senkte sich über die Runde.

Beatrice fing einen besorgten Blick von Sofia auf. Ganz offenbar fand auch ihre Cousine, dass Seth zu weit gegangen war. Johan war aufgestanden und runzelte zornig die Stirn, und auch Jacques' Gesicht hatte sich verfinstert. Ich will die Stimmung nicht kaputtmachen, dachte Beatrice verzweifelt. Ihr blieb nur noch so wenig Zeit für Vergnügungen wie diese.

«Ich sagte ja schon, Herr Hammerstaal hat keine besonders hohe Meinung von mir», bemerkte sie leichthin und versuchte, es wie einen Witz klingen zu lassen, obwohl die Erniedrigung sie in der Brust schmerzte.

«Ja, und zwar, weil Sie es nicht anders verdient haben», sagte Seth.

«So, jetzt reicht es aber», mischte sich Jacques wütend ein. Sogar Johan sah seinen Freund zornig an.

Solange Jacques mich umgarnt, kann ich meine elende Zukunft für eine Weile vergessen, dachte Beatrice. Doch wenn Seth sie derart sinnlos angriff, konnte sie ihre Gefühle kaum mehr im Zaum halten. Sie fühlte sich zutiefst gedemütigt, als sie merkte, dass sie die Tränen nicht mehr zurückhalten konnte. Hastig stand sie auf. «Ich habe Milla versprochen, ihr mit den Kindern zu helfen, am besten gehe ich jetzt gleich. Entschuldigt mich», stieß sie hervor, während sie ihre Röcke zusammenraffte und aufstand.

«Bea?», rief Sofia besorgt, doch Beatrice sah sie gar nicht an und schüttelte nur den Kopf. Dann eilte sie davon.

Seth wusste, dass er zu weit gegangen war. Er war unverzeihlich unhöflich gewesen, nicht nur zu Beatrice, sondern auch den anderen gegenüber. Er kam sich vor wie der letzte Schuft.

Also stand auch er auf. «Wenn ihr mich entschuldigen wollt, ich werde ihr nachgehen und mit ihr reden», verkündete er steif.

«Das ist eine hervorragende Idee», meinte Sofia trocken.

Ohne weiteren Kommentar steckte Seth ihre Bemerkung ein und lief Beatrice hinterher, die mit raschen Schritten aufs Haus zuging.

«Beatrice, warte!»

Erst schien es, als wollte sie ihn ignorieren, doch dann drehte sie sich um. Mit trotzig erhobenem Kopf sah sie ihn an. «Was ist denn jetzt noch? Hast du noch etwas vergessen? Hast du es versäumt, sie alle auf mein langweiliges Wesen, meine Schäbigkeit und meine Fixierung auf Adelstitel hinzuweisen?» Ihre Stimme brach.

«Ich bin gekommen, um dich um Entschuldigung zu bitten. Meine Bemerkungen waren vollkommen unnötig», sagte Seth. Ihm war ganz elend zumute. Beatrice sah aus, als wäre sie den Tränen nahe, und aus irgendeinem Grund wollte er sie nicht weinen sehen.

«Ich nehme an, du meinst, dass ich das verdient hätte», erwiderte sie bitter.

«Ich habe doch schon um Verzeihung gebeten», sagte er. Sie sah so verzweifelt aus, dabei hatte sie doch wirklich keinen Grund, sich zu bedauern. Das alles hatte sie sich doch selbst zuzuschreiben.

«Darf ich dich etwas fragen?», sagte sie leise.

«Was?»

«Was passiert hier eigentlich zwischen uns?»

«Zwischen uns?», wiederholte er. Was sollte er darauf antworten? Ich habe um deine Hand angehalten, und du hast dich für einen anderen entschieden, und sosehr ich mich bemühe, ich kann nicht darüber hinwegkommen?

«Warum bist du so grausam? Du hast doch andere Frauen.»

«Was haben andere Frauen damit zu tun?»

Sie zuckte mit den Schultern. «Es ist wohl kaum an mir, diese Frage zu beantworten.»

«Wir haben beide unsere Entscheidung getroffen», gab er kalt zurück. «Ich gehe davon aus, dass du mit deiner zufrieden bist.»

«Und wenn nicht?» Ihre Stimme zitterte, doch sie sah ihn mit festem Blick an.

Was glaubte sie eigentlich? Dass er zu ihr eilte und ihr freudig das bot, was ihr Mann ihr nicht geben konnte? «Du meinst doch wohl nicht wirklich, dass ich etwas dagegen tun könnte, oder?», fragte er kühl zurück.

Beatrice wurde blass. «Nein, ich erwarte mir gar nichts von dir. Nur, dass du mich in Zukunft nicht mehr vor meinen Freunden demütigst. Ist das zu viel verlangt?»

«Wenn es das ist, was du willst, werde ich mein Bestes tun, dir aus dem Weg zu gehen», antwortete Seth und verbeugte sich steif.

Am Abend lag Johan auf dem Bett. Sofia saß neben ihm und bürstete sich das Haar. Sie trug ein keusches weißes Nachthemd, und das lange Haar fiel ihr in weichen Wellen bis zur Taille.

«Was glaubst du, warum Herr Hammerstaal heute so gemein war?», wollte sie wissen.

«Ehrlich gesagt, ich weiß es nicht», antwortete Johan. Ihre Brüste unter dem Nachthemd lenkten ihn ab.

«Auf Gröndal schienen sie sich so gut zu verstehen», fuhr Sofia nachdenklich fort. «Ich dachte, aus den beiden könnte vielleicht etwas werden.»

Sie verharrte in der Bewegung, mit der Bürste in der Hand, und Johan sah sie sehnsüchtig an.

«Komm, Liebling, lass mich das für dich machen», bot er an.

Sofia reichte ihm die Haarbürste, und er setzte sich hinter sie. «Was glaubst du?», fragte sie.

Er nahm eine seidige Strähne, ließ sie zwischen den Fingern hindurchgleiten und träumte von dem goldenen Vorhang, den diese Haare bilden würden, wenn er seine Frau auf sich zog, wenn sie sich rittlings auf ihn setzte und langsam auf und nieder glitt.

«Johan?»

Er seufzte und kehrte widerstrebend zum Gesprächsthema zurück. «Aber warum hat Beatrice sich denn dann für den Grafen Rosenschöld entschieden?»

Zwischen den beiden Frauen bestand ein sehr starkes Band. Sofias Loyalität zu ihrer Cousine war unverbrüchlich, und er wollte sie nicht kritisieren. Doch Beatrice war auch in seiner Achtung beträchtlich gesunken, seit sie den Antrag des alten Rosenschöld angenommen hatte, um sich einen Adelstitel zu sichern.

Seine Frau sah ihn ernst an. «Ich weiß, dass du sie für oberflächlich hältst, aber da täuschst du dich.»

Sofia gehörte nicht zu der Art Frauen, die einem Mann gegenüber eine abweichende Meinung verfochten, also musste ihr diese Sache wohl sehr wichtig sein, schloss er. Er legte die Bürste aus der Hand, zog ihr Nachthemd ein Stück herunter und küsste sie auf die Schulter. «Erzähl mir, warum ich mich täusche, geliebte Frau», flüsterte er, ohne den Mund von ihrer Haut zu nehmen. Sie duftete nach Rosen und Vanille, und er liebte sie so sehr, dass ihm fast schwindlig wurde.

«Papa war immer so streng zu ihr. Ich glaube, ihre Intelligenz hat ihn provoziert.» Nachdenklich blickte sie ins Leere. Johan strich den Rand ihres Nachthemds mit dem Finger entlang. «Bea ist unserer Großmutter sehr ähnlich», fuhr sie fort. «Unsere Großmutter war sehr unkonventionell. Sie verließ ihren Mann – unseren Großvater – und lebte bis zu ihrem Tod im Ausland. Es war ein schrecklicher Skandal. Sie verließ ihre Söhne, um in Paris zu studieren. Das hat Papa ihr nie verziehen.»

«Na, das kann ich verstehen», meinte Johan.

«Beas Vater war Professor, er war sehr liberal und hielt nichts von körperlichen Züchtigungen. Zu Hause hat sie das Diskutieren und Argumentieren gelernt, doch Papa fand sie einfach nur ungezogen und aufmüpfig und betrachtete es als seine Pflicht, sie zurechtzustutzen.» Als Sofia sich zu Johan umdrehte, glänzten Tränen in ihren braunen Augen. «Ich hatte Angst vor Pferden, Hunden, lauten Geräuschen – im Grunde vor allem –, aber am meisten Angst hatte ich vor Papas Wutausbrüchen. Bea sah das, und deshalb hat sie jedes Mal die Verantwortung auf sich genommen, wenn ich etwas angestellt hatte. Verstehst du?»

«Ich weiß nicht», antwortete er leise und spürte, wie sich etwas in seiner Brust zusammenkrampfte. «Erzähl weiter.»

«Papa hat mich nicht besonders oft bestraft, ich war sehr gehorsam, aber nachdem Bea bei uns eingezogen war, bekam ich nie wieder Schläge, weil sie immer für alles die Schuld auf sich nahm.» Sofia blickte auf ihren Schoß. «Ich ließ sie gewähren, damit Papa nicht noch wütender wurde», sagte sie leise. «Er hat sie furchtbar viel geschlagen, Johan.»

Johan starrte sie fassungslos an. Sein eigener Vater hatte ihm tiefen Respekt vor dem anderen Geschlecht anerzogen. Freilich gingen ihm seine Mutter und seine Schwestern manchmal auf die Nerven, dachte er, aber allein die Vorstellung, sie für irgendetwas, was sie sagten oder taten, zu schlagen, war ihm zuwider. Es war unverzeihlich, dass Wilhelm Beatrice geschlagen hatte. Und Sofia ... Bei dem bloßen Gedanken, dass jemand die Hand gegen sie erhoben hatte, wurde ihm eiskalt vor Zorn. Er würde eine Weile brauchen, bis er seinem Schwiegervater wieder würde entgegentreten können, ohne den Impuls zu spüren, ihn zur Rechenschaft zu ziehen, dachte er grimmig.

Sofia biss sich auf die Lippe und fuhr fort: «Als Kind war ich schrecklich unglücklich», erzählte sie. «Kein Mädchen wollte mit mir befreundet sein. Dann kam erst Mary, die nicht so streng war wie unsere anderen Gouvernanten, und als dann auch noch Bea kam, wurde alles noch besser.»

«Sofia …»

Doch sie fiel ihm ins Wort: «Bevor ich dich traf, war Bea der einzige Mensch, bei dem ich mich sicher fühlte. Sie bedeutet alles für mich, und ich will sie nur glücklich sehen. Aber was diese Sache mit dem Grafen angeht, hat sie keine andere Wahl. Sie will niemand zur Last fallen.»

«Aber hätte sie sich nicht für Seth entscheiden können, wenn sie deinem Vater nicht weiter auf der Tasche liegen wollte?»

Verunsichert zuckte Sofia mit den Schultern. «Bea will mit mir nicht mehr über diese Angelegenheit sprechen. Aber in den vier Jahren unserer Bekanntschaft hat sie niemals angedeutet, dass sie wegen eines Titels heiraten würde. Sie scheint eher zu glauben, wenn sie den Grafen nicht nimmt, wird sie kein anderer mehr haben wollen.»

«Aber Seth war doch so hingerissen von ihr, als wir auf Gröndal waren», wandte Johan ein. Und das sah Seth sonst gar nicht ähnlich, wenn Johan es sich genau überlegte. Solange er den Norweger kannte, hatte er immer diese oder jene Schönheit an seiner Seite gehabt. Schöne, aber austauschbare Frauen, und Seth schien sich niemals in eine von ihnen wirklich zu verlieben.

Als Johan nun zum ersten Mal richtig über die Sache nachdachte, war er sich sicher, dass auf Seths Seite sehr wohl Gefühle da gewesen waren. Er hatte sogar irgendwann geglaubt, Seth hege dieselben Gefühle für Beatrice wie er selbst für Sofia. Doch dann hatte sich Beatrice mit Rosenschöld verlobt, und Seth hatte schon bald wieder eine Schönheit nach der anderen verschlissen. Johan war viel zu sehr mit seiner eigenen Verliebtheit beschäftigt gewesen, um weiter über Seths Liebesleben nachzudenken.

«Ja, aber ich glaube, dass Herrn Hammerstaals Gefühle für sie vorübergehender Natur waren», meinte Sofia kühl. «Bea hat erzählt, er habe ihr mitten ins Gesicht gesagt, wie langweilig sie doch sei.» Sie schnaubte. «So viel zur Beständigkeit seiner Gefühle. Ich glaube, sie war sehr verletzt. Es ist nicht Beas Schuld, dass aus den beiden nichts geworden ist.»

«Nein, Seth ist sehr sprunghaft, das stimmt schon», seufzte Johan. «Und ich glaube auch, dass er heute auf dem Picknick unnötig grob war. Das sieht ihm eigentlich gar nicht ähnlich. Vielleicht war er ja wirklich verliebt in Beatrice?»

«Aber dann verstehe ich nicht, warum die beiden kein Paar wurden. Wie konnte Bea sich nur für Rosenschöld entscheiden?», wunderte sich Sofia.

Insgeheim dachte Johan, dass es vielleicht doch der Gräfinnentitel war, der Beatrice gelockt hatte, aber nicht umsonst war er ein erfolgreicher Diplomat und Geschäftsmann. Bestimmte Informationen behielt man lieber für sich. «Wenn du willst, werde ich mit Seth sprechen, obwohl ich glaube, dass er selbst einsieht, wie unhöflich er heute war», meinte er. «Ich will nicht, dass du wegen ihm Kummer hast.»

Sofia lächelte, und Johan zog seine Frau auf seinen Schoß. «Aber jetzt ist meine Geduld für dieses Gesprächsthema am Ende. Wollen wir nicht da weitermachen, wo wir heute Morgen aufgehört haben?»

«Oder vielleicht sogar ganz von vorn anfangen?», schlug Sofia hoffnungsvoll vor.

Johan lachte, und dann machte er genau das, was seine Frau sich gewünscht hatte. Er fing ganz von vorn an.

16

«Wie wäre es mit einer kleinen Trainingsrunde?», schlug Jacques am nächsten Nachmittag vor. Es war warm, die Sonne strahlte über das Land, und er hatte Seths miese Laune herzlich satt. Er musste sich bewegen. Die meisten Hochzeitsgäste hatten das Gut schon verlassen, doch die Freunde hatten beschlossen, noch ein paar Tage zu bleiben. Das war ein Fehler gewesen – Seth trieb ihn mit seinem unfreundlichen Verhalten in den Wahnsinn, und Johan war naheliegenderweise mit anderen Dingen beschäftigt. «Unten in der Schmiede habe ich ein paar Degen gesehen», fuhr Jacques fort.

Seth nickte kurz. «Heute Nachmittag, wenn es nicht mehr ganz so heiß ist. Hinten auf der Wiese.»

Dann stapfte er wortlos davon, und Jacques zischte ihm ein paar wütende französische Sätze hinterher, bevor er sich auf den Weg zur Schmiede machte, um die Degen schleifen zu lassen.

Ein paar Stunden später, als die schlimmste Mittagshitze vorüber war, trafen sie sich. Ein paar Jungs aus der Gegend hatten sich um sie geschart und feuerten sie an.

«Du hast ganz schön abgebaut, mein Guter. Hast du nicht mehr drauf?», keuchte Jacques, als er wieder eine von Seths furchtbaren Breitseiten parierte.

«Halt den Mund», fauchte Seth und trocknete sich den Schweiß von der Stirn. «Dein dummes Geschwätz ist lästiger denn je.» Er hob seinen Degen, und die Zuschauer schrien Hurra. Jacques winkte ihnen zu, dann schenkte er Seth ein maliziöses Lächeln. Endlich reagierte sein Freund auf seine ständigen Sticheleien, statt ihn immer nur mit kühler Nonchalance zu behandeln. Er hatte es schon immer gehasst, wenn Seth diese ungerührte, arrogante Miene aufsetzte, als würde er über allen menschlichen Gefühlen stehen. Jacques musterte seinen wütenden Freund. *Bien*, der kühle Gesichtsausdruck war jedenfalls verschwunden.

«Dann wollen wir das hier mal zu Ende bringen», schlug er vor.

«Gerne», antwortete Seth.

Sie ließen die Degen durch die Luft pfeifen und ernteten neuerlichem Jubel von ihrem jungen Publikum. Die Degen, die Jacques auf dem Hof gefunden hatte, waren nicht sonderlich elegant, aber scharf und gut ausbalanciert – zweifellos ein Überbleibsel aus den Zeiten, als der Gutshof sich noch selbst verteidigen musste. Jedes Mal, wenn sie die Waffen hoben, blitzte die Sonne auf dem Stahl auf. Mit diesen Degen konnte man problemlos einen Mann töten. Sie hatten ein lebensgefährliches Spiel angefangen, und sie wussten es beide.

«Ich bin nicht der derjenige, der sich hier wie ein Idiot aufführt», sagte Jacques, während er sich auf den nächsten Angriff vorbereitete. «Was ist da eigentlich zwischen Beatrice und dir?»

Die Muskeln in Seths Genick und Armen spannten sich, als er seinen Freund erneut heftig angriff. Jacques parierte die Attacke, doch die Wucht des Anpralls warf ihn fast zu Boden. Er fluchte.

«Gibst du auf?», fragte Seth. Jacques würdigte ihn keiner Antwort. Er wich nur zurück und wartete. «Zwischen uns ist überhaupt nichts», behauptete Seth. «Konzentrier dich lieber auf deine jämmerliche Technik, statt dich in Dinge einzumischen, die dich nichts angehen. Du warst schon immer ein miserabler Fechter.» Seth wich Jacques' nächstem Hieb geschmeidig aus und hob den Degen. Die Waffen prallten mit solcher Kraft gegeneinander, dass die Funken sprühten. Die Kinder schrien vor Aufregung.

Das war knapp, dachte Jacques gereizt. Seth hatte jetzt ein wahnsinniges Funkeln in den Augen. Jacques schnaubte – diesen mörderischen Gesichtsausdruck hatte er früher schon oft gesehen, doch in diesem Moment, mit Verlaub, pfiff er auf Seth Hammerstaals verdammte Launen. Er riss sich zusammen und konzentrierte sich, denn diesen Gegner zu unterschätzen wäre selbstmörderisch. «Wenn zwischen euch nichts ist, warum benimmst du dich dann ihr gegenüber wie ein Schwein?», fragte Jacques, während er gnadenlos zum Gegenangriff überging. «So unhöflich hab ich dich noch nie erlebt, dabei bist du ja auch sonst schon ein ganz schöner Widerling.»

Jede Beleidigung, die Jacques ihm zurief, beantwortete Seth mit einem Angriff. Der Jubel der Zuschauer wich einem faszinierten Gemurmel, als die beiden Männer sich keuchend gegenüberstanden und einander musterten. Seths Augen verengten sich zu schwarzen Schlitzen. Seine Brust unter dem zerfetzten Hemd hob und senkte sich mit jedem Atemzug. Er blutete aus einer Wunde am Arm und einem Kratzer auf der Wange. Da warf Jacques mit einem Fluch den Degen weg und ballte die Fäuste. Er wollte Seth nicht umbringen, und er selbst wollte auch nicht versehentlich ums Leben kommen, aber kämpfen wollte er. Seth warf seine Waffe ebenfalls ins Gras und zog das Hemd aus.

Während das Publikum wieder begeistert aufbrüllte, umschlichen sich die beiden Gegner. Doch Seth und Jacques hatten schon unzählige Male miteinander trainiert. Gemeinsam hatten sie mehr Soldaten ausgebildet, als sie zählen konnten. Sie kannten ihre Tricks also in- und auswendig, und keinem wollte es gelingen, den anderen niederzuringen. Schließlich hatten sich die beiden völlig ineinander verkeilt und keuchten.

Da gewann Seth unerwartet doch noch die Oberhand, und sie wälzten sich auf dem Gras. «Gib auf», schrie Seth, während er mit neuer Kraft auf seinen Freund eindrosch.

«Fahr zur Hölle», fauchte Jacques und konnte doch noch einen Volltreffer mit dem Schädel landen. Seth fiel mit einem dumpfen Laut rücklings ins Gras. Bevor er sich fangen konnte, war Jacques nun über ihm, und sie prügelten wie rasend aufeinander ein. Nach einer Weile verloren die jungen Zuschauer die Lust und verließen einer nach dem anderen den Schauplatz, bis Seth schließlich ins Gras sank. Er hob die Hände, um Jacques' Schläge abzuwehren, und sein Freund ließ die Fäuste sinken. Er wischte sich Blut und Schweiß vom Gesicht.

«Friede?», fragte Seth.

«Friede», sagte Jacques. Um Haaresbreite hätte er selbst aufgegeben. Schnaufend ließ er sich neben seinem Freund ins Gras fallen. Eine ganze Weile blieben die beiden so nebeneinanderliegen und schöpften Atem.

Seth musterte den Himmel und die Sonne, während er den Vögeln und Insekten lauschte. Obwohl ihm jeder Körperteil wehtat, war er seltsam zufrieden. Er fühlte sich, als hätte die Schlägerei die Luft zwischen ihnen bereinigt, und es war schön, nicht mehr böse aufeinander zu sein.

Ihn schmerzte wirklich alles. Als er einatmete, versetzte es ihm einen Stich in die Brust, und er stöhnte.

«War es für dich auch so schön?», fragte der Franzose.

«Eine Zigarette wäre jetzt gut», antwortete Seth.

Jacques bewegte sich und stöhnte auf. «Ich weiß nicht, vielleicht brauche ich sogar einen Arzt», sagte er und betrachtete nachdenklich seinen Arm.

«Und, was ist mit dem Arm?», erkundigte sich Seth, als Jacques das Haus des Dorfarztes verließ.

«Ein kleiner Ritzer, nicht der Rede wert», behauptete Jacques, ohne zu erwähnen, dass der Arzt ihn murrend mit zehn schmerzhaften Stichen genäht hatte, ohne sich die Mühe zu machen, ihm ein Betäubungsmittel zu geben. Er konnte nicht gut sehen, weil sein rechtes Auge ganz zugeschwollen war, aber er erkannte, dass es Seth gelungen war, die Blutungen in seinem Gesicht zum Großteil zu stillen.

«Was ist mit deinen Rippen?», fragte Jacques.

Seth fasste sich an den Verband um den Brustkorb. «Du hattest Glück. Deine kraftlose Rechte hat es tatsächlich geschafft, mir eine Rippe zu brechen.»

Die letzten Wellen von Testosteron und Adrenalin pulsten ihnen angenehm durch die Adern und dämpften den Schmerz etwas. Morgen würde es höchstwahrscheinlich etwas unangenehmer werden.

«Kannst du mir nur ein einziges Mal eine ehrliche Antwort geben, wenn ich das Thema dann ruhen lasse?»

Seth seufzte. «Gut, eine letzte Frage.»

«Ist zwischen dir und Beatrice etwas vorgefallen?»

«Das ist schon lange her. Aber jetzt ist es vorbei. Ich will nicht darüber sprechen. Komm, ich lade dich auf einen richtigen Drink ein. Ich muss einfach mal ein bisschen weg von diesem verdammten Gutshof. Wie wäre es mit einem Branntwein?»

Jacques grinste. «Du musst mir nur sagen, wo es langgeht.»

Sie schlenderten ins Dorf und fanden ein Wirtshaus, das sie und ihr Geld mit offenen Armen empfing. Bald bekamen sie Gesellschaft von einigen Dorfbewohnern, die von den Kriegsabenteuern der beiden zwar nur mäßig beeindruckt waren, dafür aber umso mehr Respekt vor den Alkoholmengen hatten, die sie konsumierten. Da der Abend immer noch lau war, hatten sie sich nach draußen gesetzt. Ein paar leichtbekleidete Frauen kamen an ihrem Tisch vorbei, und während Seth die Gesellschaft mit immer obszöneren Liedern unterhielt, packte Jacques eine der Frauen und zog sie auf seinen Schoß.

«Wie ich sehe, hast du nicht verlernt, wie man die Frauen geschickt anfasst», stellte Seth fest.

Lüstern vergrub Jacques sein Gesicht im Ausschnitt des kichernden Mädchens. «Man muss sie nur richtig zu nehmen wissen», sagte er und gab dem Mädchen einen Kuss, ohne Protest zu ernten.

Die anderen am Tisch jubelten lautstark, und Seth wandte sich zu der zweiten Frau, die immer nur um ihren Tisch herumstrich. Sie war klein und kurvig, mit weichen Wangen und einem üppigen Busen. Einladend klopfte er auf seine Knie. «Komm und zeig mir, wie ich eine Frau behandeln muss. Mein französischer Freund denkt wohl, ich hätte noch das eine oder andere zu lernen.» Kichernd ließ sie sich auf seinem Schoß nieder und rieb sich ungeniert an ihm. Sie war warm und willig, und es war schon so lange her, dass er eine Frau gehabt hatte. Mollige Arme schlossen sich um seinen Hals, und er leerte noch ein Glas.

Beatrice konnte nicht einschlafen in der hellen Sommernacht. Kaum hatte sie sich aufs Bett gesetzt, fuhr sie wieder hoch und ging im Zimmer auf und ab. Sie nahm sich eine Bürste und begann, ihr Haar zu kämmen. Sie legte sie wieder weg. Sie nahm sie wieder in die Hand.

Sofia war verheiratet, dagegen konnte ihr Onkel jetzt

nichts mehr unternehmen. Und sie selbst hatte noch eine Gnadenfrist bis September. War das vielleicht die Chance, die sie sich gewünscht hatte? Sollte sie ein Gespräch mit Seth wagen? Trotz seiner Gleichgültigkeit und Grausamkeit ihr gegenüber, manchmal schien er doch noch Gefühle für sie zu haben. Sie verzog den Mund zu einem freudlosen Lächeln. Vielleicht war das alles Wunschdenken, aber andererseits – was hatte sie schon zu verlieren? Sie würde ihm die Wahrheit sagen, und sie redete sich ein, dass es ihr egal sei, wenn er sie erneut erniedrigen würde. Denn vielleicht wollte er sie ja immer noch? Bei diesem Gedanken begann ihr Herz heftig zu klopfen.

Rasch flocht sie sich das Haar, warf sich den groben Mantel über und glitt lautlos aus ihrem Zimmer.

Weder Seth noch Jacques waren zum Abendessen aufgetaucht, doch sie wusste, dass die beiden ins Dorf gegangen waren. Es war kein weiter Weg, also senkte sie den Kopf und eilte den trockenen Pfad entlang. Es war zu hoffen, dass so nahe am Gutshof niemand einen Gast aus Svaneberg belästigen würde. Doch wenig später war ihr der Mut schon wieder gesunken. Sie näherte sich einem der Wirtshäuser, das am Dorfrand lag, und hörte lautstarkes Gelächter, das sie erschreckte.

Verunsichert zog sie den Mantel fester um den Körper. Doch keiner in der lustigen Runde, die vor dem Gasthaus saß und trank, bemerkte sie, denn die wilde Gesellschaft war mit ganz anderen Dingen beschäftigt. Ein halbes Dutzend Männer saß an einem mit Gläsern und Flaschen übersäten Tisch. Ein paar von ihnen hatten auch Frauen auf dem Schoß, mit denen sie ganz ungeniert herumpoussierten. Verlegen senkte Beatrice den Kopf unter ihrer Kapuze. Als sie beinahe an ihnen vorbei war, hörte sie plötzlich eine Stimme, die sie nur zu gut kannte.

«Sag dem Wirt, er soll noch mehr zu trinken bringen. Zum Teufel, wir verdursten noch hier draußen!»

Ich muss mich getäuscht haben, dachte sie, doch dann hörte sie die wohlbekannte tiefe Stimme wieder: «*Mon ami*, dafür, dass du nur ein kleiner Franzose bist, kannst du ganz schön Branntwein wegkippen!»

Ihr schlug das Herz bis zum Hals, als sie den Blick hob und zwei der Männer am Tisch erkannte. Wie erstarrt blieb sie stehen. Gib, dass sie mich nicht gesehen haben, dachte sie, doch da hatte Jacques sie auch schon entdeckt. Auch er erstarrte und sagte etwas zu Seth, der mit dem Rücken zu Beatrice saß. Er drehte sich um, sah sie an, und ein Lächeln breitete sich auf seinem Gesicht aus.

«Beatrice», johlte er und winkte ihr zu, sie solle sich doch auf sein anderes Knie setzen. Die andere Frau drückte sich ungeniert an ihn und presste ihren großen Busen an seine Brust, während sie Beatrice betrachtete. «Komm, hier hat schon noch eine Platz», ermunterte sie Seth, während er sich auf das freie Bein klopfte.

Sie sah sein grün und blau geschlagenes Gesicht und wusste, dass er so schleppend sprach, weil er schwer betrunken war.

«Was meinst du?», rief er. «Früher war es doch auch nicht so schwer, dich zu überreden, wenn ich mich recht erinnere. Du warst auch schon mehr als willig, richtig heiß warst du. Wollen wir nicht ein paar Erinnerungen auffrischen?» Das Mädchen lachte so laut, dass ihr Busen wogte.

Beatrice starrte sie schockiert an.

Dann zog sie den Mantel fester um sich, als könnte sie sich damit gegen die Kälte schützen, die sich in ihr ausbreitete. Was hatte sie eigentlich geglaubt – dass Seth ihr in die Arme fallen und ihr seine Liebe erklären würde?

Sie hatte sich die Schuld selbst zuzuschreiben, sich und ihrer übergroßen Naivität. Wie dumm konnte man eigentlich sein? Wie hatte sie nur jemals glauben können, dass sich hinter diesem harten, ausdruckslosen Gesicht mehr verbarg? Zur Hölle mit ihm! Der Schock begann nachzulassen, und sie spürte erleichtert, wie stattdessen der Zorn in ihr aufwallte. Wie konnte er es wagen, in diesem Ton mit ihr zu sprechen?

Seth sah Beatrice an und zuckte mit den Schultern. Ihr Gesicht schimmerte fast weiß unter ihrer Kapuze. Ihre Augen waren riesengroß.

«Na, keine Lust?», fragte er höhnisch. Er zwang sich, seine Aufmerksamkeit wieder der Frau zu widmen, die ihm ihr weiches Hinterteil gegen den Schritt drückte, während sich ihre runden Finger unter sein Hemd tasteten. Er ignorierte die innere Stimme, die ihm zuschrie, dass er hier gerade einen gefährlichen Fehler beging. Noch konnte er ihn korrigieren. Doch er weigerte sich hartnäckig, das Risiko einzugehen, sich wie ein Idiot zu benehmen, nur weil Beatrice Löwenström ihn mit großen, verletzten Augen ansah. Er machte sich auf den Schmerz gefasst, der sich gleich in seiner Brust ausbreiten würde. Die Schankkellnerin küsste ihn, und er erwiderte ihren Kuss. Tief. Dann sagte er etwas zu den Männern. Sie lachten roh über seine Bemerkung, und er spürte eher, als dass er es sah, wie Beatrice zusammenzuckte. Doch er konnte nicht anders. Wenn er einfach weiter dagegen ankämpfte, würde seine Besessenheit von dieser Frau bestimmt irgendwann verschwinden. Er bedachte Beatrice nochmals mit einem leeren Blick, woraufhin sie sich abwandte. Sie richtete sich stolz auf und ging endgültig davon.

«Das war wirklich verdammt unnötig.» Jacques sah ihr nach.

«Ach, diese Frau hält schon einiges aus, glaub mir, ich weiß Bescheid. Sie tut immer so unschuldig, aber sie weiß schon, wie der Hase läuft», erwiderte Seth.

«Also, manchmal bist du wirklich ein Ekel. Du kannst sie doch nicht ganz allein nach Hause gehen lassen.»

«Geh du doch mit ihr, wenn du es für nötig hältst. Ich bleibe hier», verkündete Seth und grinste der Kellnerin zu.

Jacques schüttelte den Kopf. «Manchmal verstehe ich dich wirklich nicht.» Dann stand er auf und folgte Beatrice.

«Mademoiselle Beatrice, warten Sie!»

Sie drehte sich um und blieb stehen, bis der Franzose sie eingeholt hatte.

«Sie können nicht allein nach Hause gehen, ich werde Sie begleiten.»

Er hielt ihr den Arm hin, und sie hakte sich dankbar unter.

«Warum sind Sie ins Wirtshaus gekommen?», fragte er.

Beatrice lächelte schief. «Ja, ich weiß. Es war äußerst leichtsinnig von mir hierherzukommen, aber …»

«Aber was?»

Sie zuckte mit den Schultern. «Ich habe mich von meiner Phantasie hinreißen lassen, also kann ich nur mir selbst Vorwürfe machen.»

«Er hätte nicht so mit Ihnen reden dürfen. Wir haben viel zu viel getrunken, aber das ist keine Entschuldigung. Morgen wird er sich entsetzlich schämen», sagte Jacques.

Ich kann einfach nicht mehr über Seth sprechen, dachte Beatrice. Wenn ich ihn mir nicht endlich aus dem Kopf schlage, zerbreche ich noch. «Wir verlassen Svaneberg schon morgen», sagte sie. «Erst fahren wir für ein paar Wochen nach Stockholm und dann aufs Land. Und Sie? Fahren Sie zurück nach Frankreich, oder haben Sie andere Pläne?»

Jacques lächelte verlegen und räusperte sich. «Ich bleibe tatsächlich noch eine Weile in Schweden, ich erwarte nämlich Besuch. Einen guten Freund.» Er räusperte sich wieder. «Besser gesagt eine Freundin, Madame Vivienne de Beaumarchais. Ich habe ihr versprochen, sie ein wenig in Stockholm herumzuführen ...»

Beatrice betrachtete sein verlegenes Gesicht. Dann blieb sie stehen und stemmte die Hände in die Hüften. «Jacques Denville, wollen Sie damit etwa sagen, dass sie eine Geliebte haben? Sie sollten sich was schämen, so wie Sie mir und jeder anderen Frau auf Svaneberg schöne Augen gemacht haben.» Doch dabei lächelte sie. Ohne den Franzosen wären die letzten Tage schier unerträglich gewesen.

Inzwischen waren sie am Gutshof angekommen. Die Fenster waren erleuchtet, und trotz der späten Stunde hielten sich immer noch viele Leute auf dem Hof auf.

«Ich freue mich wirklich, Sie kennengelernt zu haben», sagte Beatrice aufrichtig und drückte seinen Arm.

«Gute Nacht, Mademoiselle», sagte Jacques warm und küsste ihr die Hand.

«Gute Nacht und danke für alles.»

Am nächsten Morgen kam der Augenblick, vor dem Beatrice gegraut hatte. Sie trat auf die Treppe und beobachtete die Wagen, die auf dem Hof vorfuhren. Wilhelm und Edvard waren schon wieder nach Stockholm zurückgereist. Auch Tante Harriet, Miss Mary und sie sollten mit dem Wagen zum Bahnhof fahren. Es wurde Zeit, Abschied zu nehmen.

Seit dem Tag, an dem sie Uppsala als Vierzehnjährige verlassen hatte, waren Sofia und sie kaum jemals einen Tag getrennt gewesen. Alles hatten sie zusammen gemacht. Sie hatten Hunderte von Büchern gelesen, Tausende von Briefen geschrieben und all das gelernt, was sie jetzt als erwachsene Frauen wussten. Sofia hatte ihr beigebracht, wie man eine Tafel deckte, Leinen bestickte und mit Dienstmädchen redete. Beatrice hatte Sofia Mut und Fröhlichkeit beigebracht, die Lektüre verbotener Literatur und das Glück, eine Frau zur Freundin zu haben. Sie hatten sich getröstet, wenn das Leben schwer war, hatten Geheimnisse, Freud und Leid geteilt, gemeinsam die Tristesse des Alltags ertragen und von der Zukunft phantasiert.

Diese Zeit war jetzt vorbei. Für immer.

«Was soll ich ohne dich nur anfangen?» Sofia hatte Tränen in den Augen.

Beatrice hätte gern etwas Aufmunterndes gesagt, doch ihre Stimme versagte ihr den Dienst. «Kümmere dich gut um Johan, meine Liebe, und sieh zu, dass er sich auch gut um dich kümmert. Ich bin glücklich, wirklich überglücklich, dass ihr euch bekommen habt.»

«Ich komme dich auch bald besuchen, versprochen», sagte Sofia.

Die Cousinen umarmten und drückten sich.

Jacques trat neben sie.

«*Au revoir*», sagte er und küsste Beatrice die Hand. Sie neigte zur Antwort nur den Kopf.

Seth war nirgends zu sehen, doch sie dachte kaum an ihn. Für sie existierte er nicht mehr. Beatrice stieg in den Wagen und verließ Svaneberg, ohne sich einmal umzusehen.

Seth erwachte mit einem Stöhnen. Er hatte solche Schmerzen, dass er sich kaum rühren konnte. Als er den Arm einen Millimeter bewegte, bereute er es sofort, da sich nicht nur die gebrochene Rippe bemerkbar machte, sondern auch jeder Muskel, jede Sehne und jedes Band in seinem Körper gewaltig protestierte. Schmerzen. Richtig üble Schmerzen.

Bett – er lag irgendwo in einem Bett. Das war gut.

Svaneberg. Er war auf Svaneberg, bei Johan und …

Beatrice. Nein! Nicht Beatrice. Fragmente des vergangenen Abends kreisten in seinem Kopf. Aber das musste doch ein Albtraum gewesen sein! Er hatte sich doch nicht tatsächlich aufgeführt wie das letzte Schwein?

Als die Erinnerungen eine nach der anderen unbarmherzig zurückkehrten, brach ihm der kalte Schweiß aus. Nach der Auseinandersetzung mit Beatrice hatte er sich selbst buchstäblich unter den Tisch getrunken. Die Schankkellnerin hatte ihn sitzen lassen, als ihr klar wurde, dass er weder interessiert noch fähig war, sich tiefergehend mit ihr zu befassen. Er konnte sich vage erinnern, dass man ihn nach Hause getragen hatte. Als er mit einem Fuß wippte, stellte er fest, dass er immer noch seine Stiefel anhatte. Er war noch angezogen und fühlte sich, als hätte man ihn aufs Schrecklichste gefoltert. In der Nacht war er von Albträumen heimgesucht worden, in denen sich Gräueltaten, Schlachten und Blut mit Beatrices Enttäuschung und ihrem anklagenden Blick mischten.

Der Körper war schweißnass, und eine Übelkeitswelle nach der anderen überlief ihn. Er starb fast vor Durst, doch seine Beine wollten ihm einfach nicht gehorchen, und so musste er liegen bleiben. Sein Herz raste, und sein Schädel wollte ihm schier zerspringen.

Plötzlich flog mit einem höllischen Krach die Tür zu

seinem Schlafzimmer auf. Als sie gegen die Wand donnerte, hätte er sich beinahe übergeben, so sehr ging ihm das Geräusch durch Mark und Bein.

«Was zum Teufel …?», krächzte er heiser. Die Übelkeit kam und ging in besorgniserregend kurzen Intervallen.

«Wie geht es dir?», erkundigte sich Jacques Denville mit kraftvoller Stimme und lächelte maliziös.

«Schrecklich.»

«Gut.»

«Was zum Teufel willst du?» Seth hätte gern barsch geklungen, doch er brachte nur ein Flüstern zustande.

«Ich wollte dir nur sagen, dass sie gerade gefahren sind», teilte ihm Jacques in derselben unbarmherzigen Lautstärke mit.

Seth schloss die Augen. «Gut. Und jetzt lass mich einfach in Ruhe», stöhnte er.

«Mit Vergnügen», erwiderte Jacques und warf die Tür mit einem infernalischen Knall hinter sich zu.

Seth verzog das Gesicht vor Schmerzen und ließ sich aufs Bett zurücksinken. Er musste Svaneberg verlassen, hier hielt er es keine Sekunde länger aus. Er musste das alles hinter sich lassen. Er musste weg.

17

Im Haus der Familie Löwenström, Stockholm
Juni 1881

Wilhelm Löwenström sah von seinem Schreibtisch auf. Er hatte Beatrice warten lassen, während er seinen Brief zu Ende schrieb. Doch sie hatte die ganze Zeit kein Wort gesagt und nur stumm vor ihm gestanden. Ihr Gesicht war blass und leblos.

«Sie wollten mich sprechen», sagte sie.

«Richtig», nickte er. «Setz dich.»

Wilhelm zeigte auf einen Stuhl, und Beatrice setzte sich wortlos. Sie faltete die Hände auf dem Schoß und sah ihm in die Augen. Er betrachtete seine Nichte, die sich so ruhig und würdevoll benahm – als könnte sie, eine einsame Frau, irgendeine Bedeutung oder Würde haben.

Ihre Familie hatte sich immer für etwas Besseres gehalten, mit ihren Büchern und ihren liberalen Vorstellungen, dachte er. Ständig hatte sein Bruder mit seiner Bildung und seinen neumodischen Ansichten angegeben. Aber man sah ja, wohin das geführt hatte. Nach dem Tod beider Eltern lebte Beatrice in einer Phantasiewelt, ohne die geringste Vorstellung davon zu haben, was von ihr erwartet wurde.

Er betrachtete sie über seinen Schreibtisch hinweg. Seit sie von ihrer Verlobung in Kenntnis gesetzt worden war, hatte sie kaum mit ihm gesprochen. Eigentlich ganz erholsam. Es war ihm schon immer gegen den Strich gegangen, sich zu allem und jedem ihre Ansichten anhören zu müssen. Im Gegensatz zu seinem Vater und seinem Bruder verstand er selbst es gut, seine Frauen immer schön an der Kandare zu halten, dachte Wilhelm zufrieden. Und es hatte sich ausgezahlt: Weder Sofia noch Harriet hatten ihm je Probleme bereitet. In der Welt seiner Tochter und seiner Frau war das Wort des Mannes Gesetz, ganz so, wie es sich gehörte. Er hasste Frauen, die sich verkünstelten und die natürliche Ordnung der Dinge hinterfragten. Sie waren wie Ungeziefer, das sich unkontrolliert ausbreitete, wenn man es nicht ständig im Auge behielt. In ihrem selbstsüchtigen Benehmen ignorierten sie die Konsequenzen ihres Verhaltens und ließen andere dafür leiden. Wie es seine Mutter getan hatte und wie es auch Beatrice tat. «Du hast leider nie eingesehen, was das Beste für dich ist», begann er und bemerkte zufrieden, wie sie zusammenzuckte, als er nun plötzlich das Schweigen brach. «Ich hoffe trotzdem, dass irgendetwas in dir intelligent genug ist, um zu verstehen, was ich dir jetzt sagen werde.» Wenn Beatrice ihm jetzt nicht gehorchte, wenn sie sich jetzt entschied, Schande über ihn zu bringen, dann würde sie es bereuen, das schwor er sich. «Mir ist nämlich eingefallen, dass du jetzt, da Sofia verheiratet ist, vielleicht auf die Idee kommen könntest, deine Absprache mit Rosenschöld zu brechen», sagte er.

Sie schwieg.

«Du sollst nur wissen, dass dich so ein Verhalten teuer zu stehen kommen würde», fuhr er langsam fort. «Abgesehen von dem Gerede, das dadurch entstehen würde, und der Demütigung, die du dieser Familie zufügen würdest, kann ich dir versichern, ich würde deinen und deines Vaters Namen derart in den Schmutz ziehen, dass du dich dein Lebtag nicht mehr davon erholen würdest.»

Sie blinzelte einmal, als er ihren Vater erwähnte, doch ansonsten sah sie ihn nur ausdruckslos an.

«Niemand würde mehr etwas mit dir zu tun haben wollen, verstehst du?» Er beugte sich vor, um seine Worte zu unterstreichen. «Außerdem würde ich dich auf die Straße setzen, dir meine finanzielle Unterstützung entziehen und Sofia verbieten, jemals wieder Umgang mit dir zu pflegen. Habe ich mich klar ausgedrückt?» Er lehnte sich zurück und fuhr sich mit der Hand über den Schnurrbart. «Und ich würde Miss Mary selbstverständlich ohne Zeugnis an die Luft setzen. Weil ich es so interpretieren würde, dass sie bei ihrer Erziehungsaufgabe versagt hat.» Wilhelm lächelte und genoss den seltenen Luxus, Zeichen von Angst an ihr wahrnehmen zu können. «Ich hoffe, du verstehst auch wirklich, was ich sage?»

«Ich verstehe es», antwortete sie ruhig. «Ist sonst noch etwas?»

Wilhelm sackte wieder ein wenig in sich zusammen. Er hatte sich fast gewünscht, dass sie protestierte. Sie war noch nicht zu alt für den Rohrstock, und er war immer noch ihr Vormund. Doch sie sah ihn nur mit ihren schrägen, frechen Augen an.

«Du kannst jetzt auf dein Zimmer gehen und über meine Worte nachdenken», sagte er und wedelte mit der Hand.

«Sie sind mehr als deutlich gewesen», erwiderte sie und stand auf. «Onkel», fügte sie hinzu.

Wilhelm hatte den Sarkasmus in diesem letzten Wort noch nicht richtig erfasst, als sie auch schon aus dem Zimmer verschwunden war.

Beatrice schaffte es mit knapper Not in ihr Zimmer, wo sie sich in die Waschschüssel erbrach. Jedes seiner Worte hatte sie getroffen wie ein Messerstich. Sie spülte sich den Mund aus und begegnete ihrem verzweifelten Blick im Spiegel.

Sie musste nachdenken. Was sollte sie tun, zu wem sollte sie gehen? Seth existierte nicht mehr. Mit Sofia konnte sie über diese Angelegenheit nicht sprechen. Johan? Sie schüttelte den Kopf. Johan blickte auf sie herab.

Wie konnte ein Mensch nur so einsam sein?

Sie setzte sich aufs Bett. Vielleicht gab es ja doch jemand. Eine Person, die so viel Macht besaß, dass sie sich gegen ihren Onkel und Rosenschöld und auf ihre Seite stellen konnte? Ein Mann, dem sie nicht egal war.

Entschlossen stand sie auf. Sie hatte nicht vor aufzugeben. Sie würde einen Brief schreiben.

18

Schloss Wadenstierna
Juni 1881

«Wie ist er heute gelaunt?», fragte Christian nonchalant, während er auf einem Grashalm herumkaute. Obwohl der Fünfzehnjährige versuchte, ganz unbeschwert zu klingen, konnte er seinen Pflegevater nicht täuschen.

«Kommt darauf an, womit du vergleichst», antwortete Olav. Sie waren gerade im Mälaren geschwommen und lagen jetzt in der Sonne, um sich zu trocknen – was in der brütenden Hitze ganz schnell ging. Sie verbrachten ihre Sommerferien auf Seths Schloss mit Schwimmen, Angeln und Reiten und fühlten sich wunderbar in dem verschwenderischen Luxus, den sie genossen, wenn sie in Schweden zu Besuch waren.

Ihr einziger Kummer war Seth mit seinen Launen. Er hatte bisher nie Probleme gehabt, sein Temperament im Zaum zu halten, und er hatte niemals, *niemals* seinen Zorn an einem Unbeteiligten ausgelassen. Doch diesen Sommer war er wie ausgewechselt. Als ob er ständig vor unterdrückter Wut bebte, dachte Olav.

«Heute Morgen hat er ein Dienstmädchen gescholten, weil sie einen Wasserkrug hat fallen lassen. Das sieht ihm doch überhaupt nicht ähnlich», meinte Christian.

«Das geht bald vorüber, du wirst schon sehen», antwortete der Pfarrer leichthin, doch innerlich machte er sich große Sorgen um seinen ältesten Pflegesohn. Seth war von morgens bis abends gereizt. Er fauchte seine Bediensteten wegen der geringsten Kleinigkeit an, trieb seine gesamte Dienerschaft, Sekretäre und Assistenten zu halsbrecherischem Arbeitstempo an und fand überall etwas auszusetzen.

Das Leben im wunderbaren Schloss Wadenstierna war immer von Freude und entspannter Disziplin geprägt gewesen, doch jetzt sah man an jeder Ecke nervöse Diener. Jeder hatte Angst, einen Fehler zu begehen und beim Hausherrn einen neuerlichen Wutausbruch hervorzurufen.

«Ich hatte gehofft, er würde mehr Zeit mit uns verbringen, wenn wir auf Wadenstierna sind, aber er scheint ja immerzu beschäftigt zu sein», fuhr Christian fort. Nur schwer konnte er die Enttäuschung darüber verbergen, dass der vergötterte Bruder den Großteil seiner Tage im Arbeitszimmer zubrachte.

Und da lag der eigentliche Grund dieser Sorgen, dachte Olav. Denn auch wenn Seth seine Angestellten antrieb, so war das doch nichts im Vergleich zu der Rücksichtslosigkeit, mit der er sich selbst zur Arbeit trieb. Sein Arbeitstempo – das schon immer außergewöhnlich hoch gewesen war – war mittlerweile furios. Olav vermutete, er musste wohl mal ein Wörtchen mit ihm reden. Er seufzte innerlich. Ein ernstes Wörtchen mit Seth zu reden war nicht unbedingt das, was er sich unter schönen Ferien vorstellte. Aber irgendjemand musste es ja tun.

Als es klopfte, warf Seths Sekretär, Jesper Henriksson, seinem Arbeitgeber einen besorgten Blick zu. Der Norweger schätzte es gar nicht, wenn man ihn bei der Arbeit unterbrach, und in seiner derzeitigen Gemütsverfassung wusste man nie, was er tun würde, wenn man ihn störte.

«Herein», rief Seth.
Olav Erlingsen trat ein. «Es ist halb sieben», sagte er.
«Ja?»
Niemand kann so arrogant die Augenbraue hochziehen wie Seth Hammerstaal, dachte Henriksson.
«Morgen ist Mittsommer, und es ist halb sieben, es wäre jetzt also an der Zeit, Feierabend zu machen», sagte der Pfarrer energisch.
«Bist du müde?», fragte Seth und sah seinen Sekretär irritiert an. Jesper Henriksson, der seit fast drei Wochen von Morgengrauen bist spätabends gearbeitet hatte, blickte abwechselnd von Seth zu Olav. Der Pfarrer nickte unmerklich.
«Ein bisschen vielleicht», meinte er.
Seth lehnte sich zurück und sah ihn scharf an. Henriksson spürte, wie ihm ein Schweißtropfen über den Rücken rann.
«Ich würde sagen, wir können für heute Schluss machen. Aber sei morgen früh zeitig hier.»
«Seth!», mahnte sein Pflegevater empört.
Der Norweger sah ihn kühl an.
Jesper wusste, dass sein Arbeitgeber Widerspruch nicht gewöhnt war, und er bewunderte den Mut des Pfarrers. Oder seine Tollkühnheit.
Doch schließlich seufzte Hammerstaal gereizt und lenkte ein: «Na gut, dann sehen wir uns am Montag», sagte er. «Und jetzt geh, bevor ich's mir anders überlege.»
«Ja, Herr. Danke, Herr», antwortete Jesper und sammelte rasch seine Sachen zusammen.

Als der Sekretär das Arbeitszimmer verlassen hatte, sah Seth Olav an. «Bist du jetzt zufrieden?», fragte er ärgerlich.
«Ich dachte, du möchtest vielleicht mit mir ausreiten.

Wenn du dabei ausnahmsweise auf deine halsbrecherischen Galoppaden verzichten kannst», erwiderte Olav ruhig.

Seth betrachtete seinen Freund und Pflegevater mit forschendem Blick. Mit Recht argwöhnte er, dass ihm jetzt die Leviten gelesen werden sollten. «Na dann, Herr Pfarrer, werde ich mal zwei Pferde satteln lassen», seufzte er.

Als sie losritten, hatte sich die schlimmste Hitze gelegt, und der Hof war voller Leben. Hühner und Schweine liefen herum, zwischen ihnen tollten ein paar Kinder umher. Die beiden ritten zu den Wiesen hinüber.

«Sag schon, was du mir sagen willst», forderte Seth ihn auf.

Olav antwortete nicht sofort, sondern ließ den Blick über die schöne Landschaft wandern, die fruchtbaren Äcker, den prächtig gedeihenden Wald und all die Menschen, die für seinen ältesten Pflegesohn arbeiteten und von ihm abhängig waren. Der Mälaren glitzerte, und man sah immer noch Fischerboote auf dem Wasser. Auf den Weiden graste das Vieh, und bei den Ställen bellten Hunde. Er war stolz auf Seth, der all das und noch viel mehr aus eigener Kraft aufgebaut hatte.

«Du bist überhaupt nicht mehr wiederzuerkennen, und das geht nun schon viel zu lange so. Deine Angestellten stehen kurz vor dem Aufstand, du jagst ihnen eine Heidenangst ein. Und mir auch, wenn ich ehrlich sein soll», begann der Pfarrer.

«Olav …»

«Nein, lass mich zuerst ausreden. Ich weiß, dass du arbeitest wie ein Tier, sowohl hier wie in Stockholm. Du stehst als Erster auf und arbeitest ohne Pause bis in den späten Abend. Und ich sehe, wie erbarmungslos du deine Sekretäre und Assistenten antreibst, die machen ja alle den Eindruck, als könnten sie im nächsten Augenblick zusammenbrechen.»

«Mir sind keine Klagen zu Ohren gekommen», erwiderte Seth steif.

«Als ob sie sich das trauen würden, bei deiner Laune», entgegnete Olav. «Ich mische mich für gewöhnlich nicht in deine Angelegenheiten ein ...» An dieser Stelle schnaubte Seth laut, doch Olav fuhr unbeirrt fort: «... Aber ich mache mir Sorgen um dich. Und ich weiß auch, dass du nachts unruhig auf und ab läufst. Wann hast du eigentlich zum letzten Mal mehrere Stunden am Stück geschlafen?»

«Du übertreibst», meinte Seth.

«Sind die Albträume wiedergekommen?»

Seth zuckte mit den Schultern. «Sie waren nie weg», sagte er. «Ich habe sie jede Nacht, mal stärker, mal weniger schlimm.»

Olav verkniff sich die Anmerkung, dass Seth auch fast jeden Abend ausging, wenn er in Stockholm war. Dass er Einladungen annahm, die er früher gar nicht beachtet hätte. Dass man ihn bis spät in die Nacht auf Festen, Soireen und in Restaurants sah und wie in den Zeitungen ausgiebig darüber geklatscht wurde, mit welchen Frauen er Umgang pflegte.

«Du weißt, dass ich darüber nicht sprechen will», sagte Seth.

Doch Olav kannte Seth von Kindesbeinen an. Als Siebenjähriger waren sein zwei Jahre älterer Bruder und er an einem Fieber erkrankt, das im Ort grassierte. Seth hatte sich erholt, doch sein Bruder war gestorben, woraufhin seine Mutter, Torunn – die den Verlust ihres Lieblingssohnes nie verkraftete ... immer gewalttätiger geworden war. Zwei Jahre später hatte Olav eingreifen müssen und gerade noch verhindern können, dass die wahnsinnige Mutter ihren Sohn erschlug. Er fand, dass er ein Recht hatte, sich einzumischen, wenn irgendetwas nicht in Ordnung war. Irgendjemand musste es ja tun.

«Geht es um Fräulein Beatrice?», fragte er vorsichtig. Er hatte mit eigenen Augen gesehen, wie fasziniert Seth von der rothaarigen Frau gewesen war. Die Nachricht von ihrer Verlobung war ein Schock gewesen, und er hatte sich Sorgen gemacht, wie Seth reagieren würde.

«Es geht bald vorbei», antwortete Seth leichthin. «Mein Ego hat zwar einen Schlag erhalten, als sie einen alten Grafen meinem Liebeswerben vorzog, aber ich kann dir versichern, dass ich darüber hinwegkomme. Das ist nichts, wovon man größeres Aufheben machen müsste.» Sein Blick verlor sich in der Ferne.

Langsam schüttelte Olav den Kopf. Er hatte die ganze Zeit überlegt, ob es Seth vielleicht ernst gewesen war mit der lebhaften Beatrice, und nachdem er dies nun bestätigt sah, wurde ihm schwer ums Herz. Kein Wunder, dass Seth nicht mehr wiederzuerkennen war. Wenn er um Beatrice gefreit hatte, musste er ja ziemlich starke Gefühle für sie gehegt haben. Und dann war er abgewiesen worden.

Seth musste seine bedrückte Miene bemerkt haben, denn er lachte und klopfte ihm auf die Schulter.

«Mach dir keine Sorgen, das passt nicht zu dir. Übrigens kommen morgen Jacques und Vivienne, ich habe heute Vormittag Bescheid bekommen, dass sie Mittsommer mit uns feiern wollen.» Er lachte vergnügt. «Ich freue mich schon darauf, die Frau kennenzulernen, die einen Jacques Denville um den kleinen Finger wickeln kann.»

Olav lachte über Seths Anflug von Fröhlichkeit. «Du weißt, dass ich hoffe, dich eines Tages verheiratet zu sehen», sagte er nun wieder ernst. «Ich glaube, eine Frau und eigene Kinder würden dir guttun.»

Seth trieb sein Pferd an, und sie ritten auf eine Hügelkuppe. Unter ihnen lag blau glitzernd das Wasser. Die Fahnen von Wadenstierna flatterten munter im Sommerwind, und die Sonne trat langsam ihren Weg gen Westen an.

«Ich dachte immer, du hältst mich für viel zu nörgelig, als dass irgendeine Frau mich würde haben wollen», sagte Seth.

«Juliana Sparre schien sich in deiner Gesellschaft doch sehr wohl zu fühlen», meinte Olav mit fragendem Unterton.

Aber Seth schüttelte nur den Kopf. «Nein, die nicht. Auch wenn sie einen göttlichen Körper hat», fügte er hinzu.

«Bitte vergiss nicht, dass ich Pfarrer bin.»

«Ja, ja. Übrigens, wie stehen die Dinge eigentlich mit Miss Mary Highman?», fragte Seth betont unschuldig. «Wie ich gesehen habe, hat sie dir geschrieben. Schon wieder.»

«Ich kann dir versichern, dass zwischen Miss Mary und mir nichts Ungebührliches vorgefallen ist. Unsere Korrespondenz ist vollkommen ehrenhaft», erwiderte Olav würdevoll, doch er spürte, wie er rot wurde.

Seth lachte laut. Dann nahm er die Zügel auf, stand in den Steigbügeln auf und spähte über die fruchtbare Landschaft. «Na, dazu habe ich meine eigene Meinung», sagte er. «Aber ich verspreche, dass ich mich mehr um Christian kümmern werde, wenn ich deinen Klagen damit ein Ende setzen kann. Komm, wir machen ein Wettrennen runter zum Schloss. Der Sieger darf morgen Madame de Beaumarchais zu Tisch führen.»

*

Jacques Denville warf einen Blick aus dem Fenster des eleganten Wagens, der ihn und Vivienne de Beaumarchais nach Schloss Wadenstierna brachte. Er beobachtete, wie die Bauern einen Maibaum für die Mittsommerfeier aufstellten. Seine Begleiterin sah ebenfalls aus dem Fenster.

«Was ist das denn?», fragte sie verblüfft.

«Ein schwedischer Brauch, den ich nie so ganz verstanden habe», antwortete Jacques. «Sie tanzen um so einen geschmückten Baumstamm und trinken Schnaps bis zum Umfallen. Und rohen Fisch essen sie, glaub ich, auch noch dazu.»

«Hmm. Sehr merkwürdig», meinte Vivienne und betrachtete weiter die idyllische Landschaft, die vor dem Wagenfenster vorbeizog.

Sehnsuchtsvoll musterte Jacques Viviennes Profil, die langen schwarzen Wimpern und das glänzende dunkelbraune Haar unter dem extravaganten Sommerhut. Er war so verliebt, dass es schon wehtat.

«Was ist?» Sie drehte sich um. Ihre blaugrauen Augen funkelten, und Jacques seufzte sehnsüchtig.

«Du weißt, dass du mich zum glücklichsten Mann auf Erden machen würdest …», begann er, doch Vivienne schüttelte vorwurfsvoll den Kopf. Jacques ergriff ihre behandschuhte Hand und küsste sie leidenschaftlich, doch er gehorchte und insistierte nicht weiter. Wann würde diese sture Frau endlich verstehen, dass es ihm ernst war?

«Ist Monsieur Hammerstaal verheiratet?», fragte sie.

Jacques schüttelte den Kopf, ließ ihre Hand aber immer noch nicht los und verflocht seine Finger mit ihren. «Nein, aber nach allem, was ich gehört habe, hat sich Seth in den letzten Monaten durch den gesamten Frauenbestand Stockholms gearbeitet.»

Fragend hob Vivienne die Augenbrauen.

«Ich glaube, Seth war tatsächlich vor einer Weile richtig verliebt in eine Frau», fuhr er fort. «Aber sie hat sich für einen anderen entschieden, und jetzt hasst er sie.» Jacques setzte sich neben seine Gefährtin und zog sie an sich. «Aber warum sprechen wir von anderen Männern? Küss mich lieber.»

Vivienne ließ sich überzeugen und gewährte ihm den Kuss. Sie musste zugeben, dass sie sich in Jacques' Gesellschaft durchaus wohl fühlte. Er konnte gut küssen und verstand sich auch auf all die anderen Dinge, die einer Frau wichtig waren. Und im letzten halben Jahr hatte er zweimal um ihre Hand angehalten. Natürlich hatte sie Nein gesagt. Sie war nicht interessiert daran, neuerlich einen Mann zu haben, der über sie bestimmen durfte. In Sachen Ehe hatte sie ihre Lektion gelernt, deswegen war sie nicht bereit, es noch einmal zu probieren.

«Und wie fandest du die Reise bis jetzt?», murmelte Jacques mit den Lippen an ihrem Mund, ohne ihre Hand loszulassen.

«Gar nicht schlecht», antwortete sie mit einem leichten Lächeln. Als sie im Herbst von der geplanten Bildungsreise in den Norden erzählt hatte, hatte Jacques darauf bestanden, sie zu begleiten. Inzwischen hatten sie Karlberg, Drottningholm, das königliche Schloss und noch einige andere Sehenswürdigkeiten zusammen besichtigt. Als er sie bat, sie seinem Freund vorstellen zu dürfen, hatte sie sich mit großer Skepsis darauf eingelassen. Das Letzte, woran sie interessiert war, war ein ehemaliger schwedischer Offizier, der in einer zugigen Ruine mitten im Nirgendwo wohnte.

Doch nichts hatte sie auf den Anblick vorbereitet, der sich ihnen am Ende der großzügigen Auffahrtsallee bot. Obwohl Vivienne de Beaumarchais für sich in Anspruch nahm, nicht leicht zu beeindrucken zu sein, musste sie nach Luft schnappen, als sie durch das Wagenfenster das weiße Schloss erblickte.

«*Merde!*», rief sie und starrte Jacques an. «Was für ein Palast! Und du hast mich in dem Glauben gelassen, es wäre nur eine alte Ruine.»

Er grinste. Offenbar war er zufrieden mit ihrer Reaktion auf den umwerfenden Anblick. «Niemals. Du bist davon ausgegangen, dass es eine alte Ruine ist, und ich habe nichts dagegen gesagt. Du bist ein Snob, Viv. Es geschieht dir recht, wenn deine Vorurteile sich als Vorurteile entpuppen.»

«Das ist wirklich großartig», gab sie zu. «Als du sagtest, dass das Schloss aus dem Mittelalter stamme, habe ich mir so etwas einfach nicht vorstellen können – es ist wundervoll», staunte sie und betrachtete das schimmernd weiße Wadenstierna mit aufrichtiger Bewunderung.

«Willkommen, Denville», hörte Vivienne eine tiefe Stimme hinter sich auf Französisch sagen. Sie drehte sich um und blinzelte dem Mann entgegen, der auf den Vorhof gekommen war, auf dem ihr Wagen gehalten hatte. Er war größer als Jacques, breiter und kräftiger und nicht ganz so gut aussehend. Er hatte harte, fast schon zynische Linien im Gesicht und einen strengen Zug, der dem Charmeur Jacques völlig abging. Doch Vivienne war Frau genug, diese Aura roher Kraft aufrichtig zu schätzen, die den großen Mann umgab. Außerdem war er tadellos gekleidet. In der schönen, hellen Hose, dem weißen Leinenhemd und der eleganten Jacke war er meilenweit entfernt von dem unzivilisierten Mann, den sie sich vorgestellt hatte. Sie beobachtete, wie die beiden Männer sich herzlich begrüßten, dann wandte sich Monsieur Hammerstaal ihr zu.

«Willkommen auf Wadenstierna, Madame de Beaumarchais», sagte er mit seiner dunklen Stimme, während seine intensiven Augen sie aufmerksam musterten.

Vivienne spürte, wie ihr ein wohliger Schauder über das Rückgrat lief. Sie hatte noch nie eine Schwäche für den ernsthaften Typ Mann gehabt, doch dieser hier – *mon dieu*, was für ein Mann.

«Jacques hat mir erzählt, Sie seien die schönste Frau, die er je kennengelernt hat. Jetzt sehe ich, dass seine unmusischen Versuche, Sie zu beschreiben, Ihrer Schönheit nicht annähernd gerecht werden.» Ein kurzes Lächeln stahl sich auf Seth Hammerstaals beherrschtes Gesicht, und Viviennes Puls wurde etwas schneller.

«Pah!» Sie wedelte abwehrend mit der Hand. «Jacques redet so viel, die Hälfte würde auch reichen, Monsieur Hammerstaal.»

«Da kann ich Ihnen nur zustimmen», meinte Seth und bot ihr den Arm, den sie mit Anmut annahm. Zufrieden betastete sie die starken Muskeln. Dieser Ausflug würde doch nicht so übel werden, wie sie befürchtet hatte.

Für den Mittsommerabend hatte Seth noch einige weitere Freunde zum Abendessen eingeladen. Die Dienerschaft hatte den Tisch unten am Wasser gedeckt, und Seth hatte ein Sonnensegel aufspannen und Wein in eisgefüllten Eimern kalt stellen lassen. Die Grillfeuer brannten schon, und das Fleisch, das sich unter der Aufsicht von zwei Dienern am Spieß drehte, verbreitete seinen appetitlichen Duft. Gequält blickte Seth übers Wasser, während er auf seine Gäste wartete. Er gestattete sich nur selten einen Gedanken an Beatrice, aber heute konnte er es einfach nicht unterdrücken. Vielleicht weil Johan und Sofia ebenfalls kommen sollten, wahrscheinlich erinnerte ihn das frisch verheiratete Paar an das, was er sich selbst so heiß ersehnt hatte. Er schluckte den Kloß im Hals und drehte sich um, als er die Gäste kommen hörte.

Sofia lauschte Vivienne de Beaumarchais mit großen Augen.

«Und in ein paar Wochen reisen wir weiter nach Uppsala, um Linnés Heimat zu sehen», fuhr Vivienne fort, und Sofia, die zu keinem Wort fähig war, blinzelte nur. Diese Frau war wie ein neuer Geschmack oder ein exotischer Duft, und ihre Kleider waren von einer Qualität, die alles in Schweden bei Weitem übertraf. Der Schnitt – von den Spitzen am weißen Sonnenschirm bis zu den Silberabsätzen an den eleganten Seidenschuhen – war so umwerfend modern, dass Sofia nur noch den brennenden Wunsch verspürte, auch so etwas Schönes zu besitzen. Vivienne war einfach die exquisiteste Person, die sie jemals kennengelernt hatte. Und wenn Sofia das atemberaubend schnelle Französisch richtig verstanden hatte, dann reiste diese Frau gerade *allein* durch den Norden. Sie warf einen Blick auf den gutgekleideten schwarzhaarigen Franzosen, der Vivienne anlächelte. Na ja, *fast* allein.

Anscheinend ließ sie sich vom eleganten Jacques Denville begleiten, ohne jede Anstandsdame, abgesehen von einer Armada Bediensteter. Sofia fand es im Grunde schockierend. Aber vielleicht lebten die Witwen in Frankreich ja nach anderen Regeln?

Während Vivienne weiter redete und gestikulierte, musterte Sofia heimlich Seth. Sie wäre ihm am liebsten aus dem Weg gegangen und hatte das Gefühl, unloyal gegenüber Beatrice zu sein, die zu Hause saß, während sie selbst auf ein Fest gefahren war. Bestimmt hätte ihre Cousine mit Vergnügen die schillernde Vivienne kennengelernt.

Als ob er ihre Gedanken gelesen hätte, drehte sich Jacques zu ihr um. «Ist Fräulein Beatrice auch hier?»

Sofia spürte, wie es ihr den Hals zuschnürte. Tränen brannten ihr in den Augen. «Nein», sagte sie leise.

Vivienne sah die beiden fragend an.

«Wir sprechen von Frau Stjerneskanz' Cousine. Ich habe sie auf der Hochzeit kennengelernt», erklärte Jacques und wechselte dann geschickt das Thema.

Von allen Gästen hatte nur Vivienne bemerkt, wie Seth erstarrte, als Fräulein Beatrice erwähnt wurde. Nachdenklich sah sie ihn an. Sein Blick schien sich irgendwo in der Ferne zu verlieren, und ihre Gedanken begannen wie von selbst zu wandern. Während sie mit einem Ohr der Konversation lauschte, begann ihr Gehirn, alle interessanten Fakten zusammenzutragen.

Einer der männlichsten und wohlhabendsten Junggesellen, die sie je getroffen hatte, hatte sich nach Jacques' Angaben vor einer Weile in eine Frau verliebt, die ihn jedoch abwies. Jacques glaubte, dass sein Freund diese Frau hasste. Doch derselbe Junggeselle erstarrte jetzt zur Salzsäule bei der bloßen Erwähnung Fräulein Beatrices. Mit keinem Wort und keiner Miene verriet er, dass er Beatrice kannte oder sich irgendwie für sie interessierte.

Ihre Mundwinkel zuckten, als ihr die Wahrheit dämmerte.

Oh, là, là. Seth Hammerstaal hasste Beatrice überhaupt nicht. Er war verliebt in sie. Vivienne sah sich um. Und keiner seiner Freunde ahnte irgendetwas. *Très intéressant.*

Frohes Gelächter riss sie aus ihren Gedanken, als sich zwei weitere Gäste am Seeufer einfanden. Johans Schwestern, nahm sie an und musterte die beiden. Nun gut, sie würde sich ihren interessanten Gedanken zu Seth Hammerstaal und seinem Liebesleben später noch einmal zuwenden. Immerhin war sie ja nach Schweden gekommen, um sich weiterzubilden. Sie sah sich um. Keine Spur von rohem Fisch. Gott sei Dank.

«Wie gefällt dir denn dein Leben als Schlossherr?», fragte Johan, während er den Whisky betrachtete, den er langsam im Glas schwenkte.

Nur noch Jacques, Seth und er waren auf. Alle anderen hatten sich schon lange zur Nachtruhe verabschiedet. Die drei Männer saßen in einem der Salons des Schlosses. Die Fenster standen offen, um die laue Sommernacht einzulassen, und sie genossen die Zigarren und Seths schottischen Single Malt.

Seth hob fragend die Augenbrauen.

Johan zuckte entschuldigend mit den Schultern. «Ehrlich gesagt, du siehst ziemlich mitgenommen aus», meinte er. «Olav hat mir erzählt, dass du rund um die Uhr arbeitest, und in der Stadt habe ich alle möglichen Gerüchte über dich gehört. Ich dachte, du hättest dir Wadenstierna zugelegt, um dein Tempo mal ein wenig zu drosseln?»

«Dein Leben als Ehemann hat dich wohl zimperlich gemacht», meinte Seth abwehrend. «Ich arbeite am Tag, und am Abend treffe ich mich mit schönen Frauen. Ich habe wirklich keinen Grund zur Klage.» Er kippte seinen Whisky herunter.

«Lass ihn doch in Ruhe. Wenn er in dieser Laune ist, kann man nicht mit ihm reden», meinte Jacques. Er sagte es in einem möglichst sorglosen Ton, doch in seinem Blick lag eine Warnung, und Johan verstand sie und schwieg.

«Fehlt dir dein Junggesellendasein denn gar nicht?», erkundigte sich Jacques, und Johan begriff, dass der Franzose vom Thema Seth ablenken wollte.

Er schüttelte den Kopf. «Vielleicht bin ich zimperlich

geworden», antwortete er, «aber das Leben als Ehemann hat seine Vorteile.» Er nahm die Flasche, die Jacques ihm reichte. «Du solltest es ausprobieren. Wo wir gerade davon reden – warum hast du deine Vivienne denn noch nicht zu einer ehrbaren Frau gemacht? Ihr seid doch wie füreinander geschaffen.»

Jacques zog eine Grimasse, griff noch einmal nach der Whiskyflasche und goss sich und Seth einen Schuss des rauchig schmeckenden Getränks ein. «Genau das ist meine Absicht», sagte er. «Glaub mir, ich habe versucht, sie zu einer ehrbaren Frau zu machen, aber sie will nicht. Ich verstehe nicht, was im Kopf dieser sturen Frau vorgeht.»

«Meinst du, dass sie dich nicht will?», fragte Johan. Seine Mundwinkel zuckten.

«Sie hat mir schon zwei Körbe gegeben», sagte Jacques verdrossen. Er lehnte sich in seinem Sessel zurück und sah ganz verblüfft aus, als Johan laut loslachte.

«Lach du nur, wenn du das so schrecklich lustig findest», knurrte Seth kühl.

Die Bitterkeit in der Stimme seines Freundes ließ Johan zusammenzucken. «Was meinst du damit?», fragte er und runzelte die Stirn.

«Das heißt, dass ich auch schon mal einen Korb bekommen habe, und es war überhaupt nicht lustig.» Seth leerte sein Glas und hielt es Jacques sofort wieder zum Nachschenken hin. Es sah aus, als wollte er sich richtig betrinken. Johan hatte ihn noch nie so trinken sehen.

«Das meinst du doch wohl nicht im Ernst? Wer sollte dir denn einen Korb geben?», fragte Jacques, während er Seths Glas auffüllte.

«Wenn du es denn unbedingt wissen musst: Ich war einmal umnachtet genug, um die Hand von Beatrice Löwenstein anzuhalten, aber ich wurde abgewiesen.»

Johan und Jacques starrten ihn fassungslos an.

«Wie bitte?» Johan war völlig verblüfft.

«Bist du taub?», zischte Seth. «Ich habe um ihre Hand angehalten, und sie hat Nein gesagt, weil sie sich schon mit Rosenschöld verlobt hatte.» Er spuckte die Worte beinahe aus.

«Aber das verstehe ich nicht …», sagte Johan. Seths Verhalten und seine Worte waren völlig unlogisch. Johan musste an sein Gespräch mit Sofia zurückdenken. Nach ihren Worten hatte Beatrice sich entschieden, die arrangierte Ehe mit Rosenschöld einzugehen, weil Seth sie nicht haben wollte. Und jetzt saß er hier und sah aus, als würde er fast zugrunde gehen an seinem Liebeskummer.

«Was zum Teufel gibt es da nicht zu verstehen?», fragte Seth.

«Warum hat sie Nein gesagt?», bohrte Johan hartnäckig weiter.

Seths Gesicht verzog sich zu einer bitteren Grimasse. «Ich sage dir doch, sie wollte einen Adelstitel. Frauen haben eben so ihre Prioritäten.»

«Ich finde, das klingt sehr merkwürdig», beharrte Johan.

Jacques schüttelte warnend den Kopf, und Johan begriff, dass Seth schon an einer gefährlichen Grenze war.

«Was spielt das denn noch für eine Rolle?», presste Seth zwischen zusammengebissenen Zähnen hervor. «Sie hat ihre Wahl getroffen und muss damit leben.»

Johan seufzte, doch mit einer Feststellung hatte Seth sicher recht: Es spielte keine Rolle mehr. Trotzdem protestierte der Jurist in ihm. Hier fehlte doch irgendeine Information. Mit einem raschen Blick auf seinen Freund wechselte Johan das Gesprächsthema, und keiner erwähnte Beatrice Löwenström weiter.

19

Wenn Beatrice das Leben vorher schon als eintönig empfunden hatte, so war es doch nichts gegen die trostlose Monotonie, die sich einstellte, nachdem Sofia das elterliche Heim verlassen hatte. Johan führte ein gastfreundliches Haus, und die Briefe, die Sofia während der Sommermonate nach Hause schrieb, waren voller Schilderungen von ausgelassenen Festen und Bällen, spannenden Badeausflügen, Musikabenden und Theaterbesuchen. Das alles stand in deutlichem Gegensatz zu der Eintönigkeit, die Beatrices Leben beherrschte.

Zu Sommeranfang reiste Miss Mary nach England, und Beatrice fuhr mit Harriet aufs Land. Wilhelm und Edvard waren mit sich selbst beschäftigt, und Beatrice verbrachte die einsamen Sommertage mit Spazierengehen, Lesen und Grübeln. Und sie las auch die Tageszeitungen, die Wilhelm mitbrachte, wenn er zu Besuch kam. Nicht nur Sofia amüsierte sich bestens, stellte sie bitter fest, wann immer sie die Klatschspalten überflog und Seths Namen las.

Im August kehrte das Leben teilweise in die Hauptstadt zurück, und Beatrice zog mit Harriet und Miss Mary wieder nach Stockholm. Bald würde die Wintersaison beginnen, und obendrein bereitete sich die Hauptstadt auf die Hochzeit des Kronprinzen vor.

Eines Tages kam Sofia sie in der Drottninggatan besuchen. Ihre Augen strahlten, sie hatte eine völlig neue Garderobe und lud Beatrice zu einem Besuch im Nationalmuseum ein.

Während sie im Schatten auf der Museumstreppe auf

Johan warteten, blickte Sofia zum Schloss auf der anderen Uferseite hinüber.

«Kannst du dich noch an den königlichen Ball erinnern?», fragte sie, um im nächsten Moment verlegen zu verstummen.

«Ja, ein verzauberter Abend war das», antwortete Beatrice ruhig und streckte die Hand aus. «Meine Liebe, mach dir um mich keine Sorgen. Es ist schön, dich wiederzusehen. Seit du weg bist, ist es zu Hause nicht mehr wie früher.»

Sofia drückte ihr die Hand, und zu ihrem Schrecken spürte Beatrice, wie ihr die Tränen unter den Lidern brannten. «Ich freue mich schon auf die Gemälde», sagte sie hastig. «Ich habe gehört, dass sie ganz großartig sein sollen.»

Johan kam ihnen entgegen, gefolgt von Graf Rosenschöld. Der Graf lächelte, doch Beatrice schauderte nur. Wenn er es sich zumindest verkneifen könnte, sie so seelenlos anzulächeln. Widerwillig nahm sie seinen Arm. Sie würde sich einfach auf die Bilder konzentrieren, dachte sie, während sie durch den großen Eingang ins kühle Museum schritten. Diese Scharade würde ja hoffentlich bald vorbei sein.

«Wann fahrt ihr wieder?», fragte Beatrice ihre Cousine, die vor ihr ging.

Sofia drehte sich um. «Wir machen noch eine verspätete Hochzeitsreise nach Deutschland», erklärte sie. «Wir fahren schon nächste Woche. Johan will danach eigentlich weiter nach Südeuropa, aber ich habe darauf bestanden, dass wir zu eurer Hochzeit im September wieder hier sind.»

Beatrice musste in sich hineinlächeln. Das hätte sie ja gerne gesehen, wie Sofia auf etwas *bestand*. Johan war ein guter Mann, dachte sie, und er war gut zu Sofia. Er betrachtete seine Frau als Mensch mit eigenen Vorstellungen, nicht nur als dekoratives Beiwerk. Bei diesem Gedanken spürte Beatrice einen Stich in der Brust. Sie wünschte, er wäre nicht so reserviert zu ihr. Unhöflich war er nie, doch die Freundschaft, die auf Gröndal und Irislund zwischen ihnen gewachsen war, war in dem Moment verschwunden, als Johan erfahren hatte, dass sie sich mit Rosenschöld verlobt hatte.

Die bittere Ironie der Situation brannte ihr in der Seele. Wenn sie sich geweigert hätte, sich dem Willen ihres Onkels zu beugen, würde jetzt Sofia wie ein gekauftes Stück Vieh am Arm des Grafen umhergehen, statt verliebt ihren Johan anzustrahlen.

Sie kamen in einen Saal mit Bildern, die Beatrice wiedererkannte, und ihre Stimmung stieg schlagartig. Impressionisten. Sie blieb vor einem der Gemälde stehen und bewunderte das glitzernde Wasser und die ungewöhnlichen Motive. Zum ersten Mal seit langer Zeit fühlte sie wieder so etwas wie Glück.

«Triviales Geschmier», zischte Rosenschöld an ihrer Seite. «Sieht aus, als hätte jemand einfach die Farbe von seiner Palette gekratzt und damit auf der Leinwand herumgefuhrwerkt.»

Sie tat so, als würde sie ihn gar nicht hören, und ging weiter. Bald, hämmerte es in ihrem Kopf – dasselbe Mantra, das sie innerlich wiederholte, seit sie ihren Brief abgeschickt hatte. *Bald.*

«Madame Stjerneskanz!»

Beatrice sah, wie Sofia sich umdrehte, als sie die französische Stimme hörte. Fröhlich winkte ihre Cousine der Frau zu, die ihren Namen gerufen hatte. Beatrice beobachtete, wie sich eine äußerst mondäne Gesellschaft über den schwarz-weißen Marmorboden näherte. Sie erinnern fast an ein impressionistisches Gemälde, dachte sie. Frauen in sommerlichen Kleidern wurden von gutgekleideten Männern begleitet, und ihr Lachen hallte von der gewölbten Decke wider. Die Frau, die nach Sofia gerufen hatte, war klein und exquisit in Volants und Tüll gekleidet.

Plötzlich entdeckte Beatrice ein bekanntes Gesicht in der Gesellschaft. Eifrig winkte sie dem gutgekleideten Mann mit den bernsteinfarbenen Augen zu. «Monsieur Denville, so eine Überraschung», rief sie, ohne sich um den warnenden Blick des Grafen zu kümmern.

Jacques Denvilles Gesicht hellte sich auf, und er kam zu ihnen. Sie stellte ihn rasch vor, und er verbeugte sich vor dem Grafen.

«Monsieur», sagte er, bevor er sich mit einem Funkeln in den Augen an Beatrice wandte. «Darf ich Ihnen meine gute Freundin vorstellen – Madame Vivienne de Beaumarchais.»

So, so, das ist also Beatrice, dachte Vivienne interessiert.

Sie wusste nicht so recht, was sie von der rothaarigen Schwedin halten sollte. Sie war hochgewachsen – diese schwedischen Frauen waren wirklich groß –, doch sie hatte eine so anmutige Haltung, dass viele Pariserinnen nur sehnsüchtig hätten seufzen können. Ihr Haar ließe sich mit Hilfe einer geschickten Französin sicher vorteilhaft frisieren – in Schweden schien ja keiner zu wissen, wie man sich eine anständige Frisur machte. Die Sommersprossen waren ein bisschen zu zahlreich, doch sie hatte immerhin Verstand genug, nicht daran herumzubleichen. Die dunklen Kleider waren einfach nur eine *catastrophe totale*, aber insgesamt war sie eine interessante Bekanntschaft mit ihrer melodischen Stimme und den intelligenten Augen.

Und ihr Französisch war überraschenderweise ohne Fehl und Tadel.

«Vivienne hat von einem skandalösen Gemälde gehört, das sie absolut sehen wollte.» Jacques hob ihre Hand an den Mund und küsste ihr die Fingerspitzen. «Und Viviennes Wunsch ist mir Befehl.»

Ungerührt versetzte sie ihm einen Klaps mit ihrem Fächer. Alles zu seiner Zeit, und eigentlich hatte sie schon immer lieber Menschen studiert als Gemälde. Sie wandte sich an die beiden Frauen. «Wir fahren nächste Woche weiter nach Uppsala. Dort wollen wir uns so einen zornigen schwedischen Dramatiker anhören, der ein Stück aus seinem Roman vorlesen wird. Aber ich habe hier in Stockholm ein kleines Haus gemietet und veranstalte morgen eine Soiree. Es wäre schön, wenn Sie auch kommen könnten.»

Beatrice und Sofia nahmen die Einladung an, und nach kurzem Geplauder ging die kleine Gruppe davon. Vivienne sah ihnen nachdenklich nach. Mademoiselle Beatrice machte auf sie den Eindruck einer zutiefst unglücklichen Frau.

*

«Ich weiß, das Haus ist seltsam», sagte Vivienne zu Sofia und Beatrice, als sie am nächsten Tag stumm die ausgestopften Tierköpfe betrachteten, die jede Fläche der gemieteten Villa in Djurgården bedeckten. «Der Mann, dem es gehört, ist ein Freund meines Vaters, und er lässt mich den Sommer über hier wohnen. Auf eine bizarre Art ist es sogar interessant, finden Sie nicht?» Sie betrachtete mit gerunzelter Stirn die Wände. «Ich wusste gar nicht, dass es so viele verschiedene Tiere zu erlegen gibt. Und das ist alles noch gar nichts gegen die seltsamen Bediensteten.» Mit

Verschwörermiene beugte sie sich vor und flüsterte: «Am Ende musste ich mir mein Essen außer Haus bestellen. Ich habe alles vom Hotel Rydberg kommen lassen. Wer weiß, was die mir hier sonst gekocht hätten. Und ich schlage vor, Sie halten sich davon fern …» Sie deutete auf ein Tablett. «Die Köchin bestand darauf, diese Dinger hier zuzubereiten, aber niemand weiß, was darin ist.» Vivienne machte eine abwehrende Handbewegung, als ein Diener ihr ein Tablett mit braunen Klößchen hinhielt. «Hol lieber Champagner. Und stell das da weg», befahl sie. Dann senkte sie wieder die Stimme. «Ich habe ihnen gesagt, dass sie sich einfach im Hintergrund halten und meine Diener machen lassen sollen, aber trotzdem laufen sie die ganze Zeit hier herum.»

Beatrice lächelte die plappernde Frau an.

Vivienne trug ein silbernes Kleid, das aussah, als wäre es direkt *La Mode Illustrée* entsprungen. Kleine Smaragde schmückten ihren Hals und ihre Ohren, und Beatrice konnte einen Blick auf ein Paar hochhackige Schuhe unter den Röcken erhaschen.

Ich wünschte nur, ich wäre nicht mit Rosenschöld hier, dachte sie. Warum kann er mich nicht allein mit Sofia und Johan gehen lassen? Ich darf mir ja nicht mal mehr selbst meine Kleider aussuchen. Als der Graf sie in dem hellgrünen Sommerkleid gesehen hatte, das sie zuerst gewählt hatte, hatte er sie gezwungen, noch einmal umzukehren und sich umzuziehen. Jetzt trug sie eines der adretten Kleider, die er anscheinend einer zukünftige Gräfin angemessen hielt. Aber das bin ich noch nicht, dachte sie rebellisch. Sie war keine Gräfin, und sie war niemandes Eigentum.

«Wo ist Ihr Gatte, Madame de Beaumarchais?», erkundigte sich Rosenschöld auf Französisch.

Vivienne sah ihm in die Augen, ohne mit der Wimper zu zucken. «Ich hoffe, dass er immer noch da liegt, wo ich mich zuletzt von ihm verabschiedet habe, nämlich im Familiengrab in Rouen.» Sie lächelte liebenswürdig. «Alles andere wäre doch äußerst makaber, finden Sie nicht?» Sie reichte Beatrice die Hand. «Wir Frauen wollen die Männer nicht daran hindern, eine Runde zu drehen und sich mit den anderen Gästen bekannt zu machen.» Sie deutete mit einer Kopfbewegung auf einen Tisch, an dem sich mehrere Männer versammelt hatten. «Sie können Ihre Verlobte meiner Obhut unbesorgt anvertrauen.» Herausfordernd sah sie ihn an, und Rosenschöld hatte keine Wahl, also räumte er das Feld und warf Beatrice nur noch einen mahnenden Blick zu.

«Ich glaube, wir brauchen Champagner», entschied Vivienne. «Und dann werden wir uns hoffentlich näher kennenlernen.» Sie sah auf, als eine geräuschvolle Gesellschaft eintraf. «Ich muss sie nur kurz begrüßen, dann können wir uns weiter unterhalten.»

Beatrice konnte nicht einmal einen Schluck von ihrem Glas nehmen, da stand Rosenschöld auch schon wieder neben ihr. «Stell das sofort weg», befahl er. «Ich werde Bescheid geben, dass man dir Limonade bringen soll.»

Beatrice spürte, wie ihr die Hitze in die Wangen stieg. «Ich will aber Champagner trinken», protestierte sie.

Er sah sie kühl an. «Stell das Glas weg. Sofort.»

Gedemütigt tat sie, was er ihr befohlen hatte, und stellte das Glas mit dem unberührten Champagner auf einen Tisch. Sie wollte eine Szene vermeiden, doch diese Zurechtweisung war so erniedrigend, dass sie den Tränen nahe war. Sollte so ihre Zukunft aussehen? Ein Mann, der bestimmte, was sie trank und welche Kleider sie tragen durfte? Sie sah sich um und fing einen Blick von Vivienne auf. Die Französin verließ die Gruppe der Neuankömmlinge, die sie gerade begrüßt hatte.

«Sie scheinen ja viele Bekannte in Stockholm zu haben», bemerkte Rosenschöld und musterte Vivienne. «Reisen Sie wirklich allein? Ist das nicht unpassend für eine Frau?»

Vivienne hob eine ihrer elegant geformten Augenbrauen. «Mein Lieber, wo haben Sie nur diese seltsamen Ansichten her?»

«Ich bin sicher, dass in Frankreich andere Sitten herrschen, aber in Schweden kann sich eine Frau der besseren Gesellschaft ganz einfach nicht so benehmen», erwiderte er steif.

«Ja, aber Sie wissen sicher, was die Franzosen vor gar nicht allzu langer Zeit mit unserer Aristokratie gemacht haben», antwortete Vivienne und vollführte mit der Hand eine vielsagende Bewegung vor der Kehle. Beatrices Mundwinkel zuckten. Die Französin warf einen Blick auf das Glas in Beatrices Hand. «Da hat Ihnen irgendjemand versehentlich Limonade gegeben, ich werde sofort dafür sorgen, dass Sie etwas Anständiges zu trinken bekommen.» Sie wandte sich wieder an Rosenschöld. Ihr Lächeln war zuckersüß, doch in ihren Augen lag ein hartes Funkeln. «Sagen Sie, Monsieur le Comte, Sie werden doch sicher nicht so unverschämt sein, Ihre Verlobte derart zu monopolisieren? Was sollen die anderen Gäste denn dazu sagen?»

Beatrice sah, wie ihr zukünftiger Mann einerseits mit seinem Zorn über Viviennes offene Provokation kämpfte, andererseits aber auch zu verhindern versuchte, sich vor so vielen prominenten Gästen lächerlich zu machen. Vivienne mochte neu in Stockholm sein, doch die Adeligen, Höflinge und anderen hochgestellten Gäste, die sich einer nach dem anderen zu ihrer Soirée einfanden, gehörten samt und sonders zur Elite der Stockholmer Gesellschaft. Wenn der Graf nicht das Geschwätz der nächsten Tage abgeben wollte, musste er sich der Französin beugen, das wussten alle drei. Er machte also auf dem Absatz kehrt und ging davon.

Es war Beatrice ein Vergnügen zu sehen, wie Vivienne den Grafen so mühelos zurechtgewiesen hatte, doch trotzdem verspürte sie einen Stich. War es wirklich schon so weit, dass sie Angst vor Rosenschöld und seinem Zorn hatte? Vor nicht allzu langer Zeit hätte sie ihm auch noch ganz anders geantwortet. Sie ließ den Blick zu Sofia und Johan hinüberschweifen, die sich mit Jacques unterhielten. Gerade lachten sie über irgendetwas, und Beatrice musste sich eifersüchtig eingestehen, dass sie bereits eine Geschichte teilten, zu der sie nicht mehr gehörte. Seit der Verlobung mit Rosenschöld war jeder Umgang mit Gleichaltrigen plötzlich ein Luxus, der ihr meistens verwehrt blieb, und der Widerstand regte sich in ihr. Sie wollte auch dort stehen und unbekümmert lachen. Was konnte Rosenschöld schon dagegen unternehmen, wenn sie zu den anderen ging und ihnen Gesellschaft leistete? Würde er sie an den Haaren davonschleifen? Wohl kaum. Ihr mit dem Finger drohen? Und dann? Sie würde dort hingehen, sie würde sich amüsieren und jung sein. Geräuschvoll stellte sie ihr Limonadenglas aus der Hand. Doch dann blieb sie wie angewurzelt stehen.

Seth Hammerstaal hatte den Raum betreten.

Panik überfiel sie. Was machte Seth hier? Niemand hatte ihr gesagt, dass er kommen würde.

Nur zu gut konnte sie sich noch an ihre letzte Begegnung erinnern, als er mit der Schankkellnerin auf dem Schoß so hasserfüllt und verletzend mit ihr gesprochen hatte. Doch die Erinnerung an diesen Abend wurde von anderen Bildern überlagert, von Bildern eines lachenden, neckenden Seth, der sie küsste, dass ihr der Atem wegblieb. Ein charmanter Seth, der sie vor tausend Jahren auf dem königlichen Ball vor Rosenschöld gerettet hatte. Ein Seth, der ihr schöne Augen machte und sie ansah, als wäre ihm wichtig, was sie sagte und dachte. Ein ernsthafter Seth, der sie zur Frau hatte haben wollen.

Gelächter und Stimmen rundherum klangen auf einmal ganz verzerrt, und ihr Blickfeld verschwamm an den Rändern.

«Beatrice?»

Viviennes Stimme kam wie aus weiter Ferne. Beatrice schluckte ihre Panik hinunter und holte tief Luft. Während die Geräusche langsam wiederkehrten, sah sie sich um.

Seltsam, alles war wie vorher. Die Abendsonne fiel durch die dünnen Gardinen, das Personal sammelte Porzellanteller ein und füllte Gläser nach, und Seth sah in seiner dunklen Hose, dem weißen Hemd und der goldbraunen Jacke sehr elegant aus. Gerade fuhr er sich durchs Haar und lachte über etwas, was Jacques zu ihm gesagt hatte.

«Beatrice?», wiederholte Vivienne.

Sie lächelte unsicher. «Keine Sorge, mir ist nur ein bisschen schwindlig geworden. Es geht mir schon wieder besser.» Doch sie wich Viviennes forschendem Blick aus.

Früher hätte Beatrice es vermeiden können, Rosenschöld als Tischherrn zu haben, doch nun waren sie Verlobte und saßen selbstverständlich nebeneinander.

Seths Platz war schräg gegenüber, und obwohl er sie nicht ansah, war Beatrice sicher, dass er sich ihrer Anwesenheit bewusst war. Ihre Blicke waren sich ein einziges

Mal begegnet, doch er hatte sie nicht einmal gegrüßt. Er streifte sie nur mit einem leeren Blick und wandte sich wieder seinen Tischnachbarn zu.

Appetitlos stocherte sie auf ihrem Teller herum.

«Gehören Sie zu den Damen, die hungern, um schlank zu sein?», erkundigte sich der Herr links von ihr.

«Man hat mich gewarnt, dass in den Gerichten vielleicht Teile davon verarbeitet worden sind», flüsterte sie und deutete auf die ausgestopften Tierköpfe.

Der Mann sah so erschrocken aus, dass sie in Gelächter ausbrach.

«Nein, entschuldigen Sie, das war nur ein Scherz», sagte sie, zwinkerte und nahm demonstrativ einen Bissen.

«Warum machen Frauen das eigentlich?», erkundigte sich der Mann jetzt interessiert. «Ich meine, dass sie hungern.»

«Wahrscheinlich aus demselben Grund, aus dem wir auch alle anderen Dinge tun: der Männer wegen.»

«Es ist Aufgabe der Frau, eine Zierde für ihren Mann zu sein», verkündete Rosenschöld laut: «Alle wissen, dass zwischen Männern und Frauen ein großer Unterschied besteht, vor allem in unserer Gesellschaftsschicht», fuhr der Graf fort, und der Mann auf der anderen Seite nickte höflich. «Frauen müssen mit ihren Energien haushalten. Sie sind nicht wie wir Männer, sie sind schnell erschöpft durch intellektuelle Arbeit, und das macht sie schwach. Nicht der Nahrungsmangel.»

«Der Graf meint also, eine Frau sollte sich keinem intellektuellen Zeitvertreib hingeben?», fragte der Mann interessiert.

Beatrice war plötzlich unsichtbar geworden.

«Selbstverständlich nicht», erwiderte der Graf. «Der Frauenkörper ist ein empfindlicher Organismus, wie jeder sehen kann. Diese Krankheiten, an denen die Frauen heutzutage leiden, stehen in direktem Zusammenhang mit den Aktivitäten dieser sogenannten modernen Frauenzimmer.»

«Aber glauben Sie nicht, dass viele Frauen, die an Hysterie leiden, in Wirklichkeit einfach nur bodenlos gelangweilt sind?», warf Beatrice ein. Rosenschöld schickte ihr einen Blick, der sie zum Schweigen bringen sollte, doch sie kümmerte sich nicht darum. Sie war doch schließlich nicht seine Sklavin, oder? «Würden Sie nicht auch verrückt werden bei dieser Passivität, zu der so viele Frauen in unserer Gesellschaft gezwungen sind?», fuhr sie fort. Ihr war bewusst, dass sie ihn provozierte.

«Ich bin ein Mann, und wir Männer haben ganz andere Bedürfnisse als Frauen», antwortete er kühl. «Eine anständige Frau will sich außerdem gar nicht hervortun, sie weiß, dass es ihre Aufgabe ist, unsichtbar zu bleiben. Sie muss eine passive Rolle übernehmen, eine Zierde für ihren Mann und ihr Heim sein. Sonst kann sie gar nicht glücklich werden.»

«Aber Sie sind doch gar keine Frau, woher wollen Sie da wissen, was eine Frau glücklich macht?», fragte Beatrice beharrlich.

Rosenschöld lächelte dem anderen Mann vielsagend zu. «Ich weiß auch, was für mein Pferd oder meinen Hund das Beste ist, ohne dass ich ein Pferd oder ein Hund bin, nicht wahr?»

Irgendjemand lachte.

«Zwischen Männern und Frauen besteht nun mal ein großer Unterschied», fuhr der Graf fort. «Eine Frau, die sich um sich selbst und ihre Nachkommenschaft kümmert, braucht nicht mehr, um ein vollständiges Leben zu führen. Wenn die Frauenzimmer anfangen wollen, sich wie

Männer zu verhalten, ist unsere Gesellschaftsstruktur in Gefahr.» Er sah die anderen Gäste an.

Beatrice machte sich über ihr Essen her. Wütend schnitt sie ihr Fleisch, als plötzlich eine träge Stimme von der anderen Seite des Tisches ertönte.

«Wie ich sehe, haben Sie ja eine temperamentvolle Verlobte, Rosenschöld», bemerkte Seth ironisch. «Man kann nur hoffen, dass es nicht allzu lange dauert, bis sie lernt, Ihren überlegenen männlichen Intellekt zu schätzen.»

«Eine Frau, die ihrem Gatten nicht gehorcht, ist eine Schande und muss bestraft werden», sagte Rosenschöld kühl und sah Seth an.

«Sie wissen sicher selbst am besten, wie man mit Frauen umgeht», erwiderte Seth mit einem unbekümmerten Schulterzucken. «Aber so wie Sie die Frauen beschreiben, klingt das nach einer ziemlich anstrengenden Aufgabe. Ich hoffe, Sie wissen, worauf Sie sich da einlassen.»

Die Gäste lachten. Beatrice starrte auf ihren Teller und blinzelte gegen die Tränen, die ihr in die Augen steigen wollten.

«In der Medizin spricht man immer öfter davon, dass Frauen, die an der sogenannten Hysterie leiden, mit strengen Methoden behandelt werden müssen», sagte Rosenschöld. «Ich schließe mich dieser Meinung voll und ganz an.»

«Aber Sie können doch wohl nicht diese grässlichen Operationen meinen?», fragte ein anderer Gast.

«Wenn ein Arzt sagen würde, dass das nötig ist, würde ich niemals zögern, seinem Rat zu folgen. Es ist schließlich immer zum Besten der Frau», antwortete der Graf.

«Rechtfertigt man nicht die meisten Übergriffe so?», Beatrice konnte sich nicht mehr zurückhalten. «Es gibt immerhin auch viele Ärzte, die behaupten, dass solche

Methoden, also die Behandlung von Hysterie und Nervosität durch die Entfernung der Gebärmutter, weniger mit moderner Medizin zu tun haben als mit Folter.»
Rosenschöld warf ihr einen angewiderten Blick zu. «Ich würde sagen, dass allein Ihre unpassende Rede Beweis genug dafür ist, dass Frauen höchstens die Bibel lesen sollten, mehr aber auch nicht.»
«Lassen Sie sie doch sprechen», rief jemand, doch Rosenschöld schüttelte den Kopf. «Ich schlage vor, wir wechseln das Thema.» Er bedachte Beatrice mit einem harten Blick, und damit war das Gespräch beendet.

Nach dem Abendessen schritt man zum unterhaltsamen Teil des Abends. Man stellte Stühle im Halbkreis auf, auf denen die weiblichen Gäste Platz nahmen. Ein paar Männer setzten sich ebenfalls, die anderen mussten sich an die Wände stellen.

Vivienne setzte sich neben Beatrice. «Ich bin froh, dass Sie gekommen sind», sagte sie. «Es wäre schön, wenn wir Gelegenheit hätten, uns besser kennenzulernen. Vielleicht möchten Sie ja einmal zum Teetrinken bei mir vorbeikommen, bevor ich nach Uppsala weiterreise?»

«Gerne», antwortete Beatrice.

«So, nun beginnt das Unterhaltungsprogramm. Ich hoffe, es gefällt Ihnen, die Dame wird etwas aus *La Traviata* singen. Haben Sie schon von dieser Oper gehört?»

Wie verzaubert lauschte Beatrice der Arie, und ein paar herrliche Augenblicke lang gelang es ihr, das demütigende Gespräch bei Tisch zu verdrängen. Die Opernsängerin erntete donnernden Applaus und versprach, später noch einmal zu singen. Danach trat ein Paar auf, ein Mann und eine Frau, die eine Szene aus einem Theaterstück spielten, von dem Beatrice noch nie gehört hatte. Es begann ganz unschuldig, doch dann wurde es rasch immer gewagter, und Beatrice stimmte in das vergnügte Gelächter der anderen Gäste ein. Anschließend deklamierte jemand ein Gedicht, und schließlich trat die Opernsängerin noch einmal auf.

Nachdenklich beobachtete Vivienne Seth Hammerstaal, der auf der anderen Seite des großen Zimmers stand. Er verfolgte mit ausdrucksloser Miene die Vorstellung, und Vivienne fragte sich, ob er überhaupt aufnahm, was er da sah. Dann warf sie einen verstohlenen Blick auf Beatrice. Die beiden sahen einander nicht an, doch die Luft zwischen ihnen war derart aufgeladen, dass es fast schmerzte. Eigentlich ist das Ganze ein Mysterium, dachte sie. Monsieur Hammerstaal mag ungerührt aussehen, aber er ist bis zum Äußersten angespannt und hat ununterbrochen getrunken. Beim Abendessen hatte sie festgestellt, dass er jedem Wort von Beatrice lauschte, und sie hatte noch nie so viel Sehnsucht in den Augen eines Mannes gesehen.

In der Zeit, die sie ihn jetzt kannte, war er ihr in vielerlei Hinsicht ein Rätsel geblieben. Einerseits war er ebenso höflich und liebenswert wie jeder sorglose Reiche. Andererseits war er ernst und anspruchsvoll und schien sich selbst beständig anzutreiben. In Europa gab es zahllose Männer wie ihn, harte Risikokapitalisten, die sich unbeirrbar durch die starre soziale Hierarchie nach oben kämpften und mit altem Geld und überkommenen Vorstellungen aufräumten. Aber heute brachte ihn etwas sichtlich aus dem Gleichgewicht. Etwas oder jemand. Sie warf noch einen heimlichen Blick auf die blasse Beatrice und schüttelte verwundert den Kopf. Die zwei wollen einander doch, dachte sie. Warum sind sie nicht zusammen?

«Es wird Zeit zu gehen.»

Rosenschöld legte Beatrice eine Hand auf die Schulter und drückte sie leicht.

«Aber es ist doch noch gar nicht zu Ende», murmelte sie. Da drückte er so fest zu, dass sie wusste, sie würde am nächsten Tag einen blauen Fleck an der Schulter haben. «Mach mir jetzt keine Szene, du hast dich für heute schon wieder genug blamiert», zischte er ihr ins Ohr. «Steh auf und komm mit.»

Er verbeugte sich leicht in Viviennes Richtung, die erstaunt zurücknickte.

Schweigend zogen die Verlobten ihre Mäntel an und setzten sich in seinen Wagen.

«Mit dieser Frau wirst du keinen Umgang mehr haben», verkündete er in einem Ton, als würde er mit einem ungezogenen Kind sprechen. «Wenn ich gewusst hätte, was für eine unpassende Unterhaltung uns dort erwartet, hätte ich dich niemals hingehen lassen. Ich werde mit deinem Vormund darüber sprechen. Mit deinem heutigen Betragen war ich sehr unzufrieden. Ich erwarte, dass du über meine Worte nachdenkst: Eine Frau soll die Zierde ihres Mannes sein. Du verstehst sicher, dass das alles nur zu deinem eigenen Besten ist.»

Beatrice antwortete nicht. In der Hand hielt sie den Zettel verborgen, den Vivienne ihr in der Garderobe noch schnell zugesteckt hatte. Die Französin hatte wohl gemerkt, dass sie sich nicht wiedersehen würden, denn auf dem Papier fand sich ein hastig hingeworfener Gruß und das Versprechen, dass sie Beatrice so bald wie möglich schreiben würde.

20

Im Haus der Familie Löwenström, Stockholm
August 1881

«Guten Tag, Herr Landeshauptmann. Was für ein unerwartetes Vergnügen», sagte Wilhelm, als Hjalmar Hielm ihn einige Tage später besuchte. Sie gaben sich die Hand und tauschten ein paar Höflichkeitsphrasen. Hjalmar war nicht ganz wohl in seiner Haut. Er hatte diesen Besuch so lange wie möglich hinausgezögert, doch seine Frau hatte ihm ununterbrochen in den Ohren gelegen, und schlussendlich hatte sein Wunsch nach häuslichem Frieden seine Abneigung überwogen, andere Leute zu belästigen.

Hjalmar verschränkte die Arme, lehnte sich in seinem Sessel zurück und setzte eine ernsthafte, aber offene Miene auf, die Karin immer sein «Landesvatergesicht» nannte.

«Ich will über Beatrice sprechen», begann er und zog den Brief aus der Brusttasche, der ihm so viel Kopfzerbrechen bereitet hatte.

«Ich verstehe nicht recht.» Wilhelms Gesicht war eine höfliche Maske.

«Meine Frau macht sich Sorgen, dass das Mädchen einer … einer ungebührlichen Einflussnahme ausgesetzt ist.»

Wilhelm hob eine Augenbraue, sagte aber nichts.

«Karin und ich waren immer sehr angetan von Beatrice. Wir haben ja keine eigenen Kinder, und … nun …» Er schüttelte den Kopf. «Wir sind doch zwei verständige

Menschen, wir können die Sache sicher klären», meinte Hjalmar. «Meine Frau macht sich Sorgen, dass Beatrice zu etwas gezwungen wird, wofür sie nicht bereit ist.» Entschuldigend zuckte er mit den Schultern. «Vielleicht ist das alles ein Missverständnis. Beatrice ist jung und lebhaft, und sie hatte schon immer allerlei Gedanken im Kopf. Doch der Inhalt ihres Briefes ist solcher Art, dass ich auf jeden Fall ein paar Worte mit ihr wechseln möchte.»

«Ich verstehe.» Wilhelm betrachtete ihn kurz, bevor er die Teetasse abstellte und nach dem Dienstmädchen läutete. «Hol Fräulein Beatrice», befahl er.

Hjalmar räusperte sich verlegen. «Ich hoffe, Sie haben Verständnis für meine Situation. Ich will nur das Beste für dieses Mädchen, und ich habe ein schlechtes Gewissen, weil ich mich nicht mehr so viel um sie kümmern konnte wie früher.»

«Was stand denn in diesem Brief?», wollte Wilhelm wissen. «Ich bin nur neugierig. Natürlich kann Beatrice schreiben, wem sie will und was sie will, aber ich frage mich doch, ob nicht ein Missverständnis vorliegt, wie Sie selbst schon sagten.» Er legte die Fingerspitzen aneinander und betrachtete Hjalmar über seine Hände hinweg. «Die Verlobung und die Hochzeit meiner Nichte sind eine private Angelegenheit, und ich kann mir nicht vorstellen, dass es besonders gut aufgenommen würde, wenn eine an der Regierung beteiligte Persönlichkeit sich hier einmischen würde. Das Mädchen ist mein Mündel, es ist meine Pflicht und mein Recht zu entscheiden, was das Beste für sie ist. Und ihr Verlobter ist ein einflussreicher Adeliger, der schon viel für meine Familie getan hat. Er sollte nicht den Eindruck bekommen, dass ein bindendes Versprechen aufgrund des unbeständigen Charakters eines jungen Mädchens gebrochen wird.»

Sein Ton war so ruhig und sein Blick so fest, dass Hjalmar nicht sicher war, ob Löwenström ihm gerade gedroht hatte.

Die Tür ging auf, und Beatrice trat ins Arbeitszimmer. Es sah aus, als ginge es ihr ganz gut, doch als sie Hjalmar erblickte, wurde sie blass, und ihre Augen weiteten sich.

«Mein liebes Kind, wie schön, dich zu sehen», sagte er laut und herzlich. Er wandte sich an Wilhelm. «Vielleicht könnte ich kurz unter vier Augen mit ihr sprechen?», schlug er in entschuldigendem Ton vor.

Wilhelm warf seiner Nichte einen langen Blick zu, dann verließ er das Zimmer.

«Komm, setz dich», bat Hjalmar, zog ihr einen Stuhl heran und setzte sich dann selbst. Er legte die Hände auf die Knie und begann freundlich: «Was hat dieser Brief denn zu bedeuten?»

«Den habe ich vor ein paar Wochen geschrieben», antwortete sie leise.

«Es tut mir leid, Beatrice, aber was soll ich deiner Meinung nach in dieser Sache unternehmen?»

Schon bevor Beatrice sich setzte, war ihr klar, dass die Sache verloren war. Ein Blick auf Hjalmars schuldbewusstes Gesicht sagte ihr alles, doch sie hörte ihm trotzdem zu, als er erklärte, dass er unmöglich eine unmündige Frau bei sich aufnehmen könne, da das verheerende Folgen für seine politische Karriere haben würde, dass ihr Onkel sicher nur ihr Bestes im Auge hätte, dass sie jung und wankelmütig sei und dass sich bestimmt alles zum Besten entwickeln würde.

«Dein Onkel kann dich natürlich nicht zwingen», fuhr Hjalmar freundlich fort. «Aber es sieht ganz so aus, als wäre die Verlobung mit deiner Zustimmung zustande gekommen, und du würdest dir nur selbst schaden, wenn du jetzt einen Skandal verursachtest.» Er ergriff ihre Hand. «Und, Beatrice – ich rate dir wirklich, nicht auch Johan um Hilfe zu bitten. Das würde ihn in eine peinliche Lage bringen und könnte ihn ruinieren. Er muss ein gänzlich skandalfreies Leben führen, wenn ihm seine Pläne in der Politik gelingen sollen. Und denk auch an Sofia.»

Denk auch un Sofia. Schmerzvoll verzog Beatrice den Mund. Gut, damit war die Angelegenheit also erledigt. Sie zog ihre Hand zurück und merkte, dass sie eiskalt war. «Danke, dass du dir die Zeit genommen hast, zu uns zu kommen. Es war schön, dich zu sehen», sagte sie freundlich. «Du hast recht, bestimmt hat mich nur kurzfristig die Nervosität überkommen.» Sie stand auf. «Richte Karin meine Grüße aus.»

Sein Verrat tat weh, doch im Grunde konnte sie ihm nichts vorwerfen, denn er hatte ja recht mit allem, was er sagte. «*Adieu* Hjalmar», sagte sie und zog die Tür hinter sich zu. Langsam ging sie durch den Flur. Sie hatte den Blick gesehen, mit dem Wilhelm sie bedachte, bevor er sie mit Hjalmar allein ließ. Diese Sache würde sie teuer zu stehen kommen.

«Ich habe den Brief gelesen, den du geschrieben hast», sagte Wilhelm, nachdem Hjalmar das Haus verlassen hatte. «Hast du wirklich geglaubt, ein Landeshauptmann würde dir hier helfen?» Er schüttelte den Kopf. «Wie unglaublich dumm von dir. Das kommt davon, wenn man den Frauen Grillen in den Kopf setzt.»

«Sag, was du mir sagen willst, und dann lass mich in Ruhe», erwiderte sie. Sie wollte einfach nur ihre Strafe bekommen und dann in Frieden gelassen werden. Sie war so müde, dass sie sich kaum noch aufrecht halten konnte.

«Ich habe mit Graf Rosenschöld gesprochen, und er hat

mir von deinem Auftritt auf der Soiree dieser Französin erzählt. Ich glaube, es wird Zeit, dass dir jemand den Ernst deiner Situation bewusst macht. Du meinst, es wäre leicht, allein zurechtzukommen, du bräuchtest meinen Schutz nicht, du glaubst, dass du über solchen Dingen stehst. Wir werden sehen. Du sollst spüren, wie es sich anfühlt, so allein, hungrig und ohnmächtig zu sein, wie du es wärst, wenn ich mich nicht um dich kümmern würde. Ich habe deine Undankbarkeit satt. Ab jetzt bleibst du in deinem Zimmer, bis ich dir sage, dass du herauskommen darfst. Wir werden sehen, ob du danach immer noch so stur bist.»

Zu Anfang dachte Beatrice, dass sich ihre Strafe nur über den Abend erstrecken würde – wie schon so viele Male zuvor ... und einen Abend ohne Essen war sie durchaus schon gewohnt. Doch am nächsten Morgen kamen zwei verlegene Hausmädchen und nahmen jede Lektüre aus ihrem Zimmer mit, jedes Buch, jede Zeitung, jeden Artikel, sogar ihre ganze Korrespondenz wurde unter Wilhelms Beaufsichtigung entfernt. Ungläubig sah sie, wie eines der Mädchen ihr eine Karaffe Wasser auf den Nachttisch stellte und dann davoneilte. Ohne einen weiteren Blick auf Beatrice verließ Wilhelm das Zimmer, und sie hörte, wie sich der Schlüssel im Schloss drehte. Sie starrte auf die Tür. Das konnte doch wohl nicht sein Ernst sein?

Zornig beschloss sie, einfach auszuhalten. Sie würde ihre Strafe tapfer und schweigend ertragen. Ihretwegen konnte Wilhelm sie für immer einsperren. Und seine Drohung, sie hungern zu lassen, konnte er wohl kaum ernst gemeint haben.

Doch er meinte es ernst.
Nach einem ganzen Tag ohne Essen und Beschäftigung

stellte sich erst Tristesse ein, dann wurde Beatrice immer unruhiger. Sie war allein mit ihm im Haus. Sofia war auf Hochzeitsreise, Tante Harriet war auf Gröndal zu Besuch bei Familie Stjerneskanz, und Miss Mary hielt sich immer noch in England auf.

Nur ihr Onkel und sie waren im Haus – Edvard nicht mitgerechnet, denn der ließ sich selten blicken. Und die Bediensteten. Aber die hatten Todesangst vor ihrem Arbeitgeber. Wilhelm muss ihnen verboten haben, mit mir zu sprechen, dachte sie, denn die Dienstmädchen antworteten nicht, wenn sie sie ansprach, und wagten ihr auch nicht in die Augen zu sehen, wenn sie am Morgen kamen. Sie leerten ihren Nachttopf, füllten die Wasserkaraffe nach und schlossen die Tür wieder ab. Schließlich gab sie die demütigenden Versuche auf, mit ihnen zu sprechen, und blieb einfach nur im Bett liegen, während die Bediensteten taten, was Wilhelm angeordnet hatte.

Drei Tage lang war der Hunger ihr schlimmster Feind, doch am vierten Tag legte er sich plötzlich und wich einer überwältigenden Müdigkeit, die sie fast den ganzen Tag verschlafen ließ. Bald war sie so schwach, dass nicht einmal mehr die Langeweile ihr zu schaffen machte.

Ihr Schlafzimmer lag ganz oben, im zweiten Stock über der belebten Drottninggatan. Das einzige Fenster hatte Wilhelm allerdings verriegeln lassen. So wurde das Zimmer in der Spätsommerhitze immer wärmer und die Luft immer stickiger.

Nach noch ein paar Tagen – sie hatte jedes Zeitgefühl verloren, vielleicht fünf? oder sechs? – hörte sie das Geräusch von Schritten vor der Tür, Schritte, die sie nicht erkannte. Verunsichert blickte sie zur Tür. In den letzten Tagen hatte sie schon des Öfteren Geräusche gehört, bei denen sie nicht ganz sicher war, ob sie ihrer Einbildung entsprangen oder echt waren. Die Tür ging auf, und eine schwindelerregende Sekunde lang bildete sie sich ein, dass der Schatten auf der Schwelle Onkel Wilhelm wäre, der gekommen war, um sie zu töten. Doch dort stand nur Tante Harriet und rümpfte die Nase.

Mit einem Taschentuch vor dem Mund winkte Harriet ein Dienstmädchen heran, das mit einem Tablett hereinkam.

«Die Köchin hat dir eine Bouillon gekocht. Du musst aber ganz langsam essen, sonst behältst du nichts bei dir.»

Beatrice mühte sich ab, um sich im Bett aufzusetzen, und Harriet sorgte dafür, dass das Dienstmädchen ihr half. Da sie nicht mal den Löffel halten konnte, begann das Mädchen, sie behutsam zu füttern.

Harriet stellte sich neben ihr Bett. «Kann ich deinem Onkel sagen, dass du ihm von jetzt an gehorchen wirst?»

Beatrice wünschte, sie wäre stark genug, sich zu weigern. Doch sie war nicht stark, sie war verängstigt und gebrochen, und als Harriet ihr einen Brief hinhielt und sagte: «Der ist von Sofia. Wenn du versprichst, in Zukunft gehorsam zu sein, darfst du ihn lesen», da gab sie auf. Vielleicht bildete sie es sich ein, aber es schien ihr, als würden Harriets Züge für einen kurzen Moment etwas weicher.

«Ich schicke dir jemand mit warmem Wasser und Seife herauf», sagte ihre Tante. «Iss jetzt, Beatrice. Und hör auf, ständig Ärger zu machen.» Auf der Schwelle drehte sie sich noch einmal um. «Es bringt ja doch nichts.»

*

Edvard sah interessiert zu, wie Graf Rosenschöld die nackte Hure peitschte.

«Sag, dass es dir gefällt», befahl der Graf.

«Bitte, hören Sie auf», schluchzte das Mädchen.

«Zum Teufel, tu, was ich dir sage, verdammtes Luder!» Erneut ließ der Graf die Reitpeitsche pfeifend auf das Hinterteil des Mädchens niedergehen, und sie schrie auf. Ein weiterer feuerroter Striemen brannte auf ihrer Haut.

«Sag es», forderte der Graf, während er härter und härter stieß.

Der Schweiß rann ihm über den nackten Körper. Er schlug wieder zu.

«Es ist schön», keuchte sie.

«Sag, dass du eine Hure bist.» Mit voller Kraft zog er ihr die Peitsche über den Hintern, und sie tat schluchzend, was er ihr befohlen hatte.

Die Prostituierte wusste, wofür man sie bezahlt hatte und was man von ihr erwartete, doch Edvard sah, dass sie Angst hatte.

«Schlagen Sie mich nicht mehr», bat sie verzweifelt weinend.

«Aah!» Der Graf versetzte ihr noch ein paar Hiebe, bevor er endlich kam. «Verdammt, das hat aber auch gedauert heute. Nächstes Mal nehme ich ihren Arsch. Willst du jetzt ran?»

Edvard schüttelte den Kopf, während er das Mädchen musterte. Ihr Rücken und ihre Schenkel waren übersät mit Striemen. Bei den hellhäutigen Mädchen machte das Peitschen am meisten Spaß, stellte er fest. «Vielleicht später», entschied er.

Der Graf ließ die Peitsche ein letztes Mal über den Hintern des Mädchens zischen. Sie hatte das Gesicht in der Matratze vergraben und zuckte kaum noch zusammen. «Die von gestern war besser», meinte er. Er fasste sie bei den langen roten Haaren, zerrte ihren Kopf ruckartig nach oben und wischte sich das Glied an ihrem Haar ab.

Edvard lachte. «Gehen wir?», fragte er, nachdem sie sich angezogen hatten.

«Einen können wir doch noch trinken, oder?», schlug der Graf vor, als sie das Bordell verließen und auf die Gasse traten.

«Also, mein junger Freund, was liegt an? Warum wolltest du sie nicht haben? Du magst die rothaarigen Huren doch sonst so gern.»

«Die Haarfarbe ist egal, das sind doch alles dieselben Luder», antwortete Edvard.

«Solange du nicht vergisst, welches rothaarige Luder wem gehört, ist es ja gut.»

«Ich schätze, du kannst dich kaum noch gedulden bei der kleinen Beatrice», sagte Edvard. Flüchtig stellte er sich vor, wie der Graf und er sie gemeinsam einreiten würden. Er grinste schief. Das wäre bestimmt unterhaltsam. Manchmal machte ihn die Tristesse seines Daseins einfach verrückt.

«Es hat sich herausgestellt, dass Fräulein Beatrice unsere Absprache brechen wollte», erzählte der Graf. «Dein Vater war gezwungen, ihr den Kopf zurechtzurücken. Unglaublich, was manche Frauen sich einbilden.» Er hielt Edvard die Kneipentür auf. «Aber komm, ich mag jetzt nicht mehr über Frauenzimmer reden.»

21

Blasieholmstorg 1, Stockholm
August 1881

Seths Haus in Stockholm lag am Blasieholmstorg, in der bei der Gesellschaft beliebtesten Gegend der Hauptstadt. Das große, moderne Haus war neu errichtet und an seine Bedürfnisse angepasst worden, sowohl für seine Arbeit wie auch für seine repräsentativen Aufgaben.

Sogar eine der wenigen Telefonleitungen Stockholms führte zu diesem Haus.

Seth vergnügte sich oft damit, irgendwelche neuen Erfindungen, die er aufgestöbert hatte, zu Hause auszuprobieren, und gerade jetzt lief im Badezimmer ein Experiment mit fließend warmem Wasser, das bis jetzt jedoch keine vielversprechenden Ergebnisse erzielt hatte, wenn man seiner gereizten Haushälterin glauben durfte.

Seths Diener, Ruben, hielt ihm die Jacke hin.

«Das ist eine Herbstjacke, die kann ich doch im August nicht anziehen», protestierte Seth.

«Die sieht doch aus wie alle anderen Jacken auch», gab Ruben unbekümmert zurück. Diese Diskussion führten sie jeden Tag.

«Hol stattdessen die graue», sagte Seth.

Ruben seufzte, während er tat, was man ihm aufgetragen hatte.

Seth hatte ihn in Amerika kennengelernt. Trotz seiner Nörgeleien war der Mann ein verlässlicher Diener. Er war in den Straßen von New York aufgewachsen, er beugte sich keiner Gewalt, und Seth, der Ressourcen zu nutzen verstand, hatte ihn gern in seinen Diensten.

«Hör auf zu nörgeln. Du kannst jederzeit gehen, wenn du willst», stellte Seth fest, der wusste, dass er den Mann nicht mal loswerden würde, wenn er es versuchte.

«Ja, das sagen Sie immer.»

«Lass die Köchin in Frieden, während ich weg bin. Und lass den Butler seine Arbeit machen, ich möchte keine Klagen hören, wenn ich zurückkomme.»

«Soll ich den Wagen rufen lassen?», erkundigte sich Ruben mit zweideutiger Miene, die deutlich verriet, dass der Diener in Seths Abwesenheit machen würde, was er wollte.

Seth schüttelte den Kopf. «Ich habe viel Zeit, ich glaube, ich laufe, dann kann ich mir die Füße etwas vertreten.»

«Sie scheinen ja seit langem mal wieder gute Laune zu haben, das freut mich.»

«Freu dich nicht zu früh», entgegnete Seth. «Du wirst sehen, bald bin ich wieder mein altes, griesgrämiges Ich.»

«Jawohl, Herr. Gott steh uns bei, Herr.»

Seth verließ sein Haus und legte ein flottes Tempo vor. Es war schönes Wetter, in der Nacht hatte es geregnet, und die Luft war ungewöhnlich klar und frisch. Ruben hatte recht, er *hatte* gute Laune. Vielleicht wendete sich das Blatt ja endlich?

Er überquerte die Straße. Überall wurden neue Häuser gebaut, Leitungen verlegt und Straßenpflaster erneuert, und ihm fiel auf, wie schnell Stockholm – ebenso wie New York – den Schritt in die neue Zeit machte. Mit einem Zwinkern grüßte er zwei kichernde Schwesternschülerinnen, machte einer vorbeifahrenden Pferdebahn Platz und dachte über die Verabredung nach, zu der er unterwegs war, als er sie plötzlich erblickte.

Beatrice.

Sie stand vor einem großen Schaufenster, einem Antiquariat, wie er sah. Sie trug einen dunklen Hut, und ihre Kleidung war keusch und düster. Das störte ihn. War Rosenschöld wirklich so geizig seiner zukünftigen Frau gegenüber, dass er ihr nicht mal ein paar hübsche Kleider kaufen konnte? Auf der Soiree war es genauso gewesen, fiel ihm wieder ein: Die anderen Frauen trugen farbenfrohe Stoffe und lachten, während Beatrice in einem Kleid in stumpfer Farbe erschienen war und noch dünner aussah als bei ihrer letzten Begegnung in Värmland.

Als er sie kennengelernt hatte, war sie eine kurvige, lebenslustige Frau gewesen, ganz weiches Fleisch und vergnügte Grübchen. Seitdem war sie abgemagert und richtiggehend dürr geworden – als hätte ihr jemand alle Lebenslust und Energie ausgesaugt.

Sogar von hinten machte sie einen gedämpften Eindruck. Ich sollte doch froh sein, dass sie so unglücklich aussieht, dachte er, dass sie vielleicht auch einen Bruchteil von dem durchleidet, was ich durchlitten habe.

Daher wollte er auch seinen Impuls, zu ihr zu gehen und sie zu begrüßen, ignorieren. Sie hatten sich nichts mehr zu sagen, und er musste nun weitergehen, im buchstäblichen wie im übertragenen Sinne. Beatrice Löwenström – demnächst Gräfin Rosenschöld, erinnerte er sich – war eine oberflächliche Frau, die jetzt hoffentlich selbst ein bisschen von dem Unglück ernten durfte, das sie gesät hatte. Eine Frau, die sehnsüchtig vor einem Antiquariat stand. In einem hässlichen Kleid. Ohne weiter nachzudenken, näherte er sich ihr.

Erst reagierte sie gar nicht. Wahrscheinlich war sie so versunken in die Betrachtung der Bücher, doch dann erblickte sie sein Spiegelbild im Schaufenster. Sie erstarrte, ohne sich umzudrehen, und er – der eigentlich hätte weitergehen müssen – trat neben sie.

Sie schwiegen.

«Das da hatten wir zu Hause», sagte Beatrice schließlich und deutete mit einem Nicken auf ein Buch in der Auslage. Es sah alt und staubig aus, bestimmt lag es schon lange dort. «Papa hat es ins Schwedische übersetzt und ein schwedisches Vorwort zu dieser Ausgabe verfasst. Wir hatten es in unserer Bibliothek, aber dann wurde es mit den ganzen anderen Sachen verkauft. Seltsamerweise vermisse ich von allen Büchern dieses am meisten.»

«*Symposion*», las Seth auf dem Umschlag. «Wovon handelt es?»

«Ich befürchte, es gilt als schrecklich schockierend. Eigentlich sollte ich es gar nicht lesen, aber ich habe es trotzdem getan.» Sie lächelte, und ganz kurz blitzte etwas von der alten Beatrice auf.

Ihm wurde eng in der Brust.

«Es ist eine griechische Erzählung, die vom wahren Wesen der Liebe handelt. Warum bestimmte Menschen sich zueinander hingezogen fühlen», fuhr sie fort, und Seth fragte sich, ob sie auch spürte, wie die Luft zwischen ihnen zu vibrieren begann. «Es ist in Dialogform geschrieben, weil Platon fand, dass man wahres Wissen nur durch Gespräche erlangen kann.»

Seth sagte nichts. Er hatte Angst, den Zauber zu brechen, den ihre melodische Stimme und der uralte Mythos um sie spannen.

«Diese Geschichte erzählt, wie zu Anbeginn aller Zeiten jeder Mensch ein Ganzes war und vier Arme und vier Beine hatte. Das machte die Menschen stark, doch eines Tages waren sie so dumm, die Götter herauszufordern. Und die bestraften uns für unseren Hochmut, indem sie uns in der Mitte durchtrennten und uns wie Scherben über die ganze Welt verteilten. So sind wir dazu verdammt, über die Erde zu wandern und verzweifelt nach unserer anderen Hälfte zu suchen», schloss sie leise.

Seth blickte auf seine Hand, die ihrer so nah war, dass sich ihre Finger beinahe berührten. Vier Arme und vier Beine.

«Beatrice!»

Tante Harriet Löwenström hatte sie gerufen und kam jetzt auf sie zu. Im Nu hatte sich die aufgeladene Atmosphäre zwischen ihnen in Luft aufgelöst.

«Entschuldige, die Erzählung hat mich so mitgerissen», sagte Beatrice leise. «Wie gesagt, das Ganze ist ein bisschen heidnisch.» Sie hielt ihm die Hand hin. *«Adieu»*, sagte sie.

Sie musste gehen.

Seth ergriff ihre behandschuhte Hand. Er wollte sie in seine Arme nehmen, einen Kokon um sie spinnen, einen Kokon der Fürsorge, des Luxus und des Überflusses, doch sie zog die Hand hastig zurück und drehte sich zu ihrer Tante um.

«Entschuldige, Tante Harriet, ich war ganz in Gedanken versunken.»

Seth begrüßte die ältere Dame, die seinen Gruß jedoch nicht erwiderte, sondern sich nur umdrehte und Beatrice mit sich zog.

Er sah ihnen nach, während sie fortgingen. Fort von ihm. Offensichtlich würde es ihm nicht gelingen, jemals weiterzugehen.

«Was wollte er?», fragte Harriet, sobald sie um die nächste Ecke gebogen waren.

«Nichts. Wir haben über ein Buch gesprochen, das war alles. Er wollte nichts weiter», antwortete Beatrice müde.

Die Begegnung hatte alle Kraft aus ihr gesaugt, sie fühlte sich leer und schutzlos. «Können wir nach Hause gehen? Bitte, ich kann nicht mehr laufen.»

Beatrice schaffte den Heimweg, ohne in Tränen auszubrechen, doch hinterher konnte sie sich nicht mehr entsinnen, welchen Weg Harriet und sie genommen und worüber sie sich unterhalten hatten.

Er war immer noch so elegant, und er war so zum Verzweifeln nett gewesen, überhaupt nicht wie auf Viviennes Soiree, und das war im Grunde das Allerschlimmste. Ein netter Seth war schwerer, viel, viel schwerer zu ertragen. Ein netter Seth weckte Hoffnungen, und das tat so weh.

Sie konnte immer noch nicht verstehen, dass aus ihnen niemals ein Paar werden würde. Es war unfassbar, dass sie sich demnächst nicht mehr sehen sollten, dass sie zu Rosenschöld gehören – beziehungsweise ihm gehören – würde. Dass Seth nur allzu bald eine andere Frau finden würde, mit der er lachen konnte und die er heiraten würde. Sie wollte sich einfach nur ins Bett legen und in ihr Kissen weinen, doch als sie das Haus betraten, wurden sie schon an der Tür von Miss Mary empfangen. Sie war vor ein paar Tagen aus England zurückgekehrt, und jetzt stand sie im Vorflur und war ganz grau im Gesicht.

«Was ist passiert?», fragte Harriet.

«Gerade ist ein Telegramm gekommen – Sofia ist krank.»

Beatrice unterdrückte einen erschrockenen Schrei.

Nicht Sofia, alles, nur nicht das. Nicht Sofia.

«Sie sind in Göteborg, können aber nicht weiterreisen. Sofia kann nicht transportiert werden, es geht ihr zu schlecht.» Mary sah sie verzweifelt an, und ihre Stimme brach, als sie sagte: «Johan scheint sich große Sorgen zu machen. Sie erwartet ein Kind.»

Gleich am nächsten Tag machten sie sich auf den Weg. Sie standen reisefertig im Flur, mit den Koffern zu ihren Füßen, und warteten auf die Droschke, die sie zum Hauptbahnhof bringen sollte. Beatrice, Mary und Harriet wollten den Vormittagszug nach Göteborg nehmen, Wilhelm ein paar Tage später nachkommen.

Es klopfte, und da die Dienstboten vollauf mit dem Gepäck beschäftigt waren, machte Beatrice selbst auf. Als sie die Tür öffnete, blickte sie direkt in Seths Gesicht.

«Komme ich ungelegen?», fragte er, als er ihren Gesichtsausdruck und das Chaos hinter ihr im Flur sah.

Wie oft hatte sie sich ausgemalt, ihn auf diese Weise wiederzusehen? Geträumt, dass er an die Tür klopfen und sie hier rausholen würde. Doch jetzt …

«Wir reisen nach Göteborg», erklärte sie. «Sofia ist krank.»

«Kann ich etwas tun?», fragte er ernst.

Beatrice lächelte traurig. «Es tut mir leid, aber es passt gerade wirklich schlecht.»

Sie sahen einander an.

«Seth?»

Seine grauen Augen ruhten intensiv auf ihr.

«Warum bist du hergekommen?», fragte sie.

Er zog ein kleines braunes Paket aus der Tasche und reichte es ihr. «Gute Reise, Beatrice», sagte er und ging davon.

Noch bevor sie den braunen Umschlag geöffnet hatte, wusste sie, was darin war. Und als Mary und Harriet später auf den Sitzen ihres Erste-Klasse-Abteils schliefen, strich sie mit den Fingerspitzen über das Päckchen auf ihrem Schoß.

Immer wieder las sie die wenigen Zeilen, die er geschrieben hatte, blickte mit glänzenden Augen auf den

Zettel mit den kurzen, fast schroffen Worten, mit denen er sie bat, das Buch als Geschenk anzunehmen, als Ersatz für das verlorene. Sie versteckte die kleine Ausgabe vom *Symposion* zusammen mit dem Brief, den sie von Vivienne aus Uppsala bekommen hatte, in ihrer Handtasche. Doch den Zettel von Seth, das dünne Papier mit seiner kühnen Handschrift, behielt sie die ganze Fahrt über in der Hand, als wäre sie nicht in der Lage, die letzte brüchige Verbindung zu dem loszulassen, was sie verloren hatte.

*

Während ihr Gepäck in das Haus getragen wurde, das Johan in Göteborg gemietet hatte, eilte Beatrice nach oben zu Sofia. Man führte sie in einen dunklen Raum, der stark nach Kampfer roch. Es war so leise, dass sie zuerst glaubte, sich im Zimmer geirrt zu haben, doch dann hörte sie ein schwaches Rascheln vom Bett her.

«Ist Bea schon gekommen? Warum dauert das so lange?» Die Stimme war schwach wie ein Windhauch.

«Meine Liebe, verzeih, ich bin so schnell gekommen, wie ich nur konnte.» Beatrice trat ans Bett und versuchte zu verbergen, wie schockiert sie war. Als sie vor ein paar Wochen auseinandergegangen waren, hatte Sofia vor Glück und Gesundheit nur so gestrahlt, doch jetzt war ihr schönes Gesicht müde und abgemagert. Ihr blondes Haar lag in glanzlosen Strähnen auf dem Kissen, und jeder Atemzug schien sie große Mühe zu kosten.

«Ich bin froh, dass du gekommen bist», flüsterte Sofia, doch ihre Stimme klang mutlos. «Ich bin so müde, und ich wollte dich so gern sehen. Eigentlich hatte ich dir schon in Stockholm erzählen wollen, dass wir ein Kind erwarten, aber ich wollte erst ganz sicher sein.» Tränen liefen ihr über die Wangen. «Armer Johan, er wird furchtbar traurig sein.»

«Was redest du denn da für Dummheiten?»

Sofia schüttelte den Kopf. «Ich sehe doch, wie sie mich anschauen, wenn sie hereinkommen. Ich werde das nicht überstehen. Ich war schon immer so ein jämmerliches Ding.»

«So was darfst du nicht sagen. Das lasse ich nicht zu. Und warum ist es überhaupt so dunkel hier drinnen?»

Beatrice stand auf und ging ans Fenster. «Du kannst Dunkelheit nicht leiden.» Sie zog die Vorhänge zurück, wobei sie mit ihren Tränen kämpfte und dem hoffnungslosen Gefühl, das dieses Krankenzimmer ihr einflößte. «Du hast einen herrlichen Ausblick auf das Wasser und den Hafen», sagte sie und hasste sich selbst für den munteren Ton ihrer Stimme. «Segeln die Schiffe nach England von hier ab?»

«Ich weiß nicht, ich habe noch keines gesehen. Ich kann mich ja kaum im Bett aufsetzen, geschweige denn aus dem Fenster schauen.»

Beatrice setzte sich wieder auf die Bettkante. «Kann ich etwas für dich tun? Willst du ein bisschen Wasser haben?»

Sofia schüttelte nur matt den Kopf.

«Erzähl mir von dem Kind», bat Beatrice. «Was meint der Doktor, wann wird es kommen?»

«Im Januar. Aber er glaubt, dass ich es nicht überstehen werde.»

«Hat er das etwa gesagt?», fragte Beatrice scharf. Was dachten sie sich bloß dabei, Sofia mit solchem Gerede zu erschrecken?

«Keiner sagt direkt etwas zu mir. Sie lächeln und lächeln immer bloß, aber ich sehe es in ihren Augen. Und ich höre, was sie sagen, wenn sie glauben, dass ich schlafe.

Aber ich rede immer nur von mir – dabei freue ich mich so sehr, dass du gekommen bist.» Sie lächelte schwach. «Ich habe gehört, dass deine Hochzeit wieder verschoben worden ist?»

«Ja», bestätigte Beatrice. Onkel Wilhelm hatte Rosenschöld eine Nachricht zukommen lassen und die Heirat bis auf Wciteres verschoben. Unter den momentanen Umständen wollte anscheinend nicht einmal er die Hochzeit forcieren.

Beatrice hätte sofort geheiratet, noch heute, wenn sie Sofia damit wieder hätte gesund machen können.

Sofia lächelte. «Ich fühle mich schon etwas besser, seitdem du da bist.»

«Wie schön, dann bleibe ich erst mal hier. Und dann, im Januar, wenn du ein gesundes Baby im Arm hast, werden wir über das alles lachen.»

«Ich glaube auch. Du hast ja immer recht.» Sofia lehnte sich in die Kissen und schloss die Augen.

Als Beatrice die Treppen herunterkam, sah Mary ihr besorgt entgegen.

«Sie sieht sehr schlecht aus», beantwortete Beatrice die unausgesprochene Frage.

«Johan und die anderen warten unten», teilte Mary ihr mit.

Gemeinsam gingen sie ins Erdgeschoss und begegneten den resignierten Blicken der anderen.

«Seit wir zurück in Schweden sind, hat sie ständig nach dir gefragt», sagte Johan. «Sie wollte unbedingt nach Stockholm, aber es war unmöglich, sie war schon viel zu schwach. Es wäre lebensgefährlich gewesen, sowohl für sie als auch für das Kind.»

Harriet ließ sich auf einen Stuhl sinken und hielt sich

die Hand vor den Mund. Mary trat ans Fenster und blickte hinaus. Keine der beiden Frauen sagte etwas, doch ihre Sorge stand geradezu greifbar im Raum.

«Ich wünschte, ich wäre früher gekommen», sagte Beatrice.

Johan schüttelte den Kopf. «Jetzt können wir nur noch das Beste hoffen.»

«Was sagt der Arzt?»

«Man kann nichts tun, nur abwarten. Sie muss sich ausruhen. Zu etwas anderem ist sie sowieso nicht mehr in der Lage.»

«Du siehst auch müde aus», bemerkte Beatrice sanft.

Johans normalerweise so frohes Gesicht war von Schlafmangel und Angst gezeichnet. Er sah sie mit glänzenden Augen an. «Ich kann nicht schlafen, ich denke mir immer nur, dass wir zu Hause hätten bleiben sollen. Sofia ist so zerbrechlich. Wenn wir nicht auf Hochzeitsreise gegangen wären, dann wäre sie vielleicht …»

«Ach, Johan, ich verstehe, dass du dir Vorwürfe machst. Aber wenn Sofia wüsste, dass du dir die Schuld gibst, würde es ihr das Herz brechen. Hinterher weiß man eben immer alles besser, aber so darf man nicht denken. Sei froh, dass ihr verreist seid und dass ihr das zusammen erleben konntet. Ich bin sicher, ihr hattet viel Spaß.»

Er verzog den Mund. «Du hast recht, wir fanden die Reise beide wundervoll.»

«Und bald habt ihr ein kleines Kind. Das wird ganz großartig», meinte Beatrice.

Er sah sie an, und Beatrice hörte selbst, wie aufgesetzt ihre Worte klangen. «Ja», sagte er und ließ sich auf ihre Scharade ein, denn die Alternative war unerträglich.

*

Beatrice wich rasch aus, um im Gedränge nicht ins Wasser geschubst zu werden. Dann setzte sie ihren Spaziergang durch das Gewühl am Göteborger Hafen fort, wo Akrobaten die herbstlichen Spaziergänger am Kai unterhielten. Sie ging zurück in die Innenstadt, vorbei an den Kontoren der zahlreichen Reedereien, und atmete die typische salzige Göteborger Luft tief ein. Es war faszinierend, wie verschieden Städte sein konnten. Diese hier war von ihrem lebhaften Hafen und dem Gefühl vom großen Amerika-Abenteuer geprägt – überall hörte man verschiedene Dialekte und Sprachen, die Straßen rund um den Hafen summten erwartungsvoll, und dazu blies ständig ein leichter Wind.

Sie überquerte eine Straße, blieb vor einer Konditorei stehen und sah sehnsüchtig durchs Fenster, doch ohne Begleitung wagte sie sich nicht hinein. Stattdessen eilte sie zurück zum Haus in der Sillgatan, weil sie sich Sorgen machte, ob sie nicht schon wieder zu lange fortgeblieben war. Die Angst, dass sich Sofias Zustand weiter verschlechtern könnte, sobald sie aus dem Haus ging, ließ sie nie los.

Nachdem sie ihren Hut und ihre Handschuhe einem Hausmädchen übergeben hatte, lief sie schnell hinauf in Sofias Zimmer.

«Ich war unten am Hafen und habe dir Bonbons mitgebracht.» Sie legte die braune Tüte auf den Nachttisch und öffnete ein Fenster. Sie wusste, dass Sofia wahrscheinlich nichts essen konnte, aber aus dem Bedürfnis heraus, etwas zu unternehmen und nicht einfach zuzusehen, wie es Sofia mit jedem Tag und jeder Woche schlechter ging, kaufte sie ihr kleine Mitbringsel, kochte eine Kanne Tee nach der anderen und las laut aus Büchern vor, von denen sie wusste, dass Sofia sie mochte. Sie hoffte, dass ihre Fürsorge die Cousine nicht mehr ermüdete, sondern tröstete.

«Heute ist die Luft ganz wunderbar. Sie kann dir unmöglich schaden.»

«Mama besteht darauf, dass das Fenster geschlossen bleibt», sagte Sofia müde. «Aber ich höre gern die Geräusche von draußen. Ich wünschte, ich könnte hinausgehen.»

«Bald können wir zusammen spazieren gehen, meine Liebe.»

Sofia nickte und schloss die Augen.

Sie konnten sich nichts mehr vormachen. In den Wochen seit ihrer Ankunft hatte sich Sofias Zustand nicht gebessert. Beatrice warf einen Blick auf ihre bettlägerige Cousine, die wieder eingeschlafen war. Sie war selten länger wach, und besonders erschöpft war sie dann, wenn der Arzt dagewesen war und sie zur Ader gelassen hatte.

Durchs Fenster sah Beatrice die Septembersonne über den diesigen Himmel wandern. Sie wärmte immer noch, doch der Herbst lauerte schon an der Ecke, und die Abende waren eher kühl. Sie lehnte die Stirn ans Fenster. Warum ging es Sofia nicht besser? Warum konnte der Arzt nicht mehr tun?

Sofia stöhnte, und Beatrice eilte an ihre Seite. Die Schwangerschaft würde noch ein paar Monate dauern, wenn der Arzt richtig gerechnet hatte, dachte Beatrice verzweifelt, während Sofia sich abmühte, um ein paar kleine Schlucke von der Limonade zu trinken. War es möglich, mehrere Monate so zu überleben?

Und dann auch noch eine Entbindung. Wenn Sofia doch nur kräftiger wäre. Wenn die Schwangerschaft doch schon weiter fortgeschritten wäre. Wenn doch …

Beatrice stellte das Glas ab. Sie setzte sich auf die Bettkante, strich Sofia über das matte Haar und sah zu, wie ihre Cousine wieder einschlummerte.

«So ist es gut, meine Liebe», murmelte sie und küsste sie auf die Stirn, während ihr die Tränen über die Wangen liefen. Sie konnte jetzt einfach nicht stark sein, also gestattete sie sich kurz, ein wenig zu weinen. Doch dann trocknete sie sich rasch das Gesicht, nahm Sofias magere Hand und rollte sich neben ihr im Bett zusammen, als könnte sie ihr so etwas von ihrer eigenen Kraft abgeben. Dann schlief auch Beatrice ein, so wie sie es oft getan hatte, als Sofia und sie noch Kinder gewesen waren und ihre Kümmernisse so geringfügig, dass sie bis zum nächsten Morgen verflogen waren.

Ein paar Stunden später weckte Johan sie vorsichtig. «Komm, du musst etwas essen», sagte er. «Du hast das Abendessen verschlafen, aber ich wollte ihnen nicht erlauben, dich zu wecken. Ich habe aber Bescheid gegeben, dass man dir eine kleine Mahlzeit herrichten soll.»

«Danke, ich komme gerne einen Moment runter.»

«Ich bleibe so lange bei ihr», sagte Johan und sah sie ernst an. «Danke, Beatrice.»

Sie setzte sich an den Esstisch und trank mit Genuss den heißen Tee. Wilhelm erschien im Türrahmen, zögerte aber auf der Schwelle, als er sie sah.

«Komm herein, Onkel. Hier ist frischer Tee», sagte sie freundlich. «Sofia schläft.»

«Ich habe gehört, dass du wieder gegen den Aderlass protestiert hast.»

«Weil Sofia danach jedes Mal schrecklich mitgenommen ist», erklärte sie. «Ich habe gelesen, dass so etwas mehr schaden als nützen kann.»

Er trat einen Schritt ins Zimmer und schnaubte. «Immer liest du irgendwas.» Er schüttelte den Kopf. «Immer musst du dich einmischen und alles besser wissen. Glaubst du, du bist schlauer als die Ärzte?»

«Ich will das Beste für Sofia, weiter nichts», antwortete Beatrice. Ihre Stimme war ruhig, doch als sie die Teetasse hob, zitterte ihre Hand.

«Du und deine hochnäsige Art», zischte er. «Eine Schande bist du.»

«Müssen wir jetzt streiten? Können wir nicht in Sofias Interesse versuchen, freundlich miteinander umzugehen? Sie ist froh, mich hierzuhaben, auch wenn es dir da anders geht.»

«Meine Tochter hat immer gewusst, was das Beste für sie ist.»

Die Tränen brannten hinter ihren Lidern, doch sie war nicht traurig, sondern wütend. «Das ist Johans Haus», sagte sie. «Du kannst mich nicht rauswerfen. Oder möchtest du mich vielleicht wieder einsperren?»

Die Augen ihres Onkels verengten sich. «Ich verstehe nicht, womit ich das verdient habe. Dich und deine ständige Aufsässigkeit.»

Wäre sie nicht so müde und verzweifelt gewesen, hätte sie die Provokation vielleicht leichter schlucken können. Doch jetzt setzte sie die Tasse mit einem Knall ab. «Was ist, Onkel?», fragte sie eiskalt. «Bist du enttäuscht, weil du noch warten musst, bis du mich endlich los bist? Sag doch, wie hoch ist heutzutage der Preis für eine hilflose Nichte?»

Es ging so schnell und kam so unerwartet, dass sie sich gar nicht wehren konnte. Mit einem Schritt war er bei ihr und versetzte ihr eine so heftige Ohrfeige, dass sie glaubte, ihre Halswirbel würden herausspringen. Ihr Gesicht brannte, und im Ohr hörte sie einen Pfeifton. Er holte erneut aus, und sie hatte keine Chance, aufzuspringen und zu fliehen, daher hob sie nur die Arme, um den Schlag abzufangen, und machte sich auf den Schmerz gefasst. Gleichzeitig war ihr bewusst, dass sie irgendwie aus diesem Zimmer kommen musste.

«Nein!»

Dieses eine Wort schnitt durch die Luft wie ein Peitschenknall. Wilhelm hielt mitten in der Bewegung inne und wandte sich zur Tür. Beatrice keuchte auf, als sie Seth auf der Schwelle stehen sah. Er hatte die Szene beobachtet. «Wenn du sie noch einmal anfasst, wirst du dieses Zimmer nicht lebend verlassen», sagte er mit nur mühsam beherrschtem Zorn.

Seth schlug das Herz so heftig, dass ihm fast die Luft wegblieb. Den Blick hatte er auf Wilhelms erhobene Hand geheftet. Als er Beatrices Aufschrei gehört hatte, war er herbeigerannt, und als er sah, wie Wilhelm die Hand gegen sie erhob und sie sich auf ihrem Stuhl zusammenkrümmte, war ihm, als würde ihm die Wut einen Schleier vor die Augen legen.

«Beatrice?» Sie starrte ihn nur an. «Beatrice!», rief er, ohne die geballte Faust ihres Onkels aus den Augen zu lassen. Sie zuckte zusammen und nickte kurz, um ihm zu verstehen zu geben, dass sie nicht verletzt war.

«Verschwinde», fauchte er den alten Mann an.

Erst sah es so aus, als wollte Wilhelm protestieren, und Beatrice fragte sich, ob er wirklich so dumm wäre und hier und jetzt sterben wollte, wegen ihr, einer Frau, die er verabscheute. Doch dann verließ er wortlos das Zimmer.

Seth kam zu ihr. Sie sah, dass er immer noch mit seiner Wut kämpfte, aber sie beherrschen konnte. Vorsichtig inspizierte er ihre Wange, und Beatrice konnte ein Stöhnen nicht unterdrücken, als seine Finger ganz zart die Schwellung berührten.

«Hat er das früher auch schon getan?»

Die tiefe Stimme, die vor Sorge immer noch ganz heiser war, fühlte sich an wie eine warme Liebkosung.

«Er macht sich Sorgen um Sofia. Damit kommt er nicht zurecht», murmelte sie.

«Das ist keine Entschuldigung. Wenn er noch einmal die Hand gegen dich erhebt, ist er ein toter Mann.» Seth ließ sie los. «Du brauchst etwas zum Kühlen gegen die Schwellung.»

Sie hätte seine Hand am liebsten festgehalten. Nichts gab ihr mehr Sicherheit als seine Nähe, und als er sie losließ, hätte sie beinahe seine Hand gepackt, um ihn nicht wieder loszulassen.

Ihr Herz raste. War er wirklich gekommen, um sie wegzuholen?

«Was machst du hier?», flüsterte sie.

«Ich fahre via England nach Amerika», erwiderte er kurz angebunden. «Und die Schiffe nach England legen in Göteborg ab.»

22

Stockholm
September 1881

«Du Idiot, was hast du bloß angerichtet? Bist du völlig verrückt geworden?»

Graf Rosenschöld beschimpfte ihn jetzt bereits seit einer Viertelstunde in verschiedensten Variationen, und Edvard ging allmählich die Geduld aus. Er hatte den Grafen aufgesucht, um Hilfe und Rat zu suchen. Nicht, um sich wie einen kleinen Jungen behandeln zu lassen.

«Du hast dasselbe doch auch schon hundertmal gemacht», verteidigte er sich gereizt und zündete sich noch eine Zigarette an. «Ich verstehe nicht, warum du dich so aufregst.»

Rosenschöld blieb vor ihm stehen. Er hob die Hände, doch Edvard zuckte nicht zurück. Er war an schlimmere Tiraden gewöhnt. Als Kind war er schüchtern gewesen und leicht zu erschrecken, weshalb sein Vater beschloss, ihn mit Züchtigungen abzuhärten. Folglich hatte Wilhelm seinen Sohn ständig geschlagen – wenn er Angst hatte, wenn er weinte, wenn er nicht gehorchte und so weiter. Und so weiter.

Edvard schloss für einen Moment die Augen. Eines Tages hatte er zurückgeschlagen. Es war so schnell gegangen, und er wusste nur noch, dass es draußen kalt und dunkel gewesen war und im Kamin ein Feuer gebrannt hatte. Weswegen er die Schläge bekommen hatte, wusste er nicht mehr. Er hatte sich aus dem Griff seines Vaters gewunden, war gestürzt und hatte dann tastend den Schürhaken zu fassen bekommen. Er spürte das schwere Eisen in der Hand, und irgendetwas in ihm veränderte sich und begann zu wachsen, als er plötzlich merkte, dass er nicht mehr machtlos war. Er erinnerte sich noch, wie sich seine kleine Hand um das kühle, raue Metall klammerte, wie er aufstand, sich umdrehte und zuschlug. Und er würde nie das Gefühl vergessen, als sein Vater sich duckte und ihn mit verschreckten Augen ansah. Er war sicher gewesen, dass sein Vater ihn hinterher totschlagen würde, doch er konnte sich noch gut entsinnen, wie er damals über ihm stand und sich dachte, dass es die Sache wert wäre. Und sein Vater hatte ihn nie wieder angerührt.

«Ich habe dir schon hundertmal gesagt, dass wir das nicht mit Mädchen aus unserer eigenen Gesellschaft tun», zischte der Graf und riss Edvard abrupt wieder in die Gegenwart. «Hast du denn gar nichts gelernt?»

Der Alte rannte weiter zeternd im Zimmer auf und ab, doch nun platzte Edvard der Kragen. «Du alter Hurenbock, du bist doch kein Stück besser», schimpfte er. «Du hast Beatrice mit Beschlag belegt, also halt mal schön den Mund.»

«Aber ich ficke sie nicht, bevor sie nicht mir gehört, du Idiot, das ist verdammt noch mal ein Unterschied.» Rosenschöld blieb stehen und funkelte ihn zornig an. «Diesmal kann ich das nicht für dich vertuschen, verstehst du das denn nicht? Leonites Schwester, was zur Hölle hast du dir bloß dabei gedacht! Begreifst du nicht, dass es gewisse Grenzen gibt?» Der Graf schüttelte den Kopf. «Und mit Emelie von Wöhler hast du die Grenze eindeutig überschritten. Die ist doch erst vierzehn, zum Teufel! Ich frage mich ernsthaft, ob du krank bist, Edvard. Gerade im Hinblick auf das, was dir damals passiert ist, hättest du dich doch zusammenreißen müssen.»

Ja, wir sind nicht alle gleich, dachte Edvard bitter. Wenn das einer wusste, dann er.

Als er vor vielen Jahren in die Oberschule kam, hatte er sich danach gesehnt, Umgang mit den adligen Jungen zu pflegen, deren Väter Titel und Herrensitze ihr Eigen nannten und noch nie eine Fabrik von innen gesehen hatten, die Themen wie Geld und Arbeit für vulgär hielten. Und sie hatten ihn in ihren Kreis aufgenommen – den ständig lächelnden, charmanten Fabrikbesitzerssohn –, er hatte ganz gleichberechtigt mit den Söhnen der Elite verkehren dürfen und wusste, das war das Leben, das er führen wollte.

Doch dann hatte dieses Mädchen alles an einem Abend zerstört. Das junge Mädchen war so geschmeichelt von der Aufmerksamkeit, dass sie nur zu gern Geld von Edvard und dem anderen Jungen nahm, damit sie sich mit ihr vergnügen durften. Aber dann begann sie zu jammern und gegen die immer gröbere Behandlung zu protestieren. Da hatte der andere Junge sie festgehalten und Edvard befohlen weiterzumachen. Edvard hatte sie geschlagen, bis sie ohnmächtig wurde, dann hatten sich beide an ihr befriedigt und waren in bester Laune nach Hause gegangen.

Doch der Vorfall kam in die Zeitung und löste eine hitzige Debatte aus. Edvard wurde der Schule verwiesen und musste außerdem die ganze Schuld auf sich nehmen, da der Vater des anderen Jungen ein Graf war und überdies mit dem Rektor befreundet. Von diesem Tag an blieben ihm alle Türen verschlossen, und noch Jahre später musste Edvard am Rand jener Welt leben, der er um ein Haar schon angehört hatte.

Als er dann letztes Jahr den Grafen Rosenschöld in einem Bordell in Gamla Stan kennenlernte, hatte er sofort gespürt, dass sich jetzt alles ändern würde. Der betrunkene Graf hatte sich beklagt, wie schwer es sei, eine Frau zu finden, dass die adligen Mädchen unverschämt, eigensinnig und kleinlich seien und dass sie sich mittlerweile alle einbildeten, eigene Entscheidungen treffen zu dürfen.

Verständnisvoll legte Edvard die Stirn in Falten und spürte gleichzeitig die Erregung in seinen Adern pochen, weil er merkte, dass er auf einen Gleichgesinnten gestoßen war. Da er die Einstellung seines Vaters zur Emanzipation der Frau kannte, wusste er auch sofort, was er zu tun hatte. Ganz nebenbei erzählte er dem Grafen von seiner Cousine, die von der Gnade seines Vaters lebte, eine machtlose Frau, die tun musste, was man ihr sagte, eine junge, unberührte Frau. Der Graf hatte sich bereit erklärt, sie sich einmal anzusehen, Edvard hatte seinen Vater gebeten, Beatrice neue Kleider zu kaufen, und dann – ja, dann war alles gelaufen wie geschmiert. Und Edvard verkehrte plötzlich wieder in Kreisen, von denen er kaum mehr zu träumen gewagt hatte.

«Keiner kann mich wegen irgendetwas anklagen», meinte Edvard jetzt. «Emelie von Wöhler ist allein zu diesem verdammten Engelmacher gegangen. Es ist ja wohl kaum meine Schuld, dass sie gestorben ist.»

Ehrlich gesagt war er froh, dass Leonites unverschämte kleine Schwester bei ihrer Abtreibung verblutet war. Was zum Teufel hätte er mit ihr anfangen sollen? Er zog an seiner Zigarette.

«Du bist mit dem Mädchen gesehen worden», wandte der Graf ein. «Das reicht. Ihre Familie hat enormen Einfluss bei Hofe. Ich bezweifle, dass du wirklich zur Rechenschaft gezogen wirst, denn der Graf von Wöhler wird den Skandal scheuen. Aber du wirst Stockholm für eine ganze Weile verlassen müssen.»

Edvard zog eine Grimasse. «Und wo zum Teufel soll ich hingehen? Emelie hat die Beine mehr als bereitwillig für mich breitgemacht, daraus kann mir keiner einen Vorwurf machen. Und sie war die schlechteste Bettgefährtin, die ich jemals hatte. Unbegreiflich, dass die überhaupt schwanger werden konnte.»

Der Graf stieß ihn mit dem Finger in die Schulter. «Ich habe langsam genug von dir und deinen Katastrophen, das kann ich dir versichern. Fahr eine Weile nach Göteborg und halte dich bedeckt. Wenn du ein unschuldiges Mädchen willst, dann hol dir in Zukunft einfach eines aus der Fabrik deines Vaters oder irgendein Dienstmädchen, verstanden?»

«Fährst du auch nach Göteborg? Beatrice ist doch dort.» Zum ersten Mal zeigte er einen Funken Interesse für das, was der Graf sagte. Er hatte seine Cousine schon eine ganze Weile nicht mehr gesehen.

Doch Rosenschöld schüttelte den Kopf. «Wilhelm wird sie heimschicken, sobald sich die Situation in Göteborg geklärt hat.» Er sah Edvard an. «Ehrlich gesagt, langsam habe ich dich und deine Familie ganz schön satt.»

Edvard dachte bei sich, dass er Rosenschöld ebenfalls langsam durchaus satthatte. «Niemand kann mich zwingen, Stockholm zu verlassen», erklärte er.

«Idiot. Du kannst froh sein, wenn sie dich nicht lynchen», schnaubte der Graf.

Wie sich herausstellte, hatte Graf Rosenschöld recht. Die Situation in Stockholm wurde innerhalb weniger Tage unerträglich für Edvard. Niemand sprach es offen aus, doch man begann ihn zu schneiden, und bald drehten ihm die Leute den Rücken zu, sobald sie ihn sahen.

Ziemlich unangenehm, dachte Edvard, als er am Hauptbahnhof Göteborg aus dem Zug stieg und die salzgesättigte Herbstluft einatmete.

*

Im Haus in der Sillgatan stand Johan am Fenster und blickte über den Hafen. «Du bist mir mehr als willkommen, wenn du hier wohnen möchtest, das weißt du doch, oder?» Er wandte sich zu Seth um.

«Er hat sie geschlagen», sagte Seth und spürte, wie ihm wieder die Kiefermuskeln zuckten. Er musste nur daran denken, wie er Wilhelm gesehen hatte, der mit erhobener Hand über Beatrice stand, und schon überkam ihn die Lust, den Mann zu ermorden.

«Das ist inakzeptabel, und ich habe auch schon mit ihm gesprochen», antwortete Johan. «Mein Schwiegervater fährt noch heute zurück nach Stockholm.»

«Es tut mir leid, dich mit so etwas zu belasten, wo du doch gerade weiß Gott anderes im Kopf hast», entschuldigte sich Seth.

«Nonsens. In meinem Haus soll sie sicher sein», erwiderte Johan. Er verstummte, doch Seth wusste, dass sie beide dasselbe dachten. Würde sie beim Grafen sicher sein? Die Sorge lag ihm schwer im Magen. Seth hatte natürlich immer gewusst, dass Frauen eher in Gefahr gerieten als Männer, aber er hatte es nie mit eigenen Augen gesehen, ihm war nie klar gewesen, wie machtlos eine Frau sein konnte.

«Wo wohnst du?», fragte Johan.

«Ich habe mich bereits in einem Hotel einquartiert. Mein Sekretär und sein Assistent werden jeden Moment hier eintreffen. Ich muss noch so einiges erledigen, bevor ich nach New York fahre.»

Johan wandte sich vom Fenster ab und setzte sich in den Sessel gegenüber von Seth. Ein Diener kam mit einem Tablett mit Kaffee, und sie ließen sich schweigend servieren.

«Kann ich irgendetwas für euch tun?», fragte Seth leise.

«Wir können nur auf den Arzt hoffen. Was sehr frustrierend ist.» Johan massierte sich den Nasenrücken. «Schwangerschaften sind nicht gerade sein Spezialgebiet. Wir haben nach einem Doktor Eberhardt geschickt, einem Spezialisten aus Deutschland, aber bis jetzt war es unmöglich, ihn herzuholen.» Johan starrte in seine Tasse.

Seth stellte seinen unberührten Kaffee ab. «Du siehst völlig erschöpft aus», sagte er. «Du darfst dich nicht so aufarbeiten, jetzt, wo Sofia dich am nötigsten braucht.»

«Ich weiß. Aber das alles ist meine Schuld. Sie hätte nicht schwanger werden dürfen, ihr Körper ist so zerbrechlich. Wenn die Krankheit sie nicht umbringt, wird es wahrscheinlich die Entbindung tun.» Johan sah Seth mit glänzenden Augen an. «Ich wünschte, das Kind würde sterben und sie überleben.» Er vergrub das Gesicht in den Händen. «Entschuldige.»

«Entschuldige dich nicht. Ich würde genauso fühlen.»

«Man darf die Hoffnung nie aufgeben, nicht wahr?» Doch Johan klang resigniert.

Seth musterte ihn, sah die Qual und seine Hoffnungslosigkeit. «Nein, das darf man nie», sagte er langsam.

Ein paar Tage nach Seths unverhofftem Auftauchen kam Beatrice nach einer unruhigen Nacht ins Frühstückszimmer. Ihr Kiefer schmerzte immer noch, doch die Schwellung war schon zurückgegangen.

Sie trank ihren Kaffee, während sie aus dem Fenster sah

und überlegte, was sie von Seths Erscheinen halten sollte. Nach seiner Konfrontation mit Onkel Wilhelm hatten sie sich nicht mehr gesehen. Er hatte gesagt, dass er nach New York reisen wolle, aber wann?

Die Tür zum Esszimmer ging auf.

«Edvard?» Sie war überrascht. «Mit dir hatte ich ja gar nicht gerechnet. Wo kommst du denn her?» Sie stand auf, und ihr Cousin und sie umarmten sich. Dann hielt Edvard sie auf Armeslänge von sich, und seine braunen Augen, die Sofias so ähnlich waren, strahlten sie an. Es war schon vorgekommen, dass Beatrice in Edvards Gesellschaft unbehaglich gewesen war, doch heute war sie nur froh, ihn zu sehen. Sofias Bruder gehörte zur Familie, und sie hatte nur noch so wenig Familie.

«Schön, dich zu sehen», sagte sie und brach in Tränen aus.

«Schhhh», machte er und nahm sie wieder in den Arm.

Zerstreut streichelte Edvard ihr über den Rücken. Hätte er die Wahl gehabt, dann hätte er natürlich niemals einen Fuß in diese Stadt gesetzt, doch dank der einflussreichen Familie von Wöhler saß er hier erst einmal auf unbestimmte Zeit fest.

Die überstürzte Abreise aus Stockholm war kaum etwas anderes gewesen als eine ehrlose Flucht, und er fragte sich, wie lange es wohl dauern würde, bis seine liebe Mama bemerkte, dass die Leute ihre Briefe nicht mehr beantworteten. Wie lange es dauerte, bis Papa entdeckte, dass die Leute ihn mieden. Dass die Familie verstoßen war.

Er drückte die schluchzende Beatrice an die Brust und widerstand dem Impuls, seine Hände über ihren Rücken weiter nach unten gleiten zu lassen.

Wäre doch lustig, sie zu nehmen, einfach um Rosenschöld eins auszuwischen, dachte er und hätte beinahe losgelacht.

Beatrice schluchzte auf, und er sah gereizt auf sie herab. Dass sie ihm bloß nicht sein neues Hemd ruinierte.

Er murmelte tröstliche Worte, während er sich fragte, ob man wohl auf Sofias Tod hoffen durfte. Würde seine Schwester ins Gras beißen, wären seine Eltern abgelenkt, zumindest für ein paar Tage. Dann könnte sich die größte Aufregung bereits ein wenig gelegt haben.

Er runzelte die Stirn. Beatrice hatte angefangen, ihm einen Bericht von Sofias Krankheitsverlauf zu geben. Ach, zum Teufel – das war so unerträglich öde, dass er hätte schreien mögen. Verdammt, warum musste er bloß mit seiner erzlangweiligen Familie auf diesem Misthaufen festsitzen? Warum war das Leben so verdammt ungerecht?

23

Göteborg
September 1881

Jesper Henriksson betrachtete seinen Arbeitgeber und versuchte, seine Frustration zu verbergen. In den fünf Jahren, die er nun für Seth Hammerstaal tätig war, hatte sich der Norweger noch nie so aufgeführt. Jesper räusperte sich vorsichtig. Doch Seth, der mit übereinandergelegten Beinen dasaß, starrte nur weiter in die Luft.

«Wollen wir vielleicht eine Mittagspause machen?», schlug Jesper schließlich vor.

In den letzten Tagen hatten sie sehr hart gearbeitet. Papiere, Menschen und Telegramme aus Stockholm und Umgebung strömten unablässig herein. Herr Hammerstaal schrieb, diktierte und arbeitete in seinem gewohnt furiosen Tempo, doch daran war Jesper gewöhnt, und er fühlte sich wohl in dieser Routine. Schwierigkeiten hatte er eher mit den irrationalen Stimmungen. Den Seufzern. Den seltsamen Pausen. Den starren Blicken.

«Bist du eigentlich verheiratet, Henriksson?», erkundigte sich der Norweger plötzlich.

Jesper lächelte bemüht und versuchte seine Verblüffung darüber zu verbergen, dass Herr Hammerstaal schon wieder vergessen hatte, was für eine großzügige Summe er ihm letzten Sommer zur Hochzeit geschenkt hatte.

«Seit einem knappen Jahr, Herr.»

«Hm.»

Es klopfte, und Jesper stand auf. Er war froh, etwas Konkretes zu tun zu haben. Der Besucher war ein blonder junger Mann, der sich als Herr Löwenström vorstellte.

Seth gab Edvard die Hand. Der Händedruck des jungen Mannes war fest und sein Lächeln warm, doch aus irgendeinem Grund begannen die Alarmglocken in Seths Kopf zu läuten.

«Hammerstaal, Johan hat mir schon erzählt, dass Sie in Göteborg sind. Wie stehen die Dinge?»

Seth bat Edvard, sich zu setzen. Er hegte wahrlich keine besonders herzlichen Gefühle für Johans Schwager, dachte er und betrachtete seinen lächelnden blonden Gast. Bis jetzt hatte Edvard vor allem den Eindruck gemacht, dass er ein Taugenichts von einem Oberklassenlümmel war, der rein gar nichts Vernünftiges leistete. Doch als er jetzt das nächste gewinnende Lächeln aufsetzte, witterte Seth Unheil.

«Ich nehme an, ich kann genauso gut gleich zum Thema kommen. Es geht um meine Familie», erklärte Edvard.

«Beatrice? Ist ihr etwas passiert?» Seth konnte die Sorge in seiner Stimme kaum verbergen.

Edvard verzog keine Miene, doch in seinen Augen glänzte etwas auf. «Überhaupt nicht. Ich selbst bin in eine delikate Klemme geraten und will Papa nicht um Hilfe bitten.» Er lächelte. «Man will ja nicht so aussehen, als würde man nicht allein zurechtkommen, und Johan hat genug mit seinen eigenen Problemen zu tun. Da Sie Johans Freund sind, dachte ich, sie könnten vielleicht so großzügig sein, einem Kameraden beizustehen. Von Mann zu Mann, sozusagen.»

Seth entspannte sich. Es ging also um Geld, das hätte er sich ja gleich denken können. Wenn jemand ihn um etwas bat, ging es immer um Geld. Er gab Henriksson mit einer Geste zu verstehen, dass er sie allein lassen sollte.

«Wie viel brauchen Sie?»

«Ein paar hundert sollten reichen», sagte Edvard gewandt.

Seth streckte die Hand nach seinem Scheckheft aus. Der Mann war Johans Schwager, und wenn Seth etwas für Johan tun konnte, wollte er es gerne tun. Doch irgendetwas störte ihn an der Sache. «Wenn Sie in Zukunft Geld brauchen sollten, kann ich Ihnen sicher eine Arbeit beschaffen.»

Edvard lächelte ausdruckslos, steckte den Scheck ein und verabschiedete sich.

Als er das Zimmer verließ, blieb Seth sitzen und kratzte sich den Nacken. «Henriksson, komm wieder rein», rief er, und der Sekretär erschien sofort wie aus dem Boden gewachsen.

«Schick jemand nach Stockholm, ich will Informationen über Edvard Löwenström.»

«Ja, Herr. Welche Art von Information?»

Seth lehnte sich zurück und sah ihn nachdenklich an. «Wir lassen es einfach mal auf uns zukommen ...» Er verstummte.

«Herr?»

«Sieh zu, dass man auch etwas über Wilhelm Löwenström herausfindet», fügte Seth hinzu.

Am selben Abend ließ sich Johan mit einem zufriedenen Stöhnen im besten Herrenclub von Göteborg, dem Royal Bachelors Club, in einen Sessel sinken. «Danke, dass du mich mitgenommen hast», sagte er zu Seth. «Zu Hause werde ich allmählich wirklich verrückt.» Er nahm einen Cognacschwenker von einem Kellner entgegen. «Ich schäme mich, Beatrice mit der ganzen Verantwortung allein zu lassen, aber ich musste einfach für eine Weile da rauskommen», fuhr er fort. «Du hattest schon immer einen

Sinn für Luxus, und im Moment kommt mir das ganz gelegen.»

Seth winkte ab. «Ich freue mich nur, dass wir ungestört reden können», meinte er. «Obwohl ich ein schlechtes Gewissen habe, weil ich dich einfach so aus dem Haus gelotst habe. Wie steht es mit Sofia?»

Johan zuckte mit den Schultern und nahm einen Schluck von seinem Cognac. «Da hat sich nichts geändert», erklärte er. «Wenn es dir nichts ausmacht – eigentlich kann ich nicht so gut darüber sprechen.»

Seth schüttelte beschwichtigend den Kopf.

«Du hast immer noch nicht erzählt, wen du in Amerika besuchen willst. Aber es handelt sich um eine Frau, nicht wahr?», fragte Johan vorsichtig.

«Sie heißt Lily Tremaine», antwortete Seth nach kurzem Schweigen. Er hatte Johan den Zweck seiner Reise bis jetzt nur angedeutet. «Wir haben uns früher des Öfteren getroffen», fuhr er nachdenklich fort, «als wir beide noch sehr jung waren. Ihr Vater, Jack Templeton, ist ein guter Mann und ein enger Freund, er hat mir seinerzeit sehr geholfen und mich unterstützt. Und jetzt habe ich versprochen, Lily und ihn zu besuchen.» Er drehte seinen Cognacschwenker in der Hand. «Und ich habe Jack versprochen, mir die Geschäfte der Familie mal näher anzusehen, denn wahrscheinlich sind sie nicht mehr so solide, wie sie es einmal waren.» Er fing Johans Blick über den Rand seines Glases auf. «Jack ist nämlich krank, vielleicht sogar sterbenskrank. Wir haben uns immer sehr gut verstanden, ich möchte ihn gerne ein letztes Mal treffen, besonders, wenn die Familie Hilfe braucht. Er hat eine Frau und neben Lily noch fünf weitere Töchter. Falls du nicht ausdrücklich darauf bestehst, dass ich hierbleibe, muss ich in Bälde abreisen.»

«Hier kannst du im Moment ohnehin nicht viel ausrichten», stellte Johan fest. Nachdenklich musterte er Seth. «Vielleicht ist das ja genau das, was du jetzt brauchst», sagte er. «Wenn Lily dir etwas bedeutet.»

Seth lächelte steif. Zum ersten Mal seit dem grässlichen Abend auf Wadenstierna, an dem er so betrunken gewesen war, dass er von seinem gescheiterten Werben um Beatrice erzählt hatte, machte Johan eine Andeutung in dieser Richtung. Wenn Seth an jene Szene dachte, brach ihm immer noch der kalte Schweiß aus. Weder Johan noch Jacques hatten je ein Wort darüber verloren, doch er hatte den Verdacht, dass sie seinen Gefühlsausbruch nicht vergessen hatten.

«Es ist lange her, dass ich Lily Tremaine gesehen habe, aber wir haben den Kontakt immer gehalten. Wie gesagt, früher waren wir einmal gute Freunde», erklärte er.

Was er Johan nicht erzählte, war, dass Lily die erste Frau war, um deren Hand er angehalten hatte. Und von der er einen Korb bekommen hatte. Aber bei Lily war auch vieles ganz anders gewesen, dachte er. Zum einen waren sie furchtbar jung gewesen, knapp zwanzig Jahre alt, zum andern hatte Lily nie einen Zweifel daran gelassen, was sie sich vom Leben erwartete: Luxus, Sicherheit, Überfluss. Deswegen hatte sie ohne Zögern Nein zu seinem Werben gesagt und stattdessen den Antrag des britischen Lords angenommen. Seitdem hatte er sie nicht mehr getroffen, und sie hatten auch keinen Kontakt mehr gehabt. Doch im Frühjahr, als er immer noch völlig am Boden zerstört war von Beatrices Verrat, hatte Lily ihm wieder geschrieben. Wie sich herausstellte, war seine Jugendliebe inzwischen Witwe und wohnte mit ihrem Sohn bei den Eltern in New York. Zwischen den Zeilen hatte Seth herauslesen können, dass der Brite sie nicht besonders gut behandelt hatte. Er schrieb ihr zurück, sie antwortete wieder, und so begann ein neuerlicher Briefwechsel. Lilys warme, anerkennende Briefe waren Balsam für sein wundes Herz, und Seth merkte, dass er keinen Groll mehr hegte. Als er ihr den Heiratsantrag gemacht hatte, waren sie beide noch sehr jung gewesen, Lily hatte getan, was sie für das Beste hielt, und wie es aussah, hatte sie für diese Entscheidung einen hohen Preis zahlen müssen.

Im Sommer lud sie ihn ein, sie und die Familie in New York zu besuchen, und als Seth spontan zusagte, antwortete Lily in ihrem nächsten Brief mit überschwänglicher Freude. Die ganze Familie freue sich auf seinen Besuch, schrieb sie, nicht zuletzt ihr Vater.

Es war peinlich, musste Seth sich eingestehen, doch ein Teil von ihm wollte nur zu gern vorführen, wie erfolgreich er gewesen war, seit er als armer junger Mann um Lily geworben hatte und abgewiesen worden war.

«Seth?»

Johans Stimme riss ihn zurück in die Gegenwart. «Es wird bestimmt nett, Lily wiederzusehen, aber im November sollte ich wieder in Schweden sein», sagte er. «Länger kann ich nicht wegbleiben.» Er konnte den Gedanken ja kaum ertragen, abzureisen und Beatrice zurückzulassen, dachte er missmutig.

24

Ein paar Tage später fuhr Seth in die Sillgatan. Er wusste, dass Johan außer Haus war, und als er erfuhr, dass Beatrice bei Sofia im Obergeschoss saß, ging er direkt hinauf, ohne seine Beweggründe zu überdenken. Am folgenden Tag sollte er nach New York abreisen, und er wollte sie noch einmal treffen, bevor er fuhr. Als er oben anlangte, öffnete sich eine Tür, und Beatrice kam heraus. Sie blinzelte, und er musterte sie besorgt. Sie sah so müde aus.

«Du kümmerst dich nicht gut um dich selbst», sagte er in wesentlich brüskerem Ton als beabsichtigt. «Isst du überhaupt ordentlich?»

«Willst du jetzt auch noch mein Äußeres kritisieren?», fragte sie lächelnd, und er sah ganz kurz etwas von der alten Beatrice durchschimmern.

Er ging zu ihr, legte ihr die Hand unters Kinn und drehte ihren Kopf hin und her, um zu prüfen, ob noch Spuren von Wilhelms Schlag zu sehen waren. Beatrice schloss kurz die Augen und ließ ihr Gesicht an seiner Handfläche ruhen, während er sie behutsam untersuchte. Ihre Nachgiebigkeit gab ihm eine gute Gelegenheit, sie weiter anzufassen. Seine Finger fuhren über ihre weiche Wange, und er ließ den Daumen über ihren Wangenknochen gleiten. Ein Blick aus ihren mitternachtsblauen Augen brachte seinen ganzen Körper zum Klingen.

«Komm doch einen Augenblick mit hinaus», sagte er spontan.

Sie zögerte, und da er ein Nein nicht ertragen hätte, beugte er sich zu ihr herab und küsste sie. «Komm, Beatrice», flüsterte er, mit dem Mund an ihren Lippen.

«Ich muss meinen Mantel holen», antwortete sie atemlos.
«Ich warte draußen.»

«Wohin willst du fahren?», fragte Seth, nachdem sie eine Weile schweigend in seinem Wagen gesessen hatten.
«Einfach nur weg vom Haus.»
«Willst du zum Wasser hinunter?», fragte er. «Zum Hafen?»
Sie schüttelte den Kopf. «Nein. Ich mag das Meer nicht. Zeig mir, wo du wohnst.»

Seth ging vor ihr hinein. Es war ein kleines, familienbetriebenes Hotel mit unbesetzter Rezeption, und keiner sah, wie sie gemeinsam die Treppe hochstiegen. Er schloss seine Zimmertür auf, zündete eine Petroleumlampe an, stellte sie auf ein Sideboard und drehte sich zu ihr um.
Beatrice stand immer noch auf der Schwelle und zögerte. «Wo sind deine Bediensteten?», fragte sie.
«Die haben heute Ausgang.»
«Ich sollte nicht hier sein», sagte sie zögernd. Doch sie konnte es nicht leugnen, sie wollte hier sein, bei ihm. Sie hatte das Gefühl, sterben zu müssen, wenn sie sich noch einmal von ihm trennen müsste. Dabei hieß es ja tatsächlich schon wieder Abschied nehmen. Er würde nach Amerika reisen, und sie würde bald heiraten.
Aber sie hatte keine Kraft mehr, ihm zu widerstehen. Wer wusste schon, ob er jemals zurückkehren würde? Wer wusste überhaupt irgendetwas?
«Wenn du willst, bringe ich dich zurück», sagte er ernst.
Langsam zog Beatrice die Tür hinter sich zu. «Nein», sagte sie. «Ich will bleiben.»

Ihre Blicke trafen sich und lösten sich wieder voneinander.

Sie schnappte nach Luft und nahm gar nicht richtig wahr, wie er auf sie zukam. Im einen Moment stand er noch neben dem Sideboard, im nächsten war er bei ihr und nahm ihr Gesicht in beide Hände. Sein Mund fuhr über ihre Lippen. Mit zitternden Händen suchte sie Halt an seinen Schultern. Er knotete das Band unter ihrem Kinn auf und nahm ihr den Hut ab. «Ich habe mich so lange danach gesehnt, das tun zu dürfen», murmelte er, während er ihre Haarnadeln herauszog und zu Boden fallen ließ. Seine Finger gruben sich in die roten Haarmassen. Widerstandslos ließ sie sich in sein Kraftfeld und seine Umarmung ziehen.

Diesen Nachmittag würden sie auf jeden Fall zusammen verbringen, dachte sie. Einmal mit ihm zusammen zu sein, sich für das begehrt zu fühlen, was sie war – mehr wollte sie gar nicht. Sie sah zu, wie er ihr die Handschuhe auszog und ihr die Finger küsste.

Mit Tränen in den Augen ließ sie ihre Hand über das geliebte Gesicht wandern, spürte die raue Haut unter den Fingerspitzen und fuhr die harten Linien nach. Sie liebkoste die Narbe unter der Augenbraue und ließ den Daumen über seine Unterlippe wandern, bevor sie ihre Hände zu seinem starken Nacken weitergleiten ließ. Ihre Finger fuhren ihm durchs Haar, und sie würde sich immer daran erinnern, wie seidig es sich anfühlte, dachte sie, bevor sie sein Gesicht zu sich herabzog. Seine Zunge glitt hungrig in ihren Mund. Sie war Frau, sie wusste, dass sie schüchtern und passiv sein sollte, doch ihr Körper übernahm einfach die Führung, sie drückte sich mit einem leidenschaftlichen Kuss an ihn.

Seths Hände wanderten wie von selbst weiter über sie. Sie war alles, was eine Frau sein sollte. Doch er wollte sie nicht drängen, deshalb versuchte er, sich aus der Umarmung zu befreien, versuchte, das Richtige zu tun, obwohl jede Faser seines Körpers ihm zuschrie, dass *das hier* das Richtige war.

Beatrice schüttelte den Kopf. «Ich will nicht aufhören. Ich will mehr.» Ihre Augen bohrten sich in seine, und sie ließ die Hand über seinen Rücken gleiten. «Ich will alles», flüsterte sie.

Seth begann das Blut in den Ohren zu rauschen. «Ich habe jeden Tag an dich gedacht», flüsterte er. «Und jede Nacht. O Gott, ich dachte, ich würde verrückt werden.» Er küsste sie wieder, nahm ihren keuchenden Atem in seinen Mund auf. Ich will ihr alles geben, was in meiner Macht steht, dachte er, während seine Hände überall hinglitten, zu ihrem Gesicht, den Armen, der Taille. Er wollte sie so lieben, dass sie begriff, warum sie nur mit ihm leben konnte. Der Duft ihrer Haut, der Geschmack ihres Mundes trieben ihn in den Wahnsinn. Während er mit den Händen ihren Hintern umfasste, drückte er seine Erektion zwischen ihre Beine. Als er die Knöpfe ihres Kleides aufmachte, musste er sich beherrschen, den Stoff nicht einfach zu zerreißen. Zum Schluss gelang es ihm, ihr das Kleid vom Leib zu schälen, und es glitt mit leisem Rascheln zu Boden.

Dann öffnete er den letzten Haken ihres Korsetts und ließ es ebenfalls zu Boden gleiten. Er musste über ihre keusche Unterwäsche lächeln – ein dünnes weißes Leibchen unter dem Korsett und eine weiße, knielange Unterhose aus weicher, abgetragener Baumwolle. Doch dann nahm er ihre Hand, drückte sie an sein klopfendes Herz und führte Beatrice ins Schlafzimmer. Es war dunkel, nur das spärliche Licht eines regnerischen Spätnachmittags fiel durch die Fenster herein. Er hielt inne.

«Bist du ganz sicher?», fragte er ein letztes Mal.

Sie nickte und setzte sich aufs Bett. Er setzte sich neben sie, küsste sie sanft auf den Hals und arbeitete sich zu ihrer sommersprossigen Schulter vor. Mit den Lippen fuhr er über die kleinen Flecken, die ihn so lange in seinen Träumen heimgesucht hatten. Die ganze Zeit hatte er sich gefragt, wie sie wohl aussehen mochte, ob ihre Brustwarzen hellrot waren, ob ihr Haar bis an ihren Hintern reichte. In seiner Phantasie hatte er sich ausgemalt, wie sie sich in seinen Händen anfühlen würde, und jetzt war er voller Erwartungen. Er stand auf und zog sich rasch aus. Sie ließ sich langsam aufs Bett sinken, er legte sich neben sie und zog das Bettlaken bis zu den Hüften über sie beide.

Beatrices Hand wanderte über seinen Arm. Sie biss sich auf die Lippe, und als ihm klar wurde, wie schüchtern sie war, wollte ihm schier das Herz übergehen. Er war sehr erregt, doch ihre Berührung sprach von ihrer Unerfahrenheit, und er wünschte sich nichts mehr, als ihr ein schönes Erlebnis zu bereiten.

Sie sagte nichts und sah ihn nur mit ihren riesengroßen Augen an, die jetzt fast schwarz waren vor Begehren. Eine Brustwarze drückte sich durch das Baumwollhemdchen, und er beugte sich herab und leckte sie durch den Stoff hindurch. Sie keuchte auf, doch er ließ seine Zunge weiter spielen, bis der Stoff nass und glatt war und sie sich unter ihm wand. Mit der Hand folgte er der weichen Kurve eines Beines, fuhr über das Strumpfband hinauf zur Hüfte. Sehnsüchtig berührte er ihre Hüfte mit den Fingerspitzen. Sie war warm, fast heiß, und weich wie Seide. Wieder senkte er den Mund über ihre Brust. «Hast du Angst?», murmelte er. Er hätte noch stundenlang weiter an der harten Brustwarze herumknabbern können. Sie stöhnte. «Das gefällt dir», flüsterte er.

«Ich weiß, was du glaubst», sagte sie. «Aber ich war noch nie mit jemand auf diese Weise zusammen.»

«Ich weiß», erwiderte er heiser. «Du brauchst nichts zu sagen. Ich werde ganz vorsichtig sein.» Er fand die Strumpfbänder und begann an den weißen Schnüren zu ziehen. Er war der Erste, doch im Grunde hatte er es die ganze Zeit gewusst. Beatrice war die Seine, und er würde ihr Einziger bleiben. Er weigerte sich, einen anderen Gedanken überhaupt zuzulassen.

«Ich bin froh, dass du es bist», flüsterte sie und drückte sich mit einer gelenkigen Bewegung an ihn.

«Weißt du, dass es einer Frau beim ersten Mal wehtun kann?»

«Sofia hat mir erzählt, dass es wehtut», sagte sie. «Aber ich will es.»

Er spürte ihren runden Hintern unter den Handflächen, streichelte die glatten Oberschenkel und zog ihr die Unterhose aus. Sie hob den Oberkörper leicht an, damit er ihr auch das Hemd ausziehen konnte. Ihm stockte der Atem. «Beatrice, du bist so schön. Lass dich anschauen.»

Sie legte die Arme neben sich aufs Bett und ließ sich von ihm betrachten. Auf ihrer weißen Haut sah man die roten Druckstellen ihres Korsetts. Sie war dünn, viel zu dünn. Aber es war trotzdem ein Frauenkörper, der in diesem Bett lag, ein Körper mit weich schwellenden Hüften und ganz hellen rosa Brustwarzen.

«Genier dich nicht, du hast einen wundervollen Körper», flüsterte er.

Sie legte ihm die Hand mit gespreizten Fingern auf den Brustkorb und spürte, wie Seths Herz unter ihrer heißen Liebkosung raste.

«Du bist so stark», flüsterte sie.

Behutsam drückte er sie wieder aufs Bett. «Bleib einfach

so liegen. Ich werde es dir schön machen.» Er streichelte sie mit der ganzen Handfläche, und ihre Augen wurden glasig. Frauen mit empfindsamen Brüsten hatte er schon immer geliebt. «Fühlt sich das gut an?», fragte er. Sie nickte. Dann senkte er den Mund über das weiche Fleisch und begann mit der Zunge über ihre Brustwarze zu lecken, hin und her, hin und her. Sie bäumte sich auf, seinem Mund entgegen. «Ich wusste nicht, ich hatte keine Ahnung, dass ...»
Inzwischen hatte er sich wieder vollkommen unter Kontrolle. Als sie ihn mit ihren unerfahrenen Fingern gestreichelt hatte, war er nahe daran gewesen, die Kontrolle zu verlieren, doch jetzt hatte er sich wieder im Griff. Er würde sie von sich abhängig machen. Sie würde nie wieder in der Lage sein, ihn zu verlassen, sie würde nach seinem Körper verlangen wie er nach dem ihren. Zärtlich spreizte er ihr die Schenkel. «Liebling, ich werde ganz vorsichtig sein», murmelte er mit den Lippen an ihrem Mund. Sie erbebte, und Seth lächelte über ihre Reaktion. Diese Frau war wie geschaffen für die Liebe. Seine Liebe. Zuerst ertasteten seine Finger den Weg zwischen den feuerroten Locken in ihre weiche Wärme. Beatrice atmete tief ein, und er gab ihr ein wenig Zeit, sich an das Gefühl zu gewöhnen, bevor er vorsichtig mit ihr zu spielen begann.

O Gott. Ihr ganzer Körper bebte. Seths Finger berührten sie dort unten, und sie wollte es mit einer Begierde, die sie selbst schockierte. Sie hatte ihren Körper immer in erster Linie als etwas gesehen, was man formen, schnüren und verstecken musste. Und sie hatte nie richtig darüber nachgedacht, dass Männer so ganz andere Körper hatten. Unbekleidet sah Seth noch viel größer aus. Seine Schultern und Arme waren kräftig, seine Brust war bedeckt mit dunklem Haar. Seine Hüften hingegen waren schmal und geschmeidig. Er war hart und heiß, weich und rau, und jetzt machte er etwas mit ihr, wofür sie keine Worte hatte. Sie wusste nicht, was von ihr erwartet wurde. Niemand, *niemand* hatte ihr jemals etwas hiervon erzählt. Sie hörte selbst, wie sie nur noch stoßweise atmete.

«Ist es gut so?», fragte Seth heiser. Er knabberte an ihrem Ohr, saugte an ihrem Ohrläppchen, während sein Finger sich in ihr bewegte. Seine Brust rieb gegen ihre. Das schwarze Haar war rau und kitzelte, und ihre Brust war noch zehntausendmal empfindlicher als sonst. Ein dumpfer Laut entfuhr ihr, ein Laut, wie sie ihn noch nie gehört hatte. Sie konnte nicht denken, nicht antworten. Ihr Unterleib presste sich gegen seine Hand, ohne dass sie irgendwelchen Einfluss darauf hatte.

«Bleib einfach nur so liegen, genau so», murmelte er.

Seine geflüsterten Worte waren ebenso erregend wie alles andere. Er sagte Dinge, die ihr durch und durch gingen. Wieder küsste er sie tief, vergrub die Zunge in ihrem Mund und seine Finger in ihrem ... ihrem ... Beatrice wusste nicht einmal, wie dieser Teil ihres Körpers hieß. Doch es fühlte sich an, als wäre es ihr Zentrum, ein pochendes, schwellendes Zentrum des Gefühls und der totalen Weiblichkeit. Sie wollte immer näher kommen und verschmelzen. Ununterbrochen bewegte sich sein Finger, bis sich ein neues, übermächtiges Gefühl in ihr aufbaute, und sie dachte, wenn er jetzt aufhören würde, würde sie die Enttäuschung nicht aushalten können.

«Seth ...», stöhnte sie, während sie sich unter seinen Händen aufbäumte.

«Wehr dich nicht dagegen», flüsterte er. «Lass es einfach kommen.» Er drückte und streichelte, und das Gefühl wurde immer stärker, bis Beatrice einfach die Kontrolle verlor, aufhörte zu denken und ihn das Kommando über ihren Körper übernehmen ließ. Er führte sie einen steilen Berg hinauf, auf einen hohen Gipfel. Sie keuchte auf, dann explodierte plötzlich alles um sie herum. Rasch schlug sie die Hand vor den Mund, um nicht laut zu schreien, und schluchzte in ihre Handfläche.

Seth hörte erst auf, als die letzten Zuckungen verebbt waren und ihr Körper von seinen Berührungen gesättigt war. Sie wurde ganz schwer, als sie sich entspannte. Er zog sie an sich, spreizte ihre Beine vorsichtig mit dem Knie und legte sich dann auf sie. Erst brachte er seine Hüften in die richtige Lage, dann spreizte er sie noch ein Stück und glitt zwischen ihre Schenkel. Beatrice umfing ihn mit den Armen. Sie zog ihm die Fingernägel über den Rücken, bevor sie die Finger auf seine Hinterbacken legte und leicht zudrückte.

Er keuchte auf. Er war so erregt, dass ihm das Blut in den Ohren rauschte. «Vorsichtig», sagte er heiser, doch sie drückte ihn nur noch mehr an sich, und Seth hatte die Schlacht verloren. Er presste sich gegen die warme Öffnung. Als er die Barriere spürte, beobachtete er sie aufmerksam. Er war kein Tier – wenn sie jetzt abbrechen wollte, würde er sich zurückziehen, das hatte er sich geschworen.

«Darf ich weitermachen?», keuchte er.

«Ja», flüsterte sie. Sie schnappte nach Luft, als er durch die Engstelle drang, und er sah, dass es ihr ziemlich wehtat. Also blieb er erst ganz still liegen und wartete auf sie. Schließlich bewegte sie probeweise die Hüften. Sie brachte sich in eine angenehmere Stellung, und einen Moment lang glaubte er, dass er gleich explodieren würde, doch er riss sich zusammen.

«Das fühlt sich so ... so komisch an», flüsterte sie schließlich, nachdem sie sich eine ganze Weile unter ihm gewunden hatte.

Er hatte unterdessen knirschend die Zähne zusammengebissen. Aber er hatte nicht vor, die Kontrolle über sich zu verlieren. Sie war nur so schön und warm, dass er langsam den Kopf verlor. Prüfend versuchte er, in die heiße Enge zu stoßen, und ihre Augen weiteten sich. Es schien nicht wehzutun. Sie fing an, mit seinen Stößen mitzugehen, und vor seinen Augen begann es zu flimmern. Seine Arme zitterten. Doch er war außerstande, es ruhig anzugehen, und drang tiefer in sie ein. Es hatte niemals den geringsten Zweifel daran gegeben, dass er Beatrice begehrte, dachte er benebelt. Und er hatte auch immer die vage Vorstellung gehabt, dass er – als der Ältere und Erfahrenere von beiden – eine schüchterne Unschuld behutsam in die Mysterien der Liebe einführen würde. Dass er Lehrer einer zwar willigen, doch im Grunde unterwürfigen Elevin sein würde. Seth hörte einen tierhaften Laut und merkte, dass er von ihm selbst kam. Stürmisch drückte er sich in ihren Körper, nahm sie, machte sie zu der Seinen. Seine Hand glitt zwischen ihre Körper, er wollte ihr noch größeren Genuss verschaffen. Als seine Finger den richtigen Rhythmus gefunden hatten, wurde sie geradezu wild in seiner Umarmung. Sie kratzte über seinen Rücken, und plötzlich gab es kein Zurück mehr.

«Beatrice», konnte er nur noch sagen.

All sein Begehren, die ganze Verzweiflung, die er so lange gespürt hatte, ließ ihn jetzt mit einem langgezogenen Brüllen kommen. Mit einem letzten Beben brach er auf ihr zusammen, während sein Orgasmus verebbte. Dann rollte er sich zur Seite, um sie nicht unter sich zu erdrücken, zog sie aber mit sich, weil er es nicht ertragen konnte, sich wieder von ihr zu lösen. Beatrice lag ganz still auf seiner Brust. Ihre roten Haarmassen ergossen sich über beide.

«Liebling?»

«Mmm ...»

«Ich hoffe, ich habe dir nicht wehgetan, *adorée*. Hat es wehgetan? Bist du sehr wund?»

Langsam schüttelte sie den Kopf und rieb verträumt die Wange an seiner Brust. «Überhaupt nicht.»

«Ich hole dir ein Handtuch.» Er schämte sich. Es musste ihr wehgetan haben. Nächstes Mal würde er vorsichtiger und zärtlicher sein und ihr noch mehr geben.

Zu Beatrices Überraschung stand Seth auf. Er ging zum Alkoven, in dem eine Waschschüssel stand, und kam weniger später mit einem angefeuchteten Handtuch zurück.

«Ich helfe dir», sagte er.

Sie schnaubte. Wohl kaum. Sie zog sich das Laken um den Körper und schüttelte bestimmt den Kopf.

«Beatrice?»

Sie sah ihn an. Er stand nackt vor ihr, selbstsicher und dominant.

«Ist es nicht ein bisschen zu spät, jetzt noch prüde zu werden?», fragte er grinsend. «Nach dem, was wir gerade gemacht haben?»

Sie streckte die Hand aus. «Gib her, ich kann das selbst.» Sie sah ihn mahnend an. «Und hör auf zu kichern.»

«Ich kichere nicht», sagte Seth mit bebenden Schultern. «Ich bin ein Mann. Männer kichern nicht.»

Sie verdrehte die Augen, doch zum Schluss lag sie doch auf dem Rücken, während Seth sie im Schein der Petroleumlampe zärtlich wusch.

«Es ist ein bisschen Blut aufs Laken gekommen», sagte

er. Er hob sie aus dem Bett, setzte sie ohne großes Federlesen in einen Sessel und ging zurück zum Bett. Interessiert sah sie zu, wie er das Laken und die Bettwäsche abzog. Dann wühlte er in einer Holzkiste und holte ein sauberes Tuch hervor. Fasziniert beobachtete sie ihn, während er das Bett bezog. Sie hätte gedacht, dass seine Nacktheit sie erschrecken und verlegen machen würde, doch sie fand ihn einfach nur schön. Dass die Natur das alles so gut eingerichtet hatte, dachte sie, während sie sich auf dem Sessel einkuschelte und den Anblick seines nackten Körpers genoss, seine geschmeidigen Bewegungen, das Spiel der Muskeln und Sehnen unter der Haut. Ihr war nie klar gewesen, wie gut Mann und Frau zusammenpassten, wie ihre Weichheit seine Härte aufnahm, wie sie einander durch ihre Unterschiede Genuss verschaffen konnten. Sie spürte, wie ihr Körper sich nach ihm sehnte.

«Wo hast du das gelernt?», fragte sie.

«Wenn wir beim Militär eines können, dann Betten machen. Komm.»

Sie legten sich dicht aneinander, weich und entspannt.

«Willst du schlafen?», fragte Seth.

Sie schüttelte den Kopf, und seine silbergrauen Augen glühten, während er ihr träge über die Wange strich. Noch nie hatte sie sich einem anderen Menschen so nahe gefühlt. Als ob sich nicht nur ihre Körper ineinander verflochten hätten, sondern auch ihre Seelen. Seth beugte sich über sie und küsste sie langsam und zärtlich. Während er sie mit der Zunge erforschte, hielt sie ganz still, bis sie nicht mehr anders konnte und ihn zurückküssen musste, mit seiner Zungen spielen und nach mehr verlangen.

«Du bringst mich ins Grab», murmelte er und legte sich wieder auf sie.

Obwohl sie noch wund war, war der Genuss unendlich viel größer. Seth füllte sie aus, und das neue, wonnevolle Gefühl baute sich erneut in ihr auf. Diesmal wusste sie, was sie erwartete, und eifrig, fast schon verzweifelt, drückte sie ihm ihren Körper entgegen und gab sich ihm hin.

Seth hob ihre Beine hoch, und sie schlang ihm die Schenkel um die Taille.

«Ja, genau so, *adorée*, wunderbar», murmelte er. Zärtlich liebte er sie, mit langen, ruhigen Stößen, unter denen sie erbebte. Plötzlich glitt er aus ihr heraus, und sie protestierte enttäuscht.

«So geht es noch besser», sagte er, legte sich hinter sie und zog ihren Hintern zu sich heran. Seine Hand tastete sich zwischen ihre Schenkel. Sie schloss die Augen, ließ den Kopf nach hinten auf seine Brust sinken und sich mitreißen. Gleichmäßig und rhythmisch fuhr er fort, sie beide auf den Gipfel zu führen, und sie hörte, wie er wieder und wieder ihren Namen rief. Sie schrie, als sich seine Arme ganz fest um sie schlossen, und sie schrie, als um sie und in ihr alles explodierte.

Seth zitterte. Er hätte nicht geglaubt, dass er noch einmal kommen würde. Eigentlich hatte er ihr nur neuerlich Genuss verschaffen wollen, doch sein Orgasmus war wieder gewaltig gewesen. Und diesmal hatte er sich auch nicht zurückgezogen. Er hielt ihren Körper ganz dicht an seinem, während er darauf wartete, dass sie sich erholte.

Es dauerte ein, zwei Herzschläge, bis er das Gefühl erkannte, das in seiner Brust brannte.

Es war Glück.

Er vergrub das Gesicht in ihrem Haar und sog den Duft von Kräutern und Sonne ein.

«Ruh dich jetzt aus, Liebling. Geh nirgendwohin, bleib

einfach hier bei mir», sagte er. Es war beängstigend, welche Furcht er hatte, sie zu verlieren.
«Seth», murmelte sie schläfrig.
«Ja?»
«Danke.»
«Ich danke dir auch», flüsterte er und küsste ihr Haar.

Gegen Abend fuhr er sie wieder nach Hause. Sie saßen nebeneinander im Wagen, mit dem sie das kurze Stück zu Johans Haus in der Sillgatan zurücklegten. Es regnete. Seth ergriff ihre Hand und drückte sie. Beatrice sagte nichts, sie ließ ihn einfach ihre Hand halten, und Seths Herz schmerzte vor all den ungefragten Fragen. Woran dachte sie? Sie bereute es doch nicht etwa? Er musste sie haben, er konnte sich nicht vorstellen, dass sie sich nach diesem Tag noch für einen anderen entscheiden könnte. Er schloss die Augen. In Amerika warteten Lily und ihre Familie auf ihn. Das ganze Frühjahr über hatte er die Reise aufgeschoben, jetzt hatte er keine Wahl mehr, er musste fahren. Geschäfte und Investoren verlangten seine Anwesenheit, Termine waren vereinbart, und die Leute erwarteten, dass er seine Versprechen hielt. Er musste fahren. Doch er würde so schnell wie möglich wieder nach Hause zurückkommen. Zu Beatrice.

«Sag, dass du mitkommst», bat er in flehentlichem Ton. Er hatte überhaupt keinen Stolz mehr. Sie musste ihre Meinung doch geändert haben, oder nicht? Sie musste sich jetzt doch für ihn entscheiden?

«Es kommt darauf an, wie es Sofia geht …», antwortete Beatrice mit dünner Stimme und wich seinem Blick aus.

Ich werde nicht bereuen, was ich getan habe, dachte Beatrice, während sich die Wirklichkeit unbarmherzig zurückmeldete. Es waren magische, verzauberte Momente gewesen. Das Erlebnis hatte sie verändert. Doch Seth würde trotzdem abreisen.

«Bitte komm zumindest zum Hafen. Vielleicht überlegst du es dir ja noch einmal», bat er.

Beatrice lächelte und lehnte den Kopf an seine Schulter. Sie konnte wohl kaum mit ihm nach Amerika fahren, das musste er doch einsehen. Sie schauderte. Sie hatten ein wunderbares, großartiges Erlebnis geteilt. War es für ihn genauso? Oder war es für ihn nur ein alltägliches Ereignis, das er genauso gut mit jeder anderen Frau hätte haben können?

«Wenn du mir einen Wagen schickst, komme ich», hörte sie sich sagen. «Nicht nach Amerika, aber zum Hafen, um mich von dir zu verabschieden.»

«Versprich es mir.»

Beatrice lächelte. «Ich verspreche es dir.»

Seth küsste sie, und sie klammerte sich fest an ihn.

25

Als Edvard am nächsten Tag im Salon im Erdgeschoss saß, hörte er laute Stimmen und Gepolter an der Tür. Neugierig ging er nachsehen. Ein Dienstmädchen stritt sich mit einem Mann, der eine speckige Mütze in der Hand hielt. Die Tür stand weit offen, und auf der Straße stand ein lackierter Wagen mit zwei glänzenden Pferden davor.

«Ja bitte?», fragte Edvard kühl.

«Ich soll ein Fräulein Löwenström abholen», sagte der schmutzige Mann.

Edvard sah das Mädchen an: «Du kannst gehen», forderte er sie auf. Dann wandte er sich wieder dem Kutscher zu. «Richte aus, dass sie nicht kommt», sagte er mit entschiedener Stimme.

«Aber ich habe Befehl vom Herrn, dass ich mit ihr selbst sprechen soll», protestierte der Kutscher. «Er heißt Hammerstaal.»

Edvard nahm ein paar Münzen aus der Tasche – der Rest des Geldes, das ihm der Norweger gegeben hatte – und warf sie dem Kutscher zu. «Und das hast du hiermit getan», sagte er vielsagend. «Nicht wahr?» Er betrachtete die Geldstücke auf der schmutzigen Handfläche. «Wenn du ihm das ausgerichtet hast, kommst du noch einmal zu mir. Dann kriegst du noch etwas.» Kalt erwiderte er den hoffnungsfrohen Blick des Kutschers. «Sag, dass sie rote Haare und große Brüste hatte.»

Bis zum letzten Augenblick wartete Seth darauf, dass Beatrice zum Hafen kommen und ihm wie versprochen zum

Abschied winken würde. Als gerade die Gangway eingezogen werden sollte, bog die Kutsche auf das Hafengelände, die er zu ihr geschickt hatte. Seth hatte den teuersten Wagen genommen, den Henriksson finden konnte, und hatte ihn mit Kissen und Blumen ausstaffieren lassen, was in der schmutzigen Hafengegend ziemlich unpassend aussah. Sein Herz schlug heftig, als er die auffällige Equipage heranfahren sah. Ungeduldig rannte er die Gangway hinunter und riss den Wagenschlag auf.

Doch die Kutsche war leer. Ungläubig sah Seth den Mann auf dem Kutschbock an, der auf einem Zigarettenstummel herumkaute. «Wo ist sie?», rief er.

Der Kutscher zuckte mit den Achseln. «Sie wollte nicht kommen, Herr.»

«Aber ich habe dir doch gesagt, dass du persönlich mit ihr sprechen sollst. Hast du das getan?»

«Ich schwöre es, Herr. Rotes Haar hatte sie.» Mit den Händen zeichnete er eine kurvige Figur in die Luft. «Sie hat es selbst zu mir gesagt.» Er hob die Hand. «Ich schwöre. Das Fräulein hat ‹Nein danke› gesagt und mir die Tür vor der Nase zugeschlagen.»

Frustriert fuhr sich Seth durchs Haar. Auf dem Schiff wollte man jetzt die Gangway einholen, und die Besatzung rief ihm wütend zu, er solle endlich an Bord kommen. Er konnte es einfach nicht glauben. Was war passiert?

«Wartet», schnauzte er die Besatzung an, bevor er sich wieder an den Kutscher wandte. «Hat sie dir einen Brief mitgegeben? Irgendeine Erklärung?»

Der Mann schüttelte unbekümmert den Kopf. «Überhaupt nichts, Herr.»

Die Antwort warf ihn fast zu Boden. Beatrice hatte sich nicht die Mühe gemacht zu kommen.

«Wir müssen jetzt ablegen», schrien die Matrosen, und

Seth antwortete mit einer wütenden Geste. Dann holte er einen Notizblock aus der Tasche, riss ein Blatt heraus und kritzelte ein paar hastige Zeilen. «Fahr zurück und gib ihr das», sagte er.

Der Kutscher nahm das Papier entgegen. Seth sah ein, dass er jetzt an Bord gehen musste, also betrat er mit einem letzten Blick auf den Göteborger Hafen die Gangway.

Die Segel wurden gehisst, und der Rauch stieg in dicken Wolken aus dem Schornstein. Das Nebelhorn ertönte, und die Leute am Kai winkten und jubelten, als die *Romeo* den Anker lichtete und Kurs auf Hull in England nahm.

Beatrice wartete den ganzen Tag auf Seths Kutsche, die jedoch nicht kam. Während die Zeit verstrich, versuchte sie mit purer Willenskraft den Wagen herbeizuzwingen, den er ihr zu schicken versprochen hatte. Einmal hörte sie, wie unten die Haustür geöffnet wurde, und in ihrer Brust zog sich alles zusammen. Sie lief hinunter und stieß auf Edvard, der sie fragend anlächelte.

«War das für mich?», fragte sie gespannt.

Edvard schüttelte langsam den Kopf. «Nein, Beatrice, warum sollte es für dich gewesen sein?»

Sie sah ihm in die freundlichen Augen und sackte in sich zusammen. Edvard hatte recht. Warum hätte es für sie sein sollen? Warum sollte jemand nach ihr fragen?

Edvard sah Beatrice nach, wie sie sich über die Treppe zurück in ihr Zimmer schleppte. Diese dumme kleine Idiotin. Er holte Hammerstaals Zettel aus der Tasche, den er dem Kutscher mit ein paar zusätzlichen Münzen abgekauft hatte, und las die kurzen Zeilen durch.

*Schreib mir. Du musst mir sagen, wenn dir etwas passiert,
was ich wissen sollte.
Schreib mir, ich bitte dich.
Ich bin bald wieder zu Hause.*

Edvard betrachtete die pathetischen Zeilen, das kühn geschwungene S der Unterschrift und die Adresse in New York, bevor er den Zettel zusammenknüllte. Nichts da, auf diese Aufforderung würde Beatrice niemals reagieren.

Er fragte sich, was zum Teufel die beiden eigentlich miteinander hatten und was der Graf davon halten würde, dass seine Verlobte mit dem Norweger Briefe wechselte. Doch im Moment hatte er keine Lust, sich weiter darum zu kümmern. Er war zufrieden, diesem norwegischen Aas einen Knüppel zwischen die Beine werfen zu können. Und wenn Beatrice in der Gegend herumvögelte, geschah das Rosenschöld nur recht. Edvard machte sich auf die Suche nach dem Dienstmädchen. Er hatte einen Auftrag für sie.

Nachdem Beatrice das Nebelhorn gehört hatte, das die Abfahrt des Schiffes signalisierte, blieb sie eine ganze Weile mit leerem Blick auf ihrem Bett sitzen. Wie war das nur möglich? Den ganzen Tag hatte sie gewartet und die Hoffnung einfach nicht aufgeben wollen. Erst gegen Abend musste sie den Tatsachen ins Auge sehen. Seth hatte sie ohne ein Wort verlassen. Es war nur ein Spiel gewesen, eine Scharade. Er wollte sie nicht mehr, und er hatte dafür gesorgt, dass sie das auch verstand. Wenn er sich an ihr hatte rächen wollen, weil sie ihn im Januar abgewiesen hatte, dann war ihm das ausgezeichnet gelungen. Sie war gebrochen. Langsam zog sie ihre Straßenkleidung aus und ging Johan an Sofias Krankenbett ablösen.

26

*E*ines wolkigen Herbstnachmittags klopfte Doktor Friedrich Eberhardt, der seine Empörung kaum im Zaum halten konnte, an die Tür des zweistöckigen Hauses in der Sillgatan in Göteborg. Dann sah er sich um und warf einen ärgerlichen Blick auf die beiden Männer, die ihn vom Hauptbahnhof hergebracht hatten. Bringen war wohl kaum der richtige Ausdruck, sie hatten ihn eher hergeschleift. Ein letztes Mal überlegte er, ob er die Gelegenheit ergreifen und einfach weglaufen sollte. Doch während der gesamten Reise nach Schweden waren all seine hilflosen Fluchtversuche samt und sonders misslungen, und nun hatte Doktor Eberhardt es satt, sich ständig von diesen … verdammten Schweinehunden beuteln zu lassen. Sie hatten ihn nicht direkt misshandelt, aber sie waren doch unnötig grob gewesen, dachte er und strich sich wütend mit der Hand über das zerzauste Haar.

Endlich öffnete ein Dienstmädchen die Tür, doch sie schien nicht sonderlich beeindruckt, als er sie von oben bis unten musterte. «Ja?», fragte sie, ohne die Tür einen Millimeter weiter als unbedingt notwendig zu öffnen.

Würdevollst reckte er seine ganzen einhundertzweiundsechzig Zentimeter und bedachte sie mit einem kühlen Blick. «Geben Sie Bescheid, dass *Doktor* Eberhardt da ist. Aus Deutschland. Und dann bringen Sie mich in mein Zimmer.»

Das Dienstmädchen sah ihn unsicher an, und ihm ging auf, dass sie wahrscheinlich kein Deutsch sprach. Die beiden Männer auf der Straße lachten schadenfroh über seine Schwierigkeiten. Das Mädchen zögerte, und er wollte schon zu einer geharnischten Strafpredigt ansetzen, als plötzlich ein junger blonder Mann auf der Schwelle auftauchte.

«Was ist los? Wer sind Sie?», fragte er.

In kühlem Deutsch erwiderte der Arzt: «Mein. Name. Ist. Doktor. Friedrich. Eberhardt. Ich bin unter Drohungen und Gewaltanwendung hierhergebracht worden, und ich habe jetzt bald genug von dieser ganzen Sache. Ich verlange, sofort meine Patientin zu sehen.»

«Ich werde mich darum kümmern», sagte der blonde Mann, der offenbar ganz hervorragend Deutsch verstand.

Das Hausmädchen knickste und huschte davon.

Edvard grinste breit über den wütenden kleinen Deutschen. Wer hätte geglaubt, dass Göteborg so unterhaltsam werden würde? Seit das Dampfschiff vor ein paar Tagen mit Seth Hammerstaal an Bord den Hafen verlassen hatte, hatte er sich gelangweilt, doch jetzt sah es so aus, als würde wieder etwas passieren.

«Treten Sie ein, Herr Doktor, wir wollen doch sehen, ob wir das nicht klären können», sagte er. «Wer hat Sie denn bedroht?»

Der Arzt zeigte auf die Straße, und Edvard sah die Männer, die seinen Blick erwiderten und jeweils lässig die Augenbrauen hochzogen. Sie sahen ziemlich grobschlächtig aus, stellte er fest. Keine kleinen Durchschnittsgauner, sondern richtige brutale Kerle, die einen ausgewachsenen Mann in der Luft zerreißen konnten, wenn ihnen danach war. Edvard schloss die Tür hinter dem Arzt und sah durch das eingelassene Fenster. Die Schurken standen immer noch draußen.

Edvard führte Doktor Eberhardt in den Salon, und es dauerte nicht lange, bis er die seltsame Situation durchschaute. Irgendjemandem (Edvard tippte auf Seth Hammerstaal) war wahrscheinlich gelungen, was keinem anderen geglückt war: Er hatte Doktor Eberhardt aufgespürt, den europaweit besten Spezialisten für Schwangerschaft und Entbindungen. Als der gute Doktor jedoch so gar kein Interesse für eine kranke Frau im barbarischen Schweden zeigte, hatte dieser Jemand den Doktor ganz einfach «überreden» lassen. Mit Hilfe einer ansehnlichen Menge Bargeld und einer Prise körperlicher Gewalt hatten die beiden Verbrecher, die plötzlich vor Eberhardts Tür standen, den Arzt davon überzeugt, dass es diesen Herbst sein allergrößter Wunsch sein würde, nach Göteborg zu reisen und die schwangere Sofia Stjerneskanz kennenzulernen. Jedenfalls wenn er auf die Unversehrtheit all seiner Körperteile Wert legte.

Der Arzt wusste jedoch nicht, wer hinter der skandalösen Entführung steckte. Edvards Gehirn arbeitete auf Hochtouren, als er die Geschichte hörte. Dahinter konnte nur dieser Norweger stecken. Der jetzt weit weg war. Er entschuldigte sich und ging Johan holen.

«Wie ist er hergekommen?», fragte Johan, der immer noch nicht glauben konnte, was sein Schwager ihm eben berichtet hatte.

«Für meine Schwester ist mir kein Opfer zu groß», murmelte Edvard bescheiden.

Das war ja fast schon zu einfach gewesen, dachte Edvard, als er Johans lächerlich dankbaren Gesichtsausdruck sah. Er hätte nie geglaubt, dass Johan diese unerhörte Lüge schlucken würde. Doch wenn die Leute so dumm waren, hatten sie es nicht anders verdient, als dass man sie hinters Licht führte. Er senkte den Kopf, um sein verächtliches Grinsen zu verbergen.

Ein paar Wochen später saß Johan auf einem Stuhl neben Sofias Bett und betrachtete ihre schlafende Gestalt. Seit Doktor Eberhardt gekommen war, hatte sich ihr Zustand noch weiter verschlechtert. In den letzten Tagen waren ihr Gesicht und ihre Hände angeschwollen, und niemand zweifelte mehr daran, dass es sich um eine Schwangerschaftsvergiftung handelte, wie der Arzt schon bei der ersten Untersuchung festgestellt hatte.

Vor dem Fenster tobte ein Herbststurm, und die Scheiben klirrten. Zärtlich strich Johan Sofia über die Stirn.

Die strengen Auflagen des Arztes – Bettruhe, salzfreie Kost sowie ein striktes Verbot weiterer Aderlasse – hatten zunächst bewirkt, dass sie etwas munterer wurde, und alle hatten Hoffnung geschöpft. Doch obwohl der Arzt sein Handwerk offenbar verstand und obwohl es Sofia zunächst besser zu gehen schien, war es offensichtlich, dass sie nicht genügend Kraft für eine Entbindung haben würde, selbst wenn sie ihre Krankheit überleben sollte.

Johan schloss die Augen und kämpfte gegen seine Tränen. Er wollte die Tatsachen nicht akzeptieren, wollte nicht hören, dass er nach weniger als einem halben Jahr Ehe seine Frau an eine Krankheit verlieren sollte, die so viele junge Frauen das Leben kostete.

Er lehnte sich zurück und erinnerte sich daran, wie er Sofia vor einem knappen Jahr zum ersten Mal gesehen hatte. Ihre Schönheit und ihr sanftes Wesen hatten ihn verzaubert, und er hatte sofort gewusst, dass sie die perfekte Frau für ihn sein würde. Johan rieb sich die Augen. Ohne sie wollte er nicht mehr leben. Sofia war sein ruhiger Hafen, sie war seine Zuflucht vor seiner dominanten Familie und der lauten Welt.

Es klopfte leise, und Beatrice sah zur Tür herein, blass, aber gefasst, wie immer.

Gott sei gedankt für Beatrice, dachte er und trocknete sich hastig die Tränen ab. Ohne sie würde er völlig wahnsinnig werden.

«Soll ich dich ablösen?», fragte sie leise. Sie sah aus, als könnte sie jeden Moment zusammenbrechen.

«Sie schläft», antwortete Johan freundlich. «Geh und leg dich eine Weile hin, dann kann ich dich später wecken. Vielleicht kannst du ihr dann etwas vorlesen?»

Beatrice nahm das Angebot an und ging.

«Johan?» Sofia hatte die Augen aufgeschlagen und lächelte ihn schwach an.

«Ich wusste nicht, dass du wach bist.»

«Wo ist Doktor Eberhardt?», fragte sie.

«Vermisst du ihn, Liebling?», neckte er sie.

Sofia schüttelte entschieden den Kopf. «Er ist ein seltsamer kleiner Mann. Ich verstehe ja immer noch nicht, wie es Edvard gelungen ist, ihn herzuholen.»

Johan hatte auch schon darüber nachgedacht, wie sein Taugenichts von Schwager dieses Wunder vollbracht hatte. Aber das war sicher seine geringste Sorge, dachte er resigniert.

«Gönn dir noch ein wenig Ruhe, ich lese dir solange Mamas Brief vor», sagte er. «Milla und Gabriella lassen schön grüßen.»

Sofia schloss die Augen und lauschte, während Johan ihr vorlas.

27

Nordsee
September 1881

Stöhnend beugte Seth sich über die Waschschüssel in der Kabine des Schiffes, das ihn und seinen Sekretär über die Nordsee nach England brachte. Er wünschte, er wäre tot. Als das Schiff leicht schaukelte, fluchte er. Es war so gut wie windstill, aber er fühlte sich, als würden sie durch den größten Sturm fahren. Jedes Mal, wenn das Schiff schlingerte, tat sein Magen sein Bestes, sich komplett umzustülpen. Beim nächsten Rollen verlor er den Kampf um sein letztes bisschen Würde und erbrach sich heftig, obwohl sein Magen schon völlig leer war.

Bis Seth und sein Sekretär ein paar Tage nach der Abreise aus Göteborg schließlich an ihrem ersten Ziel ankamen, der Hafenstadt Hull in England, hatte Seth jede Menge Zeit gehabt, sich in seine miese Laune hineinzusteigern. Er verabscheute England – seit jeher –, und von allen deprimierenden Städten, die er je besucht hatte, war diese graue Hafenstadt die schlimmste, dachte er, als er verzagt an Land ging und den Kragen aufstellte, um sich vor dem heftigen Regen zu schützen. Außerdem hasste er Schiffe von ganzem Herzen. Das Schlimmste, was ihm seiner Ansicht nach passieren konnte, war das Gefühl hilflosen Ausgeliefertseins, und genau das überkam ihn, wenn er auf ein Schiff stieg.

«Mit dem nächsten Schiff gibt es irgendwelche Probleme», teilte ihm sein Sekretär gerade bekümmert mit.

Natürlich gab es Probleme, dachte Seth düster. Sonst ging ja auch nichts glatt, warum sollte da ausgerechnet die Schiffspassage nach New York reibungslos vonstattengehen?

«Ein Schiff fährt schon heute Abend», fuhr Henriksson fort. «Aber das nächste geht erst in zehn Tagen. Und der Zug nach Liverpool fährt in Kürze ab. Soll ich Plätze für heute Abend auf dem Schiff buchen?»

Seth brauchte Zeit zum Nachdenken. Sie waren gerade an Land gegangen, und er hatte sich noch nicht von der Überfahrt erholt. Noch konnte er keinen klaren Gedanken fassen. Und jetzt sah es ganz so aus, als müsste er schon heute Abend aufs nächste Schiff steigen. Er blinzelte, als ihm das Regenwasser in die Augen rann. Es war alles so schwierig. Warum war Beatrice nicht gekommen, obwohl sie es versprochen hatte? Warum? Jetzt musste er plötzlich entscheiden, ob er nach Amerika fahren sollte – wie er es verabredet und versprochen hatte – oder dem übermächtigen Drang nachgeben sollte, nach Göteborg zurückzufahren. Zu Beatrice, die nicht hatte kommen wollen. Doch er hatte Lily versprochen zu kommen – und er hielt seine Versprechen schließlich, dachte er erbittert. Und er wollte Jack treffen, bevor es zu spät war. «Wir fahren heute Abend», sagte er verdrossen. Er würde dafür sorgen, dass sie so bald wie möglich nach Schweden zurückkehrten.

*

Gereizt rutschte Seth auf seinem Sitz hin und her. Der Amerikabesuch zog sich hin, und das machte ihn langsam wahnsinnig. Aus den zwei Wochen, die er anfangs in New York hatte verbringen wollen, war schon ein knapper Monat geworden, und ein Ende seines Besuchs war immer noch nicht abzusehen. Er sah auf seine Uhr. Dann warf er dem Bankier einen grimmigen Blick zu, da dieser einfach kein Ende finden wollte mit seinem Monolog. In seinem ganzen Berufsleben hatte Seth lange Sitzungen grundsätzlich gemieden, doch sogar diese relativ kurze Besprechung jetzt machte ihn fast verrückt. Drei Minuten wollte er dem Mann noch geben, dachte Seth, dann würde er einfach aufstehen und gehen. Er warf einen Blick auf seinen Sekretär, der pflichtbewusst alles protokollierte. Er musste Henriksson nach Schweden schicken, es gab keine andere Lösung. Zum einen verging der Mann geradezu vor Sehnsucht nach seiner Frau – was Seth eher reizte als sein Mitgefühl weckte –, zum andern wollte Seth, dass jemand mit Beatrice sprach, und er selbst konnte New York momentan beim besten Willen nicht verlassen. Er fuhr sich durchs Haar und sah wieder auf die Uhr. Die Zeiger schienen sich überhaupt nicht weiterbewegt zu haben.

Sie fehlte ihm viel mehr, als er erwartet hätte. Er hatte ihr zahllose Briefe geschrieben, doch von ihr war keine einzige Antwort gekommen. Die Briefe und Telegramme von Johan trafen hingegen regelmäßig ein, also funktionierte die Göteborger Post wohl einwandfrei, dachte er. So musste Seth sich wider Willen in das schicken, was zu glauben er sich so lange geweigert hatte: Beatrice wollte nichts mehr mit ihm zu tun haben. Natürlich konnte er Johan schreiben und nachfragen, dachte er, während seine Laune noch weiter absackte. Aber andererseits wollte er Beatrice nicht kompromittieren.

War vielleicht alles ein Irrtum? Konnte Beatrice etwas zugestoßen sein, ohne dass Johan es erwähnt hatte? Die Ungewissheit nagte an Seth.

Er überlegte auch, ob sie vielleicht gar schwanger geworden war. Aber sie hätte ihm doch sicher geschrieben, wenn dem so wäre? Egal, was sie für ihn fühlte, in so einem Fall hätte sie ihn doch gebeten zurückzukommen, oder? Und das einzig Richtige zu tun? Und wenn etwas anderes passiert wäre, hätte doch Johan etwas gesagt, oder? Aber wie er die Dinge auch drehte und wendete, eines stand fest: Irgendjemand musste zurück nach Göteborg und sich davon überzeugen, dass es ihr gut ging. Selbst wenn Beatrice ihn nicht in ihrem Leben haben wollte, hatte er jetzt doch eine gewisse Verantwortung für ihr Wohlbefinden, redete er sich ein. Bekümmert rutschte er auf seinem Stuhl hin und her. Er konnte einfach nicht aufhören, darüber nachzudenken, was wohl gerade in Schweden passierte. Hätte er Johan alles erzählen sollen, was er über Edvard gehört hatte? Vielleicht. Aber er wusste ja nicht einmal, ob er selbst die unguten Gerüchte glauben sollte, die Henriksson bei seinen Nachforschungen zu Ohren gekommen waren. Außerdem hatte Johan im Moment genügend andere Sorgen, da war es wohl kaum angemessen, ihn mit dem Klatsch über seinen Schwager zu belästigen. Bestimmt zum hundertsten Mal überlegte Seth, ob er Beatrice schreiben und ihr sagen sollte, dass sie sich vor Edvard in Acht nehmen musste.

Er seufzte und betrachtete die Papierstapel, diese ganzen kummervollen Dokumente, die zu den zahllosen Gründen gehörten, warum er noch in Amerika bleiben musste, obwohl er lieber zu Beatrice heimreisen wollte. Doch da es so aussah, als würde er mindestens ein paar weitere Wochen in New York gebraucht, war er eben gezwungen, seinen Sekretär zu entbehren, beschloss er. Es war eine Notlösung, aber wenn er die ernsten Gesichter an diesem Tisch sah, wurde ihm bewusst, dass seine Anwesenheit hier sehr vonnöten war. Er wollte Beatrice beschützen, bei ihr sein, sich um sie kümmern, doch gleichzeitig brauchte Lily ihn hier.

Seth gab den Versuch auf, auch nur den Anschein zu erwecken, dass er dem Vortrag des Bankiers folgte. *Was* sollte er mit Lily anfangen?

Es war schön gewesen, sie zu wiederzusehen, und er war unerwartet begeistert von ihrem Sohn, Daniel, einem ernsten Jungen, der sofort Zuneigung zu ihm gefasst hatte. Aber als er vor einem Monat angekommen war, erwartete ihn in Amerika ein einziges Chaos.

Lily und ihre Familie hatten sich gefreut, ihn zu sehen, doch ihre Freude war getrübt von der Sorge um den Vater, und tatsächlich war Jack Templeton nur wenige Tage nach Seths Ankunft in New York an einem Herzanfall gestorben. Lilys Mutter, Lily und ihre fünf Schwestern waren noch mitten in der tiefsten Trauer, als sie von der nächsten Katastrophe getroffen wurden. Jacks Geschäfte befanden sich in einem bedauerlichen Zustand, und der Familie drohte der Konkurs. Jack hatte die Familie zusammengehalten, und mit seinem Tod fiel sie auseinander. Als eines Abends dann auch noch Lilys Mutter tot neben einer leeren Flasche Laudanum aufgefunden wurde, war Seth klar, dass er bedeutend länger bleiben würde, als er vorgehabt hatte. Jetzt schlossen sich Lily und ihre fünf Schwestern ihm in allen Dingen an, und er arbeitete wie ein Tier, um sie vor dem Ruin zu retten. Seth seufzte. Lily brauchte ihn. Ihre Familie brauchte ihn. Alle brauchten ihn. Außer Beatrice.

*

Lady Lily Tremaine band das hellblaue Seidenband ihres Hutes unter dem Kinn zu einer Schleife und musterte kritisch ihr Spiegelbild. Sie war immer noch sehr schön, stellte sie sachlich fest und strich sich eine blonde Locke hinters Ohr. Obwohl sie sich der dreißig näherte, sah sie aus wie ein junges Mädchen. Ihre ganze Jugend über hatte Lily – wie viele ihrer Freundinnen in der amerikanischen Oberklasse – davon geträumt, einen europäischen Adligen zu heiraten und auf einem Schloss in England zu wohnen. Doch während die anderen Mädchen ihre Träume irgendwann hinter sich ließen und die Wirklichkeit mit reichen amerikanischen Ehemännern arrangierten, träumte Lily weiter. Und als Lord Tremaine die Bühne betrat, schlug sie zu. Es war ein Kinderspiel gewesen, den bedeutend älteren britischen Lord zu becircen, nicht zuletzt mit dem enormen Vermögen ihrer Familie im Rücken, dachte sie, und knöpfte sich die dünnen Wildlederhandschuhe zu. Und als Lord Tremaine um ihre Hand anhielt, sagte sie sofort Ja, ohne dem ernsthaften, armen Norweger, der ihr den Hof machte, weitere Beachtung zu schenken. Heute wusste sie, dass Seth aufrichtig verliebt gewesen war – in sie und nicht nur in das Geld ihrer Familie. Wahrscheinlich hatte sie ihn zutiefst verletzt, auch wenn das niemals ihre Absicht gewesen war, dachte sie traurig.

Das Leben in England war eine Hölle gewesen, die mit ihren Mädchenphantasien nichts gemein hatte. Lord Tremaine trank, und es dauerte nicht lange, bis er sie regelmäßig schlug. Nicht einmal als er nach ein paar Monaten entdeckte, dass sie schwanger war, hörte er auf, seine junge Frau zu misshandeln.

Lily begegnete ihrem Blick im Spiegel, ihrem makellosen Gesicht. Blaue Flecken verblassen, Erinnerungen weichen neuen Erinnerungen, und ihr Sohn war das alles wert gewesen, stellte sie fest. Daniel war ihr Ein und Alles und lange Jahre der einzige Grund, das Leben lebenswert zu empfinden – und es war ihr gelungen, ihn vor der willkürlichen Gewalt seines Vaters zu beschützen. Darauf zumindest war sie stolz.

An dem Tag, als Lord Tremaine auf der Treppe stürzte und sich das Genick brach, hatte sie geweint, weil sie so dankbar war, dass das Leben ihr und ihrem Sohn eine zweite Chance gab. Einen Tag nach der Beerdigung war sie abgereist, nach Hause zu ihren Eltern in Amerika, an den einen Ort auf Erden, an dem sie sich immer sicher und geborgen fühlte. Doch nach dem plötzlichen Tod beider Elternteile war die Geborgenheit verschwunden, aufgelöst wie Nebelschwaden in der Sonne.

Lily sah sich im Zimmer um. Lauter kahle Wände, die verrieten, dass ein Gegenstand nach dem anderen verkauft worden war, um ihre Schwestern und sie über Wasser zu halten. Jetzt saß sie also hier in New York in den Ruinen ihres Elternhauses. In ein paar Jahren wurde sie dreißig, und ihr Sohn und sie waren völlig hilflos.

Nein, ihr Leben war nicht so verlaufen, wie sie es sich gedacht hatte. Doch Seth hatte sie einmal geliebt, und jetzt kämpfte er für das Überleben ihrer Familie. Entschlossen richtete sie sich auf und verließ das Haus. Das Leben hatte ihr eine zweite Chance gegeben, und diesmal wollte sie sie bestimmt ergreifen.

28

Göteborg
November 1881

*B*eatrice blickte aus dem Fenster und sah die Leute im Novemberwind vorbeieilen. Es regnete, und das Haus war schrecklich ungemütlich. Trotz des tobenden Unwetters war es drinnen ganz still. Harriet und Miss Mary waren zum Einkaufen gegangen, Edvard war irgendwohin verschwunden, und Johan war im Obergeschoss bei Sofia. Sie selbst hatte versucht, sich ein wenig auszuruhen, doch das Unwetter machte sie unruhig, und sie streifte planlos durchs Haus, auf der Suche nach irgendeiner Beschäftigung. In der Bibliothek im Erdgeschoss brannte ein Kaminfeuer, und sie schlüpfte in den warmen Raum. Zerstreut ging sie von Bücherregal zu Bücherregal und las die Titel auf ein paar Buchrücken, dann zog sie sich einen Band heraus und setzte sich in einen Sessel, um ein wenig zu lesen. Sie legte sich eine Decke auf den Schoß und versank über dem aufgeschlagenen Buch in Gedanken.

Heute Morgen hatte sie ihre Monatsblutung bekommen, und sie redete sich ein, dass sie selbstverständlich erleichtert darüber war. Trotzdem hatte sie angefangen zu weinen, als sie das Blut gesehen hatte. Vielleicht war sie einfach zu erschöpft. Denn mit Seth Hammerstaals unehelichem Kind schwanger zu werden und als gefallene Frau gebrandmarkt zu sein war doch wohl das Letzte, was sie sich im Leben wünschen würde, oder nicht?

Gereizt blinzelte sie die Tränen aus den Augen. Wie war

es nur möglich, dass sie immer noch um ihn weinte? Ihr Blick fiel auf den Schreibtisch an der Wand, an dem Johan seine Korrespondenz erledigte. Und plötzlich wurde ihr klar, dass hier wahrscheinlich auch Seths Briefe gelandet waren. Rasch stand sie auf und ging zu dem Tisch, wo ihr Blick an einem Stapel mit geöffneten Umschlägen hängen blieb. Sie trugen amerikanische Briefmarken und mussten von Seth sein, dachte sie, und ihr Herz schlug sofort schneller. Die Neugier gewann die Oberhand über ihr schlechtes Gewissen, und sie griff nach dem Stapel und zog sich die letzten Schreiben heraus. Wenn sie so offen herumlagen, konnten sie ja wohl nicht so geheim sein, beschwichtigte sie ihr schlechtes Gewissen. Mit klopfendem Herzen begann sie zu lesen, und plötzlich war ihr, als könnte sie Seths tiefe Stimme aus den kurzen Zeilen heraushören. Sie las einen Brief nach dem anderen und musste feststellen, dass er nie nach ihr fragte. Es ging um verschiedene geschäftliche Angelegenheiten, manchmal erkundigte er sich nach Sofia, aber mit keinem Wort erwähnte er sie. Der Name einer gewissen Lady Lily Tremaine hingegen fiel gleich mehrmals. Das letzte Schreiben war ein Telegramm, das erst vor Kurzem gekommen war, und Beatrice las es mit pochendem Herzen.

Johan,
  es tut mir leid, aber ich muss meine Heimreise nach Göteborg bis auf Weiteres verschieben. Lily hat mich gebeten, sie nach England zu begleiten, und ich werde mit ihr und ihrem Sohn Daniel fahren. Leider verzögert sich meine Rückkehr dadurch um mindestens einen Monat, vielleicht mehr.
  Herzliche Grüße an Deine Frau und Deine Familie.
  Seth

Sie las das Schreiben mehrmals hintereinander, und ihr wurde es innerlich eiskalt. Wer war diese Lily? Es knackte im Kamin, und Beatrice fuhr zusammen. Seth würde also mit dieser Lily und ihrem Sohn nach England fahren. Das bedeutete wohl, dass sie ihm wichtiger waren als sie. Diese schmerzliche Einsicht krampfte ihr Herz zusammen und schnürte ihr den Hals zu. Mit äußerster Mühe widerstand sie dem Impuls, aufzustehen und Seths Briefe ins Feuer zu werfen. Stattdessen legte sie sie fein säuberlich zurück auf den Tisch, ging wieder zum Sessel, zog sich die Wolldecke um die Beine zurecht und starrte ins Leere.

*

Ein paar Tage später stand Beatrice allein am Hafen, gepeitscht von Wind und Regen.

«Beatrice!», hörte sie Johans Stimme hinter sich. Sie drehte sich langsam um.

Er trat neben sie. «Du bist ja ganz durchnässt», sagte er. «Was machst du denn hier unten? Ich habe dich gesucht.»

Beatrice sah ihn an. Der Regenschirm schützte sie zwar einigermaßen, aber in dieser Stadt regnete es einfach andauernd, dachte sie unglücklich. Es war kalt und ungemütlich, und sie fror beständig.

Der Wind zerrte an Johans Rock und Halstuch. «Du weinst ja», stellte er fest. «Was ist passiert?»

Beatrice schüttelte den Kopf und ignorierte die neugierigen Blicke der wenigen Personen, die sich bei diesem schlechten Wetter am Hafen aufhielten. Sie war hierhergekommen, um eine Weile allein zu sein und auf das verhasste Meer zu starren, doch sie war auch froh, Johans freundliches Gesicht zu sehen. Sein Verhalten ihr gegenüber hatte sich in den Wochen ihres Aufenthalts in Göteborg verändert, dachte sie. Er schien sie nicht mehr zu verachten, sondern suchte ihre Gesellschaft geradezu. In diesem ganzen Elend war das immerhin etwas, und dafür war sie dankbar. «Ich hab das hier gestern von Seths Sekretär bekommen», sagte sie tonlos.

Am Vortag war Jesper Henriksson angekommen und hatte bei ihnen zu Abend gegessen. Der Brief, den sie von ihm bekommen hatte und den sie jetzt Johan hinhielt, war ganz weich geworden von der Nässe. Er nahm ihn und las:

Fräulein Beatrice,
ich hoffe, es geht Ihnen gut. Leider kann ich auf Grund
unvorhergesehener Ereignisse vorerst nicht so schnell nach
Göteborg zurückkommen. Ich bitte Sie, Sie müssen es mir
sagen, wenn Sie in irgendeiner Form Hilfe benötigen.
Wenn Sie in der Zukunft auf welche Art auch immer unter
unerwünschten Konsequenzen zu leiden haben, werde
ich Sie natürlich in jeglicher Form unterstützen, die Sie
sich wünschen. Seien Sie so freundlich, Henriksson Ihre
eventuelle Antwort anzuvertrauen. Er genießt mein volles
Vertrauen.
Ihr
S. Hammerstaal

«Wer ist denn diese Lily?», fragte Beatrice tonlos, während Johan die wenigen Zeilen überflog. «Und warum muss er sie nach England begleiten?»

Johan sah sie verblüfft an. «Wegen ihr ist er doch überhaupt nach Amerika gefahren. Ich glaube, Seth war als junger Mann einmal in Lady Tremaine verliebt.» Er zuckte mit den Schultern. «Sie ist inzwischen Witwe. Aber du siehst ja ganz verstört aus, Beatrice. Gibt es irgendetwas, was ich wissen sollte?»

«Nein, gar nichts. Ich habe mich bloß gewundert. Ich wusste nur nicht Bescheid.» Sie versuchte, ganz ruhig zu atmen. «Aber warum sollte ich auch? Es geht mich ja nichts an, nicht wahr?»

Sie hörte selbst, dass ihre Stimme einen hysterischen Klang annahm. Zwei Monate hatte sie vergebens auf ein paar Zeilen von Seth gewartet, während sie zusehen musste, wie Johan einen Brief nach dem anderen bekam. Wie im luftleeren Raum hatte sie gelebt, da sie nach ihrem einmaligen Beisammensein kein einziges Wort von ihm hörte. Nichts als gebrochene Versprechen und Schweigen. Und jetzt dieser kurze Brief. Nur die Sorge, dass er sie vielleicht geschwängert hatte und sie unter unerwünschten Konsequenzen zu leiden haben könnte, hatte ihn bewegen können, ein paar Zeilen an sie aufs Papier zu werfen. Ein kleiner, nebensächlicher Unfall, den sie seinem Sekretär anvertrauen konnte, während er selbst mit seinem «unvorhergesehenen Ereignis» und ihrem Sohn nach England fuhr. Sie war nahe daran, ihn zu hassen.

«Henriksson weigert sich abzureisen, bevor ich ihm eine Antwort mitgegeben habe», sagte sie.

Armer Johan. Er hat schon genug Sorgen, ohne im strömenden Regen im Hafen mit meinen überspannten Anfällen konfrontiert zu werden, dachte sie zerknirscht. «Du bist doch sein Freund, du kennst ihn. Was erwartet er denn von mir?» Ihre Stimme brach. «Was hat das zu bedeuten? Ich verstehe überhaupt nichts mehr.» Obwohl sie die ganze Zeit dagegen angekämpft hatte, brach sie nun doch in Tränen aus, und Johan zog sie in seine Arme.

«Du bist müde und überanstrengt, das ist alles. Komm, wir gehen nach Hause. Du bist ja ganz durchgefroren, du darfst jetzt nicht auch noch krank werden.» Wenn er verstanden hatte, was der Brief meinte, ließ er sich jedenfalls nichts anmerken.

Als sie nach Hause kamen, setzte sich Beatrice an den Schreibtisch. Sie konnte nicht mal mehr böse sein. Es war ganz einfach vorbei. Rasch schrieb sie eine Antwort und bat das Dienstmädchen, den Brief Jesper Henriksson zu übergeben, bevor sie es sich noch anders überlegte.

*

Mit Widerwillen betrachtete Edvard das nackte Mädchen im Bett. Wenn er sie noch einmal ficken musste, würde er speien.

«Bist du sicher, dass keine Briefe mehr gekommen sind?», fragte er.

Dabei streichelte er ihre Brust und versuchte einen Schauder zu unterdrücken. Ihre Brüste sahen aus wie gestreifte Euter, und ihre runden Schenkel waren dick wie Baumstämme.

«Schon seit ein paar Wochen nicht mehr. Und Fräulein Beatrice hat auch keine geschickt. Ich bin ganz sicher.» Sie klimperte mit den Wimpern und schob ihm ihren Busen entgegen. «Und, was bekomme ich jetzt dafür, Herr?»

«Was hättest du denn gern?» Er hoffte, dass sie Geld verlangen würde. Doch das Dienstmädchen zog ihn zu sich herab und schloss erwartungsvoll die Augen.

Edvard küsste sie widerstrebend und schauderte, als er ihr die Zunge in den Mund schob. Eine Woche gab er ihr noch. Wenn in der Zeit auch keine Briefe mehr kamen, konnte er die Sache wohl endgültig als erledigt betrachten, und dann würde es ihm ein Vergnügen sein, sie mit einem Tritt in den fetten Arsch auf die Straße zu befördern. Das

Mädchen küsste ihn immer noch eifrig und tastete gleichzeitig nach seinem Glied.

Er hatte sich kurz Sorgen gemacht, als vor ein paar Wochen Hammerstaals Sekretär auftauchte und Briefe an alle möglichen Leute übergab, ohne dass Edvard sie kontrollieren konnte. Er war ganz sicher gewesen, dass er auffliegen würde. Doch die Tage verstrichen, ohne dass man Anschuldigungen gegen ihn erhob, und Henriksson fuhr schließlich nach Stockholm zurück. Von dem großspurigen Norweger war kein einziger Brief mehr eingetroffen.

Letzten Endes war Hammerstaal eben doch nicht so schlau, dachte Edvard. Und Beatrices Leidensmiene verschlimmerte sich von Tag zu Tag. Er hätte sich kaputtlachen können. Aber welche Freude dauert schon ewig, dachte er seufzend, während sich das Dienstmädchen immer gieriger an ihm rieb. Allmählich langweilte ihn das alles. Es wurde Zeit, weiterzuziehen und dieses Kaff für immer hinter sich zu lassen.

Mit wogendem Busen lag das Mädchen unter ihm. Er zielte, schlug sie kräftig auf die eine Brust und sah zu, wie das Fleisch noch eine ganze Weile zitterte. Sie quiekte erschrocken auf, die dumme kleine Hure, also schlug er noch einmal zu, diesmal jedoch fester.

29

England
Dezember 1881

«Schlechte Neuigkeiten?», fragte Lily.
Seth sah sie mit ausdrucksloser Miene an. In der Hand hatte er immer noch den Brief, den er gerade gelesen hatte. Die unpersönlichen Worte trafen ihn mehr, als er für möglich gehalten hätte.

Werter Herr Hammerstaal,
wie reizend von Ihnen, mir zu schreiben. Ich versichere
Ihnen jedoch, dass Ihre Anwesenheit nicht erforderlich ist.
Hier hat sich nichts Wesentliches geändert. Es ist sicher das
Beste für alle Beteiligten, wenn Sie sich für Ihre Angelegen-
heiten die Zeit nehmen, die Sie brauchen.

Grüße,
Beatrice Löwenström

«Nichts, womit ich nicht zurechtkommen könnte», antwortete er müde.
Vor den bleigefassten Fenstern von Lilys Haus nieselte es. In England schien es einfach nicht schneien zu wollen, dachte er niedergeschlagen, dabei war es schon Ende Dezember. Immer nur Regen, tagein, tagaus. Er hatte dieses kalte Land mit seiner überheblichen Oberklasse und seiner snobistischen Einstellung Ausländern gegenüber noch nie gemocht, und bis jetzt hatte er auch keinen Grund gese-

hen, diese Ansicht zu ändern. Lilys zugiger Herrensitz war genauso düster und unmodern, wie er befürchtet hatte, und das britische Essen war noch schlimmer, als er es in Erinnerung hatte.

Er versuchte, Lily zuzulächeln, die ihn bekümmert musterte. Schließlich konnte sie nichts dafür, dass er sich solche Probleme eingebrockt hatte. «Ich habe gesehen, dass eine von deinen Schwestern geschrieben hat», sagte er. «Wie geht es ihnen denn?»

«Ich wünschte, wir hätten Weihnachten mit ihnen feiern können», antwortete Lily. Sie kam näher, legte ihm vorsichtig eine Hand auf den Rockärmel und blickte zu ihm auf. «Ich bin auf jeden Fall froh, dass du mit uns gekommen bist», sagte sie sanft. Ihre aquamarinblauen Augen schimmerten. «Daniel ist wirklich aufgeblüht, seit du da bist», fuhr sie fort. «Ich hoffe, du nimmst es mir nicht übel, dass ich das sage?» Sie drückte seinen Arm.

Seth sah sie an. Die selbstsüchtige, zielstrebige Lily, in die er sich als junger Mann verliebt hatte, war zu einer warmen, fürsorglichen Frau geworden. Sie hatte unendliche Geduld mit ihrem Sohn, und sie hatte auch die Fassung bewahrt, als ihre Eltern starben und sie und ihre fünf Schwestern schutzlos zurückließen. Jetzt waren sie in England, um ihr Haus zu verkaufen und zu retten, was noch zu retten war, und sie hatte sich noch kein einziges Mal beklagt. Ihr helles Haar fiel ihr in weichen Locken auf die Schultern, und das türkise Wollkleid ließ ihre Augen trotz des grauen Lichtes intensiv leuchten.

Innerlich kochte er vor Wut und Enttäuschung über Beatrices Brief. Er legte ihn aus der Hand. «Überhaupt nicht, Lily. Ich mag Daniel sehr gern, das weißt du doch.»

Was spielte es schon für eine Rolle, dass sie ihn nie zum Lachen brachte, dass er sich nicht danach sehnte, ihr seine

Gedanken anzuvertrauen, und dass sie noch nie vom *Symposion* oder von Monet gehört hatte?

Lily sah ihn schweigend an.

«Es gibt eine natürliche Lösung für eure Probleme», sagte er. «Heirate mich, Lily.»

Wenn Beatrice ihn nicht wollte, taten das andere. Er war nicht dumm und hatte Lilys Signale durchaus bemerkt. Im Grunde war es völlig naheliegend, dass sie heirateten.

«Es wäre mir eine Ehre, deine Frau zu werden», antwortete Lily ruhig. Sie faltete die Hände, und Seth nahm an, dass er sie jetzt küssen sollte.

«Ich werde mit Henriksson sprechen, er wird sich um die Details kümmern», sagte er nur. Er verbeugte sich und verließ das Zimmer.

Lily blieb allein zurück und wusste nicht recht, was sie tun sollte. Das war wahrlich ein finsterer Heiratsantrag gewesen, aber sie konnte es sich nicht leisten, wählerisch zu sein. Sie warf einen Blick auf den Brief, den Seth auf dem Tisch hatte liegen lassen. Ihr Gewissen verlor den Kampf gegen ihre Neugier, und rasch nahm sie das dünne Papier und blickte auf die paar Zeilen. Der Name Beatrice Löwenström war das Einzige, was sie erfassen konnte, denn der Brief war auf Schwedisch abgefasst. Doch sie hatte sehr wohl gesehen, dass der Inhalt Seth getroffen hatte. Mit einem letzten Blick auf den Namen legte sie das Schreiben wieder auf den Tisch und seufzte tief und erleichtert.

Für sie und ihre Familie würde jetzt alles in Ordnung kommen.

30

Göteborg
Januar 1882

Harriet saß neben ihrer Tochter. Das neue Jahr war gekommen, und Sofias Zustand hatte sich nur weiter verschlechtert. Sogar Doktor Eberhardt, der sich nur selten beeindrucken ließ, hatte besorgt gewirkt, als er die fast leblose Gestalt im Bett wieder untersucht hatte. Harriet drückte Sofias dünne Hand und kämpfte mit den Tränen. Sollte sie tatsächlich noch ein Kind verlieren? Sie gestattete sich nur selten einen Gedanken an die zwei Kleinen, die sie hatte begraben müssen. Keines hatte sein erstes Jahr überlebt, und Harriet wusste, dass sie nicht um sie trauern sollte, dass sie lieber dankbar sein sollte für die Dinge, die Gott ihr in seiner Barmherzigkeit geschenkt hatte. Doch manchmal konnte sie den Gedanken an die flaumigen kleinen Köpfchen, an die weichen Wangen und die nachdenklichen Augen nicht unterdrücken.

Harriet blickte auf ihre Tochter, die im Schlaf leise wimmerte. Sie war eine schlechte Mutter gewesen, dachte sie beschämt, denn nur eine schlechte Mutter konnte eifersüchtig auf die Schönheit und die glückliche Ehe ihres eigenen Kindes sein. Und jetzt bekam sie ihre Strafe.

Sie betrachtete ihre sterbende Tochter.

Sofia stöhnte heiser und schlug die Augen auf. «Mama? Was tust du hier? Es muss doch mitten in der Nacht sein. Du solltest schlafen.»

«Psscht, mein Schatz, ich leiste dir doch nur Gesellschaft.»
Sofia blinzelte erstaunt. Es versetzte Harriet einen Stich ins Herz, als ihr klar wurde, dass ihre Tochter keine Zärtlichkeitsbekundungen von ihr gewöhnt war. «Wie geht es dir?», erkundigte sich Harriet.
«Ich habe Durst.»
Harriet nahm die Karaffe vom Nachttisch, goss ihrer Tochter ein Glas Wasser ein und gab ihr zu trinken.
Plötzlich fiel Sofia auf ihr Kissen zurück.
«Sofia?», rief Harriet erschrocken. Ihre Tochter wand sich in heftigen Krämpfen, und ihre Augen waren so verdreht, dass man nur noch das Weiße sah.

Beatrice erwachte von einem Schrei und wusste sofort, dass es um Sofia ging. Während der verzweifelte Laut noch durchs Haus hallte, warf sie ihren Morgenrock über und stürzte aus ihrer Kammer. Vor der Tür zum Krankenzimmer traf sie mit Johan zusammen, ohne ein Wort zu wechseln, gingen sie hinein. Sofias Körper wurde von einem Krampf nach dem anderen heimgesucht, und Harriet schluchzte laut. Erschrocken eilte Beatrice zu ihrer Cousine, während Johan in den Korridor rief: «Schnell, ruft Doktor Eberhardt! Sofort!»
Er wandte sich an seine hysterische Schwiegermutter. «Hör auf zu schreien oder verschwinde», befahl er, und Harriets Schluchzen verebbte zu einem stillen Weinen.
«Du ...» Johan zeigte auf ein verschrecktes Dienstmädchen, das auf der Schwelle aufgetaucht war. «Weck alle Dienstboten.»

Die zwanzig Minuten, die es dauerte, bis der verschlafene Doktor Eberhardt im Haus in der Sillgatan eintraf, waren die längsten in Beatrices Leben.

Als er mit zerzaustem Haar das Zimmer betrat und einen Blick auf die bewusstlose Sofia warf, schüttelte er nur den Kopf. «Das kann sie nicht überleben», sagte er, stellte seine Tasche ab und zog den Rock aus. «Das Kind muss heraus, sonst sterben sie beide innerhalb der nächsten Stunden.»

Harriet vergrub das Gesicht in den Händen. Johan blickte stumm auf seine Frau.

«Aber es ist doch noch zu früh, oder?», flüsterte Beatrice.

Eberhardt zuckte mit den Schultern, während er den herumhuschenden Dienstboten Befehle zubellte. Er krempelte die Ärmel hoch. «Schicken Sie eine Nachricht an meinen Assistenten im Krankenhaus. Und jetzt gehen Sie, ich habe zu arbeiten.»

Johan stand auf und reichte Harriet den Arm. Seine Schwiegermutter stützte sich mit ihrem ganzen Gewicht auf ihn.

«Beatrice?»

«Ich bleibe hier», sagte sie und wandte sich zu Doktor Eberhardt. «Sie brauchen doch Hilfe, oder nicht?»

«Das wird eine blutige Angelegenheit», warnte der Arzt. «Haben Sie vor, ohnmächtig oder hysterisch zu werden, Fräulein Löwenström?»

Beatrice sah ihm ruhig in die Augen. «Sagen Sie mir einfach, was ich tun soll, dann tue ich es», erwiderte sie knapp. Wenn Sofia in dieser gottverlassenen Winternacht sterben musste, dann sollte sie zumindest nicht allein sein.

«Gut», sagte der Arzt.

Harriet hatte den Raum schon verlassen, doch Johan zögerte noch.

«Es ist besser, wenn du zu den anderen gehst», bestimmte Beatrice. «Ich verspreche dir, dass ich dich hole, falls ...» Sie verstummte, und die Worte blieben unausgesprochen in der Luft hängen. Dann folgte Johan leise seiner Schwiegermutter.

Doktor Eberhardt betrachtete die Patientin, die seit seiner Ankunft in Göteborg an jenem denkwürdigen Herbsttag in seiner Obhut war. Zu Anfang hatte er natürlich keine andere Wahl gehabt, das hatten ihm die zwei Tiere, die ihn quer durch halb Europa geschleift hatten, sehr deutlich gemacht. Doch nach einer Weile hatte er Zuneigung zu seiner Patientin und ihrer Familie gefasst und beschlossen, sein Bestes zu geben, um sie zu retten. Außerdem war er ein Ehrenmann. Die Summe, die man ihm auf sein Konto bei der Deutschen Bank für die Pflege der Sofia Stjerneskanz eingezahlt hatte, war schlichtweg astronomisch gewesen. Und so tat er einfach das, was er am besten konnte. Im Laufe des Herbstes hatte er auch deutsche Mediziner im Sahlgrenska-Institut kennengelernt und auf Wunsch der Studenten eine Vorlesungsreihe an der medizinischen Fakultät abgehalten, die auf sehr positives Echo gestoßen war. Jetzt sah er die blasse, aber gefasste Frau an, die ihm gegenüberstand.

«Wissen Sie, was ein Kaiserschnitt ist?», fragte er.

Beatrice erbleichte, als sie das Wort hörte. «Sie meinen, Sie wollen sie aufschneiden?», flüsterte sie.

Der Arzt antwortete nicht, sondern machte seine Tasche auf und gab ihr Anweisungen. «Ich brauche jede Menge heißes Wasser. Saubere Tücher. Ausgekochte Schwämme.» Er sah sie an. «Hygiene ist jetzt oberstes Gebot. Jedes Mal, wenn ich Ihnen ein Instrument reiche, müssen Sie es in kochendes Wasser legen.»

«Haben Sie das schon einmal gemacht?», fragte sie besorgt.

«Ja.»

«Wird sie überleben?»

«Geben Sie mir die Flasche mit dem Chloroform», wich er ihrer Frage aus. «Wir fangen jetzt an.»

Sofia, die kaum bei Bewusstsein war, wehrte sich erschrocken, als er ihr das chloroformgetränkte Tuch über Mund und Nase hielt. Beatrice hielt ihr die Hand und flüsterte beruhigende Worte. Barmherzigerweise dauerte es nicht lange, bis Sofia völlig weggetreten war.

«Das Chloroform wirkt nicht beliebig lang», erklärte der Arzt und schob rasch die Bettdecke beiseite. Beatrice sah zu, wie er Sofias Nachthemd bis zur Brust aufschnitt und zur Seite zog. Dann wusch er ihr den prallen Bauch mit einem Mittel aus einer Flasche. Der Geruch war so stark, dass ihr die Augen tränten. Wie in Trance beobachtete Beatrice seine präzisen Bewegungen.

«Reichen Sie mir das Skalpell, Fräulein Löwenström», sagte er.

Sie reichte ihm das Messer, auf das er gezeigt hatte. Ohne zu zögern, führte Eberhardt mit sicherer Hand einen tiefen Schnitt quer über Sofias Bauch. Blut begann hervorzuquellen, und Beatrice wurde schwindlig.

«Fräulein Löwenström!» Die deutsche Stimme drang wie durch dichten Nebel zu ihr. «Sie werden gleich ohnmächtig, Sie müssen atmen. Lassen Sie die Schultern fallen und entspannen Sie die Beine. Sehr gut. Und jetzt ballen Sie die Fäuste und bewegen Sie die Zehen. Besser?»

Sie nickte.

«Das machen Sie jetzt jedes Mal, wenn Sie merken, dass Ihnen schwindlig wird, verstanden? Ich kann nicht die ganze Zeit Sie auch noch mit im Auge behalten.»

Beatrice befeuchtete sich die Lippen. «Versprochen», sagte sie. «Was soll ich jetzt tun?»

«Waschen Sie das hier und geben Sie mir das nächste.»

Beatrice nahm das blutige Instrument entgegen, legte es in einen Kessel mit heißem Wasser, den ein Dienstmädchen gebracht hatte, und reichte dem Doktor das nächste. Der drückende Blutgeruch mischte sich mit dem erstickenden Geruch der Tinkturen, während sich der Arzt weiter durch die Gewebeschichten schnitt. Sofia war ganz still, doch sie schien regelmäßig zu atmen, und zum ersten Mal wagte Beatrice zu hoffen, dass sich alles zum Guten wenden könnte.

Schließlich reichte ihr der Arzt sein Skalpell, steckte die Hände in Sofias Bauch und tastete. Fasziniert beobachtete Beatrice, wie er einen unbeweglichen Klumpen herauszog, der ganz mit Blut, Käseschmiere und Fruchtwasser bedeckt war. Sie starrte auf das Wesen, das Sofias Kind war. Eberhardt reichte Beatrice das Baby, klemmte die Nabelschnur ab und durchtrennte sie schnell.

«Wickeln Sie es in ein sauberes Tuch.» Er wandte sich wieder Sofia zu. «Ich muss noch den Mutterkuchen herausholen.»

Verblüfft betrachtete Beatrice den zusammengekrümmten, stillen Körper, während sie ihn in ein weiches, ausgewaschenes Laken wickelte. Plötzlich machte das Kind den Mund auf und schrie. Es war ein jämmerliches, leises Geräusch, wie von einem wimmernden Katzenbaby. Beatrice schnürte es die Kehle zusammen. Ein neues Leben war geboren.

«Verdammt», hörte sie plötzlich den Arzt fluchen. «Sie blutet. Schnell, geben Sie mir die Schwämme! Beeilen Sie sich, Fräulein Löwenström, ich brauche Ihre Hilfe.»

Beatrice sah sich um. Was sollte sie mit dem Neugeborenen anfangen? Behutsam legte sie es auf den Boden und eilte zu Eberhardt. Sie reichte ihm Schwämme, nahm ihm blutige Stofffetzen ab und versuchte die Unmengen von

Blut zu ignorieren, die sich in einer Lache unter Sofia im Bett ausbreiteten und auf den Boden tropften. Wie viel Blut hatte ein Mensch überhaupt? Konnte man einen solchen Blutverlust überleben? Während der Arzt im Bauch zu nähen begann, sah sie, wie Sofia unruhig den Kopf hin und her warf.

«Herr Doktor! Ich glaube, sie wacht auf. Was soll ich tun?»

«Ich bin beschäftigt. Tun Sie, was Sie wollen, zum Teufel!»

Beatrice sah sich um. Sollte sie es wagen, Sofia noch mehr Chloroform zu verabreichen? Was, wenn sie ihr zu viel gab? Sofia stöhnte, und Beatrice nahm ihre Hand. «Ich bin hier, meine Liebe, alles wird gut, das verspreche ich dir. Der Arzt wird dich wieder gesund machen», tröstete sie.

Das musste er auch, alles andere wäre ungerecht, dachte sie. Und sie betete, wie sie noch nie in ihrem Leben gebetet hatte.

Von dem kleinen Bündel am Boden kamen jämmerliche Protestschreie. Benebelt schlug Sofia die Augen auf und versuchte, ihren Blick auf irgendetwas zu fixieren. Der Arzt war immer noch an ihrem offenen Bauch beschäftigt. Auf dem Boden weinte verlassen das Neugeborene.

«Was ist los?», flüsterte Sofia. Ihr Blick war verschleiert, und Beatrice stellte sich instinktiv so hin, dass ihre Cousine nicht sehen konnte, was der Arzt gerade machte. Zärtlich tätschelte sie ihr die Hand. «Alles in Ordnung, aber es wäre das Beste, wenn du jetzt noch ein bisschen die Augen zumachen könntest. Meinst du, das kannst du für mich tun?», bat sie.

Sofia schloss die Augen und stöhnte matt. «Bea?», flüsterte sie mit trockenen Lippen.

«Ja, meine Liebe?»
«Das Kind lebt, nicht wahr?»
Beatrice drückte Sofia die Hand. «Ja.»
«Was ist es?»
«Ich weiß es noch nicht», sagte Beatrice. Sie blickte zum Arzt, der immer noch in Sofias Innerem zu nähen schien. Bildete sie sich das ein, oder hatte die Blutung tatsächlich abgenommen? Schwer zu sagen, weil sie praktisch in Blut wateten. Eberhardt arbeitete methodisch, nur ab und zu kam ihm ein deutscher Kraftausdruck über die Lippen. Doch er schien zu wissen, was er tat, und sie floss über vor Dankbarkeit für den kleinen, hartnäckigen Arzt.

«Wenn du mir versprichst, ganz still liegen zu bleiben und die Augen geschlossen zu lassen, dann gehe ich nachsehen. Versprichst du mir das?», flüsterte sie ihrer Cousine zu.

Sofia nickte schwach, und Beatrice war nicht einmal sicher, ob sie sie noch hörte. Behutsam legte sie die Hand ihrer Cousine wieder aufs Bett. Sie ging zu dem Neugeborenen, hob es vorsichtig hoch und machte das Tuch auf.

«Fräulein Löwenström, ich brauche sofort Ihre Hilfe», unterbrach sie der Arzt.

Hastig legte sie das Kind neben Sofia ins Bett. «Ein Junge, meine Liebe, du hast einen Sohn bekommen», flüsterte sie, bevor sie neben den Arzt trat. Sie hoffte, dass Sofia sie gehört hatte.

«Ich habe sie im Bauchraum genäht, aber ich muss auch die Bauchdecke noch nähen und brauche saubere Instrumente.»

«Sie ist wach, Herr Doktor. Sollte sie nicht lieber schlafen?»

«Ich habe Morphin in meiner Tasche. Holen Sie es und ziehen Sie eine Spritze auf.»

Beatrice tat, was er ihr aufgetragen hatte, und reichte ihm die Spritze, doch er schüttelte den Kopf. «Es sieht so aus, als würde mein Assistent nicht mehr kommen. Sie müssen hier weitermachen. Waschen Sie sich gründlich die Hände und benutzen Sie das da zum Säubern.» Er zeigte auf eine große Flasche.

Nachdem sie sich sorgfältig gewaschen und mit einem sauberen Tuch abgetrocknet hatte, begann Sofia vor Schmerzen zu stöhnen.

«Wenn Sie nicht wissen, wie man Morphin spritzt, müssen Sie hier übernehmen.» Der Arzt hielt ihr die Nadel mit dem schwarzen Faden hin, und sie griff automatisch danach. «Fassen Sie die Haut neben dem Schnitt, legen Sie Haut auf Haut und nähen Sie einen Stich. Dann schneiden Sie den Faden ab und nähen am anderen Ende. So arbeiten Sie sich im Wechsel bis zur Mitte vor», erklärte er, während er die Spritze aufzog.

Beatrice starrte ihn an.

«Sie werden doch wohl schon mal gestickt haben?», schnauzte er sie an, während er die Spritze hob. Beatrice nickte matt. «Das ist dasselbe Prinzip, aber tupfen Sie immer alles ordentlich ab. Je sauberer Sie arbeiten, desto größer ist Sofias Überlebenschance. Nehmen Sie jedes Mal einen neuen Schwamm.»

Sobald Eberhardt sah, dass Beatrice sich an die Arbeit machte, gab er Sofia die Spritze in den Arm. Das Stöhnen verstummte beinahe sofort. Dann untersuchte er das Kind, das neben ihr lag. Der neugeborene Junge protestierte, als der Arzt seinen Nabel untersuchte, sein Herz abhörte und ihm gegen die Leisten drückte. Brummend wickelte Eberhardt den Kleinen wieder ein, hob Sofias Arm und bettete das Kind neben sie. Anschließend nahm er erneut die umständliche Reinigungsprozedur vor, bei der er sich Hände und Arme gründlich wusch. Inzwischen hatte Beatrice schon mehrere Stiche genäht. Nachdem sie den ersten Widerwillen dagegen überwunden hatte, das Fleisch ihrer eigenen Cousine zu nähen, war es überraschend einfach, fand sie. Der Arzt inspizierte ihre Arbeit und meinte: «Hm, gar nicht schlecht. Wollen Sie es fertig machen?»

Beatrice schüttelte entschieden den Kopf, und der Arzt musste lächeln. «Dann helfen Sie mir, indem Sie das Blut wegtupfen, während ich zu Ende nähe.»

Sorgfältig tupfte Beatrice die Wundränder ab, während der Arzt mit feinen, kleinen Stichen nähte.

«Es blutet nicht mehr so stark, nicht wahr?», fragte sie.

«Nein, die starke Blutung war im Bauchraum, und ich glaube, das konnte ich nähen. Sie wird allerdings keine Kinder mehr bekommen können. Ihre Gebärmutter war nicht mehr zu retten.»

«Aber Sie haben ihr das Leben gerettet. Danke.»

«Zum Danken ist es noch zu früh. Das Risiko von Komplikationen ist immer noch sehr groß.» Er trocknete sich die Hände ab und füllte sich ein Glas mit Wasser. «Holen Sie ihren Mann. Haben sie sich schon um eine Amme gekümmert?»

Beatrice wusch sich hastig, nahm die blutige Schürze ab und ging Johan holen.

«Sofia schläft noch, aber dein Sohn ist wach», lächelte sie, als sie ihn fand.

Johan stand mit einem Schluchzen auf. «Gott sei's gedankt. Wie geht es Sofia?»

«Komm und sieh es dir selbst an. Ich gehe Harriet holen.»

«Danke, Beatrice. Ich weiß nicht, was wir ohne dich

gemacht hätten. Ich hoffe, dir ist klar, wie viel ...» Seine Stimme brach, und Beatrice tätschelte ihm die Wange.

«Geh zu deiner Familie, mein Freund. Ich komme nach, so schnell ich kann.»

Als Johan das Zimmer verlassen hatte, ließ Beatrice sich auf einen Stuhl sinken. Ich muss einen Moment alleine sein, dachte sie. Dann brach sie in Tränen aus.

Zwei Tage später befiel Sofia hohes Fieber. Obwohl man sofort den Arzt holte, konnte er kaum etwas tun. Er untersuchte ihren Bauch, der geschwollen und druckempfindlich war.

«Die Wunde hat sich entzündet, und die Stiche geben nach», stellte er mit bekümmertem Stirnrunzeln fest. «Die Stiche müssen noch einmal nachgenäht werden, aber ich weiß nicht, ob sie den Eingriff überleben wird. Sie ist bereits sehr mitgenommen», meinte er.

Mit einer Assistentin von der Hebammenanstalt reinigte er die Wunde, so gut es ging, und nähte sie erneut. Während Sofia stöhnte, strichen sie ihr eine stinkende graue Salbe auf den feuerroten Streifen.

«Sie will so gern selbst stillen, kann sie das weiter tun?», erkundigte sich Beatrice, der die Tränen schon die Kehle zuschnürten.

«Medizinisch gesehen spricht nichts dagegen, aber Sie sollten sich um eine Amme bemühen, für den Fall, dass ...»

«Aber sie wird es doch schaffen, oder?»

Der Arzt seufzte. «Helfen Sie ihr, das Kind anzulegen», sagte er resigniert.

Beatrice legte den Jungen bequem an Sofias Brust. Der Kleine war hungrig und hatte schnell begriffen, wie er saugen musste. Sofia murmelte ein paar gequälte Worte, doch sie wachte nicht auf. Während Beatrice zusah, wie der ahnungslose Sohn genüsslich saugte, strich sie ihrer Cousine über die Stirn. Da der Arzt und seine Assistentin das Zimmer verlassen hatten, ließ sie ihren Tränen freien Lauf. Sie fragte sich, ob sie jemals in ihrem Leben so viel geweint hatte wie in den letzten Tagen.

Am nächsten Tag war Sofias Fieber weiter gestiegen. Ihr Bauch war immer noch grotesk geschwollen, obwohl die Stiche diesmal gehalten hatten. Das war jedoch nur ein kleiner Trost. Sofia delirierte und erkannte niemanden. Beatrice trug einen hungrigen Sohn ins Zimmer.

«Das Kind muss eine Amme bekommen», verlangte Doktor Eberhardt entschieden.

«Nein», widersprach Beatrice und musste sich bemühen, nicht hysterisch zu klingen. Sofia würde leben, und sie wollte ihr Kind stillen, begriff er das denn nicht? Sie wandte sich flehend an Johan, der auf der Bettkante saß und Sofias Hand hielt. «Ich weiß, dass sie stillen will, nehmt ihr das Kind nicht weg. Ich werde ihn auch halten, ich werde ihr helfen.» Sie schluchzte.

«Fräulein Löwenström, so seien Sie doch vernünftig …»

«Lassen Sie sie.» Johans Stimme war müde, aber bestimmt.

Beatrice eilte zum Bett. Sie drehten Sofia auf die Seite und legten den kleinen Jungen neben sie.

Obwohl es unmöglich schien, stieg Sofias Fieber in der Nacht noch weiter. Johan kam und holte Beatrice, die in voller Bekleidung auf ihrem Bett eingeschlafen war. Ein Fenster stand offen und schlug in der Zugluft hin und her.

«Der Arzt hat gesagt, es ist so weit», sagte Johan leise.

Schluchzend folgte sie ihm. Sie befühlte Sofias Stirn, die

schrecklich heiß war. Ihre Lippen waren aufgesprungen, sie war stark abgemagert, und ihr Gesicht war bleich und eingefallen. Nur ihr Bauch war immer noch geschwollen und groß. Man könnte meinen, dass sie immer noch schwanger ist, dachte Beatrice bekümmert. Johan hatte seinen Sohn neben Sofia ins Bett gelegt, und der Kleine suchte nach der Brust. Vorsichtig half ihm Beatrice. Obwohl Sofias Brustwarzen ganz wund waren, stöhnte sie nicht einmal, als das Kind hungrig zu saugen begann.

«Man kann nichts mehr tun», erklärte Johan. Sein Blick war leer, seine Stimme wie tot.

Beatrice betrachtete ihre Cousine, die ganz still dalag. «Sofia, meine Liebe, du musst kämpfen», flüsterte sie. «Dir muss doch klar sein, dass du uns nicht einfach so verlassen kannst? Deine Familie braucht dich. Ich brauche dich. Bitte.» Sie schluchzte, doch Sofia rührte sich nicht.

Doktor Eberhardt trat ein und ging zu Sofia. «Ihr Puls wird immer schwächer. Es tut mir leid», sagte er.

Johan vergrub das Gesicht in den Händen.

Beatrice ließ sich neben dem Bett auf die Knie sinken. «Sofia, bitte bleib bei uns. Gib nicht auf. Du darfst uns nicht verlassen.» Doktor Eberhardt legte ihr eine Hand auf die Schulter, doch er konnte ihr keinen Trost geben.

Mit einem Ruck erwachte Beatrice. Sie hockte immer noch neben dem Bett. Wie hatte sie nur einschlafen können? Erschrocken blickte sie auf, voller Angst, dass Sofia gestorben sein könnte, während sie schlief. Als könnte sie durch ihr bloßes Wachsein ihre Cousine am Leben halten. Ihr Blick fiel auf Johan, der hohläugig und unrasiert auf dem Sessel saß. Resigniert schüttelte er den Kopf. Sie betrachtete ihre Cousine. Sofia atmete immer noch, aber nur mit großer Mühe. Stöhnend stand Beatrice auf, tränkte ein Tuch mit

Wasser und hielt es behutsam an Sofias Lippen, in der Hoffnung, dass sie einen Tropfen trinken würde.

Als sie sich umsah, entdeckte sie, dass etwas anders war. Das Kind war weg.

«Sie will, dass er Fredrik heißt», sagte Johan. Er hatte seinen Sohn auf dem Schoß. Es war das erste Mal, dass sie Johan mit dem Kleinen im Arm sah, und trotz all ihres Elends musste sie lächeln.

«Nach dem Arzt?»

«Ja. Vorher hatte ich nur den einen Wunsch – dass Sofia überlebt. Für das Kind hatte ich kaum etwas übrig. Aber er hat ja nichts Böses getan, nicht wahr? Es war nicht seine Schuld.»

«Das Leben ist so grausam. Aber dein Sohn ist wundervoll.»

Der Kleine schrie, und sie lächelten beide.

«Johan?» Sofias Stimme war so schwach, dass man sie kaum hörte.

«Du bist ja wach, mein Liebling. Ich bin hier. Und dein Sohn, Fredrik.» Johan stand auf und trat ans Bett.

«Ist Bea auch hier?», fragte Sofia. «Ich sehe sie nicht.»

Beatrice nahm ihre Hand und setzte sich auf die Bettkante. Sofias Hand war glühend heiß, doch zum ersten Mal seit Stunden schien sie ganz klar zu sein. «Ich bin auch hier. Ich habe gehört, dass du deinen Sohn nach dem Doktor taufen willst. Fredrik Stjerneskanz, das ist ein schöner Name.»

«Bea, kannst du mir verzeihen?»

«Wofür?»

«Dass ich so schwach war und du dich immer um mich kümmern musstest?»

«Sag so etwas nicht. Solche Dummheiten will ich gar nicht hören. Ohne dich wäre mein Leben schrecklich einsam gewesen. Du musst kämpfen, Sofia, du kannst nicht einfach aufgeben, gerade jetzt, wo du Mutter geworden bist. Und denk doch auch an den armen Johan.»

«Ich bin so müde, Beatrice. Ich wusste nicht, dass man so müde sein kann. Ich will nur noch schlafen. Entschuldige.»

«Dann mach die Augen zu und ruh dich aus. Wir wachen über dich.»

Sofia schlief wieder ein, und allmählich fielen auch Beatrice die Augen wieder zu. Johan schlummerte auf seinem Sessel ein.

Ich bin so müde, dachte Beatrice. Ihr erschöpftes Gehirn wollte weiterschlafen, aber irgendetwas zerrte an ihr. «Wach auf, Beatrice, du musst aufwachen», hörte sie Johans Stimme, aber sie wollte einfach weiterschlafen. Doch er schüttelte sie weiter, und schließlich schlug sie widerwillig die Augen auf. Johan weinte. Obwohl es schon Morgen sein musste, war es immer noch dunkel. Noch ein Sturm, dachte sie, und dann war sie auf einen Schlag hellwach. Sie blickte zum Bett. Sofia war schneeweiß im Gesicht und lag ganz still da. Sie sah ruhig und friedlich aus. Beatrice blieb das Herz stehen bei diesem Anblick.

Johan schluchzte. «Das Fieber hat nachgelassen. Der Arzt ist unterwegs, aber das Fieber hat nachgelassen», sagte er mit zitternder Stimme. «Fühl mal, sie ist ganz kühl.»

Er weinte so sehr, dass seine Schultern zuckten, und einen Moment dachte Beatrice, dass er endgültig den Verstand verloren haben musste, dass der Tod seiner Frau ihn in den Wahnsinn getrieben hatte. Doch da sah sie, wie Sofia Luft holte. Rasch befühlte Beatrice die Stirn ihrer Cousine. Tatsächlich war sie richtig kühl. Der Bauch unter der Decke wirkte auf einmal wesentlich weniger geschwollen, und es schien nicht so, als hätte Sofia noch Schmerzen. Da begann auch Beatrice zu schluchzen. «Es ist überstanden. Ich kann es gar nicht glauben.» Weinend fiel sie Johan in die Arme. Sie lachten und weinten abwechselnd, und von dem ganzen Tumult wurde Fredrik wach, der sich am Lärm der Erwachsenen beteiligte, indem er wütend nach Nahrung schrie.

Es war überstanden.

31

Gut Rosenholm
Februar 1882

*B*eatrice schauderte, als sie über den kalten, verschneiten Hof blickte. Das Gut sah heruntergekommen aus, düster und ungastlich.

«Willkommen auf Rosenholm», sagte der Graf und half ihr aus dem Wagen.

Sie knickste steif, konnte jedoch nicht verhindern, dass sie Übelkeit packte, als ihr die ganze grässliche Tragweite dessen bewusst wurde, worauf sie sich eingelassen hatte.

Es war der Tag vor ihrer Hochzeit, jetzt gab es kein Zurück mehr. Miss Mary drückte ihren Arm, um ihr ein Stütze zu sein. «Man kann nur hoffen, dass das Haus im Sommer nicht ganz so schäbig aussieht», flüsterte Beatrice.

Die Familie hatte Göteborg verlassen, sowie Sofia kräftig genug für die Reise war. Keiner hatte länger als unbedingt nötig in der Stadt bleiben wollen, die mit so düsteren Erinnerungen verknüpft war. Und man hatte Beatrice ihr neues Hochzeitsdatum mitgeteilt.

Die Nachricht von Seths Verlobung mit Lily hatte sie kurz nach Fredriks Geburt in Göteborg erreicht. Beatrice hatte lange überlegt, ob sie sich nicht doch noch weigern sollte, Rosenschöld zu heiraten. Sie konnten sie schlagen, bedrohen und auf die Straße setzen, aber sie konnten sie nicht zwingen, den Mund aufzumachen und Ja zu sagen. Doch dann waren die Zweifel gekommen. Eine Nacht nach der anderen hatte sie wach gelegen und sich den

Kopf zerbrochen. Machte sie einfach zu viel Aufhebens von der ganzen Sache? Warum sollte sie Rosenschöld eigentlich nicht heiraten? Alle schienen der Ansicht zu sein, dass dies eine großartige Gelegenheit für eine Frau wie sie war. Hunderte von Frauen heirateten aus anderen Beweggründen als aus Liebe, so sicherte sich eine Frau eben ihre Versorgung. Vielleicht war es einfach an der Zeit, erwachsen zu werden, sich die kindischen Träume aus dem Kopf zu schlagen und die Realität, wie sie für eine Frau wie Beatrice Löwenström aussah, anzunehmen? Vielleicht stimmte es ja, dass sie dramatisch und überempfindlich war. Vielleicht war das hier ihre Chance, eine Familie zu gründen, Kinder und ein eigenes Heim zu haben. Mit jeder Niederlage und jeder Drohung nahm ihr Widerstand ab, und zum Schluss sah sie keinen einleuchtenden Grund mehr, sich zu widersetzen. Manchmal lag der einzige Ausweg eben darin, sich in die Dinge zu schicken. Zumindest würde sie so ihren Onkel loswerden.

Der Graf griff bestimmt nach ihrem Arm. Ganz kurz streifte sie der Gedanke, dass er sie an der Flucht hindern wollte. Als ob sie noch irgendwohin hätte fliehen können.

«Du da, zeig ihr ihr Zimmer», befahl der Graf einem kleinen Dienstmädchen, das in den eiskalten, beißenden Wind herausgelaufen kam.

«Ja, Herr. Bitte sehr, gnä' Frau», sagte das Mädchen freundlich.

Beatrice folgte ihm ins Obergeschoss. Ihre privaten Räume bestanden aus einem einfachen Salon und einem kleinen Arbeitszimmer. Die Zimmer waren nicht übertrieben luxuriös möbliert, aber sie waren sauber und adrett und mehr, als sie je zuvor gehabt hatte. Das Dienstmädchen öffnete noch eine Tür und erklärte: «Das Schlafzimmer, gnä'

Frau. Die Räumlichkeiten des Herrn sind auf der anderen Seite, das da ist seine Tür.» Sie deutete darauf.

Beatrice blieb auf der Schwelle stehen. Das dominierende Möbelstück im Schlafzimmer war ein großes grünes Eisenbett mit Messingdetails. Es kostete sie einige Mühe, den Anflug von Panik zu unterdrücken, der in ihr aufkam. «Wie heißt du?», fragte sie das Mädchen, um sich irgendwie abzulenken.

«Kerstin, gnä' Frau. Soll ich Ihnen das Haus zeigen?»

Beatrice schüttelte den Kopf. «Ich glaube, ich lege mich ein Weilchen hin», lächelte sie.

Das Dienstmädchen sah sie ausdruckslos an und zog langsam die Tür hinter sich zu.

«Wir sollen der gnädigen Frau mit dem Kleid helfen», erklärte Kerstin, als sie und ein weiteres Mädchen am nächsten Morgen in Beatrices Zimmer kamen. Wenn es jemals einen Moment gegeben hatte, in dem sie sich diesem Wahnsinn noch hätte verweigern können, dann war er jetzt endgültig verstrichen, dachte Beatrice. Die Mädchen brachten ihr das Brautkleid. Es war weiß und langärmlig, anspruchslos und keusch. Sie halfen ihr mit dem eiskalten Stoff. Dann befestigten sie die Rosenholmer Brautkrone in ihrem Haar und steckten einen langen weißen Schleier daran fest. Die Symbole ihrer Unschuld.

Die Zeremonie sollte in der Dorfkirche abgehalten werden. In der Nacht hatte es geschneit, und Beatrice fror. Eines der Dienstmädchen half ihr, die kurze Schleppe zu ordnen, eine andere nahm ihr den Mantel ab. Auf den Kirchenbänken saßen nicht allzu viele Gäste. Ein paar Verwandte des Grafen waren anwesend. Der Landeshauptmann und Karin. Tante Harriet und Onkel Wilhelm, Edvard dagegen nicht. Flüchtig überlegte sie, wo er wohl sein mochte.

Da kam der Graf auf sie zu. Er war ganz in Grau gekleidet, und seine blassen Augen glitten über ihren weißbekleideten Körper, bevor er ihr mit seinem kalten Lächeln den Arm bot. Obwohl sie zu zittern begann, zwang sich Beatrice, seinen Arm zu nehmen und mit ihm auf den wartenden Pfarrer zuzugehen. Auf dem Weg zum Altar schritten sie an den bekannten Gesichtern vorbei, doch Beatrice mied ihre Blicke, so gut sie konnte. Sofias große braune Augen versuchten einen Blick von ihr aufzufangen, doch Beatrice wich auch ihr aus.

Nach der Trauung stand das Brautpaar auf der Kirchentreppe und nahm die Glückwünsche entgegen. Es war schrecklich kalt, und der Graf zog sie zum wartenden Wagen. Die wenigen Hochzeitsgäste waren noch zu einem späten Mittagessen geladen, und dann würden die Brautleute allein sein. Beatrice stand wie angewurzelt auf der Kirchentreppe und versuchte die Gesichter zu unterscheiden. War Sofia da? Rosenschöld zog sie am Arm, doch sie wollte sich nicht losreißen, bevor sie Sofia gesehen hatte.

«Jetzt zier dich nicht so», zischte er und zog an ihrem Arm.

Sie verlor beinahe das Gleichgewicht, als er so grob an ihr zerrte, doch im letzten Moment fing sie sich wieder. Lautlos folgte sie ihm zum Wagen und stieg ein.

Gegen Abend öffnete Carl-Jan Rosenschöld die Tür zum Zimmer seiner Frau. Sie hatte sich nach dem Abendessen zurückgezogen, und er hatte sie in Frieden gelassen, bis er sie brauchte. Jetzt saß sie vor dem Spiegel, ganz in Gedanken versunken. Ihr rotes Haar fiel bis auf den Stuhl, und ein einfaches Nachthemd spannte sich über ihren Kurven. Sein Puls stieg, und schwer atmend trat er hinter sie. Das würde ein Spaß werden, die einzureiten, dachte er. Sie war so besonders, und dazu unberührt und unerfahren. Es war schon eine ganze Weile her, dass er so eine Frau gehabt hatte. Die Müdigkeit, die er am Nachmittag noch verspürt hatte, war wie weggeblasen. «Jetzt sind wir ganz allein, du und ich», sagte er und legte ihr die Hände auf die Schultern.

Sie erstarrte. Carl-Jan fing ihren Blick im Spiegel auf, während er die Hand zu einer ihrer Brüste gleiten ließ. Sie schoss hoch, schüttelte seine Hand ab und rief: «Was fällt Ihnen ein? Hören Sie auf!»

«Nein», sagte er kurz. «Du bist meine Frau. Ab jetzt erwarte ich mir Gehorsam von dir, und ich werde auch nicht zögern, bei einer wie dir Gewalt anzuwenden. Glaub mir, es wäre nicht das erste Mal.»

Beatrice starrte ihren Mann an. Er verzog seinen Mund zu einer grausamen Grimasse, während er sie am Genick packte. Dann schob er sie quer durchs Zimmer zu dem grünen Bett. Sie kämpfte gegen die Panik an, die in ihr aufstieg. Sie hatte sich vorgenommen, alles mit würdevoller Ruhe zu ertragen, doch jetzt spürte sie, wie der Schrecken sie überwältigte. Sie versuchte sich seinem Griff zu entziehen, doch er war so viel stärker als sie. O Gott, was hatte sie nur getan?

«Runter mit dir», zischte er und schubste sie, sodass sie aufs Bett fiel.

Rücksichtslos legte er sich auf sie.

«Bitte warten Sie», bat sie.

Doch er überwältigte sie, packte ihre Hände und zog sie ihr über den Kopf. Mit seinem ganzen Körpergewicht nagelte er sie unter sich auf dem Bett fest. Sie keuchte unter seinem Gewicht, kurze, flache Atemzüge, von denen ihr ganz schwindlig wurde. Er drückte sich grob an sie und rieb seine Erektion an ihrem Bauch. Sie stellte fest, dass er sauer aus dem Mund roch und seine Zähne ganz grau waren. Als er ihre Arme losließ, wagte sie eine Sekunde lang zu hoffen, dass er vielleicht seine Meinung geändert hätte und sie in Frieden lassen würde, doch nun packte er ihre beiden Handgelenke mit einer Hand. Mit der anderen quetschte er ihre Brust, versenkte seine Finger in ihrem Fleisch und grinste, als sie vor Schmerzen aufschrie.

«Schon gut, Beatrice, spiel nur die Spröde, das erregt mich», keuchte er und steckte ihr die Zunge in den Mund.

Verzweifelt drehte sie den Kopf weg, doch vergebens. Seine Bartstoppeln kratzten sie, und während er sie mit der einen Hand mit eisernem Griff festhielt, kratzte er mit der anderen rücksichtslos über ihren Körper und fuhr unter ihr Nachthemd. Sie hörte das Geräusch des zerreißenden Stoffes, und als ein hartes Knie ihre Schenkel auseinanderzwang, schrie sie laut auf. «Nein, hören Sie auf, ich will nicht.»

«Verdammt, halt den Mund.» Er hob die Hand und schlug sie ins Gesicht.

Sie schmeckte den Geschmack von Blut im Mund, und es pfiff in ihren Ohren, während er ihre Beine weiter spreizte. Beatrice versuchte Widerstand zu leisten, doch er war viel zu stark. Sie schluchzte. Das konnte doch nicht wahr sein. Wie konnte es nur so widerlich sein?

Als er aufstand, um sich die Hose aufzuknöpfen, ließ er ihre Handgelenke kurz los. Beatrice zog ein Bein an und zielte zwischen seine Beine. Dann rammte sie ihm kräftig das Knie in den Schritt und hörte ihn aufbrüllen.

«Du verdammtes Miststück!», fauchte er.

Sie versuchte, vom Bett hochzukommen, doch jetzt war er nicht mehr nur erregt, sondern auch wütend. Seine blassen Augen waren ganz dunkel, als er sie zornig musterte. Schließlich hob er die Hand und gab ihr eine Ohrfeige, diesmal allerdings eine wesentlich kräftigere. «Wenn ich mit dir fertig bin, wirst du darum *betteln*, hörst du mich? Betteln wirst du darum!», schrie er. Er packte sie bei den Schultern und schüttelte sie so durch, dass ihre Zähne gegeneinanderschlugen.

Er muss völlig verrückt geworden sein, dachte sie. Während er sie weiter schüttelte, brüllte er Schimpfwörter und warf ihr Bezeichnungen an den Kopf, die so grässlich waren, dass sie kaum wusste, was sie bedeuteten. Der Speichel rann ihm aus dem Mundwinkel. Schließlich ließ er sie los, trocknete sich den Mund ab, versetzte ihr noch einen Schlag ins Gesicht und stieß sie unsanft wieder aufs Bett. Halb benommen nahm sie wahr, wie er sich auf sie warf, ihr den Unterarm auf die Kehle legte und sie so aufs Bett presste. Gnadenlos drückte er zu. Erst glaubte sie, er wolle sie bloß erschrecken, doch als er den Druck gar nicht lockerte, befiel sie schreckliche Angst. Panisch versuchte sie, seinen Arm fortzuschieben, und kratzte ihn mit den Nägeln, doch er bewegte sich keinen Millimeter. Ihr wurde klar, dass sie demnächst das Bewusstsein verlieren würde.

«Jetzt bleibst du still liegen, du Luder, hast du mich verstanden?», fauchte er, als Beatrice schon sicher war, dass sie gleich sterben würde. Sie versuchte zu antworten, doch er drückte ihre Kehle so zusammen, dass sie keinen Ton hervorbrachte. «Hör auf, mich zu kratzen», befahl er, und sie gehorchte. Da lockerte auch er seinen Griff ein wenig, und sie holte gierig Luft. «Wenn du tust, was ich dir sage, darfst du weiteratmen, verstanden?»

Sie blinzelte.

Der Graf stand auf, strich sich die Haare aus dem Gesicht und begann den Gürtel aus der Hose zu ziehen. Verschreckt starrte sie darauf.

«Na, jetzt hast du Angst, was?», sagte er und betastete

den breiten Gürtel. «Glaub mir, ich hätte überhaupt nichts dagegen, den hier auf deine empfindliche weiße Haut schnalzen zu lassen.»

Sein Haar klebte ihm in nassen Strähnen am Schädel, seine Augen waren kalt, und sie sah die trockene Haut faltig an seinem Hals hängen. An seiner Hose zeichnete sich immer noch die Beule ab, also schien ihr Tritt ihn nicht nennenswert beeinträchtigt zu haben. Als er sich mit dem Gürtel über sie beugte, schloss sie die Augen und wartete auf den Schlag. Doch es kam keiner, stattdessen zog er ihre Hände zu den Eisenpfosten des Bettes, und plötzlich begriff sie, was er vorhatte.

«Nein, nein, bitte nicht so», schluchzte Beatrice, während er den Gürtel um ihre Handgelenke schlang und am Bettpfosten befestigte. Dann trat er einen Schritt zurück und betrachtete sie gehässig.

Er zog die Hose aus. «Jetzt bist du nicht mehr so verdammt überlegen, was?», meinte er verächtlich.

Beatrice sah ihren Mann mit der Hose um die Knöchel und dem herabhängenden Hemd, und es ging mit ihr durch. «Dann tu es doch, du Ekel», schrie sie. «Nimm dir, wofür du bezahlt hast. Ich bin doch nur ein Vieh, das du dir gekauft hast.»

«Du glaubst doch wohl nicht, dass ich für dich bezahlt habe?», lachte er und stieg aus seiner Hose. «O nein, dich habe ich gratis bekommen. Wilhelm hat dich und deine klägliche Mitgift nur zu gern verschenkt. Er war so dankbar, dich endlich loszuwerden.»

In Beatrice stieg der Zorn hoch, der Zorn auf all diese Männer und wie sie sie ohne jede Rücksicht auf ihre Gefühle benutzten. Als er sich ihr wieder näherte, dachte er wohl, dass sie aufgegeben hätte, denn er war unvorsichtig genug, sie noch einen Volltreffer in seinen Schritt landen zu lassen. Beatrice hatte mit aller Kraft zugetreten, und diesmal hatte sie die grimmige Befriedigung zu sehen, wie er sich schreiend vor Schmerzen krümmte. Es gab ihr ein gutes Gefühl, zumindest für den Bruchteil einer Sekunde Herrin über ihr eigenes Schicksal zu sein, während ihr gleichzeitig natürlich klar war, dass sie teuer dafür bezahlen würde.

Mit einem kehligen Laut warf er sich auf sie und zerriss ihr Nachthemd ganz. Hysterisch wehrte sie sich, doch dann hob er erneut die Hand, um sie zu schlagen.

«Du Schwein», zischte sie mit einer verzerrten Stimme, die sie kaum wiedererkannte. Dabei verspürte sie die bizarre Lust, einfach loszulachen. Er schlug sie mit der Handfläche, und sie fühlte, wie ihre Lippe im Mundwinkel aufplatzte. Etwas rann ihr den Hals herab, und sie wusste, dass es ihr eigenes Blut war. «Dann schlag mich doch, du Ekel, schlag mich, wenn du mehr nicht fertigbringst.»

«Halt dein Maul. Ich werd dir zeigen, was ich fertigbringe», fauchte er und zog ihr die Reste ihres Nachthemds vom Leib. Dann riss er ihr die Unterwäsche herunter und fummelte in seiner Hose, bevor er sich auf sie legte. Als sein Gesicht nahe genug war, spuckte sie ihn an. Seine Antwort darauf war eine weitere Ohrfeige, die ihren Kopf in die Kissen schleuderte. Er drückte sich fest gegen sie und schob ihr sein Glied zwischen die Schenkel. Beatrice wusste nicht mehr, wie ihr geschah. Während er sich gegen ihren Unterleib presste, spürte sie nur noch Ekel und Übelkeit. Mit wütendem Grunzen zwängte er sich in sie, und es tat schrecklich weh. Er zog sich halb zurück und stieß erneut zu. Da hielt er plötzlich inne und richtete sich auf. «Was zum Teufel ist das denn?», rief er. «Du blutest ja gar nicht. Bist du wirklich noch unschuldig?»

Sie starrte ihn an. Und dann – obwohl sie wusste, dass

es das Dümmste war, was sie tun konnte – gestattete sie ihrem Mund, sich zu einem triumphierenden Lächeln zu kräuseln, das ihm zu verstehen gab, dass er nicht der Erste war. Eine Sekunde genoss sie die einzige Macht, die sie hatte – ihm genau das zu nehmen, weswegen er sie gewollt hatte.

«Du verdammtes Drecksluder!», schrie er und hob die Hand. «Hast du vor meiner Nase herumgehurt?» Er schlug so fest zu, dass ihr Kopf zur Seite geschleudert wurde. «Warum sollte ich so eine wertlose Fotze heiraten, wenn ich nicht mal der Erste bin?» Er warf sich wieder auf sie, schlug zu und fuhr dann fort mit seinem Schnauben und Pumpen. Immer wieder stieß er zu, kratzte sie und murmelte widerliche Beleidigungen. Schließlich bohrte er sich mit einem letzten Aufgrunzen in sie, zitterte und hielt inne, bevor er sich von ihr herunterrollte.

Sie weinte still. Noch immer war sie mit dem Gürtel gefesselt und fühlte sich wie ein waidwundes Tier. Am liebsten hätte sie sich zu einer kleinen Kugel zusammengerollt und in einer tiefen Höhle verborgen.

Der Graf lag auf dem Bett. Seine Nähe ekelte sie mehr als alles andere, doch sie wagte nicht, sich zu rühren. Eine Weile blieb er so liegen und starrte an die Decke, dann stand er rasch auf. Schweigend suchte er seine Kleider zusammen, zog die Hose an und verließ das Zimmer. Ihre Erleichterung war so groß, dass Beatrice zu weinen begann, obwohl sie immer noch nackt und gefesselt dalag.

Doch nur wenige Minuten später wurde die Tür wieder aufgerissen, und der Graf stand wieder vor ihr. Er hob die Hand, und mit Schrecken sah Beatrice, dass er eine riesige Axt hielt. Er betrachtete sie mit einem Blick, der ihr deutlich zu verstehen gab, dass er noch lange nicht mit ihr fertig war. Sie begriff, dass er sie jetzt töten konnte, und begann hysterisch zu schreien.

Er senkte die Axt und legte sie an ihre Wange, sodass sie das kalte Metall auf der Haut spürte. Dann packte er ihr Haar. «Halt's Maul, du Dreckssluder. Ich bring dich um, hörst du?», zischte er. Er riss an ihrem Haar, nahm eine Handvoll und begann es abzuschneiden. Die Axt drang nur schwer durch die dicken Haarmassen, doch er säbelte und schnitt und zog. Beatrice schrie und weinte, doch er fuhr fort, bis ihr Haar in dicken Strähnen auf dem Bett lag. Als er fertig war, hatte er wieder eine Erektion. Er stieg ins Bett, zerrte ihre Beine auseinander und nahm sie noch einmal.

Sie konnte nicht mehr weinen, doch sie wusste, dass er noch immer nicht mit ihr fertig war, dass er nicht fertig werden würde, solange sie lebte. Ihr Körper schmerzte, doch im Grunde war sie wie abgeschnitten von dem, was er mit ihr tat, als hätte ein Teil von ihr den Körper verlassen und würde versuchen zu retten, was zu retten war. Sie verlor jeden Zeitbegriff, sie wusste nicht, wie lange sie schon unter ihm lag, doch irgendwann schien er zum Ende zu kommen, denn er begann sie erneut zu ohrfeigen. Sie schämte sich, dass sie nicht mehr protestierte oder Widerstand leistete, doch sie konnte einfach nicht mehr. Irgendwann glaubte sie, ein Klopfen an der Tür zu hören, aber sie war nicht sicher. Der Graf hingegen hielt inne und hörte auf, sie zu schlagen.

«Was ist?», hörte sie ihn wie in weiter Ferne knurren. Beatrice wagte die Augen nicht zu öffnen, weil sie Angst hatte, sie hätte sich getäuscht und es wäre gar niemand ins Zimmer gekommen. Doch die Schläge hatten ein Ende genommen, und er stand auf und murmelte etwas.

Jemand trat ans Bett, redete beruhigend auf den Grafen

ein und führte ihn hinaus. Als Beatrice aus verschwollenen Augen zur Tür hinübersah, erkannte sie Kerstin, die besorgt zum Bett blickte. Das kleine Dienstmädchen senkte den Kopf, als der Graf und ein großer junger Mann an ihr vorbeigingen. Beatrice sah, wie sich die Tür schloss, und blickte mit klopfendem Herzen auf Kerstin. Sie wagte kaum zu hoffen, dass es vorbei wäre.

Kerstin wartete ab, bis sich die Schritte entfernt hatten. Dann wandte sie sich wieder ihrer Herrin zu.

«Kerstin», sagte Beatrice und begann zu weinen.

Das Mädchen eilte zum Bett. «Pscht», machte sie und begann den Gürtel zu lockern, mit dem Beatrice ans Bett gefesselt war. «Einmal muss ich noch ziehen», warnte sie, und Beatrice spürte, wie sich das Leder noch einmal straffte, bevor es sich löste und ihre Arme herabfielen. Sie waren so taub, dass sie weder Gefühl noch Kraft hatte, und als das Blut wieder in ihre Hände strömte, tobte der Schmerz heftig und pochend. Beschämt schloss sie die Augen, als Kerstin ein Laken über ihren misshandelten Körper breitete. Sie spürte, wie ihr ein Glas Wasser an die Lippen gehalten wurde, und trank dankbar mit aufgesprungenen Lippen. «Wo ist er?», flüsterte sie.

«Samuel, mein Verlobter, hat sich seiner angenommen. Er wird dafür sorgen, dass Sie erst einmal eine Weile Ihre Ruhe haben.»

«Danke, dass Sie den Mut hatten hereinzukommen.»

Kerstin schüttelte betrübt den Kopf. «Ihr schönes Haar», sagte sie.

Doch Beatrice schaffte es nicht, sich jetzt Gedanken um ihr Haar zu machen. Was spielte das schon für eine Rolle? Beim nächsten Mal würde er sie töten, davon war sie überzeugt.

«Sie sollten nicht allein bleiben. Gibt es jemand, der

herkommen könnte?», erkundigte sich Kerstin, während sie die Reste von Beatrices Haar in einen Kissenbezug einsammelte. Beatrice sah ihr mit leerem Blick zu.

«Vielleicht sollten wir den Arzt rufen?», schlug Kerstin bekümmert vor, doch Beatrice schüttelte nur müde den Kopf. Sie wollte niemand sehen. Sie wollte einfach nur allein sein.

Carl-Jan kämpfte gegen den unbändigen Zorn, der ihn befallen hatte, als er merkte, worum man ihn betrogen hatte. Diese verdammte läufige Hündin! Er atmete tief ein und sah, dass seine Hände zitterten. Jeder Atemzug tat weh, und er versuchte, gleichmäßig Luft zu holen, doch er war so wütend, dass sich sein Brustkorb geradezu verkrampfte. Er öffnete und schloss die Fäuste und zwang sich, die Schultern locker zu lassen. Wütend starrte er auf die Tür, die sein Stallbursche Samuel hinter ihnen geschlossen hatte. Samuel war ein guter Diener, verschwiegen und respektvoll, und Carl-Jan hatte sich von ihm wegführen lassen, obwohl er eigentlich vorgehabt hatte, sein Werk an diesem verzogenen Gör zu Ende zu bringen. Er biss die Zähne zusammen. Sein Zorn war immer noch so übermächtig, dass es ihm den Atem verschlug. Samuel drehte sich zu ihm um und betrachtete ihn. «Ich hätte dieses falsche Stück erschlagen sollen», zischte Carl-Jan. Seine Stimme war ganz heiser. Er war sich nicht sicher, ob er überhaupt schon jemals so wütend gewesen war.

«Es ist gut, dass Sie das nicht getan haben, Herr», meinte Samuel in seinem ruhigen Dalarna-Dialekt. «Das lässt sich bestimmt auch anders lösen.»

«Diese Hunde haben mich betrogen. Wilhelm Löwenström und sein Taugenichts von einem Sohn.»

Samuel murmelte etwas Beruhigendes und trat zu einem Sideboard, auf dem ein Tablett mit Karaffen stand. Er wählte eine aus, goss einen sirupdunklen Cognac ein und reichte ihn Carl-Jan, der das Glas in einem Zug leerte. Der Cognac brannte in der Kehle und in der Speiseröhre. Er schluckte ein saures Aufstoßen hinunter und hustete.

Samuel runzelte die Stirn. «Geht es Ihnen gut, Herr?»

Carl-Jan trocknete sich den Mund ab. «So geht's, wenn man die Klassen vermischt. Dieses schmutzige, stinkende Gesindel. Keiner von denen kann sich mehr blicken lassen, dafür werde ich sorgen.» Er hielt Samuel das Glas hin, um sich nachschenken zu lassen. «Und mit ihr bin ich auch noch nicht fertig, noch lange nicht.» Er wippte ungeduldig mit dem Glas, und nach kurzem Zögern goss Samuel noch einmal nach.

«Geh raus und sag Bescheid, dass man mir ein Pferd satteln soll. Ich reite nach Stockholm.» Er kippte den Cognac. Verdammt, das brannte vielleicht.

Samuel nickte und verschwand.

Um Beatrice kümmere ich mich, wenn ich zurückkomme, dachte Carl-Jan grimmig. Und dann würde er sich nicht unterbrechen lassen

*

Es klopfte an der Tür.

«Mach auf, zur Hölle!», brüllte eine Stimme von draußen.

«Ich weiß schon, wer das ist», sagte Madame Ulla Leander zu dem Mann, der als Pförtner bei ihr arbeitete und auch sonst ihre rechte Hand war. «Du kannst ihn reinlassen.»

Der Mann tat, was sie befohlen hatte. Die Tür flog auf, und Graf Rosenschöld stapfte ins Bordell.

«Graf, das ist ja ein später Besuch», sagte sie. «Womit kann ich dienen?»

Rosenschöld schwankte, und Ulla runzelte die Stirn. «Ich will heute Nacht ein eigenes Zimmer», fauchte er. «Schick mir ein paar Mädchen.» Er schob sich an ihr vorbei. «Ist Edvard hier?»

Ulla sah ihn abwartend an. Irgendetwas an seiner schleppenden Sprechweise und der angestrengten Atmung alarmierte sie. «Selbstverständlich.» Sie nickte dem Pförtner zu. «Gib ihm das blaue Zimmer. Und sag Lena, sie soll hochgehen.» Dann wandte sie sich wieder an den Grafen. «Edvard ist oben. Aber ich will keinen Streit haben. Soll ich ihm Bescheid geben?»

«Ich gehe selbst hoch. Sorg du nur dafür, dass die Huren da sind.»

Ulla beschloss, ein paar erfahrene Mädchen auszusuchen. Und sie würde dafür sorgen, dass jemand die Sache im Auge behielt. Als er Graf letztes Mal in dieser Laune hier aufgekreuzt war, war er mehrere Tage in ihrem Bordell geblieben. Sie würde die Mädchen in regelmäßigen Abständen austauschen müssen, damit sie nicht auf Wochen arbeitsuntauglich wären. Resigniert schüttelte sie den Kopf. Der Graf und sein sadistischer junger Freund gehörten nicht zu ihren Lieblingskunden. Auch nicht zu denen ihrer Mädchen.

«Und sorg dafür, dass ein paar Erfrischungen hochgeschickt werden», rief der Graf im Gehen noch über die Schulter.

In Ullas Augen hatte der Graf für diesen Abend wohl bereits genug Erfrischungen genossen, doch man wurde bestimmt nicht die erfolgreichste Puffmutter Stockholms, indem man die Wünsche seiner Kunden hinterfragte. Und das Leben hatte sie gelehrt, nicht wählerisch zu sein. «Ich bitte Lena, dass sie ein paar Getränke mit hochnimmt», versprach sie.

«Jetzt werde ich mich erst einmal ein bisschen mit Edvard unterhalten», verkündete der Graf und wandte sich zur Treppe.

«Graf?», sagte Ulla mit vielsagender Stimme.

«Verdammt, was ist denn noch?»

Ulla hob nur wortlos die Augenbrauen. Fluchend zückte der Graf ein Bündel Geldscheine und warf es ihr zu. Sie fing es mit einer Hand auf, musterte das Bündel und sah dann wieder ihn an. «Lena kommt sofort. Ich sage ihr, dass sie noch ein paar Mädchen mitbringen soll.»

32

Gut Rosenholm
Februar 1882

»Beatrice, mein liebes Kind», rief Karin Hielm. «Wie geht es dir?» Sie eilte in Beatrices Schlafzimmer, zog sich einen Stuhl ans Bett und versuchte, ihr Entsetzen zu verbergen.

Beatrices Mund war wund, die Lippen gesprungen und ausgetrocknet. Ihr Gesicht war völlig zerschlagen, schwarze Blutergüsse und Schwellungen verzerrten ihre Züge. Sie hatte schreckliche Male am Hals und konnte nur mit gequälten Atemzügen Luft holen. Ihre Arme lagen auf der Decke. Sie waren übersät mit blauen Flecken, und an den Handgelenken sah man feuerrote Wundmale. Die körperlichen Verletzungen waren schon schrecklich, doch am schlimmsten waren Beatrices Augen. Der sonst so lebendige, intelligente Blick war nur noch leer.

Vor nicht einmal drei Tagen hatten sie sich noch auf der Hochzeit gesehen, dachte Karin verzweifelt, doch heute war Beatrice bis zur Unkenntlichkeit verändert. Der Körper würde sicher heilen – aber der Rest ... Sie kämpfte mit ihren Schuldgefühlen. Im Sommer hatte sich Beatrice hilfesuchend an Hjalmar und sie gewandt, doch sie hatten sie im Stich gelassen. Sie, die sich als ihre Freunde bezeichneten, hatten sie allein gelassen, als sie sie am meisten brauchte. Und jetzt musste Beatrice den Preis dafür bezahlen. Karin hielt sich die Hand vor den Mund, um ihr Schluchzen zu unterdrücken. Warum hatte man sie nicht früher geholt?

Behutsam strich sie Beatrice eine kurze Strähne aus der Stirn. Das hier war wirklich viel, viel schlimmer, als sie gedacht hatte. Schlimmer, als sie es sich jemals hätte vorstellen können. Und ihr Mann und sie hätten es verhindern können.

«Wie bist du hergekommen?», fragte Beatrice tonlos.

Karin schob Selbstmitleid und Schuldgefühle beiseite. «Dein Stalljunge Samuel ist gekommen und hat mich abgeholt», sagte sie. «Ich glaube, deine Dienstboten machen sich Sorgen um dich. Kerstin hat mir erzählt, dass du weder richtig isst noch trinkst.» Ihre Stimme versagte ihr den Dienst. «Was hat er mit dir gemacht?», flüsterte sie.

Karin hatte oft den Eindruck gehabt, dass es Beatrice bei Harriet und Wilhelm nicht gut erging. Oft hatte ihr wegen dieses elternlosen Mädchens das Herz wehgetan, doch niemals war die Lage so schlimm gewesen wie jetzt. Beatrice sah einfach schrecklich aus, zerschlagen und gebrochen. Und ihr Haar … Karin schüttelte den Kopf und betrachtete die junge Frau. Der Blick, dem sie begegnete, war wie verdorrt – keine erlösenden Tränen, keine Gefühle, die sie teilen wollte, nur eine bodenlose Leere.

Karin war sich noch nie so hilflos vorgekommen. «Willst du lieber allein sein?», fragte sie unsicher.

Fast unmerkliches Schulterzucken von Beatrice.

Als es leise an der Tür klopfte, drehte Karin sich um. Das Dienstmädchen sah herein. «Brauchen Sie etwas?», erkundigte es sich.

«Können Sie wohl jemand nach Stockholm schicken?», fragte Karin. «Ich muss Kontakt mit meinem Mann aufnehmen.»

«Ich werde Samuel bitten, dass er herkommt», versprach Kerstin. «Er kann einen Brief überbringen.» Mit einem letzten besorgten Blick auf ihre Herrin zog sie die Tür leise wieder hinter sich ins Schloss.

Karin wandte sich wieder Beatrice zu.

«Mein liebes Kind. In ein paar Stunden werden wir mit meinem Mann reden. Hjalmar weiß sicher, was zu tun ist.» Dann verstummte sie. Warum sollte Beatrice ihnen jetzt vertrauen? Sie hatten sie ja schon einmal so schrecklich verraten.

«Ich wollte dich nicht erschrecken», sagte Beatrice mit brüchiger Stimme.

«Ich wünschte nur, ich könnte dir irgendwie helfen», antwortete Karin. Ungelenk tätschelte sie Beatrices Hand, doch die erstarrte bei der Berührung und zog die Hand zurück.

Bestürzt sah Karin sie an, doch Beatrice drehte den Kopf weg und blickte auf die Wand. «Du bist nett», sagte sie schwach. «Aber ich kann es im Moment nicht ertragen, dass mich jemand anfasst.»

«Ach, mein liebes Kind, das ist alles so schrecklich», flüsterte Karin. «Versuch, nicht dran zu denken.»

«Ich bin so müde, aber ich kann nicht schlafen», flüsterte Beatrice. «Sobald ich einschlafe, ist er wieder da.»

«Ich bleibe hier neben dir sitzen», versprach Karin. «Ich werde Mary und Sofia schreiben, aber ich werde die ganze Zeit hier sitzen bleiben. Vielleicht hilft dir das ja ein bisschen.»

Beatrice schloss die Augen. Karin betrachtete sie, bis die ruhigen Atemzüge ihr verrieten, dass sie schließlich doch eingeschlafen war.

*

Rosenschöld lag neben zwei erschöpften Huren und schnarchte lautstark. Edvard saß auf einem Sessel daneben und rauchte mit glasigem Blick. Die zwei Mädchen im Bett gehörten zu den routiniertesten Huren des Bordells, doch der Graf war so grob mit ihnen umgesprungen, dass Ulla Leander am Schluss dazwischengegangen war.

Ihre Orgie dauerte jetzt schon zwei Tage. Ständig kam wieder Nachschub an Mädchen, Alkohol und Opium. Rosenschöld hatte außerdem eine braune Flasche dabei, aus der er sich in regelmäßigen Abständen großzügig bediente. Entweder musste man jedes Mal aufs Neue eine Dosis des Potenzmittels nehmen, oder der gute Graf näherte sich langsam einer Überdosis, dachte Edvard und grinste breit.

Er war eigentlich zur Trauung nach Stockholm gekommen, hatte jedoch einsehen müssen, dass in dieser Stadt niemand mehr etwas von ihm wissen wollte, und so war er auch nicht zur Zeremonie erschienen. Die Geschichte mit Emelie von Wöhler war nicht vergessen. Ihre große Schwester Leonite war eilig verheiratet worden, und dann waren die Eltern wieder nach Deutschland gezogen. Doch man grenzte ihn noch stärker aus als vorher. Ich muss wirklich mal gründlich über meine Zukunft nachdenken, überlegte Edvard. Er nahm einen tiefen Zug von seiner Zigarre und betrachtete nachdenklich den nackten schnarchenden Mann. Der Graf war höchst erzürnt gewesen über den Verlauf seiner Hochzeitsnacht, und Edvard ahnte, dass er sich vom Ehemann seiner Cousine Beatrice nicht mehr viel zu erhoffen hatte.

Er beugte sich vor und nahm das braune Fläschchen vom Nachttisch. Nachdenklich wog er es in der Hand. Dann goss er einen ordentlichen Schuss in den Becher mit Branntwein, den Ulla schon vorhin mit einer großzügigen

Dosis Schlafmittel versetzt hatte. Sie behauptete, es gebe Grenzen für die Prügel, die ihre Mädchen aushalten konnten, und als der Graf sich geweigert hatte, die Dinge ruhiger angehen zu lassen, hatte sie ihm Laudanum verabreicht. Edvard zuckte mit den Schultern. Wahrscheinlich auch egal. Ulla kassierte extra, wenn eine der Huren einen dauerhaften Schaden erlitt, und er war blank. Er goss noch einen Schluck nach.

Da begann sich der Graf wieder zu rühren. Eines der Mädchen stöhnte, und Edvard betrachtete sie. Nein, die sah nicht aus, als wäre sie verletzt. Das Mädchen schluchzte leise, und Edvard lächelte. Wahrscheinlich hätte der eine oder andere seine Meinung nicht geteilt.

Der Graf erwachte und sah ihn aus benebelten Augen an.

Der verdammte Hurenbock. Rosenschöld hatte ihn nach allen Regeln der Kunst ausgescholten, als er kam. Edvard runzelte die Stirn, er konnte sich nicht mehr genau erinnern, wann das eigentlich gewesen war. Auf jeden Fall hatte der Graf herumgeschrien, Beatrice sei gar nicht mehr unschuldig gewesen, und das sei alles die Schuld der Löwenströms. Da musste sie wohl doch dieser Norweger als Erster gefickt haben. Schade, dass er es nicht vorher gewusst hatte, dann wäre er in Göteborg nicht so verdammt feinfühlig aufgetreten, dachte er und lachte.

«Was zum Teufel ist hier passiert?», fragte der Graf mit rasselnder Stimme.

Edvard musterte ihn. Sein Gesicht war rot und verschwitzt, und sein Husten klang immer schlimmer.

Lächelnd beugte Edvard sich vor, griff nach dem Becher mit dem Gemisch aus Branntwein, Laudanum und der Tinktur aus dem braunen Fläschchen und reichte ihn dem Grafen. «Hier, trink noch ein wenig», schmeichelte er.

Der Graf schüttelte benommen den Kopf. «Es geht mir schlecht. Ich will Wasser.»

«Trink erst das hier ganz aus, dann klingle ich nach Wasser.» Er drückte dem älteren Mann den Becher in die Hand. Der Graf sah ihn an, und Edvard nickte ihm beruhigend zu. Er rang sich sogar ein warmes Lächeln ab. Daraufhin nahm der Graf den Becher und trank ihn aus. Er musste husten.

«Leg dich hin, Rosenschöld, du siehst wirklich mitgenommen aus.»

Edvards Blick fiel auf eines der Mädchen im Bett, das ihn aufmerksam beobachtete. Er lächelte grausam. «Komm her», befahl er.

Madame Ulla Leander war schon länger in diesem Geschäft tätig als die meisten anderen, daher wusste sie, dass es sich wohl kaum um einen Höflichkeitsbesuch handelte, als am nächsten Tag der grimmige, gutgekleidete Herr vor ihrer Tür stand.

«Sie wissen, wer ich bin, nicht wahr?», fragte er.

Ulla begrüßte den einflussreichen Landeshauptmann. Hjalmar Hielm war ein Mann, der ihr durchaus Probleme bei ihrer Tätigkeit machen konnte, wenn ihm der Sinn danach stand.

«Es geht um Rosenschöld, nicht wahr?», fragte sie. «Er ist im Obergeschoss.» Sie ließ ihn eintreten. «Ich führe Sie hoch.»

Sie gingen an mehreren geschlossenen Türen vorbei, wobei sie die Geräusche ignorierten, die aus den Zimmern drangen. Schließlich blieb Ulla vor der richtigen Tür stehen. Drinnen war es still, und der Landeshauptmann gab ihr mit einem Nicken zu verstehen, dass sie die Tür öffnen sollte. Mit dem Vorgefühl einer Katastrophe drückte Ulla die Klinke nieder. Ein stickiger Gestank nach Alkohol, Opium und Körperflüssigkeiten schlug ihnen entgegen, als sie die Tür öffnete.

«Oh mein Gott», hörte sie den Landeshauptmann murmeln. Edvard saß in einem Sessel, zu seinen Füßen lag ein weinendes Mädchen. Er sah Ulla und den Landeshauptmann benebelt an. Im ungemachten Bett lag der Graf, nackt, mit geschlossenen Augen und offenem Mund. Sein Atem ging rasselnd und unregelmäßig. Ein Mädchen musterte sie stumm. Sie lag neben dem Grafen, war ans Bett gefesselt und übersät mit roten Peitschenstriemen. Der Graf hustete, und aus seinen Lungen drang ein unschöner Laut.

«Großer Gott», sagte der Landeshauptmann.

«Ich habe nichts getan, ich schwöre», schluchzte das Mädchen neben ihm. «Der Graf hat einfach plötzlich angefangen, so zu husten.»

Ulla sah den leeren, umgestürzten Becher auf dem Nachttisch. Den muss ich so schnell wie möglich da wegräumen, beschloss sie. Niemand durfte von dem Laudanum erfahren.

Der Landeshauptmann sah sich in dem stinkenden Raum um. «Räumen Sie das Zimmer auf und entfernen Sie die Flaschen», ordnete er an. «Und dann holen Sie einen Arzt», fügte er mit einem Blick auf die zwei weinenden Mädchen hinzu. «Für den Grafen, aber auch für sie.»

Ulla rief einen Befehl auf den Korridor, dann ging sie zum Bett und knotete die Riemen auf, mit denen das zweite Mädchen gefesselt war. Es stöhnte vor Schmerzen. Da ertönte ein Lachen von Edvard.

«Sei still, Edvard!», rief der Landeshauptmann. Mit angewidertem Gesichtsausdruck betrachtete er den jungen Mann, den er zu kennen geglaubt hatte. Edvard verstummte, aber immer noch kräuselte ein leichtes Lächeln seine Lippen.

«Der Graf war völlig außer sich, als er kam», erzählte Ulla, während sie die Flaschen und Gerätschaften aufsammelte, die über den ganzen Boden verteilt waren. Die geprügelten Mädchen verließen das Zimmer, nachdem man ihnen beim Ankleiden geholfen hatte. «Aber ich fand nicht, dass er irgendwie krank aussah», fuhr sie fort. «Wer hätte so etwas ahnen können?»

Der Graf holte rasselnd Luft, und Edvard begann wieder zu lachen. Der Landeshauptmann wandte sich zu ihm um. «Edvard», sagte er schockiert. «Was ist eigentlich mit dir los?»

«Reg dich nicht auf, ist doch nichts passiert», nuschelte Edvard und winkte ab.

Hjalmar umfasste den Raum mit einer Geste. «Verstehst du denn nicht, wie falsch das hier ist?», sagte er. «Ich hatte ja keine Ahnung, dass du solche Dinge treibst. Und weißt du, was man von dir und Emelie von Wöhler erzählt? Ich habe mich ja geweigert, es zu glauben. Aber es ist wahr, oder? Dass du ihr ein Kind gemacht hast und sie dann hast sterben lassen?» Hjalmar schüttelte den Kopf. «Ich habe nie geglaubt, dass du wirklich in diese Sache verwickelt warst, damals in der Schule, aber jetzt … Edvard, du bist krank.»

«Der Arzt ist unterwegs», erklärte Ulla. Der Landeshauptmann verstummte, doch er bedachte Edvard mit einem Blick, der dem jungen Löwenström sagte, dass er noch nicht mit ihm fertig war.

Als der Arzt kam, war das Zimmer im Großen und Ganzen wieder aufgeräumt. Er trat ans Bett, fühlte den Puls des Grafen und schüttelte den Kopf. «Er ist bewusstlos, und ich sehe Schwellungen. Ich muss ihn zur Ader lassen.» Mit diesen Worten nahm er seine Instrumente aus der Tasche.

«Wird er durchkommen?», fragte Ulla.

Der Arzt zuckte mit den Schultern. «Ich tue, was ich kann», erwiderte er kurz. «Dann müssen wir abwarten.»

Doch das Herz des Grafen schaffte es nur noch ein paar Stunden, dann starb Rosenschöld mit einem letzten rasselnden Atemzug, ohne das Bewusstsein wiedererlangt zu haben. Eine hellrote Flüssigkeit rann ihm aus dem Mund, und Gestank machte sich im Zimmer breit.

«Es ist vorbei», stellte der Arzt fest, während er ihm ein Laken über das fast violette Gesicht zog. «Schicken Sie nach einem Leichenträger», befahl er und verließ das Zimmer, um nun die verletzten Mädchen zu untersuchen. Ulla und der Landeshauptmann gingen nach unten.

Hjalmar fand Edvard an einem Tisch mit einer Flasche Branntwein. Er zog sich einen Stuhl heraus und nahm ihm gegenüber Platz.

«Der Graf ist tot. Du kannst nicht mehr in Stockholm bleiben», begann er. «Nicht jetzt.»

«Glaubst du etwa, ich bin schuld an seinem Tod?»

Hjalmar schüttelte über Edvards Ton den Kopf. Er hatte den jungen Mann immer als netten, lustigen Jungen betrachtet und schämte sich, als er nun einsehen musste, wie sehr er sich getäuscht hatte. «Weißt du überhaupt, was er mit Beatrice gemacht hat?», fragte er ernst.

Edvard streckte die Hand nach der Branntweinflasche aus. «Das hat sie sich alles selbst zuzuschreiben», meinte er gleichgültig. «Und da der Alte jetzt tot ist, ist meine Cousine auch nicht mehr nützlich.» Er leerte das Glas in einem Zug und wischte sich den Mund ab. «Tja, der Plan ist wirklich gründlich in die Binsen gegangen, das muss man schon sagen.»

Hjalmar starrte ihn an. «Wusstest du, dass er sie schlagen würde?»

«Um solche Dinge haben Papa und ich uns nie gekümmert. Und du scheinheiliger Dreckskerl brauchst jetzt auch nicht so zu tun, als hättest du dich darum gekümmert, weder um den Grafen noch um meine Cousine. Das war schon in Ordnung, dass der diesen Becher geleert hat.»

Hjalmar betrachtete ihn angeekelt. «Du hast dich für so einiges zu verantworten», stellte er fest. «Egal, ob du zum Tod des Grafen beigetragen hast oder nicht. Aber in diesem Fall werde ich Stillschweigen bewahren. Keiner hat etwas davon, wenn dieser Vorfall öffentlich gemacht wird.» Hjalmar stand auf. Er wollte nur noch fort von diesem menschenverachtenden Ort. «Sieh zu, dass du Stockholm verlässt», warnte er. «Geh ins Ausland und bleib dort. Ich will gar nicht wissen, wohin du fährst. Wenn du deinen Fuß jemals wieder auf Stockholmer Boden setzt, werde ich nicht umhinkommen, Ermittlungen über den Tod des Grafen einzuleiten.» Das war eine leere Drohung, das wusste er sehr gut. Diese ganze widerliche Affäre würde er nicht mal mit der Kneifzange anfassen. Seiner Meinung nach hatte der Graf sich selbst zu Fall gebracht und war Opfer seines unsittlichen Benehmens geworden. Eine Ermittlung würde nur Beatrice schaden. Er hatte sie einmal verraten, jetzt wollte er sie zumindest vor einem Skandal schützen.

«Dann musst du mir Geld geben», verlangte Edvard.

Hjalmar senkte müde den Kopf. «Das ist das Letzte, was ich jemals für dich tun werde», antwortete er. «Das Letzte.»

*

«Sie weigert sich, mit zu uns zu kommen, aber sie kann doch nicht allein hierbleiben. Hjalmar ist am Boden zerstört, weil er ihr damals nicht geglaubt hat. Und ich mache mir solche Sorgen», flüsterte Karin Miss Mary zu. «Können Sie ihr nicht gut zureden? Sie hat Ihnen doch immer vertraut, nicht wahr?»

Mary Highman betrachtete die stille Gestalt im Bett und schüttelte bekümmert den Kopf. «Auf mich hört Beatrice genauso wenig, ich habe auch schon versucht, ihr ...»

«Hört auf zu flüstern. Ich bin doch kein Kind», fauchte Beatrice. Sie stemmte sich von ihrem Kissen hoch. «Ihr braucht meine Zukunft nicht zu planen, ich brauche eure Hilfe nicht. Ich komme ganz wunderbar ohne euch zurecht.»

Besorgt wechselten Mary und Karin einen Blick. Das leere Starren und die Stummheit der ersten Woche waren einem unberechenbaren Zorn gewichen. Sie hatten keine Ahnung, wie sie mit ihr umgehen sollten.

«Sofia kommt heute, das wird bestimmt schön», bemerkte Karin in gespielt munterem Ton.

Beatrice wandte sich ab. «Ich bin müde, lasst mich in Frieden.»

Karin hob die Hand, um ihr über die Wange zu streichen, hielt jedoch inne, als Beatrice sichtlich erstarrte. Noch immer durfte sie niemand anfassen.

«Wie lange soll das noch so weitergehen?», fragte Karin leise, als sie mit Mary das Zimmer verließ. «Der Alte ist tot und begraben ...» Sie bekreuzigte sich kurz. «... Die finanziellen Fragen sind geregelt, und die blauen Flecken sind verschwunden. Sollte sie sich mittlerweile nicht erholt haben?» Sie schüttelte den Kopf. «Manchmal habe ich fast Lust, sie zu packen und zu schütteln, um ihr irgendeine

Reaktion zu entlocken. Und ihr Haar ... Es ist einfach ein Jammer. Das arme Kind.»

«Es wäre besser, wenn sie weinen könnte», meinte Mary. «Wenn sie nicht im Bett liegt und in die Luft starrt, läuft sie im Haus herum wie ein Gespenst. Wussten Sie, dass sie all ihre Kleider verschenkt hat? Alles, was *er* und Wilhelm ihr jemals geschenkt haben.» Mary rang die Hände. «Aber sie kauft sich auch nichts Neues, sie läuft einfach nur in diesen alten Lumpen herum.»

Karin nickte bekümmert, während sie den Flur überquerten. «Gestern hat sie mit Hjalmar gesprochen. Sie hat ihn gebeten, die Verhältnisse in den Fabriken des Grafen unter die Lupe zu nehmen, um sich zu vergewissern, dass es den Arbeitern gutgeht.»

Karin zuckte mit den Schultern. «Dagegen ist an sich ja nichts zu sagen, aber sie kümmert sich mehr um die Mädchen in den Fabriken als um sich selbst, das ist doch nicht gesund.»

Sie öffnete die Tür zum Salon und klingelte. Kerstin erschien, und Karin bat sie freundlich um ein wenig Tee, bevor sie sich wieder dem Gespräch mit Mary zuwandte. «Hast du von den früheren Frauen des Grafen gehört?», fragte sie.

«Ja», sagte Mary. «Wie es aussieht, hat Beatrice ja sogar noch Glück gehabt.»

«Wir können nur hoffen, dass Sofias Besuch sie etwas aufheitert.»

Nachdem Mary und Karin gegangen waren, sah sich Beatrice teilnahmslos in dem Zimmer um, das sie jetzt als Schlafzimmer nutzte. Das große Schlafzimmer hatte sie verriegeln lassen, das grüne Eisenbett war abgebaut worden. Trotzdem war ihr, als könnte sie immer noch die ekelhafte Gegenwart des Grafen in den Wänden spüren.

Sie war angezogen und dachte, dass sie wohl aufstehen und irgendetwas tun sollte – aber was? Ihr kam alles so sinnlos vor. Die hässlichen Wunden und Blutergüsse im Gesicht waren verblasst, ihre Kehle schmerzte nicht mehr beim Schlucken, und es hatte auch aufgehört, da unten wehzutun – doch es schien, als könnte sie innerlich einfach nicht heilen.

Müde rieb sie sich die Augen. Sie brannten, weil sie schon so lange nicht mehr richtig geschlafen hatte. Eigentlich sollte sie dankbar sein, dachte sie. Sie hatte die Misshandlungen überlebt, sie war nicht schwanger, und er war weg – für immer weg. Sie wusste, dass die anderen, Mary und Karin, vielleicht auch Kerstin, der Ansicht waren, dass sie aufstehen und sich um das Anwesen kümmern sollte, doch sie konnte sich zu nichts aufraffen.

«Bea?», kam es leise von der Tür.

«Guten Tag, Sofia», antwortete sie gedämpft.

Sofia ergriff ihre Hand, und Beatrice zwang sich, sie ihr zu lassen. «Liebe Bea, komm doch zu Johan und mir und wohne bei uns. Ich kann es einfach nicht mit ansehen, wie du so vor die Hunde gehst», bat Sofia.

«Rosenholm ist jetzt mein Zuhause», erwiderte Beatrice und zog die Hand nun doch zurück. «Warum versteht das denn keiner? Immer wollt ihr euch alle einmischen.»

Als ob sie bei Sofia und ihrer sorgenfreien Familie wohnen wollte. Warum sollte sie sich in eine Ecke setzen und zusehen, wie Johan und Sofia durch ihr perfektes Leben schwebten? Wenn sie nur diesen lähmenden Schrecken überwinden konnte, würde es ihr gelingen, auf dem Gut zu bleiben. «Wenn das das Einzige war, worüber du mit mir reden wolltest, dann geh jetzt lieber», fügte sie boshaft hinzu.

Sofia biss sich auf die Lippe. «Entschuldige, Bea, ich wollte dich nicht aufregen. Ich werde von etwas anderem reden, wenn ich bleiben darf. Ich habe Fredrik mitgebracht, er ist unten bei Mary. Soll ich ihn holen?»

Beatrice wollte nicht noch mehr Beweise für Sofias glückliches Leben sehen, doch sie verbiss sich die Antwort. Was geschehen war, war schließlich nicht Sofias Schuld. Es war niemandes Schuld. Nur ihre eigene.

Am nächsten Morgen erwachte Beatrice wie immer früh. Seit jener Nacht wurde sie im Traum regelmäßig von Erinnerungen und bösen Gedanken heimgesucht. Oft wachte sie schreiend auf, weil sein Keuchen und Grunzen gar so wirklich war. Diese Eindrücke wollten einfach nicht verblassen, sie kamen Nacht für Nacht wieder. Wenn sie wach war, gelang es ihr, sich diese Erinnerungen vom Leib zu halten. Dann quälten sie stattdessen andere Erinnerungen – die bittersüßen Erinnerungen an Seth, an einen Nachmittag voller Leidenschaft und seinen Verrat.

Sie hätte ihn hassen müssen, das wusste sie, und ein Teil von ihr tat das auch. Doch sie fragte sich trotzdem, wie es mit Lily und ihm wohl stand. Ob sie schon verheiratet waren und demnächst Kinder bekommen würden. Wenn sie so weitermachte, würde sie bald den Verstand verlieren.

Sie blieb noch eine Weile im Bett liegen und horchte auf die Geräusche des Hauses, während sie aus dem Fenster blickte. Die Gardinen flatterten, und sie hörte das Tropfen des tauenden Schnees. Wo war nur die Zeit geblieben? Wie war es möglich, dass schon wieder Frühjahr war?

Unten auf dem Hof kicherten zwei Mägde, und plötzlich sehnte sie sich danach, nach draußen zu gehen. Sie zog sich ohne Hilfe an und ging entschlossen ins Frühstückszimmer.

«Guten Morgen, Mary», sagte sie und goss sich Kaffee aus der silbernen Kanne ein.

«Guten Morgen», antwortete ihre Gesellschafterin, ohne dass ihre Miene verriet, ob sie überrascht war, dass Beatrice ihr Bett verlassen hatte.

Beatrice kostete den Kaffee. Heiß und stark. Dann griff sie nach der Post. Wie lange war die eigentlich schon liegen geblieben? Zerstreut überflog sie einen Brief. Und dann runzelte sie die Stirn. «Was ist das denn?», fragte sie verblüfft. Sie sah das Kuvert an und las die Adresse.

«Sieht aus wie ein Brief für mich», erwiderte Mary ruhig und streckte die Hand nach dem Schreiben aus. «Das muss versehentlich in deine Post geraten sein.»

Beatrice sah ihr in die Augen, ohne ihr den Brief zu geben. In ihr begann es zu pochen. «Stimmt es, dass Olav Erlingsen dir angeboten hat, nach Norwegen zu ziehen, um ihm beim Aufbau einer Mädchenschule zu helfen?», fragte sie. «Eine Schule, die du ganz allein gestalten dürftest? In der Mädchen unterrichtet werden sollen, die vorher nie zur Schule gehen konnten?»

Mary schwieg.

Beatrice blickte auf den Briefbogen. «Das sieht mir nämlich ganz so aus. Aber seltsamerweise scheint es, als hättest du abgelehnt. Warum, wenn man fragen darf?»

«Das ist meine private Korrespondenz», wich Mary aus. «Bitte gib mir den Brief.»

Ungläubig wedelte Beatrice ihrer Gesellschafterin mit dem Schreiben vor der Nase herum. «Ich kenne dich, Mary, normalerweise würdest du einen Mord für so eine Gelegenheit begehen. Warum hast du abgelehnt?»

Und da verstand sie plötzlich. «Es ist wegen mir, stimmt's? Du glaubst, ich komme ohne dich nicht zurecht, nicht wahr?» Wütend warf sie den Brief auf den Tisch, stellte schnaubend die Kaffeetasse ab und verließ das Zimmer.

Bekümmert sah Mary ihr nach, dem zornigen Rücken und dem schmutzigen Haar, das immer noch niemand anrühren durfte. Mit zitternder Hand hob sie ihre Tasse. Die Dinge liefen nicht so, wie sie sollten.

In der Nacht lag Beatrice wach und grübelte. Das ist einer der Vorteile, wenn man nicht schlafen kann, dachte sie, man hat so viel Zeit zum Nachdenken. Als der Morgen graute, hatte sie einen Entschluss gefasst. Rasch zog sie sich an.

«Ich bitte um Entschuldigung, dass ich deinen Brief gelesen habe, und es tut mir leid, dass ich gestern so unfreundlich war», sagte sie zu Mary, als sie ins Frühstückszimmer kam.

«Wie geht es dir heute?», erkundigte sich Mary, die die Entschuldigung mit einem Nicken angenommen hatte. Beatrice setzte sich und ließ sich Kaffee servieren.

«Ich kann nicht zulassen, dass du dir so eine Gelegenheit entgehen lässt», kam Beatrice gleich zum Thema.

«Du bedeutest mir mehr als ...», begann Mary zu protestieren, doch Beatrice schüttelte den Kopf und fiel ihr ins Wort.

«Ich habe mich entschieden», erklärte sie. «Du bekommst einen letzten Lohn von mir. Und ich würde Olav Erlingsen und dir gerne einen Beitrag zu eurer Schule geben. Ich will dich nicht mehr als Gesellschafterin.» Sie hob die Tasse an die Lippen. «Das bedeutet sozusagen, dass ich dich hinauswerfe», fügte sie hinzu. «Selbstverständlich werde ich dir ein hervorragendes Zeugnis ausstellen, und ich würde mich freuen, wenn wir Freundinnen blieben, aber im Moment solltest du wohl wirklich lieber nach Norwegen fahren.»

«Ich lasse dich nicht allein, ich bleibe hier. Du brauchst mich nicht zu bezahlen, aber ich lasse dich nicht allein», beharrte Mary.

Beatrice lächelte. Vorsichtig stellte sie ihre Tasse auf die Untertasse. «Ich werde nicht auf Rosenholm bleiben. Ich habe Samuel nach Stockholm geschickt, damit er den Landeshauptmann noch heute herholt. Hjalmar soll mir helfen, Rosenholm zu vermieten oder zu verkaufen.» Sie spielte mit den Fingern an ihrer Tasse und sah aus dem Fenster. Sie wusste, dass sie nie wieder hierher zurückkommen würde. «Ich werde nach Frankreich reisen», erklärte sie. Mary sah sie an, als wäre sie verrückt geworden. Vielleicht war sie das, aber sie konnte einfach nicht hierbleiben. «Vivienne de Beaumarchais hat mir mehrfach geschrieben und mich gebeten, sie in der Normandie zu besuchen», fuhr sie fort. «Sie hat mich eingeladen, den Sommer bei ihr zu verbringen.» Sie glättete ihr schlichtes Kleid und stellte fest, dass es schmutzig war. Es wurde wohl Zeit, etwas anderes anzuziehen, dachte sie. «Anfang April reise ich ab, ich brauche eine Luftveränderung. Ich weiß, dass du dir Sorgen machst, aber wenn du etwas für mich tun willst, dann fahr nach Norwegen. Du kannst mir nicht die Schuld dafür geben, dass du auf deine Träume verzichtest, das musst du verstehen.»

Mary betrachtete sie lange, bis sie schließlich zu einer Entscheidung kam. «Gut. Ich fahre nach Norwegen, wenn du mir versprichst, dass du regelmäßig schreibst.»

Beatrice nickte. «Abgemacht.»

33

Château Morgaine, Normandie, Frankreich
September 1882

«Weißt du, wenn mich jemand fragen würde, wie das Paradies aussieht, dann würde ich sagen: Genau so sieht es aus.» Beatrice wies mit der Hand auf die fruchtbare normannische Landschaft, die sich vor ihnen ausbreitete. Schwarzbunte Kühe grasten auf den Weiden, und die Septemberluft war gesättigt mit dem Duft von Lavendel und Thymian.

«Und du wärst der schönste Engel des Paradieses, *chérie*», sagte der schwarzhaarige Mann, der auf dem Pferd neben ihr saß. Er nahm ihre Hand und führte sie an die Lippen.

Lächelnd zog Beatrice die Hand zurück. «Versuch nicht, mich schon wieder abzulenken, Alexandre.» Sie zeigte auf einen Hügel. «Wollen wir sehen, wer zuerst an dem Hügel dort ist?»

«Ist das denn nicht zu weit für dich? Du reitest im Damensattel», meinte Prinz Alexandre St. Cyr D'Aubigny.

Beatrice lachte laut auf und trieb ohne jegliche Vorwarnung ihr Pferd zum Galopp. Sie genoss es, die unmittelbare, explosive Kraft unter sich zu spüren. Mit einem Jubelschrei folgte Alexandre, und gemeinsam donnerten sie über die Wiese.

Am Nachmittag ruhten sich Vivienne und Beatrice unter einem großen Sonnensegel aus, das man zwischen den

Apfelbäumen gespannt hatte. Vivienne steckte sich eine Traube in den Mund und betrachtete Beatrice, die mit geschlossenen Augen auf einem Kissen ruhte. Überall auf der Wiese lagen Orientteppiche und weiche Kissen, auf niedrigen Tischen standen Obstschalen, Käseplatten und mit Puderzucker bestäubte Süßigkeiten. Beatrice seufzte träge, und Vivienne lächelte ihrer entspannten Freundin zu.

Sie hatten ein ereignisreiches halbes Jahr miteinander verbracht, dachte Vivienne. Sie hatte Beatrice im April am Bahnhof von Paris abgeholt und sofort gesehen, dass sich eine Katastrophe ereignet haben musste. Die Schwedin war so mager und hohläugig, dass Vivienne erschrak.

Dann waren die beiden plaudernd nach Rouen weitergefahren und von dort zu Viviennes Schloss, Château Morgaine. Sie hatten sich über das Wetter unterhalten, über Stockholm und Frankreich, doch nicht über das, was Beatrice widerfahren war. Auf der Fahrt blickten sie hinaus ins frühlingshafte Grün und stellten dabei fest, dass die Verwandtschaft von Beatrices Mutter ganz in der Nähe gewohnt hatte. Sie waren sich einig, dass es sich dabei um einen bemerkenswerten Zufall handelte und die Welt doch klein war – aber noch immer hatten sie mit keinem Wort über Beatrices traurigen Zustand gesprochen.

Wahrscheinlich hatte Beatrice geglaubt, dass sie ihr Trauma einfach mit sich allein ausmachen konnte. In Schweden war sie von ihren erschütterten Freunden ja auch in Frieden gelassen worden. Doch als die sonnigen normannischen Tage langsam den Frühsommer ankündigten, hatte Vivienne ihr behutsam, aber hartnäckig die ganze Geschichte entlockt.

Und was war das für eine traurige Geschichte!

In Schweden hatte keiner begriffen, was Beatrice am allermeisten brauchte, dachte Vivienne. Ihre Freunde hatten es nicht vermocht, sich ihre Geschichte in allen beschämenden Details anzuhören, keiner hatte es gewagt, mit ihr durch diesen Schmerz zu gehen. Doch Vivienne war aus hartem gallischem Holz geschnitzt. Ihre Familie hatte seit Christi Geburt Krieg, Folter, Hungersnöte und Krankheiten überlebt, und Vivienne war weiß Gott mit dem Elend vertraut, das eine junge Frau in einer arrangierten Ehe ereilen konnte. Daher hatte sie es gewagt, all die unangenehmen Fragen zu stellen, und sie hatte auch die unangenehmen Antworten ausgehalten. Sie hatte die Kraft besessen, mit Beatrice die immer noch lebendigen Qualen zu durchleben, und am Ende hatte Beatrice endlich angefangen zu reden. Und zu weinen. Wie der Eiter aus einer Wunde quillt, so waren die Worte und Tränen aus Beatrice hervorgebrochen, und dann hatte der Heilungsprozess endlich seinen Anfang nehmen können. Vivienne wusste, dass die schlimmsten Albträume nun endlich überstanden waren. Beatrice fuhr nicht mehr zurück, wenn jemand sie berührte, und allmählich konnte sie auch wieder mit älteren blonden Herren sprechen, ohne gleich von Panik erfasst zu werden.

«Woran denkst du?», fragte Beatrice schläfrig.

Vivienne schüttelte ihre düsteren Gedanken ab und lächelte ihrer Freundin zu. «Ich glaube, keiner der geladenen Gästen hat abgesagt», erklärte sie zufrieden. «Das Erntefest wird großartig werden.»

«Ich finde, deine Feste sind immer großartig», antwortete Beatrice. «Ehrlich gesagt weiß ich nicht, wie du das immer schaffst. Seit ich hier bin, hatten wir das Aprilfest, das Pfingstfest, den Frühlingskarneval, Mittsommer …»

Mit einer Handbewegung unterbrach Vivienne ihre Aufzählung. «Die Erntefeste meiner Familie sind legendär. Sie haben eine jahrhundertealte Tradition.»

«Ich bin sicher, es wird ein großer Erfolg», meinte Beatrice aufrichtig. «Wer kommt denn alles?»

«Ich bin froh, dass du fragst. Alexandre kommt natürlich, aber das muss ich dir ja wohl kaum sagen.» Vivienne sah sie neugierig an. «Wie läuft es eigentlich mit euch beiden?»

Beatrice zuckte mit den Schultern und nahm sich ein Stück Camembert. «Ich nehme an, Jacques kommt auch?», fragte sie und steckte sich den Käse in den Mund. «Ich habe ihn seit Ewigkeiten nicht mehr gesehen.»

«Er kommt und hat mir versprochen, hundert Flaschen Champagner mitzubringen», erwiderte Vivienne.

Beatrice lauschte Viviennes beruhigendem Geplauder, und nicht zum ersten Mal fragte sie sich, was passiert wäre, wenn sie nicht hierhergekommen wäre.

Sie erinnerte sich noch gut daran, wie sie zum ersten Mal in ihrem Leben den Fuß auf französischen Boden gesetzt hatte. Es hatte sich angefühlt, als wäre sie endlich nach Hause gekommen – und es war einfach wunderbar gewesen, Schweden hinter sich zu lassen.

Hjalmar Hielm hatte es so eingerichtet, dass ihr das Erbe und die Mieteinnahmen von Rosenholm auf ein Bankkonto in Paris überwiesen wurden, und solange sie sich keine größeren Ausschweifungen leistete, war sie zum ersten Mal in ihrem Leben finanziell unabhängig. Sie sog die aromatische Luft in die Lungen und atmete langsam wieder aus. Vivienne plauderte, die Bienen summten, und das Leben ging weiter.

Das Leben ohne Seth.

Sofia schrieb ihr regelmäßig, und Beatrice freute sich immer sehr auf die Briefe, in denen ihre Cousine von größeren und kleineren Vorkommnissen erzählte, von ihrem Sohn, der seine ersten Zähnchen bekommen hatte, von

Värmland, von der Liebe und der Sehnsucht. In einem ihrer Briefe hatte Sofia außerdem erwähnt, dass Seth inzwischen mit Lily in New York wohnte.

Beatrice blickte blinzelnd zum Schloss, während sie ihre düsteren Gedanken abschüttelte. Hinter dem Schloss und dem künstlich angelegten See waren Teile der normannischen Hauptstadt Rouen zu sehen.

Wie seltsam, was das Leben für neue Wege nahm, wenn man am wenigsten damit rechnete.

Bei einem ihrer Spaziergänge nach Rouen war Beatrice mit einem älteren Pfarrer ins Gespräch gekommen, der ihr nur zu gern die Fragen zur Geschichte dieser Gegend beantwortete. Als er hörte, dass der Mädchenname ihrer Mutter Lianville gewesen war, runzelte er die Stirn. Er zeigte ihr einen alten Friedhof, und dort, zwischen Unkraut und vergessenen Grabsteinen, sah Beatrice den Namen Lianville und mehrere Daten auf einem Grabstein. Es war unerwartet schmerzlich, die Namen von Menschen zu lesen, die ihre Großeltern, Tanten und Cousinen gewesen sein mussten, und dabei von dem Pfarrer zu erfahren, dass von der Familie Lianville keiner mehr lebte. An jenem Abend hatte sie geweint. Doch dann hatte sie ihren Frieden mit der Tatsache gemacht, dass sie auf sich selbst gestellt war.

Sie wickelte sich eine Strähne um den Finger und lächelte in sich hinein. Sie liebte ihr neues Haar. Inzwischen war es schulterlang und ließ sich von keiner von Viviennes Kammerzofen bändigen. Ich fühle mich wie eine neue Frau, dachte sie, eine Frau mit wilden Locken und phantastischen Kleidern. Vivienne hatte sie geradezu angefleht, etwas mit ihrer Garderobe zu unternehmen, und eines Tages im Mai beschloss Beatrice, alle alten Sachen wegzuwerfen und einen symbolischen Neuanfang zu machen. Einen Monat später war Vivennes Pariser Schneiderin, die kleine braunäugige Mademoiselle Colette, auf dem Schloss eingetroffen und hatte sich um Beatrice gekümmert. Und ein paar Wochen nach ihrem ersten Besuch kamen nach und nach die ersten neuen Kleider im Château Morgaine an. Und was waren das für wundervolle Stücke! Kleider mit schlichtem Schnitt, die perfekt fielen und Beatrices Figur schmeichelten, weiche Unterkleider, Mäntel und Hüte für alle Wetterlagen. Schon bald hatte sie sich an ihre exquisite Garderobe gewöhnt, und als Beatrice auf einer von Viviennes zahlreichen Veranstaltungen ihr lindgrünes Musselinkleid einweihte, traf sie zum ersten Mal Alexandre.

Beatrice musste lächeln, als sie daran zurückdachte.

Während Vivienne sie gelehrt hatte, in der Gegenwart zu leben, hatte Alexandre ihr die Fähigkeit zurückgegeben, wieder auf eine Zukunft zu hoffen. Als er sie das erste Mal küsste, hatte sie Angst, dass sie es abstoßend finden könnte, doch die Küsse des Prinzen waren sehr angenehm.

Beatrice und Alexandre begegneten sich den Sommer über noch häufiger, und sie hatte den schwarzhaarigen Prinzen bald liebgewonnen.

Sehr sogar, dachte sie, als sie die Augen aufschlug und ihn über die Wiese näherkommen sah. Seit der Revolution wimmelte es in Frankreich nur so von Adeligen buntester Herkunft, doch Alexandre war ein echter Aristokrat. Er war ein Cousin von Vivienne, und seine Familie gehörte zu den ältesten französischen Adelsgeschlechtern. Beatrice legte den Handrücken an die Stirn. «Wird man eigentlich Prinzessin, wenn man Alexandre heiratet?», murmelte sie, während sie ihn durch die halbgeschlossenen Augen bewunderte.

«Ich hatte eigentlich nie den Eindruck, dass du hinter einem Adelstitel her bist», meinte Vivienne und winkte ihrem Cousin zu. «Reicht es dir nicht, dass du Gräfin geworden bist?»

«Ach, Vivienne, ich hatte davon geträumt, aus Liebe zu heiraten, und schau dir an, was daraus geworden ist. Vielleicht wäre Alexandre ja der Richtige für mich? Wir mögen uns gern. Verliebt sind wir allerdings nicht.»

«Aber warum willst du denn überhaupt heiraten?», wollte Vivienne wissen.

«Ich hätte furchtbar gern eine Familie», antwortete Beatrice. «Du nicht?»

«Ehemänner und Kinder werden schrecklich überschätzt, wenn du mich fragst.» Vivienne nahm noch eine Weintraube und betrachtete nachdenklich den jungen Mann, der sich ihnen mit kraftvollen Schritten näherte. «Aber die Antwort heißt Ja: Wenn du Alexandre heiratest, wirst du Prinzessin.»

Plötzlich kam ein Junge über die Wiese gerannt. Es war Lancelot St. Cyr, Alexandres Neffe, der seinen Onkel jetzt mit einem fröhlichen Schrei rammte. Ohne seine Schritte zu verlangsamen, hob der schwarzhaarige Prinz den Jungen hoch und warf ihn sich über die Schulter. Dabei spannten sich seine Arm- und Brustmuskeln, und die beiden Frauen unter dem Sonnensegel seufzten bei dem Anblick. Alexandre setzte den Jungen wieder ab, verbeugte sich vor den Damen und tat dann einen Schritt zur Seite, um einem neuerlichen Angriff von Lancelot auszuweichen. Er ließ sich von dem Jungen zu Boden ziehen und begann mit ihm zu raufen.

Beatrice nahm sich noch ein Stück Käse und betrachtete den Mann, der sich mit dem Kind im Gras wälzte.

«Wenn du nicht aufhörst, Camembert in dich hineinzustopfen, wirst du bald zu fett sein, um anziehend auf deinen Prinzen zu wirken», bemerkte Vivienne. Sie lächelte schlau. «Aber es freut mich, dass du deinen Blick nicht von meinem Cousin losreißen kannst. Dann hast du doch sicher auch nichts dagegen, dass Jacques auch Seth Hammerstaal zum Erntefest eingeladen hat, nicht wahr? Er kommt mir Lady Tremaine und ihrem Sohn.»

Beatrice erstarrte. «Hierher?», fragte sie dümmlich. Ich will Seth und seine amerikanische Frau nicht treffen, dachte sie verzweifelt. Nicht hier. Nicht in Frankreich. Und auch sonst nirgends und niemals mehr!

«Es ist doch schon über ein Jahr her, dass du ihn zum letzten Mal gesehen hast, oder?», sagte Vivienne unbekümmert. «Ich bin sicher, ihr könnt zivilisiert miteinander umgehen.»

Beatrice spürte einen Stich im Herzen. Vivienne hatte leicht reden, sie war immer zivilisiert. Und Seth hatte die Sache inzwischen ja auch hinter sich gelassen. Doch was sollte sie sagen? Sie konnte Jacques schwerlich davon abhalten einzuladen, wen er wollte. «Ich schätze, schon», antwortete sie matt. «Reich mir doch bitte noch einmal die Käseplatte.»

«Nimm lieber ein Stück Obst», mahnte Vivienne. «Ich kann mir nichts Unattraktiveres vorstellen als eine fette Prinzessin.»

Mit finsterer Miene nahm sich Beatrice einen Apfel. Lily Tremaine war bestimmt gertenschlank.

34

Seth ließ sich von einem schwarz gekleideten Diener ein Glas Calvados servieren, während er sich in einem der größten Salons von Château Morgaine umsah. Ohne nachzudenken, nahm er einen Schluck von dem Apfelschnaps, bevor er das Glas mit einer Grimasse neben einem Arrangement aus Obst und Blumen abstellte.

«Ich traue mich nie, mich hier hinzusetzen», begrüßte ihn Jacques. «Die Möbel sind alle so weiß.»

«Ich könnte wetten, dass die Crème de la Crème der europäischen Elite vollständig hier versammelt ist», meinte Seth und nickte einem bekannten Geschäftsmann zu.

«Wie war die Reise?»

Seth schüttelte den Kopf. «Wenn ich diesen verfluchten Kanal noch einmal überqueren muss, bringe ich jemand um.»

«Und wie geht es deiner Verlobten?»

«Lily ruht sich aus, und Daniel ist gleich im Park verschwunden. Anscheinend hat er einen gleichaltrigen Spielkameraden gefunden.»

Jacques grinste. «So, dann bist du jetzt also verlobt, mein Freund. Das hatte ich nicht erwartet, muss ich zugeben. Solltest du nicht vor Glück strahlen?»

«Wie geht es denn Vivienne?», wechselte Seth das Thema. «Ich habe sie noch gar nicht gesehen.»

Jacques kam nicht zu einer Antwort, denn er musste einem jungen Mann zuwinken, der gerade eingetreten war. «Alexandre, komm her und begrüß einen meiner ältesten Freunde», rief er. Seth verzog das Gesicht. Das klang ja, als wäre er uralt. «Darf ich vorstellen – Viviennes Cousin, Prinz Alexandre St. Cyr D'Aubigny.»

«Alexandre reicht vollkommen», lächelte der Mann. Sein Händedruck war fest, und seine schwarzen Augen betrachteten Seth mit einer solchen Intensität, dass er sich wirklich älter denn je vorkam.

Jacques wandte sich an einen Diener. «In der Bibliothek steht eine Flasche Whisky. Hol sie her und bring ein paar Gläser dazu.» Der Diener eilte davon. «Seth hat nämlich Whisky aus England mitgebracht», erklärte Jacques, und Alexandre ließ ein weiteres strahlend weißes Lächeln aufblitzen.

Die Vitalität dieses jungen Mannes blendet einen geradezu, dachte Seth. War er selbst jemals so froh und unbekümmert gewesen? «Wohnen Sie auch hier in Rouen?», fragte er, um irgendetwas zu sagen.

«Nein, meine Familie hat ein Gut weiter im Süden, aber ich bin mit Vivienne und meinem Neffen Lancelot schon seit dem Frühjahr hier.» Der Prinz zwinkerte. «Diesen Sommer ist es mir ungewöhnlich schwergefallen, mich von Rouen loszureißen.»

«Ja, ich habe gehört, dass das Erntefest eine große Attraktion ist», meinte Seth höflich.

«Unter anderem», stimmte Alexandre mit geheimnisvollem Lächeln zu. «Ich versuche, die Kathedrale von Rouen zu malen.»

Das erklärte die bekleckerten Hände. Ein Künstler. «Und, machen Sie Fortschritte?», erkundigte sich Seth pflichtschuldig.

Alexandre schüttelte den Kopf. «Ich kann mich nur schwer konzentrieren, und das Licht ist irgendwie immer falsch. Ich frage mich langsam, ob ich mich nicht eine Weile anderen Dingen zuwenden sollte.»

Seth, der bemerkt hatte, dass sämtliche Damen im Saal beim Anblick des Künstlerprinzen in Verzückung gerieten, nahm an, dass es dem jungen Mann nicht schwerfallen dürfte, eine andere Beschäftigung zu finden. «Sieht so aus, als könnte einen hier wirklich viel ablenken», bemerkte er und musste sich bemühen, nicht allzu sauertöpfisch zu klingen. Endlich kam der Whisky, und Seth nahm einen kräftigen Schluck.

«Monsieur Hammerstaal», hörte er eine bekannte Stimme. «Lange nicht gesehen.»

Seth drehte sich um und beugte sich über Viviennes ausgestreckte Hand. «Danke für die Einladung, Madame de Beaumarchais», sagte er.

Vivienne klimperte mit den Wimpern. «Wie ich sehe, haben Sie meinen Cousin schon kennengelernt. Alexandre hat den Sommer mit uns auf dem Schloss verbracht. Wir wussten seine Gesellschaft sehr zu schätzen.» Sie wandte sich an ihren Cousin. «Alexandre, mein Engel, wärst du so lieb, mir kurz zu helfen?»

«Natürlich.» Der Prinz nickte den Männern zu und stellte sein Glas ab. «An Ihren Whisky könnte ich mich wirklich gewöhnen», sagte er und bot dann Vivienne den Arm.

Seth beobachtete, wie das elegante Paar davonging.

Jacques bedachte ihn mit einem seltsamen Blick.

«Was denn?», fragte Seth.

«Nichts», antwortete Jacques.

Später am Abend drängte Vivienne Jacques in eine Ecke vor dem Festsaal. Die Gäste kamen in immer größeren Scharen, sie freuten sich auf die Gesellschaft und das Abendessen. Die Kerzenflammen der Kandelaber spiegelten sich in den Fenstern. Frohe Ausrufe und muntere Begrüßungen zeugten davon, dass auch dieses Fest wieder ein Erfolg werden würde. Doch Viviennes Augen funkelten vor Zorn. «Er weiß es nicht, stimmt's?», zischte sie vorwurfsvoll.

Unschuldig riss Jacques die Augen auf. «Weiß was nicht?»

«Spiel nicht den Dummen. Ich finde das überhaupt nicht amüsant. Wie kannst du so dämlich sein, ihm nicht zu sagen, dass Beatrice hier ist?»

«Ich dachte, das ist nicht so wichtig», verteidigte sich Jacques und hob die Arme. «Seth ist doch mit Lily verlobt. Zwischen ihm und Beatrice ist gar nichts mehr.» Er fuhr sich durch die schwarzen Locken.

«Jacques!»

«Warum sollte ich ihm denn etwas sagen? Wir sind Männer, wir reden nicht über solche Dinge. Du glaubst doch nicht etwa, dass die beiden noch Gefühle füreinander hegen?»

Vivienne stieß ihn vor die Brust. «Ich habe wahrscheinlich in meinem ganzen Leben noch keinen Mann getroffen, der so schwer von Begriff war wie du.»

«*Chérie*, wir sind alle gleich.» Jacques lächelte überlegen und wich ihrem wütenden Gefuchtel elegant aus. Dann legte er ihr eine Hand auf den Rücken und schob sie mit sanftem Druck in den Festsaal. «Außerdem glaube ich, dass du überreagierst», fuhr er fort. «Das ist doch schon so lange her. Alles wird gutgehen, beide sind darüber hinweg.»

«Aber merkst du denn nicht, wie er aussieht? Völlig zerstört und zynisch. Und Beatrice war ein Wrack, als sie im Frühling hier ankam.» Vivienne schüttelte den Kopf. «Diese beiden werden noch explodieren. Wie Öl und Wasser. Und das ist dann deine Schuld.»

«Erstens bekommst du die Metaphern durcheinander,

und zweitens bin ich überzeugt, dass es keine Probleme geben wird. Verdammt, Seth ist verlobt. Er denkt bestimmt nicht darüber nach, wer hier ist und wer nicht.»

«Ich weiß, dass ich recht habe», beharrte Vivienne finster auf ihrer Ahnung.

«Hör auf, dir Sorgen zu machen», sagte Jacques. «Du siehst blass aus, trink doch ein Gläschen von meinem herrlichen Champagner. Wo ist Beatrice überhaupt? Ich habe sie schon eine ganze Weile nicht mehr gesehen.»

«Keine Sorge. Keiner wird Beatrice heute Abend übersehen», meinte Vivienne in unheilverkündendem Ton.

Eine Weile später sah sie sich im Raum um, der inzwischen voller Gäste war. Die großen Glastüren waren zum Park hin geöffnet, sodass die kühle Septemberluft hereinströmen konnte. Vivienne bemerkte, wie jede Frau Alexandre mit den Augen folgte. Sie nippte an ihrem Champagner, als sie plötzlich Seth mit der blonden Amerikanerin an seiner Seite entdeckte.

«Und da kommt Beatrice», sagte Vivienne düster zu sich selbst, mit einem Blick auf die Saaltür. Die Akteure des Dramas waren also versammelt. Doch die Feste der Familie de Beaumarchais waren berühmt für ihre Finesse und Eleganz, und sie hatte nicht vor, irgendwelche Szenen zu dulden. Wenn es Ärger gäbe, würde sie anschließend Jacques' Kopf in einer Schale fordern.

Seth bemühte sich, ein interessiertes Gesicht aufzusetzen, als Lily und er erneut einem prominenten Gast vorgestellt wurden. Sie waren kaum einen halben Tag hier, und er sehnte sich schon wieder fort.

An und für sich war das nichts Neues, er sehnte sich ständig fort, doch er hatte gehofft, dass sich auf der Frankreichreise daran etwas ändern würde. Er riss sich zusammen und nickte höflich, während Lily mit einem Paar plauderte, das offenbar Bekannte in New York hatte. Um Lily und ihrer gemeinsamen Zukunft willen musste er sich zusammenreißen. Er sah etwas Goldrotes vorbeihuschen und spürte, wie es ihm einen Stich in die Brust versetzte. Doch er sah gar nicht genauer hin, denn er war es gewöhnt, sie überall zu sehen, und er hatte gelernt, den Schmerz zu ertragen und zu warten, bis er wieder verebbte. Stattdessen heftete er seinen Blick auf die offenen Terrassentüren. Es war bereits dunkel, doch die Bäume im Park wurden von farbigen Lampions erhellt. Auch der große Springbrunnen war beleuchtet. Ein Orchester spielte, und eigentlich konnte Seth sich über nichts beschweren. Er war in Frankreich – ein Land, das er immer geliebt hatte – mit seiner zukünftigen Frau, einer Frau, die er sehr mochte, und würde hier Freunde treffen und von allen denkbaren Bequemlichkeiten umgeben sein. Er sollte fröhlich sein. Er sollte zufrieden sein.

«Lady Tremaine, darf ich Ihnen die Gräfin Rosenschöld von Rosenholm aus Schweden vorstellen?», drang eine Stimme durch seine düsteren Gedanken. Erst nahm sein Gehirn die Worte gar nicht auf, sie waren so unwahrscheinlich, dass sie keinerlei Bedeutung hatten. Das war nur wieder so eine Chimäre, mit der sein überreiztes Gehirn ihn quälen wollte. Doch dann hörte er die Stimme, die melodische Stimme.

«*Bon soir*, Lady Tremaine.»

Er erstarrte. Das war doch nicht möglich. Das musste ein böser Scherz sein, hier machte sich irgendjemand einen Spaß auf seine Kosten. Aus dem Augenwinkel sah er, wie eine große Frau Lily die Hand hinhielt. Schimmernde Seide in der Farbe gefrorener Himbeeren. Eine Wolke aus flammendem Haar. Ein Duft nach Sonne und Kräutern. Er drehte sich um. *Beatrice.*

«Wie schön, Sie kennenzulernen», sagte Beatrice zu Lily. Lächelnd wechselte sie ins Englische. «Ich habe gehört, dass Sie aus England angereist sind. Ich hoffe, Sie hatten eine angenehme Überfahrt?»

Seth war völlig unvorbereitet, als sich der Abgrund vor ihm öffnete. Niemals wäre er auf den Gedanken gekommen, dass Beatrice hier sein könnte. Die schöne Stimme ging ihm durch und durch und riss Wunden in ihm auf, die schon längst hätten verheilt sein müssen. Er starrte die Frau, die ihm das Herz gebrochen hatte, an, während diese freundlich mit seiner zukünftigen Gattin plauderte. Seltsam, er hatte gar nicht gewusst, dass Beatrice auch Englisch sprach.

«Und das ist Herr Hammerstaal, mein Verlobter», sagte Lily.

«Natürlich.» Beatrice legte den Kopf auf die Seite und sah ihn an. «Wir haben uns schon einmal getroffen, wenn ich mich nicht irre.» Sie lächelte, und der ganze Raum begann zu leuchten. Sie war so schön, dass es wehtat. «*Bon soir*, Monsieur Hammerstaal.»

Er hatte es immer geliebt, sie Französisch sprechen zu hören, und ihre Worte klangen in ihm nach. Der breite Mund lächelte ihn an, und er sah die vertrauten Sommersprossen, die wie goldene Puderpartikel über ihre seidenweichen Lippen verstreut waren. Vielleicht war das wieder nur einer seiner Träume? Mit einem kleinen Zwinkern, als teilten sie beide ein amüsantes Geheimnis, hielt sie ihm die Hand hin.

Seth bekam kein Wort heraus, er konnte sie nur anstarren. War sie ein Hirngespinst? War er zu guter Letzt nun doch verrückt geworden?

«Monsieur?»

Das Stimmengewirr drang wieder in sein Bewusstsein. Er holte tief Luft, gewann die Fassung wieder und verbeugte sich kurz. Beatrice lächelte und nickte, sodass ihre Locken in den Kerzenflammen aufglühten, dann ging sie davon.

Er blickte ihr nach, sah ihren Rücken, die schmalen Schultern und das flammende Haar. Er war in der Hölle.

Ich habe es überlebt, dachte Beatrice und ließ sich zum nächsten Gast treiben. Sie hatte gelächelt, geplaudert und war weitergegangen. Zwar konnte sie sich an kein Wort erinnern, das sie gesprochen hatten, denn ihr Herz hatte so heftig geklopft, dass sie schon befürchtete, sie müsste gleich ersticken. Oder sich übergeben. Doch sie hatte es geschafft. Sie hatte Seths zukünftige Ehefrau kennengelernt, hatte sie formvollendet begrüßt und ein paar belanglose Höflichkeitsphrasen mit ihr ausgetauscht, und dann hatte sie Seth begrüßt – und sie hatte es überlebt. Mit äußerster Mühe zwang sie sich, leichtfüßig weiter durch den Raum zu gehen, als wäre sie völlig unbekümmert. Das Schlimmste war überstanden.

«Guten Abend, meine Schöne», sagte Alexandre, als er geschmeidig zu ihr trat, und zum ersten Mal an diesem Abend lächelte Beatrice wirklich aufrichtig.

Der Prinz blickte zu Seth hinüber. «Jacques Denville und dieser Seth Hammerstaal haben mich vorhin auf einen Whisky eingeladen. Kennst du ihn?» Beatrice antwortete nicht. «Netter Kerl, allerdings ein bisschen schweigsam», fuhr Alexandre fort, während sein Blick an Lily hängen blieb. «Seine Verlobte interessiert sich für Geschichte, deswegen habe ich die beiden für morgen zu einer Rundfahrt durch Rouen eingeladen.»

Seth konnte den Blick nicht von Beatrice losreißen. Während sie sich mit D'Aubigny unterhielt, ging ihm schlagartig auf, welche Ablenkung den Prinzen in Rouen festhielt. Der schwarzhaarige Jüngling verschlang Beatrice geradezu mit seinen Blicken. Alexandre beugte sich zu ihr herunter, und diese intime Geste nahm Seth fast den Atem. Der junge Mann flüsterte etwas, und Beatrice lachte laut, bevor sie ihm einen Klaps mit ihrem Fächer versetzte. Seth schnappte sich ein Glas von einem Tablett, das ein Diener an ihm vorbeitrug.

«Vivienne ist ganz sicher, dass die beiden eine Affäre haben», sagte Jacques nonchalant.

Seth sah seinen Freund an, der neben ihn getreten war und genüsslich von seinem Champagner trank. «Warum erzählst du mir das?», schnauzte er ihn an.

«Hat keinen besonderen Grund, reine Konversation.»

«Ist der nicht viel zu jung für sie?»

Jacques zuckte mit den Schultern. «Er ist der begehrteste Junggeselle hier in der Gegend. Er ist ein Prinz, und er sieht gut aus. Außerdem ist er gar nicht so jung, er ist bestimmt schon über zwanzig.» Er nippte an dem perlenden Getränk. «Du bist dieses Jahr einunddreißig geworden, nicht wahr?»

«Fahr zur Hölle», sagte Seth und leerte sein Glas in einem Zug. Er zog eine angeekelte Grimasse. Calvados. Er hasste Calvados.

«Wie ich sehe, hast du dich bestens für den Krieg gerüstet, *chérie*», sagte Vivienne kurz darauf zu Beatrice.

«Ich dachte mir, es wäre eine gute Gelegenheit, es einzuweihen», antwortete Beatrice leichthin.

Die Französin ließ den Blick über das enge, tief ausgeschnittene Kleid gleiten. Unter der himbeerrot schimmernden Seide zeichneten sich Beatrices Rippen ab. In diesem Kleid sah sie beneidenswert schlank und groß aus, und zum ersten Mal in ihrem Leben wünschte Vivienne beinahe, sie wäre auch so groß. «Mademoiselle Colette wusste schon, was sie tat, als sie diese Farbe für dich ausgesucht hat. Sie steht dir wirklich ausgezeichnet», stellte sie fest.

Beatrice nickte in eine unbestimmte Richtung und sagte nonchalant: «Und, was hältst du von ihr?»

«Ich nehme an, du sprichst von Lady Tremaine?» Vivienne nahm einen kleinen goldenen Schluck aus ihrem beschlagenen Glas.

«Sie bleicht sich das Haar bestimmt mit Zitronensaft», murmelte Beatrice. «Und dieses Kleid ist doch einfach nur langweilig. Oder findest du, dass ihr die Farbe steht?»

Vivienne betrachtete die blonde Frau an Seths Seite. «Ich finde, sie ist recht liebenswert», meinte sie nachdenklich.

Beatrice schnaubte. «Sie ist nicht liebenswert», fauchte sie und sah Vivienne gereizt an. «Wenn du mich entschuldigst, ich gehe zu Alexandre und unterhalte mich ein bisschen mit ihm.» Mit diesen Worten ging sie davon.

Nachdenklich sah Vivienne ihrer Freundin nach. Und mit einem Seufzer stellte sie fest, dass Seth Hammerstaal dasselbe tat. Der Arme, er sah völlig schockiert aus. Es war wirklich dumm, ihm nichts zu sagen.

Sie beobachtete, wie Beatrice den Prinzen anstrahlte, der sie spielerisch an ihren widerspenstigen Locken zog. Wieder warf Vivienne einen verstohlenen Blick zu Seth. Über seinen mahlenden Kiefern zuckte ein Muskel. Sie verdrehte die Augen und machte sich auf die Suche nach Jacques. Sie war in der Laune, jemand auszuschelten, und Jacques war genau der Richtige dafür.

«Du bist größer geworden.»

Beatrice blinzelte ihn erstaunt an, und Seth hätte sich die Zunge herausreißen können. Beim Abendessen hatten sie weit voneinander entfernt gesessen, und nach ihrer ersten Begrüßung hatten sie kein Wort mehr gewechselt.

Und jetzt ... Du bist größer geworden. Ein idiotischerer Kommentar war ihm wohl nicht eingefallen.

Beatrices Augen glänzten. Ohne seinen Blick loszulassen, ließ sie die Hand über die Hüfte nach unten gleiten und hob den Rock ein wenig an. «Hohe Absätze», sagte sie mit einem angedeuteten Lächeln.

Sein Blick glitt in schwindelerregender Fahrt über die rote Seide nach unten. Er sah einen schmalen Knöchel und dünne Strümpfe. Die Schuhe mit den hohen Absätzen waren mit Juwelen besetzt, und die Steine glitzerten, wenn sie den Fuß bewegte. «Siehst du?»

Er sah.

Nonchalant ließ Beatrice den Saum wieder sinken. Sie nippte an ihrem Wein und sah ihn unter gesenkten Lidern herausfordernd an. Ihre Wimpern wirkten doppelt so lang wie früher, stellte er fest. Jetzt sollte er aber wirklich langsam etwas Intelligentes sagen.

«Und dein Haar ist kürzer.»

Beatrices Augen begannen zu lachen, und er spürte, wie sein gefrorenes Herz ein wenig antaute, obwohl ihm seine idiotische Konversation immens peinlich war. Beatrices Lächeln hätte schon immer einen Toten wärmen können. Gerade wollte er noch etwas hinzufügen, als Alexandre dazukam und sie unterbrach.

«*Bon soir*, Monsieur Hammerstaal», sagte der Prinz und legte Beatrice mit einem Zwinkern eine Hand um die Taille. «Ich hoffe, ich störe nicht?», fragte er fröhlich.

Seth murmelte etwas Unverständliches, und Beatrice hob die Augenbrauen. Er verbeugte sich steif und ging davon. Das Letzte, was er hörte, war Prinz Alexandres Frage: «Sind die Norweger eigentlich alle so schweigsam?»

35

Am nächsten Morgen herrschte perfektes normannisches Herbstwetter. Die Luft war frisch und klar, und auf dem Schlossplatz hatte sich eine Gesellschaft von knapp zwanzig Personen eingefunden, um nach Rouen zu fahren. Wagen, beladen mit Erfrischungen, sollten sie begleiten, doch die meisten entschieden sich, den kurzen Weg nach Rouen zu Fuß zurückzulegen.

In der Nacht hatte Seth sich vom Schock des Wiedersehens mit Beatrice erholt, und er wusste, was er seiner Gastgeberin und Lily schuldig war. Der Aufenthalt würde reibungslos verlaufen, redete er sich ein. Er war hier, und demnächst würde er Lily heiraten. Beatrice und der unablässig lächelnde D'Aubigny waren offensichtlich ein Paar. Und warum auch nicht? Sie alle hatten weitergelebt, wie zivilisierte Menschen das eben so machten. Und es war ja nur eine Woche, dann würden Lily und er wieder abreisen. Seth sah sich auf dem lauten Platz um, auf dem es von vergnügten Menschen und picknickkorbgefüllten Wagen wimmelte.

Er hielt nicht nach Beatrice Ausschau. Nicht im Geringsten.

Lily trug ein hyazinthblaues Kleid und einen kleinen Sonnenschirm in verschiedenen Blautönen und unterhielt sich angeregt mit Alexandre, der die Exkursion anscheinend leiten sollte. Der Prinz gestikulierte lebhaft, und Seths zukünftige Frau sah ihn fasziniert an. Weitere Gäste schlossen sich der Gesellschaft an, und Lancelot und Daniel, die bereits die besten Freunde waren, tollten zusammen herum, doch von Beatrice war weit und breit nichts zu sehen. Würde sie nicht mitkommen? Er sollte nicht enttäuscht sein. Aber er war es.

«Wartet auf mich.»

Als er die fröhliche Stimme hörte, begann Seths Herz wie verrückt zu klopfen. Beatrice ging an ihm vorbei und lächelte freundlich, bevor sie zu Alexandre trat, der ihre ausgestreckten Hände mit einem breiten Lächeln ergriff.

Alexandre ging an der Spitze, und Lily lief neben ihm. Die meisten Damen hatten ihre pastellfarbenen Sonnenschirme aufgespannt, und Beatrice unterhielt sich mit einigen von ihnen, während Alexandre immer wieder auf Sehenswürdigkeiten hinwies. Ein paar bellende Hunde tobten zwischen den zwei lärmenden Jungen herum.

Unterwegs fielen Beatrice und Seth immer weiter zurück. Am Ende spazierten sie als Letzte schweigend nebeneinanderher.

Im Schutz ihres Strohhuts wagte Beatrice einen verstohlenen Blick auf Seth. Sie hatte ihn noch nie mit so kurzen Haaren gesehen, dachte sie. Und seit ihrem Wiedersehen hatte er noch kein einziges Mal gelächelt. Nachdenklich drehte sie ihren Sonnenschirm.

«Ich wusste nicht, dass du hier sein würdest», sagte er plötzlich.

«Das hab ich mir schon gedacht», antwortete sie mit einem leichten Lächeln. «Du sahst sehr überrascht aus.»

«Hmm.»

Sie betrachtete sein ernstes Profil. Warum waren seine Augen nur so hart und müde? War er verärgert, weil sie hier war? Doch er hatte kein Recht, böse auf sie zu sein. Sie holte tief Luft, nahm allen Mut zusammen und sagte dann die Worte, die sie den ganzen Morgen über eingeübt hatte. «Ich hätte euch schon früher gratulieren sollen. Ich hoffe, Lady Tremaine und du, ihr werdet glücklich.» Sie versuchte zu klingen, als würde sie es ehrlich meinen. «Habt ihr schon ein Datum festgesetzt?»

Sie konnte sich noch daran erinnern, wie Seth ihr zu ihrer Verlobung gratuliert hatte, an dem grässlichen Tag bei Wilhelm in der Drottninggatan. Das lag inzwischen anderthalb Jahre zurück, aber es fühlte sich an, als wären es zehn. Sie entsann sich seines leeren Blickes. Hatte er sich damals genauso gefühlt wie sie jetzt? Als wollte ihm jemand das Herz aus der Brust reißen? Als würde er am liebsten herausschreien, dass das alles ein schrecklicher Fehler war? Sie rang nach Luft. Für diese Art von Konversation bin ich nicht der Typ, dachte sie. Schnell drehte sie wieder an ihrem Sonnenschirm und blickte über die Lavendelfelder.

«Lilys Eltern sind letzten Herbst gestorben, sie will das Trauerjahr noch abwarten. Wir werden vor Weihnachten heiraten», antwortete er kurz.

Beatrice blickte zu Lancelot und Daniel. Die beiden Jungen rannten herum wie übermütige Fohlen, sprangen und schrien und ließen sich von den Hunden jagen. Sie lächelte bemüht und nickte ihnen zu. «Da haben sich ja zwei gefunden. Wie schön für Lancelot, dass er jetzt einen gleichaltrigen Spielkameraden hat.»

«Es scheint dir in Frankreich zu gefallen, nicht wahr?», sagte Seth abrupt.

Beatrice zuckte mit den Schultern. Sie wusste, dass sie besser aussah denn je, und plötzlich war sie unwahrscheinlich froh darüber, dass Alexandre ihr gezeigt hatte, dass es neben Seth Hammerstaal noch andere Männer auf der Welt gab. Als Seth in ihr Leben gestürmt kam, war sie so unerfahren gewesen. Jetzt war sie klüger. Und Seth gehörte ihrer Vergangenheit an.

«Ich brauchte eine Luftveränderung», antwortete sie. «Ich nehme an, du weißt, was in Göteborg passiert ist?», fuhr sie fort. «Ich habe gesehen, dass du Johan geschrieben hast.» Sie hörte selbst, wie vorwurfsvoll das klang, doch es war ihr egal. Sie hatte freundlich und ungerührt wirken wollen, aber es tat gut, ein wenig von der Wut herauszulassen, die unter der Oberfläche schwelte. Kein einziges Mal hatte er sich nach ihr erkundigt. Er hatte sie einfach im Stich gelassen, hatte sie in Göteborg zurückgelassen, ohne daran zu denken, was er da hinter sich ließ, und war zu Lily geeilt.

«Ich habe nicht nur Johan geschrieben», erwiderte Seth kalt.

Beatrice schnaubte. «Ach ja, danke, ich habe dein kleines Briefchen von Henriksson bekommen. Dass du es überhaupt wagst, das zu erwähnen! Kannst du dir vorstellen, wie ich einen ganzen Tag komplett angezogen darauf gewartet habe, dass du mir den Wagen schickst, den du versprochen hattest?»

Seth merkte auf. Der Ton war plötzlich alles andere als höflich. Sein Blick bohrte sich in ihren, und der graue Stahl war eiskalt. «Ich hoffe, du willst damit nicht andeuten, dass ich dich in Göteborg angelogen hätte», antwortete er mit zusammengebissenen Zähnen.

Beatrice starrte zurück. Wenn er glaubte, sie mit diesem Ton und diesem Blick einschüchtern zu können, hatte er sich gründlich getäuscht. Seit ihrer letzten Begegnung hatte sie bedeutend Schlimmeres überlebt als den Zorn eines Seth Hammerstaal.

«Entschuldige, ich hatte nicht vor, etwas *anzudeuten*», gab sie frostig zurück. «Ich bitte um Verzeihung, wenn ich mich undeutlich ausgedrückt habe. Ich wollte vielmehr sagen, dass du mich hinters Licht geführt hast.» Sie warf den Kopf in den Nacken. «Man kann nur hoffen, dass du Lady Tremaine besser behandelst. Weiß die zukünftige Frau Hammerstaal eigentlich, dass sie gestern einer deiner ehemaligen Liebhaberinnen vorgestellt wurde? Oder ist sie mit diesem Teil deiner Vergangenheit nicht vertraut?»

Ah, wie gut es doch tat, das einfach aussprechen zu können, dachte Beatrice und trat gegen einen Stein.

Sie hatte überhaupt nicht vorgehabt, eine Szene zu machen und ihm zu zeigen, dass er sie verletzt hatte, doch es fühlte sich so gut an, einmal die Meinung zu sagen, statt immer nur in würdevollem Schweigen zu leiden. Sie hatte sich zwar vorgenommen, die Woche über ganz ruhig und distanziert zu bleiben und Abstand zu Seth zu halten – aber Ruhe und Distanziertheit waren noch nie ihre starke Seite gewesen.

Seth starrte geradeaus. Er sagte nichts, sah aber überhaupt nicht amüsiert aus.

Dann wandte er sich zu ihr, und es schien, als wollte er etwas sagen, doch in diesem Moment wurden sie von verzweifelten Rufen von der Spitze des Zuges unterbrochen. Lily schrie irgendetwas, und Seth bedachte Beatrice noch mit einem kurzen Blick, bevor er zu seiner Verlobten eilte.

Beatrice folgte ihm. Irgendetwas war mit Lilys Sohn passiert.

«Das wollte ich nicht», hörte sie Lancelot sagen. Der französische Zehnjährige stand bleich und gefasst neben Daniel, der still weinend auf dem Boden saß. Lily ging neben ihnen in die Hocke. Lancelot war kreideweiß im Gesicht und kämpfte offenbar mit den Tränen.

«Er ist gestolpert, ich hab nichts gemacht», fuhr der Zehnjährige mit zitternder Stimme fort.

«Es war ein Unfall, das weiß ich doch», tröstete ihn Lily, während sie versuchte, ihren eigenen Sohn zu beruhigen.

Seth bahnte sich einen Weg durch die aufgeregte Menge. «Was ist passiert?»

«Daniel ist gestolpert und in diese Büsche da gefallen.»

Rasch untersuchte Seth Beine, Arme und Gesicht des Jungen. «Stechpalme», stellte er fest. «Das kann ziemlich übel werden. Er muss zurück zum Schloss.»

Alexandre hatte bereits einen der Wagen geholt, und Seth hob Daniel hinein. Danach half er Lily auf die Kutsche. «Ich bringe sie zurück. Können Sie nach einem Arzt schicken?»

«Schon passiert», sagte Alexandre. «Soll ich nicht mitkommen?»

Seth schüttelte den Kopf und nickte dem Kutscher zu. «Ich komme schon allein zurecht», antwortete er kurz, stieg auf und setzte sich neben Lily. Das Letzte, was Seth sah, war, wie Alexandre den Arm beschützend um Beatrice legte und sie sich an ihren stattlichen jungen Prinzen lehnte.

Seth schloss die Augen. Er saß in einem Wagen mit seiner zukünftigen Frau und seinem zukünftigen Stiefsohn. Er hatte kein Recht, eifersüchtig zu sein. Aber er war es. Und es tat schrecklich weh.

Als Prinz Alexandres Gesellschaft von ihrem Ausflug zurückkehrte, war es schon früher Abend. Seth stand vor dem Haus und rauchte eine Zigarre, als die Gäste aus den Wagen stiegen. Beatrice sah ihm in die Augen, während man ihr heraushalf, und Seth spürte, wie sein Herz zu flattern begann. Er versuchte, nicht darauf zu achten, wie rosig sie aussah, wie die Abendsonne die kurzen Locken glänzen ließ und wie sein Körper automatisch auf ihre Gegenwart reagierte.

Beatrice hielt seinen Blick fest und ging direkt auf ihn

zu. Seth schluckte, und einen schwindelerregenden Augenblick lang bildete er sich ein, dass sie ihn umarmen und küssen wollte. Er hielt die Luft an, doch Beatrice lächelte nur höflich. Er runzelte die Stirn und dachte an ihren Streit. Was hatte sie eigentlich gemeint, als sie sagte, sie habe auf ihn gewartet? Das konnte ja wohl kaum wahr sein.

«Wie geht es Daniel?», erkundigte sie sich. «Der arme Lancelot war ganz untröstlich. Glaubst du, er kann hinaufgehen und ihn besuchen?»

«Er hat ziemlich viele Stacheln abbekommen», antwortete Seth. «Aber er wird keine bleibenden Schäden zurückbehalten.» Er wandte sich Lancelot zu, der ihn mit ernsten Augen ansah. «Daniel hat schon nach dir gefragt», sagte er freundlich zu dem Jungen. «Soll ich dich zu seinem Zimmer bringen?»

«*Merci, monsieur*», bedankte sich Lancelot leise.

Seth nickte Beatrice zum Abschied kurz zu, bevor er dem Jungen einen Arm um die schmalen Schultern legte und mit ihm ins Haus ging.

Beatrice setzte sich auf ihr Bett und atmete tief aus. Es wurde immer schwerer, die Gleichgültige zu spielen. Frustriert zog sie an ihrem Hutband, als ihre Zofe eintrat. «Ein Bad, Madame?»

«Ja danke, Chloë, sehr gern.»

Beatrice hörte, wie die Dienstmädchen eine Wanne hereintrugen und mit Wasser füllten, lauschte dem Plätschern und dem Schwatzen der Mädchen. Es war albern von ihr, aber heute beim Abendessen wollte sie schön sein. Sie sollte sich nicht weiter um Seth kümmern, er hatte sie so grausam verraten, und jetzt gehörte er obendrein einer anderen Frau, wiederholte sie sich immer wieder. Doch sie musste ihn nur ansehen, um sofort wieder daran zu denken, wie sich sein nackter Körper einmal gegen den ihren gepresst hatte.

Müde rieb sie sich die Augen. Vielleicht war es jetzt ja genauso zwischen Seth und Lily? Vielleicht spielte es für Männer ja keine so große Rolle, welche Frau sie gerade im Arm hielten? Aber für mich ist es ein gewaltiger Unterschied, dachte sie düster. Alexandre hatte sie schon mehrmals geküsst, und obwohl seine Küsse sehr angenehm waren, kamen sie nicht einmal in die Nähe der beinahe animalischen Leidenschaft, die sie mit Seth erlebt hatte.

Jenem Seth, der sich jetzt eine andere Frau ausgesucht hatte, um mit ihr sein Leben zu teilen, rief sie sich ins Gedächtnis. Es brannte in der Brust. Manchmal tat es so weh, an ihn und Lily zu denken, dass sie nicht wusste, wie sie den Schmerz nur noch einen einzigen Tag aushalten sollte. Sie holte tief Luft und ließ sich von Chloë die staubigen Kleider ausziehen. Nun hatte sie schon so viel überstanden, dann würde sie das hier ja wohl auch noch bewältigen, oder? Sie stieg aus den Unterkleidern und ließ sich von Chloë in ein Handtuch hüllen. Wenn diese Woche vorüber wäre, würde sie erst einmal eine Weile verreisen, beschloss sie. Sich vielleicht ein wenig umsehen und die Welt entdecken.

«Madame, Ihr Bad?»

«Danke.»

Das Mädchen half ihr, als sie in das duftende Wasser stieg. «Ich werde heute Abend das hellgelbe Kleid anziehen. Das mit den weiten Ärmeln», sagte sie und lehnte sich in dem dampfenden Wasser zurück.

«Oui, madame.»

«Ich habe von Daniels Unfall gehört», sagte Jacques. Bekümmert betrachtete er Seth, während sie von der Terrasse zurück ins Haus gingen. Der Norweger hatte sich umgezogen. Er war frisch rasiert, und sein feuchtes Haar verriet, dass er gebadet hatte. Doch er sah genauso ernst und erschöpft aus wie am Vortag.

«Dem Jungen geht es schon besser, aber Lily bleibt heute Abend bei ihm», erklärte Seth. «Ich habe versprochen, auch bald hochzugehen. Er langweilt sich, ich schätze, das ist ein gutes Zeichen.»

Jacques wand sich. «Vivienne war der Meinung, ich hätte dir sagen sollen, dass Beatrice hier ist», brachte er schließlich missmutig hervor.

Seth zuckte bloß mit den Schultern, doch Jacques sah ihn ernst an. «Alexandre hat ihr sehr gutgetan. Vivienne sagt, dass es Beatrice äußerst schlecht ging, als sie hier ankam.»

«Inwiefern?», wollte Seth wissen.

«Vivienne hat nicht so viel erzählt, aber ich habe Beatrice auch sehr liebgewonnen. Ich würde es nicht gern sehen, wenn sie noch einmal so schlecht behandelt werden würde.»

Seth hörte den warnenden Unterton in der Stimme seines Freundes und spürte, wie der Zorn in ihm aufstieg. Genau in diesem Augenblick schloss sich Alexandre ihnen an, und Seth musterte den jungen Mann gereizt, der in diesem Leben anscheinend alles haben durfte. Sogar Jacques – ein Mann, dem Seth unzählige Male das Leben gerettet hatte und der ihm eigentlich unverbrüchliche Treue schuldete – stand auf der Seite dieses Welpen.

«Monsieur?», begrüßte ihn Alexandre. «Ich wollte mich nur erkundigen, wie es Daniel geht? Und Lady Tremaine?» Er sah Seth an. «Komme ich gerade ungelegen?», fragte er dann irritiert.

Seth gab sich keine Mühe, seine Gereiztheit zu verbergen, denn plötzlich wusste er ohne jeden Zweifel, dass dieser lebensfrohe künstlerische Prinz Alexandre Beatrice geküsst hatte. Und Jacques hatte erzählt, Vivienne sei sicher, dass die beiden eine Affäre hätten. Die Eifersucht zerrte unbarmherzig an ihm.

«Sie ist eine großartige Frau», fuhr Alexandre mit einem Lächeln fort, und Seth hätte den großspurigen Prinzen am liebsten geschüttelt, bis er sein Genick brechen hörte. Wie konnte Alexandre es wagen, sich einfach zu ihm zu gesellen und über Beatrice zu reden?

«Ich bin sicher, Seth weiß deine freundlichen Worte über Lady Tremaine zu schätzen. Nicht wahr, Seth?», mischte sich Jacques ein und schoss einen warnenden Blick auf Seth ab. Der konnte sich gerade noch zusammenreißen, als ihm klar wurde, dass Alexandre von Lily gesprochen hatte und nicht von Beatrice. Steif nickte er dem Mann zu, dem das enervierende Lächeln offenbar nie verging.

«Vivienne hat mir erzählt, dass Sie mit Jacques im Krieg waren. Ich war erst zehn, als der Krieg ausbrach, aber ich habe mehrere ältere Verwandte, die daran teilgenommen haben. Sie waren *Cuirassier*, nicht wahr?»

Alexandre kann nichts dafür, dass ich mir wie ein Fossil vorkomme, dachte Seth und massierte sich den Nacken. Da machte sich das nächste strahlende Lächeln auf Alexandres Gesicht breit, und Seth wusste genau, was passiert war. Sie war gekommen. Er spürte Beatrices Anwesenheit im Raum mit jeder Faser seines Körpers, und er wagte es nicht, sich umzudrehen. Stattdessen blieb er stehen, ließ die Hand im Nacken liegen und fürchtete sich vor seiner eigenen Reaktion. Und als er sich schließlich doch umwandte, war die Wirkung geradezu elektrisch. Sie hatte irgendetwas mit ihren Haaren gemacht, sie schwangen frei und fingen dabei jeden letzten Strahl der Abendsonne auf. Ihr Kleid saß ihr – sofern überhaupt möglich – noch enger am Leib als das vom Vorabend, es grenzte an ein Wunder, dass sie sich überhaupt darin bewegen konnte. Der dünne zitronengelbe Stoff von Rock und Ärmeln flatterte bei jedem ihrer Schritte. Sie lächelte wieder ihr breites, strahlendes Lächeln, ein Lächeln, das ausschließlich dazu gut zu sein schien, ihn durch die Hölle zu schicken. Er stellte das Denken ein.

Alexandre trat zu ihr, und Beatrice ergriff seine ausgestreckten Hände und ließ sich von ihm auf die Wange küssen. Seth versuchte, den Blick von dem Paar loszureißen, doch es wollte ihm nicht gelingen.

«Ach, sie sind so wundervoll zusammen», seufzte Vivienne neben Seth.

Er hatte die Französin gar nicht kommen sehen. Andererseits – in diesem Moment hätte er auch keinen beleuchteten Zug kommen sehen, verdammt. Sie blinzelte ihn unschuldig an.

«Geht es Ihnen besser?», fragte Seth höflich. «Jacques hat mir erzählt, Sie hätten sich erkältet», fuhr er fort, während er gleichzeitig gegen den Impuls ankämpfte, zu Alexandre hinüberzugehen und ihn mit einem kräftigen Schlag zu Boden zu strecken.

«Ja, danke», antwortete Vivienne. «Es braucht schon mehr als eine kleine Erkältung, um mich aus dem Gleichgewicht zu bringen. Aber natürlich sind nicht alle so robust wie ich.» Ruhig sah sie ihn über ihren flatternden Fächer hinweg an.

«Was soll das heißen?», fragte er. Vivienne hatte schon immer ein untrügliches Gespür dafür gehabt, wie sie sich am besten in Dinge einmischte, die sie nichts angingen.

«Alexandre tut Beatrice sehr gut», stellte Vivienne fest

und deutete mit einem Nicken auf die beiden. «Und sie hat genug mitgemacht.»

«Ist es wirklich so anstrengend für eine junge Frau, Witwe eines Grafen zu sein und sich jetzt von einem Prinzen hofieren zu lassen?», fragte er gereizt, obwohl er wusste, dass er besser den Mund halten sollte.

Vivienne schenkte ihm einen verächtlichen Blick. «Ersparen Sie mir bitte Ihre Kommentare. Sie haben keine Ahnung, was diese Frau mitgemacht hat. Hören Sie auf meinen Rat und passen Sie auf, dass Sie nichts anfangen, was Sie nicht auch zu Ende bringen wollen.»

Seth sah zu Beatrice hinüber. Sie wirkte nicht so, als hätte sie seit ihrer letzten Begegnung nennenswert gelitten, im Gegenteil, sie sprühte vor Leben und Energie. Trotzdem war an Viviennes warnenden Worten etwas, was ihn unangenehm berührte. Auch Jacques hatte davon gesprochen, dass es Beatrice übel ergangen war, fiel ihm ein. Außerdem hatte Vivienne recht, hier konnte er nichts zu Ende bringen. Mit einem Blick auf die Uhr beschloss er, so bald wie möglich zu Lily und Daniel hinaufzugehen. Er sah Beatrice lachen. Für ihn war hier nichts mehr zu holen.

36

«Guten Morgen, Lady Tremaine», sagte Prinz Alexandre, als er die Terrasse betrat, wo Lily gerade stand und auf den Schlosspark blickte.

Es war noch früh am Morgen, doch Lily hatte unbedingt hinausgehen wollen, nachdem sie fast den gesamten Vortag im Haus zugebracht hatte. Außerdem war der Park einfach wunderschön. Am Waldrand hatte sie eine kleine Gruppe grasender Rehe entdeckt, und vor der Terrasse blühten die Rosen in duftenden Wolken.

«Guten Morgen, Monsieur D'Aubigny», antwortete sie. «So ein wundervoller Morgen.» Sie sah sich um. «Wo ist denn Lancelot? Ich dachte, er folgt Ihnen grundsätzlich wie ein Schatten?»

«Er ist in den Stall gegangen», sagte der Prinz lächelnd. «Würden Sie gern ein wenig spazieren gehen? Ich kann Ihnen den Park zeigen.»

Lily sah sich zögernd um. Vielleicht sollte sie lieber wieder zu Daniel hochgehen?

«Kommen Sie, Ihr Sohn kann doch sicher ein Weilchen ohne Sie bleiben, oder nicht?», bat er.

Verlegen lächelte sie. Der Prinz schien ihre Gedanken gelesen zu haben. «Entschuldigen Sie, ich bin so eine Glucke», sagte sie hastig. «Aber Daniel und ich waren so lange auf uns gestellt. Ich kann einfach nicht aufhören, mich um ihn zu sorgen», sprudelte sie los. «Er ist so ein ernster Junge, und er war so schrecklich traurig, als sein Vater starb, deswegen …»

«Sie sind eine gute Mutter, das ist kein Grund, sich zu entschuldigen», fiel Alexandre ihr ins Wort. «Kommen Sie mit mir in den Park, nur eine Weile.» Er bot ihr den Arm, und Lily ergriff ihn. Plötzlich war sie froh, dass sie ihr neues geblümtes Kleid trug. Es stand ihr ausgezeichnet, und sie hatte es zum ersten Mal hier in der Normandie an. Da sie sich für ihre Eitelkeit gleich schämte, schlug sie die Augen nieder und folgte Prinz Alexandre über die Treppe nach unten. Wenn er bloß nicht so unglaublich schick wäre. Sie war immer der Meinung gewesen, dass Seth gut aussah, doch dieser Franzose ... Bei seinem Anblick benahm ihr Herz sich schrecklich unvernünftig. Wie alt mochte er wohl sein? Bestimmt ein Kind, verglichen mit ihr. Sie sollte sich schämen.

«Ich habe gehört, Sie sind Künstler?» Sie betrat den weichen Rasen.

Alexandre schüttelte den Kopf. Er führte sie zu einem kleinen Pfad. «Ich stecke gerade in einer schrecklichen Flaute», gestand er. «Ich weiß nicht, was ich machen soll.»

«Was würden Sie denn am liebsten machen?», fragte sie mit aufrichtigem Interesse, während sie verstohlen sein schönes Profil betrachtete.

Alexandre wandte sich zu ihr um. Der Blick seiner schwarzen Augen ließ sie nach Luft schnappen.

«Ich würde Sie gern malen», sagte er ernst.

Lily kam ins Stolpern. «Mich? Aber warum denn mich, um Himmels willen?», fragte sie.

Er nahm eine ihrer blonden Strähnen und steckte sie ihr hinters Ohr. «Kommen Sie, ich zeige Ihnen den Pavillon», sagte er.

Je mehr Seth daran dachte, was Beatrice auf dem Ausflug zu ihm gesagt hatte, desto mehr wühlte es ihn auf. In der Nacht hatte er wach gelegen und ihre Worte gedreht und gewendet, ohne ihre bizarren Anschuldigungen deuten zu können. Sosehr er sich auch bemühte, er konnte kein Körnchen Wahrheit darin entdecken. Was hatte er nur getan, um so fälschlich von ihr beschuldigt zu werden? Nichts! Sie war eine unberechenbare, manipulative, unbegreifliche Frau. Und eine Lügnerin. Er ging in seinem Zimmer auf und ab. Verdammt, war dieses Zimmer winzig! Gereizt riss er die Tür auf und ließ sie gegen die Wand knallen.

Auf dem Flur stand Beatrice und zuckte zusammen. Sie starrten sich an.

«Du hast mich erschreckt», sagte sie entrüstet. «Pass doch auf, bevor du so mit den Türen knallst.»

«Du!» Seth zeigte anklagend mit dem Finger auf sie. «Ich will mit dir reden.»

Sie hob das Kinn und sah ihm in die Augen. «Ja?», erwiderte sie hochmütig.

Ohne einen Moment zu überlegen, hatte er sie schon ins Zimmer gezogen.

Beatrice war völlig überrumpelt. «Was zum …»

«Keine Sorge. Ich will bloß unter vier Augen mit dir reden. Hier sind ja überall so viele Leute, ich verstehe gar nicht, wie du das aushältst.» Er machte die Tür hinter ihr zu.

Beatrice sah sich im Zimmer um. «Das ist äußerst unpassend», meinte sie. «Glaubst du nicht, dass Lady Tremaine gewisse Einwände hätte?»

«Und was würde dein Prinz dazu sagen?», konterte Seth.

Beatrice winkte nonchalant ab. «Sag, was du mir sagen willst. Man wartet unten auf mich.» Sie trat an sein Fenster und warf einen Blick hinaus.

Mit dem Rücken zu ihm spähte Beatrice nach den Gesichtern der unten Wartenden, als würde Seth ihre Aufmerksamkeit kaum verdienen.

«Warum hast du gesagt, ich hätte dir damals keinen Wagen geschickt?», begann er. «Ich habe das Schiff so lange zurückgehalten, dass man mir schon drohte, mich von Bord zu werfen. Du hast mir eine Botschaft geschickt, dass du nicht kommen wolltest.»

«Mach dich nicht lächerlich», sagte sie, ohne sich nach ihm umzudrehen.

«Du könntest zumindest so höflich sein, mich anzusehen, wenn ich mit dir rede», meinte er gereizt.

Langsam wandte Beatrice sich um. Sie hob die Augenbrauen, und als sie den Kopf auf die Seite legte, wippte ihr kleiner Hut. Im Gegenlicht des Fensters waren ihre Augen schwarz. «Ich bin nicht sicher, ob mir dein Ton gefällt», stellte sie kühl fest.

«Ich will nur verstehen, warum du behauptest, ich hätte dir nicht geschrieben, wenn wir beide wissen, dass das nicht wahr ist. Es gefällt mir gar nicht, wenn man mich als Lügner hinstellt.»

Beatrice schnaubte, doch bevor sie ihn unterbrechen konnte, fuhr Seth fort: «Ich muss dir mindestens zwanzig Briefe nach Göteborg geschickt haben. Und ich habe keine einzige Antwort erhalten. Das heißt – doch, diese eine Nachricht, in der du mir mitgeteilt hast, dass du nichts mehr mit mir zu tun haben willst.»

Schweigend musterte sie ihn, und Seth wurde klar, dass er sie wie immer falsch eingeschätzt hatte. Sie hatte hellrote Flecken auf den Wangen, und ihre Brust hob und senkte sich in ihrem engen Kleid. Sie war viel wütender, als er gedacht hatte. Gut, er war schließlich auch wütend, und jetzt wollte er diese Sache klären, damit er sie ein für alle Mal hinter sich lassen konnte. Diese Frau trieb ihn noch in den Wahnsinn.

«Du hast sicher deine Gründe, wenn du behauptest, du

hättest mir tonnenweise Briefe geschickt», sagte Beatrice eiskalt, und aus ihren Augen schossen Blitze. «Tatsache bleibt jedoch, dass ich keinen einzigen erhalten habe.» Sie machte einen Schritt auf ihn zu, und er sah, dass ihre Kiefer vor Zorn mahlten. «Und du musst schon entschuldigen, aber ich kann nicht behaupten, dass mich das Mitleid umgebracht hätte. Ich hatte nämlich so einige andere Dinge im Kopf als dein aufgeblasenes Ego, während du auf deine Liebesreise nach Amerika fuhrst.»

«Ja, du solltest ja deinen Grafen heiraten, nicht wahr?», zischte er, während er innerlich vor Wut kochte. «Zu dumm, dass ich dir wieder dazwischenkam. Aber andererseits …», sagte er, als wäre ihm ganz plötzlich etwas eingefallen. «So besonders schwer war es ja damals in Göteborg nicht, dich zu überreden, wenn ich mich recht erinnere. Du wolltest doch unbedingt mein Zimmer sehen.»

Beatrice machte noch einen Schritt auf ihn zu und sah aus, als wollte sie ihn gleich schlagen. «Nein, aber du wusstest genau, wie du mich dahinkriegen konntest, wo du mich haben wolltest, nicht wahr?», fauchte sie. «Was war ich für eine Idiotin, mich darauf einzulassen.»

«Es sieht dir gar nicht ähnlich, dich selbst zu bemitleiden», fauchte er zurück. Er stemmte die Fäuste in die Seiten.

«Du weißt doch überhaupt nichts von mir! Überhaupt nichts!», erwiderte sie zornig und fuchtelte mit den Händen.

Ein Diener öffnete die Tür, steckte den Kopf herein und öffnete den Mund.

«Raus!», brüllte Seth.

Die Tür wurde hastig wieder zugezogen.

«Charmant wie immer», bemerkte Beatrice ironisch.

«Ich bin vielleicht kein eleganter Prinz, aber ich verdiene doch wohl mehr als das hier.» Seth hätte vor Wut am liebsten mit dem Fuß aufgestampft. «Ich habe immer gewusst, dass du eine Lügnerin bist, aber du kannst mich nicht mehr täuschen, ich habe dich und deine Spielchen längst durchschaut. Und ich verlange, dass du endlich aufhörst, mir die Schuld zu geben, das ist unser beider unwürdig», schrie er.

«Verlangen?», keuchte Beatrice. «Du hast überhaupt kein Recht, irgendetwas von mir zu verlangen.» Wieder wedelte sie mit den Händen, und Seth wich reflexartig zurück. Ihre fuchtelnden Arme trafen jedoch eine der zahlreichen riesigen Vasen im Zimmer, die prompt auf ihrem Sockel hin und her zu schwanken begann. Seth versuchte noch, sie aufzufangen, doch sie war außerhalb seiner Reichweite, kippte, fiel und zersplitterte mit ohrenbetäubendem Klirren auf dem Boden. Die Scherben flogen in alle Richtungen.

«*Merde!*», fluchte Beatrice.

«Verdammt und zugenäht!», schrie Seth.

Keuchend vor Zorn starrten sie sich an. Da flog die Tür auf, und Jacques trat ein, dicht gefolgt von einer erbosten Vivienne.

«Was macht ihr eigentlich?», fragte sie. «Ihr brüllt hier herum, dass man es im ganzen Haus hört. Und meine Diener erschreckt ihr auch noch.» Sie sah Beatrice an, doch die warf nur den Kopf in den Nacken. Da fiel Viviennes Blick auf die Vase, die in Millionen Scherben auf dem Boden lag. «Und was habt ihr mit meiner Ming-Vase gemacht?», schrie sie.

«Er ist schuld.» Wütend zeigte Beatrice auf Seth. «Er hat mich hier reingezerrt, und jetzt wirft er mit dämlichen Anschuldigungen um sich. Er ist völlig verrückt geworden.

Warum zum Teufel hast du bloß diesen kriecherischen, treulosen Bastard eingeladen?»

«Aber Beatrice», rief Vivienne schockiert.

«Hört, hört, die überspannte Frau hat gesprochen. Immer diese weibliche Hysterie, als ob es davon nicht schon genug gäbe in dieser verdammten Welt», zischte Seth.

«Hör auf zu fluchen, du ungehobelter Dreckskerl.»

Seth tat einen drohenden Schritt in ihre Richtung.

«Immer mit der Ruhe», warnte Jacques.

«*Merde*», sagte Vivienne matt, doch keiner hörte sie. Sie machte einen Schritt auf die Streithähne zu. Vivienne de Beaumarchais, die in ihrem Leben noch nie etwas Unzivilisiertes getan hatte, holte zitternd Luft. «*Merde*», flüsterte sie noch einmal. Dann erbrach sie sich direkt auf Seths Stiefel.

*

«Aber warum sagst du denn nichts? Gibt es irgendetwas, was ich für dich tun kann?», fragte Jacques, während er Vivienne ein feuchtes Tuch auf die Stirn legte.

Sie lehnte sich in ihre Kissen und bedachte ihn mit einem kühlen Blick. «Meinst du nicht, dass du schon genug angerichtet hast?», fragte sie.

Beatrice warf einen Blick ins Schlafzimmer. «Darf ich reinkommen?»

«Sieh an, sieh an, ist das nicht eine von meinen kultivierten nordischen Gästen», murmelte Vivienne. «Hast du es bis hierher geschafft, ohne weitere Vasen umzuwerfen? Nur dass du es weißt, die war aus dem 12. Jahrhundert. Es musste erst eine tollpatschige Schwedin daherkommen, damit sie kaputtging.»

«Ich bin Halbfranzösin.»

«Nicht unbedingt die bessere Hälfte, wenn du mich fragst», schnaubte Vivienne.

«Ich habe um Entschuldigung gebeten und nicht nur einmal. Ich habe auch angeboten, sie dir zu ersetzen. Du hast doch ohnehin so viele Vasen, was macht da schon eine mehr oder weniger?» Beatrice setzte sich auf einen Stuhl neben dem Bett und sah sich in dem pompösen Zimmer um. «Ich bin noch nie in deinem Schlafzimmer gewesen. Wem willst du hier nacheifern – Marie Antoinette?»

Vivienne warf ihr einen wütenden Blick zu.

Jacques zwinkerte Beatrice zu. Seine Krawatte hing schief, und seine Locken waren noch zerzauster als gewöhnlich. Aber er sah sehr zufrieden aus.

«Na, wann kommt denn das Kleine?», erkundigte sich Beatrice munter.

«Grins nicht, Jacques», zischte Vivienne drohend. «Es ist ja nicht so, als hättest du ein Wunder vollbracht.» Sie wurde ganz grün im Gesicht, und Jacques konnte ihr gerade noch einen Eimer reichen, bevor sie sich erneut übergab.

«So, *mon amour*, gut so.» Jacques lächelte Beatrice an. «Vivienne gerät nur selten aus dem Gleichgewicht, man muss es genießen, solange es andauert. Aber sie sitzt bestimmt bald wieder im Sattel.» Er errötete. «Äh, ich meinte …»

«Kannst du uns vielleicht kurz allein lassen?», bat Beatrice.

Jacques nickte und stand auf, nicht ohne Vivienne noch einmal zärtlich die Wange zu tätscheln. «Klingle, wenn du etwas brauchst.»

Vivienne schnaubte nur, und Jacques verließ pfeifend das Zimmer.

«Das hat er mit Absicht gemacht, damit mir keine andere Wahl bleibt», sagte Vivienne unglücklich zu Beatrice. «Jetzt muss ich ihn heiraten. Ich bin viel zu alt dafür.»

Zärtlich sah Beatrice sie an. «Du kannst nicht verbergen, dass du glücklich bist, nicht vor mir. Und ihr werdet ein kleines *bébé* haben», fügte sie mit glänzenden Augen hinzu.

Vivienne blinzelte zurück.

«Du musst doch glücklich sein, oder nicht?», fragte Beatrice lächelnd.

Erschöpft sah Vivienne sie an. «Überglücklich», brachte sie gerade noch hervor, bevor sie sich wieder erbrach.

Später ging es Vivienne wieder so gut, dass sie draußen sitzen konnte. Beatrice nahm neben ihr auf der Bank im Schatten einer uralten Eiche Platz.

«Das Laub wird schon langsam rot», stellte Beatrice fest.

«Ja.»

Eine Weile saßen sie schweigend in der warmen Nachmittagssonne und beobachteten die Gäste, die im Park spazieren gingen.

«Ich habe gehört, dass Monsieur Hammerstaal ausgeritten ist», erzählte Vivienne. Sie nahm einen kleinen Schluck von ihrem heißen Tee. «Mein Stallmeister hat gesagt, dass er Hannibal genommen hat und für den Rest des Tages wegbleiben wollte», fuhr sie fort. «Dieses Pferd ist ein böses Vieh, aber Jacques meint, Seth weiß schon, was er tut.» Sie sah Beatrice an. «Zumindest, wenn es um Pferde geht.»

«Alexandre habe ich den ganzen Tag noch nicht zu Gesicht bekommen», bemerkte Beatrice zerstreut. «Mir war gar nicht bewusst, dass ich mich so an seine Aufmerksamkeit gewöhnt habe. Jetzt ist er verschwunden.» Sie schüttelte den Kopf. «Er hat gesagt, dass er wieder mit dem Malen angefangen hat. Typisch. Seine Inspiration kommt zurück, nachdem er den ganzen Sommer planlos herumgestreunt ist.»

«Hmm», sagte Vivienne. «Er will, dass wir sofort heiraten. Trottel.»

«Er hat recht», sagte Beatrice. «Du musst jetzt das Richtige tun.»

«Niemand auf diesem Fest tut das Richtige», murmelte Vivienne. «Warum sollte ich es dann tun?»

«Ich habe gesehen, dass du neulich mit Seth geredet hast», wechselte Beatrice das Thema. «Was hast du eigentlich zu ihm gesagt?», fragte sie leichthin.

«Ich habe ihm nur die Wahrheit gesagt», antwortete die Französin, stellte die zerbrechliche Tasse ab und öffnete ihren Fächer.

Beatrice musterte sie misstrauisch. «Aha. Und was ist nach Madame de Beaumarchais' Ansicht die Wahrheit, wenn ich fragen darf?»

«Dass du völlig verstört warst, als du hierherkamst, und dass du nun, dank Alexandre, einen Schritt vorwärts gemacht hast und es dir besser geht als je zuvor. Und dass er bloß nicht auf dumme Gedanken kommen soll.»

«Und wenn ich nun wollte, dass er auf dumme Gedanken kommt?»

«Puh, ich kann nicht alles für dich regeln. Ihr müsst versuchen, eure Angelegenheiten ein für alle Mal selbst zu klären.» Vivienne sah sie mit einem durchdringenden Blick an. «Aber vergiss nicht, wie sehr er dich verletzt hat. Und du denkst doch wohl daran, dass er eine andere Frau heiraten wird?» Vivienne schüttelte den Kopf. «*Mon Dieu*, was für ein Chaos dieser Mann anrichten kann. Aber er ist natürlich auch *extraordinaire*.»

«Und du bist dumm, wenn du Jacques nicht heiratest. Dann wirst du allein altern. Kein anderer wird dich mehr wollen, und dann wirst du eine wunderliche alte Frau mit Haustieren im Salon und einem ungesunden Interesse für deine Gärtner.»

Vivienne reckte sich und bedachte Beatrice mit einem überlegenen Blick. «Deine Ratschläge würden wahrscheinlich mehr Beachtung verdienen, wenn du selbst auch einmal ein wenig Ordnung in dein Leben gebracht hättest.»

Beatrice stand auf. «Ich gehe mich umziehen.» Sie griff nach Sonnenschirm und Fächer. «Vivienne, ich hoffe, du entschuldigst, wenn ich das so sage, aber nächstes Jahr werde ich bei deinem Erntefest wohl lieber einmal aussetzen.»

«Pass auf, dass du auf deinem Weg nach drinnen nichts umwirfst. So viele Ming-Vasen habe ich nun auch wieder nicht.»

Beatrice murmelte etwas Unverständliches, doch Vivienne lächelte nur über ihre wütende Freundin. Zorn war so viel besser als Verzweiflung. Und Beatrice war lange genug verzweifelt gewesen.

Vivienne lehnte sich zurück und blinzelte in den Himmel. Sie beschattete die Augen mit der Hand. Das Fest würde noch ein paar Tage dauern, und sie fragte sich lakonisch, aus welcher Richtung wohl die nächste Katastrophe drohte.

Seth hatte eine Weile gebraucht, bis er Viviennes wilden schwarzen Hengst dazu gebracht hatte, ihn zu akzeptieren. Hannibal machte seinem Namen alle Ehre, doch Seth war nicht in der Stimmung, einem wütenden Pferd zu gestatten, seinen Willen durchzusetzen, und inzwischen schossen sie durch den Wald, als wären sie eins geworden.

Es war eine Erleichterung, alles hinter sich zu lassen, und sei es nur für ein paar Stunden. Und etwas zu tun, was er gut konnte, etwas, was er unter Kontrolle hatte. Etwas,

was ihm nicht die ganze Zeit unter den Händen explodierte. Langsam spürte er, wie die Spannung in seinem Körper nachließ, wie ihm das Atmen und Denken leichter fiel. Sie näherten sich einer Hütte, und er zügelte sein Pferd. Es handelte sich um eine typische Jagdhütte, zum Schutz für die Jäger erbaut, wahrscheinlich sparsam eingerichtet und perfekt instand gehalten.

In nicht allzu weiter Entfernung öffnete sich der Wald zu einer Lichtung, von der ihm ein See entgegenschimmerte. Er ritt bis zum Ufer und saß ab. Das Pferd stillte seinen Durst und begann dann zu grasen, während Seth sich Hemd und Hose auszog und in den See tauchte. Mit kräftigen Zügen pflügte er durchs Wasser, genoss die Kühle und die friedliche Natur.

Während er sich auf den Rücken drehte und sich treiben ließ, echoten Viviennes Worte in seinen Ohren.

Inwiefern hatte Beatrice eigentlich gelitten? Rosenschöld war Abschaum, aber hatte er seine junge Ehefrau wirklich so schlecht behandelt? Seth tauchte mit dem Kopf unter und kam prustend wieder an die Oberfläche. Dann drehte er sich um und schwamm zurück ans Ufer, wo er sich ins Gras legte und sich von der Sonne trocknen ließ.

Ihre Anschuldigung, er habe ihr nicht geschrieben, ließ ihn nicht los, wie ein Kieselsteinchen im Schuh. Nachdem sie nach ihrer leidenschaftlichen Begegnung in Göteborg auseinandergegangen waren, hatte er sie jede Sekunde vermisst. Wie konnte sie sich nach einem solchen Erlebnis gegen ihn entscheiden?

Als Johan ihm schrieb, sie hätte geheiratet, war er beinahe zusammengebrochen. Doch er hatte sich zusammengerissen, denn es gab so viele andere Menschen, die ihn brauchten. Er konnte Lily und Daniel nicht enttäuschen, die so auf ihn angewiesen waren und denen er ein Versprechen gegeben hatte.

Er hätte nie geglaubt, dass Beatrice und er sich je wiedersehen würden, doch jetzt hatte das Schicksal sie doch wieder zusammengeführt. Nachdenklich kaute er an einem Grashalm. Die Anziehung war immer noch da, das war ihm vollauf bewusst. Er dachte an ihren gestrigen Streit. Er war so zornig gewesen, doch sie war keinen Zentimeter gewichen, sondern hatte ihm nur weiter mit ihren hübschen Fingern vor der Nase herumgefuchtelt und ihn ohne jede Angst herausgefordert. Nur wenige Männer wagten es, ihm zu trotzen, wenn er so wütend war wie gestern, doch sie, eine zierliche Frau, war ihm gegenüber aufgetreten wie eine ganze Armee. Seth seufzte resigniert. Beatrice war überhaupt nicht so ungerührt, wie sie scheinen wollte. Obwohl sie sich damals gegen ihn entschieden hatte und obwohl sie jetzt einen neuen jungen Liebhaber hatte.

Die Eifersucht schlug wieder zu, und Seth stöhnte. Hannibal antwortete mit einem Schnauben und stampfte ungeduldig mit den Hufen. «Na komm, du bockiges Vieh, wir reiten zurück», seufzte Seth und zog sich wieder an. Leider war er kein bisschen schlauer als vor seinem Ausritt.

Als er zurückkehrte, war die Dämmerung schon angebrochen, und in der Ferne hörte er Donner grollen.

37

Beatrice betastete die Diamanten, die sie sich von Vivienne ausgeliehen hatte. Die Kette blitzte und blinkte an ihrem Hals, während sie im Ballsaal stand und mit den anderen Gästen plauderte. Vivienne unterhielt sich mit einem französischen Politiker, und Beatrice hatte gerade einem von Viviennes Nachbarn zugewinkt, als Alexandre auftauchte und auf sie zusteuerte. Er sah geradezu unverschämt gut aus, dachte sie, obwohl sich an seinem Hemd ein Knopf gelockert hatte und er seine Krawatte nachlässig gebunden hatte. Seine Hände hatte er zwar eifrig geschrubbt, doch man sah immer noch die Farbflecken. Sogar in seinen Haaren saßen Farbspritzer. Er sah glücklich aus.

«Wo warst du denn die letzten Tage?», wollte Beatrice wissen, als er ihr die Hand küsste. «Ich habe dich kaum gesehen.»

Alexandres schwarze Augen funkelten frech, und sie wünschte sich von ganzem Herzen, sie könnte sich in diesen lebensfrohen Prinzen verlieben.

«Ich habe gemalt», antwortete er und ließ den Blick über sie schweifen. «Noch so ein phantastisches Kleid, *chérie?*», fragte er lachend.

Seine Stimme klang mehr als anerkennend, und sein Lächeln wirkte echt, doch Beatrice entging nicht, dass sein Blick ein wenig flackerte. Er war höflich und aufmerksam wie immer, doch schien er irgendwie zerstreut – als wäre er mit den Gedanken woanders –, und Beatrice runzelte die Stirn. Sie merkte, dass sie sich sehr an Alexandres schmeichelhafte Aufmerksamkeit gewöhnt hatte.

«Da kommt Lady Tremaine», rief er plötzlich aus und starrte Lily an, die an Seths Arm den Raum betreten hatte. «Entschuldige mich», sagte er und ging dem Paar rasch entgegen. Verblüfft beobachtete Beatrice, wie er sich tief vor Lily verbeugte, die ihm wiederum ein strahlendes Lächeln schenkte. Dann deutete Alexandre mit einem Kopfnicken zu Beatrice, und Seth und Lily drehten sich zu ihr. Ohne von Seths schroffer Miene Notiz zu nehmen, ergriff der Prinz Lilys Hand.

Die Amerikanerin ließ sich zur Tanzfläche führen, und Beatrice musste widerwillig feststellen, dass Lady Tremaine mit ihren blonden Rauschgoldlocken heute Abend außergewöhnlich süß aussah, wie sie sich an Alexandres Arm festklammerte.

Seth blieb allein zurück und musterte Beatrice mit unergründlicher Miene. Vivienne, die das Schauspiel verfolgt hatte, beugte sich zu Beatrice.

«Ob er dich jetzt wohl auffordert, nachdem ihm Alexandre Lady Tremaine vor der Nase wegstibitzt hat?», flüsterte sie.

«Ich glaube, Seth würde sich lieber die Hand abhacken, als mich um einen Tanz zu bitten», antwortete Beatrice aufrichtig. Sie sah Seth an und wusste selbst nicht recht, was sie empfand. Wollte sie überhaupt mit ihm tanzen? Nach dem gestrigen Streit in seinem Zimmer war er ihr aus dem Weg gegangen. Zerstreut strich sie sich über die Hüfte. Mademoiselle Colette legte Wert darauf, die weiblichen Formen deutlich zu betonen, und überdies war das bronzefarbene Kleid so tief ausgeschnitten, dass Beatrice bei der ersten Anprobe rot geworden war. Es war aus dem zartesten Seidenstoff und nur mit hauchdünnen Chiffonärmeln versehen, die die Schultern gerade eben streiften. Ihr Haar hatte sich Beatrice von ihrer Zofe hoch aufstecken lassen, um Viviennes Diamantkette besser zur Geltung zu bringen. Während sie sich frische Luft zufächelte, spürte sie, wie sich ihr im Nacken und auf den Armen die Härchen aufstellten. Obwohl das Gewitter noch weit weg war, war die Luft fast elektrisch. Alles war aufgeladen.

Beatrice sah Seth an, der immer noch dort stand, wo man ihn stehen gelassen hatte. Sie legte den Kopf schräg und blickte ihn herausfordernd an.

Du lieber Gott, ihr Kleid wird aber auch nur von ein bisschen gutem Willen gehalten, dachte Seth. Und beim Anblick ihrer Hochsteckfrisur überkam ihn die Lust, die Haarnadeln eine nach der anderen herauszuziehen, um ihr dann mit den Fingern durch die weichen Locken zu fahren und sie so zu küssen, dass sie den Verstand verlor. Wie damals in Göteborg. Sie sieht so selbstsicher aus, wie sie da steht und mich herausfordernd anschaut, dachte er. Wahrscheinlich glaubte sie, dass er sie auf keinen Fall auffordern würde, und genau das hatte er sich auch vorgenommen, bis sein Blick an ihren mitternachtsblauen Augen hängen blieb. Er hatte doch keine Angst vor Beatrice und ihrer Ausstrahlung, redete er sich ein. Er war Herr seiner selbst und ging Herausforderungen nicht aus dem Weg. Im Gegenteil, er nahm sie an. Es wäre natürlich klüger, darauf zu verzichten, dachte er, sich auf dem Absatz umzudrehen und sie stehen zu lassen, doch er wollte sie noch einmal im Arm halten, und ein Tanz bot ihm den besten Vorwand dafür. Mit wenigen Schritten durchquerte er den Raum und sah, wie sich ihre Augen weiteten. Damit hatte sie tatsächlich nicht gerechnet.

«Madame, darf ich bitten?» Er streckte die Hand aus. Für den Bruchteil einer Sekunde zögerte sie, und zum ersten Mal seit seiner Ankunft auf Château Morgaine lächelte Seth.

Beatrice warf den Kopf in den Nacken, und die Diamanten an ihrem Hals glitzerten. Dann legte sie ihre Hand in seine, und seine Finger schlossen sich um die ihren. Sie hielt seinen Blick unverwandt fest, und Seth sah, dass auch sie diese Spannung zwischen ihnen spürte. Er zog sie an sich, und widerstandslos sank sie in seine Arme. Ihr Kleid raschelte leise. Langsam legte sie ihm eine Hand auf die Schulter. Seth schmiegte seinen Arm um ihre Taille, und plötzlich sah er die Sorge in ihren großen Augen. Er zog sie noch fester an sich.

«Sie haben doch wohl keine Angst vor mir, Madame?», flüsterte er herausfordernd.

Er spürte, wie sie sich versteifte, und die Erinnerungen brachen über ihn herein wie eine Flutwelle. Auch sie konnte niemals einer Herausforderung widerstehen, seine Beatrice. Abgesehen davon, dass sie nicht die Seine war und es auch niemals sein würde. Außer für eine kurze Zeit in Göteborg. Sein Griff wurde fester.

Als die Musik begann, schien sie sich wieder gefangen zu haben. Ruhig und gesammelt glitt sie mit ihm über die Tanzfläche. Es war ein Walzer – genauso wie ihr erster Tanz in Stockholm. Aus dem Augenwinkel sah er Alexandre und Lily, doch er konnte nicht das geringste Interesse für die beiden aufbringen. Nicht, während er Beatrice im Arm hielt. Er wusste, dass sie beobachtet wurden, von Vivienne und Jacques, von Lily und Alexandre, doch es war ihm gleichgültig. In diesem Moment gab es nur ihn und Beatrice. Sie hatte zugenommen und war nicht mehr so dünn wie in Göteborg, als sie sich in seinem Zimmer geliebt hatten. Die neuen Kurven stehen ihr, dachte er. Diese neue Beatrice war großartig. Er betrachtete die goldenen

Sommersprossen, die ihn immer noch jede Nacht heimsuchten. Lily hatte eine makellose Haut und vollendete Gesichtszüge, doch Beatrice war lebhaft, rothaarig, sommersprossig und unberechenbar.

Sie war perfekt.

Und sie hatte sich gegen ihn entschieden.

Die Musik verstummte, und Beatrice fragte sich, was nun wohl geschehen würde. Doch Seth eskortierte sie bloß wortlos zurück an ihren Platz. Sie hatten keine Silbe miteinander gesprochen. Trotz allem, was zwischen ihnen in der Luft lag, hatten sie schweigend getanzt und mit keinem Wort die Vergangenheit erwähnt. Seth verließ sie mit einem kurzen Nicken, und den Rest des Abends hielt er sich von ihr fern.

Es quälte Beatrice, wie offensichtlich er ihre Blicke und ihre Gesellschaft mied. Sie war völlig überwältigt. Vorhin war er gewesen wie früher, war er so sehr Seth gewesen, dass es wehtat, und sie glaubte auch, etwas in seinen Augen gesehen zu haben. Doch jetzt war er nur noch ein kühler, distanzierter Fremder, Lily an seinem Arm. Wie machte er das? Sie hätte am liebsten geweint und geschrien und mit dem Fuß aufgestampft, so ungerecht fand sie das. Trotzig hob sie das Kinn und reckte sich zu ihrer vollen Größe. Sie war keine naive Unschuld mehr. Sie war zivilisiert, und zivilisierte Menschen brachen nicht zusammen. Sie lächelten und betrieben Konversation, auch wenn ihnen immer und immer wieder das Herz brach.

Am Abend stand Seth an seinem offenen Fenster und rauchte, während er in der Ferne die Blitze über der Küste aufleuchten sah. Obwohl das Gewitter bis jetzt hartnäckig über dem Meer hing, wurde die Luft um Château Morgaine immer schwerer. Insekten und Vögel flogen unruhig durch die aufgeladene Atmosphäre, und die Tiere auf dem Schloss waren nervös.

Sein Diener hatte sich schon lange zur Nachtruhe zurückgezogen, und Seth wusste, dass er ebenfalls zu Bett gehen sollte. Doch er bezweifelte, dass er bei dieser Schwüle überhaupt würde einschlafen können. Schließlich löschte er seine Zigarre trotzdem und legte sich aufs Bett. Er konnte seine Gedanken nicht mehr im Zaum halten, er war zu müde, und es war zu warm. Irgendwo im Schloss lag auch Beatrice in einem Bett. Ein Glück, dass er nicht wusste, wo ihr Zimmer war, sonst würde er vielleicht etwas richtig Dummes anstellen. Zum Beispiel zu ihr gehen und sie anflehen, dass sie ... Dass sie was? Dass sie sich seiner erbarmen und ihm erlauben sollte, ihren wunderbaren Körper ein klein wenig zu lieben? Dass sie ihm gestattete, ihr die bronzefarbene Seide Schicht für Schicht auszuziehen, bis ihre cremeweiße Haut ganz entblößt wäre und er jeden Zentimeter an ihr verehren könnte? Aber vielleicht gestattete sie genau das ja gerade Alexandre? Gequält schloss er die Augen. Es war nicht unmöglich, dass die beiden irgendwo in diesem Schloss schwitzend und keuchend in einem Bett beisammen waren.

Beatrice lag auf dem Bett in ihrem schwülen Schlafzimmer. Das Fenster stand offen, doch es war viel zu warm, und irgendwann gab sie ihre Einschlafversuche einfach auf. Sie zog ihren Morgenmantel an, band den Gürtel fest und verließ ihr Zimmer. Sie wollte in die Bibliothek hinuntergehen und sich ein Buch holen.

Sie begegnete keiner Menschenseele, während sie durch die dunklen Flure zur Bibliothek schlich. Die Tür war nur angelehnt, und sie schlüpfte hinein. Aufs Geratewohl griff sie sich im Dunkeln ein Buch. Es ist schwer und bestimmt recht trist, dachte sie zufrieden und wandte sich zum Gehen. Auf dem Rückweg zu ihrem Zimmer zögerte sie. Natürlich hätte sie denselben Weg zurückgehen müssen, den schnellsten Weg, den vernünftigsten Weg, aber dann verlangsamte sie ihre Schritte und blieb schließlich ganz stehen.

Sie wusste, welche die Tür von Seth war. Langsam ging sie daran vorbei, und plötzlich hörte sie ein Geräusch aus seinem Zimmer. Unschlüssig sah sie sich um. Als sie sich gerade eingeredet hatte, dass es nur eine Einbildung gewesen sei, hörte sie es wieder: ein langgezogenes Stöhnen, ein gequälter Laut. Unschlüssig blieb sie stehen. Wenn ihm nun etwas passiert war? Sie sah sich im dunklen Korridor um und überlegte, ob sie jemand rufen sollte. Der nächste gequälte Schrei aus seinem Zimmer ging ihr durch Mark und Bein, und sie hob die Hand, um vorsichtig anzuklopfen. Stille. Doch als sie erneut ein Stöhnen vernahm, drückte sie vorsichtig die Klinke herunter, und tatsächlich war die Tür unverschlossen. Ohne lange nachzudenken, schlüpfte sie in sein Zimmer. Sie hielt den Atem an und blinzelte ins Dunkel, wobei ihr völlig klar war, dass es einfach nur dumm war, was sie hier tat. Die Tür zu seinem Schlafzimmer stand offen – noch konnte sie sich umdrehen und gehen. Sie blieb stehen.

«Nein», hörte sie seine heisere Stimme aus dem Schlafzimmer. Sie machte noch einen Schritt, trat vorsichtig über die Schwelle und spähte hinein.

Seth lag ganz still in seinem Bett, und Beatrice stellte verlegen fest, dass er schlief. O Gott, wie dumm sie sich vorkam. Er hatte nur im Schlaf geredet. Langsam wich sie wieder zurück.

«Nein, geh nicht», flüsterte Seth mit derselben gequälten Stimme, die sie vorhin gehört hatte.

Beatrice schauderte. Doch dann war es wieder still, und schließlich spähte sie doch noch einmal zu seinem Bett. Er schlief immer noch. Sehnsüchtig warf sie einen letzten Blick auf ihn. Seth schlief mit nacktem Oberkörper, und seine dunkle Haut hob sich von der weißen Bettwäsche ab. Ein Laken hatte sich um sein Bein gewickelt. Gerade schlug sie die Augen nieder und wandte sich zum Gehen, als er plötzlich einen lauten Schrei ausstieß. Erschrocken fuhr sie zusammen. Sie drehte sich um und entdeckte, dass er sich im Bett aufgesetzt hatte. Er atmete schwer und starrte ins Leere, und sie überlegte, ob er wohl immer noch schlief. Sie hatte ihn stets als unverletzlich betrachtet, doch jetzt sah er völlig verschreckt aus.

«Seth?», flüsterte sie.

Er ließ sich auf sein Kissen zurückfallen. «Nein, hör auf», rief er heiser.

Inzwischen hatte sie selbst schreckliche Angst, doch sie konnte ihn doch nicht einfach so allein lassen. Mit stockendem Atem ging sie zu ihm und setzte sich auf die Bettkante. «Wach auf, es ist nur ein Traum», sagte sie sanft. Er schlug die Augen auf und starrte sie an. «Seth?»

«Bitte, tu das nicht», wimmerte er.

«Keine Sorge», flüsterte sie, «du träumst nur, es ist alles in Ordnung.»

Sie nahm seine große warme Hand, und Seth drückte die ihre so fest, dass es fast schon wehtat. Mit schmerzendem Herzen blieb sie bei ihm sitzen und genoss das Gefühl, von Seth gebraucht zu werden. Auch wenn es nur im Schlaf war.

Nach einer Weile erwachte Seth. Er schlug die Augen auf und sah jemand an seinem Bett sitzen. «Beatrice?», fragte er verwirrt.

Sie lächelte, und er bemerkte, dass sie seine Hand hielt. «Du hattest einen Albtraum. Ich konnte dich nicht allein lassen», sagte sie sanft.

«Wie bist du hier reingekommen?», fragte er heiser. «Du solltest nicht hier sein.» Wie oft hatte er nicht schon geträumt, sie wäre bei ihm?

«Nein, das sollte ich wohl wirklich nicht.» Sie zog ihre Hand zurück.

«Ich habe geträumt», sagte er. «Meine üblichen Träume.»

«Wovon handeln deine Träume?»

«Vom Krieg», antwortete er müde. «Immer vom Krieg. Und von denen, die starben. Von allen, denen ich nicht helfen konnte.» Er rieb sich die Augen. «Ich habe so schreckliche Sachen gesehen, Beatrice, Sachen, die niemals hätten passieren dürfen. Aber ich habe schon lange keinen so schlimmen Traum mehr gehabt. Entschuldige, wenn ich dich erschreckt habe.»

Er sah in ihr blasses, ernstes Gesicht, und da dämmerte es ihm. «Du hast auch solche Träume», sagte er. «Deswegen hast du es gleich verstanden.»

«Ja.»

«Wovon handeln deine Träume?», fragte er. Doch er wusste es im nächsten Moment selbst. «Von ihm?»

«Mittlerweile sind sie fast verschwunden», erwiderte sie leise. «Es hat geholfen, mit Vivienne darüber zu sprechen. Jetzt träume ich nur noch selten davon.»

Beim Klang ihrer tonlosen Stimme schauderte Seth. «Beatrice, was ist eigentlich passiert, als ich fort war?», fragte er vorsichtig.

Sie schwieg so lange, dass er schon dachte, sie wollte ihm gar nicht antworten. «Sie haben mich gezwungen», sagte sie schließlich. Sie wich seinem Blick immer noch aus, doch Seth sah, wie sich ihre Brust unter dem dünnen Stoff immer schneller hob und senkte. Er widerstand dem Impuls, ihre kleine Hand zu ergreifen und sie zu trösten, denn er hatte Angst, sie könnte die Geste missverstehen.

Schließlich fuhr Beatrice leise fort: «Onkel Wilhelm hätte Sofia mit Rosenschöld verheiratet, wenn ich nicht gehorcht hätte. Rosenschöld hatte im Gegenzug versprochen, Edvard den Weg in die feine Gesellschaft zu ebnen. Ich sei es ihnen schuldig, meinte Onkel Wilhelm, weil sie sich nach Papas Tod meiner angenommen hatten. Ich hatte keine andere Wahl.»

Seth starrte sie an. Er wusste nicht recht, ob er sich verhört hatte. *Gezwungen?*

«Warum hast du mir denn nichts gesagt? Ich hätte etwas unternehmen können.» Langsam ging ihm die Tragweite dessen auf, was sie ihm da erzählte. «O Gott», flüsterte er.

«Ich wollte es dir in Göteborg erzählen, nachdem wir zusammen gewesen waren.» Sie errötete leicht. «Aber dann bist du weggefahren.»

Zum ersten Mal brach ihre Stimme, und er spürte, wie sich ein schrecklicher Schmerz in seinem Körper ausbreitete.

«Du wolltest einen Wagen schicken», fuhr sie leise fort. «Ich wollte dir so gern alles erzählen. Aber es kam kein Wagen. Und auch kein Brief. Dann erfuhr ich zufällig, dass du Lily nach England begleiten wolltest.» Sie lächelte schuldbewusst. «Ich habe heimlich einen deiner Briefe an Johan gelesen, und ich glaube, in dem Moment habe ich einfach aufgegeben. Wilhelm setzte mir zu und drohte mir, und ich erklärte mich mit der Hochzeit einverstanden, sobald

Sofia genesen wäre. Ich war so feige. Er drohte mir, mich auf die Straße zu setzen und mich vor allen Leuten bloßzustellen. Ich weiß nicht, ob er es getan hätte. Doch die Situation wäre so oder so unerträglich geworden. Außerdem musste ich es für Sofia tun. Sie war so krank. Und als ich dann erfuhr, dass Lily und du ...» Beatrice verstummte.

«Was ist dann passiert?», fragte er leise.

Sie blickte auf ihren Schoß und zupfte an einem losen Faden an ihrem Morgenmantel. «Er hat mich geschlagen, als er entdeckte, dass ich nicht mehr unschuldig war», sagte sie.

«Hat er dich vergewaltigt?»

«Viv behauptet, es war eine Vergewaltigung, auch wenn wir verheiratet waren. Ja, er hat mich vergewaltigt, und dann hat er mich wieder geschlagen. Und mir die Haare abgeschnitten.» Traurig zog sie an einer ihrer widerspenstigen Locken. «Ich glaube, er wollte mich totschlagen, aber es ist ihm nicht gelungen.» Sie zuckte mit den Schultern. «Das ist lange her. Passenderweise ist er dann in einem Bordell gestorben.» Ruhig sah sie ihn an und begegnete seinem schockierten Blick. Dann nickte sie langsam.

«Deswegen wusste ich, dass du Albträume hast. Ich hatte monatelang auch immer so schreckliche Träume. Aber inzwischen ist es besser geworden. Viel besser sogar.»

Rosenschöld hatte Beatrice also geschlagen, dachte Seth. Er hatte sie misshandelt und geschändet. Weil sie nicht mehr unschuldig gewesen war. Weil sie ihre Unschuld einem anderen Mann geschenkt hatte – nämlich ihm. Er war der Grund dafür, dass Beatrice so brutal behandelt worden war. In einer Ehe, zu der sie von dem Mann gezwungen worden war, der sie eigentlich hätte beschützen müssen. Und Seth selbst hatte sie verlassen, war nach Amerika gefahren und hatte sein gekränktes Ego gehätschelt.

Was hatte er angerichtet? Welche Gräuel hatte sie wegen ihm durchlitten! Sie wirkte völlig ruhig, doch ihre Hände bewegten sich nervös, und Seth nahm sich zusammen, um seine Selbstverachtung beiseitezuschieben. Er wollte sie jetzt nicht auch noch mit seinen eigenen Gefühlen belasten. Aber da waren doch gewisse Dinge, die er wissen musste.

«Du sagst, dass du meine Briefe nicht bekommen hast. Und dass der Wagen nicht gekommen ist. Aber ich habe dir geschrieben. Und ich habe einen Wagen geschickt, ich schwöre es. Das musst du mir glauben», sagte er.

«Ich will dir ja gerne glauben, aber ich würde in diesen Dingen niemals lügen», erwiderte sie.

Er überlegte und fügte die verschiedenen Puzzleteilchen zusammen, bis sie ein unschönes, aber sehr einleuchtendes Muster ergaben. «Edvard war die ganze Zeit in Göteborg, nicht wahr?», fragte er.

«Ja», bestätigte Beatrice.

«Er hasst mich», sagte Seth langsam. «Und er ist ein richtig schlimmer Mensch.»

«Edvard?» Beatrice runzelte die Stirn, doch Seth sah ihr an, dass sie im Grunde nicht überrascht war.

«Er muss meine Briefe unterschlagen haben», fuhr er fort. «Ich habe dir geschrieben, und es verging kein Tag, an dem ich nicht an dich gedacht hätte.»

«Edvard hat sich in Göteborg wirklich immer merkwürdiger verhalten», meinte Beatrice nachdenklich. «Und aus Stockholm drangen ganz seltsame Gerüchte zu uns.» Sie betrachtete Seth ernst. «Er hat schlecht über dich geredet, weißt du? Er sagte, du wärst dafür bekannt, Frauen zu zerstören.» Sie zuckte mit den Schultern. «Und da ich nichts mehr von dir hörte, dachte ich, dass Edvard recht hätte und es dumm von mir wäre, etwas anderes zu glauben.

Er fuhr mit uns nach Stockholm, als die Hochzeit stattfinden sollte. Doch dann verschwand er, wohin, weiß ich auch nicht. Man munkelte etwas von einem Prozess, er soll einem jungen Mädchen etwas angetan haben, aber ich brachte es nie fertig, mir diesen ganzen Klatsch anzuhören, ich hatte genug mit mir selbst zu tun.» Sie sah ihn wieder an. «Und Doktor Eberhardt?», fragte sie nun. «Edvard behauptete, er hätte ihn nach Göteborg geholt, aber das war dein Werk, nicht wahr?»

Seth nickte. «Ja, ich habe ihn holen lassen.»

«Das hätte ich mir gleich denken können. So etwas sieht dir so ähnlich.»

«Ich hätte dich nicht allein lassen dürfen», sagte Seth. «Ich wäre auch beinahe geblieben. Aber ich nahm an, du hättest unseren gemeinsamen Nachmittag bereut, was wir gemacht hatten, und ich wollte dir einfach Zeit geben. Wie dumm ich war! Ich habe mit dem Kutscher noch eine Nachricht an dich geschickt, dass ich bald wieder heimkommen würde. Es wäre mir nie in den Sinn gekommen, dass du diesen Brief gar nicht bekommst.»

«Aber jetzt bist du mit Lily verlobt.»

«Ja.»

Sie verfielen in Schweigen. Seth nahm ihre Hand und hielt sie zärtlich. Spürte ihre weiche Haut an seinen rauen Händen. «Ich sehe ein, dass ich viele völlig unverzeihliche Fehler begangen habe. Und die Schuld muss ich ganz allein mir zuschreiben. Aber lass es mich trotzdem erklären», sagte er und streichelte ihre Handfläche. «Lilys Vater war sehr krank, und ich habe ihm versprochen, mich um Lily und Daniel zu kümmern. Da er sich solche Sorgen machte, wollte ich ihn beruhigen. Da starben Lilys Eltern plötzlich beide innerhalb weniger Wochen, und die Situation war völlig chaotisch. Ich habe Lily nach England begleitet, um ihr zu helfen. Sie war am Boden zerstört, und ich dachte, nun kann ich genauso gut den Wunsch eines sterbenden Mannes erfüllen. Weißt du, dass Lily meine Jugendliebe war?»

«Johan hat es erwähnt.»

«Ich habe die ganze Zeit über geglaubt, die Hochzeit mit dem Grafen sei deine freie Entscheidung gewesen. Und dass du mich für eine nicht so gute Partie gehalten hättest. Ich habe dich verraten. Dabei hätte ich dich doch verstehen müssen, vor allem, nachdem ich gesehen hatte, wie Wilhelm dich in Göteborg behandelt hat. An dem Tag dachte ich, ich müsste ihn umbringen. Wenn ich geahnt hätte, was er dir antat, hätte ich es getan. Ich hätte so ziemlich alles für dich getan.» Er sah auf ihre ineinander verschränkten Hände. Beatrices Hand lag ganz ruhig in seiner. Er schluckte. «Wissen Sofia und Johan eigentlich Bescheid?»

«Nur Vivienne weiß Bescheid. Und Herr und Frau Hielm, sie haben mir geholfen. Hinterher.» Sie lächelte schwach. «Trotzdem, ich hatte Glück. Ich meine, dass ich es überlebt habe. Er war vorher schon zweimal verheiratet. Beide Frauen sind gestorben. Ich glaube, die eine hat er erschlagen. Die andere ist ins Wasser gegangen.» Beatrices Augen füllten sich mit Tränen. «Die armen Frauen.»

Seth versuchte zu verbergen, welch vernichtende Wirkung ihre Worte auf ihn hatten. Wenn Rosenschöld in diesem Moment vor ihm gestanden hätte, er hätte ihm nur zu gern jeden Knochen in seinem widerlichen Leib gebrochen. Und der Tod war noch eine viel zu harmlose Strafe für diesen Mann. Gott sei gedankt für Vivienne.

Er wagte sich kaum auszumalen, wie es Beatrice ohne die Unterstützung der Französin ergangen wäre, verlassen von allen, die sie hätten beschützen sollen. Ihr eigener

Onkel hatte sie verkauft. Edvard hatte sie verraten. Und er selbst hatte ihr ihre Unschuld genommen, war abgereist und hatte Rosenschöld ein Opferlamm hinterlassen, während er sich in New York im Selbstmitleid suhlte. Wo er überhaupt keine Not zu leiden hatte, war sie um Haaresbreite dem Tod entronnen.

«Wenn du mich hasst, habe ich volles Verständnis dafür», sagte er. «Ich werde dich nicht mit meinen Schuldgefühlen und meiner Reue belasten, aber erlaube mir wenigstens, dich um Verzeihung zu bitten.»

«Es tut mir nicht leid, dass wir zusammen waren», entgegnete Beatrice. «Wenn ich jenen Nachmittag nicht gehabt hätte, hätte ich nie gewusst, wie wundervoll es sein kann, und dann wäre alles nur noch schlimmer gewesen. Und ich habe es schließlich selbst gewollt, nimm mir das nicht weg, indem du jetzt ein schlechtes Gewissen deswegen hast.»

Beatrice müsste ihn eigentlich hassen, dachte er, und doch saß sie hier an seinem Bett, sie hielten einander die Hand und redeten. Sie war hereingekommen, weil sie sich Sorgen um ihn gemacht hatte. Vielleicht hasste sie ihn ja doch nicht? Seth drückte ihre Hand. Sie zwinkerte und unterdrückte ein Gähnen. Das Gespräch schien ihr jede Energie geraubt zu haben, und sie sah jetzt schrecklich müde aus. Draußen war Wind aufgekommen, und endlich strömte kühle Luft herein. Das Wetter würde demnächst umschlagen.

«Wie spät ist es eigentlich?», fragte er.

«Ich friere. Und ich sollte jetzt wirklich gehen», sagte sie müde.

Zum ersten Mal fiel ihm auf, dass sie nur ihren Morgenmantel umhatte. Er war ein wenig verrutscht, und Seth sah, dass sie darunter nur ein dünnes Nachtkleid trug. Als sie ins Zimmer geschlüpft war, war es warm und stickig gewesen, doch nun fiel die Temperatur schlagartig. Gereizt versuchte Seth, seine unmittelbare Reaktion auf ihren leichtbekleideten Körper zu unterdrücken. Das war nicht der richtige Moment, und er hatte ohnehin schon genug Schaden angerichtet. «Ich ziehe mir etwas über, dann begleite ich dich zurück», bot er an.

«Aber wenn uns jemand sieht», protestierte sie.

«Lass mich zumindest dafür sorgen, dass du sicher in dein Zimmer kommst.»

Er brauchte ein Weilchen, bis er im dunklen Ankleidezimmer seine Sachen zusammengesucht hatte. Dann zog er sich Hemd und Hose über, schlüpfte in seine Schuhe und eilte zurück ins Schlafzimmer, verärgert darüber, dass er dennoch so lange gebraucht hatte.

Beatrice hatte es sich inzwischen bequem gemacht. Sie hatte den Kopf auf das Kissen gelegt, die Füße unter die Bettdecke geschoben und war eingeschlafen.

Er blieb stehen. Eigentlich sollte er dafür sorgen, dass sie in ihr Zimmer zurückkam. Doch er brachte es nicht über sich, sie zu wecken. Er wollte sie nicht aus den Augen lassen, nicht heute Nacht, nicht nach dem, was sie ihm alles erzählt hatte. Nun konnte er zumindest dafür sorgen, dass sie eine Nacht lang sicher und geborgen war. Behutsam deckte er sie zu und hörte sie zufrieden murmeln, während sie ihre Wange ans Kissen schmiegte. Seth trat ans Fenster. Der Wind nahm stetig zu, und die Gardinen begannen zu flattern. Tief atmete er die frische Luft ein.

Er fragte sich, was er unternehmen sollte. Aber eigentlich kannte er die Antwort bereits. Er musste mit Lily sprechen. Das bedeutete, dass er das Versprechen brechen musste, das er ihr und ihrem Vater gegeben hatte, einem Mann, vor dem er großen Respekt gehabt hatte. Doch er konnte diese Beziehung nicht fortsetzen. Lily verdiente einen Mann, der sie liebte, und Seth wusste schon seit Langem, dass er es nicht tat. Sie war eine liebe Freundin, und er hatte ihren Sohn ins Herz geschlossen, doch sie konnten nicht heiraten. Gleich morgen würde er sie um die Auflösung der Verlobung bitten. Auf dieses Gespräch freute er sich wahrlich nicht, aber er wusste, dass es unumgänglich war.

Seth seufzte tief. Damit war aber erst die Hälfte des Problems gelöst. Denn Beatrice hatte ja immer noch Alexandre, den Mann, der für sie in den letzten Monaten da gewesen war und sie in der schweren Zeit gestützt hatte. Und vielleicht war das ja auch gut so? Wie sollte sie noch etwas mit ihm zu tun haben wollen nach all dem ganzen Kummer, den er ihr bereitet hatte?

38

Seth weckte sie kurz vor Morgengrauen, und in der atemlosen Sekunde, in der sich ihre Blicke trafen, hoffte Beatrice, dass er neben sie ins Bett schlüpfen würde. Doch er sah sie nur besonnen an. «Es wird gleich hell», war alles, was er sagte.

Dann wartete er mit dem Rücken zu ihr an der Tür, während Beatrice aufstand und sich in der kühlen Luft den Morgenmantel zuband.

Schweigend gingen sie zu ihrem Zimmer. Wie durch ein Wunder begegnete ihnen unterwegs niemand. Vor ihrer Tür blieben sie stehen. Es war unmöglich, Seths Gesichtsausdruck im Dunkeln zu deuten. Er sah sie nur wortlos an, dann hob er die Hand, und sie spürte die Wärme auf ihrer Wange, als er ihr eine Haarsträhne hinters Ohr strich. Seine Knöchel streiften ihre Haut und zögerten.

«Hast du mir verziehen, Beatrice?», fragte er.

Ihr Herz klopfte wie verrückt. «Was?», flüsterte sie.

«Alles», gab er zurück, strich ihr federleicht über die Wange und ließ den Daumen über ihren Wangenknochen wandern. «Dass ich nichts verstanden habe – und all die ekelhaften Dinge, die ich gesagt habe. Und dass ich dich verraten habe.»

Sie legte ihre Hand auf seine, schloss die Augen und genoss die warme Handfläche auf ihrer Wange. «Es war nicht deine Schuld», flüsterte sie. «Es war nie deine Schuld, und ich habe dir schon lange verziehen.» Sie blickte in sein ernstes Gesicht. «Verzeihst du mir auch? Dass ich dir nicht die Wahrheit erzählt und dir misstraut habe?»

«Ich glaube, ich könnte dir alles verzeihen», sagte er,

und sie war sicher, dass er sie küssen würde. Doch dann zog er sich zurück und reichte ihr das Buch, das sie bei ihm liegengelassen hatte. «Versuch noch ein wenig zu schlafen», riet er. «Ich gehe jetzt lieber, bevor uns noch jemand sieht.»

«Madame?»
«Komm rein, Chloë», sagte Beatrice.
«Prinz D'Aubigny lässt fragen, ob Sie heute mit ihm ausreiten wollen?»
«Ja», erwiderte Beatrice.
Rasch wusch sie sich das Gesicht, dann ließ sie sich von Chloë in ihr dunkelgrünes Reitkostüm helfen. Es war kühler als die vorherigen Tage, aber die Luft war frisch und klar, und sie sehnte sich danach, aus dem Haus zu kommen. Chloë knöpfte ihr die Wildlederjacke zu, und dann eilte Beatrice auch schon die Treppen hinunter.
«Guten Morgen, meine Schöne. Ich freue mich, dass du doch nicht den ganzen Tag verschlafen willst», begrüßte Alexandre sie lächelnd. Sie bemerkte, dass er Farbflecken an den Händen hatte. Und auch im Haar. «Wir wollen alle zusammen einen Ausritt in den Wald machen», sagte er. «Du kommst doch auch mit?»
Beatrice gab ihm einen Kuss auf die Wange. «Wer ist alles dabei?»
Als sie hörte, dass Seth nicht mit von der Partie sein würde, musste sie ihre Enttäuschung verbergen. Die Nacht kam ihr schon wieder vor wie ein Traum. Sie konnte kaum glauben, dass sie ihm wirklich von ihrer Hochzeitsnacht erzählt hatte. Nach der Vergewaltigung hatte sie sich so schmutzig gefühlt. Seth davon zu erzählen schien eine große Erleichterung, doch jetzt, bei Tageslicht, zog sich ihr der Magen zusammen. Was musste er nun von ihr denken?

Seth stand auf der Schlosstreppe und sah zu, wie sich die anderen zum Aufbruch fertigmachten. Beatrice saß auf einem lebhaften Pferd und lachte laut über etwas, was Alexandre zu ihr gesagt hatte. Sie sah richtig froh aus. Seth konnte die Augen nicht von ihr losreißen. Er wäre am liebsten zu ihr gegangen, um sie vom Pferd zu heben, sie in sein Zimmer zu tragen und für immer in seinem Bett zu behalten. Sie ritt eine kastanienbraune Stute. Unter ihrem knöchellangen Rock sah er weinrote Stiefel, und dazu trug sie einen Hut mit Fasanenfedern. Die dramatischen Farben und die hitzige Energie des Pferdes spiegelten ihre Persönlichkeit perfekt, dachte er, und es versetzte ihm einen Stich in die Brust. Gerade lachte Beatrice wieder Alexandre an, und der Blick, den die beiden dabei tauschten, traf Seth in die Brust wie eine Kugel. Schließlich setzte sich die Gesellschaft in Trab und verschwand hinter einem Hügel. Er sah noch ein letztes Mal ihr rotes Haar aufleuchten, dann waren sie verschwunden.

Nachdem er Beatrice am Morgen verlassen hatte, hatte er natürlich nicht einschlafen können. Auf dem Weg zu seinem Zimmer hatte er zudem wider alle Vernunft gehofft, sie würde ihn zurückrufen. Und während er durch den dunklen Flur gewandert war, hatte er hin und her überlegt, ob es wohl eine gute Idee wäre, zurückzugehen, an ihre Tür zu klopfen und ihr zu versichern, dass er sie durch seine Liebe all ihre hässlichen Erlebnisse für immer vergessen lassen würde.

Mit einem tiefen Seufzer ging er in den Park. Am Morgen hätte er am liebsten sofort mit Lily geredet, um das unangenehme Gespräch so schnell wie möglich hinter sich zu bringen. Doch als er sie dann traf, kam er ins Zaudern. Sie sah so blass und unglücklich aus, dass er beschloss, noch ein wenig abzuwarten.

Vor sich hin murmelnd, warf er noch ein Stöckchen für die Hunde, die ihm auf den Fersen folgten.

Das dumpfe Grollen am Horizont hatte schon so lange angedauert, dass keiner bemerkte, wie das Gewitter herankam – bis es in unmittelbarer Nähe des Schlosses losbrach. Die Windböen wurden immer heftiger, der Himmel färbte sich pechschwarz, und dann drosch von einer Minute auf die andere der Regen herunter. Alle Unternehmungen im Freien mussten rasch abgebrochen werden, und Vivienne befahl den Dienstboten, Feuer in den Kaminen zu machen.

Ein paar Stunden später begann man sich ernsthafte Sorgen um die Reitgesellschaft des Prinzen zu machen. Höchstwahrscheinlich hatte das Unwetter inzwischen auch sie erreicht, und alle sorgten sich um ihre Sicherheit.

«Da kommen sie», rief jemand.

Seth atmete auf und zwang sich, sein ruheloses Auf-und-ab-Gehen zu unterbrechen. Sie war wieder zu Hause. Er ging in die Empfangshalle und sah die nassen, zitternden Reiter hereinkommen. Doch als er sich umsah, entdeckte er keine Beatrice.

«Wir wurden getrennt», hörte er jemand sagen.

«Der Rest kommt auch bald», sagte ein anderer. «In einen Baum ist ein Blitz eingeschlagen, und der Baumstamm fiel quer über den Weg. So wurden wir getrennt, aber die anderen waren direkt hinter uns.»

Seth entspannte sich ein wenig und zwang sich, wieder normal zu atmen. Beatrice war bei der anderen Hälfte der Gruppe. Es gab keinen Grund zur Sorge.

«Er ist verletzt!», rief jemand, und in der Halle brach ein kleiner Tumult aus, als ein humpelnder Mann hereingeführt wurde. Es war Alexandre. Auf einen Schlag waren

Seths Instinkte geweckt. Der Prinz war ganz grau im Gesicht und stützte sich auf einen Diener. Seth bahnte sich einen Weg zu ihm. «Wo ist Beatrice?», fragte er, ohne seine Sorge länger verbergen zu können.

«Sie wurde von mir getrennt und muss mit der anderen Gruppe gekommen sein», stieß Alexandre zwischen zusammengebissenen Zähnen hervor. Mit einem Bein konnte er überhaupt nicht auftreten.

«Nein, bei der anderen Gruppe war sie nicht dabei. Wo ist sie?», schrie Seth. Es war offensichtlich, dass der Prinz vor Schmerzen fast zusammenbrach, aber das hatte er auch verdient, wenn er Beatrice verloren hatte. Und wenn ihr etwas zugestoßen war, dann würde er Alexandre auch noch die restlichen Knochen brechen, einen nach dem anderen, und es würde ihm ein Vergnügen sein.

«Da kommt ein Pferd», rief jemand.

Schon bevor Seth in den stürmischen Regen hinauslief, wusste er, dass es die kastanienbraune Stute war. Grimmig starrte er auf den leeren Sattel des Tieres. Einige andere kamen ebenfalls nach draußen und sahen besorgt auf das Pferd. Seth machte auf dem Absatz kehrt. «Ich reite ihr nach», rief er Jacques zu, als er ihm in der Halle begegnete.

«Bald kann man die Hand vor Augen nicht mehr sehen bei diesem dichten Regen.»

«Ein Grund mehr, sich zu beeilen.»

Jacques nickte, und zehn Minuten später blickte er seinem Freund nach, der auf einem schnaubenden Hannibal durch den Sturm davonjagte.

«Ich habe den Dienern Bescheid gegeben, dass wir Decken und viel heißen Tee brauchen», sagte Vivienne, als sie neben Jacques trat. «Glaubst du, er findet sie?»

«Wenn irgendjemand Beatrice finden kann, dann Seth», meinte Jacques.

Der große Hengst trug ihn mühelos durch das Unwetter, doch Seth bemühte sich dennoch, hochkonzentriert zu bleiben und sich nicht auszumalen, was Beatrice zugestoßen sein könnte. Er versuchte, nicht daran zu denken, wie schnell der peitschende Wind und der erbarmungslose Regen einen verletzten Menschen auskühlen konnten. Nicht zuletzt eine zarte Frau, die bloß eine dünne Reitjacke trug.

Er hatte nur eine ungefähre Vorstellung davon, wo er sich befand. Vor einer guten Weile war er an der Jagdhütte und dem See vorbeigeprescht, und der Wald wurde immer dichter. Es gab kaum noch einen Weg, der diesen Namen verdient hätte, und das Unwetter erschwerte die Orientierung zusätzlich. Es war unwahrscheinlich, dass sich die vergnügte Gesellschaft so weit hinausgewagt hatte, dachte er und fluchte laut. Trotzdem trieb er Hannibal an und zwang das Pferd, weiter durch den immer stärker werdenden Sturm zu galoppieren.

Doch wäre das Unwetter nicht gewesen, hätte er sie wahrscheinlich nie gesehen, so genau er den Waldweg auch absuchte. Als allerdings ein schwefeliger Blitz den Wald erhellte und Hannibal sich erschrocken aufbäumte, entdeckte Seth plötzlich ein regloses Bündel am Wegesrand. Sie lag mit dem Gesicht nach unten im Laub und Moos, das Haar klebte ihr am Kopf, und der Regen peitschte auf sie nieder.

Er beruhigte Hannibal und saß ab, hielt die Zügel aber gut fest – das war nicht der Moment, noch ein Pferd zu verlieren, weil es vor dem Gewitter scheute. Dann untersuchte er die leblose Gestalt. Obwohl er sich in dem Sturm schwertat, meinte er, ihren Puls zu fühlen. Behutsam hob er Beatrice hoch und hörte sie heiser stöhnen.

Inzwischen war der Nachmittag in den Abend übergegangen, und abgesehen von den Augenblicken, in denen es blitzte, war es pechschwarz um sie herum.

«Du musst mir die Arme um den Hals legen, sonst komme ich nicht aufs Pferd», forderte er sie auf, während das Unwetter rundherum krachte und donnerte. Ihr Kopf rollte haltlos hin und her, und sie machte keine Anstalten, zu tun, worum er sie gebeten hatte.

«Beatrice, du musst aufwachen und mir helfen», sagte er und schüttelte sie leicht.

Langsam begann sie sich zu bewegen. Ihr einer Arm hing erschreckend unbeweglich herab, doch es gelang ihr, ihm den anderen um den Hals zu legen. Er manövrierte sie beide aufs Pferd. Ihr Gesicht war ganz blutig, und er sah eine Platzwunde auf ihrer Stirn. Außerdem stöhnte sie auf, als er ihre Schulter berührte. Der Jackenärmel mit dem unbeweglichen Arm war blutdurchtränkt. Und obendrein war sie bis auf die Haut durchnässt und stand so unter Schock, dass sie kaum atmen konnte. Er hatte Verletzungen wie diese schon früher gesehen, sie konnten fatale Folgen haben, auch wenn man nicht ausgekühlt war. Er zog ihr seinen Rock über, drückte sie an die Brust und trieb besorgt sein Pferd an. Sie waren weit entfernt vom Schloss, doch als aufs Neue ein Blitz den Wald erhellte, glaubte er, sich wieder auszukennen. Die kleine Jagdhütte war nur noch ein kurzes Stück entfernt.

«Pscht, Liebling, alles wird gut», flüsterte er und trieb sein Pferd an. Er hatte den Eindruck, Beatrice würde sich an ihn schmiegen, doch als sie die Jagdhütte erreichten, hatte sie schon wieder das Bewusstsein verloren. Ohne sie zu wecken, stieg Seth ab, band das Pferd unter einem Regenschutz an und trug Beatrice in die dunkle Hütte. Vorsichtig legte er sie auf eines der beiden schmalen Betten, bevor er sich ans Einheizen machte. Dankbar stellte er fest, dass die Schutzhütte zwar spartanisch, aber perfekt ausgestattet war, und er fand sofort Zündhölzer und trockenes Brennholz. Rasch schürte er ein Feuer, bevor er sich zu Beatrice wandte, die immer noch reglos auf dem Bett lag. Die Platzwunde auf der Stirn hatte schon aufgehört zu bluten und sah nicht allzu tief aus. Der verletzte Arm jedoch lag schlaff neben ihr, und sie war weiß, fast grau im Gesicht. Dazu atmete sie in kurzen unregelmäßigen Stößen. Rasch begann er, ihr die kalten, nassen Kleider abzustreifen. Sowohl die Jacke als auch der Rock waren zerrissen und schlammverschmiert, und je mehr Schichten er ihr auszog, umso klarer wurde ihm, dass sie stark unterkühlt war. Fluchend stellte er fest, dass die Wunde an ihrem Arm wirklich tief war, auch wenn sie inzwischen nicht mehr blutete.

So schnell er konnte, zog er ihr die nassen Unterkleider aus und packte sie dann rasch in die Decken, die er in einem Schrank gefunden hatte. Danach stapelte er sämtliche Matratzen, Kissen und Decken, die er finden konnte, vor dem Kamin und bereitete ihr daraus ein Bett. Das Feuer brannte mittlerweile richtig, und langsam wurde es wärmer. Er hob sie auf das weiche Lager. Sie lag immer noch ganz still da, mit blauen Lippen und bleicher Haut, und Zweifel überkamen ihn. Wäre er doch besser mit ihr zum Schloss zurückgeritten? Er ging neben ihr in die Hocke und versuchte festzustellen, ob sie gleichmäßiger atmete und der Puls wieder kräftiger wurde. Sie wimmerte, und er strich ihr behutsam übers Haar. «Pscht, versuch ganz still liegen zu bleiben», bat er.

«Seth? Es tut so weh», flüsterte sie. «Wo bin ich?»

«Wo tut es weh?»

«Überall», antwortete sie mühsam. Sie versuchte sich ein wenig aufzurichten, doch es gelang ihr nicht, und mit schmerzverzerrtem Gesicht ließ sie sich wieder in die Kissen zurücksinken. «Das Pferd hat Angst bekommen», flüsterte sie. «Es hat mich abgeworfen.» Sie war immer noch blass, doch die Wärme des Kaminfeuers schien das Grau von ihren Wangen zu vertreiben.

«Du brauchst nicht zu sprechen, ruh dich einfach aus», sagte er.

«Ich bin mit dem Stiefel im Steigbügel hängengeblieben», murmelte sie mit geschlossenen Augen. «Ich glaube, ich bin ein Stück mitgeschleift worden.»

«Jetzt ist alles gut», beruhigte er sie und wünschte, er könnte sicher sein, dass er die Wahrheit sagte. «Aber ich muss deine Verletzungen untersuchen.»

Sie schlug die Augen auf, und trotz ihrer Erschöpfung zog sie die Decken fester um den Körper.

«Das ist nicht der richtige Moment, um schüchtern zu sein», meinte er zärtlich. Seine Hand wollte nicht aufhören, ihre Stirn zu streicheln. Trotz allem Elend konnte Seth ein Lächeln nicht unterdrücken. «Wenn ich mich recht erinnere, habe ich außerdem sowieso schon das meiste gesehen», neckte er sie.

Beatrice ließ die Decken nicht los, doch er sah, wie schnell ihre Kräfte sie wieder verließen. Besorgt schüttelte er den Kopf. «Wenn du mich nicht nachsehen lässt, muss ich losreiten und einen Arzt holen», sagte er. «Ich kann dich nicht wieder auf ein Pferd setzen, wenn ich nicht weiß, wie schwer du verletzt bist.»

«Es geht mir gut», protestierte sie matt, doch dann stöhnte sie wieder gequält auf, und Seths Besorgnis nahm zu.

«Dann wäre das entschieden», sagte er. «Du brauchst einen Arzt. Vermutlich hast du eine starke Gehirnerschütterung, und mindestens eine deiner Wunden muss genäht werden.»

Beatrice schlug die Augen auf. «Nein, geh nicht weg», flüsterte sie. «Bitte nicht. Ich will nicht allein bleiben.»

«Dann musst du mir erlauben, dich zu untersuchen», beharrte er. «Ich werde ganz vorsichtig sein, aber ich muss nachsehen, ob du dir etwas gebrochen hast.»

Ihr krampfhafter Griff um die Decke lockerte sich, und Seth ließ die Hände vorsichtig über ihre Beine gleiten, während er ihren Oberkörper dabei anstandshalber zudeckte.

Sie schien sich langsam wieder aufzuwärmen, und ihr Puls wurde kräftiger. Konzentriert setzte er seine Untersuchung fort, tastete vorsichtig ihren Bauch ab und befühlte dann ihren Brustkorb und die Schultern. Als er ihr rechtes Schlüsselbein streifte, wimmerte sie leise. Mit geübten Fingern untersuchte er ihren Kopf und fand eine riesige Beule, aber keine weiteren offenen Wunden. Am schlimmsten hatte es ihren Arm erwischt, an dem sie eine nicht besonders lange, dafür aber sehr tiefe, unregelmäßige Wunde hatte. Sie musste sich an einem Stein aufgerissen haben.

«Ich glaube nicht, dass du dir etwas gebrochen hast», sagte er zum Schluss. «Aber wahrscheinlich hast du dir das Schlüsselbein angeknackst. Und in den nächsten Tagen wirst du wohl eine Menge blaue Flecken kriegen.» Bekümmert sah er sie an. «Die Wunde an der Stirn muss gereinigt werden, das kann ich hier machen. Aber der Arm müsste genäht werden.»

«Kannst du das denn nicht tun?», flüsterte sie.

Er schüttelte den Kopf. «Ich habe kein Schmerzmittel in meiner Tasche.»

«Wie viele Stiche wären es?», wollte sie wissen.

«Zwei, vielleicht drei.»

«Das schaffe ich ohne Betäubung», behauptete sie. «Sieh

einfach zu, dass du sie sauber hältst. Und sei so schnell wie möglich. Du musst von beiden Enden nach innen nähen, so wird es am besten», schloss sie ihre Anweisungen und machte die Augen wieder zu.

Seth starrte sie ungläubig an.

Beatrice öffnete die Augen erneut und sah ihn an. «Was ist? Traust du dich nicht?»

Er schüttelte den Kopf und fragte sich, ob er recht gehört hatte. Diese Frau war wahnsinnig. Ächzend stand er auf und holte ein kleines Paket aus seiner Satteltasche. Ihre Wunde würde er schon sauber halten, aber er dachte nicht im Traum daran, sie ohne Betäubung zu nähen. Er öffnete das wasserdicht verpackte Paket und musterte den Inhalt. Nadel, Faden, Verbandszeug und eine kleine Flasche reiner Alkohol – alles, was man brauchte. Er schnaubte. Wie kam er dazu, auch nur über so etwas nachzudenken? Seufzend schraubte er das Fläschchen auf und säuberte seine wenigen Instrumente, während er mit gerunzelter Stirn auf seine Hände starrte. Natürlich hatte er in Kriegszeiten auch ein paar Leute notdürftig zusammengeflickt, aber das hier … Verdammt noch mal. Er drehte sich um und sah, dass sie ihn beobachtete. Sie hatte wieder etwas Farbe im Gesicht, und ihr Atem schien stabiler. Trotzdem war es wahnwitzig – er war schließlich kein Arzt. «Bist du sicher?», fragte er und hoffte, dass sie Nein sagen würde.

Beatrice nickte.

«Ich mache es, so schnell ich kann. Wenn du es nicht aushältst, sag Bescheid», hörte er sich sagen und fragte sich, ob er jetzt auch verrückt geworden war.

Beatrice sank in die Kissen zurück. Er fasste ihren zierlichen Arm und untersuchte die Wunde sorgfältig. Dann säuberte er sie gründlich mit Alkohol. Wahrscheinlich wäre es besser, wenn er ihr den Alkohol direkt einflößen würde, dachte er grimmig, als er ihr die Nadel ins Fleisch stach.

Beatrice schrie so gellend auf, dass Seth zurückfuhr. Das war wirklich einer der schlechtesten Einfälle, die er in seinem Leben gehabt hatte. «Wenn du so schreist, schaffe ich das nie.» Ihm brach der Schweiß aus.

«Entschuldige, ich war nicht darauf vorbereitet, dass es so wehtun würde», stieß sie zwischen zusammengebissenen Zähnen hervor. «Mach weiter, ich werde jetzt ganz still sein.» Er sah sie skeptisch an.

«Ich hab schon Schlimmeres erlebt», flüsterte sie und schloss die Augen wieder.

Heilige Mutter Gottes! Seth holte zitternd Luft, starrte auf seine Nadel und überlegte, wann er zum letzten Mal in einer derart absurden Situation gewesen war. Er sah Beatrice an. Woher kam dieses Vertrauen? Er hatte nichts getan, um ihr Vertrauen zu verdienen. Aber wenn sie es wagte, dann konnte er schlecht dahinter zurückstehen. Doch es gab Grenzen, und das hier – Seth sah sich in der Hütte um, betrachtete die Nadel in seiner Hand und die Frau auf dem Matratzenlager – war verdächtig nahe an seinen Grenzen. Vorsichtig legte er die Nadel an ihre Haut und gab ihr eine letzte Chance, es sich doch noch anders zu überlegen.

«Darf ich mich an dir festhalten?», flüsterte sie und packte sein nasses Hemd.

«Bereit?»

«Ja», sagte sie, und er stach zu und zog die Nadel durch die Haut. Obwohl Beatrice sein Hemd so fest packte, dass ihre Fingerknöchel weiß hervortraten, hielt sie Wort und schrie nicht mehr. Kein Laut, keine Bewegung, nur stumme Tränen, die ihr über die Wangen strömten, während er die Nadel wieder in ihren Arm stach. Er bemühte sich, nicht zu zittern, als er den Faden verknotete und abschnitt. Nur noch ein Stich.

«Jetzt bin ich fertig», sagte er schließlich, trocknete sich den Schweiß von der Stirn und erinnerte sich daran, auch wieder zu atmen. Ihr Körper entspannte sich schlagartig, aber sie ließ weder sein Hemd los, noch machte sie die Augen auf. Während er ihr Zeit gab, sich wieder zu sammeln, betrachtete Seth kritisch die saubere Naht. Sie würde sicher eine Narbe zurückbehalten, aber die Naht sah gut aus. Er selbst könnte jetzt gut einen Whisky oder zwei vertragen.

«Ich reinige die Wunde noch einmal mit Alkohol. Das wird brennen.»

Rasch benetzte er die Naht mit Alkohol. Sie schluckte, und er sah, wie sie ganz bleich wurde, doch sie sagte immer noch keinen Ton.

«Das war mutig», stellte er fest, während er ihr einen Verband um den Arm wickelte. Er schüttelte den Kopf. «Wahnsinnig, aber mutig.»

Ganz in ihrer Nähe schlug krachend ein Blitz ein, und die ganze Hütte bebte. Seth stand auf. «Ich muss hinaus und nach dem Pferd sehen», sagte er.

«Du kommst doch zurück, oder?»

Ihre riesengroßen Augen sahen ihn besorgt an.

Sie hatte sich gerade ohne Betäubung von ihm nähen lassen, traute sich aber nicht, allein in der sicheren Hütte zu bleiben. Begriff sie nicht, dass er sie mit seinem eigenen Leben schützen würde?

«Ich lass dich nicht allein», versprach er ernst. «Ich bin gleich wieder zurück. Versuche, wach zu bleiben.»

Beatrice zog die Decke fest um den Körper und legte sich auf ihr provisorisches Bett. O ja, es hatte wehgetan, als er sie nähte, dachte sie und verzog das Gesicht. Noch ein Stich, und sie hätte wohl die Beherrschung verloren und ihm die Augen ausgekratzt.

Vorsichtig lehnte sie den Kopf in die Kissen zurück. Während sie auf seine Rückkehr wartete, verlor sich ihr Blick in den tanzenden Flammen im Kamin, und ihr einsames, zerschlagenes Herz begann, eine kleine Melodie zu summen. Langsam trat das Lächeln auf ihre Lippen, das in ihr sang, seit sie die Augen aufgeschlagen und sein geliebtes, besorgtes Gesicht über sich gesehen hatte.

Seth war ihr nachgeritten. Trotz Dunkelheit und Sturm war er ausgezogen, sie zu finden.

Da hörte sie ihn wieder zurückkommen. Er stampfte mit den Füßen und prustete, bevor er durchnässt und tropfend die warme Hütte betrat.

«Es gießt in Strömen», sagte er. «Hast du geschlafen?»

«Nein.»

Plötzlich war sie in bester Stimmung, ihr Körper prickelte, und auf einmal war das Leben voller Möglichkeiten, nicht zuletzt hier, tief in diesem normannischen Wald, weit weg von allem anderen. Welch ein ungewohnter Luxus, Seth in Ruhe mustern zu können, dachte sie, zuzusehen, wie er seinen Rock über einen Stuhlrücken hängte und sich mit den Händen durchs Haar fuhr, bevor er sich vorbeugte und in der Glut stocherte. Begierig verfolgte sie jede seiner alltäglichen Bewegungen.

Seth drehte sich um und begegnete ihrem Blick. Was er in ihren Augen sah, ließ ihn erstarren. «Beatrice?», sagte er beunruhigt.

«Was?», fragte sie unschuldig zurück.

Es war doch wohl nicht verboten, dass sie den großartigsten Mann bewunderte, den sie je kennengelernt hatte, dass sie seine Gegenwart dieses eine Mal ganz ungestört genoss?

Seine breiten Schultern zeichneten sich vor dem Feuer ab, und sein Haar glänzte nass. Sie waren ganz allein, im Kamin brannte ein Feuer, und es ging ihr unglaublich gut. Vorsichtig richtete sie sich auf, wobei sie sich auf ihre unverletzte Schulter stützte. Es ging schon besser, ihr wurde nur noch ein klein wenig schwindlig. Wie zufällig ließ sie die Decke herunterrutschen und schauderte, als ihr die Wolle über die nackte Haut strich, schauderte, als sie den intensiven Blick sah, mit dem er sie anstarrte. Ihr Haar war vom Regen ganz lockig, und sie schüttelte leicht den Kopf. Ihre Locken tanzten ihr um die Schultern, und sie legte all ihr Gefühl in ein einziges Lächeln und sah ihn an. Seth schnappte nach Luft, als sie um der besseren Wirkung willen die gesunde Schulter zurückzog. Als ihre nackte Brust sichtbar wurde, hörte sie ihn heiser etwas murmeln. Ihre Augenlider flatterten. Durch sein nasses Hemd sah sie seinen heftigen Atem, und es schien, als ballte er die Fäuste.

«Was tust du da?», stieß er mit rauer Stimme hervor.

«Ich schaue», antwortete sie. «Ich glaube, ich habe dich noch nie so richtig angesehen.»

«Das ist aber mehr als bloß Schauen», murmelte er.

Wie zufällig ließ sie ihre Hand zwischen ihren Brüsten hinaufwandern. «Ist das schlimm?»

Seth setzte an, etwas zu sagen, doch seine Stimme war so belegt, dass er erst husten musste, bevor er die Worte herausbrachte. «Du hattest gerade einen schrecklichen Unfall», sagte er heiser. «Da kann man sich schon mal seltsam benehmen. Ich habe das mehr als einmal beobachtet.»

Sie hob die Brust noch weiter, und die Decke glitt herab bis zu ihrer Taille. Seth holte tief Luft. Seine Augen waren pechschwarz.

«Inwiefern seltsam?», flüsterte sie.

«Beatrice ...»

«Zieh dich aus», sagte sie leise.

«Wie bitte?»

Sie warf einen vielsagenden Blick auf seine tropfenden Kleider. «Du bist völlig durchnässt.» Sie lächelte. «Und wenn ich mich recht erinnere, habe ich das meiste schon gesehen.»

«Du willst, dass ich mich ausziehe?», fragte er. «Hier?»

Beatrice nickte. Mit einem Schnauben schnappte er sich eine Decke, sah sie noch einmal verwirrt an und stapfte dann aus dem Zimmer. Sie hörte, wie er im Flur Kleider und Stiefel auszog, bevor er in die Decke gewickelt zurückkam. In der Hand hatte er eine Wasserflasche, die er ihr reichte. Beatrice trank, trocknete sich den Mund ab und gab ihm die Flasche zögernd zurück. «Bist du böse?», fragte sie.

Er schüttelte den Kopf. Stöhnend ließ er sich neben ihr auf einen Stuhl sinken und starrte ins Feuer. Er massierte sich die Nasenwurzel und schloss die Augen.

Das Feuer knisterte. Der Raum war inzwischen behaglich warm, und schweigend lauschten die beiden dem Unwetter, das weiter durch den Wald tobte.

Beatrice lag auf der Seite. Sie hatte sich die Decke wieder über die Schultern gezogen und sah nachdenklich ins Feuer. «Glaubst du, dass die anderen sich Sorgen machen?», fragte sie schließlich.

Seth zuckte zusammen, als wäre er weit weg gewesen. «Nein», sagte er geistesabwesend. «Jacques wusste, dass ich dich finden würde.»

Sie sah ihn blinzelnd an. Er schien wie hypnotisiert vom Schein der Flammen. Seine Haare waren inzwischen getrocknet, und die Decke war herabgeglitten, sodass sie nur noch seine Hüften verhüllte. Atemlos ließ Beatrice den Blick über seinen flachen, festen Bauch und die kräftigen Arme wandern. Lange hatte sie sich vor dem Gedanken geekelt, jemals wieder einem Mann nahezukommen, doch der Anblick von Seth und seinem vertrauten Körper weckte bei ihr weder Angst noch Ekel.

«Woher hat er das gewusst?», murmelte sie, während ihre Augen sehnsüchtig über die bronzefarbene Haut glitten, die so nah war und unbegreiflicherweise doch außerhalb ihrer Reichweite.

«Jacques weiß, dass ich nie aufgebe und notfalls die ganze Normandie auf den Kopf stellen würde, um dich zu finden.» Seth zuckte mit den Schultern. «Er weiß es eben.»

Sie wollte die Hand ausstrecken und seine Wange liebkosen, auf der Bartstoppeln schimmerten, wollte die Narbe unter seiner Augenbraue suchen, die sie einst gestreichelt hatte.

Sie setzte sich auf. Zu hastig, denn plötzlich begann sich das Zimmer vor ihren Augen zu drehen, und sie wusste nicht mehr, wo oben und unten war. Hilflos stöhnte sie auf, und im nächsten Moment war er auch schon bei ihr und half ihr behutsam, sich wieder hinzulegen.

Bildete sie sich den hungrigen Blick nur ein, der neben der Besorgnis in seinen Augen aufflammte? Als er sich umwandte, wahrscheinlich um sich wieder auf diesen verdammten Stuhl zu setzen, streckte sie die Hand aus. «Bleib», sagte sie. «Bitte.»

Seufzend setzte er sich neben sie auf den Boden.

«Seth», flüsterte sie. Noch nie hatte sie sich so nach etwas gesehnt, wie sie sich jetzt danach sehnte, von ihm berührt zu werden. Vorsichtig legte sie ihm die Hand auf den nackten Rücken. Kühl lag ihre Hand auf seiner heißen Haut. Sein ganzer Körper erstarrte, und sie spürte seine heftigen Atemzüge unter ihren Fingern. «Ich hab dich so vermisst», flüsterte sie und streichelte ihn zärtlich und sehnsüchtig.

«Verdammt», murmelte er heiser. Dann wandte er sich ruckartig ihr zu. Er sah sie gequält an. Ihre Hand lag immer noch auf seinem Rücken, und sie wagte nicht, sich zu bewegen, weil sie Angst hatte, den Zauber zu brechen. Doch er nahm ihr Gesicht zwischen beide Hände und hob ihren Kopf. «Wenn ich aufhören soll, musst du es mir jetzt sagen», murmelte er, bevor sich ihre Lippen trafen.

Sie spürte sein pochendes Herz, fast verzweifelt fuhr sein Mund über ihren, und Beatrice küsste ihn, wie sie ihn noch nie zuvor geküsst hatte – als wäre es ihr erster Kuss und ihr letzter. Es fühlte sich so richtig an, er gehörte ihr, jetzt war alles so, wie es sein sollte ... Da streifte er ihren verletzten Arm, und sie zuckte vor Schmerz zusammen.

Das war genug für Seth. Er riss sich mit einem erstickten Keuchen von ihren Lippen los und starrte sie mit wildem Blick an. «Ich kann nicht», murmelte er heiser und ließ sie los.

Sie blinzelte erschrocken. Wies er sie zurück? Fühlte er wirklich nicht, was sie fühlte? «Entschuldige, ich dachte, du willst es auch», flüsterte sie beschämt, und zu ihrem Schrecken merkte sie, wie ihr die Tränen unter den Lidern brannten. Sie war viel verletzlicher, als sie gedacht hatte. Dumme, dumme Beatrice.

«Das ist es nicht», erwiderte er mit erstickter Stimme, ohne sie anzusehen. «Du hattest einen Unfall und stehst noch unter Schock, unter solchen Umständen kann ein Mensch nicht klar denken. Ich kann das jetzt nicht mit dir tun.»

Kannst du nicht oder willst du nicht? Ihr kam der Gedanke, dass er vielleicht von ihr angewidert war, von dem, was sie erlebt hatte, und sie stöhnte innerlich. Bitte, lass es nicht so sein. Sie ließ sich wieder auf ihr Lager sinken, legte sich den unverletzten Arm über die Augen und kämpfte mit ihrer Beschämung.

«Ich hatte solche Angst, als ich dich gesucht habe», erklärte Seth langsam. «Ich glaube, ich war in meinem ganzen Leben noch nicht so erschrocken wie in dem Moment, als ich dich da auf dem Boden liegen sah ...» Brüsk stand er von der Matratze auf, zog sich seine Decke über den Rücken und trat an den Kamin, um in der Glut zu stochern.

Beatrice blinzelte hinter ihrem Arm hervor und musterte den Rücken, den er ihr zuwandte. Sie war eine naive Idiotin erster Güte, wenn sie die Beweise nicht sah, die ihr geradezu ins Gesicht sprangen. Sie fragte sich, ob ein Mann wohl noch roher in seiner Zurückweisung sein konnte als Seth. Letzte Nacht war sie halbnackt in seinem Bett im Château Morgaine eingeschlafen, ohne dass er etwas unternommen hätte. Er hatte sie einfach schlafen lassen. Das hätte doch schon ein kleiner Wink für sie sein müssen, oder nicht? Jetzt waren sie allein im Wald, und sie warf sich buchstäblich auf ihn, lag auf dem Boden und bot sich ihm schamlos an – und da *konnte* er nicht.

Sie schloss die Augen und spürte, wie die Scham sie wie eine Welle überrollte. Am liebsten hätte sie die Hände vors Gesicht geschlagen und geweint wie ein Kind. Gedemütigt zog sie ihre Decke bis zum Kinn, widerstand dem Impuls, sie sich über den Kopf zu ziehen, und ließ sich ganz tief in die Kissen sinken. Eine Woge von Übelkeit und Erschöpfung überkam sie, und jetzt spürte sie auch ihren zerschlagenen Körper sehr deutlich.

«Es hat nichts mit dir zu tun», kam es leise von Seth. Er hatte es sich für die Nacht am Kamin bequem gemacht.

«Aber ich kann nicht. Nicht so», sagte er mit erstickter Stimme.

Sie lächelte matt und wünschte, er würde endlich aufhören, ihr zu erklären, warum er sie nicht wollte. Dadurch wurde es keinen Deut besser. Sie ließ die Augen geschlossen, das war das Einzige, was ihr Linderung verschaffte.

«Fühlst du dich schlechter?», erkundigte er sich.

Abgesehen davon, dass ich mich wie eine zurückgewiesene Idiotin fühle? Wie die ungeschickteste Verführerin der Welt? «Nein, überhaupt nicht», antwortete sie. Für ihren kecken Ton hätte sie eine Medaille verdient. Sie schluckte ihre Tränen und hielt die Augen weiter geschlossen.

«Wenn du schlafen willst, kannst du das ruhig tun», sagte er nach einer Weile.

«Ich bin ganz erschöpft», flüsterte sie, da die Müdigkeit sich ihrer nun doch erbarmte.

«Ich bin hier, Beatrice. Du bist ganz sicher», versprach er.

«Dann ruhe ich mich jetzt ein bisschen aus, wenn du nichts dagegen hast», sagte sie zu seinem Rücken. Mit einem tiefen Seufzer ließ sie sich von ihrer Erschöpfung überwältigen.

Erst als er hörte, dass Beatrice eingeschlafen war, wagte es Seth, sich zu ihr umzudrehen. Er überlegte, ob sie traurig war, dass er sie so brüsk abgewiesen hatte. Doch er hatte auf jeden Fall das Richtige getan. Er sah sie an und verlor sich in Erinnerungen an seidenweiche Glieder, kühle Finger, runde Brüste. Nein, er hatte nicht anders handeln können, wenn er dem brutalen Impuls in sich widerstehen wollte, sie hier und jetzt auf dem Boden zu nehmen, ihr die Decke vom Leib zu reißen und sich in diesem weichen Fleisch zu vergraben. Ihr Aufstöhnen, als er ihren verletzten Arm berührt hatte, war genau der Warnschuss gewesen, den er gebraucht hatte, um sich darüber klar zu werden, was er gerade tat: Er nutzte die Lage einer verletzten Frau aus. Und schließlich erinnerte er sich – zu spät, aber doch – daran, dass er selbst offiziell einer anderen Frau gehörte.

Beatrice drehte sich im Schlaf herum, legte sich auf die Seite und bettete die Wange auf eine Hand. Seth betrachtete sie besorgt. Hatte sie wieder einen ihrer Albträume? Er würde über sie wachen und zur Stelle sein, wenn sie Angst bekäme, und er würde sich auf die Art und Weise um sie kümmern, zu der er berechtigt war. Ihre Decke war herabgeglitten, und sehnsüchtig blieb Seths Blick an ihrer nackten Schulter hängen. Dann gab er nach – er hatte es schon geahnt – und setzte sich wieder neben sie auf den Boden. Es war, als würde seine bloße Nähe sie beruhigen, denn sie legte ihm eine Hand aufs Bein und schlief friedlich weiter. Er zog ihre Decke wieder hoch und betrachtete die kleine Hand, die auf seinem Oberschenkel lag. Er seufzte. Es sah ganz so aus, als würde es eine lange Nacht werden.

39

Am nächsten Morgen hatte sich das Unwetter verzogen. Der Himmel war hellblau, die Vögel sangen, und die Sonne schien warm. Schweigend sattelte Seth sein Pferd, half Beatrice in den Sattel und setzte sich hinter sie. Und dann ritten sie wortlos durch den Wald. Seth saß hinter ihr wie eine Steinstatue. Den ganzen Morgen war er ihr gegenüber schon so kurz angebunden gewesen, und jetzt musste sie sich Mühe geben, sich nicht von seiner kühlen Stimmung anstecken zu lassen. Außerdem saß sie nicht sonderlich bequem. Wie sie sich auch drehte und wendete, irgendetwas an ihrem zerschlagenen Körper tat ihr immer weh.

«Hör doch auf, so herumzurutschen», zischte Seth nach einer Weile, und sie wurde stocksteif.

«Entschuldige.» Sie versuchte, würdevoll zu klingen, aber sie hörte selbst, wie ihre Stimme zitterte. Sie hatte Schmerzen und Hunger, und er war so kalt zu ihr. Ich bin ganz offensichtlich nicht geschaffen für solche Entbehrungen, dachte sie, während sie ihre Tränen herunterschluckte.

«Komm», hörte sie seine Stimme hinter sich und spürte seinen starken Arm um ihre Taille, der sie nach hinten zog. Sie gab nach und lehnte sich prüfend gegen seine Brust, und automatisch fasste er sie etwas fester. Das fühlte sich gar nicht schlecht an. Vorsichtig lehnte sie den Kopf an seinen breiten Brustkorb und wartete auf eine Zurechtweisung von ihm. Doch als er keine Einwände erhob, entspannte sie sich und schloss die Augen. Das war schon viel besser.

Seth spürte ihr Haar an seinem Kinn. Beatrice atmete ruhig und gleichmäßig und schien eingeschlafen zu sein.

Während er geradeaus auf den Weg starrte, ließ er seine Wange von ihren weichen Strähnen liebkosen. Er hatte nicht gewusst, dass Liebe so schrecklich wehtat. Sie war so verdammt schmerzhaft – entweder ging es einem schlecht, oder man lebte in Angst und Schrecken. Doch er hatte seinen Entschluss gefasst. In ihm gab es nicht den geringsten Zweifel mehr. Er wollte sie haben. Beatrice war die Seine. Mehr gab es dazu nicht zu sagen.

Als sie beim Château Morgaine eintrafen, wurden sie von einer großen, lauten Menschenmenge empfangen. Beatrice löste sich aus Seths Armen.

«Wie man sieht, ist euer Ausflug ja abenteuerlicher verlaufen als gedacht», sagte Jacques lächelnd und half ihr vorsichtig vom Pferd. Sie schwankte, und er legte ihr einen Arm um die Taille. Dankbar stützte sie sich auf den Franzosen, während Seth absaß.

Vivienne kam zu ihnen und betrachtete die Wunde an Beatrices Stirn. «*Chérie*, was du immer für seltsame Dinge treibst. Der Arzt wartet im Haus auf dich.» Sie wandte sich an Seth. «Lady Tremaine hat sich große Sorgen gemacht.»

«Seth!» Lily kam die Stufen heruntergerannt und warf sich schluchzend in seine Arme. Daniel kam hinterher, und Seth streckte die Arme aus und umarmte sie beide. Unterdessen kaute Beatrice auf ihrer Unterlippe und blickte zu Boden.

«Komm, der Arzt wartet», sagte Vivienne.

Beatrice ließ sich ins Schloss führen, ohne Seth anzusehen, der die Arme um seine Familie gelegt hatte.

«Bald ist das ganze Haus ein einziges Krankenlager», klagte Vivienne. «Alexandre ist ganz unleidig. Er hat sich den Fuß ein bisschen angeknackst und jammert wie ein kleines Kind. Und es ist erst ein paar Tage her, dass der englische Junge in die Stechpalme gefallen ist. Der Doktor kommt aus dem Rennen gar nicht mehr heraus.» Vorwurfsvoll sah sie Beatrice an. «Ganz zu schweigen von den Gästen, die auf Reitausflügen spurlos verschwinden. Wahrscheinlich hat es seit Jahrhunderten kein Fest mehr gegeben, das derart vom Unglück verfolgt war.»

«Hör auf, mir mit den Händen vor der Nase herumzufuchteln, dein Ring blendet mich», sagte Beatrice nur. «Seltsam, dass du es bei all deinen Sorgen geschafft hast, dich gestern Abend noch zu verloben. Ich schätze, du hast dich ganz einfach gezwungen, deine tiefe Angst um mich zu überwinden und ein kleines Verlobungsfest zu organisieren, nicht wahr?»

«Ach wo, ich hatte volles Vertrauen, dass Hammerstaal dich finden würde.» Vivienne gestikulierte wild. «Aufspüren, töten, verstümmeln – das sind die Dinge, auf die Jacques und er sich verstehen. Ich hab mir nicht die geringsten Sorgen gemacht, und außerdem war es meine Pflicht als Gastgeberin, die Stimmung irgendwie aufzuheitern.» Sie warf den Kopf in den Nacken. «Ich habe Monsieur Hammerstaal zum Dank dafür, dass er dich gefunden hat, den Hengst Hannibal geschenkt. Mit dem schrecklichen Vieh kommt außer ihm sowieso keiner zurecht.»

«Ist er nicht wunderbar?», fragte Beatrice leise.

«Ich schätze, du redest nicht von dem vierbeinigen Hengst», gab Vivienne zurück und betrachtete zufrieden ihren Ringfinger, an dem ein riesiger gelber Diamant glitzerte. «Gelbe Steine habe ich schon immer geliebt. Jacques wusste, dass ich so einem Ring nicht würde widerstehen können.» Sie sah Beatrice an und seufzte. «Ihr zwei seid wie füreinander geschaffen», sagte sie. «Das fand ich schon immer. Aber er ist immer noch mit dieser Amerikanerin verlobt. Und er hat dir schon einmal wehgetan. Hat er sich irgendwie über eure Zukunft geäußert?»

Missmutig schüttelte Beatrice den Kopf.

«Pah. Männer. Wer weiß, was in deren Köpfen vorgeht», sagte Vivienne.

«Lily, kann ich mit dir reden?» Seth trat ins Lesezimmer. Lily saß mit geradem Rücken auf einem Sofa, ein Buch in der Hand. Sie sah blass aus, und Seth spürte sein schlechtes Gewissen. Seine Verlobte hatte sich um ihn gesorgt, als er weg war, um eine andere Frau zu suchen, und jetzt würde er ihr noch mehr Kummer bereiten.

«Ja?» Sie legte das Buch auf den Schoß und sah ihm mit ruhigem Blick entgegen.

«Ich hoffe, du weißt, wie wichtig du mir bist?», begann er. «Wie viel mir schon immer an dir lag?»

Lilys Augen begannen feucht zu glänzen, aber sie lächelte weiter. «Mir liegt auch viel an dir, Seth», sagte sie sanft. «Auch schon immer.»

«Ich habe deinem Vater versprochen, mich um dich zu kümmern, und das habe ich auch vor, dafür gebe ich dir mein Wort. Weder Daniel noch du, ihr sollt euch niemals irgendwelche Sorgen machen müssen.»

«Danke», flüsterte sie.

«Aber wir können nicht heiraten.»

Lily sah ihn mit großen Augen an. «Nein?» Zu seinem Schrecken sah Seth, wie ihr ganz langsam die Tränen in die Augen stiegen und dann über ihre Wangen liefen. Er hätte nicht gedacht, dass er sich noch elender fühlen könnte, als ihm ohnehin schon zumute war, aber ganz offensichtlich war es doch möglich. Ein einziges Mal hatte er Lily weinen sehen, und das war beim Begräbnis ihres Vaters gewesen. Sie war keine Frau, die ihre Gefühle allzu offen zeigte.

Jetzt schluchzte sie, und Seth machte unbeholfen einen Schritt auf sie zu. Er zog sein Taschentuch heraus und hielt es ihr hin. Mit einem leisen Schniefen nahm sie es entgegen.

«Ich will dir nicht wehtun», sagte er kläglich. Der Blick ihrer türkisen Augen war unmöglich zu deuten, und Seth schluckte. «Entschuldige, Lily. Soll ich jemand holen? Irgendetwas?» Sie schüttelte den Kopf und schnäuzte sich.

«Ich will dich nicht traurig machen», wiederholte Seth. «Verzeih mir. Bist du sicher, dass ich nicht irgendjemand holen soll?» Ich würde zu gern das Zimmer verlassen, dachte er verzweifelt.

«Aber ich bin doch gar nicht traurig», brachte sie schließlich hervor. «Ich bin erleichtert.» Sie tupfte sich ein letztes Mal die Nase ab und legte die Hände wieder auf den Schoß. «Danke, Seth.»

Er starrte sie an.

«Ich habe mir solche Sorgen gemacht», fuhr sie fort. «Ich hätte dich nicht ein zweites Mal zurückweisen können. Wie gesagt, du liegst mir am Herzen, aber ich will dich auch nicht heiraten.»

«Nein?», fragte er dümmlich.

Eifrig schüttelte sie den Kopf. «Ich nehme an, dein Grund ist die Gräfin Rosenschöld?», sagte sie freundlich.

«Woher weißt du das?»

Lily zuckte mit den Schultern und knetete das Taschentuch. «Ich habe gesehen, wie du sie anschaust. Und ich habe einmal einen Brief von ihr gefunden. Aber das ist egal, denn ich liebe Alex.»

«Alex?» Seth merkte, wie er den Faden verlor.

«Prinz D'Aubigny», erklärte Lily. «Es ist schon seltsam», fuhr sie fort. «Ich habe meinen Mann nie geliebt. Für Männer habe ich wohl Zuneigung gespürt, aber niemals mehr.» Entschuldigend sah sie ihn an. «Verzeih mir», sagte sie mit einem schiefen Lächeln.

«Keine Ursache», antwortete er steif.

«Erst dachte ich ja, dass mir einfach nur seine Aufmerksamkeit schmeichelt. Er ist ein Künstler, ein Prinz, warum sollte er mich – eine ganz normale Amerikanerin – so interessant finden, dass er mich malen will?»

«Malen?», echote Seth verblüfft.

«Aber jetzt bin ich sicher, dass es Liebe ist», nickte Lily. Sie blickte auf ihren Schoß. «Aber Alex ist so ein Gentleman, er wollte nichts unternehmen, solange ich deine Verlobte bin.»

«Will er dich denn haben, Lily?», wollte Seth wissen. «Ich werde nicht zulassen, dass er dir wehtut.»

«Ich bin ein großes Mädchen», lächelte Lily. «Ich komme schon allein zurecht. Aber danke für deine Fürsorge. Du bist ein guter Mann, das bist du schon immer gewesen.» Sie stand auf und gab ihm sein Taschentuch zurück. «Ich hoffe, deine schwedische Gräfin weiß dich zu schätzen.»

Sie gab ihm einen Kuss auf die Wange, und er umarmte sie automatisch. Es fühlte sich ganz natürlich an, immerhin waren sie seit zehn Jahren befreundet und würden es auch bleiben, dachte er. Da hörte er plötzlich einen leisen, erstickten Laut. Als er sich umdrehte, sah er Beatrice, die wie gelähmt auf der Schwelle stand. Hastig löste er sich aus der Umarmung, und Lily ließ die Arme fallen. «Beatrice», sagte er, doch der Schaden war bereits angerichtet.

Sie drehte sich um und rannte davon.

40

Er holte sie kurz vor einer massiven Tür ein. «Beatrice, warte!», rief er.

«Kannst du mich nicht einfach in Ruhe lassen?», rief sie zurück, ohne sich umzudrehen. Hastig drückte sie auf die Klinke, doch sie schaffte nur noch einen Schritt durch die Tür, da fasste er sie am Arm und hielt sie zurück.

«Lass mich los», zischte sie.

Seth sah sich um. Ausgerechnet in der Küche waren sie gelandet. Auf einem riesigen Eisenherd dampfte es aus zahllosen Töpfen und Kesseln. Hefeteig stand zum Gehen in Schüsseln, und große Kisten mit Gemüse und Meeresfrüchten stapelten sich auf den Arbeitsplatten. Seth sah sich den verblüfften Blicken der respekteinflößenden Küchenchefin, Marie Hersant, und ihres wohlgedrillten Stabes gegenüber.

«Raus mit euch», befahl er. «Alle.» Keiner rührte sich. «Sofort!», brüllte er.

Das Kommando hallte in der Küche wider, und die Kochmannschaft warf einen Blick auf Madame Hersant. Sie rollte mit den Augen, doch Seth wich und wankte nicht. Nach einem kurzen Kräftemessen mit den Blicken gab sich Marie geschlagen und nickte ihren Untergebenen zu, woraufhin sich diese aus der Küche zurückzogen.

«Monsieur», sagte sie in bittendem Ton und zeigte auf die köchelnden Töpfe. «Lassen Sie mich zumindest das Abendessen retten!»

«Nein. Gehen Sie raus und machen Sie die Tür hinter sich zu», befahl er. Marie sah aus, als wollte sie noch etwas sagen, doch sie gab auf und verließ die Küche.

«Du bist ja nicht ganz richtig im Kopf», giftete Beatrice.

Seth lächelte breit und zog sie an sich. «Wahrscheinlich nicht», gab er zu. «Aber du wirst mich trotzdem heiraten.»

«Was?» Sie riss die Augen auf. «Hast du völlig den Verstand verloren? Ich will dich nicht, du kriecherischer, verlogener Betrüger. Ich habe euch doch gerade eben noch gesehen, dich und deine amerikanische Lady. Du falscher, hinterhältiger ...»

«Ich liebe Lily nicht. Und sie liebt mich auch nicht», unterbrach er ihre Tirade. «Lily liebt Alex.»

Misstrauisch sah Beatrice ihn an. «Meinen Alex?», fragte sie schließlich.

Seth grinste. «Ich muss dich leider davon in Kenntnis setzen, dass er nicht mehr dein Alex ist. Jetzt ist er Lilys Alex.» Er ließ ihr keine Zeit, diese Neuigkeit zu verdauen, sondern zog sie in seine Arme. Er konnte es nicht mehr abwarten und gab ihr einen sanften Kuss. Sie erwiderte ihn nicht, doch sie entzog sich ihm auch nicht, und Seth nahm es als gutes Zeichen.

«Du kannst mich nicht zwingen», flüsterte sie, ohne ihre Lippen von seinem Mund zu nehmen.

Er schüttelte den Kopf. «Nein, und ich habe auch nicht die geringste Absicht, jemals gegen deinen Willen zu handeln.»

«Nein?»

«Aber heiraten werden wir.»

Beatrice schnaubte, und Seth küsste sie erneut. Begierig fuhr er mit seinen Lippen über ihren zornigen Mund. «Ich werde nie etwas gegen deinen Willen tun», versprach er. «Niemals.» Er hörte sie aufkeuchen, als seine Zunge in ihren Mund drang. «Im Gegenteil, ich werde alles tun, was in meiner Macht steht, um dich zufriedenzustellen», murmelte er durch den Schleier der Lust, den ihr Geschmack, ihr Duft und ihre Reaktion bei ihm hervorriefen. «Sag, dass du mich heiraten willst, Beatrice», bat er.

Sie zitterte, und als seine anfänglich noch vorsichtigen Küsse immer hungriger und fordernder wurden, erwiderte sie sie schließlich, wie immer.

«Ja», flüsterte sie.

Er küsste sie auf den Hals und weiter bis zu ihrem Ausschnitt, leckte die kleine Vertiefung unter ihrer sommersprossigen Kehle und spürte ihren beschleunigten Puls. «Ich werde dir alles geben, was du willst», sagte er. Sie wimmerte, und er zog sich ein wenig zurück, um ihre glänzenden Augen und die wilden Locken betrachten zu können. «Soll ich aufhören?», fragte er. Sie schüttelte den Kopf. «Weitermachen?» Sie nickte, woraufhin er sein Gesicht wieder an ihrem Hals vergrub. Beatrice streichelte ihm über den Kopf, und das Gefühl ihrer Finger in seinem Haar war so herzzerreißend vertraut, dass es in der Kehle wehtat. Er ließ die Hände über ihren Rücken gleiten und begann, die Knöpfe am Rückenteil ihres Kleides zu öffnen. Dabei küsste er ihre eine Schulter. «Tut es weh?», flüsterte er und blies auf den blauen Fleck auf ihrem Schlüsselbein, der noch an ihren Unfall erinnerte.

Sie schüttelte den Kopf. «Aber doch nicht hier, in der Küche, oder?», flüsterte sie. Allerdings strafte die Art, wie sie sich an ihn drückte, ihren Protest Lügen.

«Doch, meine Geliebte», widersprach er. «Diesmal werde ich dich nicht mehr aus den Augen lassen.» Geschickt begann er ihr Korsett aufzuhaken und hörte, wie sie befreit aufatmete. Er küsste sie durch ihr Unterhemd, während er weiter an den Knöpfen, Haken und Ösen fingerte, die ihn noch von ihrer zarten Haut trennten. Es sollte schon so mancher Mann wegen weniger verrückt geworden sein.

«Jedes Mal, wenn ich dir den Rücken zudrehe, passiert wieder etwas», sagte er und zog an einer widerspenstigen Öse. «Jetzt reicht es mir. Du bist mein, und nur mein.» Sie hatte die Augen geschlossen und atmete schwer, als es ihm schließlich gelang, den letzten Knopf zu öffnen. «Ich liebe dich, Beatrice», murmelte er. «Es gibt nur dich, dich allein.»

Sie schlug die Augen auf und sah ihn skeptisch an. «Und all die anderen?», fragte sie.

«Es gibt keine anderen», antwortete er entschieden. «Ich war seit Göteborg mit keiner mehr zusammen. Ich meine, was ich sage, du bist die Einzige für mich. Ich liebe dich, Beatrice. Und du liebst mich.»

«Ja», sagte sie. «O ja.»

«Sag es», befahl er heiser. Er hakte den letzten Verschluss ihres Kleides auf, und das Korsett fiel mit leisem Rascheln zu Boden.

Sie vergrub ihre Finger in seinem Haar. «Ich liebe dich», sagte sie und zog seinen Kopf zu sich. «Ich liebe dich so sehr», flüsterte sie, gab ihm einen tiefen Kuss und spielte mit seiner Zunge, bis es ihm vor den Augen flimmerte. Er hatte nicht vergessen, wie sehr sie ihn erregte, er konnte sich bloß nicht an das chaotische Gefühl gewöhnen, das sie in ihm hervorrief, sobald sie ihrer Leidenschaft freien Lauf ließ. Doch jetzt würde er den Rest seines Lebens Zeit haben, sich daran zu gewöhnen.

Mitten in der Küche stand ein großer Holztisch, auf dem mehrere Töpfe und ein Haufen Karotten auf die Köche warteten. Seth wischte alles mit einer Armbewegung herunter, und Maries sorgfältige Vorbereitungen für das Abendessen waren unwiderruflich dahin.

Langsam zog Beatrice die Träger ihres Unterhemdes herunter und ließ es einfach zu Boden gleiten. Dann zog sie die spitzenbesetzte Unterhose aus, doch die Strümpfe behielt sie an. So stand sie, nur mit Seidenstrümpfen und hochhackigen spitzen Schuhen, vor ihm, und Seth dankte dem Himmel, dass er die Geistesgegenwart besessen hatte, die Küchentür von innen zu verriegeln.

Beatrice stützte eine zierliche Hand in die Hüfte und musterte ihn. Seth merkte, dass er die Luft anhielt, und atmete wieder aus. «Du bist noch schöner, als ich dich in Erinnerung hatte», stellte er mit einer Stimme fest, die so erstickt klang, dass er sie selbst kaum wiedererkannte. «Und glaub mir, ich habe in den letzten Tagen nichts anderes getan, als beständig meine Erinnerungen an dich durchzugehen.» Hungrig verschlang er ihren Körper mit den Augen und malte sich aus, was er mit diesen aufsehenerregenden Kurven und Sommersprossen und Locken anstellen würde, wenn er nur erst seine verdammten Kleider ausgezogen hätte. «Wir werden nichts tun, was du nicht willst», versprach er und trat auf sie zu. Er griff nach ihrer Hand und legte sie auf seine nackte Brust. «Aber wir werden uns jetzt lieben.»

«Ja», murmelte Beatrice, während er die Hände über ihren Körper gleiten ließ, um sie schließlich auf ihrem Po ruhen zu lassen. Er hob sie hoch und setzte sie auf die abgenutzte Tischplatte. Vorsichtig schob er ihre Knie auseinander. Durch die dünnen französischen Strümpfe streichelte er ihre Beine und ließ die Finger zwischen die Seide und ihre unglaublich weiche Haut gleiten. Langsam machte er ihre Strumpfbänder auf und zog ihr die Strümpfe einen nach dem anderen aus. Sie sagte nichts, saß einfach nur nackt auf dem Tisch und ließ sich von ihm vergöttern, wie es ihm Spaß machte.

«Du lieber Himmel», sagte er. Er konnte die Augen nicht von ihr wenden, nicht eine Sekunde, nicht einen

Herzschlag lang. «Ich habe alles genau geplant», erklärte er und beugte sich zwischen ihre Beine, die ihn mit einem entgegenkommenden Zittern aufnahmen, als er die Innenseite ihrer Schenkel zu küssen begann. «Es wird dem Küchenpersonal sofort klar sein, was wir hier gemacht haben, und sie werden sich die Mäuler über uns zerreißen. Du wirst zutiefst kompromittiert. Durch mich», murmelte er, während er sich ihren roten Locken näherte. «Und dann musst du heiraten», flüsterte er und streichelte sie behutsam. Er fuhr mit dem Finger die zarte Öffnung entlang, drang ein und spürte, wie sie erzitterte. «Nämlich mich. So wie es sein soll. Du bist meine zweite Hälfte und ich die deine.» Er beugte sich vor und steckte seine Zunge in das rote Gold. Jetzt war sie sein. Er begann zu lecken und hörte sie aufkeuchen.

Beatrice hatte nicht gewusst, dass Männer so etwas tun konnten – dass sie so etwas *wollen* konnten. Statt seiner Finger spürte sie nun seinen Mund und seine Zunge. Sie sah den dunklen Schopf zwischen ihren Beinen, ließ den Kopf zurückfallen und gab sich dem hin, was er offenbar beabsichtigte.

Sie wurde bereits von den ersten Wellen lustvollster Empfindungen davongetragen, als sie merkte, dass er sie wieder auf den Mund küsste. Der fremde, erregende Geschmack kam von ihr selbst. Mit großen Augen beobachtete sie, wie er sich zurückzog und seine Hose aufknöpfte. Er streifte Stiefel und Strümpfe ab und ließ sie zu Boden fallen. Wenn sie hinterher nur keine Kleider vergaßen, dachte sie benommen, während ihr Herz beim Anblick dieses prachtvollen Mannes zu rasen begann. Er stieg aus seinen letzten Kleidern, und fasziniert blickte sie auf seine kraftvolle Erektion. In ihrem Inneren verspürte sie ein süßes Ziehen, das fast schon wehtat. Sie horchte in sich hinein. Hatte sie Angst? Nein, nicht vor Seth, vor ihm niemals.

«Ich dachte, du wolltest mich zu nichts zwingen?», flüsterte sie und streckte die Hände nach seinen Hüften aus. Gierig zog sie ihn an sich und ließ sich gleichzeitig langsam nach hinten sinken. Er kam wieder zu ihr, stand zwischen ihren Beinen und stützte sich mit den Unterarmen auf der Tischplatte ab. Fast ehrfürchtig legte er ihr eine Hand auf den Bauch, ließ die Finger über sie wandern und glitt mit dem Daumen zwischen ihre Beine. Dann begann er sie vorsichtig zu liebkosen. «Wenn du nicht willst, höre ich auf», flüsterte er. «Und ich meine es ernst. Ich könnte dir nie etwas antun.»

Beatrice schlang die Arme um ihn und zog den ganzen großen Körper zu sich heran. «Ich will dich aber», sagte sie schlicht. «Ich habe dich immer gewollt.»

Er legte sich zwischen ihren Beinen auf sie, und plötzlich verspürte Beatrice doch eine Welle von Panik. Sie verspannte sich und begann schneller zu atmen.

«Sieh mich an», bat Seth mit beruhigender Stimme, und sie gehorchte. Er sah ihr in die mitternachtsblauen Augen, sah, wie der kleine Schatten der Angst sich zusammenzog und davonflog, während er Beatrices Blick festhielt. Dabei streichelte er sie unablässig, und er spürte und sah, wie sie sich langsam wieder entspannte. Als er in sie hineinglitt, achtete er darauf, ob ihre Angst wiederkehrte, doch sie schloss die Augen, und er hörte einen unterdrückten Laut, der ihm sagte, dass sie ihre Furcht besiegt hatte und jetzt nur noch Leidenschaft empfand.

«Sag, dass du mich willst», murmelte er.

«Nur dich, keinen anderen», flüsterte sie und schlang ein Bein um seine Hüften. Er grub sich tief in sie, und sie keuchte im ersten Moment auf, um dann aber beide Beine um ihn zu legen und ihn noch tiefer in sich zu ziehen.

Und wieder musste er seinen Vorsatz aufgeben. Es gab keine Zeit für Zärtlichkeiten, keine Zeit, es langsam angehen zu lassen, nicht jetzt, wo sie sich unter ihm wand und stöhnte und keuchte und mit jeder Bewegung um mehr bettelte. Er hatte keine Chance, seinen ausgehungerten, gequälten, sehnsüchtigen Körper im Zaum zu halten, da sie jedes Mal, wenn er in sie stieß, seinen Namen ausrief.

Beatrice schrie laut auf, und Seth konnte endgültig nicht mehr denken. Er legte einen Arm unter ihre Lenden, drückte ihren zitternden Körper an seinen und hörte, wie sie laut und wonnevoll kam.

Bei ihrem letzten Aufschrei verlor auch Seth das letzte bisschen schwer aufrechterhaltene Selbstbeherrschung. Völlig außer Kontrolle schrie er ihren Namen und explodierte dann in einem gewaltigen Orgasmus. Ihm wurde schwarz vor Augen, und er sackte in sich zusammen. Sie schluchzte auf und vergrub ihren Kopf an seiner Schulter.

Gott sei Dank war die Tür verriegelt.

Vivienne saß vor dem Haus und genoss den Sonnenschein. Infolge des kühleren Wetters hatte das Laub begonnen, sich rot zu verfärben, und die Herbstluft war gesättigt mit dem Duft von Rosen und reifen Äpfeln. Sie beschattete die Augen und sah ihre Küchenchefin mit grimmiger Miene näherkommen.

«Madame, ich befürchte, für das Abendessen müssen wir uns etwas anderes einfallen lassen», verkündete Marie, als sie bei ihr angekommen war.

Vivienne zog fragend die Augenbrauen hoch. «Warum das?»

«Monsieur Hammerstaal hat uns alle aus der Küche geworfen. Inzwischen ist er schon seit einer Stunde da drin. Ich glaube, der Hefeteig ist verdorben. Und meine Soufflés …» Marie zuckte mit den Schultern. «Vielleicht kann ich das Frikassee noch retten, aber ich bezweifle es. Mittlerweile ist es bestimmt ganz trocken.»

«Was zum Teufel macht er denn in der Küche?» Vivienne runzelte argwöhnisch die Stirn. «Ist er allein?», erkundigte sie sich.

Marie Hersant schüttelte den Kopf.

«Mit einer Frau?»

Marie nickte. «Auf dem Küchentisch», präzisierte sie.

«Aha. Mit welcher denn?»

«Madame la Comtesse Rosenschöld.»

«Na gut, das ist ja immerhin was», meinte Vivienne nachdenklich und lehnte sich zurück. Sie atmete die milde Luft ein und roch den Herbst. Wahrscheinlich sollte sie jetzt aufstehen, in die Küche gehen und den beiden erzählen, was sie von Gästen hielt, die ihre Küchenchefin verstimmten. Doch sie konnte sich nicht aufraffen. Und morgen war ja ohnehin alles vorbei.

«Marie?», sagte sie stattdessen.

«Oui, Madame?»

«Gib ihnen noch eine Stunde. Und versuch inzwischen irgendetwas zu improvisieren. Vielleicht deine Zwiebelsuppe?»

«Ich werde den Mägden gleich Bescheid geben, dass sie Zwiebeln schälen sollen», seufzte Marie und wandte sich zum Gehen.

«Marie?», rief Vivienne ihr nach.

Die Küchenchefin drehte sich noch einmal um. *«Oui, Madame?»*

«Vergiss nicht, den Mägden zu sagen, dass sie den Tisch gründlich schrubben sollen», fügte Vivienne hinzu.

Marie verdrehte die Augen und entfernte sich mit unverständlichem Gemurmel.

Vivienne schloss die Augen und ließ sich von der Sonne das Gesicht wärmen. Stechpalmen, eine gelöste Verlobung, ein dramatisches Unwetter und ein Paar, das sich in der Küche verbarrikadierte. Sie schüttelte den Kopf. Das im nächsten Jahr zu überbieten dürfte kaum möglich sein.

41

Paris
September 1882

Als das Erntefest vorüber war und alle Gäste das Schloss verlassen hatten, beschlossen Jacques und Vivienne, mit Seth und Beatrice eine Reise nach Paris zu unternehmen.

Eines schönen Vormittags Ende September hatten sie schließlich die meisten Sehenswürdigkeiten besichtigt, die die französische Hauptstadt zu bieten hatte, und flanierten nun gemächlich durch die Tuilerien. Die Bäume des berühmten Parks waren in Rot und Gold entflammt, und auf den Alleen waren zahlreiche Spaziergänger unterwegs, die das Gesicht in die Sonne hielten und das milde Herbstwetter genossen.

Vivienne und Beatrice gingen Arm in Arm vor Seth und Jacques. Hinter ihnen lag der Arc de Triomphe, und als die beiden Frauen laut auflachten, musste Seth über Beatrices Fröhlichkeit lächeln. Er stellte sich vor, wie er die Schleife unter ihrem Hut löste, ihr durchs Haar fuhr und sich in ihrem Duft vergrub.

Als hätte sie seine Gedanken gehört, drehte sie sich zu ihm um. Sie lächelte das breite Lächeln, das nur für ihn allein bestimmt war, wie er sich gerne einredete, und dann drehte sie sich wieder zu Vivienne um. Es war viel zu laut im Park, als dass Seth hätte hören können, worüber sich die Frauen unterhielten, doch da sie zum Louvre hinüberdeuteten, nahm er an, dass sie über Kunst diskutierten.

Er wandte sich zu Jacques. Bis jetzt hatte Seth nicht besonders viel über die Hintergründe von Beatrices erster Ehe erzählt, doch er wusste, dass Jacques gerne mehr darüber wissen wollte. «Erinnerst du dich an Edvard Löwenström?», begann er.

«Sofias Bruder?» Jacques klang geistesabwesend. Sein Blick hing sehnsüchtig an seiner frisch angetrauten Ehefrau. Vivienne und er hatten sich tags zuvor im Hôtel Meurice trauen lassen. Es war eine schlichte Zeremonie gewesen, mit Beatrice und Seth als Trauzeugen. Hinterher hatten sie in einem der berühmtesten Restaurants diniert. Sie hatten Austern gegessen und Champagner getrunken, und dieser fröhliche Abend gehörte zu den schönsten, die Seth in seinem Leben je gehabt hatte.

«Jacques, hörst du mir zu?»

Jacques blinzelte und riss seinen Blick von Vivienne los. «Entschuldige. Ja, ich habe Edvard auf Johans Hochzeit kennengelernt. Warum fragst du?»

Seth erzählte die Geschichte von der Absprache zwischen dem Grafen, Wilhelm und Edvard und welches Opfer das für Beatrice bedeutet hatte.

«Was für Schweine!», rief Jacques, und er fluchte, als Seth ihm alles erzählt hatte. «Die sollte man auspeitschen. Und lebend häuten.» Er sah zu den beiden Frauen, die gerade mit einem völlig hingerissenen Maronenverkäufer sprachen. «Die arme Beatrice.»

«Ja», stimmte Seth zu. «Und ich war so ein Idiot.»

Jacques knuffte ihn freundschaftlich in die Schulter. «Das ist freilich nichts Neues.»

«Nein, wohl nicht.»

Jacques musterte Seths Gesicht. «Und jetzt denkst du also darüber nach, ob du Edvard und ihren Onkel erschlagen sollst oder nicht?», stellte er fest.

«Ich muss zugeben, dass mir solche Gedanken schon gekommen sind», räumte Seth zögernd ein.

Jacques blieb stehen. «Ich kann nicht behaupten, dass ich das nicht auch gern täte», sagte er ernst. «Aber auch wenn sie Schweine sind – das wäre Mord.»

«Ich weiß», erwiderte Seth und beschloss, seinem Freund zu verschweigen, dass er Leute ausschicken wollte, die den Mann aufspüren sollten, der so viel Leid verschuldet hatte. Es ist besser, wenn Jacques nichts von meinem Plan weiß, dachte Seth. Ich weiß zwar noch nicht, was ich mit Edvard tun werde, wenn ich ihn finde, aber mir wird schon etwas einfallen. Beatrice sollte nie mehr Angst vor Edvard haben müssen.

«Wie kann ich dir helfen?», riss Jacques ihn aus seinen Gedanken.

«Ich will dich da nicht mit hineinziehen, das ist mein Problem», antwortete Seth.

Jacques schnaubte. «Du bist wirklich unerträglich. Du kannst mir doch nicht so etwas erzählen und dann sagen, dass du das alleine schaffst. Du brauchst mich. Wenn ich dir nicht auf die Finger schaue, endet es nämlich garantiert damit, dass du am Galgen landest. Und wer soll sich dann um Beatrice kümmern?»

«Am liebsten würde ich Edvard und Wilhelm natürlich den Hals umdrehen», gab Seth zu. «Aber es sind immerhin ihre Angehörigen, ihre Familie. Ich kann ja schlecht losziehen und ihre Verwandten erschlagen.» Er musste um Beatrices willen darauf verzichten, auf die Art für Gerechtigkeit zu sorgen, wie er es gern getan hätte. Aber das bedeutete noch lange nicht, dass er Däumchen und die Sache auf sich beruhen lassen würde. «Ich werde es auf jeden Fall Johan erzählen», sagte er. «Johan muss wissen, was Beatrice alles für Sofia getan hat.» Seth holte seine Taschenuhr hervor. «Und ich habe Henriksson aus Schweden herkommen lassen. Er wartet schon im Hotel auf mich. Kannst du ein Auge auf Beatrice haben, wenn ich mich heute Nachmittag mit ihm treffe? Er hat wichtige Informationen für mich.» Als er Beatrices schlanken Rücken betrachtete, konnte er ein Lächeln nicht unterdrücken. «Es ist sicher übertrieben, aber ich will sie nicht unbeschützt lassen», sagte er. «Nicht, bevor ich weiß, wohin Edvard verschwunden ist.»

«Du wirst doch keine Dummheiten machen?», fragte Jacques misstrauisch. «Beatrice würde es nicht überleben, wenn dir etwas zustieße.»

«Wir reden morgen weiter», wich Seth der Frage aus. Er würde Henriksson bitten, Erkundigungen einziehen zu lassen. Bald würde er wissen, wo Edvard sich aufhielt. Was dann passierte … darum würde er sich später kümmern.

«Aber jetzt will meine Zukünftige gerne Stoffe ansehen. Und ich habe ihr versprochen, sie zu begleiten.» Er seufzte düster. «Das wird bestimmt mehrere Stunden in Anspruch nehmen.»

Jacques lachte auf. «Seth Hammerstaal bei der Schneiderin. Dich muss es ja schlimmer erwischt haben, als ich dachte.»

In einer kleinen Querstraße der Avenue des Champs-Élysées lag Mademoiselle Colette Colberts Atelier und Laden. Als die Türglocke klingelte, lächelte Colette der eintretenden Frau entgegen.

«Bonjour, Madame la Comtesse», sagte Colette, während ihr Blick gleichzeitig auf den Mann fiel, der die Schwedin begleitete. Seine Kleidung war diskret, aber das geübte Auge der Schneiderin erkannte sofort, dass jedes Teil

perfekt maßgeschneidert war. Da zeigte sich keine Falte an den breiten Schultern, die Passform am Rücken war ebenfalls tadellos, und überhaupt sah man die exquisite Qualität noch im kleinsten Stich. Er trug keine teuren Accessoires, keine Ringe oder protzige Schmuckstücke, und seine Krawatte war so schlicht, dass es fast an Anspruchslosigkeit grenzte. Doch für eine Expertin war trotzdem erkennbar, dass es sich hier um einen wirklich vermögenden Mann handelte. Seine Züge hatten etwas Strenges, fast Rücksichtsloses, doch als er die rothaarige Frau anlächelte, wurde sein Gesicht weich. Colette stellte fest, dass die Gräfin klug genug gewesen war, sich einen mächtigen Beschützer zuzulegen.

«*Bonjour, Mademoiselle*», begrüßte der Mann sie mit einer samtig tiefen Stimme. Sie schauderte. «Wir sind hier, weil meine zukünftige Ehefrau ihr Brautkleid bestellen möchte», erklärte er. «Sie hat darauf bestanden, zu Ihnen zu kommen.»

Oh, là, là. Ehefrau, sieh mal einer an.

Zehn Minuten später waren Beatrice, Colette und eine weitere Schneiderin schon in ein konzentriertes Gespräch über Entwürfe und Materialien vertieft. Beatrice warf einen verstohlenen Blick zu Seth hinüber, der in einem Sessel saß und ganz ins Studium eines Dokuments versunken schien. Da blickte er auf und sah sie an. «Solltest du dir nicht auch gleich Kleider für den Herbst bestellen?», schlug er vor. «In Stockholm wird es viel kälter sein als hier.»

«Ich habe genug Kleider», protestierte sie.

Doch Seth tauschte einen beredten Blick mit Mademoiselle Colette, die diskret nickte. «Weißt du, *chérie*», lächelte er, «gegen unsere Expertenmeinung wirst du nicht ankommen. Komm, bestell dir auch eine Herbstgarderobe.» Dann vertiefte er sich wieder in seine Papiere.

Colette sah sie mit ihren nussbraunen Augen an, bis Beatrice nachgab. «*Alors*. Aber ich werde neu Maß nehmen müssen», meinte Colette. Mit kritischer Miene musterte die Schneiderin ihre Taille und Brust und bedeutete ihr dann, sich umzudrehen. Beatrice widerstand dem Impuls, unter diesem scharfen Blick den Bauch einzuziehen. «Hmm, Sie haben zugenommen», stellte Colette fest. Bei diesem Kommentar blickte Seth auf und grinste die blamierte Beatrice neckend an. Er ließ einen vielsagenden Blick über ihren Körper wandern und blieb sehnsüchtig an ihrem Busen hängen. Beatrice spürte, dass sie flammend rot wurde. Seth lachte leise.

«Raus aus den Kleidern», kommandierte Colette und zeigte auf einen Wandschirm.

Seth grinste erneut, und Beatrice warf ihm einen warnenden Blick zu. Sie starb fast vor Verlegenheit, und seine heißen Blicke machten sie ganz schwach. Dankbar zog sie sich hinter den Schirm zurück. Eine der Mitarbeiterinnen half ihr beim Aufknöpfen von Kleid und Korsett, bis sie nur noch in Unterwäsche dastand. Als alle ihre Maße genommen und notiert waren, hielt ihr eine von Colettes Assistentinnen einen Überwurf hin. Beatrice schlüpfte erleichtert hinein und beschloss, in den nächsten Tagen auf den Camembert zu verzichten.

Nach einer knappen Stunde hatten sie einen ersten Entwurf für das Brautkleid erarbeitet, und noch eine Weile später hatte Beatrice endlich die Stoffe für ihre neuen Kleider ausgesucht. Ihr war warm, und sie war ziemlich müde, doch Mademoiselle Colette holte resolut immer noch mehr Stoffe herbei. «Für die Unterwäsche», erklärte sie, während sie die Ballen ausbreitete. Mit großen Augen musterte Beatrice die glänzenden, spinnwebdünnen Stoffe, die sich vor ihr aufstapelten. Als sie einen Ballen Spitze sah, der von so dunklem Weinrot war, dass es fast wie Schwarz wirkte, dämmerte ihr, dass Mademoiselle Colette wahrscheinlich etwas ganz anderes im Sinn hatte als die praktische Unterwäsche, die sie ihr letztes Mal genäht hatte. Unschlüssig musterte Beatrice die dünnen Stoffe und durchsichtigen Materialien, während die Schneiderin immer neue Schachteln mit Seidenbändern, Spitzen und glitzernden kleinen Steinchen hervorholte.

«Ich weiß nicht …», sagte Beatrice zögernd. Sie verstand nicht viel von Stoffen, doch selbst ihr war klar, dass die Materialien, die die Schneiderin ringsum aufstapelte, schrecklich teuer sein mussten. Sie fasste ein taubenblaues Gewebe an, das so dünn war, dass man sich kaum vorstellen konnte, wie daraus ein Kleidungsstück werden sollte.

«Sie nimmt alles», verkündete Seth, ohne aufzublicken.

«Aber …», protestierte Beatrice. Er begriff wohl nicht, um welche Summen es hier ging.

«Alles», wiederholte er, und als er sie nun ansah, spielte ein wollüstiges Lächeln in seinem Mundwinkel.

«Und die Schuhe?», fragte Colette geschäftig. Sie hielt ein paar hochhackige Seidenschuhe in die Höhe, und Beatrice betrachtete sie sehnsüchtig. Sie hatte schon bemerkt, wie begeistert Seth war, wenn sie hohe Absätze trug, doch sie zwang sich zu der Einsicht, dass die wundervollen Schuhe, die Colette in der Hand hatte, das Unpraktischste waren, was sie je in ihrem Leben gesehen hatte. Der weiße Seidenstoff war mit einem grünen Faden bestickt, der ein Muster aus winzigen naturgetreuen Schneeglöckchen bildete, die wiederum mit weißen und grünen Steinchen bestickt waren. Beatrice hatte den Verdacht, dass es sich um echte Diamanten und Smaragde handelte. Außerdem sind es Hochzeitsschuhe, dachte sie, also würde sie sie nur ein einziges Mal tragen. Und sie würde im Winter heiraten. Das würden diese Schuhe niemals überleben. Sie hatte ohnehin schon ein schlechtes Gewissen wegen der rosaroten, mit Rosen bestickten Wildlederstiefeletten und dem dazu passenden Hut. Vielleicht sollte sie darauf doch verzichten? Sie schüttelte entschieden den Kopf. Die Stiefeletten würde sie behalten, aber die juwelenbesetzten Hochzeitsschuhe mussten wieder in ihre Schachtel zurückwandern.

«Sind wir fertig?», fragte Seth.

Mademoiselle Colettes Assistentinnen halfen Beatrice beim Anziehen, und unterdessen machte Colette die Rechnung fertig. Seth ging zu Beatrice, reichte ihr ihre Handschuhe und legte ihr eine Hand auf den Rücken. «Na, bist du zufrieden, meine Geliebte?», flüsterte er.

«Sehr», antwortete Beatrice. Aber sie hatte sich wirklich hinreißen lassen und eine astronomisch hohe Rechnung verursacht.

«Bis wann können wir die Sachen haben?», erkundigte sich Seth.

«Wenn sich meine Mitarbeiterinnen beeilen, können wir in sechs Wochen mit den Kleidern fertig sein. Das Brautkleid wird allerdings länger dauern.»

Seth schüttelte den Kopf. «Stellen Sie einfach noch ein paar Schneiderinnen mehr ein. Wir fahren in einer Woche nach Schweden zurück, und ich möchte, dass bis dahin alles fertig ist», erklärte er und nahm die Rechnung an sich, bevor Beatrice reagieren konnte. «Ich schicke Ihnen meinen Sekretär vorbei, er wird die finanzielle Seite mit Ihnen regeln. Und besprechen Sie auch gleich mit ihm, wann Sie nach Stockholm kommen können. Wir heiraten im Dezember, und Sie sollten rechtzeitig für die letzte Anprobe vor Ort sein.» Er sah Colette an, und sie nickte zögernd. «Besprechen Sie die Details mit meinem Sekretär», bat er und hielt Beatrice die Tür auf.

«*Oui, Monsieur*», war das Letzte, was Beatrice hörte, bevor sich die Tür hinter ihnen schloss, Seth sie in seine Arme zog und ihr mitten auf der Straße einen heißen Kuss gab.

Am nächsten Abend eilte Beatrice durch den Flur des vierten Stocks im luxuriösen Hôtel Meurice. Vorsichtig betastete sie das Päckchen in der Tasche ihres Samtmantels, der sich hinter ihr bauschte. Sie fand Seths Tür, drückte die Klinke und betrat den kleinen Flur. Abgesehen von einem leisen Plätschern war es ganz still in der Suite. Der Teppich, der noch dicker war als der auf dem Korridor, dämpfte ihre Schritte, sodass sie das Zimmer geräuschlos durchqueren konnte.

Seth saß mit dem Rücken zu ihr in einer tiefen Messingwanne. Die schweren Vorhänge waren zugezogen, und seine Haut glänzte wie Bronze im Licht der Petroleumlampen. Er legte eine Hand auf den Rand der Wanne und trommelte mit den Fingern darauf. «Na, Madame la Comtesse, sind Sie gekommen, um mir den Rücken zu schrubben?», fragte er nonchalant, ohne sich umzudrehen.

«Ach. Woher wusstest du, dass ich es bin?», fragte sie und trat näher.

Seth warf einen Blick über die Schulter. Er lächelte über ihre empörte Miene, bevor er sich mit einem Platschen zurücklehnte. «Du bist eine geräuschvolle Frau», antwortete er. «Außerdem bin ich nicht so leicht zu überraschen, wie du zu glauben scheinst.» Er deutete mit einem Nicken auf eine Kanne und einen Schwamm, die auf einem Tablett neben der Badewanne standen. «Willst du mir nicht helfen? Ich schätze, dass du alle meine Diener weggeschickt hast, nicht wahr?»

«Und ich dachte, du hättest überhaupt nichts bemerkt.»

«Ich sollte Ruben feuern, weil er sich dazu hat überreden lassen. Unerhört, dass mein Diener jemand anders als mir gehorcht.»

«Er hat sich wirklich sehr gesträubt», gab Beatrice zu. «Ich musste ihm versprechen, dass du nicht böse wirst und dass ich dir kein Messer in den Rücken rammen werde.» Sie trat neben die Wanne und nahm eine grüne Flasche vom Tablett. Neugierig schnupperte sie an dem parfümierten Inhalt. Es roch rein und männlich. Es roch nach Seth. «Aber du freust dich doch, dass ich hier bin, oder?», fragte sie und goss sich ein paar Tropfen der duftenden Seife in die Handfläche.

«Das kommt ganz darauf an, ob du mich jetzt wäschst oder nicht.»

Sie rieb die Handflächen aneinander, bis es schäumte. «Wenn du dich zurücklehnst, werde ich versuchen, dich dafür zu entschädigen, dass du deine Diener entbehren musst», sagte sie und begann ihm den Schaum ins nasse Haar zu massieren. Wohlig seufzend ließ er sich zurücksinken und schloss die Augen. Schweigend massierte sie ihn und spürte, wie er sich unter ihren Fingern entspannte. Sie tauchte die Finger ins Wasser, zog sie aber rasch wieder zurück. «Aber das ist ja eiskalt», rief sie.

«Ich musste mich abkühlen», sagte Seth.

Sie kicherte und strich ihm übers Haar.

«Was ist?», murmelte er träge.

«Nichts», flüsterte sie und griff nach der Kanne. Das Wasser darin war so warm, dass es dampfte. Langsam goss sie ihm den Inhalt über den Kopf, und Seifenschaum und Wasser liefen ihm über die Brust. Sie goss den letzten Rest über seine Haare, ließ die Finger hindurchgleiten und genoss es, wie er unter ihrer Fürsorge beinahe zu schnurren begann. Wie ein großer Tiger, dachte sie. Zärtlich beugte sie sich zu ihm herunter und schmiegte sich an seine Wange, und Seth hob einen nassen Arm, um sie zu sich herabzuziehen. Da klopfte es an der Tür, und Beatrice richtete sich rasch auf. *«Entrez, s'il vous plaît»*, rief sie fröhlich, und Seth runzelte die Stirn.

«Wer ...?», begann er, doch da ging auch schon die Tür auf, und ein Hotelkellner betrat die Suite.

«Bonjour, Madame. Bonjour, Monsieur», rief er und rollte einen Servierwagen herein, auf dem ein beschlagener Kübel stand, der mit einem Leinentuch abgedeckt war. Er zuckte nicht mit der Wimper, als er den Mann in der Badewanne sah, sondern stellte ungerührt zwei Champagnergläser auf das Tischchen. Beatrice ging unterdessen langsam auf eine Chaiselongue zu, die mitten im Zimmer stand. Sie gab sich alle Mühe, unbekümmert zu wirken, doch sie spürte Seths Blick im Rücken brennen, und das machte sie nervös. Während der Kellner den Drahtverschluss an der Champagnerflasche öffnete, ließ Beatrice langsam ihr Cape zu Boden gleiten. Der schwere Samt rutschte auf den Teppich, und sie streifte ihre Pantoffeln von den Füßen. Dann ließ sie sich halb liegend auf dem Diwan nieder. Ihr Herz klopfte, doch sie lächelte Seth sanft zu, der nun stocksteif in seinem eiskalten Bad saß und sie anstarrte. Sie beobachtete sein angespanntes Gesicht und die Muskeln, die an seinem Kiefer zuckten. Na, das würde wohl nicht besonders schwer werden, dachte sie vergnügt.

Seth starrte Beatrice an, die wie eine goldene Liebesgöttin in einem dünnen Nachthemdchen auf der Chaiselongue lag. Du lieber Gott, was hatte sie vor?

«Gefällt es dir?», fragte Beatrice beinahe schnurrend und ließ einen Finger zwischen ihren Brüsten heruntergleiten. «Mademoiselle Colette hatte es fertig in ihrer Boutique hängen, da habe ich es gekauft.» Sie legte den Kopf zurück, sodass ihr rotes Haar über die Sofakante fiel. Dabei drückte sie leicht den Rücken durch, sodass ihre Brüste sich gegen das Kleid pressten, das eigentlich nur aus einzelnen Stoffrosetten und Luft bestand. «Das ist ein Negligé», erklärte sie. «Mademoiselle Colette hat mir versichert, dass kein Mann diesem Anblick widerstehen kann.»

Wenn es irgendeinen passenden Kommentar dazu gab, dann wollte er Seth nicht einfallen. In diesem Moment knallte der Champagnerkorken, und Seth zuckte zusammen, als hätte jemand einen Schuss abgefeuert.

«Bist du etwa so durch den Flur gegangen?», fragte er ungläubig. Der Kellner wandte sich reflexartig zum Sofa um, auf dem Beatrice in ihrer ganzen Wollust lag, und warf dann einen nervösen Blick auf Seth. Rasch goss er den schäumenden Champagner ein, verbeugte sich steif und verließ eilends die Suite.

Beatrice schnalzte mit der Zunge, als sie die Tür ins Schloss fallen hörte. «Du bist vielleicht reizbar», schnurrte sie. «Der arme Kellner hat dir doch gar nichts getan.» Langsam rekelte sie sich auf dem Sofa, und ihre sinnliche Bewegung ließ den dünnen Stoff über ihre Haut gleiten, als hätte er ein Eigenleben. Es war angenehm warm im Zimmer, doch ihre Brustwarzen richteten sich durch die Reibung des Gewebes trotzdem auf. Mit einer geschmeidigen Bewegung stand Seth aus der Wanne auf. Das Wasser tropfte von seinem Körper, und Beatrice sah ihn hoffnungsvoll an. Er war erregt, und bevor sie auch nur Luft holen konnte, war er auch schon über ihr.

«Du machst mein Negligé kaputt», protestierte sie schwach, doch sie hörte selbst, dass ihre Stimme nicht überzeugend klang.

Er riss ihr den Stoff vom Leib und begrub den Kopf zwischen ihren Brüsten. «Ich habe den ganzen Tag an nichts anderes denken können als daran, mit dir Liebe zu machen. Von mir aus kaufe ich jedes Negligé, das Mademoiselle Colette zusammenschneidern kann, wenn ich es dir hinterher so vom Leib reißen darf.»

«Wie verschwenderisch von dir», hauchte sie und bog ihm ihren Körper entgegen.

Er küsste sie gierig.

«Liebling?», sagte sie. Sie war zufrieden mit ihren Verführungskünsten.

«Hmm?» Er strich ihr mit dem Daumen über eine Brustwarze.

«Findest du nicht, dass dieses Sofa schrecklich kurz ist?» Sie konnte nur noch stoßweise atmen.

Er schüttelte den Kopf. «Ich will dich hier lieben.»

«Aber du bist doch ganz nass», wandte sie heiser ein und versuchte, vernünftig zu denken.

Doch er ließ die Hand schon zwischen ihre Schenkel gleiten. «Du auch», stellte er fest. «Lass dich gleich hier lieben, *adorée*.»

Und in diesem Moment verließ sie das letzte bisschen Vernunft.

Sie lag auf Seths Arm. Sie waren auf dem Boden gelandet – die Chaiselongue war tatsächlich schrecklich kurz – und lagen jetzt beide verschwitzt und befriedigt auf ihrem Mantel. Mit einer Grimasse schob sich Seth die Hand unter den Rücken, zog ein Päckchen hervor und hielt es hoch. «Was ist das denn?», fragte er.

«Deswegen war ich eigentlich gekommen. Das ist für dich.»

Seth runzelte die Stirn, als wüsste er nicht, was er mit dem Päckchen anfangen sollte. Verblüfft drehte er es hin und her.

«Mach es auf», sagte sie sanft und schluckte das stechende Gefühl im Hals. Sie hatte schon oft beobachtet, wie großzügig Seth war, nicht nur zu ihr, sondern auch zu anderen Menschen in seiner Umgebung, und in diesem Moment fragte sie sich, wann jemand eigentlich ihm zum letzten Mal ein Geschenk gemacht hatte.

Er entfernte das Geschenkpapier und klappte die schlichte Schachtel auf, auf der in verschnörkelten Buchstaben der Name eines Pariser Juweliers stand. Mit ausdrucksloser Miene musterte er die grauen Manschettenknöpfe, ohne ein Wort zu sagen. Beatrice schluckte nervös. Auf einmal erschienen sie ihr langweilig. Vielleicht waren sie ihm ja doch zu schlicht? «Sie sind aus Platin», sagte sie schnell. Als sie im Geschäft gestanden hatte, hatte ihr der matte Glanz so gut gefallen, die verblüffende Schwere und ihre Schlichtheit, frei von jeglichen Ornamenten. Sie waren ihr unglaublich männlich vorgekommen, doch jetzt machte sie sich doch Gedanken. «Sie haben mich so an dich erinnert. Aber wenn sie dir nicht gefallen, musst du es sagen. Der Juwelier hat mir versprochen, dass ich sie umtauschen darf. Es gab auch noch andere.» Die Worte sprudelten nur so aus ihr heraus.

«Sie gefallen mir», unterbrach er sie heiser. Er befühlte die Manschettenknöpfe, ohne sie anzusehen. «Danke», sagte er leise.

Beatrice schlang ihm die Arme um den Hals und drückte sich an ihn.

«Heute Abend schläfst du hier», bestimmte er.

«Muss ich mich dann auf den Boden legen?», fragte sie lachend.

Er lächelte. «Ich hole den Champagner», sagte er und stand auf. «Du kannst ja inzwischen schon ins Schlafzimmer gehen und auf den Nachttisch gucken», rief er über die Schulter zurück.

Sie runzelte die Stirn und tat, was er ihr gesagt hatte.

Auf dem Nachttischchen stand ein Apfel. Er sah so naturgetreu aus, dass sie ihn erst für eine richtige Frucht hielt, doch als sie die Hand danach ausstreckte, entdeckte sie, dass er doch nicht echt war. Er schimmerte in verschiedenen roten und gelben Nuancen. Sie hatte keine Ahnung, aus welchem Material die Frucht, die lebensechten grünen Blätter oder der braune Stiel gefertigt waren, aber es war eine sehr exquisite kleine Skulptur. Als sie den Apfel in der Hand drehte, sah sie, dass am Stiel eine Kette – dünn wie Nähseide – hing. Und an der Kette hing ein goldener Ring. Sie blinzelte. *Ein Ring.*

«Gefällt er dir?» Er lehnte mit demselben Gesichtsausdruck am Türrahmen, den sie gehabt haben musste, als er ihr Päckchen öffnete und keinen Ton sagte.

«Komm und steck ihn mir an», sagte sie. Die übermächtigen Gefühle schnürten ihr die Kehle zu.

Seth setzte sich auf die Bettkante und steckte ihr den Ring behutsam auf den Ringfinger.

«Ich wollte den richtigen Ring finden», sagte er. «Als ich den hier sah, wusste ich, das ist er. Entschuldige, dass du so lange darauf warten musstest.»

Beatrice drehte die Hand hin und her und wackelte mit dem Finger. Der Stein war in Weißgold gefasst und funkelte auf eine Art, wie sie es noch nie gesehen hatte. Sie versuchte, die Tränen wegzublinzeln, die ihr die Sicht nahmen. «Was ist das für ein Stein?», wollte sie wissen. «Ein Saphir?»

Er schüttelte den Kopf. «Nur ein Diamant kann so glänzen.»

«Aber er ist doch blau.»

Seth wischte ihr mit dem Daumen eine Träne von der Wange. «Das sind die besten. Genau, wie du die Beste bist. Ich habe ihn hier in Paris bei einem Juwelier gefunden, der Schmuck für den russischen Hof herstellt. Er hatte diesen Ring für eine russische Fürstin angefertigt, aber ich konnte ihn überreden, das Schmuckstück mir zu verkaufen.»

Beatrice zog die Augenbrauen hoch, und Seth grinste. «Ich habe eine enorme Überzeugungskraft.»

«Ich liebe diesen Ring», sagte sie.

«Und ich liebe dich», murmelte er heiser.

Nach einer Weile war Seth eingeschlafen, doch nicht einmal im Schlaf ließ er sie los. Jedes Mal, wenn sie sich ihm entziehen wollte, protestierte er murmelnd, und zum Schluss resignierte Beatrice und schmiegte sich an seinen warmen, festen Körper, obwohl sie eigentlich gar nicht müde war. Hellwach blinzelte sie an die Decke.

Und dann tat sie, was jede andere Frau in ihrer Situation getan hätte.

Sie bewunderte ihren exquisiten Verlobungsring.

42

Schloss Wadenstierna
Dezember 1882

«Wer war Aurore Löwenström?», fragte Seth.

Beatrice blickte auf. Sie saß auf einem kleinen Schemel auf dem Eis und fror erbärmlich. «Meine Großmutter», antwortete sie. «Aber sie ist schon lange tot.»

Sie waren bei beißendem Frost nach Wadenstierna gefahren, um die allerletzten Hochzeitsvorbereitungen zu beaufsichtigen. Ein paar Tage vor der Trauung wollten sie nach Stockholm fahren. In die Großstadt und in die Zivilisation, dachte Beatrice. Sie schauderte. Hier draußen musste es mindestens fünfzig Grad unter null haben. Die Dezembersonne schien wie ein gefrorener Diamant, und der Atem stand ihnen in kleinen weißen Wölkchen vor dem Mund. Sie hatte sich in Schals und Tücher gewickelt, während Seth wie immer keine Kopfbedeckung trug. Beatrice musste über seine Widerspenstigkeit lächeln.

Beunruhigt hatte sie ihrer Rückkehr nach Schweden entgegengesehen und sich während der Heimreise von Paris die ganze Zeit gefragt, was sie wohl erwartete, nachdem sie vor vielen Monaten praktisch aus ihrer Heimat geflohen war. Doch ihre Sorgen hatten sich als unbegründet erwiesen. Seth, der wie immer ihre Gefühle erahnt hatte, hatte es so eingerichtet, dass sie von mehreren Freunden erwartet wurden, als sie auf Wadenstierna ankamen.

Mary war da, ihre geliebte und schwervermisste Mary, und das Wiedersehen war überschwänglich. Sofia und

Johan kamen kurz darauf zu Besuch, und sogar Olav und Christian reisten an.

In den Wochen vor der Hochzeit hatte sich Beatrice nicht selten bei dem Gedanken ertappt, ob man wirklich so glücklich sein durfte. Vom jetzigen Moment vielleicht abgesehen. Sie zog sich ihren Schal fester um den Hals, während sie ihren Verlobten wütend anfunkelte. Ihrer Meinung nach hatte er eine sehr ungesunde Einstellung zu Unternehmungen im Freien. Am Morgen hatte er sich eingebildet, dass er ihr das Angeln beibringen wollte. Den ganzen Morgen hatte er davon geredet, wie befriedigend es doch sei, sein Essen selbst zu fangen, und ehe sie sich's versah, stand sie auch schon draußen auf dem Eis, so dick bekleidet, dass sie sich kaum bewegen konnte, und sah zu, wie er ein großes Loch ins Eis bohrte. Dabei behauptete er im Brustton der Überzeugung, dass sie genügend Fische fangen würden, um beim Abendessen alle satt zu werden.

Beatrice warf einen verstohlenen Blick auf den einsamen Barsch, der steifgefroren neben ihnen lag. Wenn das in diesem Tempo weiterginge, würde das Tauwetter einsetzen, bevor ihr Abendessen annähernd gesichert wäre, dachte sie düster. Sehnsüchtig blickte sie zum Schloss. Aus mehreren Schornsteinen stieg der Rauch. Bestimmt hatte jemand gerade eine Kanne warme Schokolade gekocht, vielleicht auch Brot gebacken und außerdem ein Feuer angezündet. Seufzend und fröstelnd kehrte sie in die eiskalte Wirklichkeit zurück und hoffte, dass ihr zukünftiger Mann nicht die Absicht hatte, sie hier draußen erfrieren zu lassen.

«Warum fragst du nach meiner Großmutter?», wollte sie wissen und schlug demonstrativ die Arme um den Oberkörper, um sich zu wärmen.

Seth lachte. «Chérie, es hat höchstens ein Grad unter null, und es ist völlig windstill.»

«Liebling, ich bin nun mal ein Stadtkind mit Leib und Seele.» Beatrice schlotterte. «Und ich mag Fisch nicht mal besonders. Vor allem dann nicht, wenn er Augen hat. Und Gräten. Wollen wir nicht lieber nach Hause gehen?»

Doch Seth schüttelte den Kopf. «Mit der Einstellung musst du verhungern. Erzähl mir etwas von deiner Großmutter, das interessiert mich. Und halte die Hand gerade, mit so schlaffen Handgelenken fängst du nie einen Fisch.»

Beatrice verbiss sich einen Kommentar über Unternehmungen an der frischen Luft im Allgemeinen und Eisfischen im Besonderen und beantwortete stattdessen seine Frage. Vielleicht kamen sie ja schneller wieder nach Hause, wenn sie ein bisschen entgegenkommend war. «Großmutter Aurore hatte zwei Kinder. Meinen Vater und Onkel Wilhelm. Sie war das schwarze Schaf der Familie.» Beatrice ruckte ein bisschen an ihrer Schnur (oder der «Leine», wie Seth sie mit fachmännischer Überlegenheit genannt hatte) und merkte, dass unter dem Eis etwas an ihrer Angel zog. «Sie kam aus einer vornehmen Familie», fuhr sie fort. «Und sie heiratete jung, doch sie war unglücklich und verursachte einen riesigen Skandal, als sie ihren Mann und ihre Kinder verließ und ins Ausland zog. Ich habe sie nie kennengelernt, aber sie soll sehr exzentrisch gewesen sein.» Beatrice zog eine Grimasse und ruckte noch einmal an ihrer Angel. «Man hat mir gesagt, dass ich ihr ähnlich sein soll.»

«War sie reich?»

«Sie brauchte sich ihr Abendessen jedenfalls nicht selbst zu angeln», murmelte Beatrice.

«Frische Luft ist gesund», erwiderte Seth unbekümmert. «Und jetzt hör mal zu, ich muss dir etwas erzählen. Letztes Jahr beschloss ich, ein wenig über deine Familie in

Erfahrung zu bringen. Vor allem wollte ich über Edvard Bescheid wissen, aber dabei habe ich auch eine Menge über Wilhelm gehört.» Seth korrigierte die Haltung ihres Handgelenks. «Meine Leute waren sehr gründlich. Aurore stammte tatsächlich aus einer vornehmen Familie und war sehr reich. Und exzentrisch, denn als sie ihr Testament verfasste, hinterließ sie alles ihren drei Enkeln statt ihren beiden Kindern.»

Beatrice schüttelte den Kopf und versuchte ihr Handgelenk so zu bewegen, wie er es ihr gezeigt hatte. «Aber sie ist doch schon lange tot, und ich habe nie etwas bekommen.»

«Weißt du, wem das Haus in der Drottninggatan gehört?», fragte er.

Sie seufzte und zog an der verdammten Leine, die sich an irgendetwas verfangen zu haben schien. «Meinst du Onkel Wilhelms Haus?»

«Du hörst mir nicht zu», sagte Seth geduldig. «Als Aurore Löwenström starb, hinterließ sie ihre drei Immobilien ihren drei Enkeln, also je ein Haus für Sofia, Edvard und Beatrice.» Er sah sie an. «Das Haus in der Drottninggatan gehört dir. Und bei den heutigen Immobilienpreisen in Stockholm ist es mittlerweile ein kleines Vermögen wert. Ich würde sagen, du bist ziemlich reich.» Er sah sie mit einem wölfischen Grinsen an. «Wo ich doch immer unbedingt eine reiche Erbin heiraten wollte.»

Beatrice starrte ihn an und schwankte.

«Was ist?», fragte er.

«Ich glaube, es hat einer angebissen», konnte sie gerade noch sagen, dann wurde ihr Arm nach vorn gerissen, und sie fiel von ihrem Schemel.

*

Ein paar Tage später betraten Beatrice und Seth das Haus in der Drottninggatan. Sie wurden in einen Raum geführt, in dem schon der Landeshauptmann auf sie wartete. Nachdem sie sich begrüßt hatten, kam ein Dienstmädchen herein, knickste und sagte zu Beatrice: «Bitte sehr, gnä' Frau.»

«Ich will mitkommen», bat Seth. «Wenn er dir etwas tut, wenn er dir auch nur ein Haar krümmt ...» Sein Gesicht spiegelte seine Sorge wider. Sogar Hjalmar sah aus, als würde er sie am liebsten begleiten.

«Nein, ihr wartet hier», bestimmte Beatrice. Seth schien erst protestieren zu wollen, doch dann atmete er seufzend aus und sah sie ernst an. «Wenn du in fünf Minuten nicht zurück bist, dann gehe ich da rein und hole dich. Hörst du? Fünf Minuten ...», er hielt die ausgestreckten Finger einer Hand in die Höhe, «... mit ihm allein, keine Sekunde länger. Und die Zeit läuft ab jetzt.» Er zückte seine Taschenuhr. Beatrice verdrehte die Augen, doch eigentlich war sie ganz froh, dass die beiden hier waren. Man wusste nie, in welcher Stimmung man Onkel Wilhelm antraf, und sie fühlte sich nicht ganz so keck, wie sie nach außen tat.

Trotzdem wollte sie das hier anpacken, und zwar allein. Das war ihr Kampf. Sie folgte dem Dienstmädchen durch das dunkle Haus, das über vier Jahre ihr Zuhause gewesen war. Ein Zuhause, in dem sie nicht selten unglücklich gewesen war, in dem sie eingesperrt, bestraft und geschlagen worden war ... Bisher war es ihr nie so bewusst gewesen, aber sie hasste dieses Haus.

Aufmerksam sah Wilhelm sie an, als sie eintrat. Er machte sich nicht die Mühe aufzustehen. «Was willst du hier?», fragte er.

«Ich weiß, dass mein Besuch hier nicht erwünscht ist,

deswegen werde ich mich kurz fassen.» Sie sah ihn kühl an und wartete, bis sie seine ungeteilte Aufmerksamkeit hatte.

Ihr Onkel lehnte sich zurück. «Ich kann mir beim besten Willen nicht vorstellen, was du hier zu suchen hast. Du hast dich mit deinen offenen Hurereien in Stockholm unmöglich gemacht. Die Leute reden nur noch davon, dass du heiraten wirst, bevor das Trauerjahr für den Grafen verstrichen ist. Ich schäme mich, dich zu sehen, und im Grunde hätte ich gute Lust, dich gleich hinauswerfen zu lassen.»

Beatrice lächelte freudlos. «Nein, du bist derjenige, der hier hinausgeworfen wird», stellte sie fest. «Pack deine Koffer. Bis spätestens heute Abend bist du aus diesem Haus verschwunden.»

Wilhelm starrte sie an. An seiner Schläfe begann eine Ader zu pochen. Plötzlich sprang er auf und beugte sich über seinen Schreibtisch, und Beatrice musste sich zusammenreißen, um nicht zurückzuzucken, als ihr die vertraute Verachtung entgegenschlug wie ein physischer Schlag. «Hast du den Verstand verloren?», fauchte er.

Sie richtete sich auf, straffte die Schultern und dachte daran zurück, wie er sie in diesem Zimmer immer geschlagen hatte. Mit dem Stock. Mit der Rute und dem Rohrstock. Wie er sie verhöhnt und bestraft hatte, wie er sie hatte hungern lassen. «Nach Angaben des Landeshauptmanns kann ich dich auf Schadenersatz und Zinsen für den Mietausfall verklagen», erklärte sie. «Aber wenn du das Haus unmittelbar räumst, werde ich davon absehen.»

«Du bist doch verrückt», brüllte er. «Was werden die Leute sagen? Und denk doch mal an Sofia! Sie wird am Boden zerstört sein. Hast du vergessen, dass das hier das Heim ihrer Kindheit ist?»

Sie schüttelte den Kopf über seinen Versuch, ihre Liebe

zu ihrer Cousine noch einmal für seine eigenen Zwecke zu missbrauchen. «Mit Sofia habe ich schon gesprochen», antwortete sie. «Und was soll ich dir sagen ... sie hat mir ihren Segen gegeben. Offenbar hat sie nicht ausreichend glückliche Erinnerungen an diesen Ort, um sich darum zu scheren, was mit diesem Haus geschehen wird. Vor allem nicht, nachdem sie erfahren musste, dass meine Ehe mit dem Grafen durch Erpressung zustande gekommen ist. Ich glaube, du solltest eher nicht damit rechnen, dass sie dich in nächster Zeit sehen will. Und Tante Harriet hat dich doch schon verlassen, nicht wahr? Soweit ich informiert bin, ist sie bei Johans Mutter in Gröndal und hat nicht die Absicht, zu dir zurückzukehren.» Beatrice holte tief Luft. «Was irgendwelche anderen Leute sagen werden, ist mir völlig gleichgültig.»

«Deine Großmutter war doch verrückt», tobte ihr Onkel. «Sie hätte dieses Testament nie schreiben dürfen, das war verkehrt. Und du schuldest mir mehr als das, du Schlampe. Ohne mich hättest du überhaupt nichts gehabt.»

«Ich nehme an, darüber haben wir verschiedene Ansichten», erwiderte sie und versuchte, ihren Atem wieder unter Kontrolle zu bekommen. Sie glaubte nicht, dass er sie schlagen würde, aber sicher war sie nicht.

«Was willst du mit dem Haus anfangen?», schrie Wilhelm und schlug mit der Faust auf den Tisch. «Bekommst du nicht genug Geld von deinem norwegischen Abschaum? Kann er dich nicht versorgen? Warum willst du mich demütigen und auf die Straße werfen?»

«Ach, hatte ich das gar nicht erwähnt? Ich habe eine Stiftung ins Leben gerufen», gab sie ruhig zurück. «Nächsten Monat wird sie der ersten Stipendiatin das *Aurore-Löwenström-Studienstipendium für begabte junge Frauen* gewähren. In diese Stiftung werden sowohl das Geld aus dem Verkauf von Rosenholm als auch der Erlös aus Großmutters Erbe fließen. Das hätte ihr sicher gefallen, meinst du nicht auch?» Beatrice überlegte. «Was Graf Rosenschöld angeht, habe ich eher meine Zweifel. Wenn ich mich recht erinnere, hatte der Graf nicht viel übrig für die Emanzipation der Frau und ihr Recht auf Bildung.» Sie zuckte mit den Schultern und schickte sich an, das Zimmer zu verlassen. Die Konfrontation war unerwartet schmerzlich gewesen, und sie hätte am liebsten geweint. So lange war sie wütend gewesen, doch jetzt war sie nur noch traurig darüber, dass es so weit hatte kommen können zwischen zwei Menschen, die einander eigentlich am Herzen liegen sollten. «Ich muss jetzt gehen», sagte sie. «Sonst ist zu befürchten, dass mein zukünftiger Mann hier hereinkommt und dich in Stücke reißt. Er ist nicht so zivilisiert, wie er aussieht. Er kann tatsächlich ziemlich gewalttätig werden, wenn man ihn provoziert.» Sie sah Wilhelm fest an. Der war dunkelrot angelaufen und konnte nur noch pfeifend Luft holen. Die pochende Ader an seiner Schläfe sah aus, als könnte sie jeden Moment platzen. Aber so hatte er auch früher schon oft ausgesehen, dann würde er jetzt wohl auch nicht gleich an seinem Zorn sterben. Sie legte die Hand auf die Klinke und drehte sich ein letztes Mal um, um den Mann anzusehen, der nun endgültig keine Macht mehr über sie hatte. «Vergiss nicht, die Rute einzupacken, *Onkel*. Du weißt ja, wo du sie findest.»

Sie verbrachten die Nacht in Seths Haus am Blasieholmstorg und fuhren früh am nächsten Morgen zurück nach Wadenstierna.

Am Abend saßen sie am Kaminfeuer in Seths Arbeitszimmer und konnten sich nicht aufraffen, schlafen zu gehen. Durch die Tür drangen vereinzelte Geräusche, aber allmählich wurde es immer leiser im Schloss, bis nur noch das Prasseln des Feuers zu hören war. Beatrice stützte das Kinn auf die Knie und sah in die Flamme. Seth lag, halb aufgestützt, hinter ihr.

«Morgen heiraten wir», sagte er. «Bist du glücklich?» Er strich ihr über den Rücken. Sie hatten Polster und Pelzdecken auf dem Boden ausgebreitet, großzügig eingeschürt und sich geliebt, während es Nacht wurde. Nun war es anderthalb Jahre her, dass sie sich in diesem Raum jenen leidenschaftlichen Kuss gegeben hatten, dachte Beatrice wehmütig. An dem Abend, an dem Sofia ihre Verlobung bekanntgab und noch so viel andere Dinge passierten.

«Ich bin glücklich. Aber manchmal schäme ich mich doch für das, was wir hier treiben», antwortete sie und schüttelte ihre Wehmut ab. «Wie die Tiere.»

Seth klopfte auf das Fell, das vor ihm lag, und sie legte sich mit dem Rücken zu ihm auf den Boden und ließ sich von seinen starken Armen umfassen. «Ich dachte, dass dich das mittlerweile nicht mehr schockiert», murmelte er an ihrem Nacken. «Wie ich gesehen habe, liegt Darwin auf deinem Nachttisch. Dann weißt du doch auch, was der gute Mann sagt. Wir *sind* Tiere, *adorée.*»

«Hast du Darwin gelesen?» Sie konnte sich die Frage nicht verkneifen.

«Ich merke, dass du meine Allgemeinbildung nicht allzu hoch einschätzt», sagte Seth hinter ihr. «Aber es soll tatsächlich schon geschehen sein, dass ich das eine oder andere Buch aufgeschlagen habe. In deinem Zimmer habe ich mehrere Bücherstapel gesehen. Hast du die alle schon gelesen?», fragte er und fuhr ihr mit einem Finger über den Arm.

«Fast alle.» Sie schnurrte wie ein Kätzchen unter seiner Berührung.

«Ich lese gerade ein Buch auf Norwegisch, *Ein Puppenheim*», erzählte sie. «Ich musste mir immer anhören, dass Männer Frauen bevorzugen, die nicht so viel lesen», fuhr sie zögernd fort. «Und mein Leben lang musste ich mir von Männern vorschreiben lassen, was ich lesen soll. Erst von Papa, dann von Wilhelm. Und zuletzt von ihm.» Sie verstummte und starrte ins Kaminfeuer.

«Es würde mir im Traum nicht einfallen, dir zu sagen, welche Bücher du lesen darfst oder nicht», flüsterte Seth und legte die Hand auf ihre Hüfte. «Lies alles, was du willst.» Seine Hand verschwand, hinter ihr raschelte etwas, und sie wandte neugierig den Kopf. «Lies zum Beispiel doch mal dies hier.» Er zog ein Buch hervor, das diskret in braunes Papier eingeschlagen war. Beatrice spürte, wie sie rot anlief. «Was ist das?», fragte sie, obwohl sie ziemlich sicher war, sowohl den Umschlag als auch das Buch zu erkennen. «Wo hast du das gefunden?», wollte sie wissen.

Mit einem breiten Grinsen sah Seth sie an und öffnete das Buch aufs Geratewohl. Eingehend musterte er die aufgeschlagene Seite. Beatrice wusste, dass Seth mehrere Sprachen fließend sprach, aber vielleicht gibt es ja doch eine, die er nicht kann, hoffte sie. Es wäre schön, wenn er zum Beispiel kein Italienisch könnte. Andererseits bedurfte es keinerlei fundierter Sprachkenntnisse, um die Illustrationen des berühmten erotischen Buches von Pietro Aretino und Giuliano Romano zu verstehen, stöhnte sie innerlich. Die waren nämlich ziemlich eindeutig und ausdrucksstark. «Kannst du Italienisch?», fragte sie und wagte es nicht, ihn anzusehen.

Seth blätterte zur nächsten Seite und zog die Augenbrauen hoch. «Ich würde sagen, die interessantere Frage in diesem Zusammenhang lautet: Kannst *du* Italienisch? Ich nehme an, das hier hast du auch gelesen, Liebling.»

Er blätterte weiter. «Ja», antwortete er lachend, «und das erkenne ich definitiv wieder.» Vergnügt sah er sie an. «Wie sich herausstellt, steckt meine zukünftige Frau voll spannender Geheimnisse. Woher hast du das denn?»

«Es war eigentlich nicht so gedacht, dass du es entdeckst», antwortete sie beschämt. «Ich habe es in der Bibliothek gefunden. Dort gibt es noch mehr von der Sorte. Irgendjemand muss wohl ein gewisses Sammlerinteresse gehabt haben.»

Seth blätterte weiter. «Ich hatte ja keine Ahnung, dass meine Bibliothek so gut sortiert ist», meinte er. «Ich sollte sie bei Gelegenheit auch einmal etwas gründlicher durchsehen.» Versunken blätterte er in dem Buch, und Beatrice betrachtete ihn nachdenklich.

«Und wenn ich jetzt sagen würde, dass ich mich gern um die Bibliothek auf Wadenstierna kümmern würde», meinte sie schließlich, «würdest du mir das erlauben?»

Seth schüttelte den Kopf. «Nein.»

Enttäuscht sank sie in sich zusammen. «Du hast doch gesagt, du würdest mir nicht vorschreiben, was ich lesen darf. Ich dachte …»

Seth zog sie wieder an sich. «Was ich sagen wollte, ist, dass es nicht meine Bibliothek ist, sondern unsere. Du darfst damit machen, was du willst.»

«Meinst du das im Ernst?», hauchte sie.

«Wenn du willst, können wir auch einfach sagen, dass es nur deine ist. Ich habe sowieso den Verdacht, dass du die Intelligentere von uns beiden bist.» Er beugte sich vor, um sie zu küssen.

Als Beatrice mit einem Ruck hochfuhr, bekam er ihre Schulter direkt auf die Nase.

«Ich habe jede Menge Ideen, was man alles machen könnte», sagte sie eifrig und sprang auf, ohne sich um seine schmerzverzerrte Grimasse zu kümmern. Während Seth sich die Nase massierte, lief Beatrice zum Schreibtisch. Sie zog die Schubladen auf, suchte nach Papier und begann zu schreiben. «Ich habe eine ganze Menge interessante Bücher gesehen – manche sind bestimmt mehrere hundert Jahre alt –, aber es fehlt natürlich auch vieles, das müsste umfassend ergänzt werden», verkündete sie. «Zum Beispiel gibt es kaum französische Literatur, auch bei der griechischen sind große Lücken, und bestimmte Philosophen sind gar nicht vertreten. Ich werde eine Liste anlegen. Vielleicht könnte ich jemand bitten, mir beim Katalogisieren zu helfen, und wenn wir das nächste Mal nach Paris fahren, sollten wir ein paar Antiquariate besuchen. Und in der Rue du Faubourg gibt es eine große Buchhandlung, in die ich furchtbar gerne einmal gehen würde.» Nachdenklich spielte sie mit ihrem Stift.

«Beatrice?»

Sie sah ihn geistesabwesend an. «Ja, was?»

«Ist dir eigentlich klar, dass du völlig nackt bist?»

Doch sie winkte nur ab und fuhr fort zu schreiben, ohne ihn eines weiteren Blickes zu würdigen.

Seth lehnte sich in die Pelzdecken zurück und betrachtete seine zukünftige Frau und ihren ansteckenden Eifer. «Wie willst du das denn alles schaffen? Du hast doch auch noch deine Stiftung?», fragte er nach einer Weile.

«Die läuft fast von selbst. Die Bibliothek wird eine großartige Herausforderung.»

Doch nach einer Weile hob sie den Kopf und sah ihn ängstlich an. «Machst du dir Sorgen, dass ich es nicht schaffe?», fragte sie. «Ich werde wirklich mein Bestes geben, du wirst nicht enttäuscht sein.»

Seth verschränkte die Hände im Nacken und sah zur Decke. «Wenn ich ehrlich sein soll, habe ich eher die Sorge, dass du das alles ganz wunderbar schaffst, aber überhaupt keine Zeit mehr für mich hast», sagte er lächelnd.

Sie runzelte die Stirn. «Willst du denn aufhören zu arbeiten, wenn wir geheiratet haben?»

«Wohl kaum», schnaubte er.

Sie schwieg, doch er sah, dass sie etwas auf dem Herzen hatte, also wartete er ab, ob sie weitersprechen würde.

«Seth?», sagte sie nach einer Weile.

«Ja?»

«Ich habe gerade überlegt, ob du in Zukunft wohl sehr oft nach Amerika fahren wirst.»

«Wohl kaum», antwortete er.

«Aber bisher bist du doch so oft gefahren?»

«Ach, mein Herz, lass dir einfach mal erzählen, was passiert, wenn ich mit dem Schiff reise …», sagte er lachend, und dann berichtete er von seiner Seekrankheit und seinem Beschluss, so selten wie möglich ein Schiff zu betreten. Als er sah, wie sich ihre Miene aufhellte, dachte er, dass er wohl alles Erdenkliche tun würde, um ihr ein Gefühl von Geborgenheit zu geben. Sie hatte schon genug an das Meer verloren.

«Gut, dann arbeiten wir tagsüber, und am Abend können wir …» Sie machte eine unbestimmte Handbewegung. «… das hier tun.»

Er grinste sie an und wackelte mit den Zehen. «Es wäre schön, wenn du mir demonstrieren könntest, was du mit *das hier* meinst.»

Sie schüttelte den Kopf und wandte sich wieder dem Schreibtisch zu. «Später. Jetzt muss ich meine Bibliothek planen.»

Seth betrachtete sie, wie sie an seinem Schreibtisch saß und gänzlich mit ihren Bibliotheksplänen beschäftigt war. Er würde ihr einen eigenen Schreibtisch kaufen, dachte er, und ihn neben seinen stellen. Vielleicht würde sie sich dann öfters zu ihm setzen. Nackt. Sehnsüchtig betrachtete er ihren Hintern, der über den lederbezogenen Stuhl hinausragte. Sie konnten zusammen arbeiten. Und lange Pausen machen. Sich unterhalten. Sie beugte sich über ihre Notizen, kaute auf der Unterlippe und griff sich noch ein Blatt, das sie rasch mit ihrer eleganten Handschrift füllte. Er nahm das kleine erotische Büchlein wieder zur Hand und schlug es auf.

Hmm. Und wenn sie richtig nett zu ihm wäre, würde er vielleicht *das hier* mit ihr machen, dachte er grinsend.

43

Schloss Wadenstierna
18. Dezember 1882

Seth stand mit zusammengebissenen Zähnen in seinem Zimmer und ließ sich ankleiden. Noch nie in seinem Leben war ihm so unwohl gewesen. Er schluckte und knetete seine Finger.

«Es würde mir die Arbeit sehr erleichtern, wenn Sie aufhören würden, die ganze Zeit zu zucken», bemerkte sein Diener Ruben sarkastisch, während er ihm den Frack hinhielt. «Diese Nervosität sieht Ihnen gar nicht ähnlich.»

Seth schnaubte. Er war nicht nervös. Er war kurz vor einem Kollaps. Nachdem er die Arme in den Frack gesteckt hatte, befestigte Ruben geschickt die Manschettenknöpfe, die Seth von Beatrice bekommen hatte. Seth senkte die Schultern. Sein Nacken war hart wie Granit, und jetzt fühlte es sich auch noch so an, als würde eines seiner Augenlider anfangen zu zucken.

«Ich muss Ruben zustimmen, ich finde, er sieht nervös aus», sagte Jacques, der mit ausgestreckten Beinen in einem Lehnstuhl saß.

«Unsicher und rotwangig», stimmte Johan vergnügt zu. Er lehnte sich an den Fensterrahmen und tauschte einen vielsagenden Blick mit dem Franzosen.

Seth murrte etwas Unverständliches. Seine Freunde zogen ihn schon seit einer Viertelstunde auf. «Wenn ihr zwei nichts Vernünftiges zu sagen habt, dann könnt ihr einfach gehen», moserte er die beiden grinsenden Männer feindselig an. Seine Nerven waren zum Zerreißen gespannt, doch weder Johan noch Jacques machten Anstalten, das Zimmer zu verlassen, im Gegenteil, sie fühlten sich ganz wie zu Hause.

«Wir überwachen nur die Situation», erklärte Jacques.

«Damit du nichts Unüberlegtes tust», fügte Johan hinzu.

Jacques inspizierte seine blankgewienerten Schuhe. «Ich war gar nicht nervös, als ich Viv geheiratet habe», teilte er mit. «Aber ich bin natürlich auch ein anderes Kaliber …», sagte er. «Er mag ja groß und gefährlich aussehen, aber eigentlich ist er nur ein kleiner verliebter Junge.»

Johan krümmte sich vor Lachen und klopfte sich auf die Schenkel. Auch Jacques wollte sich schier ausschütten.

«Ich habe ihn noch nie verängstigt gesehen», fuhr der Franzose munter fort. «Von diesem Anblick werde ich noch lange zehren. Die Mördermaschine des Deutsch-Französischen Krieges, der meistgefürchtete Industriekapitalist Europas, Feind Nummer eins der Aristokratie – schlotternd wie ein neugeborenes Lamm.»

Seth machte einen Schritt auf Jacques zu, und Johan wechselte rasch das Thema. «Hast du übrigens schon das Neueste von Edvard Löwenström gehört?», fragte er.

Jacques hörte sofort auf zu lachen. «Was ist mit Edvard?», erkundigte er sich ernst und warf einen argwöhnischen Blick zu Seth, der jedoch nur den Kopf schüttelte.

«Er ist doch im Frühjahr verschwunden», begann Johan, dem die stumme Zwiesprache zwischen den beiden entgangen war. «Offenbar war er in Deutschland, und da ist es ihm so richtig schlecht ergangen.»

«Tatsächlich?» Jacques warf Seth erneut einen fragenden Blick zu, doch der sah ihn nur mit ausdrucksloser Miene an. «Inwiefern?», wollte Jacques wissen. «Wieso ist es ihm schlecht ergangen?»

Johan lehnte sich wieder an den Fensterrahmen und zog eine Grimasse. «Details weiß ich auch nicht, aber er ist in einem Gasthaus in München wohl über ein Mädchen hergefallen. Er schleppte sie in eine Gasse und vergewaltigte sie, doch als er sie zwingen wollte, ihn in den Mund zu nehmen, da biss sie ihm den ... na ja ... äh ...» Johan machte eine bedeutsame Geste auf seinen Schritt und die drei Männer stöhnten leise auf. «Und sie war nicht nur mit ihren Zähnen bewaffnet», fuhr Johan fort. «Anscheinend hat sie anschließend auch noch ein paar Mal mit dem Messer zugestochen. Es war reines Glück, dass er überlebt hat.» Johan schauderte. «Wenn man das nun Glück nennen will. Weder sein Auge noch sein ... äh ... ihr wisst schon ... waren zu retten.»

Es wurde ganz still im Zimmer. Jacques runzelte die Stirn, und Ruben bürstete unsichtbare Staubkörnchen von Seths Frack, ohne aufzusehen.

Seth starrte aus dem Fenster. Zwei Wochen hatten Henriksson und seine Leute gebraucht, um Edvard in einem Münchner Armenviertel aufzuspüren. Und dann war Seths handfester Diener Ruben angereist, um Edvard zu erläutern, welche Vorteile es für ihn haben könnte, Europa zu verlassen und sich vielleicht auf einer der Westindischen Inseln niederzulassen, wo er – mit finanzieller Unterstützung von Seth – für immer bleiben sollte. Doch derartige Hinweise waren gar nicht mehr notwendig gewesen.

Der sadistische Edvard war ein letztes Mal zu weit gegangen und nun doch durch seine eigene Schuld zu Fall gekommen. Er konnte froh sein, dass er überhaupt noch lebte, dachte Seth. Wenn man so etwas als Leben bezeichnen wollte ... Edvard hielt sich derzeit in einem Sanatorium in der Schweiz auf. Den Arztberichten zufolge, die

Seth zugeschickt worden waren, war er entmannt und auf einem Auge blind. Außerdem konnte er aufgrund einer Lungenverletzung nur mühsam atmen und litt unter Schwindelanfällen. Es gab keine Hoffnung, dass seine verletzten Körperteile jemals ihre Funktion wiedererlangen würden. Seth bezweifelte sogar, dass Edvard überhaupt jemals wieder das Sanatorium würde verlassen können.

Seine Gedanken wanderten zu Wilhelm Löwenström. Sowohl Harriet als auch Sofia wollten nichts mehr von ihm wissen, nachdem sie von seinen Taten erfahren hatten. Sein Sohn war ein allseits verhasster Krüppel, sein Haus hatte er verloren, und Seth hätte wohl ein bisschen Mitleid für den alternden Mann empfinden sollen, doch er brachte es nicht fertig. Manchmal bekam so ein Mensch eben einfach, was er verdiente. Seth nickte Ruben zu. «Danke», sagte er ernst. «Für alles.»

«Bitte sehr», antwortete Ruben. Er wischte einen letzten vermeintlichen Staubfleck vom Frack des Bräutigams und trat einen Schritt zurück. «Und wenn ich das dem gnädigen Herrn sagen darf – sehen Sie zu, dass Sie es diesmal nicht verderben.»

Seth streckte ihm die Hand hin. «Diesmal nicht. Ganz sicher nicht», sagte er, und sie schüttelten einander die Hand.

In einem anderen Flügel des Hauses streckte Vivienne die Hand nach dem nächsten Keks aus und schob ihn sich in den Mund. Stöhnend legte sie die Füße auf einen Schemel. «Bald kann ich meine Füße nicht mehr sehen», jammerte sie. Sofia kicherte, während Colette Beatrice ein letztes Mal eingehend musterte. Sie befestigte eine Haarnadel, die sich aus der Hochsteckfrisur gelöst hatte. Beatrice hatte sich dünne Diamantkettchen in die lockere Frisur flechten lassen, und einige gelockte Haarsträhnen umspielten ihren Hals. «So, jetzt ist es so weit», sagte Colette und zog die Schutzhülle vom Brautkleid. Es war das erste Mal, dass Sofia und Vivienne das Kleid zu sehen bekamen, und sie seufzten erwartungsvoll. Colette und ihre Schneiderinnen hatten in der letzten Woche rund um die Uhr genäht, um rechtzeitig fertig zu werden.

Als der letzte stoffbezogene Knopf zugeknöpft war, trat die Schneiderin einen Schritt zurück, um ihr Werk zu begutachten. «Nicht schlecht», meinte sie, doch die tiefen Grübchen in ihren Wangen verrieten, dass sie äußerst zufrieden war.

«Ich freue mich so für dich», sagte Sofia und schnäuzte sich.

Vivienne wedelte beifällig mit ihrem Taschentuch. «Aber tut es dir denn gar nicht leid, deinen Gräfinnentitel wieder abzulegen?», fragte sie. «Ich hätte zu gern einen Adelstitel. Jetzt wirst du wieder eine ganz normale Frau.»

«Du bist ein Snob, Viv», gab Beatrice zurück und strich sich eine Strähne hinters Ohr. «Ich *bin* eine ganz normale Frau. Es hat nie zu mir gepasst, eine Gräfin zu sein.»

«Na ja, ich schätze, es ist nicht ganz unerheblich, dass dein zukünftiger Mann monströs reich ist – das sind übrigens Jacques' Worte, nicht meine.»

«Du übertreibst», sagte Beatrice, doch Vivienne schüttelte den Kopf. «Jacques und er reden ständig von Maschinen und Apparaten, Dampflogs und Elektrizität, und ich dachte immer, das ist bloß so ein albernes Hobby wie Krawatten sammeln oder Schiffe. Wer hätte gedacht, dass Technik so lukrativ werden würde? Anscheinend gehört dein Zukünftiger zu den vermögendsten Männern Europas.» Sie wedelte mit ihrem Taschentuch. «Aber was ist mit deiner Unabhängigkeit? Bist du wirklich sicher? Vergiss nicht, was du alles aufgibst, wenn du heiratest.»

«Das ist wohl nicht der richtige Moment», mahnte Sofia. «Und ich glaube auch nicht, dass Bea irgendetwas aufgeben muss. Hör jetzt auf, du machst sie bloß noch nervöser.» Sie drehte sich zu ihrer Cousine um. «Bea, vergiss das Atmen nicht. Und wir müssen gleich los, wenn wir es noch vor dir in die Kirche schaffen wollen», sagte sie und nickte Vivienne zu, die schnaufend aufstand.

Da klopfte es, und Seth trat ein.

«Es bringt Unglück, wenn der Bräutigam die Braut vor der Trauung sieht», rief Sofia erschrocken.

Seth zog eine Augenbraue hoch und blickte Beatrice an. «Das Risiko nehmen wir auf uns», meinte er.

«Gut, dann gehen wir jetzt zur Kirche», verkündete Sofia und machte eine auffordernde Handbewegung in Richtung Vivienne und Colette.

Ein Kleidungsstück wie der Frack war für Männer wie Seth erfunden worden, dachte Beatrice überwältigt, als sie nun allein waren. Er sah so elegant aus, dass es beinahe wehtat. Sie lächelte, als sie die mattgrauen Manschettenknöpfe entdeckte, sie hatte doch gleich gewusst, dass ihre nüchterne Eleganz zu ihm passen würde. Seth hielt ihr ein flaches Samtetui hin. Es war dunkelblau und trug den Schriftzug «Zackelius» in Goldbuchstaben auf dem Deckel.

«Für mich? Liebling, wir müssen uns wohl mal über deine gar zu spendierfreudige Seite unterhalten», sagte sie lächelnd, doch insgeheim versetzte es ihr einen Stich in die Brust. Nie hatte sie in all den Jahren etwas bekommen, so oft hatte sie danebenstehen und zusehen müssen, wie Sofia Geschenke erhielt, während sie sich einredete, sie sei nicht neidisch. Sie fragte sich, ob er das gespürt haben mochte.

«Das habe ich schon vor langer Zeit für dich gekauft. An dem Tag, an dem wir auf Irislund auseinandergingen», sagte er. «Weißt du noch?»

Sie nickte mit glänzenden Augen. Natürlich erinnerte sie sich.

«Es gab eine Zeit, da war ich sicher, dass du sie niemals tragen würdest, aber sie haben immer dir gehört», fuhr er ernst fort.

Beatrice nahm das Etui entgegen. Als sie es vorsichtig geöffnet hatte, blieb ihr die Luft weg. Die blauen Steine, die auf dem dicken blauen Samt ruhten, sahen aus, als wären sie lebendig und würde nur darauf warten, von ihrer rechtmäßigen Besitzerin getragen zu werden. Ehrfürchtig strich sie mit der Hand über das blaue Feuer der wundervollen Saphire. *Zackelius.* Auf einmal fiel ihr wieder ein, in welchem Zusammenhang sie den Namen schon einmal gehört hatte. Tante Harriet und Leonites Mutter hatten an jenem Tag über Seth und seine Liebhaberinnen geklatscht und über den teuren Schmuck, den er bei Zackelius gekauft hätte. Doch er hatte ihn für sie gekauft, nicht für eine andere. *Für sie.* Zum Kuckuck, jetzt fing sie auch noch an zu weinen. Das würde bestimmt Spuren auf ihrem sorgfältig gepuderten Gesicht hinterlassen.

Die Kirchenglocken von Wadenstierna ertönten bereits, als Beatrice aus dem Schlitten stieg, in dem sie den kurzen Weg zurückgelegt hatte. Die Kirche war Mitte des 14. Jahrhunderts vom ersten Eigentümer von Schloss Wadenstierna erbaut worden, und als Beatrice nun den fordernden Klang ihrer Glocken hörte, wurde ihr auf einmal ganz flau.

Tat sie wirklich das Richtige? Langsam legte sie die Hand auf die Klinke und öffnete eine Seitentür.

Sofia empfing sie. «Ich habe mir schon Sorgen gemacht, dass du gar nicht mehr kommst», flüsterte sie. «Warum hast du denn so lange gebraucht?»

Beatrice antwortete nicht und spähte durch einen Spalt in das Mittelschiff. «So viele Leute?», rief sie erschrocken, als sie die vollbesetzten Bänke sah und das erwartungsvolle Gemurmel hörte. «Was machen die denn alle hier?» Sie starrte ihre Cousine an. Die Kirchenglocken läuteten noch immer, und plötzlich fiel ihr das Atmen schwer. «Ich weiß nicht, was das alles für Leute sind. Wir können doch unmöglich so viele Leute kennen! Die ganze Kirche ist ja voll.» Sie drückte sich den Brautstrauß fest gegen die Brust.

«In den zwei vordersten Reihen sitzen wir, deine Familie und deine engsten Freunde. Mehr muss dich gar nicht kümmern», beruhigte Sofia ihre Cousine. Sie runzelte die Stirn. «Bea? Geht es dir gut?»

Beatrice zog die Tür des Nebenraums wieder zu und sah ihre Cousine verschreckt an. «Worauf hab ich mich bloß eingelassen? Ich habe keine Ahnung, was ich tun soll. Was, wenn ich hier einen Fehler begehe? Habe ich mir das wirklich gut überlegt? Nein, habe ich nicht. Das ging alles viel zu rasch.» Sie atmete immer schneller und sah sich um. Ihr Blick blieb an der Tür hängen, die in die Freiheit hinausführte.

«Meine Liebe, was …?»

«Tut mir leid, Sofia, aber ich glaube, ich habe es mir anders überlegt. Es ist ein Irrtum, ich bin nicht bereit. Noch nicht. Ich weiß nicht, wie ich mir das vorgestellt habe. Ich will doch gar nicht heiraten, ich wollte allein leben, das hatte ich fast schon vergessen, aber jetzt weiß ich es wieder. Selbstständig und nicht abhängig von irgendeinem Mann.»

Rasch ging Sofia auf Beatrice zu. «Komm, ich helfe dir aus deinem Pelz», sagte sie. «Hier, halt du die Blumen, während ich dir die Schleppe richte. Nicht so fest, die gehen doch kaputt. Wo habt ihr eigentlich mitten im Dezember Freesien herbekommen?»

«Mir geht es gar nicht gut, ich glaube, ich muss mich übergeben», jammerte Beatrice.

«Du siehst wahnsinnig glücklich aus», beteuerte Sofia mit gespielter Fröhlichkeit, während sie behutsam den weißen Pelz über einen Stuhl legte. «Alles wird gut», murmelte sie.

«Aber das kannst du doch gar nicht wissen», rief Beatrice gereizt. «Wie kannst du bloß so etwas Dummes sagen?»

Sie hörten, wie die Kirchenorgel zu spielen begann, und Beatrice atmete schwer.

«Ich muss jetzt reingehen und mich zu Johan setzen», sagte Sofia. Sie drückte Beatrice die Hand. «Kommst du alleine zurecht?» Ihre Cousine starrte sie wortlos an. Sie war kalkweiß im Gesicht.

«Bea?»

«Was?»

«Du musst meine Hand loslassen.»

«Es geht mir gar nicht gut.» Beatrice deutete mit einer Kopfbewegung auf die Tür. «Geh raus und sag es ihnen. Wir müssen die Hochzeit auf einen anderen Tag verschieben, wenn es mir wieder besser geht.»

Sofia schüttelte resolut den Kopf. «Olav Erlingsen liebt dich wie eine Tochter. Seth betet den Boden an, auf dem du gehst. Alles wird gut.»

Automatisch nickte Beatrice, ließ Sofias Hand aber immer noch nicht los.

«Bea, schau mich an.» Sofia sah ihr fest in die Augen. «Das andere war falsch. Das hier ist richtig. Alles wird gut.»

«Ja», antwortete Beatrice und schluckte verängstigt.

«Da kommt dein Mann», sagte Sofia erleichtert, als Seth die Tür öffnete und mit großen, kraftvollen Schritten den Raum betrat. Sofia nahm die Hand ihrer Cousine und legte sie in seine.

Seine grauen Augen funkelten, und seine Kraft und das Gefühl von Geborgenheit, das er ihr gab, legten sich wie ein Mantel um Beatrice. «Du hast doch wohl keine Angst, *chérie*?», sagte er lachend.

Beatrice schnaubte und streckte den Rücken durch. Seth musste lächeln.

«Pass auf, dass sie dir nicht entwischt», flüsterte Sofia, bevor sie leise in das Kirchenschiff trat.

«Nein, jetzt ist sie die Meine», sagte Seth.

Braut und Bräutigam schritten nebeneinander her zum Altar. Der norwegische Pfarrer mit den klugen Augen stand vorn neben dem Chor unter den bunten Glasfenstern und blickte liebevoll auf das Paar, das er gleich trauen sollte.

Zufrieden betrachtete Colette das Kleid und die lange Schleppe, an denen sie so hart gearbeitet hatte. Es war ein ausgesprochen exquisites Brautkleid, stellte sie ganz objektiv fest, vielleicht sogar das beste, das sie je angefertigt hatte.

Sie hatten lange darüber diskutiert, ob Beatrice in Weiß heiraten sollte, und hatten sich schließlich für einen vanillefarbenen Seidenstoff entschieden, der mit Steinen bestickt war, die wie nordische Sternschnuppen glitzerten. Die lange, schwere Schleppe glitt über den Gang, und die trompetenförmigen Ärmel, die ebenfalls mit Steinen bestickt waren, fielen ausgezeichnet. Die zukünftige Frau Hammerstaal hatte keinen Schleier haben wollen, was Colette für eine kluge Wahl hielt. So bildete das rote Haar mit den eingeflochtenen Diamanten einen auffälligen Kontrast zu all dem funkelnden Glanz. Colette hatte dem Kleid einen zeitlosen Schnitt gegeben, mit tiefer sitzender Hüftpartie und einem viereckigen Ausschnitt. Es sah aus wie das Kleid einer Prinzessin aus einer mittelalterlichen Sage und passte perfekt zu Beatrices apartem Aussehen. Anstelle einer Bibel trug sie einen erlesenen Brautstrauß.

Die Kirche selbst war mit den verschwenderischsten Blumenarrangements dekoriert, die Colette je gesehen hatte. Wenn Monsieur Hammerstaal mitten im Dezember ein Meer aus frischen Blumen wünschte, besorgte er sich anscheinend einfach eines.

Colette betrachtete die Saphire um Beatrices Hals. Sie waren freilich ein wenig extravagant für eine Braut, aber es war ja schon ihre zweite Hochzeit, und die Saphire standen der Schwedin ausgezeichnet. Die Schleppe knisterte leise, als das Brautpaar an ihr vorüberging, und obwohl die Schuhe von dem langen Rock verdeckt waren, wusste Colette, dass Beatrice ein Paar Seidenschuhe mit hohem Absatz trug, die mit Schneeglöckchen bestickt waren. Seth hatte sie ihr gekauft.

Das Brautpaar schritt an den Gästen vorbei auf den Pfarrer zu. Als die große Frau in dem funkelnden Kleid neben dem ernsten, schwarz gekleideten Norweger am Altar stand, begannen Colette die Augen zu brennen.

Die letzten Töne des Chorals verklangen, und der Pfarrer erhob die Stimme. «Wir sind in Gottes Angesicht zusammengekommen, um die Trauung ...» Colette schauderte erneut. Sie verstand die schwedischen Worte nicht und war auch nicht vertraut mit dem singenden nordischen Tonfall, doch auf einmal kam es ihr vor, als würden Generationen von Liebespaaren, die in dieser alten Kirche getraut worden waren, aufstehen und andächtig der Zeremonie lauschen, die Seth und Beatrice für den Rest ihres Lebens miteinander verbinden würde.

Viele Stunden nach der Trauung vibrierte Schloss Wadenstierna immer noch vom Gelächter der zahllosen Gäste, den knallenden Champagnerkorken und dem Klingen teurer Kristallgläser. Flackernde Fackeln erleuchteten die Winternacht und den Schnee, der immer noch vom Himmel fiel und die Landschaft unter einer dicken weißen Decke begrub.

Beatrice und Seth zogen sich gegen Mitternacht zurück. Sie gingen durch die Flure und hörten, wie die Geräusche des Festes allmählich von den dicken Steinwänden verschluckt wurden. Schließlich blieben sie vor einer Tür stehen, die Beatrice nicht kannte. «Das ist aber nicht dein Zimmer», stellte sie fest. Doch sie war neugierig. Wadenstierna war groß und vieles für sie noch unerforschtes Territorium.

«Das ist das große Schlafzimmer, auch Fürstenschlafzimmer genannt», erklärte Seth und hielt ihr die Tür auf. «Ich glaube, dass einer der Schlossbesitzer größenwahnsinnig war. Der Raum ist so übertrieben riesig, dass ich ihn bis heute nie benutzen wollte, aber jetzt habe ich ihn für uns herrichten lassen.»

Beatrice trat ein und sah sich um. Bis jetzt hatte jeder von ihnen sein eigenes Schlafzimmer besessen. Es war durchaus üblich, dass Ehepartner getrennte Schlafzimmer hatten, und insgeheim hatte sie schon befürchtet, dass sie es auch so halten würden. «Das ist ja wundervoll», rief sie daher entzückt, als er die Tür hinter ihnen schloss. An den

Wänden hingen farbenfrohe Wandbehänge, der Boden war mit dicken Teppichen bedeckt, und die Decke war in hellen Farben gestrichen. Das gigantische Himmelbett hatte man mit cremefarbenen Stoffen bezogen, und im Kamin – der gut und gern drei Meter breit war – brannte ein riesiges Feuer gegen die Kälte, die durch die Ritzen der zahlreichen Fenster hereindringen wollte. «Wer ist das?» Beatrice deutete mit einem Nicken auf das große Porträt eines dunklen, ernst dreinblickenden Mannes.

«Das ist Markus Lucifer, der erste Besitzer von Wadenstierna. Ich mag seine grimmige Miene», antwortete Seth. Er trat neben sie. «Es ist Brauch, dass die Braut eine Morgengabe bekommt, einen symbolischen Dank für ihre Unschuld. Ich schätze, ich sollte eigentlich bis zum Morgen warten, aber da es sowieso schon ein bisschen spät ist …» Er reichte ihr einen dicken Umschlag, den er die ganze Zeit hinter dem Rücken versteckt hatte.

«Was ist das?», fragte Beatrice neugierig.

Seth sah zu, wie seine frisch angetraute Ehefrau mit gerunzelter Stirn das Kuvert öffnete, die Papiere mit den Stempeln und Siegeln herauszog und sofort begriff, was die komplizierten französischen Dokumente zu bedeuten hatten.

«Wie hast du das gemacht?», fragte sie leise.

Seth lächelte und strich ihr eine Haarsträhne aus dem Gesicht, bevor er sie zart küsste. «Nichts ist schwer, wenn man die richtige Hilfe hat», erwiderte er. «Ich habe meinen Sekretär und seine Assistenten suchen lassen, bis sie das Haus deiner Mutter gefunden hatten. Es stand schon lange leer. Der Besitzer war richtig froh, es loszuwerden. Und jetzt ist es auf deinen Namen eingetragen.»

«Das Haus, in dem Mama ihre Kindheit verbracht hat! Du ahnst nicht, was mir das bedeutet. Oder vielleicht doch ...» Sie las die Adresse laut und begann zu strahlen. «Heißt das, dass wir Vivienne und Jacques als Nachbarn haben werden?»

«Ja», bestätigte Seth.

Beatrice legte ihm eine Hand auf die Wange. «Ich weiß deine Geschenke wirklich zu schätzen. Aber ich will im Grunde nur dich. Alles andere ist mir unwichtig, sogar Mamas Haus», flüsterte sie.

Seth schluckte. Irgendetwas an dieser Frau machte ihn völlig hilflos. Doch als Beatrice hinter dem Handrücken ein Gähnen zu unterdrücken versuchte, musste er lächeln.

«Verzeih mir, aber es war ein ereignisreicher Tag», entschuldigte sie sich.

«Und er ist noch nicht zu Ende», flüsterte er und zog sie an sich.

Beatrice hob die Hände, um sich die Diamantketten aus dem Haar zu nehmen, doch Seth hielt sie zurück. «Nein, das will ich machen», bat er. «Erlaube mir, dass ich dich ausziehe.» Langsam, fast schon ehrfürchtig begann er, ihr die Haarnadeln aus der Frisur zu ziehen. Vorsichtig löste er die dünnen Kettchen, ließ die Finger durch ihr Haar gleiten und ordnete ihre Locken Strähne für Strähne. Beatrices Lider flatterten. Als er begann, ihr die Kopfhaut zu massieren, schloss sie genüsslich die Augen. Sehnsüchtig ließ er die Hände über ihren Rücken zu den Stickereien auf ihrem Kleid wandern. Sie drückte sich an ihn, weich wie ein kleines Kätzchen. Er hörte, wie sie erneut ein Gähnen unterdrückte. «Müde?», flüsterte er.

«Entschuldige», murmelte sie und stöhnte zufrieden auf, als er ihren Nacken sanft massierte. Er zog ihr das Kleid von den Schultern und knetete sie.

«Du hast so wundervolle Hände», sagte sie leise.

«Ist das schön so?», fragte er.

Sie nickte mit geschlossenen Augen, und er begann die kleinen Knöpfe auf der Rückseite ihres Brautkleids zu öffnen. Der schimmernde Stoff glitt zu Boden, und er hörte, wie sie erleichtert seufzte, als das schwere Kleid von ihr abfiel. Er führte sie zu dem hohen Bett, ließ sich auf die weiche Matratze fallen und zog sie zwischen seine Beine. Sehnsüchtig glitten seine Hände über ihre Arme und Hüften, bevor er ihr Korsett aufzuschnüren begann. Geschickt löste er die Schnüre, und das Korsett fiel ebenfalls zu Boden. Das dünne Hemd darunter verdeckte kaum etwas, es war fast durchsichtig und reichte nur bis zu ihren Oberschenkeln. Darunter trug sie einen der hauchzartesten Schlüpfer, die er mittlerweile schon kannte. Er zog Beatrice auf seinen Schoß, nahm ihr die Saphire ab und legte die Kette auf den Nachttisch. «Komm, leg dich zu mir», forderte er sie auf, und sie kuschelte sich an ihn.

«So ein weiches, warmes Bett», seufzte sie und schloss die Augen. «Schön, so eine weiche Decke. Ich muss mich nur kurz ausruhen. Ganz kurz. Damit ich wieder munter werde.»

«Beatrice?»

«Hm?»

«Bist du wach?»

«Absolut. Ich schließe nur meine Augen ein wenig. Mach du ruhig weiter mit ...» Sie brach mitten im Satz ab.

Seth betrachtete die dunklen Wimpern, die auf ihrer Wange ruhten. Ihre Brust hob und senkte sich gleichmäßig unter dem dünnen Hemd. Er legte ihr eine Hand aufs Bein. «Beatrice?»

Keine Antwort.

Seth schüttelte den Kopf. Seine Braut war eingeschlafen.

Er blieb noch eine Weile neben ihr auf dem Bett sitzen

und spürte, wie sich die letzte Anspannung in seinem Körper löste. Langsam lockerte er seine Krawatte und stand auf. Beatrice atmete ganz ruhig. Er deckte sie zu und begann, ihre Kleider vom Boden aufzusammeln. Das schwere Brautkleid und das Korsett landeten auf einem Stuhl, bevor er sich wieder aufs Bett setzte. Lächelnd zog er ihr die Schuhe aus, in die sie sich so verliebt hatte und die Colette auf seinen Wunsch hin mit nach Schweden gebracht hatte. Liebevoll strich er über ihre schlanken Beine, bevor er die bestickten Strümpfe herabrollte. Sie rührte sich nicht. Sie scheint ja völlig erschöpft zu sein, dachte er und deckte sie wieder zu. Dann zog er sich auch langsam aus. Er löschte die Kerzen, legte noch einmal Holz im Kamin nach und goss ein Glas Wasser ein, das er ihr auf den Nachttisch stellte, bevor er ins Bett stieg und neben ihr unter die Decke kroch. Schlaftrunken drückte sie sich an ihn. «Schlaf nur, mein Liebling, ich bin bei dir», flüsterte er und strich ihr übers Haar. Dann ließ er sich ebenfalls in die Kissen sinken, zog sie an sich und streichelte ihre Schulter.

Draußen schneite es immer noch, doch lange nicht mehr so dicht. Vielleicht würde es doch noch eine sternklare Nacht werden. Es war spät, weit nach Mitternacht, doch im Gegensatz zu seiner tief atmenden Frau war Seth noch nicht sonderlich müde.

Aber er erwartete ja auch kein Kind. Er lächelte in sich hinein. Seit ihrer Versöhnung in der Normandie hatten sie jede Nacht miteinander verbracht, und er war ganz sicher. Seine Beatrice kam um vor Müdigkeit, weil sie ein Kind von ihm erwartete. Und sie wusste es noch nicht einmal, so klug sie sonst auch war. Mit einer Hand auf ihrem immer noch flachen Bauch und dem anderen Arm um ihre Schultern blickte er aus dem Fenster. Sie murmelte etwas, schlief aber gleich weiter, und er gab endgültig die Hoffnung auf, sie noch in der Hochzeitsnacht zu lieben.

Das Feuer im Kamin verglomm allmählich, es hörte auf zu schneien, und Wadenstierna glitzerte im Mondlicht und im Funkeln der Sterne wie ein Juwel. Schließlich schlief auch Seth ein, mit seiner frischangetrauten Frau im Arm und ihrem Duft in der Nase.

In dieser Nacht schliefen die beiden endlich ohne Albträume.

Ich möchte mich bei so vielen bedanken ...

Zuallererst ein großes Dankeschön an meine krankhaft bescheidene Freundin Pern. Ohne dich wäre das Ganze nicht möglich gewesen. Obwohl du ein Kind bekommen hast, hast du mich mit unermüdlichem Enthusiasmus angefeuert.

Danke, Carina. Obwohl du historische Kostümdramen nicht ausstehen kannst, hast du mein Manuskript in sämtliche Cafés von Göteborg mitgeschleppt und gelesen und hast mir durch deine unentbehrlichen Anmerkungen und bedingungslose Unterstützung geholfen.

Danke, Eva, meine älteste Freundin. Du hattest solche Angst, dass dir das Buch überhaupt nicht gefallen würde, und trotzdem hast du dich mit einem Eifer in die Arbeit gestürzt, dass mir immer noch ganz warm ums Herz wird. Wie gut, dass dir das Buch dann doch so gut gefiel ...

Dann möchte ich ein besonderes Dankeschön an meinen Mann richten – obwohl er meines Wissens nach nie in meinem Buch lesen konnte, ohne einzuschlafen –, er hat mich unterstützt, die Wohnung aufgeräumt und fast nie gemeckert.

Meine keksefuternden, legobauenden, einzigartigen wunderbaren Kinder – Mama hat euch lieb, danke, dass es euch gibt.

Barbara – für unendliche Unterstützung von der anderen Seite des Atlantiks.

Karin – die klug genug war, ihre Krimis ins Regal zu legen, und stattdessen einen romantischen Roman gelesen hat. Nina, die den Fehler gefunden hat, den außer ihr keiner bemerkt hat. Ammis, die sich – trotz Erfindungen, drei kleinen Kindern und ständigen neuen Renovierungsobjekten – auf der Toilette eingesperrt hat, um in Ruhe mein Manuskript lesen zu können. Trude, die beste Nachbarin der Welt, die mir in allen Dingen so rückhaltlos beisteht.

Ein ganz besonderes Dankeschön geht an Ann Ljungberg, die, ohne zu zögern, die monumentale Aufgabe geschultert hat, mich über gestelzte Sprache, diverse Fallgruben und durch Anfälle neurotischer Verzweiflung zu führen.

Jenny Bäfving, du hast mir nicht nur unschätzbar wertvolle Kritik gegeben, sondern bist mir auch eine liebe Freundin geworden. Johanna Wistrand und Inga-Lina Lindqvist – ihr habt mich mehr gelobt, als ich es verdiene.

Danke, Camilla Björkman, du leidenschaftlichste Frau der Welt. Danke, Jennifer. Danke, Schreibmutter. Und danke, Malin, die du eine jüngere, klügere – und nicht zuletzt schlankere – Ausgabe meiner selbst bist und mir einen derartigen Selbstvertrauensschub gegeben hast, dass ich beinahe geplatzt wäre.

Außerdem hätte mein Buch keine Chance gehabt ohne all die Experten, die ihre unerschöpflichen Kenntnisse so großzügig mit mir geteilt haben.

Angela Rundquist, die geduldig meine Fragen zu Frauen der Oberschicht beantwortet hat. Dr. Kersti Gabrielsson, die mir erklärte, wie ein langsamer Tod durch Organversagen aussieht.

Danke auch an Gunvor Vretblad von Statens maritima museer, an Helena Iggander von der Oper und an meine liebe Schwägerin Petra. Und danke, Johan, dass du deinen Großvater angerufen hast, um herauszufinden, ob man über Eis reiten kann. Danke, Christian Bohlin, für deine unübertrefflichen Kenntnisse und deinen ansteckenden Enthusiasmus, was Schmuck und Juwelen angeht. Ich glaube, ich habe bei unseren Gesprächen ein wenig mein Herz daran verloren.

Ein riesiges Danke an unsere Svenska bibliotek – was für ein Schatz, was für ein Reichtum!

Dank an das Personal des Nordiska museet, der Kungliga biblioteket, des Kungliga slottet, der Oper, Dank an die Leute von Stockholms Stadsmuseum und Skokloster slott. Danke an alle Bibliothekare, Museumsmitarbeiter, Ethnologen, Archivare, Intendanten, Schriftsteller, Schlossverwalter, Pferdekenner, Historiker, Militärexperten und Ärzte, die Zeit und Lust hatten, mir zu helfen. Dank an alle Menschen in Schweden, die meinem Buch Leben und Zeitkolorit verliehen durch ihr Interesse für Schiffsreisen nach Amerika, Telefon, Tanz im 19. Jahrhundert, Zugfahrpläne und Kriegsgeschichte. Danke, dass ihr mir geholfen habt, obwohl ihr nicht musstet – einfach nur aus Freundlichkeit. Dank euch ist dieses Buch wirklichkeitsnah geworden. Alle Fehler und Mängel gehen ausschließlich auf meine eigene Dummheit und meine begrenzten Fähigkeiten zurück.

Und zu guter Letzt – Dank an alle Verlage, die mein Manuskript abgelehnt haben. Ohne euch hätte ich niemals mit Cina, Mia, Lisa, Lotta, Malin, Anna und all den phantastischen Leuten beim Damm Förlag zusammenarbeiten können, die Geschmack genug hatten, um zu begreifen, dass diese Welt mehr Liebe braucht.

Simona Ahrnstedt, Stockholm 2010

Das für dieses Buch verwendete FSC®-zertifizierte Papier
Munkenprint Cream liefert Arctic Paper Munkedals, Schweden.